Graine de battante

BETH BRIGEAU

Graine de battante

Édition : BoD – Books on Demand
12/14 rond-point des Champs-Élysées, 75008 Paris
Impression : Books on Demand GmbH, Norderstedt, Allemagne
ISBN : 978-2-3221-9344-8
Dépôt légal : Janvier 2020

Chapitre 1 : à la découverte de la Côte d'Azur

I

Au début des années soixante, ma mère m'annonça que nous allions déménager sur la Côte d'Azur, non loin de la frontière italienne, à Nice. Nous habitions alors à une dizaine de kilomètres de Paris, à Versailles, une ville historique depuis que Louis XIV y avait fait édifier au XVIIème siècle le château destiné à éblouir par sa magnificence toutes les têtes couronnées d'Europe.

La côte d'Azur, quant à elle, est la bande côtière du littoral méditerranéen, qui s'étire, en gros, sur quelques 160 km de la frontière italienne à St-Tropez. Elle comprend des villes connues comme Monaco, la toute petite ville Etat par sa taille mais grande quant à sa renommée de paradis fiscal et de capitale du jeu ainsi qu'à sa romantique histoire d'amour entre Le Prince Rainier et la belle actrice américaine Grace Kelly qui se conclut par un mariage en 1956. Comme dans les contes de fées, ils furent heureux et eurent beaucoup d'enfants, enfin, trois, ce qui n'est déjà pas si mal à notre époque. Facile d'avoir une ribambelle d'enfants comme dans des contes de fées improbables qui se passent « aux temps jadis » sans plus de précision de temps ! Mais là, le conte de fées est concret et daté : autre performance ! Puis on atteint la grande ville de Nice, capitale régionale célèbre pour ses fleurs et sa baie des Anges, Cannes, la ville mondaine avec sa non moins célèbre promenade du bord de mer, la Croisette, qui accueille annuellement le fameux festival international du cinéma, un événement très attendu, et très médiatisé. On atteint ensuite beaucoup plus loin St-Tropez, ce village de pêcheurs authentique et pieds dans l'eau, une caractéristique rare dans la région, lancé par Brigitte Bardot qui avait succombé à son charme dans les années 50, et dont s'est entichée toute la jet set, ce monde fortuné aux allures décontractées très étudiées, aux origines diverses, un monde de fêtards qui dépense sans compter des sommes fabuleuses pour des plaisirs éphémères, et qui ne se déplace que dans les endroits à la mode. Mais St Tropez et sa région ont aussi leurs véritables amoureux touchés par la beauté des lieux et l'exceptionnelle lumière, qui vivent souvent en pleine nature, au calme, isolés dans leur villa, face à un panorama sur la mer exceptionnel. Brigitte Bardot n'a jamais quitté son St-Trop'.

Cette bande côtière est construite sans discontinuité sur toute sa longueur mais la portion Cannes frontière italienne est très différente de celle située entre St Tropez et Cannes. La première est une mégalopole de béton dès les années soixante, et, bien sûr, la situation n'a fait qu'empirer depuis, bien que, sous l'influence écologique, une amélioration se soit produite avec un développement plus réfléchi. La seconde, par contre, bien qu'elle soit aussi construite sans discontinuité entre les villes et villages, est dominée par la verdure. Les espaces boisés sont très présents car l'habitat, majoritairement individuel, y est clairsemé. A l'époque, il était limité aux alentours immédiats de la route du bord de mer, mais, peu à peu, les maisons ont conquis les collines. Cependant on s'y sent toujours à la campagne. Même les abords de St Tropez ont été préservés : pas question d'y faire passer une voie rapide et encore moins une autoroute. Et le village lui-même n'a rien perdu de son authenticité. Aller à St Tropez en été est une expédition routière dévoreuse de temps Et il n'y a pas de gare ! Eh oui, toute médaille a son revers mais si c'est le prix à payer pour ne rien dénaturer, alors, payons-le et disons en plus merci ! Evidemment les plus riches ont détourné la difficulté en venant en avion privé ou en hélicoptère. On pouvait même poser ce dernier sur une des plages privées aux dernières nouvelles...

La Côte d'Azur bénéficie d'un micro climat lui conférant un nombre de jours ensoleillés record par rapport au reste de la France et d'hivers très cléments mais avec des journées de pluie très dense. Ce qui n'est pas bien grave car dès les dernières gouttes de pluie tombées, le soleil refait son apparition et réchauffe l'atmosphère...

Mais la Côte d'Azur n'est pas seulement la plus belle région de France avec ses paysages rocheux plongeant dans la mer, ses eaux turquoise ou saphir, ses centres villes historiques, ses lieux de vie conviviaux, elle est aussi la région la plus chère de France. Et ceux qui viennent s'y installer après avoir connu quelques vacances d'été idylliques, ne mesurent que rarement la différence entre la vie mirifique d'estivants insouciants où tout a été mis en place pour leur plaisir et la vie au jour le jour, hiver compris, dans cette région dispendieuse qui s'est débarrassée de ses artifices et où il ne reste plus que « les durs pépins de la réalité » selon l'expression de Prévert.

Avant de venir nous installer à Nice, ma mère et moi avions passé des vacances sur la Côte d'Azur. La première fois, j'avais onze ans. C'était l'année qui suivait mon départ de chez ma grand-mère pour aller vivre avec ma mère à Versailles.

A cette époque, son absence m'avait conduite à l'idéaliser. Tout ce qu'elle touchait, tout ce qu'elle faisait ne pouvait qu'être parfait. Je n'avais alors jamais pensé que cette image s'effriterait peu à peu et que c'était la dernière année d'état de grâce de l'enfance que je vivais. Je n'avais alors jamais imaginé non plus que j'allais bientôt vivre dans le sud de la France et encore moins que j'allais ouvrir un restaurant dans le nord de la Thaïlande des dizaines d'années plus tard. Je n'avais même pas idée de l'endroit où se situait la Thaïlande !

Ce premier voyage vers la Côte d'azur, se fit en train dans les meilleures conditions possibles puisque ma mère avait réservé un wagon lit dit « double » dans le Train Bleu. Un préposé en uniforme bleu et or coiffé d'une casquette sur laquelle on pouvait lire« compagnie des wagons-lits » prit nos bagages et nous le suivîmes le long du couloir latéral moquetté de la voiture jusqu'à notre compartiment qu'il ouvrit. Je commençais à m'inquiéter pour savoir où nous allions dormir car le long de ce compartiment je ne vis qu'un confortable canapé style club revêtu d'un velours marron clair Il demanda à ma mère s'il devait préparer nos lits ce qui était rassurant. Elle répondit oui et le salon se transforma en deux lits superposés avec matelas, draps, couverture et oreiller, juste comme à la maison. La grosse différence néanmoins c'est que ces lits allaient se mettre en mouvement et nous emporter vers l'inconnu. Vraiment très excitant ! J'avais hâte de me coucher, de m'endormir pour me réveiller dans cet inconnu ! En attendant je me mis à explorer notre petit domaine. De l'autre côté de nos lits se trouvait une paroi lambrissée d'acajou. Très astucieusement, une partie de ce mur s'ouvrait pour laisser place à un petit cabinet de toilettes avec miroirs et même… un pot de chambre, ustensile aujourd'hui disparu. Près de la porte d'entrée, une sonnette était à notre disposition pour appeler, quelle que soit l'heure, le préposé qui veillait toute la nuit au bien-être des passagers du wagon dont il avait la charge. Il les réveillait aussi quelques trente minutes avant leur arrivée à destination. Le lit était très confortable et je m'endormis peu de temps après que le train se fut mis en branle. Il fallait que j'accélère le temps pour arriver plus vite dans l'inconnu qui m'attendait.

Très tôt, mais il faisait jour car je pouvais voir de la lumière filtrer à travers les rideaux tirés, je fus réveillée par des bruits insolites. Nous étions à Marseille, le terminus vers le sud. On ne pouvait pas continuer notre route plus loin sous peine que le train se précipitât dans la mer ! Donc, on décrochait notre locomotive électrique et on accrochait à l'autre bout du train…une locomotive à vapeur ! Très curieusement, en effet, la portion de la ligne qui nous emportait vers la région de bord de mer la plus luxueuse de France se faisait avec une machine lente, sifflant, crachotant et dégageant un nuage de fumée âcre comme si nous traversions une contrée reculée ! Aujourd'hui encore, cette portion majoritaire de voie, si elle a été électrifiée depuis, n'est pas adaptée à un TGV ! Impossible de mettre d'accord les propriétaires riverains qui seraient expropriés et les partisans écologiques sur le tracé de la nouvelle ligne !

Ma mère n'ouvrit que quelques temps après les rideaux. La lumière vive de ce jour ensoleillé m'éblouit et je pus découvrir au rythme lent de notre nouveau moyen de locomotion qui n'avait donc pas que de mauvais côtés, cette terre méditerranéenne inconnue, et entre deux pins, une échappée sur les éclats argentés lancés par les vaguelettes bleues de la mer, une image qui s'est imprimée à jamais dans ma mémoire. Tout ça à une nuit de Paris ! Merveilleux !

Ma mère avait un ami qui venait lui rendre visite chaque mois à Versailles. Il était beaucoup plus âgé qu'elle mais élégant, mince et raffiné. Il vint nous chercher à la gare et nous emmena dans sa grosse voiture américaine à l'hôtel de la petite ville de Fréjus où il avait réservé notre séjour.

Cet hôtel confortable de trois étoiles était situé à deux pas de la longue plage de sable fin, une chose rare sur la Côte d'Azur où le relief montagneux a plutôt donné naissance à des criques dont les plages sont recouvertes de petits cailloux polis par le flux et le reflux de la mer, ou de galets bleus, ces gros cailloux eux aussi polis provenant des roches alentour, qui recouvrent des plages plus vastes comme celles de la baie des Anges à Nice ainsi que certaines plages de St Raphaël, la ville contiguë de Fréjus.

J'ai toujours adoré séjourné dans un hôtel et y prendre tous mes repas. J'aurais même aimé y habiter dès que je fus adulte. Rien d'autre à faire pour chacun que de se laisser vivre, sortir, s'adonner à ses passions sans plus aucune source d'énervement : pas d'intendance à assumer, pas de factures à régler, pas de réparations à faire effectuer par des artisans avec qui il faut toujours se battre pour les rendez-vous, du personnel à disposition dont on n'a ni la responsabilité ni le salaire à payer et, en prime, la sécurité et la liberté de partir à tout moment, n'est-ce pas le rêve ? Coco Chanel l'avait bien compris en ayant décidé d'habiter au Ritz. Aujourd'hui, j'ai réalisé ce rêve en habitant dans une résidence hôtelière de Thailande et je n'ai jamais regretté cette décision. Ce n'est pas le Ritz, mais c'est confortable comme tous les hôtels où nous séjournions avec ma mère. On peut même y prendre ses repas ou se les faire monter dans sa vaste chambre. Ce que je ne fais jamais comme tous les plats sont soit thais soit américains style fastfood qu'ils croient ici être ce que mangent tous les occidentaux.

A Fréjus, nous disposions d'une suite composée de deux chambres séparées par une ouverture en arc fermée par un rideau de couleur bordeaux. Ces chambres étaient gaies, peintes en jaune pâle. C'était une première pour moi car, auparavant, je partageais la chambre de mes grands-parents et ensuite celle de ma mère y compris pendant les vacances.

Je voulus absolument aller de suite à la plage :

« Mais ne sois pas si pressée ! On est là pour trois semaines ! On a le temps ! On va d'abord ranger nos affaires et nous reposer un peu avant d'y aller. En plus, tu n'as pas de bouée et nous n'avons pas de parasol !

– Oh là là ! Mais c'est quand qu'on ira ?

– Tout à l'heure !

– Mais c'est quand tout à l'heure ?

– Bientôt ! »

Je ne réussis à en tirer rien de plus ! J'étais mécontente et je me taisais. Pourquoi faire des réponses évasives inutiles ? Il était si simple de répondre en indiquant une heure, ou une fourchette d'heure !

Une fois les affaires rangées, je surveillais ma mère qui s'était allongée. Elle tenait les yeux obstinément fermés. Je mis mon bikini à petits carreaux Vichy rose et blanc et la sortie de bains rose en éponge qu'elle m'avait faite puis je finis par m'allonger comme elle et attendit en regrettant tout ce temps perdu. Je guettais chaque bruit provenant de la chambre voisine. J'entendis enfin remuer ! Je bondis sur mes pieds.

« Bon alors, on y va maintenant ?

– Oui, oui, on y va ! Qu'est-ce que tu peux être tenace quand même ! »

J'avais l'habitude de cette remarque. J'étais « tenace » et en plus, « exigeante », car je ne supportais pas de ne pas être parfaitement coiffée ou habillée et, en règle générale, je ne supportais pas l'à peu près.

Nous partîmes arpenter la promenade du bord de mer côté rue. Le rez-de-chaussée des maisons accolées de deux étages était occupé par des magasins vendant des articles de plage, des vêtements d'été, des souvenirs, ainsi que par des boulangeries, des cafés, des petits restaurants, des hôtels. Les étages devaient être loués aux exploitants de ces commerces ou à des estivants l'été. On trouva vite un parasol et une bouée ceinture que je voulus absolument essayer dans la mer avant d'aller déjeuner.

Le matin, ma mère appelait la réception pour commander deux petits déjeuners complets l'un avec café au lait at l'autre avec chocolat.

Quelques instants plus tard, un serveur frappait à notre porte et annonçait : « petit déjeuner ! ». Ma mère lui ouvrait et il déposait sur la petite table un plateau chargé d'une panière remplie de petits pains, de croissants, de pain de mie toasté, de beurre, de différentes confitures et de miel, de deux tasses avec leur soucoupe, de deux autres petites assiettes, d'une cafetière et de pots argentés fumants, sans oublier les couverts eux aussi argentés. Tout était délicieux, croustillants, sortant droit de la boulangerie ! Les petits déjeuners à l'hôtel étaient, me disait ma mère, son meilleur repas de la journée ! Quant à moi, cela me changeait de mes deux tartines de pain beurrées accompagnées de mon café au lait que j'avalais vite avant de partir pour le lycée. Dans beaucoup de familles, le dimanche, le premier adulte réveillé allait chercher des viennoiseries alors que chacun dormait ou paressait encore. Cela n'avait jamais été le cas dans la mienne car, à Versailles, nous étions loin de tout et ma mère n'avait pas de voiture !

Actuellement, le petit déjeuner n'est plus servi dans les chambres que dans des hôtels de grand standing et encore faut-il souvent cocher la veille ce que l'on souhaite sur une liste incluant les plats d'un breakfast anglo-américain sans oublier de noter l'heure à laquelle on le souhaite. Comme si, nous, les Français, on savait par avance ce qu'on a envie de manger au réveil ! La routine c'est bon pour les autres, alors que pour nous, latins, c'est l'envie du moment qui compte ! Quant aux services argentés ils n'existent plus que dans les palaces! Ailleurs, la faïence bon marché unie et les couverts en inox les ont remplacés. Pire, la manie du self-service se répand : dans les hôtels de standing on propose, en plus du choix traditionnel, jambon, fromages, œufs brouillés ou soi-disant brouillés car il s'agit plutôt d'une omelette à laquelle on ajoute du lait comme aux USA, céréales, salade de fruits souvent en direct de sa boîte de conserve et tutti quanti : quoiqu'il en soit, que des produits bas de gamme en règle générale ! Le choix se rétrécit pour les hôtels moyens, et en deçà d'un hôtel trois étoiles, il n'y a plus de petit déjeuner du tout. A la limite cela me convient mieux et je peux aller le prendre, à l'extérieur, dans un café bien français: j'ai horreur des self-services : ils me coupent l'appétit et me mettent de mauvaise humeur pour la journée entière ! L'hôtel trois étoiles n'est même plus un hôtel confortable assurant un très bon service, c'est la norme minimale pour un hôtel correct.

Mais revenons à notre emploi du temps. Dès que nous étions prêtes, ma mère et moi partions à la plage, moi avec ma bouée sous le bras, le chapeau sur la tête, ma mère avec le sac de plage et le parasol. Une fois le parasol planté dans le sable et les serviettes de bain étalées, ma mère m'enduisait de crème solaire protectrice. Je passais le plus clair de mon temps dans l'eau, m'exerçant avec patience à la nage. Ma mère restait sur sa serviette, ou venait marcher dans la mer, s'aventurant quelquefois à s'y engager jusqu'à la taille. Si la température lui convenait, elle s'aspergeait et s'enhardissait jusqu'à se baisser pour avoir de l'eau jusqu'au cou. Elle ressortait aussitôt. Elle faisait partie de cette génération qui n'avait jamais appris à nager. Je l'appelais souvent pour qu'elle regarde mes progrès à la nage ou ceux de mon saut depuis le ponton. L'eau était chaude, au moins 24 °. Comme il n'y a pas de marée, et peu de courants, la Méditerranée permet de nager sans crainte quel que soit le niveau de chacun sauf, bien sûr, cas de Mistral.

On déjeunait à l'hôtel. J'avais de l'appétit, moins en raison des efforts que j'avais fournis mais parce que cette nouvelle vie me changeait de celle de la maison. J'adorais la nouveauté. La salle à manger était grande, mi-circulaire, avec de larges baies rapprochées l'une de l'autre qui permettaient aux convives de profiter au maximum de la vue sur la mer. Entre chacune de ces baies des appliques imitant des bougies et revêtues d'un abat-jour éclairaient la salle le soir, en complément du grand lustre du plafond. Les tables étaient dressées, nappe blanche, assiettes blanches et chacune leur serviette tout aussi blanche, couverts argentés, verres à vin et à eau. Les chaises rustiques en bois, à l'assise paillée recouverte d'un coussin pour notre confort et au dossier barreaudé de forme arrondie à la Louis XV nous attendaient. Ces chaises étaient les plus communes pour faire chic à l'époque. On les retrouve encore dans les salles de séjours de nombreux foyers et dans des restaurants et hôtels des petites villes de province. La forme circulaire, dite en rotonde, de la salle à manger était une survivance du style Belle Epoque. Ces rotondes ont survécu dans la région, on ne sait pourquoi, jusque dans les constructions des années cinquante. A l'extérieur, cette rotonde était garnie de pierres naturelles violacées de la région qui ornaient toujours au moins une façade des constructions et faisaient aussi le tour du soubassement. Une bonne idée, malheureusement abandonnée depuis, car les pluies torrentielles éclaboussent et salissent le bas des maisons.

A l'hôtel, nous étions des clientes en pension complète ce qui signifiait que nous y prenions tous nos repas. Nous trouvions donc notre table avec nos serviettes roulées dans un rond de serviette et non posées sur l'assiette, et sans verre à vin : ma mère n'en buvait pas et moi non plus évidemment ! Notre nom était inscrit sur la bouteille d'eau entamée. Le menu était imposé mais il était de qualité et varié. Le serveur nous apportait, sur une desserte roulante, les plats et les assiettes où il disposait notre portion. Puis il nous servait, ma mère en premier, pour respecter la règle de la bienséance. Quant au plat principal, le serveur apportait des assiettes chaudes. Nous étions gratifiées à chaque service d'un « Bon appétit, madame ! », puis d'un « Bon appétit, mademoiselle ! »

Je n'ai jamais mangé en grande quantité mais je savais reconnaître ce qui était bon et bien préparé. J'avais été à bonne école avec ma grand-mère. Et même si ce n'était pas tout-à-fait à mon goût, je mangeais ce qui m'était servi à partir du moment où j'étais invitée ou que j'étais au restaurant. Je trouvais que tout avait une autre saveur qu'à la maison. Dans notre hôtel comme dans la plupart des établissements, indépendamment du standing, c'était de toute façon bon et il n'y avait rien d'étonnant à cela. Le personnel était qualifié, les cuisiniers avaient de l'expérience et, surtout, les produits étaient de qualité. Le supermarché où les producteurs ne peuvent être admis que s'ils compriment leur coût n'existait pas. Les restaurateurs se fournissaient sur les marchés locaux pour les légumes et les fruits, chez les poissonniers, les bouchers, les charcutiers, les tripiers, les crémiers... Chacun avait son expertise et son savoir-faire. L'étiquette bio n'existait pas. Le mot bio même nous était inconnu. Tout était bio sans que nous le sachions.

Et les marchés de Provence étaient tellement agréables ! Et quelle ambiance ! Ma mère demanda un jour à l'hôtel où était le marché le plus proche. J'y découvris un monde inconnu.

Les vendeurs interpellaient les passants :

« Voyez la fraîcheur de mes tomates, de mes salades, de mes petits artichauts! Regardez-moi ce mesclun, tout frais tout droit venu du jardin! Allez, ma belle, goûte-moi donc une tranche de mon melon ! Une merveille, je te dis que ça !

– Je veux bien goûter moi! dis-je

– Tu as raison, petite ! Allez régale-toi ! me dit la marchande en me tendant un petit quartier. »

Elle en tendit aussi un à ma mère. Elle avait la raison, la brave marchande ! Son melon était délicieux, juteux. Il fondait dans la bouche…

« Alors, mes beautés, Il est bon mon melon ? Je vous en mets un ?

– Malheureusement non ! Nous ne sommes pas chez nous mais en vacances à l'hôtel ! Mais, c'est vrai qu'il est bon, votre melon ! répondit ma mère. »

Plus loin, nous tombâmes sur le marchand de poissons :

« – Regardez mon poisson, débarqué ce matin du bateau! Voyez cet œil frais, ces ouïes bien écarlates, vous m'en donnerez des nouvelles ! Alors, lequel ? Combien je t'en mets ? »

Pas possible cette fois de goûter!

Toutes ces harangues étaient dites très haut avec l'accent chantant que donne au français toutes les syllabes prononcées et où certaines voyelles sont ouvertes quand elles devraient être fermées, comme le « o » par exemple et où les fins de mots en « on », « in », « ie » « an » deviennent des nasales auxquelles on ajoute un g sonore.

Gilbert Bécaud a chanté ces marchés de Provence dans les années cinquante et il est vrai que les fréquenter mettait en joie pour la journée.

Toutefois, si aujourd'hui l'ambiance n'est plus tout-à-fait la même, les marchés de Provence sont toujours un festival de couleurs et d'odeurs apportées par les fruits du soleil tels que les melons, les pêches, les abricots, et aussi par les plats préparés des traiteurs qui fleurent bon les herbes de la garrigue. Il y a toujours quelques mots ou plaisanterie à échanger avec les vendeurs quand ils vous connaissent. Et ils ont toujours un petit cadeau à faire ou de bons conseils à donner à ceux qui sont des clients fidèles. Terminez par un apéro au café animé du coin, où vous avez toutes les chances d'entamer la conversation avec les clients car les Provençaux aiment les contacts, et le reste de la journée s'annoncera bien !

Quel que soit l'endroit où je me trouve, je n'ai jamais cessé d'aller au marché et de goûter avant d'acheter. Un marché est un vrai spectacle dont je me régale toujours, mais attention de ne pas acheter les yeux fermés ni de tomber dans le piège des vendeurs qui proposent, par exemple, trois melons pour le prix d'un ! Deux d'entre eux au moins, risquent d'être des courges et le troisième tout juste mangeable. Il n'y a pas de miracle : la qualité a un prix !

Une astuce pour faire des économies : arriver en toute fin de marché quand les marchands préfèrent vendre moins cher que de remporter ! Et une seconde : demander s'ils n'ont pas des fruits avancés qu'ils veulent vendre. Ils seront délicieux cuits, en coulis, en compote... Mais ils les réservent souvent à leurs clients habituels !

Je me souviens toujours d'une réflexion de ma fille qui était invitée chez les parents d'un ami de lycée et qui me confia : « Si tu voyais, maman, ce qu'il y a dans le réfrigérateur et dans les placards, tu te sauverais ! Et, bien sûr, ce qu'on mange, ce n'est pas bon du tout ! » J'ai au moins réussi, avec elle, à participer à la transmission d'un aspect de notre culture nationale : la gastronomie !

A onze ans, j'aimais déjà les découvertes. Je voulus continuer à en faire. Fréjus a une vieille ville, un vieux village plutôt, qui se situe à l'intérieur des terres. Il fallait remonter la rue bordée de platanes au bout de laquelle se trouvait notre hôtel pour y parvenir. De part et d'autre de cette rue rien de bien exaltant : des maisons ordinaires, sans caractère, élevées d'un étage, le rez-de-chaussée étant consacré au garage, cave et rangements, aux toits peu pentus, ce qui était le cas partout ici, recouverts de tuiles canal. On y dénombrait également quelques petits immeubles. Et tout à coup, le vieux village médiéval nous apparut : sur une petite colline peu élevée, des maisons étroites avec des petits volets verts accolées les unes aux autres, pas plus hautes que trois étages et un enchevêtrement de toits ocre beige surmonté, tout au sommet, par la flèche de l'église, que les hommes avaient dû vouloir construire au niveau le plus élevé pour qu'elle soit la plus proche possible de Dieu !

Nous passâmes à côté d'un haut mur ancien en briques :

« Maman, c'est les remparts ?

– Non, c'est un vieux mur romain.

– Ah oui ?

– Et les remparts ? Je ne les vois pas !

– Tu penses bien que la ville s'est agrandie depuis le Moyen-Age ! Ce qu'il en reste est maintenant à l'intérieur de la ville. »

Oui, c'était vrai. Ma question était stupide. Mais quand on me parlait de ville médiévale ou de ville romaine, j'espérais toujours les découvrir telles qu'elles étaient à l'époque et non remodelées par le temps.

« Il y a beaucoup d'autres monuments romains à Fréjus : un théâtre antique, des arènes... » continua ma mère.

Ma mère avait excité ma curiosité. J'étais passionnée d'époque Antique depuis que j'apprenais le latin et que j'étudiais cette période en histoire.

« On va aller les voir ?

– Ecoute, on ne peut pas tout faire aujourd'hui ! On est venu pour le vieux village. »

Nous entrâmes dans ce vieux village après le passage à niveau par une rue montante. Il est sûr que les immeubles de chaque côté n'étaient pas médiévaux mais dataient plutôt des années quarante, ou cinquante ! Les anciennes maisons provençales que j'avais aperçues apparaissaient plus loin, dès le bout de cette rue montante et ne dataient pas non plus du Moyen-âge, même si elles étaient anciennes.

Ces maisons à trois étages bordaient la rue principale. Les fenêtres étaient étroites, celles du troisième étage étaient basses. Le rez-de-chaussée était occupé par des magasins. En dehors de la rue principale, c'étaient des garages ou plutôt des remises qui s'ouvraient comme des vieilles portes de hangar en arche, le style d'ici.

Autrefois, le rez-de-chaussée était le domaine du bétail, le premier et le second, chacun composé d'une pièce principale, le domaine de la famille et le dernier, mansardé, avec des fenêtres basses, le grenier. On y montait le grain et le fourrage grâce à un treuil, disparu depuis.

Des tuiles canal recouvrent un toit peu pentu, comme la neige n'est pas connue ici. Il n'y a pas de gouttières car la pluie n'est pas fréquente. Et ma foi, quant aux gros orages qui peuvent éclater, on s'en débrouille ! Les gouttières sont d'ailleurs restées longtemps interdites dans la région qui préserve l'habitat traditionnel. Le grenier a été, depuis belle lurette, transformé en habitation, le rez-de-chaussée en garage, ou en commerce sur les rues principales comme j'avais pu le constater. Mais les volets sont toujours des persiennes qui laissent circuler l'air quand on les ferme pour se protéger de la chaleur l'été, avec un petit volet intégré dans la partie inférieure qu'on peut entrouvrir pour laisser passer plus de lumière.

Presqu'au bout de la rue principale, nous obliquâmes à droite et descendîmes une rue pavée qui conduisait à la place de l'église et de la mairie.

L'église de ce Fréjus ancien qui s'appelle maintenant cathédrale est vraiment le joyau du village. C'est ainsi que je la jugeais quand je la découvris. Elle était simple, mais tout en pierres du pays. Elle paraissait romane au premier coup d'œil mais elle ne l'était pas vraiment : elle était aussi gothique par d'autres éléments avec même quelques touches Renaissance. Et une toiture conique ! Vraiment curieux ! Il fallait que j'aille regarder cela de plus près. J'entraînais donc ma mère à l'intérieur. Il était plutôt dépouillé mais avec quelques belles statues et peintures et surtout une très ancienne cuve pour les baptêmes datant des premiers temps de la chrétienté. Malheureusement, je ne pouvais pas toucher la pierre, qui était protégée des visiteurs !

Il fallut aussi que j'aille voir le cloître roman ! Vivre dans un château, j'aurais adoré ! Mais dans un cloître, à condition de ne pas être bonne sœur, ne m'aurait pas déplu non plus. Cette forme en carré fermé, protectrice, le silence, un adorable jardinet à l'intérieur, un ensemble et une atmosphère très intimistes... oui, je m'y serais sentie bien !

Sur la même place que l'église, juste à côté, placée perpendiculairement, c'était la mairie : une grande bâtisse construite sur le modèle des maisons que nous venions de voir. Seul signe pompeux : les deux colonnes qui marquent l'entrée surmontée du drapeau tricolore.

Et voilà, église et mairie qui cohabitent, le clergé et la laïcité réunis ! Je trouvais que c'était amusant et peu ordinaire.

Ma mère aurait bien voulu en rester là, mais pas question: je voulais explorer plus avant cette vieille ville, aller voir ce qu'il y avait dans les petites ruelles. J'étais têtue ce qui revenait pour ma mère à dire tenace. Quand mon souhait ne prêtait pas à conséquence, ma mère préférait céder plutôt que me supporter radoteuse et mécontente sans que rien ne puisse me ramener le sourire aux lèvres.

Au cours de cette promenade finale, nous découvrîmes des fontaines, une place avec des platanes, des petits cafés faits pour prendre le pastis du soir au frais, entre amis.

Tout cela aurait été charmant sauf un bémol à l'époque : tout était en désuétude! Les murs n'avaient plus leur éclat, leurs couleurs naturelles safran ou ocre avaient disparu en faveur de teintes grisâtres, leurs revêtements étaient rongés par l'humidité et s'effritaient, les ruelles étaient mal entretenues, sentaient le pipi de chat... Du linge pendait aux fenêtres... Et on y rencontrait de drôles de gens: des hommes avec de longues robes blanches, une peau, des cheveux, des yeux, un regard sombres, une physionomie qui n'avait rien d'engageante. Ils avaient envahi les cafés provençaux et se parlaient entre eux dans une langue inconnue aux accents gutturaux qui n'avaient rien pour rassurer. C'étaient des Algériens. Ils me paraissaient d'autant plus effrayants que je connaissais, grâce à la TSF que mes grands-parents écoutaient, les tortures qu'ils avaient infligées aux combattants Français. Pourquoi étaient-ils en France alors ? Je ne demandais pas à rester plus longtemps dans ce village. Je serrais étroitement la main de ma mère. J'en avais assez vu. Je ne demandais qu'à rentrer, sans même m'arrêter pour prendre un rafraîchissement. Où d'ailleurs ?

L'indépendance de l'Algérie venait d'être proclamée en juillet et nous étions en septembre. L'afflux de nouveaux arrivants n'était qu'à ses débuts. Il allait s'accélérer: des Algériens et des pieds-noirs français qui rejoignaient la patrie que certains n'avaient jamais vue. Il paraît, sans certitude, qu'ils avaient été appelés pieds-noirs, non parce qu'ils ne se lavaient pas les pieds, mais parce qu'ils portaient des bottes noires pour parcourir les grands domaines agricoles. Se retrouver sur les rivages de la Méditerranée qu'ils venaient de quitter allaient de soi. Beaucoup d'Algériens s'installèrent dans le vieux village qui leur rappelait leur pays et où ils pouvaient loger à plusieurs à peu de frais, car le manque de confort des logements rendait les propriétaires peu exigeants. Les autres habitants quittèrent peu à peu ce vieux village, rebutés par ces nouveaux voisins qui ne vivaient pas comme eux.

II

L'ami de ma mère était un riche promoteur, non d'immeubles, mais de villas en bord de mer qu'il faisait construire sur un domaine de plusieurs hectares qui lui appartenait. Les villas étaient construites dans le style provençal, plutôt de plain-pied, certaines même pieds dans l'eau et constituaient pour la plupart des résidences secondaires. Elles étaient noyées dans la verdure : seul un toit en dépassait parfois et elles s'intégraient donc parfaitement au paysage. Il avait aussi construit tout ce qui était nécessaire au confort de ses clients : une église blanche avec latéralement une petite rotonde qui abritait à l'intérieur les fonts baptismaux, un soubassement en pierres du pays et un clocher carré surmonté d'un campanile en fer forgé. Il en avait fait don à l'évêché. Elle était édifiée sur une place autour de laquelle avaient été construits des commerces situés sous des arches et surmontés d'appartements aux petits volets verts, la couleur régionale. C'était aussi charmant qu'un décor de dessin animé de Walt Disney.

Ailleurs, il avait fait édifier un théâtre de verdure où il parvenait à attirer les grands noms du spectacle. Comme, lors de notre séjour, un spectacle de ballets, ce que j'adorais, était à l'affiche, il nous proposa de nous y emmener. Il vint nous chercher dans sa grosse américaine, ce que tous les hommes « arrivés » se devaient d'avoir à l'époque. J'étais malade en voiture : les tournants de la route du bord de mer du Massif des Maures, les fréquents coups de freins que donnait ce conducteur à cette voiture à boîte de vitesses automatique n'arrangeaient rien. Une chance que le trajet n'était pas long ! Autant j'étais fière d'être la passagère d'une si luxueuse voiture, autant j'étais soulagée d'en sortir ! L'ami de ma mère nous conduisit à l'entrée où nous attendaient nos billets. Nous restâmes seules dans la salle. Le spectacle était magnifique. La salle plongée dans l'ombre laissait deviner les silhouettes sombres des pins qui l'entouraient et la légère brise qui s'était levée faisait onduler les costumes aériens des danseuses. C'était hors du temps, magique !

Un autre jour, l'ami de ma mère vint nous chercher pour nous emmener au restaurant. Le calvaire du trajet en voiture recommença jusqu'à ce que nous nous engagions dans un court sentier conduisant au bord de mer qui s'achevait là où les rochers de la crique barraient le passage. A cette extrémité se trouvait le restaurant « La cigale », une bâtisse provençale au décor intérieur classique de bon goût qui s'ouvrait sur une terrasse surplombant la mer. L'eau, au-dessous, était transparente et laissait apparaître les algues et les rochers qui en tapissaient le fond. Plus loin, elle prenait une couleur saphir qui semblait s'étendre à l'infini. Rien ne troublait cette immensité. On n'entendait que le clapotis des vaguelettes qui venaient se briser contre les rochers en contrebas. C'était grandiose et paisible en même temps ! Nous nous nous installâmes, à l'ombre, autour de la table qui nous avait été destinée. Et c'est dans ce décor incroyable que nous dégustâmes des langoustines cuites dans un bouillon odorant qu'on nous servit avec des toasts moelleux et... du beurre ! Assez étonnant pour la région ! Le chef devait être du nord ! Je n'ai d'ailleurs jamais mangé un tel plat depuis dans cette région. Mais tout était vraiment délicieux et le décor naturel avait dû contribuer à doubler mon plaisir !

L'ami de ma mère nous conduisit ensuite jusque chez lui. J'allais dans cette villa pour la première fois. C'était une importante bâtisse construite en pierres du pays, recouverte de vigne vierge, construite au bord de la nationale du bord de mer, mais côté route, et non côté mer.

La villa était élevée d'un étage et s'arrondissait côté est. Les fenêtres n'avaient pas de volets traditionnels, mais des volets roulants en fines lattes de bois, un genre tout nouveau à cette époque. Le rez-de-chaussée, qui abritait des bureaux, possédait plusieurs baies protégées par du fer forgé décoratif tout comme la porte vitrée à double battant qui garnissait l'angle arrondi de la bâtisse. Ce rez-de-chaussée avait un but commercial, si bien que le terrain complanté sur lequel il s'ouvrait n'était pas clos. Les clients devaient pouvoir se garer facilement dans l'allée de gravillons pour accéder aux bureaux. Et cette bâtisse était visible de loin, dès la sortie du tournant de la route côté ouest d'où les clients potentiels avaient la plus grande chance d'arriver depuis Fréjus ou St-Raphaël. La route, ensuite, conduisait seulement à d'autres endroits de villégiature. C'était la première maison que l'ami de ma mère avait fait construire sur le domaine.

Côté droit, la villa possédait une arche élégante sous laquelle se trouvaient, à gauche, l'accès à l'appartement privé du premier étage, auquel un escalier en pierres conduisait, et, tout droit, un lourd portail en chêne qui fermait l'accès à un vaste jardin, privé celui-là.

C'était une maison que j'ai adorée dès le premier coup d'œil. Quand j'entrais au premier étage, mes yeux s'arrondir encore plus de plaisir : les murs de la vaste entrée étaient lambrissés en fruitier clair de style qui abritaient une bibliothèque pleine de livres reliés sur trois côtés ! Voir tant de livres était pour moi un rêve ! Je remarquais aussi une table ancienne en bois foncé entouré de fauteuils anciens Et, en plus, un énorme chien gris à poils longs que j'appris être un bouvier des Flandres nous accueillit avec une profusion désordonnée de manifestations de joie. Moi qui avais toujours voulu un chien ! Il sautait, courait et glissait sur les tomettes cirées du sol. Il venait quêter quelques caresses, tant il était heureux d'avoir de la compagnie.

Ma mère et son ami disparurent, me laissant seule, disant qu'ils avaient à discuter. Aucune importance ! Il y avait tant à découvrir ici ! Rien que les tomettes étaient une œuvre d'art : elles étaient de différents tons et assemblées de telle sorte qu'elles ressemblaient à un vaste tapis délimité par un encadrement rectiligne de petites tomettes noires allongées, à l'intérieur de la surface des pièces. A gauche de l'entrée bibliothèque, il y avait une seconde et très grande pièce, le séjour, avec des canapés d'angle en tissu jaune d'or et rideaux assortis qui épousaient la forme arrondie du mur que j'avais remarquée de l'extérieur. Tous les meubles étaient anciens, dans des bois clairs, et tous les bibelots également. Deux peintures anciennes imposantes par leur taille attirèrent mon attention : la marine représentant un trois mats quittant un port, qui se trouvait au-dessus de la cheminée droite faite de briquettes du fond de la pièce et une autre au-dessus du bahut, très sombre, sauf la nature morte présentée sur une table : une poule aux plumes planches dont le cou et la tête pendaient, des légumes, des fruits, quelques carafes. La peinture des deux tableaux avait été patinée par le temps mais je préférais nettement la première beaucoup plus gaie par les teintes et le sujet de la scène, et pleine de promesses avec ce navire qui partait. Sur le bahut, on ne pouvait aussi que remarquer l'énorme cloche d'un plat argenté qui trônait en plein milieu entouré de hauts chandeliers à cinq branches. Le sol était recouvert d'un épais tapis en laine crème, rouge et vert aux formes géométriques que j'appris plus tard avoir été une commande du roi du Maroc.

J'adorais les châteaux et je demandais à ma mère de me faire visiter le week-end ceux qui étaient dans la région parisienne. Ici, je me trouvais dans un décor de château, privé en plus, où je pouvais toucher, manipuler les bibelots, essayer les différents sièges. Le chien s'était entre-temps couché et ne me prêtait pas attention. Et dire que c'était un chien destiné par sa race à s'occuper de vaches ! Il en était maintenant bien loin ! Un vrai toutou d'intérieur !

Quand ma mère et son ami réapparurent, presque trop vite à mon goût, nous allâmes visiter le reste de la propriété : le grand jardin avec le bassin à poissons rouges, de nombreuses plantes et arbres méditerranéens, et même tout au fond, un petit pont avec des garde-corps en fer forgé sous lequel passait ce que je croyais être un petit ruisseau mais qu'on me dit être tout bonnement... l'évacuation des pluviales ! Puis nous allâmes voir le verger, situé de l'autre côté de la petite route qui bordait le pignon de la maison. Le garage et les deux petites maisons mitoyennes de plain-pied avec une courette sur le devant, que j'aperçus sur la gauche, appartenaient aussi à l'ami de ma mère. C'étaient celles des gardiens et de la bonne. On entrait dans le verger par un haut portail en ferronnerie qui ouvrait sur une allée montante bordée de cyprès et d'énormes jarres garnies de fleurs tombantes. Pour faciliter la montée, cette allée avait de longues marches. Compte-tenu de sa majesté, on s'attendait à découvrir au sommet un petit château. Mais non ! Il n'y avait qu'un verger ressemblant à tous les vergers, ce qui me déçut.

Ces petites escapades avec l'ami de ma mère étaient rares. Les autres jours, nous continuions à aller à la plage et à nous balader le long de la promenade. Je ne demandai jamais à retourner dans le vieux Fréjus, même s'il y avait des monuments romains que je n'avais pas visités ! Par contre, je ne demandais pas mieux que d'aller jeter un coup d'œil à St Raphaël dont la ville se profilait, au loin à gauche, sur l'anse de la baie. On y distinguait un port, et derrière, des immeubles et des dômes semblables au Sacré Cœur, en plus petit et d'une couleur ocre et non blanche.

Nous nous rendîmes à St Raphaël à pied en longeant la longue promenade de Fréjus plage. Nous atteignîmes le ruisseau, le Pédégal, qui se jette dans la mer en délimitant les deux villes. De l'autre côté du pont, c'était très différent de Fréjus Plage. A droite des petits bateaux de pêche se balançaient dans le port. De l'autre côté, l'esplanade encadrée par deux rangées de platanes, qui la maintenait à l'ombre, me plut beaucoup. C'était très provençal et vraiment agréable de se promener sous la canopée rafraîchissante de ces grands arbres ou de s'arrêter à un café ou tout simplement de flâner de boutique en boutique. Nous n'étions pas les seuls promeneurs. C'était une petite ville que je découvrais ! Il y avait du monde ici, et du monde qui ne me faisait pas peur !

Au bout de l'anse, un gros bateau proposait des promenades aux touristes Ils côtoyaient des bateaux de plaisance sans prétention. De l'autre côté de l'anse, c'était une large promenade d'où on accédait aux plages de sable en contrebas par des escaliers. De l'autre côté aussi, c'était une promenade bordée de platanes mais les immeubles n'étaient plus du tout les mêmes que ceux du port de pêche : au coin, un bel édifice, avec des jardins devant et une enseigne où on pouvait lire « Casino », puis, de beaux hôtels style Belle Epoque avec des terrasses extérieures. Depuis les étages, les clients devaient avoir une vue splendide sur la mer et sur le « Lion de mer », une toute petite île de roches rouges, la première que je voyais et qui me fit rêver.

Ça a de la « gueule » pour employer un des mots préférés de l'ami de ma mère ! Plus tard, des clients me dirent : « C'est quand même plus rupin ici ! » en comparant avec Fréjus-Plage, ce qui voulait dire la même chose.

Nous allâmes plus loin, là où la route faisait une courbe pour épouser les contours de la mer. La promenade était bordée de palmiers. Par contre, plus d'immeubles ici, mais des grosses maisons de caractère ou des hôtels particuliers. Je commençais à être fatiguée. Nous revînmes sur nos pas et juste avant le Casino, nous prîmes la rue principale, la rue Félix Martin où ma mère connaissait une pâtisserie salon de thé ancienne et renommée. C'est là que nous passâmes devant l'église aux dômes. Je la trouvais encore moins belle que de loin. Je ne trouvais pas beau le Sacré-Cœur non plus, pas plus que toutes les églises à dômes construites à la fin du XIXème siècle. En classe, j'appris qu'elles étaient de style néo-byzantin qui n'appartient à aucune de nos traditions. Je compris alors que si je ne les aimais pas c'est parce qu'elles n'évoquaient rien pour moi.

Le salon de thé était juste après. J'aperçus un gâteau rond avec de la crème au milieu, saupoudré de sucre glace qui me disait bien.

« Qu'est-ce que c'est ? demandai-je à la serveuse.

– C'est une tarte tropézienne. C'est une pâte briochée avec une crème.

– Ce n'est pas de la crème Chantilly ? répondis-je, inquiète : je détestais la crème Chantilly !

– Non, non, c'est un genre de crème pâtissière légère.

– Alors, une part, s'il vous plait. »

Ma mère, quant à elle, choisit son gâteau préféré : un mille-feuille.

Nous nous installâmes à une table où on nous apporta nos deux gâteaux et nos thés. Je fus étonnamment surprise du mien. La pâte et la crème étaient légères, fondaient dans la bouche. Je le fis goûter à ma mère à qui il plut aussi. Je ne suis toujours pas dessert, mais j'avoue que je continue à craquer pour les tartes tropéziennes et que j'apprécie tous les desserts légers et peu sucrés !

Je n'avais pas envie de rentrer à pied. Je crois que ma mère aussi en avait plein les pattes de notre équipée. Il fut décidé de prendre un taxi à la gare proche. C'était là où nous étions arrivées mais j'avoue que je ne l'avais pas remarquée. C'était pourtant une gare Belle Epoque élevée d'un étage, comme il en existait partout dans les petites villes bourgeoises françaises. Rien à voir avec la gare de Fréjus, située au pied du vieux village et qui ressemblait à une quelconque gare de campagne, sans charme. Les trains express, drôle de nom toutefois pour désigner les trains à vapeur, ne s'y arrêtaient pas.

Nous descendîmes la route qui rejoignait Fréjus et je confiais à ma mère que je voudrais bien savoir ce qui se cachait derrière le front de mer. Le chauffeur de taxi m'entendit et enchaîna :

« La petite veut voir la rue derrière le front de mer ? On peut y passer si vous voulez, mais je vous préviens, y a pas grand-chose à voir !

– On ne voudrait pas vous rallonger ! répondit ma mère sous-entendant qu'elle ne voulait pas gonfler le prix de la course.

– Oh, ne vous en faites pas, maman ! Ça rallonge vraiment peu ! En plus, on évite la sortie de plage à cette heure-ci !

– Alors, si ça convient à tout le monde, faisons comme ça, conclut ma mère. »

Le chauffeur parlait avec l'accent chantant du pays, que j'adorais.

Nous tournâmes de suite à droite et très vite à gauche dans la parallèle du front de mer. Je remarquais de suite en face de nous mais plus loin, un vilain immeuble très haut et large qu'on appelle aujourd'hui une barre, et qui barrait, en effet, l'horizon. Dans la rue où nous roulions, c'étaient des petites maisons de pêcheurs accolées, d'un étage avec un petit jardinet devant, et de l'autre côté, encore des petites maisons mais celles-là de plain-pied et individuelles. Paysage de petite ville, en somme !

En continuant, ça se gâtait. C'était le domaine de hangars, d'entrepôts, de cabanons, tous construits de bric et de broc, et de vastes étendues envahies par les roseaux au milieu desquelles surgissaient, de façon anachronique, de rares maisons.

En vue de la colline du vieux village, le paysage s'urbanisait. Arrivés au boulevard qui nous avait conduit jusqu'à cette colline, nous tournâmes à gauche pour retrouver notre hôtel à quelque distance, car la soi-disant parallèle partait en fait en biais. Ce coin-là était le plus agréable, avec ses platanes de chaque côté et malgré ses maisons rectangulaires très simples, mais quand même plus cossues que ce que j'avais vu auparavant. Mais je préférais St Raphaël.

Pourquoi St Raphaël était-elle une ville plus agréable que Fréjus ? En 1860, St Raphaël n'était qu'un petit port de pêche; Fréjus avait plutôt une vocation agricole avec sa vaste plaine, exposée aux vents at aux crues de ses cours d'eau. St Raphaël est par contre vallonnée dès son centre-ville et beaucoup plus abritée. Ces atouts donnèrent une idée au dynamique maire de l'époque, Félix Martin. Nice, depuis d'un siècle, et Cannes, plus récemment, accueillaient les riches anglais venant passer l'hiver sous un climat clément. Alors, pourquoi pas St Raphaël surtout que son micro climat sec et sain lui conférait un nombre de jours d'ensoleillement supérieur à celui de Nice ? Ce projet passait avant tout par la modernisation et l'embellissement de la ville qui devait offrir, à cette clientèle de privilégiés, tout le confort, et toutes les distractions qu'ils s'attendaient à y trouver. Cet homme était ingénieur en bâtiments et travaux publics. Il savait faire et faire savoir. Grâce à quelques clients « locomotives » qui furent conquis par le nouveau visage de la ville, la clientèle commença à affluer. St Raphaël était lancée ! Les successeurs du maire poursuivirent son œuvre. Un golf fut créé sur la colline de Valescure On découvrit les quartiers est, ceux de la Corniche d'Or et ses paysages magnifiques et sauvages à l'époque. Des villas somptueuses et d'élégants hôtels furent construits.

Pas étonnant que je fus séduite par cette ville bien que la haute société ne la fréquenta plus et que Fréjus m'apparut bien pâle en comparaison !

III

Un an plus tard, nous revînmes sur la Côte d'Azur. Je n'étais plus la fillette insouciante de l'année précédente. J'avais de très gros soucis que je ne pouvais partager avec personne. J'avais pris l'habitude de feindre avec ma grand-mère en me conduisant selon ce qu'elle attendait de moi, c'est-à-dire comme une fillette de son temps et non du mien. J'avais repris cette habitude à Versailles cette année pour des ennuis autrement plus graves. Mais pendant ces vacances, j'avais décidé de reléguer mes tourments dans un coin obscur de mon cerveau pour qu'ils ne risquent pas de me hanter.

Cette fois-ci, nous n'étions pas à l'hôtel mais dans un appartement acquis par ma mère, un quatre pièces à St Raphaël, dans le quartier de Boulouris, le premier des cinq quartiers est, à environ quatre km du centre-ville, ce qui était bien plus sympathique pour les vacances que la ville. Il n'était pas en front de mer mais de l'autre côté de la route. Notre appartement était au premier étage. L'immeuble n'en comportant que trois, il n'y avait pas d'ascenseur. Le toit était plat ce qui était alors la mode à l'instar des villas californiennes, mais ce qui n'était pas du tout adapté au climat. L'automne et l'hiver connaissent de très fortes pluies qui peuvent causer inondations et dégâts dans cette région. Si l'étanchéité du toit n'est pas parfaite, le dernier étage risque des infiltrations. Devant le séjour, nous avions une terrasse avec un garde-corps barreaudé en fer, qui donnait sur le grand jardin de la copropriété. Au-delà, c'était la route.

Boulouris était un lieu de vacances parfait : rien de plus facile que d'aller à la plage : il nous suffisait de traverser la route, de suivre le court chemin piéton bordé de propriétés anciennes, ombragé par des pins gigantesques qui apportaient de l'ombre, accompagnées tout le long par le chant mélodieux des cigales, pour arriver au bord de mer rocheux. Nous sautions d'un rocher à l'autre pour parvenir à la crique toute proche. Enfin, quand je dis « nous », ce n'est pas tout-à-fait exact :

ma mère sautait comme un cabri, tandis que moi, j'essayais de trouver un chemin praticable où je pouvais poser le pied sans crainte. L'athlétisme n'a jamais été mon fort. Mais j'adorais cet exercice et, une fois installée avec ma serviette étendue, repartir immédiatement pour me livrer à mon activité favorite : la chasse aux trésors de mer : découvrir et sucer les cristaux de sel déposés sur les rochers car j'adorais le sel et détestais le sucre, découvrir les bernard–l'ermite qui empruntent la coquille d'autres crustacés pour se loger, les petites bernique appelées familièrement chapeaux chinois qui s'accrochent aux rochers, de minuscules moules, des crabes délogés de sous leur pierre et qui s'enfuient à toutes pattes, des petites crevettes déposées par les vagues dans une flaque d'un petit creux de rocher où elles sont prisonnières... Mais rares étaient les étoiles de mer. Avant de quitter la plage, je rejetais à l'eau tous mes trésors pour qu'ils continuent à vivre, mais j'essayais de conserver l'étoile de mer pour la faire sécher et la conserver comme celles que je voyais dans les magasins de souvenirs ! Elle finissait toujours mal, pourrissant au lieu de sécher ce qui dégageait une odeur insupportable et j'abandonnais.

Depuis mon séjour à Fréjus, je savais nager. J'avais appris par moi-même, grâce à la ténacité qu'on me reprochait. Cet été-là, j'avais un masque. Mais mettre ma tête sous l'eau et voir ce qui se passait au-dessous de la surface ne me comblait pas de joie. Au contraire, j'étais complètement angoissée : me couper des bruits ambiants, me retrouver dans un monde de silence où je perdais mes repères était terrifiant : contempler des algues, qui ondulaient, des petits poissons nageant, décontractés, toute cette beauté, ne me rassurait pas du tout, au contraire. J'ai vraiment dû combattre cette angoisse pour renouveler l'expérience et pouvoir être fière de l'avoir fait et d'en parler comme si ça avait été la plus simple des choses, faisant même mine de m'enthousiasmer. Mais cette expérience m'a dissuadée toute ma vie de plonger ! Quelque chose d'aussi impossible à accomplir que de me jeter dans le vide avec un parachute. L'un de mes cauchemars récurrents a longtemps été de tomber par-dessus un garde-corps et d'être précipitée dans le vide du haut d'un immeuble! J'en conclus que mon élément, c'était la terre, et qu'il était inutile de poursuivre des expériences dans d'autres.

Quand j'étais enfant, j'aimais communiquer ce qui reste le cas aujourd'hui. Mais je ne me souviens pas d'avoir sympathisé avec d'autres enfants sur cette crique. Je pense qu'ils étaient là pour la journée seulement, ou peut-être ne voulais-je pas m'imposer dans un groupe déjà formé sauf si on m'y priait. Quant à arriver sûre de moi, et à m'imposer au risque de me faire rejeter, pas question non plus.

Mais ma mère était aussi d'une agréable compagnie. Elle ne restait pas toute l'après-midi sur sa serviette à bronzer : elle marchait dans l'eau, y avançait jusqu'à la taille, quelquefois se baissait une ou deux secondes pour se mouiller jusqu'au cou, comme elle le faisait à Fréjus, et n'hésitait pas à venir voir mes trésors et à les commenter quand je l'appelais et même à m'aider à en trouver d'autres.

Ma seconde activité, en dehors de mes activités aquatiques, voire ma première en termes de temps était la lecture. Cet été-là, j'ai beaucoup lu, pas loin d'un livre par jour. Donc, le matin, je traversais la voie ferrée qui passait derrière la résidence et qui rendait notre appartement si bruyant. A l'époque, on traversait facilement les voies ferrées. Il faut dire que les trains mus par une locomotive à vapeur roulaient lentement et qu'avec un tel bruit d'halètement il était facile de les entendre approcher. Les enfants étaient, en plus, beaucoup plus indépendants qu'aujourd'hui. Ils allaient à l'école seuls, à pied ou à vélo ; ils étaient habitués à circuler, à traverser les rues les plus passagères. Traverser seule une voie ferrée et aller à Boulouris à pied allait donc de soi.

De l'autre côté de la voie, c'était la nature. Je me retrouvais tout-à-coup dans la garrigue, cette terre aride et caillouteuse qui n'appartient à personne et à tout le monde, où poussent plein de buissons et de plantes odorantes : le thym, la marjolaine, le romarin, le lavandin, le fenouil et les cistes blancs ou mauves. Un endroit plein de senteurs méditerranéennes. Et pour le plaisir de l'oreille, la symphonie des cigales, dont les mouvements vont crescendo puis décrescendo suivis de quelques solos avant que le chœur ne reparte. J'adorais aller à Boulouris au milieu de cette campagne et n'aurais jamais voulu emprunter le trottoir de la route, sans poésie, où la seule odeur était celle des pots d'échappements et où le chant des cigales était couvert par le ronflement des moteurs. Je suivais un petit chemin parallèle à la voie ferrée qui avait sans aucun doute était créé par le passage des randonneurs, jusqu'au petit centre de Boulouris avec sa gare, sa poste, sa place du marché et ses quelques commerçants dont la librairie qui vendait surtout des cartes postales, des souvenirs, des magazines. Au fond du magasin, il y a avait cependant un rayon de livres faciles à lire sur la plage et c'est parmi eux que je découvrais pour la première fois Agatha Christie dans le rayon des policiers à la couverture jaune de la série « Le masque ». Je n'étais pas fan de romans policiers. Mes préférences d'alors allaient à Daphné du Maurier, Cronin et Alexandre Dumas. Mais je découvris que les romans d'Agatha Christie étaient bien écrits, l'énigme bien ficelée. Et, ce que j'adorais surtout, c'était cette atmosphère de vieille Angleterre, désuète, même dans la façon de s'exprimer, qui me charmait. Je retournais donc souvent m'approvisionner d'un nouveau livre du même auteur.

Un soir, l'ami de ma mère nous emmena dans un bon restaurant du bord de mer de St Raphaël nommé « La voile d'or », malheureusement disparu depuis. Je goûtais pour la première fois des plats bien provençaux dont la bourride façon raphaëloise : il s'agit d'un plat de poisson, en l'occurrence de lotte, préalablement pochée dans un bouillon bien aromatisé et servi dans une assiette creuse remplie d'un aïoli, un genre de mayonnaise à l'ail, allongé avec le court bouillon du poisson. Il est accompagné de croûtons, d'un bol d'aïoli et de parmesan râpé car cette bourride se mange comme une soupe de poissons. Je trouvais ce plat divin. Evidemment, il faut aimer l'ail ! Mais l'ail est présent partout dans les plats méridionaux. Beaucoup plus tard, je réalisai moi-même ce plat que je préfère à la bouillabaisse et un ami me décerna le titre de reine de la bourride, un compliment qui m'alla droit au cœur.

Je me souviens aussi d'avoir mangé du mesclun, cette petite salade composée de roquette et de petites feuilles tendres issues de différentes plantes potagères. Le goût d'ensemble était doux amer. Comme beaucoup de spécialités culinaires, son origine fut le fruit d'une erreur : des moines avaient semé dans le même sillon des graines différentes avec celles de la roquette et furent heureusement surpris par le goût de ce drôle de mélange. Quant à moi, j'aimais l'amertume et je n'appréciais que les petites salades vertes comme la mâche et le cresson. Ce fut, comme la bourride, une révélation. A l'époque, le mesclun n'était connu que dans le sud. Aujourd'hui, on vend sous l'appellation mesclun tout et n'importe quoi dans les supermarchés, en général un mélange de salades où on trouve même de la laitue et de la frisée ! Rien à voir avec le véritable mesclun ni avec son goût.

Ma mère pensa sans doute que je m'ennuyais seule surtout que je posais souvent la question : « Qu'est-ce que je fais maintenant ? ». Mais c'était une de mes questions habituelles et ça ne signifiait pas que je m'ennuyais mais que j'étais à la recherche d'une nouvelle idée d'activités. Bien sûr, je n'avais pas mon piano qui était à Versailles, ni la télévision, ni mes affaires de dessin. J'avais en effet un certain don pour le dessin que j'avais hérité de mon père, qui lui-même en avait hérité de deux oncles et dont ma fille hérita elle aussi. J'aimais également écrire : de la prose, mais aussi des poèmes selon le modèle très classique de l'alexandrin qui donnait un si joli rythme à la phrase que les mots s'écoulaient comme une musique. Et je lisais beaucoup. Les livres et leurs auteurs étaient mes amis. Ma mère n'a jamais été sensible à mes activités artistiques et ne m'encourageait pas Elle en souriait en se disant que l'essentiel était que je sois occupée et tranquille. Pour elle, tout cela n'était pas bien sérieux ! Ici, j'avais Agatha Christie, en plus de la plage et de mes promenades solitaires dans la nature méditerranéenne qui « m'occupaient » aussi.

Il n'empêche que je ne pus m'empêcher de bondir de joie quand ma mère m'annonça son intention d'inviter l'été prochain ma meilleure amie d'enfance que j'ai toujours appelée ma cousine : elle était en fait plus que ça, une vraie sœur pour moi qui était fille unique.

Cette fois-ci, nous prîmes le « Mistral » un train de luxe, nommé du même nom que le vent violent qui souffle dans le sud de la France. Le nom Mistral était inscrit sur le devant de la locomotive électrique et sur celui de la machine à vapeur qui prenait le relais à Marseille. Il ne comprenant que des voitures de première classe, et, en plus, une voiture exceptionnelle de grand luxe nommée « Pullman » du nom de M. Pullman, le fondateur américain des wagons-lits, qui était la référence du confort en France. C'est celle que nous prîmes.

Quand on parvenait à cette voiture privilégiée, avec notre porteur à bagages, le préposé de la SNCF sortait du wagon, empoignait nos valises et nous conduisait à nos sièges qui étaient de confortables fauteuils club anglais pourvus d'accoudoirs larges et dodus et d'un repose-tête, bref, exactement les mêmes que si nous avions été dans un salon bourgeois. Ils étaient recouverts d'un velours beige quadrillé de lignes plus foncées formant ainsi un tissu à carreaux discret et disposés deux par deux face à face d'un côté de l'allée centrale et individuellement également face à face de l'autre côté. Chaque ensemble disposait d'une table au centre, ce qui permettait de poser dossiers, livres et magasines, rafraîchissements et aussi de déjeuner ou dîner. Une petite lampe côté fenêtre complétait le tout. Le sol était moquetté d'un revêtement beige.

Tous les trains de ce temps comportaient une voiture-restaurant où on s'installait par table de quatre. Comme dans les restaurants non mobiles, chaque table était recouverte d'une nappe, d'assiettes et de serviettes blanches et des garçons, arborant une veste blanche et un nœud papillon noir, officiaient lors des repas. Ceux-ci étaient classiques et très bons, le menu était unique. Je me souviens d'une sole en sauce et de bombes glacées, souvent des tranches napolitaines, c'est-à-dire de la glace à la vanille criblée de petits morceaux de fruits confits. Quelle prouesse d'assurer un service conforme à la bienséance dans l'insta-bilité et les chaos du voyage ! Aucun des garçons ne renversait un plat ou une portion, ni au sol, ni sur la table, ni sur la cravate, la veste ou la robe d'un convive ! Il fallait réserver sa place car le nombre de couverts était limité. Un employé passait dans les compartiments, bien avant le repas qui était fixé à une heure précise. Mais la voiture Pullman avait la particularité de cumuler toutes les fonctions à la fois : salon, bar, snack et restaurant sans que nous eussions à bouger de notre place.

Nous avions eu la chance d'être placées à une table de trois sièges seulement. Ma cousine Chantal était fière de voyager dans de telles conditions de transport et aussi loin. Ma mère avait apporté des jeux et, commander des boissons, déjeuner, regarder le paysage, suffirent à nous tenir tranquilles, surtout lorsque nous atteignîmes le sud que Chantal n'avait jamais vu. Le paysage change en effet après Valence : plus de prairies grasses où paissent les vaches qui ne regardent même plus les trains passer tant elles y sont habituées ! Il devient aride. Les premiers cabanons en pierres apparaissent dans les champs dévolus aux cultures maraîchères et fruitières. Chantal remarqua les rideaux de hauts cyprès parallèles qui délimitaient les champs et demanda pourquoi c'était comme ça ici. Ma mère qui connaissait bien la région lui répondit que ce n'était pas une décoration, mais des rideaux destinés à protéger les cultures lorsque le Mistral soufflait. Chantal sembla impressionnée.

Elle avait alors à peine douze ans et moi juste treize. Nous étions complétement opposées : elle était déjà plus grande que moi, et continua à grandir, alors que moi, j'avais déjà atteint ma taille adulte et avais les formes d'une jeune fille. Elle avait une masse de cheveux noirs et bouclés alors que j'avais des cheveux plutôt blonds et très raides. J'avais des yeux bleus et elle avait des yeux noisette. Elle avait une peau très blanche qui supportait mal le soleil alors que la mienne était plus colorée et plus résistante. Elle marchait à grandes enjambées alors que j'en faisais de toutes petites et ne pouvait donc avancer au même rythme qu'elle. J'étais une intellectuelle posée et un désastre en travail manuel alors qu'elle était très active et pas intellectuelle du tout. Elle avait un visage agréable mais aucune élégance alors que j'étais jolie et gracieuse. Mais elle aimait éclater de rire et j'étais toujours prête à rire. Et surtout, nous nous aimions comme des sœurs. Nous avions grandi ensemble car ses parents habitaient une maison accolée à la nôtre. Seul un portail en fer les séparait et ce portail était beaucoup plus souvent ouvert que fermé. Les adultes étaient amis entre eux et les rencontres très fréquentes. Combien d'événements d'une famille ou de l'autre et de fêtes comme Noël avons-nous passé tous réunis ! Il ne pouvait en résulter que des liens très forts.

Plus de lecture cet été-là. Chantal était toujours en mouvement, aidant ma mère pour mettre la table, éplucher les légumes, essuyer la vaisselle. Elle était l'aînée d'une famille de quatre enfants et elle était habituée à donner un coup de main pour les tâches ménagères. Il y avait bien sûr quelques casses mais ma mère espérait qu'elle allait m'influencer, moi qui me désintéressais totalement de ce genre d'activités. Grosse erreur ! J'étais bien obligée de participer au mouvement, mollement cependant, mais cela ne déclencha aucun déclic. Pour ma défense, je dois dire que je ne dérangeais guère dans une maison et que je nettoyais toujours ce que j'avais sali personnellement, comme, par exemple, la baignoire. Simple respect par rapport aux autres. Mais faire mon lit tous les matins quand j'allais y recoucher le soir même me semblait absurde et je n'ai pas changé d'opinion depuis. Je n'ai jamais remarqué si une maison est poussiéreuse ou non. Et d'ailleurs, quelle importance ? La poussière n'a jamais tué personne ! Je trouvais aussi totalement stupide la réflexion de certains: « c'est tellement propre qu'on pourrait manger par terre ! » Quel intérêt de manger par terre quand on a des assiettes ? Ce type de remarque émanait toujours de gens que je jugeais stupides, quoi qu'il en soit !

A la plage aussi, c'était plus actif.

Chantal ne savait pas nager. Dans les années soixante, la natation n'était toujours pas au programme des écoles. J'étais fière de lui montrer ce que je savais faire : nager avec des palmes à une vingtaine de mètres de la plage et revenir, disparaître au fond de l'eau la tête la première et réapparaître un peu plus loin, aller toucher le fond, faire la planche... Je n'hésitais pas à en rajouter pour l'impressionner et ne mentionnait jamais que je ne savais ni faire de crawl, ni avancer vite sans palmes. Elle me regardait, dubitative et sans voix.

Je dois avouer que je m'étais pas mal entraînée pendant la première partie des vacances. Je l'avais passée avec ma meilleure amie de lycée, Dominique, en Bretagne du nord, au bord de la Manche. Ses parents étaient originaires d'un petit village situé à une dizaine de km dans les terres. On se baignait dans le petit port de pêche quel que soit le temps ou la température de l'eau. Le soir, on sentait le poisson pourri car les pêcheurs jetaient les poissons sans intérêt par-dessus bord. On ne leur en voulait pas : on aidait à nettoyer les filets. Quelquefois, on était invitées sur un bateau par un Breton de Paris qui passait ses vacances dans son coin de Bretagne et partait le matin à la pêche avec ses deux matelots. Embaucher deux moussaillons bénévoles qui semblaient, de plus, aimer la mer ne lui déplaisait pas. On devait partir tôt. La première fois, la mer était très houleuse et je fus très malade. Mais j'ai persisté et mon mal de mer s'est peu à peu fait oublier. Assez souvent, des marsouins suivaient le bateau. Ils bondissaient hors de l'eau et disparaissaient tour à tour. C'était une découverte merveilleuse pour moi. A 10 heures, les moteurs étaient coupés : c'était l'heure du casse-croûte. Notre mission, à Dominique et à moi, était de servir l'équipage. On sortait donc de la minuscule cabine abri les cinq sandwichs de charcuterie bretonne, les distribuions d'abord aux trois hommes, avant de récupérer la bouteille de Muscadet « pour faire glisser » ainsi que la bouteille d'eau, la seule à laquelle nous avions droit, sans oublier les gobelets de chacun. Vingt minutes plus tard, nous repartions. En bons moussaillons, nous nous appliquions à nettoyer soigneusement le filet au retour de pêche. C'était super d'avoir une copine bretonne : grâce à elle je vivais des expériences inédites !

En me voyant nager avec facilité, Chantal décida alors de savoir nager au plus vite. Elle mit une ceinture bouée. Je lui appris les mouvements et la bonne position, tels au moins que je m'imaginais être les bons, avec une assurance de professionnelle. Ma mère, qui ne savait pas nager mais qui n'était pas avare de conseils dans tous les domaines, lui déclara quelques jours plus tard: « Tu ne sauras jamais nager si tu gardes toujours ta bouée ! » Chantal, piquée dans sa fierté, décida alors de l'abandonner et de se lancer, quitte à prendre le bouillon. Je regardais ce qu'elle faisait et la conseillais. Il faut croire que j'insistais trop car, un jour, elle me regarda avec des yeux furieux et me lança : « Fiche-moi la paix ! ». Je partis donc nager de mon côté...un certain temps et ne tardai pas à revenir à la charge, essayant cependant d'être plus diplomate, ce

qui m'était difficile. Et, un jour, elle fit plusieurs brasses toute seule !
Elle avait appris à nager.

Ma mère décida que nous allions fêter cet événement autour d'une
glace dans le village de Boulouris. On s'installa à la terrasse d'une boulangerie pâtisserie. Comme nous étions dans notre période ananas,
nous commandâmes un sorbet de ce fruit. Il était délicieux. Chantal
me rappela récemment ce souvenir et, s'il est resté dans son souvenir,
peut-être était-ce parce qu'il était la récompense du vainqueur ? Mais je
crois qu'il l'était vraiment car il avait le goût du fait maison.

Sur la plage, nous jouions aussi au ballon et à d'autres jeux. Ma mère
se joignait spontanément à nous avec plaisir car elle aimait bouger. On a
beaucoup ri toutes les trois. Et Chantal nous criait souvent : « Par ici, les
gamines! », les gamines incluant ma mère, qui, il est vrai, était bien jeune
encore. Elle était bien meilleure que moi, pour qui le sport n'a jamais
été le point fort, hormis la gymnastique au sol en raison de ma passion
pour mes cours de danse classique. Quand elle avait notre âge, elle était
qualifiée de « garçon manqué ». Elle se mêlait en effet aux garnements
de l'école du village qui montaient aux arbres pour déloger les oiseaux
dans les nids ou pour chaparder des fruits. Elle m'a souvent parlé de
cette époque heureuse où elle était chez sa grand-mère, une vieille dame
continuant à vivre comme au XIXème siècle avec ses jupes et ses jupons
longs, qui, grâce à sa culotte longue fendue faisait pipi debout et pour
qui le ménage se réduisait une fois par an à racler le sol des pièces pour
en enlever la crasse et à retourner la paillasse des matelas. Mais elle
mijotait des petits plats divins, me dit ma mère. Je n'étais vraiment pas
née à la bonne époque ! Au crépuscule, cette vieille dame la cherchait
partout avec une badine pour la faire rentrer dîner.

Ma mère a continué à aimer marcher, courir, sauter, faire du vélo,
monter aux arbres, et j'en passe, jusqu'à un âge très avancé Je me souviens qu'un jour, nous marchions avec ma fille de trois ans au pied d'une
colline faite de rochers où nous venions de grimper. Nous passâmes à
côté d'un verger recouvert d'herbes folles et surtout d'arbres portant des
cerises bien mûres. Ma mère n'hésita pas longtemps : « Je suis sûre que

ce verger est abandonné ! Venez ! Je fais la cueillette. Je vous lance les cerises et vous ramassez. Tenez, voilà mon sac. Vous pourrez les mettre dedans ! » Sous mes yeux ébahis, car elle avait au moins soixante ans, elle grimpa à l'arbre avec aisance. Elle avait un large sourire quand elle redescendit : au plaisir de l'exercice physique se mêlait celui de la fraude réussie, un sport national bien français.

Cette anecdote me renvoie à une autre. J'avais deux chats : une persane, et un mâle moitié persan qui tenait plus du vrai chat de gouttière. L'une marchait à pas lents et maniérés, l'autre était très vif et intrépide. Un jour, les deux chats étaient dehors près de mon imposant cerisier. Le mâle bondit sur l'arbre et atteint très vite le sommet. La femelle le regardait depuis le gazon avec des yeux d'envie. Elle n'y tînt plus et se jeta sur l'arbre. Elle n'alla pas bien haut. Elle réussit à attraper la première branche qui partait à l'horizontale à partir du tronc. Elle perdit l'équilibre et tint bon grâce à ses deux pattes avant, les deux autres pédalant dans le vide et elle... s'affala sur le gazon ! Eh oui, elle n'était pas faite plus que moi pour ce genre d'exercice. La différence c'est qu'il ne me serait jamais venu à l'idée d'imiter ma mère !

Par contre, quand nous jouions au badminton, je marquais enfin des points par rapport à mes deux partenaires. J'avais, il est vrai, quelques avantages sur les deux autres car je jouais quelquefois au tennis avec Dominique et son père. J'appréciais ce sport sans être, et de loin, une championne. Un autre souvenir anecdotique de badminton remonte à la surface : des années plus tard, j'étais sur la plage avec ma fille de dix-neuf ans et son copain du moment. Il s'énerva à la mode méridionale car elle ne rattrapait aucune balle. Ma fille prit la mouche, se rassit sur sa serviette et le défia : « Joue-donc avec ma mère ! » Quel plaisir elle me faisait ! Je la pris au mot et continuai la partie.

Mais Chantal et moi qui étions dans l'adolescence avions aussi d'autres centres d'intérêt sur la plage que nager et jouer : on regardait les garçons... Ceux que je préférais étaient les blonds avec un beau torse cuivré par le soleil. Chantal préférait les bruns. Quand nous étions loin des oreilles de ma mère, nous échangions nos impressions à leur sujet et tentions de deviner quels étaient leur vie, leur caractère, leurs intérêts, en nous appuyant sur quelques indices de leur comportement et plus souvent sur notre imagination.

Pour ma mère, et non seulement pour moi, ces vacances étaient avec certitude plus amusantes que les précédentes en dépit de quelques querelles inévitables entre les deux filles. Nous jouions quelquefois toutes les deux au jeu de dames. Mon grand-père avait été un champion à ce jeu. Mais champion à quel niveau: de la ville, du département, de la région, de France? Mystère ! Jamais je n'ai posé la question. Qu'il ait été champion me suffisait. Il m'avait initiée dès mon plus jeune âge à ce jeu. Il était ravi de former un partenaire qui serait assez costaud dans quelques temps pour se mesurer à lui. J'aimais bien jouer. Tout était donc pour le mieux et je progressais rapidement. Evidemment, Chantal perdait toutes les parties. Un soir, alors que nous jouions toutes les deux sur la terrasse, elle perdit à nouveau. C'en était trop pour elle. Vexée, elle attrapa le damier et jeta tous les pions par-dessus le garde-corps. Je fus choquée par ce geste que ma grand-mère aurait désapprouvé : elle m'enseignait qu'il fallait garder son calme quelles que soient les circonstances. Ma mère la réprimanda sans virulence. Dans le fonds, ce geste la faisait sourire. Elle nous demanda simplement d'aller récupérer les pions. J'étais mécontente. Chantal n'avait pas eu un comportement correct. Ma grand-mère l'aurait punie et elle aurait eu raison. Si j'avais été plus âgée et plus sage, j'aurais compris qu'il aurait fallu que je la fasse gagner de temps en temps. Mais, après tout, j'étais contente, pour une fois, de montrer ma supériorité ! Est-ce que Chantal me ménageait, dans nos jeux de ballon ? Et au jeu de saute-moutons ?

Un jour, quand nous passâmes une semaine de vacances aux Baléares dans un hôtel aux chambres immenses, ma mère avait tenté de m'y initier sans grand succès. Je n'ai jamais su sauter! On riait bien quand même jusqu'à ce qu'on entendit des coups frappés au plafond de la chambre du dessous. Cela nous stoppa net. Nous nous regardâmes comme deux gamines prises en faute. Quand ma mère proposa un saute-moutons dans l'appartement de Boulouris on vérifia d'abord que celui du bas n'était pas occupé. Je fus bien sûr nulle : soit que je ne parvenais pas à sauter assez haut, soit que je restais coincée sur le dos de ma partenaire. Est-ce que je le prenais mal ? Non, je faisais rire et je riais moi-même. J'aimais jouer et je n'étais pas mauvaise perdante. Un jeu était un jeu, rien de plus.

Nous retournâmes déjeuner à « La cigale » où l'ami de ma mère avait commandé des langoustes quelques jours avant. J'adore les langoustes que nous ne mangions généralement qu'à Noël ou pour une occasion bien spéciale. Chantal n'en avait jamais goûté mais comme elle aimait les crevettes, elle ne pouvait qu'adorer les langoustes.

C'était une pêche locale devenue de plus en plus difficile au fil des ans car les poissons et crustacés se raréfient en Méditerranée. Il n'y a pourtant pas de pêche industrielle dans cette région comme c'est le cas du côté de Sète où les pêcheurs se sont vus imposer des quotas pour certains poissons comme le thon. Ici, pas de thon : non, des plus petits poissons comme les sardines, les loups appelés bars dans d'autres régions, les rougets, la rascasse, le St Pierre, les soles pour n'en citer que quelques-uns. De grosses crevettes aussi appelées gambas, des langoustines, et le nec plus ultra, la langouste ! L'ami de ma mère avait commandé les langoustes d'avance ce qui était nécessaire. Les prises peuvent être rares.

Chantal était impressionnée par le cadre, le déploiement de serveurs qui s'affairaient autour de nous mais elle fait partie de ces gens qui ne montrent pas leur étonnement ou leur inexpérience et qui s'adaptent facilement au contexte. Les langoustes arrivèrent grillées et un serveur les décortiqua pour les poser prêtes à consommer sur nos assiettes tandis qu'un second nous servait. Ils nous proposèrent du beurre fondu citronné, une recette traditionnelle française. Mais l'emploi du beurre n'est pas fréquent dans la cuisine méridionale. C'était la seconde fois que je déjeunais dans cet établissement et par deux fois, nous eûmes du beurre ! Le chef n'était décidément pas du sud mais la cuisson rapide de ses langoustes était parfaitement maîtrisée : elles gardaient le goût de leur fraîcheur, celui des produits de la mer sauvages qui se nourrissent de ce qu'ils trouvent et de ce qui leur convient. Même la sardine, le petit poisson de Méditerranée bon marché, est un régal, marinée dans de l'huile d'olives et des herbes de la garrigue et simplement grillée au barbecue. Avant le dessert, un garçon passa sur la table le ramasse-miettes, un joli petit objet qui roule et avale les miettes du repas. Je ne l'ai plus vu employé depuis bien longtemps.

Mais que faire avec deux préadolescentes dont une active quand il n'est pas possible d'aller à la plage malgré un ciel bleu lumineux ce qui est le cas quand le Mistral souffle ?

Il s'était levé pendant la nuit. C'est un vent redoutable. Il assèche les jardins et les cultures On peut l'entendre secouer violemment les arbres, brisant ici ou là, un pot de fleurs mal amarré. Il fait claquer les auvents, qui n'ont pas été enroulés, comme les voiles, il pousse les parasols qui raclent les terrasses en se déplaçant, il fait gémir les charpentes en bois des toits. Les vagues de la mer se gonflent, s'ourlent d'écume blanche et viennent se fracasser sur les rochers. Il soulève et fait tourbillonner le sable des plages. Les vagues, qui roulent sur la grève, sans trouver de barrière, avancent de plus en plus loin.

Dès le matin, je vis que ma mère était absente, préoccupée. Elle n'avait presque pas dormi, et était restée à l'écoute de ce fantôme nocturne dont le souffle puissant provoquait des bruits et des dégâts effrayants. Le Mistral la paniquait depuis qu'elle fut réveillée, dans la villa de son ami où elle travaillait, par un fracas énorme, qu'elle associa, dans son sommeil, à l'explosion d'une bombe allemande sur la maison, ce que chacun craignait qu'il n'arrive pendant la guerre, quand elle était petite fille. Elle fut terrorisée. C'était un pin qui avait été déraciné, et qui était tombé sur le toit dans un bruit épouvantable, accompagné de celui, plus cristallin, des tuiles brisées et de la plainte des chevrons abîmés. Ma mère garda toute sa vie cette peur viscérale du Mistral.

« On va quand même à la plage ? s'enquit naïvement ChantaL

– C'est impossible, lui répondit ma mère. Il y a de trop grosses vagues. C'est très dangereux et de toute façon impraticable à cause des courants. Tu serais emportée ! Le drapeau rouge est hissé partout pour interdire la baignade. Même les bateaux de pêche ne sortent pas.

« – Mais cet après-midi, ça sera différent ! risqua Chantal qui n'abandonnait pas son idée.

– Quand le Mistral est parti à souffler, c'est pour trois jours ! Alors, pas d'illusion !

– Mais qu'est-ce qu'on va faire alors ? On va se promener ?

– Avec un temps pareil, le vent te pousse, tu te protèges les yeux de la poussière qu'il soulève. Ce n'est pas une partie de plaisir, crois-moi ! Tu as hâte de rentrer à la maison te mettre à l'abri !

– Ben alors, qu'est-ce qu'on fait ?

– Et chez toi, l'hiver, quand il fait froid, qu'il fait gris, que la pluie tombe, qu'est-ce-ce que tu fais ?

– Ben, j'essaie de m'occuper !

– Et bien, tu feras pareil ici ! » déclara ma mère en mettant un point final à cette conversation.

Toute la matinée, je voyais que ma mère était aux aguets, comme un animal qui flaire un danger. Elle prépara le déjeuner, mais elle continuait à être absente, inquiète.

Pendant le repas, je remis la question du Mistral sur la table :

« C'est pas bien grave, après tout, ce Mistral ! E c'est pas parce qu'on ne sort pas un jour qu'il faut en faire une montagne !

– Ah, tu crois ça ? Toi, l'intellectuelle de la famille ! Mais qu'est-ce qu'on t'apprend donc au lycée ? »

Ma mère éclata ! C'était parti ! Il fallait que ça sorte ! Quand le Mistral souffle, il peut déclencher des feux de forêt, difficiles à maîtriser en raison de la force du vent qui les propage à toute vitesse. Ils mobilisent tous les pompiers de la région qui risquent leur vie en les combattant ! Ils sont aidés dans leur tâche par des Canadairs, de lourds avions jaunes à hélices qui se déplacent lentement dans un vrombissement sourd et sonore et descendent jusqu'à la surface de la mer à proximité des rivages, pour remplir, sans se poser, leurs énormes réservoirs d'eau qu'ils déverseront sur le feu. Si on les entend, c'est que le feu est dans le coin ! Il ravage la forêt, les plantes, tue les animaux, et peut aussi s'en prendre à des maisons et à leurs habitants lorsqu'ils sont sur leur route.

Cette vision apocalyptique nous rendit muettes. Mais ma mère avait raison.

Bien plus tard, peu de temps après qu'un feu de forêt ait été maîtrisé, j'ai eu l'occasion de traverser l'Estérel par l'autoroute. Le feu avait sauté par-dessus le large pare-feu que constitue l'autoroute en épargnant les lauriers roses en fleurs du terre-plein central. De part et d'autre, ce n'étaient qu'arbres calcinés réduits à l'état de squelettes, sol noirci recouvert de cendres. Plus aucune verdure ni aucun signe de vie. Une vraie vision de fin du monde impossible à oublier. Moins d'un an après, il n'y avait plus guère de traces de cet incendie : la garrigue avait repoussé.

Je me souviens aussi, qu'il y a une dizaine d'années, lorsque j'habitais une villa dans la partie ancienne du quartier des golfs de St Raphaël, je sentis une odeur de fumée. Je sortis et m'aperçus que le ciel en était envahi. J'entendis des bruits dans notre impasse et ouvrit le portail. Les voisins s'étaient rassemblés et discutaient. Ils me montrèrent la colonne de fumée qui s'élevait dans le ciel. On pouvait même voir des flammes s'élever de temps en temps. Nul doute : un feu s'était déclaré non loin de chez nous. La ligne téléphonique des pompiers était constamment occupée. Deux voisins partirent à la recherche d'informations et pour s'enquérir des mesures d'urgence que nous devions prendre pour protéger nos maisons. Ils revinrent avec des nouvelles rassurantes. Le feu s'était déclaré sur une colline de Fréjus et il était en passe d'être maîtrisé. Il n'avait fait aucune victime. Nos nerfs tendus se relâchèrent.

Les pins ont des racines peu profondes ce qui explique que ces arbres peuvent être facilement déracinés ou glisser par fortes pluies, mais ces racines sont aussi puissantes, puisqu'elles soulèvent les dalles des jardins, le revêtement des trottoirs, le macadam des routes et brisent les canalisations enterrées. Tous les habitants des quartiers pavillonnaires, moi compris, en firent une ou plusieurs fois l'expérience. Un autre inconvénient majeur du pin est que ses aiguilles mortes, ses pommes, son écorce, s'enflamment rapidement. On s'en sert d'ailleurs l'hiver pour démarrer les feux de cheminée. Et le Var est le deuxième département français pour la superficie de ses forêts constituée en grande majorité de pins, une forêt sauvage, non exploitée....

Il y a cinq ou six ans, je me rendais comme chaque semaine à la ferme où j'achetais mes fruits et légumes. J'y accédai à travers la forêt par une petite route défoncée, un raccourci de plusieurs kilomètres, qui était équipée d'une barrière au bout de la route qui y conduisait. Bien que cette barrière levante rouge et blanche fût toujours ouverte, personne, à part quelques gens du cru et les chasseurs à l'automne, ne s'enhardissait au-delà. Et pourtant ! J'y découvris en compagnie de ma chienne, des sentiers étroits, cailouteux, ravinés par l'eau de pluie, où des roches affleurées et où, à un des détours, sans qu'on s'y attendît, la lumière vive et une vue à couper le souffle sur la Méditerranée vous sautaient au visage. Un jour, le véhicule tout terrain jaune des garde-forestiers surgit soudain devant moi sur cette route. Il me força à reculer en marche arrière jusqu'à la sortie... Ils étaient en train de fermer les deux accès par prévention, l'alerte rouge au feu ayant été décrétée.

De nouvelles mesures avaient été prises pour lutter contre les feux de forêt. Jusqu'ici, les sentiers étaient toujours fermés par des barrières car interdits aux véhicules à moteur. Partout, des panneaux indiquaient feux interdits, et sur un sentier de cette petite route j'avais même remarqué un « interdit aux chevaux » ce qui me sembla incompréhensible. Maintenant, en cas d'alerte incendie préventive, on fermait même les petites routes aux véhicules et les sentiers aux randonneurs. Les hommes, qu'ils soient imprudents ou pyromanes étaient jugés responsables de plus de feux que le Mistral lui-même. Les patrouilles à cheval ou en voiture furent multipliées.

Une autre mesure visant à limiter les feux de forêt fut de replanter, après un incendie, des chênes-lièges, résistants au feu et aux racines profondes et solides, à la place de pins.

Pour l'instant, ce jour d'Août 1964, nous étions coincées à la maison à cause du Mistral. Ma mère, sans doute prise de remords suite à sa réaction vis-à-vis de notre ignorance quant au Mistral eut une idée de génie :

« Et si nous allions passer la journée à Nice demain ? Là-bas, le Mistral ne souffle pas. Il s'arrête ici car il ne peut pas franchir le Massif de l'Estérel qui sépare le Var des Alpes Maritimes. »

Un « Ouais » de joie, sonore et prolongé, lui répondit.

Préparer cette excursion à Nice nous occupa le reste de l'après-midi. Ce devait être une ville élégante. Nous ne pouvions nous-mêmes que l'être. Nous devions troquer le short contre une robe. Je cherchais dans ma garde-robe ce que je pouvais trouver pour Chantal. Elle était plus grande que moi, mais si la robe était plus courte qu'il ne faudrait, ce n'était pas bien grave. Elle tomba en extase devant une jupe en coton noir avec de minuscules motifs blancs, froncée à la taille, et bordée d'une broderie anglaise comme s'il s'agissait d'un jupon qui dépassait. Une tendance mode du début des années soixante due à Brigitte Bardot qui ne s'habillait ni ne se coiffait de façon sophistiquée comme les stars de l'époque mais comme une fille simple, quelque peu sauvageonne avec des robes et jupes en coton, souvent du Vichy, froncées autour d'une taille dont la minceur était accentuée par une large ceinture bien serrée. Sa façon d'être et sa voix étaient aussi naturelles que son allure. Ma mère avait réalisé cette jupe que j'appelais ma jupe grand-mère. Chantal en a adopté le nom en même temps que la jupe.

C'était maintenant au tour de ma mère de s'occuper d'elle en essayant de discipliner sa masse de cheveux. Elle lui fit un chignon banane, là aussi inspiré du chignon « choucroute » de l'actrice dont le volume était obtenu par le crêpage des cheveux et qui semblait être un enchevêtrement naturel. Elle la coiffa très bien. Chantal se regarda longuement dans le miroir. Sa bouche se fendit d'un large sourire et ses yeux s'illuminèrent. C'était le signe qu'elle était contente: « Oh ! merci marraine ! ». Ma mère n'était pas officiellement la marraine de Chantal mais de l'une de ses sœurs jumelles. Chaque enfant l'appelait cependant marraine. Quant à leurs parents, je les appelais tonton et tatate. C'était une habitude bien française qu'on dise aux enfants d'appeler les meilleurs amis de leurs parents par un titre familier de parenté plutôt que par leur prénom, ce qui aurait été considéré comme déplacé alors qu'ils n'étaient pas de la même génération. En ce qui concernait les devoirs que la religion attend d'une marraine par rapport à un filleul, personne ne s'en occupait plus. Etre marraine, ou parrain était une marque d'honneur ou de respect de la famille à la personne à qui on demandait de l'être.

Quant à ma coiffure, c'était plus simple. J'avais vu le film musical « Les parapluies de Cherbourg » dont l'héroïne était la toute jeune Catherine Deneuve. J'avais le même genre qu'elle. Il avait donc suffi de déplacer la barrette qui retenait mes cheveux derrière la tête au-dessus de mon crâne et d'y ajouter un beau nœud en satin noir. Je n'avais plus de frange depuis que je vivais avec ma mère. Elle n'aimait pas les franges. En 1964, d'ailleurs, ce n'était plus tellement la mode. Et on adorait toutes les deux la mode. Elle-même avait un chignon banane mais avec moins de volume que celui de Chantal car elle avait des cheveux fins et peu fournis.

En fin d'après-midi, je passai par hasard devant la porte-fenêtre du séjour et m'arrêta un instant, frappée par ce que je vis : plus aucun nuage dans le ciel devenu d'un bleu profond ; la lumière accentuait les contrastes entre zones éclairées et zones d'ombre ce qui donnait à l'ensemble un aspect de tableau surréaliste. Je n'avais jamais vu cela !

Le lendemain, nous prîmes le train à Boulouris. C'était un omnibus, forcément, puisque Boulouris était une petite gare. Quand le train partit, nous ne nous attendions pas à voir un paysage aussi grandiose que celui que nous allions traverser.

Le train longea la route nationale du bord de mer et ses nombreuses petites criques, comme celles où nous allions nous baigner, et s'arrêta au « Dramont ». Les alliés débarquèrent en 1944 sur cette plage. Proche du rivage, nous distinguâmes, entre les pins, une île minuscule de roche rouge sur laquelle était édifiée une tour carrée de style médiéval aussi rouge que le rocher. J'appris plus tard qu'elle n'était pas du tout médiévale mais récente et qu'elle était privée. Pour l'instant cette tour enflamma nos imaginations : quel secret recelait-elle ? Etait-elle hantée ? Y avait-on caché un prisonnier comme le masque de fer ? Ou était-ce un repaire de brigands ? On regardait cette tour avec curiosité en essayant de percer son secret. En fait, cette tour n'avait pas seulement enflammé l'imagi-nation de jeunes personnes comme nous. Elle inspira Hergé, pour l'une des aventures de Tintin racontée dans « l'Ile noire ». Elle ne pouvait pas décemment porter son vrai nom : « l'île d'or » ! Certains prétendent que l'aventure ne se déroule pas ici mais en Ecosse ! Foutaise ! Si on regarde les dessins d'Hergé, il est clair qu'il s'agit bien de l'île du Dramont.

L'arrêt suivant était Agay. Cette bourgade qui fait partie de St-Raphaël a une baie magnifique bordée d'une plage de sable étroite. L'extrémité de la baie abrite un petit port avant d'atteindre les rochers. Le cap est surmonté d'un phare rouge et blanc qui me fait penser à la Bretagne. Les constructions se concentrent le long et derrière cette baie. Celles du bord de mer sont sur le même modèle que les maisons de la promenade de Fréjus plage. Tout ce qui est nécessaire à la vie quotidienne s'y trouve rassemblé. A proximité de ce bord de mer commence la colline avec de rares maisons émergeant d'un flot de verdure. Plus haut, les roches rouges verticales encerclent la baie. Ce paysage me fit penser à un théâtre antique où la scène serait la mer où évoluent bateaux et baigneurs au lieu d'acteurs.

Passé Agay, le paysage changea et devint plus sauvage et plus abrupt. Nous en fûmes surprises. Plus rien de plat. Les montagnes de roches de porphyre rouge semblent dégringoler dans la mer. Le train roule bien au-dessus du niveau de l'eau et traverse des tunnels qui débouchent chaque fois sur des paysages nouveaux : des maisons avec piscine en contrebas paraissent inaccessibles. Encore plus frappant est le contraste des couleurs : le bleu saphir de la mer, le rouge des roches, le vert profond des rares pins.

On s'arrêta à Anthéor. Les maisons et les plantes s'accrochent au flanc de la roche. Combien d'escaliers à monter dans ces maisons ? Comment entretenir les plantes ? Et pas de bruit, deux ou trois passagers sur le quai. Si le lieu est dans un décor somptueux, il n'est pas très convivial ! Le train repartit. Nous passâmes sur un haut viaduc. Plus vivant cette fois-ci en bas : enfin une petite plage en bordure de la route dont la langue de terre s'étire à l'arrière en se rétrécissant : quelques commerces, un camping, quelques villas. Puis, la route du bord de mer grimpe de nouveau sitôt cette plage passée.

Plus loin c'est un véritable désert rouge digne de l'Arizona, un désert sauvage et fascinant avec ses roches qu'on croirait sculptées et une mer aux eaux turquoise en contrebas, nuancées de bleu plus foncé ou de vert lorsque des algues en tapissent son fond. Quelques tunnels et de nouveaux escarpements rocheux, quelques plantes vertes poussant comme par magie, et, à l'extrémité d'un cap, une maison sur un rocher, complétement incongrue. Comme c'était beau et si loin de la « douce France », avec ses vallons verdoyants si souvent décrits par les poètes !

Nous venions de découvrir ce qui est appelé « la Corniche d'Or » une des plus belles et plus spectaculaires routes du pourtour de la Méditerranée. La portion de Boulouris à Agay est la plus fréquentée car la plus facilement accessible. Par contre, les amoureux inconditionnels de la nature, de la solitude seront comblés plus loin ... à condition d'être un peu sportif et de faire des provisions car les commerces ne sont pas à côté !

Avant que l'autoroute qui traverse l'Estérel ne soit ouverte en 1961, il n'y avait que deux possibilités, mangeuses de temps, pour se rendre à Cannes par la route : le bord de mer ou la route nationale 7 à travers l'Estérel plutôt sinueuse, elle aussi, mais moins dangereuse quand même. L'autoroute a changé la vie des habitants varois !

Après Le Trayas, dernier quartier de St Raphaël, la route redescend et nous entrons dans les Alpes Maritimes avec Théoule sur Mer, une bourgade et son petit port, niché au pied de l'Estérel. Puis c'est la plaine jusqu'à Nice depuis Mandelieu avec les magnifiques pins parasols de son golf, devenus si rares. A l'horizon se profilent les Alpes. Cannes se distingue très distinctement par la bande blanche de ses constructions de front de mer, les nombreux bateaux de plaisance qui naviguent et, ce jour-là, un énorme bâtiment de croisière ancré dans la rade. Nul doute : nous ne sommes plus dans la campagne varoise. Lorsqu'une voiture immatriculée dans les Alpes Maritimes croise une autre voiture immatriculée dans le Var, on dit que la réflexion du premier conducteur, suite aux maladresses commises par le second, est la suivante : « Tiens, encore un paysan du Var ! » Telle est la réputation des Varois !

A Cannes, nous descendîmes du train pour prendre la correspondance pour Nice, tout aussi antique avec sa locomotive à vapeur.

Passé Antibes, et après un fort laissé à notre droite, commençait une longue plage de galets bleus, pas très large mais qui semblait interminable tant nous mîmes de temps à la dépasser. La mer ne semblait pas aussi calme qu'à Boulouris. Ici, il n'y avait pas de criques : la plage était ouverte sur la mer. De vrais vagues remplaçaient les vaguelettes. Nous atteignîmes Cagnes sur Mer puis Villeneuve Loubet, les deux dernières haltes dans un paysage très urbain, avant d'atteindre Nice après que le train ait traversé une forêt d'immeubles ordinaires, comme c'est le cas à l'approche de toutes les grandes villes.

La gare n'est ni située en bord de mer ni dans le quartier élégant et touristique, sans en être très éloigné. Ma mère annonça que nous allions d'abord déjeuner. Elle s'engagea dans l'avenue de la Victoire, devenue depuis l'avenue Jacques Médecin, qui conduisait au bord de mer. Elle semblait savoir où elle allait et je me doutais de ce que nous allions manger : ma mère, à chaque fois que nous voyagions, en attendant un train ou entre deux trains, commandait le même plat.

L'avenue de la Victoire était aussi fréquentée que les grands boulevards de Paris : piétons, voitures, bus...De chaque côté, des magasins plus ou moins importants, des brasseries, des banques, se succédaient ; les immeubles ressemblaient à ceux du XIXème siècle que je connaissais à Paris sauf que les fenêtres hautes étaient souvent encadrées de volets verts avec cette petite trappe qu'on pouvait ouvrir, volets fermés, caractéristique de la région . Nous dépassâmes également le parvis d'une église avec ses deux tours jumelles qui me fit penser à Notre Dame de Paris en plus petit et en moins ouvragée. Puis vint le remarquable édifice du Crédit Lyonnais avec une entrée extérieure abritée en rotonde, délimitée par des colonnes qui me sembla être un mélange de Belle Epoque et de style italien. Tout cela n'était pas très différent de Paris, sauf la foule, beaucoup plus bruyante et beaucoup moins pressée. Je remarquais deux groupes qui se rencontrèrent. Ils se connaissaient car débutèrent des exclamations de surprise. Puis ce fut l'effusion des embrassades. J'appris ainsi que les Niçois sont démonstratifs comme beaucoup de Méditerranéens. Paris était convivial surtout à partir du printemps, mais ici c'était gai Je me sentais vraiment à l'aise dans un environnement où je retrouvais mes repères. Tout-à-coup, en face de moi, sur un bâtiment à trois étages comme les précédents m'apparut en grosses lettres visibles de loin l'enseigne « Galeries Lafayette ». Le grand magasin de Paris ! Je n'en croyais pas mes yeux. Mais j'étais à Paris ! Chantal, qui venait comme moi d'une petite ville paisible du nord de la Bourgogne, venait souvent nous rendre visite à Versailles, mais nous passions nos journées à Paris. Elle aimait cette ville autant que ma mère et moi, et je vis à son sourire qu'elle aimait Nice aussi. En fait, nous aimions toutes trois les grandes villes qui bougent.

Ma mère semblait très bien savoir où elle allait car on tourna à gauche à un croisement de rues au niveau des Galeries Lafayette. Ce que je pensais arriva : juste au croisement suivant, au coin des Galeries Lafayette mais en face, m'apparût en lettres d'inspiration gothique, l'enseigne de « La taverne alsacienne », très alsacienne en effet et même allemande de l'extérieur, avec ses petites fenêtres à vitraux colorés. A Nice, n'importe qui aurait choisi un restaurant de fruits de mer et poissons. Mais ma mère n'était pas n'importe qui. Nous entrâmes donc dans cette taverne alsacienne sombre car peu éclairée par les fenêtres. Les boiseries et l'ameublement foncé renforçaient ce manque de luminosité. Les banquettes étaient par contre très « brasserie parisienne » tout comme les garçons avec leur long tablier blanc sur leur habit noir. Ce jour-là, nous fîmes trois voyages en un sans changer de lieu : Nice, Strasbourg et Paris ! La véritable choucroute est tellement conséquente en quantité qu'elle constitue un plat unique. Ma mère commanda donc trois choucroutes et trois bières blondes.

J'avais l'habitude de boire de la bière avec ma grand-mère de temps en temps quand nous allions « à la ville ». Ma grand-mère me disait que la bière était très bonne à la santé et même recommandée pour les femmes enceintes. Elle considérait aussi que la bière pouvait être bue par des enfants Bien qu'elle soit de Paris, je la soupçonne d'avoir eu des aïeuls belges et même flamands compte tenu de son nom de famille : Verlinde. Je la soupçonne aussi de m'avoir toujours fait servir de la bière coupée de limonade ou autre car ma boisson n'a jamais eu d'effet enivrant. A Paris, lorsque j'avais huit ans et que ma mère m'avait emmenée au sommet de la Tour Eiffel, nous prîmes un rafraîchissement. Moi, tout naturellement, je commandais une bière. Le garçon m'apporta une bouteille de 1664. Lorsque je sortis, je voyais tout tourner et il me fallait descendre des marches à la sortie... Pas de coca, peu répandu alors, ni d'autres boissons pétillantes pas plus que de sirop pour les enfants. Nous buvions de l'eau « rougie » c'est-à-dire additionnée de quelques gouttes de vin rouge. Le vin était aussi réputé bon pour la santé, ce qui n'est pas plus faux que pour la bière. En Provence, par contre, ce sont le rosé et le pastis qui sont les boissons courantes.

Le serveur apporta un énorme plat où le chou formait un dôme garni d'une impressionnante quantité de charcuteries : saucisses de différentes tailles et de différentes couleurs, lard maigre, tranches de porc, et aussi des pommes de terre vapeur. Il prépara trois assiettes qu'il nous servit et laissa le plat de service encore copieux sur le réchaud. Ce que j'aimais dans la choucroute, c'était moins la charcuterie que le chou, qui a le bon goût acidulé du vin blanc et des épices dans lesquels il a mijoté. Quand nous quittâmes la table nous étions rassasiées et loin d'avoir fini le plat. Dommage que demander un doggy-bag pour emporter le reste qui allait passer à la poubelle n'existait pas encore !

Ma mère nous dit nous emmener à la place Masséna, mais nous voulions d'abord passer par les Galeries Lafayette. Ces galeries avaient une sortie sur cette place. Tout allait donc bien. On pouffa de rire en essayant des chapeaux de toutes sortes. En sortant nous découvrîmes la fameuse place Masséna une immense place rectangulaire où tous les bâtiments autour étaient semblables à celui des Galeries Lafayette avec ses façades roses délavées, les trois étages aux petits volets verts et les toits peu pentus. Tout au long du rez-de-chaussée courait une galerie servant de trottoir avec des portiques blancs de style turinois tout comme la rue de Rivoli de Paris, c'est-dire hauts et dont les piliers sont plus rapprochés que pour les arcades. Je trouvais que ces galeries étaient bien pratiques pour se protéger du soleil pendant l'été. Et même en hiver quand il pleuvait.

Nous traversâmes avec précaution la place Masséna car les voitures étaient nombreuses à tourner autour de son parking central, pour atteindre les Jardins Albert Ier Ils étaient aussi beaux que le jardin des Tuileries avec leurs pelouses bien vertes, leurs parterres de fleurs, la géométrie classique de leur dessin, les fontaines et les statues antiques. Mais les palmiers et les pins ainsi que le chant des cigales que nous entendions pour la première fois de la journée nous rappelèrent que nous étions bien sur la Côte d'Azur. Plus avant, le jardin devenait plus sauvage, plus arboré, les allées plus sinueuses, à la manière anglaise. Ce que j'ai particulièrement aimé dans ces jardins fut une pergola aux piliers de pierre qui ombrait de son feuillage les bancs qu'elle abritait où on avait envie de s'asseoir, de s'imprégner de l'ambiance, de respirer les parfums du sud, bref de profiter de la beauté d'un bel après-midi d'été comme le faisait certainement au début du siècle ces femmes à la robe froufroutante et à l'ombrelle de dentelle et ces hommes élégants jouant de leur canne au pommeau argenté.

Nous n'eûmes ensuite qu'à traverser la route pour nous retrouver sur la Promenade des Anglais, cette longue promenade qui épouse la courbe de la baie des Anges et dont les réverbères allumés le soir, aux feux brillants comme des diamants, lui valut le surnom de collier de la reine. La partie piétonne est large et surplombe les plages de galets bleus où on descend par un escalier à double volée. Souvent, l'un des deux au moins conduit à une plage privée.

Nous continuâmes d'avancer sur la Promenade des Anglais, dépassant de beaux bâtiments de style Belle Epoque, des cafés, des boutiques, des restaurants, tous aussi luxueux les uns que les autres, et le Palais de la Méditerranée, un bâtiment aux lignes épurées style art déco avec ses hauts piliers précédés d'un escalier monumental. L'édifice est impressionnant. Il comporte casino, théâtre et restaurant. C'est une institution à Nice.

Nous repérâmes de loin le célèbre Négresco, un des derniers survivants des palaces européens, un chef d'œuvre de la Belle Epoque, grâce à son aile en rotonde couverte d'un dôme au toit de tuiles rouges. Sur chaque battant des portes vitrées de l'entrée se dessine en lettre dorée Le N enluminé de Négresco :

« Tu as vu le portier s'exclama Chantal . Il est déguisé en laquais Louis XV ! Que c'est drôle ! On dirait qu'il va à un bal costumé !

– C'est vrai, lui répondis-je en riant Mais pourquoi a-t-il des bas noirs et non blancs ?

– C'est pour donner moins de lavages à sa mère, pardi ! »

Et nous voilà reparties pour un fou rire !

Je trouvais en tout cas la façade bien belle et pas monotone du tout avec ses parties en saillies, des demi-piliers corinthiens, certains balcons à balustrades, alors que d'autres n'en avaient pas, le tout surmonté de toits à la Mansart. Mais un détail me chiffonna il y avait bien de l'autre côté de la façade principale une aile en rotonde mais...pas de dôme ! Et la géométrie alors ?

« C'est comme ça, c'est tout ! » nous dit ma mère.

On quitta ensuite le bord de mer par des petites rues pour rejoindre le quartier où les boutiques de luxe fleurissaient. C'étaient les mêmes boutiques de mode luxueuses que dans les plus beaux quartiers de Paris. J'étais ravie. La différence était la foule plus exubérante qui rend le lèche-vitrine vraiment convivial. Décidément, Nice me plaisait beaucoup.

De nombreuses terrasses de café nous ouvraient les bras. Nous nous laissâmes tenter avant de reprendre le chemin menant à la gare qui n'était quand même pas à côté. Sur le chemin, je remarquai que de nombreuses résidences portaient le nom de palais X ou Y écrits sur le fronton de la porte d'entrée. Bien que l'entrée de certaines fût encadrée par deux piliers, elles ne pouvaient vraiment pas prétendre être des « palais » ! Curieux !

Nous reprîmes notre tortillard pour Boulouris. Aujourd'hui, la plupart des trains sont agencés avec un couloir central. Les TGV le sont même à la façon d'un avion, en rang serré de part et d'autre du couloir central si bien qu'on se sent comme des sardines dans une boîte. Dans les années soixante, les voitures avaient des compartiments desservis par un couloir latéral Certaines de ces voitures sont encore en circulation aujourd'hui. Le revêtement des banquettes est resté en faux cuir vert-de-gris, une couleur très allemande, les vitres antiques sont presque opaques. Des voitures qui mériteraient un classement et un prix troisième classe ! Aujourd'hui, on annonce le trajet du train, les retards, et les gares où le train s'arrêtera quelques minutes plus tard. Ce n'était pas le cas alors et rater une petite gare était une cause d'anxiété fréquente.

Mais train de luxe comme le Mistral ou le Train Bleu ou non, seconde classe ou première, l'inconfort régnait sur le réseau SNCF dans les années soixante. Rien à voir avec l'actuel TGV glissant à grande vitesse sans bruit et avec autant de douceur qu'un Airbus 380 dans les airs ! Les tours des roues métalliques sur les rails se matérialisait par un rythme de comptine sonore : tagada, tagada, tagada, qui pouvait avoir l'avantage de servir de somnifère à certains. Chaque changement d'aiguillage se traduisait par des soubresauts bruyants qui ballottaient les passagers d'un côté ou de l'autre et quand le train ralentissait vous vous sentiez poussés en avant dans un horrible crissement métallique désagréable à l'oreille. Le nom des grandes gares ainsi que le temps d'arrêt étaient annoncés, dès l'immobilisation du convoi par un haut-parleur. Quelques minutes plus tard, le haut-parleur annonçait le départ imminent du train et la nécessité de fermer les portières qui étaient souvent claqués par un employé, la fermeture n'ayant pas encore été automatisée. Le chef de gare sifflait le départ du train qui s'ébranlait alors dans une secousse qu'il faisait partager aux passagers. Tout un protocole dont je me souviens encore par cœur car pour les longs trajets qui s'effectuaient de préférence de nuit, ces arrêts tiraient les passagers de leur sommeil. Au final, presque tout le monde ne faisait que somnoler.

Actuellement, les vols longs courriers ne sont pas forcément mieux. Quand vous avez faim et que vous attendez votre dîner jusqu'à trois heures du matin, à votre heure et non à celle du décalage horaire, que l'hôtesse n'éteint les lumières qu'à quatre heures, et que vous êtes réveillés à 6h, toujours à votre heure locale, sans doute à cause des passagers qui s'agitent en vue d'un prochain atterrissage et des hublots qui ont été ouverts, on ne peut pas dire que vous descendez de l'avion frais et dispos. Il m'est arrivé d'ouvrir les yeux et, regardant par le hublot, de m'étonner que nous volions si bas. Nous allions atterrir à Bangkok, où il était 11h ! L'hôtesse m'a barré le chemin des toilettes et m'a ordonné de retourner à ma place et de m'attacher. Impossible de satisfaire des besoins naturels après une nuit, c'est le comble!

IV

Le second voyage que nous fîmes fut pour visiter Vintimille, en Italie, la première ville après la frontière et terminus des trains en provenance de France. Cette fois-ci, nous prîmes un train express à St Raphaël pour éviter les arrêts fréquents.

Chantal et moi connaissions le trajet jusqu'à Nice. Nous adoptâmes donc l'attitude désabusée des grands voyageurs qui n'ont plus rien à apprendre. On détestait passer pour des touristes. A partir de Nice, le paysage recommença à nous intéresser. La superbe baie de Villefranche, petite ville limitrophe de Nice qui descendait gentiment jusqu'à la mer, était nichée entre deux bras de terre musclés, qui semblaient la protéger, elle, ses yachts de luxe et ses navires de croisière. Plus loin, le désert gris des Alpes prit le relais du massif rouge de l'Estérel mais c'était le même amoncellement de rochers, quoique plus hauts, qui paraissait chuter dans la mer. Les villages se recroquevillaient au pied de ces montagnes, en bordure de mer dès que la topographie le permettait. Le paysage était grandiose avec de place en place, des villas magnifiques, beaucoup plus importantes et raffinées que dans le Var plus rustique. Certaines étaient élégantes, tels les « palais » de style italien, roses, avec les encadrements blancs de leurs ouvertures et des terrasses protégées par des balustrades tout aussi banches, et dans les jardins, des statues, l'exubérance des palmiers, des arbres exotiques, des plantes grimpantes et fleuries telles les bougainvillées.

Nous traversâmes de nombreux tunnels. On pouvait ouvrir les fenêtres du train. Mais on ne respirait pas tellement l'air rafraîchissant du dehors, mais plutôt l'odeur âcre de la fumée de la locomotive. Je ne la trouvais pas déplaisante. Elle faisait partie de l'aventure des voyages. Dans les tunnels, il fallait, par contre, absolument fermer les fenêtres pour ne pas être envahi par cette fumée dans les compartiments.

Peu de temps plus tard, nous découvrîmes le fameux Rocher de Monaco qui surplombait la mer. A son sommet, tout autour, courait des fortifications avec des tours basses mais larges à chaque coin. La façade du palais que nous apercevions était austère. Au-dessus, se dressait une tour crénelée sur laquelle flottait le drapeau des Grimaldi, la famille princière. Nous étions déçues. Chantal et moi nous étions attendues à découvrir un palais à l'architecture raffinée aux nombreuses tourelles et toits, aux façades sculptées et ouvragées, bref, à un palais de conte de fées et que découvrions-nous? Rien d'autre qu'une forteresse! Vraiment pas de quoi rêver!

Mais ce qui était cependant spectaculaire, c'était la localisation du « palais » et du village au sommet de cet éperon rocheux pareil à un navire ancré là depuis des siècles qui aurait mérité un autre nom que cette simple dénomination « Rocher » mais lequel? Et pourquoi parler de palais quand il s'agissait d'un château médiéval? Malgré les embellissements que les princes voulurent apporter à cette forteresse dans les siècles suivants le Moyen-Age, pour lui apporter l'allure d'un palais, j'ai toujours trouvé qu'elle n'avait de l'extérieur pas plus que de l'intérieur la splendeur d'un palais au sens où les Français emploient ce terme.

Le train s'arrêta à la gare de Monaco Monte Carlo, cette ville qui se développa au pied du Rocher, sur des terres plates et marécageuses, longtemps restées agricoles. Cette gare, me sembla peu amicale, sombre, comme si elle avait été construite dans une cavité, peut-être parce qu'elle était dans l'ombre. Les gares des grandes villes sont rarement belles, mais à Monaco, je m'attendais à autre chose. Quand le train repartit, Chantal et moi fûmes stupéfaites de voir tant de gratte-ciels. Jamais nous n'en avions vu sauf à la télé dans des films américains. Il n'y en avait pas tant en fait, pas comme aujourd'hui, mais la ville, dont le territoire ne pouvait s'étendre à l'horizontal, ne pouvait que croître en hauteur bien que cela ne corresponde ni à la tradition française ni à la tradition italienne. Par contre, je découvris plus tard que la ville ancienne avec ses palaces, ses immeubles de la Belle Epoque, son Casino, ses boutiques de luxe avait été épargnée par ce modernisme et avait gardé son charme désuet du début du XXème siècle, au point où on ne peut même pas deviner qu'une ville moderne existe à proximité immédiate.

Quelques kilomètres plus loin, passée la dernière petite ville française de Menton, nous arrivâmes à la frontière et pénétrâmes sur le sol italien. Beaucoup de frontaliers passaient cette frontière en voiture pour rapporter des apéritifs, Martini, Campari et autres, bien moins chers qu'en France. De même pour les articles de cuir : chaussures, gants, ceintures, sacs...Elle garde aujourd'hui cette réputation. Mais attention : il existe des contrefaçons pour les produits de grand luxe : sacs Hermès ou Louis Vuitton, et aussi pour des montres Rolex et des vêtements. Méfiance ! Les offres alléchantes sont trop alléchantes pour être honnêtes ! Les douaniers surveillent, mais les contrefaçons continuent encore à circuler aujourd'hui en Italie.

Un douanier passa dans les wagons pour contrôler l'identité des voyageurs. Ma mère présenta sa carte d'identité et déclara que nous étions ses deux filles. Il était rare que des enfants aient leur propre carte d'identité avant leur majorité qui était alors de vingt et un an. Chantal eut de nouveau un sourire ravi, et se redressa fière d'être devenue si facilement ma sœur et surtout la fille de ma mère.

Le paysage changea du tout au tout : plus de palaces ni de bateaux de plaisance laissant de longues trainées d'écume derrière eux, mais la campagne, avec des cultures de fleurs sous serres en terrasses qui descendaient jusqu'à la mer et un petit village blotti au pied de la montagne en bordure de l'eau. La mer avait des miroitements d'argent sous le soleil. C'était beau mais déroutant, si proche et si différent de la Côte française. C'était un voyage dans le passé. Les collines de Nice devaient ressembler autrefois à ce paysage.

Quelques minutes plus tard, nous étions à Vintimille. A la sortie de la gare, ma mère prit un taxi en lui demandant de nous conduire dans un « restaurant typique ». La plupart des Italiens de cette région comprennent le français et même le parlent. Quant à l'italien sans le parler mais avec une petite connaissance des racines latines des mots français, il nous est aussi possible de saisir en gros le sens de phrases simples. Le chauffeur nous déposa non loin de là à l'entrée de ce que j'appellerai non pas un restaurant mais une cantine italienne : une grande salle sans décoration particulière avec des tables alignées côte à côte où dominait un bruyant brouhaha car les Italiens, nombreux dans cette cantine, ne sont pas réputés pour être silencieux. Les serveurs couraient presque entre les tables et y déposaient les assiettes sans cérémonie. Je ne suis pas sûre que ma mère ait pensé à un endroit de ce genre mais nous étions là dans une ville étrangère et inconnue et nous y restâmes. Je n'avais jamais vu un tel endroit auparavant et j'observais tout avec étonnement. Je commandais un fritto misto petite friture de calamars, de crevettes et de petits poissons en beignets servis avec une sauce tartare, un plat pas du tout diététique, mais aussi délicieux que les fish and chips pour les Anglais. La petite friture, ces petits goujons frits passés préalablement à la farine avant d'être jetés dans la friture et servis avec un citron, était un plat simple bien français, qui se rapprochait du plat italien, dont nous nous régalions mon père et moi. Ma mère et Chantal choisirent chacune un plat de pâtes en sauce cuites au four. C'était la première fois que ma mère mangeait un tel plat et elle eut une révélation : les pâtes pouvaient être autre chose que ce plat insipide, cuit trop longtemps à l'auto–cuiseur avec de l'oignon et un bouquet garni. Elle préparait également le riz ainsi. Je détestais ses pâtes et son riz. Merci à cette cantine italienne qui ouvrait de nouveaux horizons à mes repas quotidiens !

Nous marchâmes ensuite en direction du centre-ville. Chantal, en raison de sa masse de cheveux noirs, paraissait plus italienne que nous. Elle était aussi plus grande que nous ce qui la faisait paraître plus âgée. Ce fut sans doute les raison pour lesquelles elle fut accostée par un touriste qui lui demanda son chemin. Elle n'aimait pas être prise pour une touriste. Elle aurait donc dû être contente d'être prise pour une Ita-lienne. Mais elle ne l'était pas du tout et son visage se ferma tout-à-coup. Très longtemps après, elle me confia qu'elle ne comprenait pas pourquoi elle avait été si vexée. Les Italiennes du nord sont en général des femmes belles et très élégantes. Aujourd'hui, la mode italienne surpasse la mode française. Chantal aurait plutôt dû être flattée. Mais, à cette époque, le niveau de vie en Italie était très en-dessous du niveau de vie français. Les Espagnols, les Portugais et les Italiens étaient les immigrés de la France.

Tous les ressortissants de ces nationalités étaient très critiqués par les Français qui les trouvaient bruyants et sans-gêne. Ils avaient, en plus, souvent, une marmaille qui piaillait, courait et jouait un peu partout y compris dans les rues, et qui ne semblait pas bien « tenue » par les parents. Je me souviens toujours de ma grand-mère déclarant : « Ce sont des Espagnols », avec un haussement d'épaules et un ton sous-entendant qu'ils étaient d'une race à part, non fréquentable. Elle n'hésitait pas non plus à préciser: « Ce ne sont pas des gens comme nous ! », ce que nous avions déjà compris. Chantal n'avait donc aucune envie d'être assimilée à ce genre de personne. Aujourd'hui, ils sont parfaitement intégrés à la population française.

Le centre-ville de Vintimille est plutôt laid, sauf quelques bâtiments italiens Belle Epoque comme on en trouve sur la Côte d'Azur en pagaille. Les vitrines des boutiques n'étaient pas très actuelles non plus mais ce qu'elles contenaient était élégant. La vieille ville, avec ses maisons mitoyennes, était conçue à la mode provençale à moins que ce ne soit plutôt nous qui étions à la mode italienne, Nice et sa région étant italiennes jusqu'en 1860. Comme tout village ancien, elle était construite sur un coteau. Certaines ruelles pavées descendaient en direction de la mer par de très larges marches comme j'en avais grimpé pour parvenir au verger de l'ami de ma mère. J'appris qu'il s'agissait d'escaliers dits « en pas d'âne » destinés à faciliter le passage du bétail. Des gens vivaient dans ces ruelles et se parlaient d'une fenêtre à l'autre en étendant leur linge. Nous nous enfonçâmes plus avant, au hasard, dans cette vieille ville. On longea une rue étroite et sombre : des façades délabrées et humides, responsables du salpêtre et de mousses. En levant la tête, j'aperçus, à un dernier étage qui recevait de rares rayons de soleil au couchant, du linge à la fenêtre. Par qui ces maisons pouvaient-elles encore être habitées ? Nous traversâmes une arche reliant les deux côtés de la ruelle. C'était effrayant. La nuit tombée, je pouvais m'imaginer cette ruelle hantée par Jack l'Eventreur, bien qu'ici il n'y avait pas le brouillard qui régnait à Londres il y avait un siècle. Mais notre exploration ne nous conduisit pas seulement à de mauvaises surprises : nous découvrîmes un « palazzo » gracieux avec ses balustrades blanches en pierres mais la couleur de la façade avait été si délavée par les ans qu'elle portait des traces de différentes tons et que les balustres étaient largement tachés de noir. Etait-il abandonné ? En tout cas, ce palazzo semblait l'être. Quand nous sortîmes de ce dédale de ruelles pour retrouver le soleil lumineux de l'après-midi sur une promenade de bord de mer bordée de petits restaurants et de cafés, je me sentis débarrassée d'un monde qui m'apportait des frissons excitants et oppressants à la fois, comme lorsque j'avais terminé ma balade dans la nuit du train fantôme d'une fête foraine.

En nous éloignant, je remarquai deux clochers d'église. L'un était de style italien, appartenant à une de ces vieilles églises communes, dont les clochers carrés étaient composés de parties différentes, comme des éléments de jeux de construction qu'on aurait emboîtés les uns dans les autres en ajoutant une corniche pour masquer les raccordements. On les trouvait de chaque côté de la frontière. L'autre était plus surprenant car il ressemblait au clocher de l'église de Fréjus !

Ce furent les dernières vacances que je passais à Boulouris.

J'en garde une tendresse particulière pour le sentier conduisant au centre avec ses senteurs et le chant des cigales, un sentier qui a disparu depuis longtemps, avalé par l'urbanisation.

Le chant des cigales est aimé ou détesté, mais il est indissociable de l'été en Provence. Il évoque les apéritifs sur une terrasse ou sous un parasol, une légère brise, la convivialité, l'insouciance du moment, bref, le bonheur !

Et que font les cigales l'hiver ? Après avoir chantées tout l'été, vont-elles crier famine chez la fourmi ? Non, elles font pire que les estivants qui rentrent chez eux et retrouvent leur existence monotone : elles meurent... Mais elles ne sont pas imprévoyantes. Elles ont pourvu à leur descendance en déposant sur le sol, au pied des pins, des œufs minuscules qui donneront naissance à des vers qui eux-mêmes se camoufleront dans une chrysalide qui donnera naissance à une nouvelle génération de cigales qui enchanteront ou agaceront votre prochain été.

Chapitre 2 : la migration vers le sud

I

Ma mère me dit un jour qu'elle voulait m'emmener voir « quelque chose » avenue de St Cloud. Le siècle de Louis XIV aimait la symétrie. Il y avait donc trois avenues partant de la place d'Armes devant le Château, l'une juste en face, celle où nous habitions, et les deux autres de chaque côté en diagonale. L'avenue de St Cloud était celle de gauche, très semblable à notre avenue de Paris avec ses hôtels particuliers à son début et un habitat comprenant, entre autre, des immeubles résidentiels plus loin. Cette avenue avait une promenade avec d'immenses platanes, une partie herbeuse et un sentier piéton ainsi qu'une contre-allée pour les riverains motorisés. Exactement comme la nôtre. Mais je n'avais pas idée de la surprise qui m'y attendait.

Ma mère me désigna un immeuble en cours de construction. Le premier étage venait d'y être élevé. Et elle m'annonça qu'un appartement de trois pièces avait été réservé dans cette nouvelle résidence, ce qui me permettrait d'avoir ma propre chambre. Les enfants, alors, n'étaient associés à aucune décision familiale même si elle les concernait directement. Je restais sans voix : j'allais avoir ma propre chambre ! Et un déménagement était en vue. J'étais loin d'imaginer ces changements ! La machine à penser se mit à toute vitesse en route : je ne verrai plus les camarades de ma résidence avec lesquelles j'avais de belles parties de fous-rires et des jeux de chasse au trésor dans les sous-sols. La concierge nous y poursuivait, en nous traitant à tort de garnements si bien que nous étions terrorisées et nous nous demandions comment expliquer à nos parents notre soi-disant mauvaise conduite suite au rapport qui ne manquerait pas d'être fait. J'étais, en plus, toujours contente de rentrer à la maison après les vacances, et une fois la porte passée, de retrouver l'environnement familier et l'odeur de notre ancienne présence, aussi sûrement qu'un chien reniflerait et reconnaitrait celle de son maître. D'autre part, les locaux du lycée où je devais aller pour mes trois dernières années n'étaient qu'à quelques centaines de mètres de chez nous, avenue de Paris, alors que cette nouvelle résidence en était éloignée. Je rêvais de ce nouveau lycée, des bâtiments du XIXème siècle auxquels je trouvais tellement plus de charme qu'à mon lycée actuel aux bâtiments modernes et fonctionnels mais sans âme. Déjà, à l'époque, les études secondaires étaient divisées en deux cycles : le premier allant de la sixième à la troisième, soit quatre années d'études et le second de la seconde à la terminale soit trois années. Ces sept années pour les élèves du cycle général se passaient au lycée dans les mêmes locaux sauf si ceux-ci devenaient trop étroits pour contenir tout le monde, d'où un lycée pour le premier cycle, comme c'était le cas pour moi à Versailles et un autre qui était la suite du premier pour le second. Irais-je à ce nouveau lycée à bicyclette comme le faisait déjà Dominique ? Bien sûr que j'étais contente d'avoir ma propre chambre mais les plus et les moins se bousculaient dans ma tête. Je ne disais rien. Du coup, ma mère me questionna :

« Es-tu contente ?

– Oui, euh... mais...enfin....

– Peut-être que tu préfèrerais déménager à Nice ?

– Ah bon, c'est possible ? Vraiment ? » répondis-je, en la regardant avec de grands yeux tellement j'étais surprise.

Une ville magique comme Nice, aussi intéressante que Paris, mais avec le soleil, la mer, et ses habitants si agréables ! Le goût de la découverte d'une nouvelle vie, dans un lieu qui me plaisait, balayait mes instincts casaniers.

« J'adorerais ! affirmai-je, avec un grand sourire et un visage radieux.

– Moi aussi ! » répondit ma mère.

L'affaire était conclue. Comment ma mère pouvait-elle se dédire et acheter un nouvel appartement ? Elle ne travaillait pas. Elle n'avait pas hérité. Elle ne touchait qu'une petite pension de mon père pour mon entretien dont elle ne réclama jamais l'actualisation. Pourquoi ?

C'était très simple et facile à deviner : son ami, forcément !

Quand mes parents se séparèrent, j'avais quatre ans. Ma grand-mère paternelle, qui avait connu ma mère toute jeune, la considérait comme sa fille. Elle créa ainsi beaucoup de malentendus sans gravité car ses nouvelles relations ne comprenaient pas comment sa fille pouvait être mariée à son fils !

Lorsque mon père s'en alla, ma grand-mère prit partie pour ma mère. C'était le temps où André Claveau chantait : « Venez donc chez moi, je vous invite... Y a de la joie chez moi, c'est merveilleux... ». Ma grand-mère dit à ma mère : « Eh bien voilà, qu'est-ce que tu attends ? Ecris-lui, et vas-y! » De façon plus réaliste, elle lui conseilla, pour recommencer sa vie, de changer de région où rien ne lui rappellerait l'ancienne, de choisir une région qui lui ferait oublier plus facilement les mauvais souvenirs, le sud de préférence dont la beauté et le climat attiraient tant. Elle commença donc à éplucher les petites annonces. Plutôt que d'être employée de bureau comme avant ma naissance, elle conseillait à ma mère de se « placer ». Ainsi, elle serait nourrie et logée, et son salaire serait net de tous frais. Il était facile de trouver un emploi. Le pays se reconstruisait après la guerre. Ma mère eût tôt fait d'avoir une réponse. Et c'est ainsi qu'elle partit travailler sur la Côte d'Azur pour un patron qui payait très bien ses employés et qui allait devenir son ami.

Il était âgé mais mince et élégant, avec une autorité naturelle et une attitude hautaine tout en étant bienveillante comme un seigneur doit l'être, cette bienveillance s'étendant à ses employés, comme il se doit quand on veut être un seigneur. Il n'était cependant pas familier et n'aurait pas toléré de familiarité de qui que ce soit, si bien que tous, employés ou non, le traitaient avec respect. Il pouvait aussi avoir des colères terribles. Ses employés l'admiraient et le craignaient donc à la fois. Ma mère me dit que, lorsqu'elle entra un jour dans le grand bureau où travaillaient ses collaborateurs, un trousseau de clés vola au-dessus de sa tête. Il ne lui était pas destiné. Elle était seulement passée au mauvais moment. Ma mère était subjuguée par cet homme hors du commun. Sa faiblesse était cependant d'être un coureur de jupons qui savait renifler une nouvelle proie facile. Ma mère avait vingt-sept ans. Elle était fraîche et naïve, sans expérience de la nature humaine. Elle était la proie idéale. Il fallait d'abord la ferrer un certain temps pour qu'elle ne lui échappe pas. Il réussit. C'était un homme d'expérience.

Un jour, sa femme actuelle, le « numéro x » de la liste car il se mariait facilement, découvrit leur liaison. Evidemment, ma mère fut renvoyée sur-le-champ. Elle était restée plus de deux ans là-bas. Ma grand-mère, dont la moralité était très puritaine, ne l'accueillit pas avec joie. Elle voulait bien l'héberger très provisoirement par charité humaine, mais elle devait trouver rapidement un nouveau travail et quitter son toit. Jusqu'alors, ma mère jouissait du statut de femme délaissée par son mari, qui devait être plainte et aidée. Elle devînt brusquement une femme de mauvaise vie que personne ne voudrait plus aider ni accueillir. Ma mère était fière et n'accepta pas la charité de ma grand-mère. Elle partit quelques jours plus tard pour Paris qui n'était pas éloignée du nord de la Bourgogne. Son ami l'avait pourvue d'une certaine somme non pas pour solde de tout compte mais avec l'assurance qu'il l'aimait, qu'ils se reverraient et qu'elle pouvait compter sur lui.

Elle trouva un emploi au standard d'une société s'occupant de l'installation de réseaux de téléphonie dans les entreprises, non loin de la gare Montparnasse. C'est un quartier apprécié des artistes et intellectuels de l'art, écrivains, éditeurs, situé à proximité de St Germain des Prés, un quartier très agréable. Elle chercha un logement correct où habiter. Proche de son travail, les prix excédaient ses moyens. Elle dût chercher dans des quartiers plus populaires. Elle était très déçue par tout ce qu'elle visitait. Elle me confia qu'elle n'était restée parfois dans un lieu qu'une nuit pendant laquelle elle n'avait pas pu dormir, tant elle avait peur, dans des meublés bruyants et mal fréquentés, avec un seul lavabo privé et un WC commun. Il fallait se rendre à l'évidence: la part de salaire qu'elle pouvait consacrer à son logement n'était pas suffisante pour avoir un logement décent. Comme beaucoup de salariés aux revenus limités, elle aurait pu se loger en banlieue mais elle ne s'imaginait pas faire une heure de transport matin et soir quand sa journée commençait à 7h et se terminait à 18h.

Son ami venait chaque mois à Paris et la gâtait. Il séjournait toujours dans une suite du même hôtel luxueux d'un beau quartier. Elle finit par se décider à lui parler de son souci de logement. Il s'empressa de lui répondre qu'elle n'avait qu'à choisir ce qui lui convenait et qu'il pourvoirait avec plaisir au paiement de son loyer. Elle se fit par contre confirmer que cet arrangement ne devait en rien la lier à lui car cette liaison cachée ne correspondait pas à façon d'être et de vivre et qu'elle ne pouvait être forcément que provisoire. Il acquiesça en l'assurant que cette idée était bien loin de sa pensée et qu'il était simplement heureux de lui apporter une meilleure vie. A la fin du week-end qu'il passa avec elle, elle se sentit de suite plus légère. Elle reprit sereinement ses recherches avec un budget plus élevé et dans un rayon proche de son lieu de travail car elle ne se voyait pas non plus effectuer de longs trajets en métro matin et soir. Elle trouva très vite une chambre meublée avec salle de bains privative dans une petite rue prisée de St Germain des Prés dans un hôtel particulier ancien transformé en grands appartements sans doute dans la seconde moitié du XIXème siècle, à l'époque d'Haussmann, cet architecte de Napoléon III qui avait modernisé Paris en ouvrant de larges avenues bordées d'arbres, éclairées, dès la nuit tombante, par des réverbères, supprimé les rigoles d'eaux usées nauséabondes qui coulaient au milieu des rues attirant les rats pourvoyeurs de maladies et les remplaçant par un réseau de tout à l'égout,. Il avait également fait édifier ou rénover de nouveaux immeubles. Ils étaient tous dotés du raccordement au tout à l'égout et chaque appartement disposait, en plus, d'une arrivée d'eau courante.

Cet appartement immense était habité par une dame veuve âgée de la bonne société qui arrondissait ses fins de mois en louant à des jeunes filles deux chambres. La plus petite, située au nord et donnant sur la cour intérieure, était occupée par une étudiante. La propriétaire proposa à ma mère la belle et grande chambre entièrement meublée en ancien, bien décorée par des double rideaux bleus qui encadraient la haute fenêtre à petits carreaux ouvrant au sud sur la rue et qui étaient assortis au dessus-de-lit une place. Elle communiquait avec une salle de bains dont une seconde porte ouvrait sur le grand salon de la propriétaire. Ma mère avait une clé qui ouvrait cette porte, la seule qui lui permettait d'entrer et sortir de son petit domaine.

Je suis certaine que l'ami de ma mère rencontra la propriétaire en se faisant passer pour un membre de la famille qui veillait sur cette pauvre jeune femme si courageuse, abandonnée par son mari pour une autre, avec une fillette qu'elle avait été obligée de laisser à la garde d'une grand-mère pour aller gagner sa vie. Un tableau à faire pleurer dans les chaumières. Attendrie, cette brave dame accueillit ma mère à bras ouverts et trouva sans doute un grand cœur à cet homme si élégant et si courtois qui apporta sa garantie à la respectabilité de ma mère et au paiement du loyer. Nul doute que ma mère n'aurait eu aucune chance, sans une telle intervention, d'obtenir ce logement car pénétrer dans un appartement bourgeois si richement meublé, décoré d'antiquités et de tableaux anciens nécessitait de montrer patte blanche.

La première fois que je vins rendre visite à ma mère, je fus éblouie par la magnificence des lieux : la lourde porte cochère à deux battants qui ouvrait sur une cour pavée, par où entraient les attelages de chevaux autrefois, le monumental escalier de pierres qui montait aux étages avec sa rampe en fer forgé artistiquement travaillée, la haute porte vernie de l'entrée, les murs de la première pièce en trompe l'œil, avec des décors floraux dans la partie supérieure, toutes ces antiquités et ces personnages de tableaux sortis d'un autre temps accrochés aux murs... Moi qui adorais l'histoire et rêvais sur les gravures de mes livres ou sur les images d'Epinal de la classe, j'étais plongée dans le bonheur. Ma mère m'apprit que les peintures en trompe l'œil de l'entrée avaient été réalisées par la propriétaire ! Je n'y croyais pas ! Elles semblaient venir en direct du XVIIIème siècle !

La chambre de ma mère elle-même me ravissait. Elle était claire et agréable. Les murs étaient peints en gris perle, agrémentés de baguettes blanches à la manière de boiseries. La penderie, intégrée dans ces murs, se faisait oublier. Ma mère avait ajouté un réchaud dans la vaste salle de bains pour pouvoir cuisiner, La propriétaire la laissa faire. Elle la pria seulement de ne pas cuisiner quand elle recevait ses amies pour le thé car les odeurs passaient sous la porte. En plus, ma mère n'y faisait pas que de la cuisine rapide. Elle était capable d'y mijoter un pot au feu ! Nous prenions nos repas sur une petite table actuelle mais de style Louis XV. Pour la nuit, ma mère me laissait son lit et s'en improvisait un sur la méridienne cannée à piétement Louis XV, le seul meuble censé remplacer canapé et fauteuils.

Chantal aussi vint à Paris. Ne pas avoir de place pour la coucher ? Qu'à cela ne tienne ! Il fallait faire fonctionner ce qu'on appelle le système « D », bien français avec un D majuscule pour Débrouille... Chantal n'était encore pas bien grande car elle n'avait que sept ou huit ans. La solution était évidente : la baignoire !

Je n'ai jamais rencontré la propriétaire qui était toujours en déplacement quand je venais, si bien que je pouvais me promener partout, regarder, me prendre, dans un tel décor, pour une des petites filles modèles de la Comtesse de Ségur. J'avais fait des découvertes, notamment un passe-plat dissimulé dans les lambris de l'entrée qui reliait la cuisine, située à l'étage inférieur où on accédait par un escalier en colimaçon, à l'appartement de maître. C'était vraiment un appartement de rêve.

Ma mère parla un jour à la propriétaire de faire venir mes grands-parents. Celle-ci possédait au dernier étage, qui était traditionnellement le domaine des domestiques, une chambre de bonne meublée. Elle n'hésita pas à la mettre à la disposition de ma mère. Il fallait vraiment qu'elle soit dans les bonnes grâces de la propriétaire car, une autre fois elle fit encore mieux : la chambre de bonne n'était pas disponible. Comme elle devait s'absenter, elle proposa donc à ma mère...sa propre chambre pour loger ses parents! Elle avait un lit haut pourvu d'un énorme édredon, qui donnait envie de s'y enfoncer !

Ma mère était aussi dans les bonnes grâces de l'étudiante qui n'habitait pas là pendant les congés universitaires. Elle lui avait ainsi proposé sa chambre dès qu'elle sut comment nous nous nous étions organisées à trois dans un espace prévu pour une seule personne. C'était quand même mieux que la méridienne et la baignoire ! Personne ne la contredît même si sa chambre était meublée de façon ordinaire. Toutes ces attentions témoignaient de la gentillesse gratuite et de l'entraide de la part des deux autres occupantes de l'appartement.

Mais ma mère, en acceptant la proposition de son ami de l'aider financièrement pour son logement, ne se doutait pas qu'elle mettait le doigt dans un engrenage qui régirait toute sa vie par la suite.

Quand elle était sur la Côte d'Azur, je ne la voyais qu'une fois par an, à Noël. Elle m'apportait de beaux cadeaux que j'étais persuadée provenir du Père Noël. Je les trouvais en effet au pied de l'immense sapin illuminé par de vraies bougies, juste avant le réveillon de Noël. Je me souviendrais toujours de ma belle poupée aux cheveux blonds et aux yeux bleus, Bettina, de sa garde-robe et de l'armoire pour l'y ranger. Bettina était en réalité la marque de la poupée mais j'ai toujours été sûre que c'était son prénom. Elle resta donc Bettina. C'était le plus beau de tous mes Noëls ! Pour mes anniversaires, je recevais toujours une jolie robe, bien présentée dans une boîte partiellement transparente où elle était artistiquement présentée. Je me souviens de ces robes que je pourrais encore décrire sans omettre un seul détail. Elles étaient achetées dans une boutique pour enfants. Elles étaient vraiment de bon goût sans toutes ces fanfreluches qui cassent l'harmonie et rendent les vêtements ordinaires. Je les portais plusieurs années de suite car elles n'étaient pas abîmées et ne dataient pas. Il suffisait de rallonger l'ourlet. C'est sans doute une des raisons pour lesquelles j'ai toujours acheté pour moi et ma fille de la qualité dans le goût du moment mais sans l'excentricité qui date de suite. Ma fille portaient ses robes trois années de suite, ce qui la conduisit à huit ans à énoncer cette pertinente remarque : « la robe de marque X, la seule qui grandit avec l'enfant ! » qui me fit éclater de rire. Le second cadeau dont je me souviens parfaitement était celui du Noël de mes huit ans. Je continuais à croire dur comme fer au Père Noël. Le fait que nous soyons allées dans le magasin de cycles un soir quand la nuit était tombée pour choisir une bicyclette n'entama en rien ma crédulité. Je la voulue bleue car c'était alors ma couleur préférée. Et nous repartîmes, en attendant la nuit où le Père Noël allait me l'apporter.

Nous nous écrivions aussi. A quatre ans et demi quand ma mère partit dans le sud, je pouvais signer ce que ma grand-mère écrivait pour moi sous ma dictée. A cinq ans et demi, j'écrivais plusieurs lignes. Quand ma mère s'installa à Paris, elle venait en principe passer un week-end par mois avec nous. Entre-temps, je continuais à lui écrire. Mes lettres d'alors atteignaient déjà deux pages. Les sujets et les termes employés correspondaient à ce que ma grand-mère pouvait dire ou écrire Comme elle, je donnai quelquefois des conseils, d'autres fois je faisais des reproches aussi, mais je finissais toujours en lui pardonnant. J'étais un parfait petit singe savant dont les lettres devaient bien faire rire ma mère à leur réception comme elles m'ont fait rire quand je les ai lues pour la première fois, il y a peu de temps. Je me suis aussi sentie transportée dans ma vie d'autrefois et dans mon esprit de petite fille. Elles étaient bien de moi, ces lettres ! L'une m'a particulièrement frappée et peinée pour celle que j'étais. Ma mère nous avait promis de venir le week-end suivant puis elle s'était dédite au dernier moment. J'ai compris bien plus tard qu'il n'y avait pas eu d'autre raison à cette défection que la venue non prévue de son ami. C'était la première fois qu'il passait avant moi et ce ne devait pas être la dernière : elle commençait à dépendre de lui financièrement. La petite fille que j'étais ne trouvait aucune raison à cette annulation. J'étais atterrée. Chacune des venues de ma mère était précieuse. J'avais déjà rassemblé dans ma tête tout ce que j'avais à lui dire et pensé à tout ce que nous allions faire. Je lui répondis furieuse, et surtout peinée, qu'une promesse est une promesse, comme le répétait ma grand-mère, et qu'on doit toujours tenir ses promesses. Je terminais par un : « Bon, enfin, je te pardonne pour cette fois. », les mêmes mots que ma grand-mère aurait employés envers moi. Mais, et encore pour reprendre une expression de ma grand-mère : j'en avais gros sur le cœur.

Quand ma mère venait, ses relations avec ma grand-mère n'étaient pas au beau fixe. Elles se disputaient sans arrêt sans que le ton monte car nous étions entre gens bien éduqués. Mais les mots jaillissaient de part et d'autre pour convaincre la partenaire de partager son point de vue avec des non-dits, nécessaires en raison de mes oreilles indiscrètes. Ces non-dits concernaient sa nouvelle vie que ma grand-mère désapprouvait. D'autres concernaient leurs différentes habitudes de tous les jours.

Mon grand-père parlait peu et ne se mêlait de rien. Il sortait tous les matins, revenait avec le pain, le journal, et les quelques courses, que ma grand-mère lui avaient confiées, vers midi. Il entamait la lecture de son journal en attendant que le déjeuner soit prêt. Je l'aimais bien. Il plaisantait beaucoup, je jardinais avec lui, nous jouions aux dames ensemble, il inventait pour moi des jeux à base de mots courts qu'il fallait compléter pour en obtenir d'autres. Il lisait en fin d'après-midi son magazine d'histoire, et nous faisions les fous, le soir dans son lit, ce que n'appréciait pas ma grand-mère. Sans des principes d'éducation très rigides quand les enfants grandissaient, elle aurait pu être une maîtresse d'école parfaite. Elle l'était pour les plus petits d'autant qu'elle adorait les enfants. C'est elle qui m'apprit à lire et à écrire. J'écrivais et je lisais donc déjà quand j'entrai à l'école primaire, à cinq ans au lieu de six, dans notre village. Les études étaient une chose essentielle pour elle. Elle n'hésita pas à vendre sa maison pour en acheter une autre à la ville afin que je puisse poursuivre mon enseignement primaire au lycée où mon institutrice m'avait fait entrer sur dossier, estimant que je perdais mon temps dans une école communale de campagne. A partir de sept ans, je suivais, hors de l'établissement, des cours de solfège le soir et des cours de dessin le jeudi. Je n'ai jamais réussi à prendre des leçons de danse classique, malgré mon insistance, car ce n'était pas convenable: les petites danseuses de ce voyeur de Degas, si elles avaient le pied léger, avaient aussi la cuisse légère ! Ma grand-mère avait des idées qui dataient d'un autre âge. C'est pourquoi je parlais plus volontiers de ma vie avec ma mère qui était plus ouverte. Je réclamais un piano. Je ne réussis qu'à avoir un jouet pour enfant en bois blanc mais à cordes frappées, une réplique presque exacte d'un vrai piano. Je pouvais y jouer d'un doigt des comptines sans dièses ni bémols qui n'étaient que dessinés sur les touches. J'étais ravie.

Le dimanche, nous allions souvent déjeuner dans la famille de Chantal, qui avait, elle aussi, déserté la maison à la campagne, peu de temps après nous, pour s'installer dans un nouveau quartier de la ville alors que nous habitions dans la vieille ville près du lycée. Nous nous rendions chez eux à pied malgré la distance non négligeable. J'adorais la mère de Chantal car je pouvais avoir, avec elle, de vraies discussions sur des sujets divers tels les textes que je découvrais dans mes livres de lecture, des faits tirés de l'histoire de France, des émissions ou des actualités entendues à la TSF, bref, sur tout ce que je pouvais apprendre, imaginer, rêver et ressentir. Je me souviens toujours du livre épais qu'elle m'offrit pour le Noël de mes huit ans dont la protection de couverture en papier, à forte dominante verte, représentait une allée de campagne ombragée. Ce livre, dédié à différentes nouvelles se rapportant à la nature se révéla difficile à lire mais j'étais sûre qu'il renfermait des secrets insoupçonnés. La mère de Chantal était le décideur de la famille et elle imposa la meilleure décision de sa vie quand elle décida de l'achat d'une maison dans un programme social qui s'adressait aux familles nombreuses à faible revenu. A chaque fois que nous allions là-bas, ma grand-mère apportait un filet plein de provisions. Elle faisait ainsi son « devoir de chrétienne » en aidant une famille méritante. C'est ce qu'elle dit un jour au curé, en confessionnal, qui lui répondit : « c'est bien, ma fille ! ». Elle s'en vanta auprès de ma mère qui me le répéta car elle n'apprécia pas. Ma mère apportait bien quelques bons produits à ma grand-mère quand elle venait, mais apporter un plein filet de provisions usuelles à chaque fois que nous allions déjeuner dans la famille de Chantal, elle ne le comprenait pas : « Ça ne ressemble à rien ! » affirmait-elle.

Quand elle venait le samedi, je ne sortais de l'école qu'à 16h 30 ce qui ne nous laissait que peu de temps ensemble, mais le dimanche était à nous. Ma grand-mère se plaignait que nous ne rentrions jamais à l'heure pour déjeuner. Tout refroidissait et se desséchait... Elle ne pouvait rien prévoir...En plus, je n'allais pas à la messe, comme je devais le faire, tous les dimanches. Habituellement, elle m'y envoyait seule, car elle devait rester pour préparer le déjeuner, prétextait-elle. Ma mère lui disait que manquer la messe de temps en temps, quand elle était là, n'était pas un gros péché. Le Bon Dieu me le pardonnerait facilement. J'aimais ce discours !

Un jour de printemps, ma mère m'emmena en voyage organisé d'une journée visiter quelques jolis endroits de Bourgogne, jusqu'au Morvan. Je découvris le lac des Settons au milieu de la nature. Les lacs ne sont pas fréquents dans la région. Je découvris une immensité d'eau telle que j'imaginais la mer, avec des rives verdoyantes, couvertes de forêts. Ce fut un spectacle inoubliable, au sens propre du terme car ce lac est resté gravé dans ma mémoire. Il faisait chaud : nous étions en mai ou en juin. Je transpirais. Je portais une robe d'été mais j'avais en dessous quelques couches de vêtements superposés : une combinaison en coton bordée d'une broderie anglaise, et au-dessous, un tricot de corps. Ma grand-mère m'avait aussi fait enfiler un gilet en laine quand nous partîmes le matin. Ma mère, lors de la pause déjeuner, m'emmena aux toilettes et me dépouilla. Elle renfila ma robe sans rien au-dessous et conserva le gilet avec elle. Quel geste osé ! Ma grand-mère m'habillait comme je devais l'être et personne n'avait jusque-là essayé de la contredire. Je me sentais tellement mieux mais, en même temps, tellement en faute ! Quand nous rentrâmes, l'orage éclata :

« Tu as la vie facile ! Tu viens de temps en temps, tu repars, et qui s'occupe d'elle le reste du temps ? Qui la soigne ? Pas toi ! Habillée comme elle est maintenant, elle va être malade demain, c'est sûr ! Et toi, tu seras repartie ! »

Je fermais mentalement mes oreilles, comme mon grand–père le faisait toujours à leur duel oratoire. Celui-là ne venait que de démarrer. Mon grand-père ne m'avait pas seulement transmis sa science de la stratégie au jeu, mais sa philosophie de vie.

Ma mère ne pouvait s'imaginer élever un enfant et travailler en même temps. Quand elle était sur la Côte d'Azur, elle alla voir un pensionnat de jeunes filles de bonne famille à Nice. Elle fut impressionnée par cette institution, apprécia le joli uniforme, jupe plissée écossaise, chemisier avec cravate, blazer que portaient de petites filles gracieuses. Elle pensa m'y faire entrer, sans doute sur recommandation de son ami et sans doute aussi de son aide financière, ce qui lui aurait permis de passer son jour de congé hebdomadaire avec moi. Pour quoi ? Pas plus d'un jour, le dimanche, même pas un week-end entier ? Et qu'aurais-je pu dire aux autres pensionnaires qui avaient une vraie vie familiale ? Ma grand-mère refusa catégoriquement cette éventualité et ma mère se rendit à ses arguments. Maintenant, j'avais grandi, j'avais atteint l'âge de raison, j'étais autonome. Elle était à Paris. C'était plus facile que lorsque j'avais cinq ans. Mais elle ne reparla jamais de me reprendre. Pour elle, une femme qui avait un enfant ne devait pas travailler. Elle n'avait pas travaillé quand elle était avec mon père, ma grand-mère n'avait jamais travaillé non plus, ni personne de son entourage. Comme disait ma grand-mère, élever des enfants et tenir un ménage est un travail à temps complet. Il est vrai qu'il n'y avait aucune commodité actuelle, ni lave-linge, ni lave-vaisselle. Les femmes cousaient, brodaient, assumaient toutes les tâches ménagères sauf si elles avaient les moyens d'avoir une bonne, ce qui n'était pas rare alors car le coût n'en était pas prohibitif, mais ne constituait pas le cas général. Les petits employés étaient exclus de cette catégorie de privilégiés.

Aussi, ma mère ne cacha jamais à son ami que son objectif était de créer une nouvelle famille et de reprendre sa vie de femme au foyer malheureusement interrompue par la décision de mon père de la quitter, ce qui était un fait si rare qu'aucune femme ne pensait finir sa vie avec un autre homme qu'avec celui qu'elle avait épousé même si les rapports s'étaient gâtés au fil du temps. La décision de mon père a donc fait l'effet dévastateur d'une bombe dans la famille, chez les amis et, bien sûr, chez la personne la plus concernée. Ni les bijoux, ni les vêtements luxueux, trop luxueux pour une standardiste, ni la fréquentation de grands établissements, ne pouvaient la faire changer d'avis. Ma mère accueillait toujours son ami avec le sourire, ne lui faisait aucun reproche. Elle énonçait seulement comme une évidence que leur liaison aurait un jour une fin. Il finit, quant à lui, par la prendre au sérieux. L'idée que cette jeune femme qui ne lui apportait que des moments de joie, sans jamais les récriminations auxquelles il était habitué de la part de sa femme et de ses nombreuses maîtresses, commença à le perturber sérieusement. Il fallait qu'il agisse vite pour se l'attacher. Il décida donc un jour de porter un grand coup : lui donner ce qu'elle réclamait en lui offrant un appartement et de quoi vivre confortablement sans travailler ce qui lui permettrait aussi de reprendre sa fille. Il fallait amener cette proposition avec diplomatie pour qu'elle ne se récrie pas et l'accepte. C'était un homme habitué à convaincre. Il fallait seulement qu'il affute ses arguments. Elle avait déjà fait un premier pas en acceptant et en ne remettant pas en question son aide financière. Il fallait l'amener à franchir la seconde étape. Il y réussit facilement. Il lui assura que sa femme n'était plus vraiment sa femme, mais qu'elle était si étroitement impliquée dans ses affaires qu'une séparation était inimaginable sous peine de ruiner ce qu'il avait bâti. Ma mère n'avait jamais abordé la question d'un divorce. Elle avait vécu avec le couple. Elle était sûre que la femme actuelle de son ami était une bonne partenaire dans ses affaires alors qu'elle-même n'apporterait rien. Son ami lui assura qu'à partir du moment où elle accepterait sa proposition, il se considérerait comme son mari et assumerait les devoirs de tout époux même si cette union n'était que morale. Elle lui demanda quelques jours de réflexion, pour la forme, car cet arrangement comblait en fait tous ses désirs. Elle se persuada facilement que son ami l'aimait d'un amour sincère, qu'il allait engager de grosses sommes pour la garder, ce qui en était la preuve. Ma mère n'était pas habituée à cette mentalité des milieux d'affaires où toutes les décisions sont le fruit d'un calcul où les avantages l'emportent sur les inconvénients et jamais d'un geste impulsif non considéré.

Ma mère se mit donc en quête d'un appartement dans le cadre du budget que lui avait octroyé son ami. C'est ainsi qu'à la fin de l'année scolaire, la dernière du cycle primaire, je quittais ma Bourgogne natale pour rejoindre ma mère à Versailles. Pourquoi cette ville ? Le budget alloué n'était pas suffisant pour acheter dans un bon quartier de Paris. Il fallait se rabattre sur la banlieue. Versailles est une ville historique très résidentielle, très bourgeoise même, très verte et proche de Paris. Elle trouva un petit appartement de deux pièces au premier étage, comprenant cave et parking en sous-sol, dans un immeuble en construction de l'avenue de Paris. Ses inconvénients étaient d'être exposé au nord, de ne pas avoir de balcon, et d'être situé dans le second immeuble en retrait du premier ce qui le privait de toute vue. Ses différents inconvénients expliquaient son prix attractif. Il avait cependant l'avantage de donner sur le jardin paysagé qui séparait les deux bâtiments, de ne pas être éloigné de la gare qui conduisait à Paris à celle de Montparnasse, dans un quartier que ma mère connaissait bien, ni de mon prochain lycée, et de bénéficier d'un arrêt de bus juste en face conduisant dans un sens au château, proche du centre-ville, et de l'autre à la porte de Sèvres à Paris.

En ma compagnie, ma mère passa un temps fou lors de ses week-ends chez mes grands-parents dans le plus beau magasin de meubles de la ville où sa meilleure amie, qu'elle avait connue à quinze ans, était comptable. Elle devint pour l'occasion vendeuse-conseillère en ameublement et en décoration. La séance commençait toujours par un long papotage entre elles deux. Je m'ennuyais ferme. J'allais donc me promener dans le hall d'exposition.

L'appartement livré, meublé et décoré était prêt à m'accueillir lors des vacances scolaires. Ma grand-mère prépara mes bagages. J'étais folle de joie d'aller vivre avec ma mère. Je rassurais mes grands-parents en leur disant que je ne les quittais pas pour toujours car nous viendrions les voir le week-end comme le faisait ma mère. Lorsque ma grand-mère se pencha sur mon lit pour m'embrasser, la dernière nuit avant mon départ, elle ajouta une phrase sibylline : « Ma pauvre petite, si tu savais ce qui t'attend ! ». J'entends encore ces mots. Que voulait-elle dire par là ? Que pouvait-il m'arriver ? Je commençais une nouvelle vie avec ma mère dans un magnifique appartement et une magnifique ville, que pouvait-il m'arriver sinon du bonheur ? Je tournais cette phrase dans ma tête et ne put que conclure que ma grand-mère était pleine d'amertume de me voir partir. Je finis par m'endormir.

Le lendemain, je partis, ma poupée Bettina dans un bras, la cage renfermant mon cochon d'Inde au bout de l'autre. Il y avait bien longtemps que j'en réclamais un et soudain, le miracle se réalisa un mois plus tôt

lors de la kermesse de fin d'année dans la cour d'une école... religieuse !
A un jeu de chance, je gagnais un coq vivant ou....un cochon d'Inde !
Ma grand-mère regretta le coq. « Dire que j'aurais pu faire un bon coq
au vin ! Et qu'est-ce qu'elle choisit ? Un cochon d'Inde ! »

A Versailles tout était réellement parfait.

L'appartement était vraiment joli. Un parfait appartement témoin qui
donne envie de s'y installer. Malgré son exposition, il était clair et lumineux peut-être en raison du mur blanc de l'immeuble d'en face qui
réfléchissait la lumière et dont nous étions séparés par un jardin avec pelouse, plantes et fleurs. L'appartement paraissait plus grand qu'il n'était
car il n'y avait aucune place perdue. L'entrée était rectangulaire, avec
une penderie dont les portes étaient agrémentées de miroirs, un cellier
peu large mais profond où nous pouvions ranger nos chaussures, balais,
aspirateur, valises etc..., un W.C et, sur une petite table, un téléphone noir
à cadran comprenant des chiffres et des lettres. Le combiné de téléphone
se raccrochait perpendiculairement à l'appareil. Un écouteur rond se posait à l'arrière, car bien sûr, il n'y avait pas de haut-parleur à l'époque. La
cuisine était en prolongement de l'entrée. Elle était entièrement équipée
en blanc pour les éléments et rouge pour le plan de travail. L'évier était
sous la fenêtre à ouverture oscillante. Mais bizarrement, nous avions
une chaudière à charbon toute blanche elle aussi avec un tuyau laqué
blanc branché dans le conduit à cheminée ! Et ma mère avait fait livrer
du charbon dans la cave. Vraiment bizarre en effet quand nous avions
une cuisinière à gaz et le chauffage central collectif ! C'avait été l'idée de
son ami qui lui avait dit de prévoir toute possibilité de rationnement. Il
y avait donc aussi dans les placards des réserves de sucre, de farine, de
riz, de pâtes et de conserves...Son ami appartenait à l'ancienne génération, celle qui avait connu les difficultés d'approvisionnement dues à la
seconde guerre mondiale. Cette expérience laissait des traces... L'entrée
s'ouvrait sur le séjour peint de couleur crème. La salle à manger, de style
régence en merisier, comme c'était la mode, était au fond, devant la fenêtre. En avant, c'était le coin salon : canapé banquette confortable en
velours de laine épais de couleur vert émeraude, en face la télé contre le

mur et juste avant, dos à la télévision deux fauteuils à ossature en merisier dont l'assise et le dossier étaient rembourrés du même tissu que les double-rideaux : rouge et vert à fleurs. La table de salon régence comme celle de la salle à manger était placée sur un tapis de style persan. Au mur, des reproductions de gravures anglaises : des marines et des scènes de chasse. Des bibelots de goût en métal argenté garnissaient les meubles. Ma mère mettait toujours un bouquet de fleurs fraîches sur la table. La chambre était en enfilade, décorée en rose pâle et bleu pervenche : des petits bouquets de fleurs rose et bleu capitonnaient le lit à ossature bois Louis XV et se retrouvaient en double-rideaux. Une armoire en bois de rose contre le mur du fond et une coiffeuse assortie devant la fenêtre, complétaient l'ensemble. Elle communiquait avec la salle de bains grise et blanche. Les pièces de vie étaient parquetées.

Je m'intégrais très vite à mon lycée ainsi qu'à mon nouvel art de vivre. Je m'étais souvent vantée auprès des petits voisins de Chantal : j'allais habiter dans un immeuble avec un interphone, un ascenseur, un vide-ordures qui n'obligeait pas à descendre la poubelle, une cuisine équipée, et comble du luxe à cette époque, un téléphone et une télé ! Ils m'écoutaient les yeux grands ouverts et émerveillés, et je savourais ces moments de gloire. La télé était ce qui les émerveillait le plus, bien que les heures d'émission fussent réduites : à partir de 18h 30 le soir les jours de semaine, sauf le jeudi après-midi, jour des enfants, et le dimanche, jour de repos de la famille. Et une seule chaîne : la RTF, la Radio Télévision Française ! Mais c'était merveilleux !

Ma mère appelait maintenant son ami mon mari auprès de tous ceux qui n'avaient qu'une relation superficielle avec elle, tels que les voisins et la concierge qui le nommait sous le nom de jeune fille de ma mère. Je ne pense pas qu'ils aient été dupes, encore moins la concierge qui recevait les factures au nom de Mme et non de Mr et Mme... Avant 1965, les femmes ne pouvaient pas avoir de compte personnel. C'était drôle d'entendre la concierge appeler l'ami de ma mère du nom de jeune fille de celle-ci !

Quand son ami venait, ma mère cuisinait : pour le dîner, une soupe aux légumes que je n'ai jamais accepté de manger, suivie d'une quiche lorraine, ou d'un soufflé au fromage, et un dessert comme une crème caramel, des œufs à la neige ou des petits cakes aux raisins secs marinés dans le rhum. A défaut d'être une très bonne cuisinière, ma mère était une pâtissière excellente de sucré et de salé.

Le dimanche, nous avions un bon déjeuner comme une salade en entrée, un gigot d'agneau avec un panaché de haricots que son ami lui avait appris à cuisiner à la provençale avec de l'ail et du thym, un plateau de fromages qui sortait du meilleur crémier de Versailles et le reste de dessert de la veille. Son ami n'était pas un gros mangeur, pas plus que nous. Mais il était fin gourmet, exigeant des produits de la meilleure qualité. En dehors de l'inévitable soupe, je me régalais.

Après le déjeuner, il voulait jouer aux cartes. J'appris un nouveau jeu appelé la belote. Ma mère abandonnait vite sous prétexte d'avoir à faire dans la cuisine, et nous continuions seuls jusqu'à ce que j'abandonne moi aussi et qu'il fasse seul des « réussites ». A 5 heures venait l'heure du thé avec des toasts. Je terminais mes devoirs jusqu'à l'heure du dîner tandis que son ami lisait un livre ou écoutait un disque sur l'électrophone dissimulé dans une petite mallette en peau de porc qu'il suffisait d'ouvrir.

Je n'ai jamais connu de week-ends aussi ennuyeux. Il venait pour se relaxer. Ma mère le comprenait et comblait ses désirs avec un grand sourire alors que moi je marronnais : le week-end était fait pour sortir, dans la forêt toute proche, ou plus loin, pour découvrir des châteaux ou des musées mais pas pour rester plantés dans l'appartement !

Une seule fois, sur mon insistance, appuyée par ma mère qui avait envie de prendre l'air et non de se casser la tête à jouer aux cartes, nous l'entraînâmes dans le parc du Château de Versailles. Alors qu'il est immense, nous ne nous attardâmes guère et son ami nous proposa d'aller prendre le thé dans un salon de thé connu, non loin de là: « Le chapeau gris ». Un établissement parfait. Le thé arriva dans un service argenté et tasses de porcelaine, comme à la maison en somme, mais nous étions dans un autre cadre, servis en plus, et les assiettes blanches étaient estampillées d'un chapeau haut de forme gris autour duquel s'enroulait le nom de l'établissement. Les toasts étaient moelleux, la marmelade d'orange exquise.

Quand l'ami de ma mère venait, je devais quitter le lit maternel pour aller dormir dans le canapé-lit du salon, aussi confortable qu'un vrai lit. Je n'y prêtais donc pas d'importance, d'autant que ce n'était pas mon propre lit ni ma propre chambre que je prêtais.

Un évènement tragique eut lieu deux mois avant mes douze ans. Un samedi soir, j'étais dans mon bain quand le téléphone sonna. Ma mère décrocha et j'entendis ce dialogue :

« Allo !

– ...

– Oui, c'est bien moi.

– ...

– Le père ou le fils ?

– ....

– Le père ? Mon Dieu ! C'est pas possible ! Qu'est-il arrivé ?

– ...

– Merci de m'avoir prévenue. »

J'avais sans peine reconstitué le dialogue et compris que mon grand-père était mort. Mais qui avait téléphoné ? Ma mère me rejoignit, comme à l'habitude dans la salle de bains, pour me laver le dos et ne m'annonça rien. Elle me parla aussi naturellement que possible mais je voyais bien qu'elle était absente, songeuse. Je ne posai pas de question.

Je dormis mal cette nuit-là et les suivantes. Je repensais à mon grand-père, à ce qu'il me disait, à nos jeux, à ses attitudes, à ses habitudes. Et maintenant, c'était fini. Je ne le reverrai pas. Si grandir signifiait aussi perdre ses proches c'était pas juste. Je ne pleurais pas. Les grandes peines sont muettes et laissent les yeux secs.

Elle m'annonça enfin la nouvelle que j'avais devinée, quelques jours plus tard :

« Il faut que je te dise quelque chose de grave. C'est une nouvelle très triste.

– Oui, je sais.

– Qu'est-ce que tu sais ?

– Mon grand-père est mort. »

Ma mère me regarda interloquée.

« Mais comment le sais-tu ?

– Le coup de fil, l'autre jour.

– Ah bon, mais comment... »

Elle ne finit pas sa phrase, me regarda, songeuse, et quitta la pièce.

En mon absence elle avait dû téléphone à mon père, qui habitait la même maison que mes grands-parents mais dans un corps de bâtiment différent, pour obtenir plus de renseignements. Nous n'irions pas à l'enterrement. C'était le souhait de ma grand-mère qui me trouvait trop jeune pour être associée à cette pénible cérémonie.

Ce n'est que plus tard, à Nice, que ma mère m'apprit enfin ce qui s'était passé me jugeant sans doute assez mûre pour entendre la vérité. Mon grand-père s'était suicidé. Un jour, il avait disparu, en l'absence de ma grand-mère qui avait retrouvé à son retour, la bouteille de vin et le verre dont il s'était servi, le fromage et le pain qu'il avait laissés sur la table. Evidemment, elle ronchonna qu'il n'eût rien rangé. Le temps passa. Mon grand-père ne rentrait pas. Ma grand-mère prévint son fils, qui, lui-même alarmé, et sans aucun doute mécontent qu'elle ne le lui ait pas dit plus tôt, prévint la police. On ne retrouva mon grand-père dans aucun hôpital. La police organisa des recherches qui demeurèrent vaines. Ce fut finalement ma grand-mère qui le découvrit, pendu dans le grenier, quinze jours plus tard.

Ce geste non innocent fut la cause d'une longue brouille de famille.

Mes grands-parents m'avaient fait donation de la partie de maison qu'ils occupaient, la totalité ayant été achetée aux deux tiers par mes grands-parents et le reste par mon père. C'était une maison datant de la fin du XVIIIème siècle composée d'un appartement bourgeois et d'un appartement de domestiques sans confort. Bien entendu, ma grand-mère laissa la partie bourgeoise à son fils, et s'installa, avec mon grand-père, dans l'ancien logement de domestiques. La décision de cette donation devait sans aucun doute venir de ma grand-mère. Mon grand-père ne faisait qu'obéir à sa femme car il la craignait. Cette donation ne fut découverte qu'après la mort de mon grand-père. Mon père fut furieux et n'adressa plus la parole à sa mère malgré la promiscuité de leur domicile. A chaque fois qu'elle le rencontrait, sur le palier extérieur commun, ses yeux le regardaient fixement sans ciller. Quant à lui, il ne lui jetait aucun regard. La maison comportait, à l'arrière, un grand et agréable jardin suspendu, insoupçonnable depuis la rue, où on découvrait la ville plus basse et la campagne au-delà. Mon père fit édifier un mur en béton entre les deux parcelles que ma grand-mère désigna comme celui de Berlin : le mur de la honte.

Le geste de mon grand-père fut interprété différemment.

Pour mon père, c'était la conséquence de la décision qui avait été imposée à mon grand-père par sa mère et qu'elle l'avait obligé à tenir secrète. Il était quelqu'un de droit qui détestait les faux-jetons, ceux qui agissent en dessous. Il me confia qu'il avait fait réaliser de nombreux travaux dans toute la maison comme la réfection complète du toit. C'étaient mes parents, me dit-il ! Il savait pertinemment qu'ils lui avaient laissé la plus belle partie de la maison alors que sa participation eût voulu que le logement des domestiques lui échouât. Mais il n'en tenait pas compte. Pour lui, donc, mon grand-père ne supportait pas de le voir payer ces travaux alors qu'il savait ce qui avait été signé par-devant notaire. Mais, comme ma mère, il n'arrêtait pas de se disputer avec sa propre mère, lui disant même un jour, que si on lui mettait un pieu dans le fondement et qu'on la posa sur un toit, elle ferait une admirable girouette.

Pour ma mère, mon grand-père ne supportait plus la vie avec sa femme. Il était venu, chez nous, à Versailles, pour sa visite annuelle à Paris auprès d'un médecin spécialiste concernant l'œil qu'il avait perdu à la guerre et qui avait été remplacé par un œil de verre. C'est lui-même qui avait confié à ma mère qu'il ne supportait plus sa femme. Et ça, je peux me l'imaginer. Moi partie, elle lui avait déclaré qu'ils devaient dorénavant « marcher main dans la main », ce qui signifiait pour mon grand-père une surveillance de tous les instants et une privation totale de liberté personnelle. Ma mère se reprochait de ne pas lui avoir proposé de rester avec nous plus longtemps que la durée du séjour que sa femme lui avait imposé. Mais qu'est-ce que cela aurait changé ?

Pour ma grand-mère, la donation qu'ils m'avaient faite, était un acte nécessaire pour préserver mes intérêts car elle était certaine que la nouvelle famille de mon père accaparerait tout sans rien me laisser. Sur ce point, ma grand-mère avait été perspicace, comme toujours. Il faut bien lui reconnaître cette qualité. Elle espérait aussi que ce serait ma maison plus tard avec mon mari et mes enfants ! Pauvre grand-mère ! Pas de perspicacité cette fois ! Je n'ai jamais été casanière mais plutôt aventurière, et elle, ne l'était-elle pas aussi ? Elle achetait, revendait son domicile, en fonction de ses besoins, comme cela a toujours été mon cas. Elle adorait changer de région et découvrir de nouvelles façons de vivre et n'hésitait pas à se lancer dans des aventures comme, lors de l'exode de 40, partir avec son fils à vélo à Bordeaux, où elle avait de lointains cousins, en couchant dans des fossés. Plus aventurière que moi en fait ! La dimension de l'espace seule changeait ! Et le rôle de la femme ! Elle était aussi stratège. Après avoir été envoyé dans des régions différentes, son fils bien aimé avait été rappelé au siège social de Bourgogne et elle l'appâta en lui proposant de devenir propriétaire, pour un prix minime, de la partie la plus belle de la maison qu'elle convoitait mais qui dépassait son budget.

Personne n'avait totalement tort en fait.

Mes grands-parents avaient connu ma mère lorsqu'elle avait quinze ans. Elle-même n'avait pas connu ses parents. Ma grand-mère l'avait considérée comme une fille qui lui tombait du ciel, elle qui voulait de nombreux enfants, ce que mon grand-père ne voulait pas lui accorder. Le ciel la combla encore plus lorsqu'elle s'aperçut que son fils était tombé amoureux de cette fille. Elle hâta le mariage qui se termina moins de dix ans plus tard. Mais elle avait eu, entre-temps, une petite fille ! Son fils adoré et sa « fille » habitaient en plus avec elle à la campagne. Son fils était maintenant parti vivre sa vie avec une nouvelle compagne mais le nouvel achat qu'elle lui proposait le ramenait dans son giron.

Ce qui est pour moi certain est que mon départ pour Versailles fit disparaître l'unique rayon de soleil qui restait à mon grand-père sur cette terre.

II

Le temps passant, je compris que l'ami de ma mère ne recherchait pas une femme, qu'il avait d'ailleurs, mais « le repos du guerrier », celle qui lui apportait la paix après ses journées de lutte pour maintenir sa richesse et son train de vie. Il avait à ma mère, à son nom, l'appartement de Boulouris en espérant qu'elle s'y installerait et qu'il pourrait souvent la voir, compte-tenu de la proximité. Mais ma mère n'y était pas favorable malgré la publicité qu'il lui en avait faite avant que nous arrivions. Je reconnais que cet appartement, bien que de quatre pièces, n'avait rien à voir avec celui de Versailles : pas d'ascenseur, un sol en granito, la plus basse qualité, le train qui passait juste derrière, enfin, bref, c'était un logement convenant à des vacances, rien de plus. Il n'était d'ailleurs habité que périodiquement. Et loin du centre-ville de St Raphaël où était le lycée qui venait juste d'ouvrir, ce qui m'aurait obligée à prendre le bus de ramassage scolaire matin et soir à heure fixe, quels que soient mes propres horaires : pas de transports en commun... Et que dire des courses en dehors de la période estivale ?

Pas question. Non. Elle ne quitterait pas Versailles, d'où le nouvel appartement de trois pièces réservé sur plan car réserver ainsi à l'époque était une assurance de plus-value rapide tant la croissance, dont les prix qui l'accompagnaient, était élevée. Nous aimions Nice, une ville qui vit à l'année, avec toutes les commodités de Paris, contrairement à St Raphaël. Le cerveau de son ami se mit en action. Et pourquoi pas Nice ? Il paierait le dédit pour le trois pièces de Versailles, c'était tout. Il n'était pas à quelques milliers de francs près. Et pour le prix de revente de Boulouris, il arriverait bien à dégoter un trois pièces convenable à Nice pour nous contenter ! Les Alpes Maritimes sont si près du Var qu'il pourrait venir toutes les semaines et non une fois par mois comme c'était le cas aujourd'hui ! Le plan lui convenait.

Je ne suis pas sûre que nous ayons fait le bon choix en troquant Versailles pour Nice. Mais nous étions deux gamines attirées par une vie facile dans un paradis ensoleillé où tout le monde « il est gentil et il est beau ».Je vis tant de retraités depuis, attirés par cet Eden, repartir dans leur région d'origine tant ils se sentaient isolés ! Les plus aisés y avaient un pied-à-terre, du plus modeste au plus somptueux, mais pour les vacances seulement.

Cette dernière année scolaire fut pleine de rêves et de projets. Je disais à tout le monde que j'allais vivre à Nice pour qu'ils m'envient, pour le plaisir de les entendre dire : « Oh ! quelle chance ! », eux qui allaient rester plongés dans la grisaille parisienne ! Mes résultats scolaires en souffrirent alors que je n'avais jamais employé autant d'imagination créative parascolaire.

L'ami de ma mère vint un jour avec un plan d'architecte, nous annonçant qu'il nous avait réservé un appartement sur les hauteurs de Nice dont le standing dépassait soit disant tout ce dont nous rêvions : sols en marbre, terrasse, toutes les commodités de la vie quotidienne à proximité immédiate. Cette merveille de trois pièces de 65 m2 se situait au deuxième étage et donnait cette fois sur l'avenue. Le rêve prenait des allures de réalité.

Nous commençâmes à compulser des magazines de décoration. Je dis à ma mère que nous devions avoir un appartement de grande classe, cette fois, et elle fut d'accord avec moi.

Nous allâmes plusieurs fois à Nice pendant l'année scolaire. La première fois, nous prîmes le Train Bleu. Nous étions dans la voiture salon où nous grignotions avant la nuit, quand un homme de haute taille et à la voix forte apparut. Il était avec des amis. Ma mère me poussa du coude, me disant : « Regarde, c'est Pierre Brasseur ! » Un grand comédien que ma mère avait reconnu, mais pas moi. Elle avait l'œil pour reconnaître les célébrités.

Je ne cherchais pas à reconnaître ceux que je ne connaissais pas personnellement. Rencontrer des célébrités du show business, des arts ou de la politique ne me faisait pas bondir de joie. C'étaient des hommes et des femmes comme les autres qui avaient le droit de vivre comme nous. Elle ne s'abaissa elle-même jamais à les accoster ni à leur demander un autographe. J'en aurai été morte de honte. Au cours des années sur la Côte, nous croisâmes beaucoup d'autres acteurs ou chanteurs. Hors de la scène ou de l'écran, ils ressemblaient vraiment à Mr et Mme tout le monde.

Nous passâmes la nuit à Boulouris et nous partîmes le lendemain avec son ami qui nous conduisit sur le site de la construction. Peu de logements : deux par étage, quatorze en tout. On ne pouvait pas voir grand-chose en l'état actuel mais il nous en fit l'article en bon commercial. On ne demandait qu'à le croire. On ne connaissait pas Nice et ses quartiers. On remarqua seulement que l'avenue était très fréquentée et bruyante mais l'ami de ma mère nous assura que le quartier était très tranquille dès la fin de soirée quand les riverains étaient rentrés chez eux On grimpa dans les étages mais cette expédition ne nous apporta guère plus d'informations.

Pour déjeuner, nous allâmes dans un bon restaurant du centre où je découvris une nouvelle fois une spécialité du sud : l'anchoïade. Tout un assortiment de petits légumes crus, carottes, choux fleurs, courgettes, tomates, petits artichauts...présentés dans un panier d'osier où nous piquions, avec nos doigts, un légume que nous trempions dans une sauce faite d'huile d'olive et d'anchois, épaisse comme une mayonnaise. J'ai particulièrement adoré les petits artichauts qui ne poussent que dans le sud. Je n'en avais jamais goûté auparavant.

L'après-midi, nous nous rendîmes chez le notaire où ma mère signa l'acte de vente. On passa ensuite quelques jours de vacances à Boulouris où, malgré l'hiver, l'ensoleillement permettait d'aller crapahuter dans les rochers et patauger dans l'eau dans une tenue légère. On remplissait nos poumons d'air marin sans personne autour de nous excepté quelques nageurs, sans doute des Scandinaves, en tout cas des gens du Nord, peut-être même des Français peu frileux, après tout ! Nice organise bien chaque année, un bain de mer au nouvel an ! De retour à Versailles, il ne me restait plus qu'à faire mes devoirs, apprendre mes leçons, la tête pleine d'autres pensées, avant de retourner au lycée.

Pendant l'année scolaire, ma mère dut retourner sur la Côte : l'appartement de Boulouris était vendu. Elle devait signer l'acte de vente et s'occuper de détails matériels. Elle demanda aux parents de Dominique s'ils pouvaient me garder quelques jours. Ils acceptèrent immédiatement. Dominique et moi étions folles de joie à l'idée de passer quelque temps ensemble.

Cette année-là, nous avions inventé une nouvelle marotte : nous habiller avec des vêtements identiques achetés dans les mêmes magasins, comme c'était l'habitude pour des jumelles. Et nous allions maintenant vivre ensemble comme de vraies jumelles ! Plus besoin de faire notre version latine pendant des heures au téléphone comme nous en avions l'habitude tant le latin nous apparaissait comme un casse-tête chinois impossible à résoudre en solitaire. Quant aux mathématiques une matière où nous ne brillions pas spécialement, le père de Dominique, qui était ingénieur, nous donnait des cours. Il était vraiment patient. Nous n'étions pas très attentives, toujours prêtes à trouver des occasions de rire. Mais, à la fin de la leçon, nous avions droit à une récompense : les crêpes bretonnes. Il y en avait toujours une montagne dans le réfrigérateur pour pouvoir rassasier les trois rejetons de la famille : Dominique était la seconde. Elle avait une sœur aînée qui poursuivait ses études dans une faculté de sciences réputée, son ambition étant de faire de la recherche. Elle était petite, mince et vive. Elle n'était pas jolie mais amusante avec un petit rire qui me faisait penser à celui qu'aurait pu avoir une petite souris, animal auquel, selon moi, elle ressemblait. Quant au plus jeune frère, il parlait peu, ne riait pas facilement et avait une apparence d'intellectuel binoclard. Je me l'imaginais très bien, plus tard, en médecin spécialiste très sérieux au crâne chauve. Je ne sais pas de qui il tenait car les parents étaient très conviviaux et toujours de bonne humeur, avec l'esprit de plaisanterie comme leurs deux filles. Ils avaient un chat blanc nommé Pussy et un jour ils me racontèrent qu'ils avaient mangé la terrine du chat au lieu du pâté prévu. Tout le monde riait de cette aventure et avait conclu que la terrine du chat n'avait pas mauvais goût.

La famille vivait dans une petite maison typique d'un étage de la banlieue parisienne, assez étroite, que prolongeait, derrière, un long jardin tout aussi étroit. Une petite cour, fermée sur le devant, séparait la maison de la rue. Je dormais dans la chambre de Dominique et nous nous rendions deux fois par jour au lycée à pied car ni l'une ni l'autre n'était demi-pensionnaire. Sa mère ne travaillait pas et préparait le déjeuner. Elle avait un solex pour faire les courses, ce que je trouvais bien pratique. Pourquoi ma mère n'en avait-elle pas ? Quand elle vint me chercher, je ne lui sautais pas au cou. Je serais bien restée longtemps dans cette joyeuse famille. A la maison, ce n'était pas la même ambiance. Nous n'étions pas une vraie famille.

L'ami de ma mère décida, en remerciement de l'accueil qui m'avait été fait, d'inviter les parents de Dominique dans un très bon restaurant de Bougival, petite ville proche de Paris, en bordure de Seine, une bourgade qui avait inspiré les peintres impressionnistes. Ils vinrent nous chercher le samedi soir avec leur voiture. C'était un très joli restaurant, très parisien et très champêtre en même temps. Des terrasses, qui avaient dû être cultivées autrefois, descendaient en pente douce vers La Seine. Elles abritaient aujourd'hui, sous des verrières, dans le style typique Belle Epoque, les tables de ce restaurant élégant. Tout au long de ces verrières poussait une profusion de plantes et surtout d'hortensias, plantés en pleine terre. Les hortensias sont le fleuron de la Bretagne dont le climat doux et pluvieux leur convient parfaitement. Je pense qu'ils étaient le seul repère de nos invités qui, même si leur situation était confortable, n'avait jamais fréquenté un tel établissement. Ils restèrent debout autour de la table, ne sachant à quelle place s'asseoir. Leur embarras empira quand ils consultèrent la carte et virent les prix. Ils ne savaient pas quoi commander pour ne pas risquer de passer pour des profiteurs. Heureusement, l'ami de ma mère vint à leur secours et leur fit des suggestions : « Qu'est-ce qui vous ferait plaisir ? Un peu de foie gras ? Ou bien le homard ? Ou autre chose ? N'hésitez pas ! On est ensemble pour se gâter ! » C'était le même discours qu'il nous tenait quand nous allions seules avec lui au restaurant.

La tension du départ se dissipa et le repas se passa dans la convivialité. C'était amusant de voir l'ami de ma mère faire tinter son couteau contre la paroi de son verre pour appeler le garçon, ou un bruit de baiser quand il était plus près : une habitude du passé, tombé aujourd'hui en désuétude. L'ami de ma mère conduisit la conversation. Il aimait impressionner, passer pour un grand monsieur et se montrer grand seigneur. Mais il ne se mettait pas toujours au niveau de son auditoire comme devait le faire un vrai seigneur. Il ne savait pas ou ne voulait pas être simple. Je ne pense pas que ma mère ait ressenti la même gêne que moi au début du repas. Elle se sentait simplement flattée d'accompagner un homme si riche, si généreux, qu'elle considérait elle-même comme très supérieur à elle. Elle n'aurait jamais pensé pouvoir être dans l'intimité de quelqu'un tel que lui.

Ma mère décida un jour de l'imiter, en pire.

Ma grand-mère était originaire de Paris. Elle était l'aînée d'une nombreuse fratrie. La plupart des membres de sa famille continuaient d'habiter la capitale ou la banlieue proche. Quand son plus jeune frère apprit que nous étions à Versailles, il appela ma mère pour nous inviter.

Comme chez ma grand-mère, sa porte était toujours grande ouverte à tous et, comme elle, il avait choisi le parti de ma mère et non celui de mon père, son vrai neveu. Nous commençâmes donc à nous fréquenter assez régulièrement. Chaque année, tous ceux de la région étaient invités au réveillon du 31 décembre qui avait toujours lieu chez cet oncle dont l'appartement était grand. Les plus éloignés ne venaient que rarement, mais il y avait quand même une quinzaine d'invités à se rendre chaque année chez l'oncle. Le menu ne variait pas : huitres, qu'on demandait à ma mère d'aider à ouvrir, un énorme saumon Bellevue avec mayonnaise commandé à un traiteur, des dindes farcies aux marrons, de la salade, du fromage, et une bûche également achetée. Les bouteilles de vin pleines succédaient aux bouteilles vides, sans compter le champagne, le café et le pousse café qui terminait les agapes. Pendant le repas, les plaisanteries, les chansonnettes et les chansons à boire se succédaient. On ne débouchait pas le Champagne avant minuit. Tout le monde s'embrassait aux douze coups, la coupe à la main. Le repas se terminait vers 1 ou 2 h du matin. Beaucoup étaient déjà bien éméchés. Ils étaient gais, voire déchaînés, d'autres avaient le vin triste. La table était ensuite poussée pour laisser place à la danse entrecoupée de jeux. Ceux qui étaient restés jusqu'au bout de la nuit avaient droit à une gratinée à l'oignon. Nous faisions toujours partie des derniers, par nécessité, puisque le chauffeur qui nous ramenait à Versailles en voiture à l'aube l'était. C'était le cousin célibataire. Il faisait partie de ceux qui avaient le vin triste. C'était sans doute la cause de ses malheurs en amour.

C'était un réveillon traditionnel bien français.

Comme les places étaient attribuées, ma mère se retrouvait toujours à côté de cet homme de son âge, ce fameux cousin, que je trouvais plutôt joli garçon et très sympathique. Mais le coup monté n'a jamais été suivi du résultat escompté. Elle disait détester ces réunions de famille interminables, les plaisanteries grasses, les beuveries, mais quand je la regardais, je la voyais toujours rire...Il aurait été plus logique que mon père fût invité. Il ne le fut jamais pour ne gêner personne. Priorité fut donnée à ma mère, qui avait appartenu à la famille par alliance seulement, alliance que mon père avait injustement rompue. Je suis sûre qu'elle n'en fut jamais consciente. Quant à moi, celle qui faisait vraiment partie de la famille par mon père, je m'amusais bien et étais ravie de passer une nuit dehors à faire la fête. Il n'y avait que deux jeunes plus âgés que moi. Pour le 31 décembre, mon oncle dessinait et peignait à la gouache, sur chaque menu, un sujet différent pour chacun, selon le thème qu'il avait choisi pour cette année-là. Celui des oiseaux fut mon thème préféré. La mésange de mon menu était magnifiquement peinte. Je l'ai gardée. Mon grand oncle, comme son frère aîné, étaient des artisans graveurs sur marbre. Ils étaient de vrais artistes qui avaient fait de leur don leur métier.

Nous lui avons rendu visite une fois dans le cimetière de Thiais, un immense cimetière très arboré, dont il était le graveur en titre. Quelle chance il avait de travailler en plein air, dans un lieu silencieux, troublé seulement par le chant des oiseaux ! Je visite toujours les cimetières quand je voyage. Ils vous apportent une quantité d'informations sur la façon d'être des habitants en plus d'une halte paisible, même dans les villes les plus bruyantes.

Ce qui caractérisait mon oncle et sa famille par rapport aux autres membres était l'accent « titi parisien », un accent traînant, populaire, qui tend à disparaître aujourd'hui. Personne d'autre ne parlait ainsi. Je suppose que ce fut un effet de mimétisme entre sa femme et lui, car elle l'avait toujours eu et le passa à sa fille. Il est très différent de l'accent du midi et de ses expressions colorées qui n'est pas caractéristique d'une classe sociale ni d'un niveau culturel, contrairement à celui de Paris, qui ferme des portes pour cette raison. Mon oncle et sa famille étaient cependant, comme beaucoup d'autres parlant avec le même accent, de braves gens, les seuls de la famille à nous avoir accueillis chez eux. J'admirais mon oncle pour sa sensibilité et son talent artistiques. Mais il ne pouvait s'empêcher de critiquer. C'est le plus gros reproche que font encore maintenant les provinciaux aux Parisiens de la classe populaire, qui n'est pas étroitement en relation avec le niveau de revenu, car elle représente avant tout, une appartenance culturelle.

Une anecdote me revient. Un jour, la famille déjeunait avec nous à Versailles. La télévision était restée allumée pour permettre à l'oncle d'écouter le journal télévisé. Il nous dit :

« Vous avez vu, ce présentateur avec sa cravate ridicule ? Il a vraiment une tête à manger de la tarte ! »

Aucune idée d'où peut venir cette expression qui ne veut rien dire. « Et nous, que faisons-nous ? » lui répondit ma mère.

Nous justement en train de manger la tarte que ma mère avait préparée. Fallait-il être un idiot pour en manger ? Mon oncle se tut et tout le monde éclata de rire, même lui !

Peu de temps avant notre départ pour Nice, dans un but bien précis, ma mère invita la tante, la femme du grand-oncle, au snack, ma mère préférant limiter la dépense quand elle n'était pas avec son ami, d'un luxueux hôtel de Paris. Cette dame entra et nous trouva facilement. Elle était secrétaire dans une société installée dans un quartier assez populaire et déjeunait chaque jour, dans le petit café-brasserie d'à côté, de leur plat du jour, bon marché et traditionnel, un plat en sauce, en général. Nous l'y avions rejointe, une fois. Ici, ce n'était pas l'ambiance populaire où elle se sentait bien. Elle regardait tout autour d'elle le décor contemporain, les lumières bleutées. Elle était intimidée, pas à sa place. Nous commandâmes deux assiettes scandinaves. Elle ne savait que choisir et finit par prendre comme nous, cet assortiment de poissons fumés qu'elle n'avait jamais goûté et dont elle n'avait jamais entendu parler. Elle n'était pas elle-même. Elle était silencieuse. Je ne reconnaissais ni sa verve ni son entrain habituel, ni son rire sonore, qui aurait été déplacé dans cet endroit de toute façon et qui aurait disparu lorsque ma mère lui aurait annoncé ce qu'elle avait à lui dire : nous déménagions à Nice et nous changions en même temps de condition sociale en raison de la situation de son ami. Il n'était pas convenable que nous continuions à nous fréquenter. Elle espérait qu'elle comprendrait et l'assurait de son amitié. Cette déclaration dut perturber cette gentille tante toute l'après-midi et bien des jours après. Je pense qu'elle n'a pas dû la relater à son mari dans sa version exacte car nous n'aurions pas tardé à recevoir, de sa part, un appel téléphonique ulcéré disant son fait à ma mère, sans mâcher ses mots.

Pourquoi avait-elle agi ainsi ? Pourquoi avoir été si cruelle ? Par bêtise ? Pour se faire valoir avec le même infantilisme que le mien quand je me vantais auprès de mes copains et copines de l'appartement de Versailles, de notre déménagement sur la Côte d'Azur ? Je ne me posais pas ces questions alors. On m'avait habituée à croire que les adultes savaient ce qu'ils faisaient contrairement aux enfants. Et pourquoi est-ce que je me souviens avec précision de certains événements ? Ils m'avaient bien frappée pour une raison ! Nice était loin. Il aurait été tellement plus facile de dire simplement au revoir sans promesse de se revoir avant longtemps, ce qui équivaut à un adieu. Je n'étais pas proche d'eux, ni de leur fille qui n'était pourtant que de quatre ans mon aînée car la génération de mes parents n'était séparée que d'une demie de la génération précédente. La séparation était pour moi affectivement facile.

Ma mère agit de même avec sa propre famille. Un notaire l'appela pour lui annoncer que son père était décédé et qu'elle était une des héritières. Elle lui répondit qu'elle refusait l'héritage. « Tu parles, me dit-elle ! Cet homme n'a rien. J'aurais plus d'ennuis à accepter cet héritage qu'à le refuser. Je serais envahie par toute la famille parce que j'habite sur la Côte d'Azur et que j'ai une vie confortable. Ils chercheraient à profiter de moi ».

Elle, sa sœur et ses deux frères se retrouvèrent à l'orphelinat lorsque leur père perdit son travail lors de la crise des années trente alors que sa femme était morte en couches ainsi que son cinquième enfant. Comment s'occuper de quatre enfants en bas-âge ? J'ai retrouvé dans les papiers une lettre de sa tante de Lorraine, région qui était le berceau de toute la famille, qui lui expliquait qu'elle-même avait alors neuf enfants et qu'elle ne pouvait matériellement se charger de quatre bouches à nourrir en plus, tant les temps étaient durs. Egalement une lettre de son père lui disant qu'il l'avait recherchée pendant des années, lui expliquant sa situation à l'époque et lui disant qu'il n'avait eu finalement pas d'autres choix que de la confier aux sœurs, ainsi que les trois autres, en attendant des jours meilleurs qui leur permettraient d'être de nouveau réunis. Sa lettre était bien écrite d'une belle écriture cursive inclinée avec des pleins et des déliés. C'était une lettre sobre, sans détails ni apitoiement superflu. Il l'avait envoyée l'année de ma naissance Il la vouvoyait dans cette lettre ce qui ne l'empêchait pas de l'assurer de sa plus profonde affection. Elle ne répondit pas.

Un de ses frères vint la voir quand j'étais bébé, un grand et beau jeune homme blond, me précisa ma grand-mère. Il mourut jeune de la tuberculose, Ma mère n'en fit pas grand cas. Elle rencontra aussi sa jeune sœur : « une petite boulotte, une serveuse de café sans intérêt » me dit-elle.

Elle s'était recréée une famille et avait rejeté la vraie. Peut-être prise de remords, elle écrivit à sa tante, juste quelques années avant sa propre mort. C'était un peu tard... Sans être devin, il était facile de deviner que la tante n'était alors plus de ce monde! Ma mère avait-elle réfléchi à l'âge qu'elle aurait eu ? Ce fut à son tour de ne pas avoir de réponse.

Jamais elle ne me parla, tant qu'elle vécut, de ces deux lettres qu'elle avait reçues... ni de celle qu'elle avait envoyée. Je les ai trouvées dans son livret de famille Chacun veut connaître ses origines. Ma mère le réalisa trop tardivement.

Je n'ai jamais répondu aux quelques allusions qu'elle fit au sujet de sa famille. Mon grand-père m'avait transmis la vertu du silence quand il s'avérait nécessaire.

Lors des vacances de Pâques 1965, nous retournâmes à Nice pour choisir les finitions de l'appartement. Boulouris étant vendu, nous séjournâmes à l'hôtel sur place. Il était donc plus pratique de prendre l'avion.

Ce n'était pas le bus de l'air qu'il est aujourd'hui, le fameux Airbus, pour une nouvelle génération d'avions. Dès qu'on entrait à l'aéroport en tant que passager, on était accueilli comme des VIP, dorlotés aussi bien par le personnel du sol que par celui de l'air. A l'enregistrement, pas de queue comme aujourd'hui. Les repas et les encas étaient délicieux. Les avions, par contre, n'étaient pas aussi bien pressurisés qu'aujourd'hui. Nous avions droit à un bonbon, voire plusieurs, au décollage, pour nous obliger à avaler notre salive, ce qui aidait à éviter d'avoir les oreilles bouchées par la montée en altitude. Les sièges étaient confortables, avec de la place pour allonger les jambes. Le décollage était pénible. Je me cramponnais à mon siège, j'avais l'impression que mon cerveau allait sortir de ma tête et flotter. La prise d'altitude n'était pas rapide mais par palier et chacun d'eux constituait pour moi un cauchemar. J'avais déjà mal au cœur en voiture, alors, en avion ! Avec l'âge adulte, ces malaises disparaissent peu à peu. Le mien coïncidait avec les progrès de l'aviation mais jusqu'à l'âge d'une quarantaine d'années, je me cramponnais encore à mon siège car les premiers Airbus n'avaient pas le confort de ceux d'aujourd'hui. En 1965, les vols courts et moyens courriers étaient assurés par des Caravelle, un avion pouvant transporter une centaine de passagers au maximum....un nombre dérisoire comparé à ce que transportent aujourd'hui les paquebots de l'air. La stabilité en vol était plus précaire. Les trous d'air étaient fréquents. Il m'est arrivé d'être vraiment malade. Mais tous ces inconvénients étaient vite effacés par la rapidité du transport.

L'aéroport international de Nice se trouve en ville, juste à l'entrée, au début de la Promenade des Anglais, côté mer. Pour faire face à son développement, il a fallu gagner son extension sur l'eau. Les pistes d'atterrissage ne sont pas aussi nombreuses ni aussi longues que dans la plupart des aéroports internationaux. Heureusement, les conditions climatiques sont plus favorables que dans beaucoup d'autres. La descente sur Nice est le plus beau spectacle de tous. Quand vous regardez par le hublot, la clarté du jour vous aveugle, la mer scintillante, juste au-dessous de vous, paraît irréelle et la courbe gracieuse de la baie des Anges, surgie tout à coup, semble sortir d'un conte. Le spectacle est visible sous des angles différents quand votre avion doit attendre le signal pour atterrir et qu'il est obligé de tourner. Tant mieux car vous souhaitez que tout continue un peu plus longtemps. C'est impressionnant. En hiver, les cimes enneigées des Alpes en toile de fond ajoutent à la magie. La nuit, été ou hiver, cette magie opère : les lumières de la promenade des Anglais dessinent le collier de la reine, ce surnom qui prend alors tout son sens. Ce n'est plus la mer qui scintille, ce sont les lumières des villes, qui dessinent le pourtour découpé de la côte. La mer est, quant à elle, devenue un grand trou noir percé uniquement par les illuminations des navires de croisière ancrés dans les rades.

Nous séjournions à Nice dans un hôtel de luxe datant de la Belle Epoque, situé au bout des jardins Albert Ier, dans la rue proche de l'intersection avec la Promenade des Anglais. Il s'appelait : l'hôtel d'Angleterre. Le nom correspondait à son confort très « british » : porte à tambour qui ouvrait sur une vaste réception à la moquette épaisse qui amortit tous les bruits, larges fauteuils clubs, mobilier en acajou, laiton, employés en uniforme bleu marine. J'aime ces ambiances feutrées et intimistes. Les chambres, le bar, la salle de restaurant étaient dans le même esprit. Comme d'habitude, nous étions en pension complète. Il est vrai que dans ces endroits, la cuisine est toujours bonne. Mais je me demandais pourquoi, compte-tenu de mon âge, nous n'aurions pas pu explorer les ressources gastronomiques de la ville plutôt que de se retrouver midi et soir au même endroit. Je suppose que cela devait apaiser les craintes de l'ami de ma mère quant aux rencontres possibles que nous pouvions faire.

Au début des années 70, cet hôtel fut malheureusement détruit de même que l'édifice d'angle, le Ruhl, lui aussi datant de la Belle Epoque et aussi beau que le Négresco. C'était à la fois un casino et un hôtel, qui faisait partie des lieux mythiques de Nice. Le tout fut remplacé par un hôtel international standardisé dans l'architecture et les prestations, comme il en existe partout dans le monde. Un casino brillant de tous ses feux, à la manière de Las Vegas, occupe le rez-de-chaussée. Une horreur née de l'engouement pour un nouvel urbanisme, qui devait résolument tourner le dos à la tradition. Il a engendré bien des destructions sacrilèges, orchestrées par le Président Pompidou. D'autres massacres furent commis ainsi à Nice comme celui du Casino municipal et théâtre qui faisait partie intégrante de la place Masséna. Pour le remplacer par quoi ? Par un nouveau théâtre futuriste, implanté plus loin, sur l'esplanade formée par l'achèvement de la couverture du cours d'eau Le Paillon, un théâtre où les spectateurs s'assoient sur des gradins comme dans les théâtres antiques. Un manque de confort total, comme dans l'antiquité qui ne savait rien faire d'autre, contrairement à nous. Ce nouveau théâtre n'était en fait qu'une régression !

A Paris, d'autres massacres furent commis : la destruction des Halles de Baltard, dans ce mythique quartier, anéantissant son âme, un chef d'œuvre de l'architecture Belle Epoque en fer et verre Elles furent remplacées par un centre commercial sans intérêt, au nom du progrès. Même si elles étaient devenues trop petites et non hygiéniques au sens des nouvelles règles définissant l'hygiène, pourquoi les avoir détruites ? Elles auraient pu être aménagées pour une autre affectation.

En province aussi, les massacres sévirent : la destruction du marché couvert de ma ville natale, lui aussi un chef d'œuvre Belle Epoque en fer et verre comme les Halles Baltard.

Avec une optique si étroite du sens de l'histoire, le Parthénon aurait depuis longtemps disparu. Pompidou comme politicien a été vite oublié et c'est tant mieux.

Nous nous rendîmes sur le lieu de la construction de notre prochaine résidence. On en était déjà aux finitions. Les peintures allaient bientôt commencer. Après que le peintre nous eut présenté une gamme de couleurs, nous choisîmes le « gris Trianon », jolie appellation qui évoque le Château de Versailles et ses annexes, associé à des plafonds très hauts et à des lambris aux baguettes blanches. Mais est-il approprié à un appartement actuel ?

Nous rendîmes ensuite visite au plombier qui avait une belle exposition de salles de bains, certaines à la dernière mode, avec des carreaux muraux noirs, et des robinets dorés. Nous étions emballées. Nous nous décidâmes pour un carrelage de sol en petits carreaux gris parsemés de dorés, de carreaux muraux noirs et pour une robinetterie dorée, pas en or bien sûr, mais en plaqué or, les sanitaires restant blancs. Nous choisîmes également deux armoires murales, l'une noire et or au-dessus du lavabo et l'autre à la façade en miroir.

Chez le cuisiniste, nous choisîmes une cuisine équipée en formica imitation bois aux poignées de style et une table ovale assortie ainsi que les chaises.

Nous en avions maintenant fini de notre travail et pouvions nous adonner à notre passe-temps favori : le shopping. Nous arpentâmes les rues chics du centre-ville et découvrîmes une boutique spécialisée dans les enfants et les jeunes jusqu'à seize ans alors que je n'ai jamais dépassé la taille quatorze dans les boutiques de sport, même adulte. Les modèles de ma taille n'étaient pas des modèles enfants en plus grands mais de vrais modèles pour les jeunes filles, réplique exacte de ceux de leur mère. Je craquais pour une robe noire sans manches en coton, à petits motifs de couleur, cintrée à la taille avec un rucher autour du décolleté. Simple et élégante. Le temps doux permettait de porter ma nouvelle robe dès le lendemain.

Pour éviter les tracas d'un déménagement dont nous n'aurions su que faire à Nice, il fut décidé de vendre l'appartement de Versailles meublé, excepté, bien sûr, nos affaires personnelles, les quelques décorations posées sur les meubles dont la paire de chandeliers anciens trouvée dans un magasin d'antiquités de Versailles que je voulais offrir à ma mère mais qui furent payés par son ami et le plus précieux meuble, mon piano que j'avais enfin réussi à me faire offrir pour mes douze ans. Nous récupérâmes l'ameublement de Boulouris qui était globalement de meilleure qualité que celui de Versailles, tel un large et haut bahut ancien en merisier clair, de l'époque Louis XVI transition directoire auquel s'ajouta une armoire en bois de rose, qui, comme celle de Versailles, avait été fabriquée par l'ébéniste du Faubourg St Antoine, le fournisseur habituel de l'ami de ma mère qui proposait des villas meublées dont la décoration était le domaine de sa femme.

Nous revînmes à Nice en juillet pour réceptionner ce qui venait de Versailles et de Boulouris. La salle de bains et la cuisine avaient déjà été installées. J'étais heureuse de retrouver mes petites affaires, mes nounours et mon baigneur qui ne m'avaient pas quitté depuis ma naissance. Ma poupée Bettina, mes dessins, mes cahiers, mes livres et tant d'autres choses comme les deux paires de draps, en lin mélangé coton l'une bleue, l'autre rose que ma mère avait fait broder à mes initiales. C'étaient ceux dans lesquels je dormais chez ma grand-mère mais qui m'étaient devenus d'aucune utilité à Versailles puisque je n'avais pas mon propre lit. Broder soi-même ou faire broder le linge de maison continuait d'être une tradition. Les draps de ma mère étaient brodés de nos deux initiales, de même que la nappe bleue et les serviettes assorties.

Nous apprîmes à connaître le quartier et ses commerçants. Tout à côté se trouvait un grand supermarché pour nous procurer tout ce qui était produits de base. Pour les produits frais, grand Dieu non, il n'en était pas question. En face, une halle couverte, au rez-de-chaussée d'un immeuble, nous offrait ce dont nous avions besoin : un primeur, avec ses légumes, ses salades et ses fruits frais et goûteux, des herbes qui transforment un plat simple en un plat de roi, un boucher avec ses côtelettes d'agneau, inséparables de la région, un tripier qui n'avait pas son pareil pour nous faire saliver tandis qu'il coupait ses tranches de foie de veau avec une infinie délicatesse, un charcutier qui proposait, en plus des différentes pièces de porc, les produits qu'il transformait : pâtés, saucisses, boudins, tous plus odorants les uns que les autres, un poissonnier dont les poissons frais ne dégageaient aucune odeur comme il se doit quand ils sont frais, un crémier avec ses œufs de la ferme, ses poulets et ses lapins, sa vraie crème fraîche, ses fromages à l'odeur forte mais naturelle, en fait, tout ce que nous avions besoin pour notre nourriture quotidienne. Au fil des années, ma mère apprit beaucoup au contact de ces commerçants pour découvrir de nouveaux produits, améliorer ses recettes et leur donner plus de goût.

Nous trouvâmes aussi une blanchisserie, juste à côté de notre immeuble, qui proposait aussi des services de nettoyage à sec. Les deux étaient importants. Ma mère n'avait jamais eu de machine à laver, un appareil encore peu courant. Nous avions donc l'habitude, à Versailles, de donner tout notre gros linge, draps, serviettes, torchons, à laver d'où l'intérêt des initiales et au moins d'un nom cousu qui ne pouvait pas laisser de doute sur son propriétaire. Pour le petit linge, nous avions une machine en plastique que ma mère sortait d'un placard et qu'elle installait sur la partie égouttoir de l'évier. Pas de remplissage automatique. La vidange se faisait en mettant un tuyau dans l'évier.

Nous achetâmes un lustre en cristal et petites feuilles d'acanthe dorées pour le séjour, un plafonnier en cristal pour la chambre de ma mère, un petit plafonnier en cristal pour le dégagement et une lanterne en laiton pour l'entrée. Nous commandâmes un miroir de la largeur du bahut rapporté de Boulouris entouré d'un cadre patiné de style Louis XVI très bien réussi et en parfaite harmonie avec le meuble. Un excellent ébéniste de Fréjus, fournisseur de l'ami de ma mère nous fabriqua un meuble de style Louis XVI, couvrant le pan de mur du coin salon, alliant niche pour la télévision, fermée par un abattant, des placards et des vitrines. Nous avions aussi deux bergères Louis XVI en velours vieux rose. Et deux tapis.

Nous aurions dû nous arrêter là. Peut-être ajouter une ou deux lampes, supprimer les deux horreurs de reproduction de tableaux anglais et hollandais aux cadres surchargés et coûteux que nous avions été très fières d'acheter et c'était tout. Le canapé bordeaux en velours côtelé et frangé n'était déjà pas d'un goût très heureux contrairement à la banquette superbe de simplicité que nous avions à Versailles. La couleur or des double-rideaux en satin et de la cantonnière plate galonnée n'était pas assortie à l'ensemble. Ma mère avait dû vouloir imiter ceux de la villa de son ami.

Contrairement au meuble bibliothèque du salon, le meuble pont peint patiné de style Louis XV commandé pour ma chambre au même artisan fut moins réussi. Je l'avais demandé patiné bleuté. Il arriva plutôt vert d'eau très pâle. Le dessus de lit et les double-rideaux étaient bleus... Comme le lit était installé contre le mur, il n'était pas resté beaucoup de place pour les vitrines de chaque côté et le secrétaire à battant était bien trop étroit pour pouvoir y travailler : il avait fallu laisser assez de place pour que la porte puisse s'ouvrir. Tout ceci était mal pensé, sans personne pour nous conseiller ni aucune palette pour choisir la teinte du meuble. On changea le dessus de lit et les rideaux pour un satin broché aux motifs presque identique à ceux de l'ancien couvre-lit mais de couleur verte. Comme s'il n'avait pas été plus simple de renvoyer la commande pour couleur non conforme ! Et on commanda une table au même ébéniste pour me permettre de travailler.

Nous n'étions pas très satisfaite par notre décoration sans trop savoir pourquoi. La vérité, c'est que le soi-disant appartement de luxe promis par l'ami de ma mère ne l'était pas tant que ça. Le beau marbre gris et blanc des parties communes s'arrêtait au seuil des appartements. Au-delà, si les chambres étaient parquetées, le sol de la partie vie était en marbre de travertin qui n'est même pas du marbre mais du tuf calcaire avec des petites cavités qui ne demandent qu'à se noircir à l'usage. C'était le revêtement le plus répandu. Il avait succédé au granito. La cuisine avait un petit carrelage moucheté gris comme partout. Avec les meubles en formica imitation bois, ce n'était pas du meilleur effet. Et d'ailleurs, pourquoi de l'imitation bois ? La cuisine de Versailles était bien plus jolie. Quant à la salle de bains, elle était beaucoup trop petite pour une décoration noire. C'était du clair qu'il aurait fallu pour l'agrandir et non une couleur sombre et écrasante. Les robinets dorés auraient été parfaits s'ils avaient été à col de cygne, mais ici, avec la forme de robinets ordinaires... Les portes étaient de simples portes de type isoplane. Ce n'était pas vraiment une réussite sans que nous voulions le reconnaître. Quant à la peinture gris Trianon, elle était triste et assombrissait les pièces.

Le boulevard était bruyant, il n'y avait aucune vue sauf sur les vilains immeubles d'en face. L'été, le platane qui était devant la terrasse occultait en partie cette vue sans attrait et nous apportait de la fraîcheur. Nous avions installé sur la terrasse notre ensemble table et chaises de jardin en fer forgé blanc, très romantique. Tout était devenu vite noir en raison de la pollution, le sol en mosaïque inclus. Sans parler du bruit. Impossible d'y prendre un repas ! L'ami de ma mère, qui ne laissait personne d'autre que lui s'occuper de la responsabilité commerciale dans son affaire, claironnait: « Quelle chance d'avoir un platane, une telle verdure, devant ses fenêtres ! ». C'est sûr, il assombrissait surtout le séjour, comme si la peinture grise n'y suffisait pas sans arrêter ni le bruit ni la pollution. Si ma mère avalait facilement des couleuvres, ce n'était pas mon cas. Elle m'avait déjà dit, lorsque j'avais dix ans, avoir été étonnée du jugement que je pouvais porter, à mon âge, sur les personnes. Raison de plus à quatorze. Je savais pertinemment, pour avoir visité la villa de son ami, qu'il n'aurait jamais habité notre appartement. Mais quand je ne peux rien changer, je préfère éviter les polémiques inutiles. Le progrès par rapport à Versailles, était que j'avais ma propre chambre et que ma mère avait toutes les commodités au pied de l'immeuble, appelé palais comme il se doit ici, et que nous étions sur la Côte d'Azur, à Nice.

La réalité c'est qu'il aurait fallu qu'un architecte revoit toute la distribution de l'appartement, casse des pans de mur, repense les sols et l'aménagement. Impossible. Les coûts auraient été trop élevés et en pure perte compte tenu du quartier. J'ai eu l'occasion d'aller au dernier étage dans l'appartement que s'y était réservé le promoteur. Il était petit mais magnifique, clair, car il dépassait la hauteur des autres bâtiments, peint en blanc, réalisé selon un vrai plan d'architecte avec des ouvertures en demi arc de cercle, des vitrines éclairées intégrées dans les murs. Un escalier blanc sans rampe conduisait à une terrasse privative qu'il avait fait aménager sur le toit. Il avait été conçu ainsi à la construction.

Nous commençâmes donc dès l'année suivante, une frénésie d'achats, pour donner du lustre à cet appartement qui n'en avait pas, d'autant plus facilement que le porte-monnaie de l'ami de ma mère semblait iné-puisable. Les magasins d'antiquités dont ceux spécialisés dans le style anglais, à la mode, ne manquaient pas à Nice. Nous complétâmes donc le séjour, de deux tables rondes en bois blanc destinées à encadrer la partie salon et à l'éclairer, juponnées du même tissu que les rideaux et sur-montées chacune d'un haut porte-cierge argenté d'église transformé en lampe, apporté par son ami. Sa femme avait un commerce d'antiquités et possédait une multitude de meubles et d'objets anciens. Puis vinrent s'ajouter une commode en acajou de style Napoléon I réalisée au second Empire, une table basse anglaise de salon en acajou, dont les rallonges rabattables pouvaient se déplier, qui fut remplacée ensuite par une copie de table fin XVIIIème en acajou au plateau de marbre, entouré d'une gale-rie en laiton. La première fut reléguée sur un côté du canapé. Puis, nous découvrîmes, chez un brocanteur, une bonnetière de style Louis XV en noyer, à chapeau de gendarme, qui pouvait être casée dans l'entrée à la place du petit meuble téléphone posé ailleurs. Ce nouveau meuble, qui venait en plus de tous les tiroirs et portes des meubles, s'ajoutait à deux placards, à une penderie et à l'armoire. Mais il nous paraissait absolument indispensable pour y ranger nos chaussures !

Je ne mentionne pas non plus tous les bibelots et objets de décoration argentés, en laiton, en porcelaine, cadres, chinés un peu partout ou ap-portés par l'ami de ma mère. Les murs étaient bien garnis et même le haut des meubles. Les placards aussi regorgeaient de vaisselle dont nous avions commencé à tomber sous le charme à Versailles.

Je ne fus pas en reste quant à mon domaine. Je succombais, dans une exposition des Galeries Lafayette consacrée au style vénitien et florentin, à une petite commode crème et or à deux tiroirs de style XVIIIème et à hauts pieds galbés, et à un lustre très romantique à feuilles d'acanthe dorées et aux petites fleurs en porcelaine de couleur pastel. Une paire d'angelots en bois doré vinrent s'accrocher en impeccable symétrie sur l'alcôve formée par mon meuble pont au-dessus de mon lit.

Ma chambre était mon domaine, mais le séjour était la pièce de réception. Il était devenu surchargé. Les styles et les bois différents cohabitaient, sans aucune harmonie. Bien sûr, ceux qui n'étaient pas habitués à un tel décor, pouvaient s'extasier devant tout cet étalage, mais les autres ?

Quant à moi, j'adorais les meubles, les objets et les livres anciens, non pour la valeur qu'ils représentaient ni même pour leur esthétique, mais parce qu'ils étaient les témoins d'époques passées. J'aurais voulu connaître ceux qui les avaient fabriqués, ceux qui les avaient possédés, ceux qui s'en était servis, et je caressais tous ces témoins dans l'espoir de retrouver les traces des hommes qui les avaient possédés. Ah, si j'avais pu plonger dans une vieille gravure et me retrouver pour une petite excursion historique dans ce passé ! C'était mon rêve. Lorsque je voyais des films didactiques montrant la vie à une certaine époque, sans aucune fiction, j'étais persuadée d'être un voyeur devant qui la réalité se déroulait. J'aurais presque pu affirmer : « Je sais ce que les Romains cuisinaient : je l'ai vu ! » Il me fallait ensuite quelques secondes pour me retrouver dans le monde actuel, les quelques secondes du retour de mon excursion !

En Août, ma mère invita Chantal et Dominique. Nous avions l'air de trois adultes comme il n'y avait pas d'étape intermédiaire en sortant de l'enfance, mais nous restions très jeunes, des ados comme on dira plus tard! Trois ados ! Ma mère n'avait peur de rien ! Chantal et moi dormions dans le canapé-lit du séjour, ce qui nous donnait l'opportunité de converser à voix basse alors que nous étions supposées dormir, et Dominique dans ma chambre. L'appartement, alors, n'était pas surchargé comme par la suite.

Ces vacances étaient très différentes de celles de Boulouris. Plus de petit sentier dans la garrigue, plus de rochers à escalader ni de petites plages abritées dans des criques. Cette année, c'était macadam, trottoirs en béton, circulation, pollution. Les plages étaient de galets, ce qui ne valait pas le sable, même très grossier, mais l'environnement était plaisant : la Promenade des Anglais derrière nous avec de nombreux passants, la mer bleue devant nous avec de nombreux baigneurs et encore plus de « bronzeurs ». Animation garantie ! La mer était plus agitée que dans les criques du Var, la brise bienvenue plus présente.

Le point négatif pour les apprentis nageurs comme Chantal était la profondeur que la mer atteignait très rapidement quand on était dans l'eau. Ma mère était en fait la plus effrayée, n'osant pas s'y aventurer. Elle posa des questions aux autochtones pour savoir quelle plage ils recommandaient. C'est ainsi que nous essayâmes Villeneuve-Loubet où il nous fallait nous rendre en train. Nous devions d'abord relier la gare centrale, à pied ou en bus. La première fois, nous arrivâmes trop tard pour prendre nos billets. On nous dit de les prendre dans le train auprès du contrôleur. Il fut invisible durant ce court parcours. Cette plage de galets nous plut, même si la route du bord de mer et la ligne principale du train passaient juste derrière ! Il y avait moins de monde qu'à Nice, surtout. Quant à avoir pied plus loin, je n'en suis pas sûre mais il suffisait de le croire.

Ma mère eut une idée : « Pas besoin de prendre de billets ! Si un contrôleur passe, nous n'aurons qu'à dire que nous étions en retard ! » De nouveau, le profond attachement des Français à la resquille surgissait. Qui fut récompensé car nous ne payâmes pas une seule fois ! Dans mon restaurant, en Thaïlande, je faisais souvent des erreurs d'addition sur la note, toujours à mon détriment comme de bien entendu. J'ai été de tous temps fâchée avec les chiffres. Ou je confondais deux billets d'apparence très proche, mon restaurant n'ayant qu'une lumière d'ambiance, ou j'oubliais une feuille complémentaire de la commande. Les seuls à ne jamais me faire remarquer mon erreur, c'étaient, bien sûr, les Français, qui préféraient se taire et ne jamais revenir même si leur soirée avait été bonne. Incroyable ! La seule fois où je fis une erreur conséquente au détriment des clients, il s'agissait d'Américains habitant dans ma résidence. Ils payèrent sans discussion, sans même contrôler l'addition. Je leur téléphonais dès le lendemain en m'excusant et les invitais pour un grand pichet de vin rouge gratuit. Ils revinrent à quatre, commandèrent des assiettes de fromage et burent plus que le pichet offert. Mon honnêteté était récompensée.

Le jour du 15 Août, nous voulûmes assister au feu d'artifice sans nous mêler à la foule des spectateurs. La solution était de nous rendre sur la terrasse de la résidence, interdite aux résidents, mais qui comportait une échelle accrochée au mur du dernier étage. Quant à l'interdiction, elle ne nous gênait guère, en bons Français que nous étions, qui, en plus de la resquille, adorions transcender les interdits. Cette fois-ci, l'initiative tourna en une incroyable aventure. L'ascenseur n'avait pas de porte, si bien que le mur de la cage défilait devant nous. Dominique, qui ne manquait jamais une occasion de saisir la cocasserie d'une situation, suggéra que nous aidions l'ascenseur à monter plus vite avec nos mains appliquées sur les parois. Ma mère fit comme nous. On éclatait toutes quatre de rire. Mais ma mère avait les clés de l'appartement dans sa main droite et...elles tombèrent dans la cage de l'ascenseur ! Le fou rire cessa. Impossible de les récupérer. Comment faire pour rentrer chez nous ?

Ma mère se rappela qu'elle avait laissé la porte-fenêtre de la cuisine simplement fermée à l'espagnolette. Compte tenu du dénivelé du terrain, l'arrière de l'immeuble ne se trouvait pas au deuxième étage mais au premier. Encore fallait-il y monter. On emprunta donc naturellement l'échelle du dernier étage. Nous sortîmes de l'immeuble, ma mère et Chantal portant l'échelle rétractable, et le contournâmes. Arrivées au-dessous de notre porte-fenêtre, l'échelle fut déployée, et appuyée contre le mur. La plus sportive des trois filles était sans contestation possible Chantal. C'était donc elle qui allait monter à l'échelle, se rétablir sur le balcon, ouvrir la porte-fenêtre, et nous permettre de rentrer. Ma mère avait la lourde charge d'assurer la sécurité de l'alpiniste en maintenant la stabilité au sol de l'échelle. Dominique et moi étions concentrées sur l'avancée de l'expédition et sa bonne fin. Tout se passa parfaitement. On manqua le feu d'artifice. Mais l'aventure resta gravée dans nos mémoires. Chantal, l'héroïne de l'histoire, me confia récemment qu'elle se sentait alors dans la peau d'un voleur. A noter cependant qu'aucun voisin de l'immeuble d'en face ne téléphona à la police !

C'est vrai, qu'aujourd'hui, de telles initiatives ne se reproduiraient pas. La police aurait débarqué. Mettre en danger nos enfants, se seraient écriés les parents ! Mère irresponsable auraient renchéri d'autres. Eh oui, mais aujourd'hui, tout se serait passé différemment avec le portable qui aurait permis de faire venir un serrurier. Une facture dissuasive aurait calmé l'étourdie. Et l'aventure mémorable n'aurait pas eu lieu !

III

L'ami de ma mère avait lancé un nouveau programme de villas dans le Haut Var, dans un lieu difficile à trouver, auquel on ne pouvait accéder que par une multitude de petites routes accidentées. Le programme du bord de mer tirait à sa fin. Les seuls lots encore disponibles se situaient sur des terrains éloignés et abrupts dont personne ne voulait malgré leur prix attractif. Longtemps après, les terrains bien placés étant devenus rares, ils finirent par se vendre en raison de leur vue mer époustouflante car tout se vendait dans cette période tant les prix de l'immobilier grimpaient sans qu'une fin ne se dessinât. Les nouveaux propriétaires étaient certains de faire une plus-value. Mais la croissance continue se termina et laissa place à la crise. Les propriétaires qui avaient fait construire sur ces terrains bon marché des maisons elles-mêmes peu chères ont depuis lors du mal à les vendre, au moins au prix qu'ils demandent. Ils finissent souvent par y renoncer.

L'ami de ma mère avait démarré ce premier programme de bord de mer lorsqu'il était agent immobilier à Nice. La forêt du Var avait de nouveau brûlé. Des collines entières dévastées étaient en vente à un prix dérisoire. Elles appartenaient à un petit village situé dans les terres, un peu plus loin. Il n'y avait encore rien de construit sur cette partie du littoral. Un projet germa dans l'esprit de cet homme entreprenant : un programme de jolies villas respectant la nature qui permettrait à cette petite commune, riche seulement de terres, de se développer tout en donnant du travail aux artisans locaux et en rapportant de l'argent à la mairie. Il exposa son projet au maire et le convainquit. Il acheta les collines pour une bouchée de pain et lança son programme. L'incidence faible du prix du terrain sur le coût de la construction permettait un prix de vente attractif même pour les villas pieds dans l'eau. Ces villas n'étaient pas luxueuses, mais construites dans le style traditionnel local et adaptées à une résidence secondaire. Elles se vendaient dans le cadre d'une copropriété horizontale, un concept tout nouveau qui garantissait le bon entretien de l'ensemble et l'harmonie des constructions. Et qui payait les charges ? Le promoteur ! Le programme fut un succès : les villas se vendirent comme des petits pains aussi bien à des clients français qu'étrangers, certains étant même des personnalités connues. L'ami de ma mère gagna beaucoup d'argent. Mais la commercialisation terminée, l'entretien du domaine revint aux copropriétaires. La copropriété ne fut plus guère entretenue. Personne ne voulait payer de charges. L'individualisme prévalait. Tant pis pour ces propriétaires personnels qui ne voyaient que les dépenses à court terme et non la plus-value à long terme qu'apporterait un domaine bien tenu à la revente.

Cet homme avait très largement dépassé l'âge de la retraite lorsqu'il décida de démarrer un nouveau programme. Il se tourna vers le Haut Var où tout était à faire. Cette fois, il joua « le vert ». Il pourrait de nouveau acheter bon marché et réaliser une opération aussi juteuse que la première, pensait-il. Il tomba sur un site fait de collines aux douces pentes couvertes de forêts qui recevaient généreusement les rayons du soleil, aucun obstacle ne venant leur faire de l'ombre. Le seul fermier de ce territoire voulait vendre. Les acheteurs ne se précipitaient pas. Autant même dire qu'il n'y en avait pas L'ami de ma mère alla voir le maire de la commune et développa les mêmes arguments que pour la première opération. Depuis, il s'était créé une solide réputation. Le maire se frotta les mains de contentement qu'une opportunité si imprévue soit offerte à sa commune. Il ne se fit pas prier pour donner son consentement. Négocier avec le fermier fut tâche facile. Le promoteur à succès se retrouva donc de nouveau à la tête d'un vaste domaine à valoriser. Il avait déjà fait beaucoup quand il décida de nous le faire visiter.

Il vint nous chercher à Nice dans sa « Buick », désignant toujours sa voiture du nom de sa marque prestigieuse. Chantal et Dominique étaient ravies d'en être les passagères. Il nous fallut au moins deux heures pour parvenir à destination. Seul le voyage jusqu'à Fréjus disposait de l'autoroute. Ensuite, ce fut les petites routes. La première que nous empruntâmes fut assez facile. Elle traversait des villages et des bourgades. La campagne était une vraie carte postale de Provence : champs de vigne, de lavande ou couverts de pêchers, d'abricotiers, d'oliviers, fermes en pierres, cyprès florentins...Puis nous attaquâmes le Haut Var. Alors commencèrent les petites routes sinueuses qui grimpaient, descendaient, épousant le relief. Nous rencontrâmes des petits villages vraiment typiques avec leur place du marché plantée de hauts et larges platanes qui servait aussi de boulodrome aux sportifs de la pétanque, pas loin du café incontournable où ils venaient boire le petit rosé local ou le fameux pastis, l'apéritif de toutes les régions méditerranéennes. Les Provençaux y ajoutent peu d'eau contrairement aux « nordistes » qui ont tendance à le «noyer». En Thaïlande, j'ai eu un jour des clients marseillais, enthousiasmés de voir que j'avais du pastis ce qui est quand même la moindre des choses quand on s'appelle « La Provence ». Ils me confièrent qu'ils avaient si peur d'en manquer qu'ils en avaient apporté deux bouteilles d'un litre dans leurs bagages !

Nous roulâmes aussi au milieu de pinèdes où le nombre élevé de cigales rendait leur chant assourdissant. Tout au sommet d'une colline, le panneau indiquant notre direction finale apparut si soudainement qu'un conducteur non averti pouvait le manquer. Nous tournâmes. La route communale était vraiment étroite. Nous étions comme perdus dans la montagne. Mais quelques kilomètres plus loin, nous retrouvâmes l'incomparable luminosité du soleil de Provence en arrivant à l'entrée du domaine. La vue panoramique embrassait les collines vallonnées jusqu'à la petite vallée en contrebas où miroitait un petit lac. Une récompense, un véritable ballon d'oxygène, après cette route qui semblait ne conduire nulle part. Notre surprise fut aussi grande que celle d'un randonneur épuisé de marcher qui découvre soudain, le souffle coupé, le panorama spectaculaire qui était son but. Nous stoppâmes à l'entrée, à une bâtisse en pierres comportant une porte, une ou deux fenêtres et une large arche abritant un portail en bois à deux battants. Cette entrée avait de l'allure. Chaque propriétaire qui la passait pouvait se sentir faire partie d'une élite. Le portail s'ouvrit automatiquement à notre arrivée. Un homme sortit de la maison pour nous accueillir: c'était le gardien. Nous descendîmes ensuite lentement la route à larges lacets qui conduisait à la vallée.

Quelques maisons avaient déjà été construites. Nous stoppâmes tout en bas à côté du lac où glissaient deux cygnes. L'ami de ma mère nous expliqua qu'il l' avait fait creuser Il avait conservé une proéminence formant île en son milieu. Tout semblait naturel, préexistant au domaine. Il avait aussi créé un petit zoo dédié aux animaux locaux. Pour l'instant, seuls un sanglier et un couple de cerfs en étaient les hôtes. Ils s'approchèrent vers nous, les cerfs avec leur majesté habituelle, en grognant pour le sanglier qui appuya son nez contre le grillage dans l'espoir d'obtenir de la nourriture. Ce sanglier, pas plus sauvage qu'un animal de compagnie, s'appelait Kiki. Nous apprîmes aussi que les deux petites maisons que nous voyions de là étaient, l'une destinée aux copropriétaires, non seulement pour les assemblées générales, mais aussi pour leurs réceptions et l'autre, la maison des jeunes. Je me demandais s'il y aurait beaucoup de jeunes accompagnant leurs parents et amis qui viendraient. A part une piscine dans la résidence familiale et le vélo, il n'y avait guère de distractions de leur âge dans les parages !

Comme à son habitude, l'ami de ma mère avait créé les routes, aménagé les abords, prévu deux ou trois commerces sur le bord de route, juste à l'extérieur du domaine et agrémenté les lieux d'attractions, avec le lac, le petit zoo, et le restaurant juste à côté. C'étaient des arguments de vente. Mais il ne construisit cette fois ni église, ni théâtre !! Il misa uniquement sur la nature. Tous ces investissements constituaient pour lui des frais généraux faisant partie de sa stratégie commerciale pour attirer les clients potentiels. Et c'était loin d'être ses seuls « frais généraux ». En plus du salaire du gardien, il assurait la clôture des maisons, une barrière basse en bois peinte en blanc avec portail assorti, d'un style très « petite maison dans la prairie », les plantations du jardin et leur entretien jusqu'à la fin de la commercialisation à partir de laquelle ces dépenses seraient à la charge des copropriétaires, comme il l'avait fait lors de son premier programme. Bien entendu, cette décision s'inscrivait dans la volonté de donner à la clientèle une image de village modèle. Mais elle avait un coût élevé ce qui n'inquiétait pas ce promoteur dont la rentabilité était le moindre des soucis, tant il estimait sa fortune intarissable comme il nous l'avait laissé à penser à nous-mêmes. Il était pire que moi en gestion financière, qui, si je ne savais pas faire de comptes d'apothicaire justes, parvenait à estimer un budget global à 5% près, mais toujours en ma défaveur, comme il se doit. Il était surtout confiant et persuadé que les recettes commerciales couvriraient très largement les dépenses engagées. Il rajouta même un poste aux dépenses en lançant sur la radio régionale un concours dont le premier prix était une villa, ce que personne n'avait encore jamais fait. C'est sûr qu'il faisait ainsi parler de lui et de son programme.

Nous déjeunâmes à la ferme rénovée et transformée en restaurant pour laquelle il avait trouvé un repreneur, lui vantant la magnifique clientèle qu'il aurait, le programme terminé, en acquérant pour trois francs six sous une authentique ferme varoise située dans un décor de rêve. Les restaurateurs concoctaient une bonne et traditionnelle cuisine régionale tels les œufs brouillés aux truffes, ou du lapin aux légumes de saison mijoté au vin blanc. A noter que les œufs brouillés ne sont pas une simple omelette additionnée d'un peu de lait que l'on brise, mais des œufs battus à la crème qui cuisent lentement au bain marie sans qu'on ne cesse de les remuer pour qu'ils forment une véritable crème onctueuse. On y ajoute ensuite de la truffe fraîche râpée. Un mets raffiné d'un goût subtil que je servais souvent pour le réveillon de Noël. Le Haut Var est un lieu de production de ce champignon parfumé, rare et précieux qu'est la truffe.

Les propriétaires firent à la longue une très bonne affaire quand ce Haut-Var et particulièrement le coin que l'ami de ma mère avait choisi, devint un lieu prisé, fréquenté par de nombreux touristes français et étrangers dont certains s'installèrent à l'année ou en résidence secondaire. De superbes maisons de village ou de mas en pierres voués à l'oubli furent sauvés, restaurés dans le respect de la tradition. Un succès qui ne conduisit pas au saccage de la culture locale et des sites naturels comme sur la Côte mais, au contraire, à la préservation du patrimoine. Un certain nombre d'établissements respectueux de l'authenticité des lieux ouvrirent et acquirent une belle renommée tant au niveau de l'hôtellerie que de la restauration.

Cette région est également très différente de celle du bord de mer par son climat. L'été, il y fait très chaud sans la fraîcheur apportée par la brise de mer. Les pinèdes deviennent des oasis. L'hiver est beaucoup plus froid : Il n'est pas rare qu'il y neige et qu'il y gèle. Mais il est loin d'être aussi rigoureux qu'en Suisse ! Quoiqu'il en soit, l'ami de ma mère avait bien choisi le nom de petite Suisse provençale pour désigner son programme, un slogan qui pouvait même être étendu à toute cette région calme, verte et boisée, non polluée. Vous n'y entendrez pas résonner les cloches des vaches, mais vous percevrez le chevrotement de la chèvre et vous pourrez acheter le meilleur fromage fermier et naturel qui soit, produit à partir du lait de cet animal. Quant au chocolat, il vaudra mieux que vous l'apportiez !

Nous visitâmes la maison témoin, qui comportait tout le confort possible dans un décor idyllique très provençal : cuisine équipée à ossature maçonnée pourvue de portes et de tiroirs en bois de style rustique local, carrelages artisanaux en faïence sur les murs, fabriqués non loin de là, à Salernes, un village dont la renommée de cet artisanat a depuis largement dépassé les frontières de la France, salle de bains à l'image de l'aménagement de la cuisine, tomettes rouges également artisanales au sol, grosses poutres brunes apparentes au plafond souvent rampant qui descend très bas, fenêtres à petits carreaux, volets en bois peints en vert ou bleu. C'était la réplique exacte d'un authentique mas provençal. Chantal me dit à voix basse qu'elle voudrait bien être la gagnante du concours !

Nous visitâmes ensuite le village dont dépendait le programme, un village dans le ciel comme le définit aujourd'hui la publicité de la mairie, un des plus beaux villages du Haut-Var. Sur la place, l'ami de ma mère nous montra une maison semblable à toutes les maisons typiques où un couple âgé cuisinait des mets provençaux que des clients, qui devaient réserver à l'avance, dégustaient dans la salle à manger des propriétaires. C'était très bon, nous affirma-t-il, pour s'y être rendu avec des clients plusieurs fois. Une table d'hôtes avant la lettre, et sans toutes les contraintes qui s'y rattachent aujourd'hui.

IV

Mais qui était réellement ce « diable d'homme » comme l'ami de ma mère a été désigné un jour par un journaliste ? Ce pionnier qui crée des lieux de villégiature que personne n'avait pensé réaliser auparavant, qui paraissait si jeune, si actif, inépuisable même, avec toujours de nouvelles idées plein la tête, qu'il mettait à exécution malgré tous les obstacles et le coût financier ?

Personne n'eut connaissance de sa vie. Nous-mêmes n'avons réussi qu'à lui en extorquer quelques fragments.

Il était né au début de la dernière décade du XIXème siècle, dans un faubourg parisien mal famé. Ses parents, originaires de Normandie, tenaient un café bar fréquenté par des ouvriers et des mauvais garçons. A la fin de la semaine, quand les employés avaient reçu leur dû de leurs employeurs, ils en buvaient une bonne partie. L'ambiance s'échauffait, le ton montait. Il n'était pas rare que des bagarres, se réglant au couteau, éclatèrent. L'ami de ma mère était fier de cette enfance dont il s'était sorti pour devenir quelqu'un de riche et de considéré. Il en était fier aussi car il était né dans la même rue qu'Arletty, une fille qui avait réussi en devenant une actrice de renom, cette fille magnifique qui jouait surtout des rôles de fille vulgaire dans sa démarche et dans son langage, une fille effrontée, à la gouaille parisienne, ce qu'elle était avant de faire carrière et d'apprendre les bonnes manières. C'était en fait aussi le cas de l'ami de ma mère. Tous deux avaient eu l'enfance qui apprend à être malin, à se sortir de toutes les situations, à flairer les opportunités et à les saisir.

Que fit-il adulte? Cela resta mystérieux. Il confessa un jour qu'il avait été tapissier de voiture, un métier qui était proche du véritable métier de tapissier de sièges lorsque l'intérieur des voitures de l'époque devait ressembler à des salons. J'en fus sidérée. Comment avait-il fait ? Je ne l'ai jamais vu effectuer un travail manuel à part manier un grand couteau pour la découpe des pièces de viande quand nous avions des invités. Il se mettait en scène, pénétré de son rôle. Il commençait à aiguiser le couteau à l'aide d'un fusil avec solennité. S'aidant d'une fourchette spéciale il maintenait la volaille, le gigot d'agneau ou la pièce de bœuf sur une planche à découper et il s'attaquait à sa tâche avec brio, trouvant les jointures sans hésitation, évitant les os, coupant avec précision. Les morceaux se retrouvaient dans un état parfait sur le plat de service... Le maître avait officié ! Nous en conclûmes, avec ma mère, qu'il avait dû être dans la restauration de luxe, à terre ou sur mer, dans une de ses vies. Mais nous n'en eûmes jamais confirmation.

Que fit-il pendant la première guerre mondiale ? Il ne parlait jamais de cette guerre. Il avait pourtant dû être soldat, à moins qu'il ne réussît à s'échapper de France ? Ma mère pensait qu'il avait déserté. Mais s'il était resté en France, on l'aurait retrouvé ! A moins qu'il n'ait eu une excellente cachette ! Peut-être aussi s'était-il fait réformer par ruse ? Tout n'était que suppositions.

Un événement qu'il ne pouvait nous cacher fut qu'il eut un fils, à vingt ans, avec une femme qu'il épousa car il n'avait pas le choix, une pauvre fille, nous dit-il dont il se sépara très vite. Il ne s'occupa jamais de ce fils. Il ne se sentait pas concerné. De toute façon, son égoïsme ne lui permettait pas d'avoir le sens de la famille. Il n'aimait que lui-même. Il n'est pas le seul. J'ai, depuis très longtemps, un ami promoteur, très fiable et riche. C'est un financier redoutable, contrairement à l'ami de ma mère, qui m'avoua qu'il ne pouvait aimer aucune femme tant il s'aimait lui-même. Cette confession, faite à une simple amie, avait l'avantage d'être claire. « Jamais je n'aurais une aventure avec toi, » me dit-il, ce qui ne m'intéressait pas non plus d'ailleurs, « car je tiens trop à toi ». Lui aussi eut une aventure à vingt ans, dont naquit une fille conçue lors d'ébats derrière les buissons dans son Portugal natal. Il dut épouser la mère pour ne pas se faire lyncher par la famille, s'en sépara rapidement mais s'occupa toujours de sa fille même s'il ne la voyait jamais. Il n'avait rien d'un séducteur mais il avait un succès fou auprès des femmes peut-être parce qu'il avait l'air humain et qu'il était convivial. Il n'était pourtant pas généreux comme l'ami de ma mère, qui, après cette première expérience, poursuivit sa carrière de Don Juan. Il eut plusieurs femmes officielles Je crois que la deuxième femme mourut à moins que ce ne soit la troisième ou qu'il divorça de l'une ou de l'autre. Difficile de s'y retrouver. « Tout ça est si loin » nous disait-il. Et quelle activité professionnelle exerçait-il pendant toutes ces années? Nous ne le sûmes jamais.

Une de ses femmes avait une fille qu'il éleva et qu'il appela toujours sa fille Pourquoi alors qu'il ne se préoccupa jamais de son fils? Quelles avaient été les relations exactes entre cette « fille » et lui lorsque sa mère fut décédée et même avant? Filiales ou amoureuses ? Femme assurant l'interim après le décès de sa mère en attendant qu'il retrouve chaussure à son pied ? Très étrange ! Cette relation ne semblait pas très saine. Elle était plus âgée que ma mère. Elle se maria avec un notable de la région de Bourgogne. Cela me donna à penser que l'ami de ma mère et sa femme habitaient cette région dont je suis issue. Le mari de cette fille mourut jeune d'un cancer. Mais il était ami avec le futur Président de la République. Sa veuve fut alors plusieurs fois invitée à l'Elysée, ce qui donnait à cette dame une aura exceptionnelle pour l'ami de ma mère. Il espérait obtenir quelques reconnaissances de sa prestigieuse relation. I l'eut mais alors qu'il convoitait la décoration de la légion d'honneur pour service rendu à la France, il n'obtint que celle du « poireau » agricole comme il désigna la médaille du mérite agricole qu'il reçut parce qu'il avait valorisé des terrains. Il en fut mortifié. Il se sentit sous-évalué, diminué. Il aurait préféré ne rien recevoir que cette distinction de second ordre.

Une des autres informations que nous eûmes fut qu'il avait résidé à Tanger, au Maroc, avant d'être agent immobilier à Nice. Combien de temps avant? Mystère aussi... C'était certainement aux alentours des années quarante, quand il avait connu sa nouvelle femme, elle-même originaire aussi de Bourgogne, celle pour laquelle ma mère avait travaillé. C'était la fille d'un garde-barrière, d'un lieu-dit pas plus grand que mon hameau natal. Mais comment avait-il convaincu cette nouvelle femme de le suivre au Maroc ? Il est vrai que c'était un homme ne manquant ni de charme ni d'arguments.

Que faisait-il au Maroc ? Mystère de nouveau. Il parlait peu et encore moins de son passé, et si nous lui posions des questions précises, il ne répondait pas, comme s'il n'avait pas entendu ou que de telles questions ne méritaient pas d'y répondre. Les seules photos dont nous eûmes connaissance furent celles de la résidence de Tanger, où nous remarquâmes beaucoup d'éléments meublants de l'actuelle villa de la Côte, celles de croisières dans les années cinquante et soixante avec sa femme, et l'immense villa secondaire aux magnifiques jardins d'agrément qu'elle avait restaurée et aménagée luxueusement à partir de plusieurs maisons de son hameau.

Il paraissait déjà riche au Maroc. Pourquoi, si tel n'était pas le cas, ces photos souvenirs prises avant de quitter Tanger, ou juste quelques temps avant, alors qu'il n'y en avait aucune dans un passé plus lointain ? Fierté d'avoir enfin réussi ? S'il nous montrait ces photos, c'était sans doute le cas. Mais quand, plus précisément avait-il gagné beaucoup d'argent? Quel avait été le projet qui avait persuadé sa nouvelle femme de le suivre ?

Le port de Tanger était une plaque tournante de tous les trafics y compris humain : l'Europe n'est qu'à 15 km en bateau de l'Espagne par le détroit de Gibraltar. Aujourd'hui c'est encore vrai mais à un moindre degré grâce à tous les moyens de communication qui en permettent un contrôle plus efficace. Et le trafic allait aussi bien du Maroc vers l'Europe que de l'Europe vers toute l'Afrique. Beaucoup d'aventuriers français se sont lancés dans cette nouvelle vie. Certains sont devenus de célèbres écrivains. J'ai remarqué qu'ils ne disaient pas non plus comment ils gagnaient leur vie. Ce ne fut sans doute pas facile tous les jours ni très avouable.

Et l'ami de ma mère ? La guerre fini, il revint à Nice et ouvrit un cabinet d'agent immobilier. Il acheta un appartement avenue de la Victoire, proche des Galeries Lafayette, un grand appartement ancien, aux vastes pièces et aux plafonds hauts, entièrement meublé et décoré d'antiquités, aux tapis persans et aux lourds rideaux de style encadrant les hautes fenêtres. Nous n'y allâmes qu'une seule fois avec ma mère, très peu de temps, juste celui dont il avait besoin pour rassembler certains papiers qu'il voulait emporter. Nous eûmes l'ordre de ne surtout rien déranger.

Sa femme devait venir assez souvent... Qu'avait-il donc fait au Maroc qui lui avait permis de s'installer si bien à Nice et d'y avoir un cabinet immobilier ? Aider des malheureux à fuir le régime nazi ? Je ne le crois pas. Trop de risques qu'il pouvait payer de sa vie. D'ailleurs, il s'en serait vanté depuis longtemps. Trafics illicites en tous genres ? Non, je ne le vois guère, comme je l'ai déjà dit, risquer sa vie et encore moins se défendre avec une arme. Aurait-il plutôt organisé un commerce plus ou moins licite d'objets d'art et de mobilier ? C'est une hypothèse très vraisemblable qui expliquerait le tapis marocain de 22 m2 destiné au roi du Maroc qui se trouvait dans sa villa, les chandeliers marocains montés en lampes, le claustra en fer forgé qui faisait déjà partie de la résidence de Tanger.

Sa femme tenait maintenant un magasin d'antiquités dans leur villa de la Côte, des meubles et des objets qu'elle chinait dans sa Bourgogne natale et qu'elle vendait aux acquéreurs des villas. Elle ne se décidait pas à se séparer des plus belles pièces qu'elle gardait pour elle. Certaines autres se révélaient invendables. Ce sont celles que son mari nous faisait passer pour des merveilles quand il nous les apportait. Ce qui est sûr, c'est qu'à Nice, il avait profité de la reconstruction de l'après-guerre, de l'argent bien dissimulé ou mal gagné de ses clients qui réapparaissait qui lui permirent d'amasser le pécule suffisant pour se lancer dans une opération immobilière de grande envergure.

La villa de l'ami de ma mère était la première villa qu'il avait fait construire sur son programme. On ne pouvait pas ne pas la voir. Il y organisait des événements, par exemple inviter des journalistes qui parleraient de lui, des starlettes ou des stars de cinéma dont la venue avait été immortalisée par un petit film. Le message était clair : offrez-vous une vie de star sans vous ruiner ! Ceci, dit seulement par des images ! Cela aussi était révolutionnaire. Professionnellement, personne ne pouvait dénier à ce « diable d'homme », ce génie, d'avoir initié une nouvelle forme de publicité. Au niveau commercial, il avait aussi ouvert la voie à la transformation du métier de commercial. Avec lui, fini les baratineurs, bienvenue aux hommes qui savaient écouter, détecter les non-dits, les besoins véritables des clients et écarter avec égards ceux qui n'étaient pas des acquéreurs potentiels tout en leur donnant une plaquette car on ne savait jamais : ils pouvaient devenir les clients de demain ou parler du programme à des amis qui viendraient et achèteraient. Quant aux vrais clients qu'il recevait, il était capable de leur proposer ce qui leur convenait vraiment et non ce qu'ils avaient affirmé leur convenir, en mettant en lumière les points forts du produit qui allaient les séduire et en réduisant, voire en retournant à leur avantage ses points faibles.

Le cadre dans lequel il les recevait, l'aura de cet homme qui inspirait respect et confiance, faisaient le reste. Sans l'avoir jamais vu faire, je fus le même genre de commerciale dans mon activité d'agent immobilier. Je devais tenir cette disposition d'esprit de mon père qui était reconnu pour cette même compétence qui lui valut une belle carrière dans l'industrie.

Une fois le programme bien lancé, il attira des clients très aisés aux demandes plus haut de gamme. Les maisons suivantes furent plus grandes, plus confortables, ce qui rapportait à l'ami de ma mère de l'argent et une renommée accrue. L'effet boule de neige fit son œuvre.Il recevait, en remerciement de ses services efficaces, de somptueux cadeaux. Il se créa ainsi un réseau de relations qui pouvait être très utile.

Sa force provenait aussi de ce qu'il investissait son propre argent. Il n'était lié à aucune banque qui lui aurait coûté des frais financiers élevés. A cette époque de forte croissance de l'après-guerre, il était encore possible d'être un self made man indépendant.

L'ami de ma mère soignait son apparence au plus haut point. Il commandait ses nombreux costumes dans les plus grandes boutiques de tailleurs anglais de Paris, celles qui représentaient le summum de l'élégance masculine. Il achetait des chemises avec ses initiales brodées sur la poche de poitrine, des cravates de la plus pure soie, ses chaussures et ses ceintures étaient en crocodile. C'était aussi l'époque où les femmes achetaient des manteaux en fourrure d'ocelot, l'époque où la préservation des espèces n'était pas à l'ordre du jour. Il avait toute une collection de chapeaux eux aussi sortis des ateliers des chapeliers les plus réputés. Sa collection de chaussures n'avait rien à envier à celle des chapeaux.

Il portait des bijoux : une chevalière, une montre suisse avec un large bracelet en or. Il attachait ses billets de banque avec une pince en or. Même son stylo à encre était en or ! Il possédait aussi une carte de crédit American Express, chère, celle qu'il fallait avoir pour être reconnu appartenir au club fermé des nantis.

Il passait beaucoup de temps dans la salle de bains et quand il en sortait, on pouvait le suivre à la trace grâce à l'odeur de son eau de toilette... J'adore moi-même la mode mais je ne porte guère d'eau de toilette car je déteste ceux qui imposent l'odeur de leur parfum aux autres. Avoir dû subir l'odeur de l'eau de toilette de l'ami de ma mère au sortir de la salle de bains explique peut-être pourquoi je ne suis pas du tout attirée par les parfums.

Il aimait Humphrey Bogart dans ses rôles de mauvais garçon séducteur. Au rez-de-chaussée de sa villa, dans son bureau personnel, il avait un portrait de lui signé Harcourt. Il y apparaissait à la manière de Bogart, le chapeau sur la tête, sans doute un Borsalino, et le sourire. Le sien, par contre, n'était pas carnassier comme celui de son acteur favori, mais, comme ses propres yeux, très malin. Il aimait beaucoup aussi ces aventuriers de l'Afrique que j'ai déjà évoqués. C'est la raison pour laquelle j'ai pensé qu'il avait pu être un aventurier. Et s'il ne l'avait pas été, il aurait bien aimé en être un, j'en suis sûre ! D'ailleurs il avait un revolver, détenu légalement qu'il garda toujours.

Quand il entrait dans un restaurant, où il avait réservé, il était immédiatement accueilli comme une personne digne d'attention, grâce à son apparence et à son assurance, même s'il n'était pas connu. On se précipitait pour le débarrasser de son pardessus, de son chapeau, et on le conduisait jusqu'à sa table. Nous étions nous-mêmes nimbées du même respect et je dois avouer que c'était très agréable. Il ne regardait jamais à la dépense : passer pour un mesquin, ça, non, jamais. Ainsi, nous étions favorisés, jusqu'à la fin du repas. On nous raccompagnait avec des égards cérémonieux. L'ami de ma mère laissait toujours des pourboires généreux...

Quand il arrivait chez lui, il klaxonnait. C'était le signal qui mobilisait toute la domesticité, lui ouvrant le garage, le débarrassant de ses paquets pour les lui porter jusqu'à sa villa. Il faisait de même quand il arrivait à notre appartement. Le rez-de-chaussée était occupé par le garagiste à qui le terrain avait été acheté contre l'occupation professionnelle du bas et un appartement au dernier étage. L'ami de ma mère y louait une place de parking à l'année mais celle qui allait le délester de ses paquets, ce n'était pas son employée : c'était ma mère, qui, alertée par le klaxon, se précipitait en bas...il apportait souvent, en saison, des cagettes pleines de pêches, d'abricots, de melons qu'il achetait aux fermiers qui vendaient leurs produits au bord des routes varoises.

Je dois en revenir maintenant à l'âge des onze ans que je venais juste d'avoir. J'étais à la fin de ma sixième au lycée de Versailles. C'était l'époque où j'ai eu précocement mes premières règles. Elles furent la cause de la plus grande frayeur de ma jeune existence. Je ne comprenais pas ce qui m'arrivait. J'allais sans doute mourir... Tout mon corps commença à trembler et j'appelai ma mère au secours d'une voix stridente qui ne m'était pas habituelle. Elle se précipita, alarmée. Quand elle arriva, elle se sentit soulagée : « Ce n'est rien, tu es juste devenue une femme. C'est ce qui nous arrive chaque mois à chacune ! » Il n'y avait rien là-dedans pour me rassurer. Quelle horreur ! Elle m'emmena dans les toilettes où elle m'harnacha d'une ceinture à laquelle était fixé un genre de serviette éponge pliée garnie à l'intérieur de coton. « Maintenant, tu es capable d'avoir un bébé ! » me déclara-t-elle, en m'affolant un peu plus. Mais ce n'est pas possible ! Pour avoir un bébé, on doit être marié. Je ne le serai pas avant bien longtemps ! La phrase que prononça ma mère reste encore gravée en moi. Evidemment, mes pleurs redoublèrent. Il n'y avait là-dedans rien qui puisse me rassurer. Moi, encore une enfant, être capable d'avoir un bébé ? Mais quel cauchemar ! Et ce flux menstruel, quelle horreur ! Hélas, les serviettes jetables n'étaient pas encore d'actualité ! J'étais née juste un peu trop tôt, ou c'était plutôt mes règles qui étaient venues trop tôt ! Voilà ce qui arrive quand on a un an d'avance dans ses études ! Et ma mère avait « ça » chaque mois ? Et elle ne me l'avait pas dit ? Et je n'avais rien vu ? Comment était-ce possible ?

Mon nouveau statut de jeune fille, une fois que je m'y suis habituée, me procura cependant quelques satisfactions. Avant le XIXème siècle, les enfants étaient habillés comme leurs parents. Au XIXème siècle, ils furent considérés comme des êtres à part, en cours de développement, et ne pouvaient donc pas être assimilés à des adultes. Ils eurent donc leur propre mode adaptée à leur âge. Les jupes des filles raccourcirent, laissant dépasser la culotte longue, ce qui leur donnait de l'aisance pour se déplacer, pour courir, voire pour monter aux arbres comme le faisait la Sophie de Mme de Sévigné. C'étaient des petites filles modèles mais à qui on reconnaissait enfin le droit de s'amuser, de se dépenser comme des enfants. Les garçons aussi avaient des culottes courtes. Cette coutume perdura jusque dans les années soixante-dix et même quatre-vingt, en fait jusqu'à ce que les parents adoptent la tenue des enfants pour être plus à l'aise. Tout le monde est maintenant habillé de nouveau de la même façon !

Pour ma part, au début des années soixante, je fus victime de cette coutume tribale : j'eus le droit de porter des bas à la place de socquettes, et des vêtements de femme ajustés, ce dont j'étais fière Ma grand-mère tint à aller choisir avec moi mon premier porte-jarretelle et mes premiers bas. Nous allâmes dans un magasin de lingerie. Elle choisit un porte-jarretelle tout simple, blanc satiné, comme il convient aux jeunes filles et des bas beiges passe-partout. Elle y ajouta un soutien-gorge blanc satiné tout aussi simple. Mes seins avaient poussé depuis plus d'un an sans que personne n'y portât la moindre attention et maintenant, tout changeait. Heureusement pour moi, porte-jarretelle, ceinture durant les règles qui me donnaient l'impression d'être harnachée comme une jument, disparurent très vite au profit des collants et des serviettes jetables. Ma mère m'acheta des chaussures noires à petits talons aiguille. Je me sentais grandie, devenue une personne digne d'attention, et non pas une enfant qu'on envoyait promener lorsqu'elle dérangeait les adultes.

Le revers de la médaille était que je devais faire attention à ma façon de m'asseoir : plus question de me tenir assise jambes ouvertes comme les garçons, mais toujours les jambes serrées ou croisées. Il me fallait aussi réfréner mes impulsions d'enfant et me tenir plus dignement, comme les adultes. J'étais persuadée que c'était une étape glorieuse, un avancement. C'était plutôt une rétrogradation dans le monde des femmes, les inférieures, les incapables intellectuellement autant que juridiquement, qui leur fermait toutes les portes des carrières prestigieuses pour leur laisser le social, l'administratif au rang les plus bas de l'échelle, et surtout, le rôle de maîtresse de maison et de pondeuse, celui pour lequel elles étaient réellement faites et pour lequel toute autre ambition frisait le ridicule.

Le véritable danger immédiat de ce nouveau statut était que chacun, surtout les hommes, pouvait comprendre que je n'étais plus une petite fille mais une jeune fille, et que je devenais donc « consommable ». Lorsque j'étais « enfant », ma grand-mère m'avait bien avertie que je ne devais jamais accepter aucun bonbon ni quoi que ce soit d'un étranger, même s'il me proposait de me raccompagner chez moi en voiture car il connaissait bien mes parents ou mes grands-parents, au moins l'un d'entre eux, m'aurait-il dit. Plus tard, elle ajouta que je ne devais jamais enlever ma culotte sans me donner d'explication. Curieux ! Ces avertissements restaient valables mais se trouvait encore plus d'actualité en raison de mon nouveau statut. Ma mère s'en trouva inquiète car mon ignorance sexuelle était complète. Alors, comment aurais-je pu penser être en danger si un homme, jeune ou non, venait me parler gentiment ? J'avais confiance dans les adultes et j'étais loin d'imaginer toutes les perversions sexuelles qui pouvaient traverser leur tête d'autant que je ne savais rien du sexe. Bien entendu, je savais que les garçons avaient un petit robinet pour uriner, ce que nous n'avions pas et que nous regrettions, car nous ne pouvions pas être fières du nôtre comme les garçons l'étaient du leur. En classe, les organes de reproduction humains étaient totalement ignorés dans nos manuels scolaires. Les planches du genre humain nu étaient asexuées. Quant à nos parents, ils ne nous disaient rien. Les enfants élevés dans des fermes à la campagne en savaient bien plus. Chantal et moi avions aussi habité à la campagne mais pas chez des fermiers qui pratiquaient la saillie des femelles. Si jamais nous surprenions un chien montant une femelle, nous demandions : « Que font-ils ? » et ma grand-mère répondait : « ils s'amusent ! ». Cette réponse nous satisfaisait complètement. Et les petits fermiers du village n'allaient pas non plus nous parler de cet accouplement si commun qu'il n'intéressait personne !

Chantal et moi étions donc des ignorantes totales. Nous avions bien vu que les femmes attendant un bébé avaient un gros ventre, comme sa mère lorsqu'elle était enceinte, mais comment les avaient-elles attrapés ? En les voulant très fort sans doute. Un ange avait bien annoncé à Marie qu'elle allait avoir Jésus et elle l'eut ! Tout était possible, dans ce cas. Comment sortaient les bébés du ventre de leur mère ? C'était un problème plus compliqué à résoudre. Je remarquai que Chantal avait un trait foncé au-dessous du nombril. Le mien était moins prononcé. J'en concluais cependant que le ventre s'ouvrait comme une fermeture éclair pour donner naissance aux bébés. Cette hypothèse donna satisfaction à Chantal et l'affaire fut close.

Ainsi, ma mère avait bien raison d'être inquiète. Elle aurait dû me parler, m'expliquer mais elle ne savait pas comment s'y prendre pour aborder un tel sujet. Elle ne m'avait déjà pas expliqué ce qui allait se produire suite à la transformation progressive de mon corps qu'elle ne pouvait pourtant que constater. Si j'avais été préparée à cet événement, je n'aurais pas subi le traumatisme qu'il m'avait causé. Le plus gros défaut de ma mère était d'être incapable d'analyser une situation, de prendre une décision ou de trouver une solution par elle-même. Il fallait toujours qu'elle fasse l'autruche ou qu'elle s'en remette à quelqu'un pour lui dire ce qu'elle devait faire, ne serait-ce qu'à un voisin !

Cette fois-là, elle fit la plus grosse erreur de son existence. Elle décida de s'en ouvrir à son ami, ce coureur de jupons, ce qu'elle n'ignorait pas, cet homme obsédé par le sexe ! Elle ne se rendit pas compte qu'en agissant ainsi, elle me jetait dans la gueule du loup. Celui-ci, alléché par l'opportunité, lui proposa spontanément de se charger de mon information... ce qui enleva un grand poids à ma mère et se traduisit par une épreuve angoissante et non exempte de cicatrices indélébiles pour moi. C'était à une mère d'assurer ce rôle de formation auprès de sa fille, l'école continuant à ignorer alors ne serait-ce que la reproduction sauf en ce qui concerne la pollinisation des fleurs ! Et si la mère ne se sentait pas à la hauteur, le rôle pouvait être confié à la rigueur à une grand-mère, et à défaut à un père, mais pas à un étranger, surtout de cette trempe ! En plus, il y avait des livres, des médecins pour aider !

L'ami de ma mère prit donc en main ma formation, à la manière qui lui convenait, c'est-à-dire en initiant et en éveillant une toute jeune fille à la sexualité. Quel rôle rêvé pour un vieil homme pervers ! Tous les dimanches matin, les week-ends où il venait nous voir, il s'arrangeait pour envoyer ma mère au marché. Elle était absente un certain temps puisqu'elle devait prendre le bus pour se rendre à ce marché du centre-ville, faire les emplettes et revenir par le même moyen avec un cabas chargé.

Je devais m'asseoir près de lui sur le canapé, Il me montrait sa collection d'estampes japonaises érotiques, qu'il apportait dans sa serviette en cuir. Le coup des estampes japonaises extrêmement rares et précieuses que faisaient les hommes aux jeunes femmes plus ou moins naïves pour les attirer chez eux, les émoustiller et les faire succomber, était dépassé dans les années soixante, mais il constituait une situation de vaudeville qui faisait toujours rire. D'autres fois, l'ami de ma mère me montrait des estampes érotiques françaises, beaucoup plus perverses. Il commentait et juste après, des mains parvenaient à entrouvrir mes cuisses que je serrais pourtant de toutes mes forces l'une contre l'autre.

Je ne savais que dire, que faire. J'étais indifférente à ce qu'il me montrait. On m'avait inculqué que les adultes savaient ce qu'ils faisaient... Ma mère rentrait, toujours de bonne humeur, préparait le repas. Elle ne m'interrogea jamais sur ce que nous faisions pendant son absence. Je devais faire face moi-même, sans aide. J'essayais de m'enfermer dans la salle de bains sous prétexte de faire ma toilette; je disais à cet homme de sortir de la chambre où il me suivait, car j'allais m'habiller : non, il resterait. Quelle importance de me dévêtir devant lui ? Et il en profitait... Mais quand ma mère allait-elle revenir ? Elle était bien longue !

Jamais ma mère n'eut l'idée de lui « faire les poches » comme beaucoup de femmes en avaient la manie pour se rassurer sur la fidélité de leur mari. Elle aurait pourtant été bien inspirée de faire sa serviette !

La sexualité, il est vrai, était un sujet tabou à l'époque. Il n'y avait aucun film pornographique à la télévision, même à minuit, et le carré blanc, le signal qui informait les parents que le film était non recommandé aux jeunes enfants apparaissait plus souvent en raison de simples images de nus très innocentes. Les revues comme play-boys ne montraient que des poitrines dévêtues. Seules les poses étaient suggestives. Une femme qui trompait son mari était une traînée, un homme qui trompait sa femme avait commis une simple petite erreur de parcours, « un coup de canif dans le contrat », bien excusable ! Un homme qui avait de nombreuses aventures était un homme viril, une femme, une putain. On ne dénonçait pas un homme qui violait sa propre fille. C'était l'instinct du mâle! Les filles devaient se méfier, voilà tout quand on ne disait pas qu'elles avaient provoqué par des attitudes aguichantes. Je comprenais maintenant ce qu'avait voulu dire ma grand-mère, cette remarque qui m'avait tellement intriguée, le jour où je la quittais.

Mais enfin, pour ma mère, de là à confier sa fille à un étranger pour lui apprendre ce que sont les relations entre hommes et femmes et la procréation, ce dernier chapitre n'ayant d'ailleurs été évoqué qu'en relation avec la protection, il y a un abîme. Avait-elle été assez naïve pour avoir cru possible d'avoir converti cet homme à femmes aimant la débauche à une vie d'homme rangé et responsable? Avait-elle cru ses mensonges quand il partait en croisière avec sa femme et des amis sur le Nil, ou dans les Caraïbes soi-disant pour s'informer de la manière de construire là-bas et de s'en inspirer ? Ou ne voulait-elle rien savoir ?

Un peu plus tard, je compris pourquoi l'ami de ma mère était venu à la fin de l'année parler à mon professeur de danse, car je voulais faire de cet art mon activité professionnelle. Juste un prétexte pour assister au déshabillage de ces jeunes ballerines, qui se faisait dans la salle d'entraînement, sans vestiaire, comme autrefois, au temps de Degas. Lors de la soirée du gala annuel de l'école que nous donnions au Théâtre

Montpensier, un théâtre versaillais du XVIIIème merveilleux de dorures, il n'eut d'yeux que pour la jeune ballerine revêtue d'un collant mauve de la tête au pied qui en était l'une des vedettes. « Quelle magnifique prestation ! » nous dit-il ensuite lorsque nous buvions le Champagne à la gloire de Dominique que j'avais réussi à gagner à ma passion : « On aurait dit qu'elle était nue ! » ajouta-t-il ! Personne ne releva l'allusion, ni les parents de Dominique ni ma mère. J'étais la seule à me sentir mal à l'aise, me semblait-il, mais peut-être d'autres l'étaient tout autant que moi et se turent, tant cette remarque était déplacée.

Ma véritable éducation à la sexualité et à la reproduction, je la dois, l'année suivante, à une amie de mon âge dont les parents avaient eu l'ouverture d'esprit de lui offrir un livre relatant les premiers émois amoureux d'une très jeune fille en expliquant, planche anatomique à l'appui, ce qui se passait dans son corps à la puberté et ce qu'était l'appareil reproducteur de l'autre sexe. Cela se passa étrangement dans un couvent, sans aucun lien avec les fantasmes des hommes au sujet d'orgies entre des sœurs et eux.

Je fis ma communion solennelle à onze ans et non à douze, comme j'avais un an d'avance. Je fis la retraite obligatoire de trois jours en mai dans le couvent situé à deux numéros d'avenue de ma résidence. C'était un endroit féérique. Une bâtisse ancienne, en grande partie de plain-pied, devant laquelle, au-delà de l'allée de fins gravillons blancs, s'étendait un parc semblant tout droit sorti d'un conte de fées : une pelouse descendant en pente douce à l'infini, parsemé d'arbres immenses centenaires et au fond de ce versant, un étang recouvert au bord d'une minuscule végétation aquatique vert tendre avec juste derrière une petite maison à colombages qui aurait pu être celle des sept nains, et juste à côté un chêne plusieurs fois centenaire dont les premières branches n'étaient pas loin du sol. C'était une image romantique de dessin animé, celle dont la beauté nous force à ne jamais l'oublier. La petite maison seule était capable d'enflammer nos imaginations pour une chasse aux trésors.

Nous passions notre journée, déjeuner compris, en compagnie des soeurs, dans cet endroit de rêve apprenant et répétant les cantiques que nous aurions à chanter à l'église, discutant, en petits groupes, sur la pelouse criblée de pâquerettes, sous la houlette d'une jeune catéchumène, certains passages de la bible. Avec de longs moments de récréation où nous étions complétement libres pour explorer le domaine et y inventer des jeux. On était au septième ciel, dans cette maison de Dieu, pas loin du Paradis lui-même. On aurait pu, j'en suis sûre, être capable de convertir n'importe qui au christianisme dans un tel environnement et dans une telle paix.

Ma communion solennelle passée et ma mère s'étant extasiée à l'écoute du chœur pur de nos chants « qui donnaient la chair de poule » (évidemment, nous n'avions fait que répéter pendant cette « retraite » !), je ne pus que revenir rôder dans cette maison de Dieu qui était ma voisine pour y retrouver l'ambiance de liberté plus importante que celle de sainteté. On y trouva vite à m'y employer pour aider les jeunes enfants à dessiner les sujets saints le jeudi matin. J'avais, en plus, le droit de me promener partout, y compris dans la petite chapelle où les sœurs se recueillaient et où je me rendais subrepticement sur la pointe des pieds en espérant y découvrir le mystère qui paraissait toutes les pénétrer et que je trouvais merveilleux. Mais la grâce ne me toucha jamais...J'aidais aussi lors de la fête de charité annuelle, que fréquentait toute la bourgeoisie de Versailles, une ville très traditionnelle.

Certaines des filles de mon lycée étaient habillées en bleu marine et blanc et coiffées avec des tresses. Dans notre résidence nous voyions toute la famille du dessous partirent tous les dimanches matin à la messe avec leurs filles. J'avais des jupes plissées grises ou écossaises, cela ne faisait guère de différence. Le jour de la fête au couvent, on ne me confiait pas la tenue des stands mais le service lors du repas. Je fus un jour gratifiée d'un billet de banque, par une famille qui m'interrogea pour mieux me connaître. Ils me félicitèrent sur mon service ce qui me remplit de fierté autant que ce premier billet gagné que je rapportais, très fière, à la maison. Evidemment, elle me sembla terne et grise après toute cette effervescence que j'aurais voulu vivre tous les jours.

Il était possible de renouveler la profession de foi trois fois. Je n'en manquai aucune, la religion ayant été chaque fois la moindre de ma motivation. Ce fut la seconde année de ma retraite que je lus ce livre instructif sur la sexualité expliquée aux jeunes. .Ma camarade avait des parents intelligents qui le lui avaient offert ; lui permettant d'aborder ces problèmes médicalement, dans un langage et d'une manière adaptés à son âge, rien à voir avec ce que l'ami de ma mère m'enseignait, à sa façon lubrique. Nous nous installions sur le muret au fond de la propriété, où personne ne venait, pour le lire, comme s'il s'était agi d'un livre licencieux tant le sujet était alors tabou. J'avais douze ans et mon amie aussi. L'ami de ma mère m'apportait aussi des livres : « L'amant de Lady Chatterley » ou le « quatuor d'Alexandrie ». Le premier me sembla inintéressant et je ne pus finir le second tant il me semblait étrange. Ma mère, qui ne lisait pas, ne vérifia jamais les livres que son ami m'apportait et c'était un grand tort.

Il commença à me considérer comme une femme et à m'offrir des bijoux de prix comme à ma mère, alors que j'aurais préféré avoir une poupée comme celle du magazine de mode que ma mère achetait et qui proposait chaque mois une tenue à réaliser avec patron aux mesures de cette poupée que ma mère commanda. Je m'étais découvert une nouvelle passion pour la mode, surtout pour le design, mais guère pour sa réalisation. Il fallait cependant que j'essaie. J'achetais aussi des tissus pour réaliser des costumes historiques. Ce fut ma mère qui en acheva un parce que je n'étais vraiment pas douée pour la couture. Il me fut toujours impossible de me servir d'une machine à coudre. Toute ma vie j'ai été fâchée avec toutes les machines quelles qu'elles soient, y compris avec un aspirateur.

Comme ma mère et moi étions toutes deux inconséquentes, les bijoux offerts ont tous disparu : oubliés quelque part, perdus car ils tombaient du poignet ou du doigt, volés en ce qui me concerne en ayant oublié de fermer une porte-fenêtre de ma villa beaucoup plus tard. Je n'en fus pas traumatisée. Quelquefois, l'assurance nous remboursait, d'autres fois non. Je ne parle pas, pour ma part, uniquement des bijoux qui m'ont été offerts par l'ami de ma mère, mais par ceux que mes propres amis m'ont offert, ceux que je me suis offerts à moi-même et même ceux que j'ai offert à ma fille et qu'elle avait eu l'imprudence de me confier. Tout cela n'est finalement pas bien grave.

Ma mère me reprocha, un soir où nous fêtions Noël, jamais le bon soir compte-tenu des obligations de son ami, de n'avoir juste que jeter un coup d'œil sur le bijou qu'il m'avait offert alors que je n'avais d'yeux que pour la Barbie offerte par ma mère, la poupée mannequin qui venait de faire son apparition sur le marché. Quoi d'étonnant pourtant ? A chacun ses centres d'intérêt, non ? Ma mère me dit que son ami avait été choqué. Ce qui m'était complètement égal.

Quand j'eus à peu près treize ans, l'ami de ma mère me joua le tour le plus terrible qu'il pût me faire. Depuis plus d'un an, j'écrivais un roman, une histoire policière pour enfants. Je m'étais fait offrir pour cela une petite machine à écrire portative, une Olivetti, que j'ai traînée avec moi très longtemps dans toutes mes tribulations. Les écrivains écrivent bien tous à la machine, non ? J'avais même acheté un manuel de dactylographie. Je n'ai jamais bien compris comment les doigts devaient parcourir ce clavier, alors que je n'avais jamais eu de problème avec celui de mon piano. Je continuais donc, comme maintenant encore, à taper avec deux doigts, à la manière des policiers des films que je voyais à la télévision. Quand je terminais ce livre, j'avais dactylographié plus de deux cents pages. L'ami de ma mère me dit qu'il allait les faire éditer par son imprimeur. Mon manuscrit rejoignit, dans sa serviette, ses images licencieuses. On pouvait se demander quelle part des papiers qu'il transportait représentait des documents professionnels, s'il y en avait, d'ailleurs ! Tout disparut avec lui. Pendant plus d'un an, je demandais des nouvelles de ce manuscrit. J'eus droit à des réponses évasives, jusqu'à ce que j'abandonne mon questionnement. Ce manuscrit ne devait rien valoir sur le marché mais il représentait beaucoup pour moi. Je n'en avais même pas une copie ! Il avait dû atterrir dans une poubelle quelconque sans avoir été lu par qui que ce soit. Quel mépris pour le travail des écrivains ! J'en conçus pour l'ami de ma mère une haine bien plus forte que celle que j'avais pu avoir pour lui jusque-là. Cet homme n'était pas un « diable d'homme » mais un être malfaisant, diabolique. Il était le « diable » en personne.

Quand nous étions à Nice, ma mère insista, de nouveau à l'occasion d'une fête de Noël, décalée comme d'habitude, pour que je dise : « Merci papa » pour le cadeau qu'il m'avait destiné. Comment osait-elle me demander cela, sans savoir comment son ami agissait avec moi, mais en sachant au moins que j'avais un père qui ne m'avait jamais abandonné malgré les apparences ? Elle était complétement inconsciente ! Je refusai obstinément ce qu'elle me demanda. Je restai muette.

Un jour, peu après avoir emménagé à Nice, lorsque j'avais quatorze ans, je restai seule avec le « diable ». Il était debout d'un côté de la table de la salle à manger et moi de l'autre. Dès qu'il faisait un mouvement vers moi, j'en faisais un en sens opposé. Puis je fis face, le regardant droit dans les yeux avec un regard déterminé et lui déclarai : « Jamais plus tu ne m'approcheras ! », d'une voix lente en accentuant chaque syllabe ce qui me demanda un gros effort de volonté. Il me regarda d'un air de chien battu qui ne comprend pas ce qui lui arrive et me répondit avec le visage et la voix d'un petit garçon penaud et désolé : « Mais pourquoi ? »

Chapitre 3: en route vers 1968

I

Je fis ma rentrée au lycée Albert Calmette de Nice à la mi-septembre 65 en classe de seconde qu'on venait juste de rebaptiser seconde A. Les vacances d'été ne duraient plus trois mois, mais pas loin. Les petites vacances étaient plus courtes que maintenant.

Un bus de ligne ordinaire à destination spéciale du lycée mais s'arrêtant juste en face de notre immeuble, comme tous les autres, m'y conduisait à 7 h 30 le matin et à 13 h 30 l'après-midi. Si nous rentrions plus tard ou sortions plus tôt que les horaires réglementaires, il me fallait prendre le bus régulier. J'avais donc un trajet à pied à faire depuis ou vers l'arrêt de l'avenue de la Victoire. Mais c'était tellement agréable de pouvoir dormir plus longtemps le matin ou d'être libre plus tôt le soir !

Le lycée était de style napoléonien avec des bâtiments organisés autour d'une cour centrale rectangulaire et arborée. Les couloirs étaient des galeries extérieures protégées par des arcades. Rien que ce détail prouvait que nous étions dans le sud, dans un climat clément l'hiver, car les porte-manteaux se trouvaient sur ces galeries.

Comme tous les lycées de France, les élèves devaient porter une blouse marquée à leur nom au niveau de la poitrine droite, bleue une semaine, et beige la semaine suivante. Et attention, sous peine de punition, de porter la blouse réglementaire, la semaine dite. Comme les uniformes, je pense que ce système permettait, bien au-delà de ne pas salir nos vêtements, d'assurer l'égalité des élèves au niveau vestimentaire. L'autre raison était effectivement de protéger nos vêtements. Les machines à laver n'étaient pas si fréquentes dans les familles et les tissus employés, non synthétiques, nécessitaient un lavage main ou un nettoyage à sec onéreux. Il fallait donc veiller à ne pas se salir. J'ai toujours vu ma grand-mère porter une blouse bariolée en nylon qu'elle enlevait pour sortir. Ma mère portait elle aussi une blouse, mais très sobre, blanche, qu'elle abandonna lors de notre emménagement à Nice et qu'elle remplaça par un tablier de cuisinier blanc noué autour de la taille, pour faire la cuisine et le ménage.

Le nom porté sur nos blouses, destiné à reconnaître notre bien, avait aussi une troisième utilité : les surveillantes et les responsables d'établissement pouvaient immédiatement savoir qui contrevenait au règlement : « Melle Untel, vous avez couru dans les escaliers. Je vous mets un avertissement. La prochaine fois, vous serez en retenue ! ». Les adultes ne tutoyaient pas les élèves et ne se seraient jamais permis d'appeler les élèves par leur prénom ou de ne pas faire précéder leur nom de famille du cérémonieux Mademoiselle. C'est que ça ne rigolait pas à l'époque, pas plus que dans les classes. J'ai vu un film, Diabolo menthe, qui est censé reproduire l'ambiance des lycées de ces années. J'ai été très déçue : des élèves dissipés, qui chahutaient... Non, ce n'était pas du tout ainsi. Nous avions un carnet de correspondance avec notre photo, notre emploi du temps et les échanges parents lycée. Nous devions le montrer à la surveillante à la porte de l'établissement, avant une sortie en avance. Si un professeur était absent, nous devions avoir l'autorisation des parents, sinon, nous allions à l'étude. Que nous soyons en sixième, en seconde ou en terminale, rien ne changeait. Il est vrai que la majorité était alors à vingt et un ans.

C'était un lycée de jeunes filles uniquement. Je n'ai connu de classes mixtes que dans ma petite école de village qui comportait quatre classes, du CP au CM1 orchestrées par une seule institutrice. Quelle prouesse ! Et aussi en CM2, où les élèves des deux sexes avaient été regroupés au lycée de garçons, car nous étions la dernière classe des petits lycées, supprimés dès la rentrée suivante. Etre ou non séparés des garçons ne m'apparaissait pas encore comme du sexisme. C'était ainsi, c'est tout.

Pourquoi en effet cette habitude de séparer les deux sexes, comme à l'église, les hommes d'un côté et les femmes de l'autre ? A l'église, il ne fallait pas que les hommes soient distraits par les femmes. Soit, mais à l'école la raison était autre : les rôles dans la société des hommes et des femmes étaient bien différenciés.

Les lycées, à l'origine, lorsque Napoléon ier les créa, n'étaient ouverts qu'aux garçons de bonne famille qui étaient destinés à faire une carrière. La destinée des femmes était de vivre dans leur ombre comme épouse, à tenir une maison et à élever leurs enfants. Fin XIXème, des lycées de jeunes filles ont finalement vu le jour mais ils ne conduisaient pas au bac. Un brevet supérieur était suffisant pour assurer la fonction d'institutrice, à fortiori pour être employée administrative ou rester au foyer. Les femmes restaient cantonnées dans ce qui était réputé être leur vocation.

En 1924, une loi permit enfin aux jeune filles d'accéder au baccalauréat. Les lycées allaient-ils donc devenir mixtes comme cela eût été logique ? Non, pas du tout. Et pour une raison bien simple : le contenu des enseignements était différent ! Le législateur n'a pas modifié sa position quant à la vocation de la femme Il s'agissait seulement que les filles de la bourgeoisie qui devaient, après leur mariage, tenir un rang, aient une meilleure éducation pour savoir recevoir, tenir une conversation avec des personnes cultivées, sans que savoir chanter, jouer d'un instrument, coudre, broder, et s'occuper des enfants fût exclus. Les professeurs agrégés étaient réservés aux garçons. Les filles, bien que généralement issues de milieux favorisés, avaient les autres

Quant aux filles de milieux populaires, l'école se limitaient pour elles au minimum légal. Le titre du film de 1958 : « Sois belle et tais-toi » était révélateur! Et combien de films, navets ou succès sortis dans les années 50 et 60 faisaient jouer aux femmes un rôle de bécasse souvent avec Brigitte Bardot en vedette? Ma grand-mère elle-même déclarait qu'une femme qui lisait était une femme qui allait à la perte de son ménage ! Elle considérait cependant comme très honorable qu'une fille ayant des dispositions intellectuelles devienne institutrice ce qui ne faisait pas d'elle une suffragette : il fallait bien que les filles aient leurs propres professeurs qui ne pouvaient être qu'une femme, bien entendu !

J'ai revu récemment d'anciennes interviews télévisées de jeunes femmes ayant refusé ce modèle social. Elles étaient interrogées d'une voix grave comme si elles étaient des phénomènes anormaux méritant étude. Elles répondaient d'une voix sérieuse et posée en cherchant leurs mots comme un coupable qui cherche à se faire comprendre et pardonner. De quoi ? Mais de leur audace d'avoir choisi une carrière masculine, pardi!

L'éducation différenciée persistait depuis mon entrée en primaire. Parmi le matériel scolaire obligatoire, nous, les filles, devions avoir une petite trousse à couture. J'aimais beaucoup la mienne, en fin cuir rouge fermé par une boucle. Pour nous, travaux pratiques signifiaient couture. C'est donc ainsi que j'appris les différents points de couture, de broderie, de canevas. Je dus même réaliser un bavoir doublé en percale, garni de broderie anglaise et brodé par mes soins sur le devant, le tout à la main. Ce fut la broderie que je réalisai avec le plus de facilité. Et que se passait-il dans les classes mixtes ? Les garçons effectuaient un travail technique. Je ne m'en offusquais pas. Tout me semblait dans l'ordre des choses. Mais je me dis aujourd'hui que cet enseignement avait du bon et que l'école devrait bien apprendre à tous à recoudre un bouton ainsi que des rudiments de technologie pour que nous ne soyons pas en panique devant la panne la plus simple. En troisième, comme nous avions été jugées d'un âge raisonnable pour ne pas nous brûler à une flamme ou à un four, ni pour mettre le feu à la classe, nous eûmes même droit à des cours de cuisine !

Quant au sport, il n'était pas très privilégié, pour nous, les filles : beaucoup de gymnastique au sol, où j'excellais en raison de ma souplesse acquise au fil de mes années de cours de danse, et pour l'athlétisme où j'étais quasi nulle : corde lisse où je m'en tirais à peu près, et ma hantise, les activités dites de « plein air » consistant en course à pied sur une courte distance, en lancer de poids et en saut en hauteur en ciseaux. Ces activités avaient lieu par quinzaine seulement et je n'ai jamais compté les mots d'excuse que ma mère me faisait pour que je ne participe pas. Elle ne voyait pas elle-même l'intérêt de la discipline qui n'avait rien d'intellectuel.

Dès le premier jour de rentrée des classes à Nice, je remarquai plusieurs différences par rapport aux lycéennes versaillaises. Un certain nombre d'entre elles était maquillé, alors qu'il n'y en avait aucune dans mon ancien lycée même si elles avaient deux ans de plus que moi. Elles étaient décontractées dans leur attitude et ouvertes d'esprit. Moi qui étais nouvelle, elles vinrent spontanément me parler : « D'où viens-tu ? Quel âge as-tu ? Où habites-tu ? Ne t'en fais pas ! On te dira comment ça marche ici ! ». L'appel du premier jour de classe m'en apprit aussi beaucoup. J'avais déjà remarqué que les rues de Nice ne s'appelaient pas Hoche, Victor Hugo, Carnot, mais Malaussena, Garibaldi, Gioffredo. Les filles ne s'appelaient pas non plus Allard, Garnier, ni Dubois comme j'en avais l'habitude. Niçoises, italiennes d'origine, on retrouvait dans les noms de famille, les finals en o, a, i des noms des rues. A cela s'ajoutaient les noms d'origine espagnole ou pieds-noirs espagnols se terminant par ez, et celui, des pieds noirs juifs, tels Chouraqui, Benhamou, ou Ayache. Une autre était d'origine libanaise, et l'autre marocaine. Un vrai melting pot ! Accueillir une nouvelle, bien française, dont le nom se terminait en « ier », ne posait aucun problème. Contrairement à Versailles où une nouvelle venue du nom de Schoendorfer, d'origine alsacienne, semblait étrange et, encore plus, la venue d'une pied-noir d'Algérie, une jolie brunette aux grands yeux bleus que nous regardions comme si elle était une martienne, tout semblait normal à Nice.

Ce qui nous rapprochait, dans le second cycle de l'enseignement secondaire, sans que nous en fûmes conscientes en dépit de nos origines diverses, c'est que nous faisions toutes partie d'une élite, encore peu nombreuse, appartenant à un lycée général qui ne comprenait que des élèves accomplissant un cursus classique, appelées à poursuivre des études supérieures. Le comble, dans une société sexiste, était que depuis l'instauration du bac pour les filles ouvrant la voie aux études supérieures, elles étaient plus nombreuses, en pourcentage, que les garçons à obtenir ce diplôme convoité malgré la « sous-qualification » du corps d'enseignement féminin…Mais rien ne changeait concrètement dans la vie des femmes.

Je m'imaginais que tout le monde suivait le même cursus que le mien. Pourtant, les deux filles de mon âge de ma résidence, l'une d'origine grecque, l'autre pied-noir juive ne fréquentaient pas mon lycée. Une autre, venant des quartiers nord, où ne fleurissaient plus aujourd'hui que les logements sociaux, prenait le bus du lycée avec moi. Je sympathisais avec elle. Mon lycée n'était pas sa destination finale. Mais je n'ai jamais pensé qu'aucune des trois n'accomplissait pas le même parcours scolaire que le mien, pas plus que je ne faisais de différences entre elles et moi quant à leur origine que j'ignorais complétement. Un nom, pour moi, n'avait pas de connotation particulière. Je m'étais rapidement adaptée aux habitudes niçoises.

Mais que je me sois retrouvée sur la chaise d'une classe de seconde cette année-là tenait du miracle.

J'avais décidé de faire une carrière de danseuse classique. Plus question de longues études. Je fus pleine d'imagination cette année de troisième et j'y entraînais mon inséparable amie Dominique. Ce ne fut pas un manque d'intérêt pour l'apprentissage mais un intérêt sélectif et critique.

Je poursuivais, au premier rang, la lecture du fascicule des « Mémoires d'outre-tombe » de Chateaubriand, calé debout entre mon bureau et celui du prof, le livret qui avait fait l'objet de la première heure de cours de Français, beaucoup plus passionnante que la seconde, consacrée au latin. Que pouvait le prof contre moi ? Rien, sinon une remarque me disant que nous avions changé de matière... Pour la récitation en latin, j'avais mis au point un stratagème imparable pour avoir la moyenne. Je récitais mon texte par cœur et restais muette sur les questions de grammaire que j'ignorais aussi totalement que la signification du texte. Quant à l'histoire, que le prof de cette année-là ne nous rendait pas vivante, je m'installais au fond de la classe en dessinant les personnages historiques dont il était question et j'écrivais le résumé de droite à gauche dans une belle écriture anglaise pleine de fioritures, employée autrefois. Pour le relire et l'apprendre, il fallait que je me serve d'un miroir.

Dominique avait eu l'idée de faire de notre collection de petits animaux, en fils de fer et laine, en bois, en peluche, nos porte-bonheur dont nous avions tant besoin. Pour la composition de sciences, qui serait aujourd'hui appelé contrôle, nous les installâmes devant notre bureau. Le prof nous dit de ranger notre ménagerie, mais je lui répondis, d'une voix innocente et catastrophée : « Mais madame, ce sont nos porte-bonheur ! Qu'allons-nous faire sans eux ? ». Elle se tut et nous laissa faire.

Cette année-là, on nous prépara à la dissertation qui allait remplacer la rédaction, dans laquelle j'étais si forte. Nous eûmes un jour une remplaçante qui nous donna un sujet de rédaction que je trouvai stupide : « Une promenade à Paris ». On ne va jamais à Paris pour se promener, mais dans un but précis. Une promenade, c'est dans des sentiers de campagne, au bord d'un lac ou de la mer mais certainement pas à Paris. Nous en discutâmes avec Dominique et décidâmes de recopier quelques pages du guide Michelin vert. La remplaçante, qui inscrivit un 1/20 sur notre copie, ne comprit pas notre ironie. Elle nous fit de sévères remontrances devant toute la classe en invoquant notre incompréhension totale du sujet. Nous revînmes à la maison en nous plaignant de la profonde injustice qui nous avait frappées alors que nous avions noirci tant de pages absolument conformes à la demande du prof.

J'écrivais aussi des sonnets en alexandrins parfaits sur des sujets divers et quelquefois sur les profs barbants pendant qu'ils ânonnaient leurs cours. J'aurais bien dû envoyer un double, tapé à la machine pour plus de discrétion, à ce prof qui nota sur mon bulletin trimestriel que j'étais « terne » ! Un ami huissier et commissaire-priseur venant faire l'expertise des meubles de ma mère suite à son décès, le retrouva dans un tiroir. Il était daté : j'étais en troisième et j'avais 13 ans et demi. Il le lit aux personnes présentes, sans s'occuper de mes protestations, après l'avoir parcouru lui-même. « Mais c'est super ! » s'exclama-t-il. Je pensais de même en l'écoutant lire. Comment pouvais-je écrire si bien alors ? Je n'ai pas retrouvé ce poème après son départ. Comme il est beaucoup plus intéressé par la littérature et la peinture que par son métier, je le soupçonne de l'avoir subtilisé.

En fin d'année scolaire, le résultat de notre fronde adolescente tomba. Notre moyenne était en dessous des 10 /20 qui assurait le passage en classe supérieure. Les lycées de Versailles faisaient partie des meilleurs de France et tenaient à conserver leur réputation : le redoublement nous guettait, bien que nous ayons obtenu notre BEPC, non obligatoire puisque la vocation d'un lycée était de préparer exclusivement au bac. Notre prof principale demanda à parler à nos parents. Chacun savait ce que cela voulait dire. Ma mère fut catastrophée, transformant en drame irréversible cette année loupée due à un esprit critique et rebelle ce qu'elle ignorait. Elle envisagea une reconversion dans une branche professionnelle. Je ne voyais guère laquelle : puisque j'aimais la lecture, relieuse de livres ? Oui, pourquoi pas, en oubliant que j'étais nulle de mes dix doigts !

Le jour de l'entretien arriva :

« Bonjour, Madame. Je vous remercie d'être venue. J'avais à vous parler du cas de votre fille.

– Oui, je m'en doute. Ses résultats ne sont pas satisfaisants. Elle va redoubler ?

– N'allons pas si vite ! Ce sont plutôt ses résultats illogiques qui nous déconcertent : elle a de bons résultats en rédaction mais pas en grammaire ni en orthographe, de bons résultats en version latine mais pas en thème, de bons résultats en géographie et en histoire mais pas en sciences, de bons résultats en allemand mais pas en anglais, de bons résultats en algèbre mais pas en géométrie...

Comme elle a un an d'avance, c'est vrai que redoubler ne lui ferait pas perdre de temps !

– Mais si elle peut passer, je préférerais.

– Alors qu'elle passe ! On verra bien en seconde. Si les résultats sont insuffisants, il sera toujours temps de la faire redoubler l'année prochaine.

– Mais quelle section de seconde serait la mieux pour elle, à votre avis ?

– N'importe : elle a le choix entre A, littéraire, C, scientifique, ou B économie. Ce sont les nouvelles sections qui sont proposées à partir de l'année prochaine. Les nombreuses options qui s'offraient aux élèves jusqu'ici, ont été regroupées en A ou C. La classe B est, par contre, toute nouvelle.

– Je suis sûre qu'elle va choisir A, mais je vous le confirmerai. »
Je n'étais pas présente à l'entretien, comme il se devait.

Ma mère était soulagée. Elle ne serait pas accusée par la famille, enfin, plus précisément par ma grand-mère, d'être coupable de mon échec : évidemment, avec la vie dépravée que ma mère menait, c'était prévisible! Quant à moi, j'étais aussi soulagée car je ne me voyais pas du tout refaire une année avec le même programme et les mêmes livres. Ma mère ne me fit aucun reproche car elle imputa mes mauvais résultats à une aptitude intellectuelle limitée. Elle était inquiète pour la seconde. La section A était celle que je souhaitais, celle où j'avais le plus de chances de réussir compte tenu de mes goûts. Quant à la section B, elle ne fut même pas envisagée : « une section pour les bons à rien ni en littéraire ni en scientifique ! Une voie de garage » déclara-t-elle. Son opinion n'évolua jamais. Quand je lui annonçais trente-cinq ans plus tard que ma fille avait choisi de passer en B, elle fit la grimace et me répondit : « Pas terrible ! ». Ma fille fit pourtant une grande école de commerce après une préparation HEC réservée aux titulaires du bac B !

Le père de Dominique choisit le redoublement pour que mon amie puisse entrer, après une bonne troisième, en seconde scientifique, la seule filière qui ouvrait des portes nobles, à son avis.

L'ami de ma mère, qui semblait avoir ses entrées partout dans la région, réussit à me permettre de suivre des cours à l'Opéra de Nice avec une sommité de la danse classique : une danseuse étoile devenue directrice du ballet de l'Opéra de Paris puis directrice de celui de Nice. A la fin du cours, elle me dit que j'avais beaucoup de défauts, et qu'il me fallait recommencer sur demi-pointes. Je fus déçue de son jugement mais pas étonnée car mes professeurs de danse étaient très loin d'avoir son niveau. J'avais dépassé quatorze ans. J'étais consciente que tout reprendre à cet âge était impossible pour une carrière professionnelle. Je décidais de laisser tomber mon rêve de devenir ballerine et de me remettre sérieusement au travail. Je me rhabillais et fus étonnée de la facilité avec laquelle les adolescentes se dénudaient et leur professeur aussi. A Versailles, la nudité était taboue. On se contorsionnait pour se changer sans révéler notre anatomie, alors que nous étions pourtant entre filles d'un âge proche.

Cette résolution d'abandonner mon rêve me fut grandement facilitée par le professeur le plus remarquable de toute ma scolarité secondaire au point de n'avoir jamais oublié son nom : Mme Roméo. Chacun a eu un professeur inoubliable dans sa vie qui a provoqué un déclic décisif dans sa scolarité. Pour moi, ce fut elle, notre professeur de français de seconde. C'était une dame d'un certain âge, assez corpulente, portant lunettes, pas très bien habillée, une dame qui ne payait pas de mine mais qui était passionnante. Elle nous racontait les auteurs, leur vie, leur œuvre en nous expliquant ce qu'ils étaient, ce qu'ils ressentaient, ce qu'ils supportaient, ce qu'ils espéraient. Elle nous faisait comprendre ce qu'ils voulaient atteindre avec leurs phrases formées de mots judicieusement choisis par leur sens et leur sonorité qui, assemblés avec un certain rythme, transmettaient les ressentis, les émotions, les inquiétudes, les peines, les joies. Quand elle parlait de sa passion, elle rayonnait. Nous l'écoutions toutes, en silence, pendues à ses lèvres. On sortait de son cours exaltées, grandies. En dehors de son activité professionnelle, elle était adjointe à la mairie. Elle nous fit un jour une déclaration mémorable : « En tant qu'adjointe municipale, je suis appelée à rencontrer des personnes beaucoup plus riches que moi, beaucoup mieux habillées, mais j'ai une richesse qu'elles n'ont pas : celle de côtoyer chaque jour les plus grands écrivains et les plus grands poètes de notre culture ». Merci, Mme Roméo.

Ayant abandonné le latin, je devais choisir une troisième langue. Mes goûts pour la littérature et la musique russes me portèrent à choisir cette langue. Hélas, elle n'existait qu'en seconde langue. C'était un enseignement que suivait une camarade de classe, au visage plutôt large, encadré de cheveux blonds qui tombaient plus bas que ses épaules. Je la trouvais lointaine. Elle n'était pas causante non plus. Peut-être était-elle d'origine russe car le nombre de Russes blancs ayant trouvé refuge à Nice, où il y avait d'ailleurs une magnifique église orthodoxe, était important. Je ne le sus jamais.

J'optais alors pour l'espagnol que j'avais déjà choisi en seconde langue en classe de quatrième parce que j'avais découvert, émerveillée, lors de vacances aux Baléares, le flamenco : ces femmes à l'allure fière avec leur tête rejetée en arrière et leur taille cambrée, le claquement de leurs talons et celui des castagnettes, qui dansaient au rythme endiablé des guitares.

A la rentrée, je fus affectée dans une classe d'allemand. Je commençai à tempêter contre les erreurs de l'administration. Des années plus tard, je soupçonnais fort ma mère d'avoir téléphoné aux parents de Dominique concernant mon option de deuxième langue. Pour eux, les meilleurs élèves se trouvaient dans les classes de latin, de grec et d'allemand. Ma mère ne cocha tout simplement pas la case que je souhaitais. Dans la classe d'allemand, j'avais retrouvé ma grande amie Dominique. Je finis donc par m'accommoder de la situation.

En classe de seconde, l'espagnol, aux sonorités gutturales, à l'accent qui me semblait plus vulgaire que raffiné, ne m'attira plus du tout. J'avais eu des 18 au début de mon apprentissage d'allemand. En espagnol, je m'en tirais seulement avec un 13 et des remarques peu agréables de la part du prof. Je dis à ma mère que je ne souhaitais pas poursuivre cet apprentissage. Ma chère Mme Roméo s'occupait du cours de textes anciens. C'est ce que je voulais dorénavant étudier. Je ne ferais pas une seconde année d'espagnol. Ma mère téléphona devant moi, pour la première fois, à cette dame, pour lui demander conseil. Elle lui répondit très exactement : «Ce n'est pas très important. Laissez faire votre fille. Ce n'est pas un galopin ! ».

Je continuai le dessin, en cours facultatif, le jeudi matin, normalement jour de repos. J'étais fière de m'y rendre, mon carton à dessins sous le bras. Je me disais que les passants devaient me prendre pour une étudiante en art ! J'avais été déçue des cours obligatoires des années précédentes. Les profs manquaient d'imagination et de créativité. Je me souviens d'une critique qui me choqua. Nous avions un sujet, tout blanc, à reproduire. Les contours se distinguaient pourtant très bien en raison des ombres. Je décidai de le reproduire seulement en grisant plus ou moins mon papier blanc. Mon travail terminé ressemblait exactement à ce que je voyais. Je n'obtins que la moyenne, assortie de la remarque suivante : travail imprécis tout ça parce que je n'avais pas tracé de traits, qui n'existaient pas, pour délimiter le sujet…Je fus tout aussi déçue par mes cours facultatifs de seconde, dont j'avais tant attendu. Mon prof appréciait pourtant mon travail, plein de sensibilité écrivit-il sur mon bulletin, et me décerna le second prix, ce qui m'encouragea à continuer en première mais je devins vite démotivée : « Dommage, ces absences fréquentes en fin de troisième trimestre ! » regretta-t-il.

Cette année-là, en seconde ce fut quand même la première fois que j'eus un prix en dessin , un accessit inespéré dans une matière que je n'aimais pas : la physique et un autre en mathématiques. Et mon idolâtrée Mme Roméo avait noté : « un éveil sensible de la personnalité » alors qu'elle avait débuté par : « élève bien jeune, mais sérieuse et attentive » qui ne m'avait déjà pas déplu. C'est à elle que je dois tout le reste car des « peut mieux faire » de Versailles, je finis par « élève douée » ou, au minimum, « bonne élève », même en mathématiques ! La passion que j'avais pour mes lectures, mes travaux personnels et mon piano n'avait plus pris le pas sur la connaissance et la culture.

Cette première année à Nice me lia d'amitié avec la fille assise à côté de moi aux cours principaux. Elle avait un nom à sonorité espagnole. Elle était petite, comme je l'étais, avait le teint mat et une peau pas très nette. Ses cheveux bruns, tirés en arrière, étaient presque crépus. Ses traits étaient réguliers ce qui ne la rendait pourtant ni jolie ni attirante, sans doute parce qu'elle n'était ni expressive ni souriante mais elle me sembla gentille. Son père était ingénieur dans la fonction publique, sa mère ne travaillait pas, comme les parents de Dominique, ce que je trouvais de bon augure pour notre amitié. Je l'invitai un jour à la maison. Elle me dit qu'elle venait de se faire faire un nettoyage de peau. Je n'en avais encore jamais entendu parler. Elle m'en expliqua le principe. Sa peau n'en fut jamais transformée. Mais c'était la première fois qu'une fille me parlait de soins esthétiques. J'avais découvert que l'apparence physique comptait beaucoup ici.

Françoise ma proposa d'aller un samedi à la fête foraine. Elle me dit que son frère nous accompagnerait. Je découvris alors Pierre, un garçon de seize ans, de taille moyenne élève au lycée de garçons Masséna en classe scientifique. Je le trouvais très mignon : teint clair et joues roses, yeux sombres aux grands cils et cheveux bruns ondulés. Il profita du train fantôme pour me prendre la main, histoire de me rassurer. Lorsque nous nous quittâmes, nous n'avions d'yeux que l'un pour l'autre. Il me glissa à l'oreille : « Je viens te chercher demain soir, au lycée, si tu veux bien ». Mon cœur se mit à battre. Il vint en effet souvent me chercher lorsque nos horaires correspondaient et marchait à côté de moi en tirant sa mobylette, jusqu'à ce que nos chemins bifurquent. Après plusieurs rencontres, au cours desquelles nous nous rapprochâmes, nous avions envie de nous embrasser. Nous nous dissimulâmes derrière une porte ouverte d'un vieil immeuble. Ce fut mon premier baiser. Il m'offrit un jour un 45 tours d'un tout nouveau chanteur, Georges Chelon, aux chansons à textes, à contre-courant de la mode « yéyé » du temps, car il contenait une belle chanson d'amour... J'en fus émue au point d'en rougir. Mais un jour, sa sœur qui faisait le lien entre nous pour nos rendez-vous, me dit que son frère ne pouvait pas venir me chercher. Une semaine passa. Je restais sans nouvelles. Je demandais sans cesse à Françoise si elle n'avait pas un message pour moi. Mais rien. Il fallut bien que je me rende à l'évidence : Pierre m'avait laissée tomber sans aucune explication. J'en fus très triste un certain temps. Et je m'en remis.

Françoise faisait du ski avec ses parents pendant l'hiver. Les deux stations, Valberg et Auron, n'étaient qu'à 80 km de Nice. Cela me fit rêver mais je ne savais comment y aller, ma mère n'ayant pas de voiture. Je ne savais pas non plus faire de ski. « Ce n'est pas un problème. Le Caf organise des sorties le dimanche pour les scolaires avec cours de ski. La caf est avenue de la Victoire. Je t'apporte l'adresse demain » me dit Françoise. Mais elle ne me proposa pas d'accompagner sa famille au ski ! Qu'importe ! J'allais au bureau, revint avec tous les renseignements. Avec l'accord de ma mère qui ne fit aucune objection, je m'inscrivis. Nous allâmes à « La Hutte », un magasin de sport que je connaissais car cette enseigne existait dans la France entière y compris à Versailles, pour m'acheter un fuseau noir et des chaussures de ski en cuir, lacées avec des crochets. Le dimanche matin, je prenais le bus de 6h pour prendre le car qui nous emmenait à Auron, à 6h30. Auron est beaucoup plus haut que Valberg. C'est un domaine skiable convenant à tous les niveaux, même les plus élevés. Là-bas, je louais des skis au chalet du Caf. Et je partais pour la leçon collective des débutants. J'aimais bien cette sensation de glisse et l'apprentissage de l'art de maîtriser les déplacements. J'appréciais aussi l'air vif des Alpes et le village authentique de la station. Mais voilà : les autres jeunes se connaissaient depuis longtemps, restaient entre eux et moi, je restais seule, aussi bien dans les transports qu'au déjeuner pris au chalet. Après quelques sorties, on ne me revit plus.

Le printemps venu, je découvris un club de tennis derrière notre immeuble, à dix minutes à pied. J'avais déjà l'équipement, raquette comprise. Je m'inscrivis aux cours. Mais là non plus personne ne me parlait, ni pendant les cours, ni pendant les séances d'habillage et de déshabillage dans le vestiaire, comme si j'étais transparente. Je finis par abandonner malgré le plaisir que je prenais à exercer ce sport.

Je venais d'apprendre une chose importante : il fallait faire partie d'un groupe pour ne pas rester seul. Ma mère elle-même était encore plus esseulée que moi qui avais au moins le groupe classe pour communiquer. Elle, elle ne vivait qu'à mon rythme et à celui de son ami et nous étions son seul horizon.

Notre manière de vivre n'avait en fait pas changé depuis Versailles. Ma mère faisait les courses, la cuisine, s'occupait de la maison. Son ami venait tous les week-ends et non plus une fois par mois. Ces jours-là, elle restait avec lui. Je n'avais plus cette obligation, étant devenue autonome. Nous convenions d'un rendez-vous en ville avec les filles de la classe. Nous allions au cinéma, nous buvions un verre à la terrasse d'un café ou nous allions chez elle. C'est ainsi que j'ai découvert les magnifiques appartements anciens richement meublés de Nice appartenant aux pieds-noirs revenus d'Algérie. Je comprenais pourquoi ces filles marchaient la tête haute, sûres d'elles. Un seul appartement me déçut : celui de la première de la classe, au nom aussi français que le mien à une lettre près, qui habitait la colline la plus cotée de Nice : Cimiez. Le petit appartement où elle vivait seule avec sa mère était plus petit que le nôtre et meublé sans luxe. Je l'y avais rejointe un après-midi pour lui tenir compagnie car elle souffrait de névralgies faciales qui la clouaient au lit de façon intermittente tant elles étaient douloureuses. Les médecins étaient impuissants à la soulager. Tel était le sort de la tête de classe. Cette visite me marqua tant j'en fus peinée.

Ma mère continuait à acheter son magazine féminin Modes et travaux, avec ses patrons, y compris pour ma poupée, ses modèles de tricot, ses photos de mode, ses conseils de cuisine et ses ouvrages pour dames. Elle tricotait, découpait les modèles qui nous plaisaient pour les faire éventuellement exécuter par une couturière que nous avions dénichée dans une petite rue du centre de Nice quand il s'agissait de tailleurs, de vestes ou de manteaux. Nous continuions à fouiner dans les Monoprix à la recherche d'une perle rare. L'hiver, on pouvait y trouver des pulls en véritable cachemire et bien coupés, l'été, des petites robes très seyantes. Ma mère m'acheta ainsi une robe en coton vert pomme à petits pois noirs, à taille haute dite Empire, à volant dans le bas. Elle en releva le patron et m'en fit une autre en Vichy à carreaux bleu et blanc, agrémentée d'un petit bouquet de fausses cerises sous la poitrine, achetées chez une mercière. Très printanier. A partir d'un modèle, elle en réalisait toujours des variantes. Nous allions acheter nos tissus à « Bouchara », une grande boutique avenue de la Victoire, juste avant les Galeries Lafayette. La même qu'à Paris.

Cet été-là, ma mère et moi fûmes invités par les parents de mon amie Françoise qui séjournaient en famille dans une villa située dans l'île Ste Marguerite, une des deux îles de Lérins très proches de Cannes. Ces îles sont protégées en raison de la faune et de la flore marine. L'île de

Ste Marguerite, la plus grande, est inhabitée. Elle est recouverte d'une immense pinède comportant aussi des eucalyptus et d'autres essences méditerranéennes rares. Des sentiers de randonnée la parcourent. Les cigales s'en donnent à cœur joie alors qu'il n'y en a aucune à Cannes, trop urbanisée. On y trouve des petites plages et des criques bordées d'une mer translucide. Les touristes peuvent y passer la journée, déjeuner dans l'unique restaurant autorisé, visiter le fort du XVIIème siècle et la musée bourré d'amphores romaines découvertes dans les fonds marins de la région, partir à la découverte de la faune et de la flore de cette terre vierge et même pique-niquer, à condition de ne pas polluer. En fin d'après-midi, ils doivent repartir. La fonction d'ingénieur des eaux et forêts du père de Françoise lui procurait ce privilège de pouvoir momentanément y habiter avec sa famille. La journée fut conviviale. J'essayais, sans y parvenir, de m'isoler avec Pierre. Il était visiblement passé à autre chose, sans aucune explication.

Cet été-là, au mois d'Août, je partis un mois à Londres avec le lycée dans le cadre de voyages-études. Les cours du lycée ne m'avaient jamais permis de comprendre comment la langue de Shakespeare fonctionnait. Les cours privés, avec l'un de mes professeurs de Versailles, n'avaient pas amélioré grand-chose. Le trajet de Nice à Paris se fit en train couchettes deuxième classe. C'était la première fois que je voyageais ainsi mais être à six dans un compartiment avec des filles de mon âge, sans parents, était une aventure exceptionnelle. Nous ne faisions pas partie de la même classe, mais la promiscuité du compartiment nous rapprocha. Surexcitées, nous dormîmes peu.

A Paris, nous reprîmes un train pour Calais puis le ferry pour Douvres. Le temps était clair et nous pouvions apercevoir les falaises blanches de la côte anglaise juste en face. Je me demandais ce que j'allais découvrir là-bas. La mer était très houleuse, le bateau de taille imposante, ce qui m'évita d'être malade. De l'autre côté, un bus nous attendait pour nous conduire à Londres. Nous traversâmes la campagne verdoyante anglaise et des petits villages aux cottages adorables avec leur jardinet fleuri, leur toit de chaume, leurs fenêtres étroites et peu hautes à petits carreaux, sans volets. Une architecture très différente de celle de la France. On aurait dit des maisons de poupée. J'aurais presque cru qu'il était possible de soulever le toit pour observer les habitants vivant à l'intérieur. Au terminus du bus, les familles, chez lesquelles nous étions hébergées, étaient au rendez-vous. Le couple qui m'accueillit, accompagné de deux petites filles, blondes comme les blés, était jeune et décontracté. Je devinais, plus que je ne compris qu'ils me souhaitaient la bienvenue. Nous partîmes en voiture jusqu'à leur domicile du quartier de Highgate. C'était une petite maison mitoyenne à étage avec un long et étroit jardin à l'arrière dont la configuration me faisait penser à celui des parents de Dominique. Au-delà, tout était différent : les maisons étaient en briques, bien alignées, bien identiques avec une petite cour sur rue et un portillon devant. Le séjour avait une large fenêtre à encorbellement, une forme ronde en saillie, que je n'avais jamais vue jusqu'alors. Ma chambre avait une fenêtre à guillotine, une fermeture que je n'avais jamais vue non plus, sauf dans les films. Les petits rideaux courts froncés qui m'étaient tout aussi inconnus me faisaient penser de nouveau à une maison de poupée modèle. Je fus étonnée que le lait et le journal se trouvent à la porte chaque matin, que les voisins se saluent en échangeant quelques mots quand ils se croisaient. Je me sentais plutôt dans un village, faisant partie d'un microcosme rassurant et protecteur, plus que dans une grande ville. Je découvrais ainsi qu'une grande ville pouvait être un centre-ville entouré de « quartiers-villages ».

Les premiers jours en anglais furent difficiles mais mes hôtes avaient beaucoup de patience. Ils me faisaient répéter les phrases qu'ils prononçaient, s'amusant de mon accent. L'ambiance était conviviale. Je me sentais proche d'eux, qui semblaient plus être des ados attardés que des adultes. Je n'arrivais pas à prononcer le « the » correctement. Ils me firent répéter le mot « thistle » qui signifie chardon, et éclataient de rire en m'encourageant dans mes efforts. En plus, tous les matins, nous, les jeunes Français, nous rendions à une école où nous avions des cours d'anglais par professeur local. C'était l'immersion totale.

Mes hôtes m'emmenèrent visiter Londres. J'entendis les coups sourds de Big Ben à chaque heure, je traversais la Tamise aussi merveilleuse et pleine de mystères que la Seine, je visitais la Tour de Londres. Je découvrais qu'on pouvait marcher, pique-niquer et jouer sur les pelouses alors qu'en France, c'était strictement interdit. Nous allâmes aussi au château de Hampton Court, ce château d'Henri VIII, en briques, bas, aux petites tours à pans coupés, un vrai château de princesse, bien plus simple que celui de Versailles mais tellement plus charmant. Les jardins étaient magnifiques. Nous y jouâmes au ballon avec les petites filles. Sur les routes, les voitures, dont la nôtre, roulaient lentement, les conducteurs étaient calmes. Tout se passait dans l'ordre, sans énervement. C'était miraculeux par rapport à la France où tous les conducteurs étaient surexcités au volant et toujours prêts à s'insulter les uns les autres.

Je ne me souviens pas d'avoir mal mangé dans ce pays pourtant non réputé pour sa cuisine. Au contraire: petits déjeuners avec lard et œuf sur le plat, toasts, des thés copieux avec canapés de saumon fumé, de sandwichs de pain de mie au concombre, tous bourrés de beurre. Mon hôte était coiffeur et avait repris le salon de ses parents. Nous fûmes invités dans leur maison, à la campagne. Elle avait un jardin romantique soigneusement entretenu. Dans la salle à manger, je découvris une table magnifiquement présentée où les entrées salées précédaient les desserts : la trifle, pleine de fruits mais aussi de crème fraîche, les scones qu'on surmontait de crème fraîche avant de les recouvrir de confiture. Evidemment, rien de tout cela n'était très diététique, mais c'était si bon ! Je découvris aussi avec délice le goût des biscuits au gingembre que je grignotais le soir, dans mon lit...

Chez mes hôtes, je pouvais même m'étendre dans le jardin en bikini pour bronzer, tant il faisait bon. Ce qui me frappa, allongée, les yeux levés vers le ciel, ce fut la vitesse à laquelle les nuages blancs passaient dans le ciel bleu comme s'ils étaient en retard à un rendez-vous...Je n'avais jamais vu cela auparavant.

Ma famille d'accueil recevait des amis, notamment pour les matchs de foot à la télé dont j'ignorais l'existence jusqu'ici et qui ne m'intéressaient pas. Ils étaient l'occasion de faire la fête. Un soir, ils décidèrent de faire un strippoker. Je ne savais pas ce que c'était. On m'expliqua. Je trouvais l'idée très drôle sauf quand je n'eus plus grand-chose à enlever. Mais on me fit grâce. Un jour, un de leurs amis au teint mat et cheveux noirs, quelque peu boulot, originaire de l'île Maurice, dont la langue maternelle était le français, resta avec moi seule en fin de soirée, pour continuer à discuter. Je ne me méfiais pas. Converser en français était déjà un miracle ! Il essaya de m'embrasser. Ses lèvres étaient adipeuses. Les miennes restèrent fermées. Il s'excusa.

Le lendemain, mon hôtesse me demanda ce qui s'était passé. Mais rien, lui répliquai-je ! Alors, elle me dit qu'avant son mariage, elle s'était bien amusée, multipliant les amants, dormant quelquefois sur le palier de ses parents quand elle revenait en trouvant porte close.

Je découvrais, en 1966, une société permissive, à tous les points de vue, tolérante, chaleureuse et accueillante. J'en avais découvert bien plus que les matchs de foot et l'anglais pendant ce mois. Je n'avais aucune envie de revenir à Nice.

Il faisait chaud et le soleil brillait à mon retour, comme pendant une grande partie de l'année ici. Je ne fis pas de grandes joies à ma mère quand je la retrouvais :

« Tu n'as pas l'air très contente de me revoir !

– Si, si ce n'est pas ça ! C'est que c'était trop bien là-bas !

– Il ne devait pourtant pas faire aussi beau qu'ici ! En tout cas, tu as grossi ! Il va falloir faire attention ! »

C'est vrai, j'avais pris trois kilos avec le régime anglais calorique ! Je les perdis vite.

II

Le mois de septembre est le mois de la rentrée. On pense à sa nouvelle garde-robe d'hiver et à sa nouvelle coiffure. J'avais décidé de couper mes cheveux comme Jean Seberg venait de le faire : très courts. Entre-temps, mes cheveux avaient déjà progressivement raccourci : j'étais passée par ma période Françoise Hardy, qui fut suivie par le style Sylvie Vartan. Lors de la troisième métamorphose, celle de Jean Seberg, ma mère en profita pour demander au coiffeur d'éclaircir légèrement ma teinte naturelle vers le blond, la trouvant actuellement trop « terne ». Tiens, tiens, un mot que j'avais déjà vu écrit à mon propos ! Avec ma nouvelle tête, je me sentis beaucoup plus sûre de moi. Lors de la rentrée, mes camarades de classe plébiscitèrent aussitôt ma nouvelle coiffure, ce qui accrut encore davantage mon assurance.

Je me fis remarquer par ma facilité à répondre oralement en anglais. Quelques mois plus tard, je fus demandée par la direction du lycée. Je me demandais ce qui allait bien me tomber sur la tête. Ce qu'on m'asséna fut plutôt une douce caresse à laquelle je ne m'attendais pas du tout. Pendant mon séjour en Angleterre, je devais tenir un journal illustré rédigé en anglais. J'avais gagné le premier prix, honorifique, parmi tous les participants de la ville de Nice. On m'attendait à cette remise de prix au lycée Masséna où la présidence de la séance serait assurée par son proviseur. Ma famille d'accueil avait, en plus, fait beaucoup de compliments sur moi, vantant mes progrès en anglais et ma facilité d'intégration chez eux. Je n'y croyais pas et restais bouche-bée de surprise. Ce succès renforça ma popularité dans la classe.

On apprécia aussi la tonalité juste avec laquelle je récitais les poèmes que nous avions à apprendre par cœur. Le groupe des meneuses de la classe s'intéressa à moi. Elles rentraient rarement directement chez elles après les cours et se réunissaient dans un café pas loin du lycée, où elles devaient refaire le monde dans une ambiance enfumée. Certaines fumaient déjà, d'ailleurs. Cela aussi était très différent de

Versailles où Il n'y avait pas de café à proximité du lycée, et s'il y en avait eu, cela aurait été très mal vu des professeurs et des parents que les élèves s'y rendent. A Nice, elles me proposèrent de les accompagner, ce que je refusais.

Une fille, Michèle, que je connaissais de la classe de seconde, me fit une proposition :

« Pourquoi tu ne viendrais pas aux cours de théâtre avec nous ? C'est une troupe professionnelle qui les donne. C'est le midi. Alors, on achète un hot-dog à la guérite en face du lycée, et hop, on y va. C'est pas loin ! » Si j'étais d'accord ? Evidemment, moi qui n'avais pas réussi à me faire accepter l'année précédente par un groupe ! Les cours se passaient dans un sous-sol semi-enterré, plutôt sombre où les meubles et les chaises étaient dépareillés. Les murs étaient garnis d'affiches publicitaires pour des représentations théâtrales. Les membres de la troupe portaient des jeans, leurs cheveux étaient plutôt hirsutes. C'était exactement ainsi que je me représentais les vrais artistes désargentés.

On nous apprit à savoir respirer, poser notre voix pour qu'elle ne fatigue pas. On nous donnait quelques petits textes à jouer à plusieurs avec cinq minutes pour les préparer. Ou bien on nous donnait un thème sur lequel nous devions improviser. On discutait ensuite ensemble de notre jeu et de notre interprétation, sans qu'il n'y eût aucun jugement de valeur. J'avais vraiment l'impression que j'étais entrée dans un cercle très fermé d'initiés qui détenaient des vérités que j'apprendrais à découvrir peu à peu. C'était bien loin des cours classiques où des élèves apprenaient sous la férule d'un maître qui détenait le savoir. Et c'était passionnant. Alors, lorsque la troupe nous annonça qu'ils allaient bientôt jouer une pièce au théâtre municipal place Masséna, je rentrais à la maison très excitée pour annoncer la grande nouvelle à ma mère. Nous convînmes d'assister à la pièce ensemble.

Le soir de la représentation, je me rendais au théâtre, persuadée d'avoir une révélation. La pièce s'appelait Woyzcek. C'était l'histoire d'un soldat pris de folie qui finit par commettre un meurtre. D'entrée, le décor minimaliste me déplut : il était gris et noir. Toute la pièce était de toute façon grise et noire. Pour une révélation, ce fut une révélation : je n'avais rien compris. Ma mère non plus. Fin de mes cours de théâtre.

Michèle, qui avait quelques coudées d'avance sur nous et que nous reconnaissions comme notre meneuse sur le plan théâtral, nous proposa de jouer quelques extraits de « la Machine Infernale » de Cocteau devant les élèves du lycée, à la fin de l'année. L'idée me convenait parfaitement. Je demandais à jouer le rôle du Sphinx, ce qui me fut accordé. Nous répétions où nous pouvions : au lycée, ou chez Michèle, dans la chambre de bonne de l'appartement de ses parents qui leur servait de débarras. Quand nous fûmes plus avancées, nous allâmes voir « Madame le Proviseur ». Michèle fut notre porte-parole. Elle s'exprimait très bien, facilement, sans chercher ses mots. Elle avait une voix grave, mélodieuse. Elle était capable de se montrer convaincante. Rien n'y fit : rien n'était prévu et rien ne le sera. Comment avions-nous pu nous imaginer qu'une initiative d'élèves pouvait être acceptée ?

Je finis quand même par monter sur les planches d'un vrai théâtre cette année-là et pas n'importe lequel : le théâtre de verdure du Jardin Albert I. Ce ne fut pas pour déclamer mais pour danser. Le prof de gym entreprit ce challenge de nous faire évoluer sur la musique de « L'aprèsmidi d'un faune » de Claude Debussy. C'était fou le nombre de femmes profs de gym s'improvisant prof de danse alors ! C'était ce qu'elle devait trouver de mieux pour arrondir leur fin de mois. Par contre, là, ce n'était pas le cas : elle s'occupait de nous dans le cadre de ses cours de lycée. Nous apprîmes la chorégraphie pendant les heures de cours ordinaires jusqu'à la représentation finale. Nous étions réparties en plusieurs groupes différents, chacun avec une chorégraphie spécifique et habillé de voiles de couleur différente.

Nous avions fait une répétition générale dans l'après-midi. Le soir, on nous maquilla de façon outrageuse, ce qui, nous dit-on, était nécessaire pour la scène et ne paraissait pas outrageuse aux spectateurs. Ma mère était bien sûr là. Je la rejoignis à la fin. Son commentaire fut : « je t'ai reconnue grâce à ton gros derrière ! » Eh oui, maman, je suis mince mais pas filiforme comme beaucoup d'adolescentes. La différence est que je ne suis pas devenue ronde par la suite, comme la plupart de mes camarades. Au contraire, je me suis affinée ! Mais c'est vrai que, comme ton amie de Versailles qui venait prendre le thé chez nous le jeudi, tu étais obsédée par la ligne. Vos vœux de nouvelle année ne cessèrent d'ailleurs d'être de garder la ligne !

Durant l'automne, j'avais fait la connaissance d'un jeune garçon du quartier, Michel, qui fréquentait le lycée Masséna dans le même niveau de classe que le mien. Il avait seize ans. Sa mère était vietnamienne. Je le trouvais mignon. Il avait un charme exotique avec ses yeux en amande. Nous sortîmes ensemble. On allait en ville le jeudi ou le samedi après-midi, en se tenant par la main. Il venait quelquefois me chercher à la maison.

Noël arriva. Je commençais enfin à m'intéresser aux bijoux, mais ce que j'avais adoré, ce fut la carabine à fléchettes munies de caoutchouc que j'avais demandée à ma mère. Un relent d'enfance. Lorsque ma grand-mère m'emmenait à la foire foraine, j'adorais en effet tirer à la carabine sur des cibles représentant des petits animaux en carton qui défilaient. C'était le stand de tir pour adultes version enfants. J'étais très bonne à ce jeu d'adresse qui demandait de la concentration, et après quelques parties réussies, je finissais toujours par repartir avec un cadeau. C'était beaucoup plus intéressant que les jeux de loteries où on avait le droit de tirer plusieurs petits papiers enroulés dont l'un pouvait se révéler gagnant, question de hasard. Je n'ai jamais aimé les jeux de hasard. Ce samedi-là, Michel vint me chercher. Je lui montrais ma carabine, et nous commençâmes à nous entraîner dans le living. Ma mère riait de bon cœur. Son ami, qui était arrivé, me regarda avec un œil égrillard. Je le fusillai du regard. Il continuait, lorsqu'il venait, à faire ses plaisanteries salaces comme arranger une courgette et deux tomates dans une position suggestive. Ma mère se contentait de dire : « Oh ! quand même, devant une jeune fille ! ». Et c'était tout. Je décidais d'écourter le jeu en disant à Michel que si nous continuions, nous n'aurions plus le temps d'aller en ville.

Quelquefois nous allions au cinéma. Je m'aperçus que le vieux film « Blanche-Neige » de Walt Disney était programmé, sans doute à l'occasion des fêtes. J'adorais tous les dessins animés de Walt Disney et j'y entraînais Michel.

C'est aussi avec Michel que j'allai à ma première surprise partie, un samedi soir, à l'occasion de l'anniversaire d'un de ses copains. Les parents organisaient l'aller et le retour. Je demandai à ma mère l'autorisation d'y aller en lui précisant que les parents du copain seraient là. Elle finit par me donner son autorisation en me précisant bien que je devais être rentrée pour minuit. Je la remerciai avec effusion. Je préparai soigneusement cette soirée. Je décidai de mettre ma robe rose en mousseline à petits pois et col blancs. Je me maquillai aussi légèrement en espérant que ma mère ne le remarquerait pas. Enfin, à 8h 30, Michel vint me chercher. J'arrivai dans un appartement où quelques jeunes nous avaient précédés. La table du séjour, poussé dans un coin était garnie de boissons non alcoolisées, de gâteaux et de friandises. La lumière était tamisée. La musique avait commencé. Nous dansâmes sur du rock, du twist et autres rythmes à la mode. C'était un exercice vraiment physique. Une chance qu'il y avait les slows pour se désaltérer et se reposer. Aucun garçon ne vint m'inviter : j'étais chasse gardée ! A minuit, j'étais rentrée, sans avoir perdu un escarpin ! J'étais contente de ma soirée mais un peu déçue : ce n'est donc que cela une surprise partie ? En fait, je suis sûre que j'aurais été plus emballée si des garçons m'avaient draguée ! Ma mère me dit bien plus tard combien elle avait été étonnée que je sois rentrée à l'heure exacte. C'était en fait toujours le cas lorsqu'elle m'imposait un horaire. Je m'imaginais des choses terribles, genre fin du monde, si je désobéissais.

Peu de temps après, Michel me dit que ses parents avaient les clés d'un appartement de vacances situé dans le quartier qui appartenait à une personne de leur famille et qu'il pouvait facilement les subtiliser. Il me proposa de nous y rencontrer. Nos corps à corps des slows dansés chez son copain lui avait donné des idées... J'étais un peu inquiète mais ne voulait pas jouer les vierges effarouchées au risque de le faire fuir. C'était sans doute ce qui était arrivé avec Pierre : il avait dû rencontrer une fille plus délurée que moi ! Nous nous y rendîmes plus d'une fois dans cet appartement. Nous nous allongions sur le lit, nous embrassions et en vinrent à nous déshabiller. Nous nous caressions, nous découvrions nos corps, nous nous serrions nus l'un contre l'autre, heureux d'être ensemble. Des jeux innocents, bien de notre âge, en somme.

A l'automne, peu avant de rencontrer Michel, je fis aussi une crise existentialiste aussi soudaine qu'elle me quitta. Un soir, en faisant mes devoirs, je fus prise d'une tristesse si insupportable que je quittais ma chambre, pour me réfugier dans le séjour où je pensais trouver une âme charitable et compréhensive. Je m'assis sur une chaise et mis mes mains croisées autour du barreau supérieur du dossier. Je baissais la tête et m'appuyais sur mes bras en proie à un désespoir profond. Ma mère me demanda ce qui m'arrivait et j'éclatais en sanglot. Elle s'alarma. Elle insista pour savoir ce qui se passait. Je sanglotais de plus belle et lui dit que la vie n'avait aucun sens : on naissait, on travaillait, on se donnait du mal, on avait quelques occasions de joie et beaucoup de souffrances. Entretemps, on avait des enfants, qui eux-mêmes en engendraient d'autres et tout cela pour finir par mourir. Quel sens avait donc la vie ? Ma mère fut furieuse :

« Mais qu'est-ce que c'est que cette histoire que tu fais ? Je pensais que quelque chose de grave était arrivé !

– Ah, tu crois qu'une vie qui n'a aucun sens n'est pas grave ? On est là pour naître, nous battre pour assurer notre survie, nous reproduire et mourir, bref pour assurer la survie de l'espèce, comme les animaux. Mais eux, au moins sont plus heureux car ils n'en ont pas conscience. Alors que nous, on est capable de raisonner et de se rendre compte que la vie ne sert à rien. Tu sais quoi, autant mourir tout de suite ! »

Et mes pleurs redoublèrent. Moins ma mère comprenait, plus j'argumentais et plus je pleurais. A la fin, elle n'y tint plus : « Puisque tu n'es pas heureuse ici, va donc ailleurs ! » cria-t-elle.

Elle m'attrapa alors brutalement par le bras, ouvrit la porte et me poussa violemment dehors, en claquant la porte derrière moi.

Je dédaignais l'ascenseur, descendit les escaliers et me retrouvai dehors. Les feuilles tombaient mais il faisait doux. Je m'installais sur un banc, bien décidée à y passer la nuit. Je n'allais pas lui donner la satisfaction d'une victoire en sonnant à l'interphone pour la supplier de me laisser rentrer. J'étais beaucoup plus fière que ça! Je commençais sérieusement à envisager de passer ma nuit allongée sur le banc. Je me disais en même temps que c'était quand même bête de dormir dans ces conditions alors que j'avais là-haut un lit douillet qui m'attendait. Mais je ne revins pas sur ma décision. Au bout d'un certain temps, ce fut ma mère qui me rejoignit et me demanda de revenir. C'est sûr que si les voisins m'avaient vue sur un banc, ils auraient eu de quoi se poser des questions!

Je ne sais pas pourquoi je fus prise de cette crise subite de désespoir. J'avais dû faire une overdose de Lamartine et de son spleen qu'il traînait sur les bords du lac d'Aix-les-Bains. Mais c'est vrai que si j'étais si bonne en français c'est que je m'identifiais au sujet et que je n'étais plus moi. C'était épuisant car c'était à chaque fois une autre vie que je vivais, le temps d'un devoir ! Cette identification était loin d'être nouvelle. Même pendant mes rédactions dans les plus petites classes, j'étais déconnectée du temps et du lieu présents : je rougissais, transpirais, tremblais, revivant ce que je racontais ce qui ne pouvait donner à mes devoirs que l'accent de la sincérité.

Mon premier trimestre de première fut un triomphe. J'avais les félicitations, la distinction suprême. Je n'étais même pas passée par la case encouragements. J'étais devenue la meilleure de la classe ! Je n'y croyais pas ! J'exultais !

Je continuais à fréquenter mes amies habituelles mais je m'étais beaucoup rapprochée de Marie-Antoinette, d'origine libanaise. Le professeur de français nous proposait des exposés. Il y avait peu de volontaires. Aussi, Marie-Antoinette et moi les raflions tous. Je l'admirais, debout, les mains posées sur le bureau de l'enseignante, avec sa jupe noire droite, et son chemisier crème échancré sur le devant aux manches bouffantes. Je trouvais qu'elle faisait très femme. Elle parlait bien, d'une voix posée et assurée. C'était incroyable comme ces jeunes filles du sud pouvaient paraître matures, contrairement aux nordistes dont je faisais partie.

Je ne tardais pas à en avoir bientôt la confirmation. Marie-Antoinette habitait Villefranche. Je la raccompagnais souvent après les cours à la gare des cars et reprenais mon bus place Masséna. Je faisais un bon détour, comme j'en avais l'habitude avec Dominique à Versailles. J'avais retrouvé une véritable amie. Ce fut d'ailleurs la seule avec qui je gardai pendant quelques temps des contacts après le bac. Un jour, elle me confia un secret : elle ne rentrait pas toujours directement chez elle après ses cours, elle allait retrouver son amant, un vieux de vingt-cinq ans ! Je n'en revenais pas !

Je ne tardais pas à avoir une nouvelle surprise. Je remarquai que le ventre d'une élève de la classe s'arrondissait et qu'elle portait des vêtements en conséquence. Elle était enceinte et sans complexe de l'être ! Elle n'était pourtant pas mariée ! Là, je perdais tous les repères de mon éducation... Je vivais à Nice des événements surnaturels ! Elle était la fille d'une nombreuse famille. Elle était championne d'escrime et avait une sœur qui marchait sur ses pas. J'imaginais à quoi pouvait ressembler cette famille, chez eux, à Cimiez, avec leur fratrie, et maintenant bientôt un descendant. Mais...c'était une communauté ! Je ne fus jamais invitée à aller vérifier !

Mes amies allaient souvent au cinéma, ce qui n'était pas mon cas. Elles discutaient des films entre elles ce que je ne pouvais faire. Je proposais alors à ma mère d'aller au cinéma quand un bon film était à l'affiche le mercredi soir, et que je n'avais donc pas de devoirs pour le lendemain. Nous nous donnerions rendez-vous devant le cinéma. Ainsi fut fait. C'est ainsi que je pus voir les merveilleux films conçus pour la jeunesse tels Mary Poppins et la si romantique comédie musicale « La mélodie du bonheur», avec Julie Andrews qui vous transportait dans un monde idéal qu'il vous était difficile de quitter, les lumières rallumées. La partition de la musique vint rejoindre les autres à côté de celles de Chopin Les films d'Audiard me déplurent complètement : misogynes, vraiment pas gais, avec des intrigues plutôt compliquées. Je fus par contre plus que séduite par « Lawrence d'Arabie » que je peux revoir indéfiniment en raison de ses paysages splendides et de la musique de Maurice Jarre si bien en harmonie, sans compter le jeu des acteurs qui parlaient peu mais juste. Ma mère y alla de sa larme avec le « Mayerling » dont les amours entre les amants, l'archiduc Rodolphe et sa maîtresse se finirent tragiquement. Pour ma part, je fus plus interpellée par le « Dr Jivago », une fresque sur le bouleversement de la société russe au lendemain de la révolution assortie d'une histoire d'amour. La veuve âgée du proviseur du lycée d'Alger, qui habitait au-dessus de chez nous, m'offrit, pour Noël, le livre écrit par Boris Pasternak, un livre politique qui n'avait pas grand-chose à voir avec le film. J'appris dès lors à me méfier des reconstitutions historiques et de tout ce qui était adaptation de film. Rien à craindre, par contre, avec « La vieille fille » où les vedettes étaient Annie Girardot et Philippe Noiret : une tranche de vie plus vraie que nature.

Cette fin d'année-là fut mon apothéose. Elle se concrétisa par la remise des prix. Les meilleures étaient au rendez-vous avec leurs parents, les autres préféraient éviter.

Je faisais partie de ceux qui ramassèrent le plus de lauriers, un résultat inespéré alors que j'avais failli redoubler mon année de troisième. Il fallait croire que mon tempérament s'accordait mieux avec la menta-lité du sud qu'avec celle du nord. A moins que ce ne fût moi qui eusse soudainement évolué !

J'avais cinq prix : en récitation, en français, en textes anciens, en his-toire, en géographie, et des accessits partout, sauf en allemand, alors que j'aimais cette langue, et en chimie que je détestais. Je jouais les vedettes en montant sur l'estrade un grand nombre de fois pour recevoir un livre supplémentaire accompagné des félicitations du jury. J'avais autant de livres que de citations. J'eus du mal à tous les transporter et une grande déception à lire les titres et à les feuilleter. Je pensais de quoi y trouver mon occupation de l'été ! Rien d'intéressant ! Le lycée avait dû faire les fonds de tiroirs ! Que faire ? Je consultai les œuvres des auteurs du XIXème siècle dont parlait mon livre de français, le célèbre Lagarde et Michard. J'en fis une liste que j'allais acheter. La plupart était éditée en livres de poche, ce qui fut une bonne nouvelle pour le porte-monnaie de ma mère.

Ceux qui me plurent furent étrangement ceux qui ne figuraient pas en tête de liste de ces auteurs : le « Colomba » de Mallarmé et l'inattendu roman du poète Alfred de Vigny : « Servitude et grandeur militaires ».

J'avais appris que mon père passait ses vacances cette année-là dans une location en montagne à proximité de la Savoie avec sa nouvelle famille. Je connaissais la Savoie, ses pâturages, ses forêts denses de sapins, dont je gardais la nostalgie. Je voulais y retourner. Mon père en fut enchanté et il fut décidé que je l'y rejoindrai pour deux semaines avant de partir en Angleterre. Mon père ne fut jamais absent de ma vie. Il payait par mandat postal le montant de ma pension qui arrivait scrupuleusement le premier de chaque mois, d'abord à ma grand-mère, puis ensuite à ma mère. Et si ma mère trouvait qu'elle était maigre, elle n'avait qu'à s'en prendre qu'à elle-même : elle n'en avait jamais demandé l'actualisation ! Ce qui lui était facile, car elle n'en avait nul besoin. Quand j'étais chez ma grand-mère, il habitait à la maison les quelques jours qu'il restait pour son travail, et ne manquait jamais de m'apporter mes cadeaux de Noël. Mais il n'exigea jamais d'exercer son droit de visite ni d'hébergement. Il était en fait un père parfait. Avant que mon grand-père ne décède, quand nous étions en visite, ma mère et moi, ma grand-mère invitait souvent mon père et sa nouvelle famille à manger la tarte dont elle avait le secret, accompagné d'un café. Quant à moi, j'allais déjeuner chez mon père de temps en temps. Depuis que nous avions quitté Versailles, les occasions de rencontre avaient par contre manqué.

Ma grand-mère, quant à elle, puisque nous ne venions plus chez elle, décida de venir à nous. Elle s'installa donc un mois d'hiver complet à la maison. Un soir, en allumant la télévision, elle tomba sur une série américaine d'« Aventures dans les Iles » avec le beau Capitaine Troy alias Gardner Mac Kay. La série avait disparu du petit écran depuis un certain temps. Aussi, je fus enthousiasmée et criai, complétement excitée : « Maman, maman, c'est la Capitaine Troy ! » en faisant des allers-retours entre la cuisine où elle préparait le dîner et le séjour. Cette nouvelle et mon effervescence ne sembla pas l'émouvoir, contrairement à ma grand-mère qui s'exclama : « Mais elle est folle, mais elle est folle ! », elle-même complétement affolée en allant voir ma mère. « Mais non, mais non, maman, calme-toi, elle adore cette série et le capitaine Troy qu'elle trouve si beau ! »

Ma grand-mère avait dû oublier ses quatorze ans ! Même sans télé, il devait pourtant bien y avoir alors quelques photos de jeunes premiers sur des affiches de cinéma devant lesquelles les jeunes filles se pâmaient !

Je ne sais pas exactement ce qui se passa entre ma mère et ma grand-mère puisque j'étais toute la journée au lycée. Mais l'entente ne devait pas être plus cordiale que lorsque nous allions la voir et que ma mère décida que nous irions dorénavant à l'hôtel, ce dont je ne me plaignis pas car j'avais gagné en confort et en tranquillité. L'année suivant sa visite à Nice, ma grand-mère alla à Vence, dans une maison réservée aux retraités des PTT et à leurs veuves. Ce n'était pas loin de Nice et nous allions la voir chaque semaine. La troisième année, par contre, elle alla bien plus loin, dans un village situé sur la vallée de la Vésubie en moyenne montagne. Pourquoi ce choix ? Il faisait froid, il neigeait, des glaçons pouvaient même pendre des toits des maisons de ce minuscule village où il n'y avait rien à faire. Il est vrai cependant que, lorsque le soleil brillait, ce qui était fréquent, c'était plus joli et plus chaud. Que lui avait-elle pris, elle qui se targuait d'être parisienne, d'aller s'enterrer dans un tel trou ? Il est vrai que le dépliant, dont les photos avaient été prises à la belle saison, était tentant : un nid d'aigle typique de la région, au sommet d'une montagne et des paysages alentour à faire rêver ! Mais à Vence, elle était au moins dans une petite ville habitée à l'année où elle pouvait se promener ! Ici, nous allâmes la voir moins souvent…et en mettant nos tenues de sport d'hiver quitte à laisser tomber l'anorak quand il faisait beau ! Ma grand-mère s'était liée d'amitié avec la serveuse, une jeune femme plutôt forte, quelconque, une authentique paysanne du coin. Nous allâmes toutes les quatre, un jour, faire une promenade dans la campagne et quand nous revînmes, je vis pour la première fois un troupeau de vaches descendre ce fameux escalier à pas d'âne créé pour le bétail. Je contemplais ce spectacle avec étonnement : jamais je n'avais vu une vache descendre un escalier en Bourgogne ! Les années suivantes, ma grand-mère ne revint pas. S'ennuyait-elle plus que chez elle, loin de ses amies et de ses petits-enfants dont elle avait souvent les visites impromptues ? C'était probable.

Mes vacances avaient mal commencé cette année-là par une discussion pénible que j'eus avec ma mère :

« – Tu es devenue impossible. Tu es désagréable avec mon mari, lui cherchant toujours querelle, alors que tu ne devrais pas oublier que si nous avons une vie agréable c'est grâce à lui et ce n'est certainement pas avec ce que me donne ton père que je pourrais te l'assurer ! Alors, il est mieux que tu partes en pension et loin d'ici l'année prochaine ».

J'étais atterrée. Alors, c'est ce qu'il avait inventé pour me punir de ne pas être «obéissante » ?

C'est vrai que je n'étais pas agréable avec lui, ne manquant pas de le contrarier à chaque fois que j'en avais l'occasion. Ce n'est que ce qu'il méritait et même beaucoup moins. Et il n'hésitait pas, en plus, à me « faire renvoyer » ? Car cette idée de pension venait de lui, c'était sûr ! Il ne manquait pas d'air ! Que faire, sauf lâcher le morceau à ma mère ? C'est ce que je fis, en sanglotant et en hoquetant. Ce fut à ma mère d'être atterrée. Elle pleura avec moi :

« – Comment aurais-je pu me douter, moi qui avais tellement confiance en lui ? Jamais, jamais je n'aurais pu me douter d'une chose pareille ! Mais qu'allons-nous faire maintenant ? »

Ce fut mon tour de recueillir ma mère dans mes bras et de la consoler. Ce fut la première et la dernière fois car elle disait détester les démonstrations d'affection : « les caresses de chien donnent des puces ! ». Ma mère s'inquiétait. L'avenir était devenu noir. Elle n'avait pas de métier et combien pouvait-elle gagner ? Comment vivrions-nous et comment payer les charges et les taxes de l'appartement ? Je la rassurais :

« – Ecoute maman, on ne peut vraiment rien changer. Je comprends bien que tu as besoin de cet homme et ce serait même trop beau de le quitter maintenant, après tant d'années que tu lui as consacrées. Mais change ta façon d'être. Ne vole pas au-devant de ses moindres désirs! Vis, sors, au lieu de rester cloîtrée dans cet appartement ! Arrête de te sentir coupable quand tu lui demandes de l'argent. De l'argent, il en a ! Comment font la plupart des femmes mariées ? Elles prennent leur mari comme un mal indispensable et ont leur propre vie. Elles profitent ! Fais comme elle ! Je ne t'en voudrais pas de ne pas le quitter mais agis différemment maintenant que tu sais. »

C'était vrai que je ne voyais pas ma mère abandonner son confort et sa vie facile.

« En tout cas, me répondit-elle en reprenant son sang-froid : je peux te promettre une chose : Il ne se passera plus rien entre nous ! »

Je ne sais pas si elle tint parole mais elle décida de revoir l'agencement de sa chambre : les meubles en bois de rose et le lit deux places furent vendus. Des lits jumeaux les remplacèrent. Elle les sépara entre eux par un petit chiffonnier anglais en acajou qui servit de table de nuit. Les rangements furent assurés par un lit pont de teinte gris clair patinée de style Louis XVI avec une porte de chaque côté comportant un miroir encastré. Les murs allaient être tapissés d'un papier à fond blanc aux médaillons gris recevant des roses jaunes. Les dessus de lit assortis, de même motif, avaient été commandés.

Quant au reste, qui vivra verra ! Et c'est à ce moment qu'un mini drame nous frappa.

Un serin orangé était un jour entré par la double fenêtre du living. Il avait dû s'échapper d'une cage. Et il resta chez nous. J'étais ravie de cet envoyé du ciel, enfin un animal de compagnie, même s'il ne pesait que quelques grammes plumes mouillées ! Ma mère alla acheter des graines et lui installa une petite mangeoire sur la paillasse de l'évier de cuisine ainsi qu'un ravier rempli d'eau pour qu'il puisse se désaltérer. Avant d'avoir eu le temps d'aller en ville pour nous procurer une cage, nous nous aperçûmes que le serin avait trouvé ses marques : il avait élu domicile sur le dessus de la bonnetière à chapeau de gendarme et avait compris que la cuisine était sa salle à manger et sa salle de bains car il y fit de suite ses ablutions. Au début nous faisions attention qu'une fenêtre ne soit pas ouverte. Plus tard, nous comprîmes qu'il trouvait la pension bonne et qu'il n'avait nullement l'intention de la quitter. En été, il volait d'une fenêtre à une autre en traversant tout l'appartement et chantait à tue-tête. Les visiteurs pensaient qu'il était empaillé, mais quand il le voyait tourner la tête à droite et à gauche pour les regarder, ils n'en revenaient pas ! : « Mais il est vivant ! ». Par contre, il détestait les chapeaux que les messieurs portaient et le faisait comprendre en poussant des cris stridents et en disparaissant.

Ce jour-là, tout avait disparu de la chambre de ma mère. Le papier avait été posé et les fenêtres étaient grandes ouvertes pour chasser les odeurs de colle. Kiki, le serin, nous suivit mais arrivé dans la chambre, plus le moindre cadre ni le moindre meuble où se poser. Et....il passa par la fenêtre ! Nous le vîmes dans le platane en face. Nous l'appelâmes mais plus nous l'appelions, plus il s'éloignait... Il fallait se rendre à l'évidence : il ne savait pas revenir ! Nous l'avions perdu ! Nous versâmes quelques larmes. C'est que ce petit bout vivant avait pris de la place dans la maison. On lui parlait. On le félicitait pour son chant et on n'hésitait pas à le réprimander quand il faisait une bêtise. Quand les portes fenêtres étaient ouvertes l'été, il volait au travers de toute la maison. Il nous accompagnait partout, juché non seulement sur le chapeau de gendarme de la bonnetière de l'entrée mais sur le haut du meuble du salon quand nous regardions la télé ! Il aimait notre compagnie et nous la sienne.

Avant de partir chez mon père, j'allai à la plage avec l'amie que je retrouvais dans le bus du lycée. Nous nous installâmes et nous papotions quand elle me dit :

« – Attention, voilà le beau Serge , c'est un sacré dragueur ! »

Ainsi prévenue, je me préparai à lui faire une tête peu avenante. Il s'approcha de moi et s'agenouilla : « Mais qui se cache sous ce grand chapeau ? »

Je ne pus m'empêcher de lever la tête et de le regarder tellement cette entrée en matière était drôle. C'était un beau garçon, au sourire charmant, grand et à l'allure décontractée que je jugeais américaine. Je ne pus m'empêcher de sourire. « Mais quel charmant minois ! me dit-t-il en poursuivant sur le mode du marivaudage. Puis-je m'asseoir ? »

Je ne répondis pas et me renfermais sur moi-même. Il n'insista pas et alla chercher bonne fortune ailleurs.

C'était donc seulement cela ce dragueur redoutable ?

Je pris le train pour la montagne. A Lyon, il fallait en changer pour un train lent aux arrêts fréquents. Le voyage me sembla interminable. On attaqua des vallées étroites et tristes. Mon terminus se trouvait dans l'une d'elle. Je commençais à m'inquiéter. Rien ne ressemblait à ce dont j'avais le souvenir. Mon père était sur le quai, comme prévu. Il me serra dans ses bras et m'embrassa affectueusement. Il saisit ma valise, et nous allâmes rejoindre sa voiture. Nous sortîmes après quelques kilomètres de cette vallée et retrouvâmes le soleil. Le paysage s'arrangeait peu à peu. Les montagnes familières de mon enfance se profilaient à l'horizon.

On arriva dans un village où mon père s'engagea sur un chemin gravillonné sur le bas-côté de la route. Il y avait là une maison basse de construction légère abritant cinq appartements identiques avec chacun une porte d'entrée encadrée par une fenêtre de chaque côté. L'appartement occupé par mon père et sa famille était composé d'une pièce principale avec canapé convertible, d'une cuisine au fond, et d'une chambre avec grand lit. Le mobilier était aussi quelconque que la bâtisse. Le propriétaire avait visiblement investi pour une rentabilité maximale. La famille s'était agrandie : une nouvelle petite fille, aussi blonde que l'aînée était brune, et aux yeux bleus, était née deux ans auparavant. Je l'avais vue bébé quand j'allais chez ma grand-mère. Je la trouvais magnifique. Ni l'une ni l'autre n'avaient été prévues. Ma belle-mère me demanda si j'avais fait bon voyage. Puis je m'installais. Je dormirais avec la plus grande, la petite ayant un lit pliant de bébé. Ensuite, avec mon père, nous allâmes faire des courses dans le village, ce qui lui donna l'occasion de me présenter :

« C'est ma gamine, l'aînée, disait-il avec fierté.

– C'est une bien belle jeune fille !

– Et intelligente, rajoutait mon père. Elle vient d'avoir seize ans et elle va rentrer en terminale !

– Oh là là, félicitations, mademoiselle ! » me disait-on.

Mon père avait un sourire radieux Je pense qu'il ne m'avait emmenée que dans le but de me faire admirer.

« Je t'emmène te montrer les environs puisqu'on a encore un peu de temps ». Nous voilà donc repartis en voiture. Cette fois-ci, je retrouvais les prairies vertes et pentues et les forêts de sapins de mes souvenirs. J'étais ravie. Mon père nous arrêtait et nous descendions de voiture pour mieux admirer le paysage. Il me nommait les lieux et semblait particulièrement apprécier la montagne de Savoie, dont le sommet était appelé « Dent du chat » en raison de sa forme.

Quand nous revînmes, il pleuvait. J'aperçus des escargots. Cela me donna une idée :

« C'est un temps à champignons et à escargots ! Si la pluie continue, on devrait aller à la chasse aux escargots demain matin et aux champignons !

– Très bonne idée. C'est ce qu'on va faire ! »

En rentrant, je demandais à ma demi-sœur si elle voulait venir avec nous. Non, me dit-elle. Elle préférait rester avec sa mère. Elle était alors âgée de neuf ans, était une pipelette infatigable toujours fourrée dans les jupes de sa mère. Je ne sais pas ce qu'elle lui racontait ni ce que sa mère répondait. Je n'ai jamais réussi à avoir une conversation avec cette dernière. Elle pouvait parler du temps ou participer par une remarque du genre : « Ouh là là! Ben dis donc ! » ou «Eh ben mon vieux ! » en agitant la main droite pour accentuer sa pensée, suivi de « Alors, qu'est-ce que tu vas faire ? ». Je ne savais pas ce que mon père lui avait trouvé sinon qu'elle ressemblait physiquement à la femme idéale de ma grand-mère : une brune aux cheveux bouclés et aux yeux bleus. Elle avait en plus un beau sourire qui dessinait des fossettes sur ses joues. Mais ma grand-mère ne l'aimait pas pour autant.

Le lendemain, pas bien tôt car ni l'un ni l'autre n'étions matinaux, nous partîmes de nouveau tous les deux. Personne de la famille ne voulait nous accompagner.

Il avait plu pendant la nuit et tout était mouillé. Nous avions toutes nos chances ! Nous sortîmes de la voiture. Nous inspectâmes tous les bas-côtés de la route. Rien. Et aucun escargot sur la route contrairement à la veille. L'inspection des sous-bois pour les champignons ne donna pas plus de résultat. Il faut dire que les coins à champignons ne se trouvent pas partout et que ceux qui les connaissent gardent jalousement leur secret. Au bout d'un certain temps, nous abandonnâmes. Nous n'avions pas non plus parcouru des kilomètres comme les gens de la campagne. Ce fut un effort mesuré et très inhabituel pour mon père qui me déclara :

« Tu sais ce que font les pêcheurs plutôt que de rentrer bredouille ?

– Non...

– Eh bien, ils vont acheter ce qu'ils n'ont rien réussi à attraper, pour que l'honneur soit sauf. C'est ce que nous allons faire ! ».

Il était déjà tard et je m'inquiétais pour la femme de mon père qui devait déjà nous attendre pour déjeuner.

Mais nous nous arrêtâmes encore chez la brave épicière de la veille :

« Bonjour, Madame ! dit mon père. Nous ne vous dérangeons pas en plein déjeuner au moins ? Sinon, on reviendra plus tard !

– Mais non, mais non, vous ne me dérangez jamais, monsieur, vous le savez bien !

– Vous êtes si gentille ! Auriez-vous une boîte d'escargots de Bourgogne, des vrais ? de Bourgogne, hein ? et un petit kg de champignons des bois, pas de Paris, bien sûr, et frais, s'il vous plait ?

– Les escargots oui, j'en ai. Mais pas les champignons. Par contre, je peux vous en avoir pour demain, si vous le souhaitez !

– Je prends les escargots et je reviendrai demain pour les champignons. Vous êtes bien aimable madame, et encore mes excuses pour avoir interrompu votre déjeuner ! »

Je n'en revenais pas comme mon père pouvait mettre si facilement les commerçants dans sa poche !

Je lui dis que je ferais, quant à moi, un pâté en croûte feuilletée. De la farine et du beurre, des oignons, du persil et une bonne « gnôle » pour apporter du parfum, il y en avait à la maison, me dit-il. Restaient à se procurer le veau et le talon de jambon pour la farce, ce que nous fîmes chez le boucher, où il reçut le même accueil auquel il répondit avec la même gentillesse que chez l'épicière.

Nous rentrâmes déjeuner tard. Ma belle-mère ne nous fit pas de remarques sauf pour nous dire qu'elle ne savait pas à quelle heure nous attendre. Tout était prêt et tenu au chaud. L'idée me vint alors que ce qui convenait à mon père chez cette femme était la liberté de faire sa vie comme il l'entendait sans qu'elle vienne l'ennuyer par des reproches et des jérémiades. Et si elle avait déjeuné avec ses filles sans nous attendre, ce qu'elle ne fit pas, certainement parce que j'étais là, mon père n'aurait aussi fait aucun reproche. Il aurait mangé froid ou réchauffé, qu'importe. De son côté, il ne l'embêtait avec aucun de ses soucis professionnels non plus.

Sa femme n'était pas une bonne cuisinière. Cuire un roastbeef, se limitait pour elle à mettre un morceau de beurre dessus, ce qui n'a jamais été nécessaire, et à l'enfourner le temps nécessaire. Par contre, elle faisait d'excellentes frites. Ma mère disait que savoir faire de bonnes frites était la compétence des mauvaises cuisinières. Opinion que je ne partage pas. Savoir les faire cuire croquantes à l'extérieur et moelleuses à l'intérieur n'est pas du tout à la portée de tous. Viande rouge et frites était le plat préféré de mon père quand il était à la maison, c'est-à-dire pas souvent, même le soir. Mais la maison était grande ouverte pour ses amis ou clients qui étaient souvent les deux à la fois et avec qui il pouvait débarquer à 22 h voire 23 h pour partager un casse-croûte. Il sortait alors le pain, le fromage, le beurre et leur coupait des belles tranches de jambon cru dans le jambon entier qu'il conservait dans sa cave voutée en pierres, suspendu dans une étamine, en rapportant quelques « munitions » au passage, c'est-à-dire quelques bonnes bouteilles, dont il n'était jamais à cours. Ici, aussi, il apportait ses « munitions » pour le temps du séjour. Et les minutions, pour les Bourguignons, ce n'est pas une ou deux bouteilles pour tous mais plutôt une par personne au moins !

Le lendemain, nous allâmes chercher nos champignons chez l'épicière. Puis j'attaquais ma pâte feuilletée. De son côté, mon père préparait la savante persillade de sa composition pour farcir les escargots. Il travaillait assis, de façon appliquée. Il avait pensé non seulement à apporter du vin mais des coquilles d'escargot. Il prévoyait toutes les éventualités. Pour ça aussi, je tiens de lui. Je ne pars jamais dans la famille ou chez des amis sans apporter mes herbes de Provence, mes graines de fenouil, et autres aromates que je considère comme indispensable à ma cuisine du sud et même mes couteaux de cuisine. Après l'initiation aux pâtes feuilletées et brisées que je devais à ma grand-mère, j'observais ma mère quand elle préparait les farces et je savais quels morceaux elle choisissait chez le boucher puisque je l'accompagnais. Je préparais la farce de mon pâté en malaxant avec mes mains, goûtait pour savoir si je devais rectifier l'assaisonnement et la faisais aussi goûter à mon père pour avoir son verdict.

J'avais commencé récemment à m'intéresser à la cuisine. Ma mère collectionnait les fiches cuisine du magazine « Elle » qu'elle classait dans leur boîte et dont elle ne se servait pas. Je commençais à les feuilleter. J'avais aussi offert à ma mère, à l'occasion de la Fête des Mères, un livre de cuisine que j'avais soigneusement choisi à la librairie. Dès que je commençai à cuisiner, elle venait surveiller tout ce que je faisais, en me donnant des conseils sans même savoir quelle recette j'allais préparer. C'était insupportable et je ne tardai pas à fermer la porte de la cuisine en lui en interdisant l'accès.

Nous étions impatients de nous mettre à table. Les escargots de mon père « à sa façon » étaient délicieux. Mon pâté en croûte également. Nous l'accompagnâmes d'une salade verte préparée par sa femme. Mon père avait un grand sourire et son regard aussi riait. Il avait retrouvé sa grande fille et, en plus, une complice et amie. C'est vrai que nous nous entendions bien. Nous nous suffisions à nous-mêmes. Au café accompagné de biscuits secs, il bourra sa pipe méticuleusement avant d'en tirer quelques bouffées. C'était pour, lui, le bonheur. Ça se voyait. Je me sentais bien, moi aussi. On faisait notre vie tous les deux et c'était très bien ainsi.

Nous allâmes un autre jour, famille au complet, à Aix-les-Bains. Nous prîmes le bateau qui nous déposa à la Grande Chartreuse, de l'autre côté du lac. Apparemment, cette excursion avait pris la place dans cette région, de l'incontournable visite de Vézelay quand il habitait en Bourgogne.

Quelques jours plus tard, après avoir déposé les enfants chez sa belle-sœur, mon père nous emmena déjeuner un dimanche, jour où le repas était plus festif que les autres, dans les Dombes, dans un restaurant où on préparait une excellente petite friture et des cuisses de grenouille fraîches. Le restaurant était une bâtisse ancienne en pleine campagne. Juste avant d'arriver, il me dit de jeter un coup d'œil à droite. Pour être fraîches, les grenouilles l'étaient vraiment : à l'arrière du restaurant, deux ou trois cuisiniers les sortaient vivantes une à une d'un grand baquet, les coupaient en deux pour ne garder que le bas de l'animal, pendant que d'autres les dépiautaient. Triste fin pour ces batraciens qui était quand même justifiée par la gastronomie locale. Le restaurant était élégant, avec des tables dressées dans la pure tradition française et des sièges confortables, de style Louis XIII. Nous fûmes très bien accueillis. Mon père était apparemment un habitué. Il prit une petite friture, suivie de grenouilles sautées. Je fis de même. Ma mère se serait récriée d'horreur en me disant qu'un tel menu n'était ni diététique ni équilibré. Mais, maman, une fois n'est pas coutume ! Je suis en vacances, après tout ! Sa femme, quant à elle, prit une timbale de sole. Nous n'avions décidément pas les mêmes goûts!

Lorsque je repris le train pour Nice, j'embrassais mon père aussi affectueusement qu'il l'avait fait à l'arrivée. Il était loin d'être l'homme sans intérêt que me décrivait ma mère. J'avais en plus découvert une vraie complicité entre nous. Lui aussi me serra affectueusement dans ses bras et me glissa un billet de 500 F dans la main.

« Ne t'en fais pas, papa, je vais revenir ! », lui assurai-je.

La suite de mes vacances s'enchaîna par mon séjour en Angleterre. Cette fois-ci, notre destination n'était pas Londres mais Leeds, beaucoup plus au nord, dans le Yorkshire. A Paris, nous prîmes un avion à Orly à destination de Manchester car il n'y avait pas d'aéroport à Leeds. A l'arrivée, un autocar, affrété spécialement pour nous, nous conduisit au point de rendez-vous avec nos familles, à Leeds. La dame qui m'attendait était une dame simple, sans maquillage et plutôt forte. Elle était accompagnée d'une petite fille aux cheveux blonds coupés courts et au visage criblé de taches de rousseur qu'elle me présenta comme Jacqueline, sa fille de neuf ans. Elle-même me présenta et lui dit de me dire bonjour. Jacqueline me fit un hello timide. Pas de voiture cette année-là! Nous devions prendre le bus jusqu'à leur maison située dans un faubourg de Leeds. Elle empoigna ma valise et la porta avec une facilité dont j'étais bien incapable. Je les suivis. J'avoue que cette dernière expédition même courte me pesa. J'étais partie depuis près de vingt-quatre heures quand même.

La maison était à peu près la même qu'à Londres dans une rue où elles étaient aussi toutes identiques, dans un faubourg où on se sentait aussi à la campagne. Son mari était rentré de la banque et nous accueillit. C'était un homme aux yeux bleus et cheveux blonds roux, rares mais cependant séparés par une raie parfaite sur le côté, au visage poupin et rose, qui m'accueillit chaleureusement. Leur dernier fils, Nicholas, un petit garçon aux yeux bleus pétillants de malice et à la bouille couverte, comme sa sœur, de taches de rousseur, était resté avec lui. Il avait tout du petit garnement. Sans aucun doute, sa mère n'avait pas voulu qu'il vienne avec elle me chercher pour ne pas avoir à le surveiller. Ils me demandèrent de suite si je voulais « a nice cup of tea », phrase que j'entendais par la suite prononcée à longueur de journée. J'acceptai, le temps de me relaxer, avant qu'on ne me conduise à ma chambre. On me fit visiter la maison, salon, salle à manger et cuisine au rez-de-chaussée, trois chambres à l'étage, salle de bains et WC, escalier dans le corridor de l'entrée : le plan typique anglais d'une maison familiale. Pas d'effort de décoration pas plus que l'année précédente, mais de confortables fauteuils dans le salon. Nous prîmes le thé dans la salle à manger, toujours les petits sandwichs de toutes sortes que j'aimais bien, et ma ligne beaucoup moins.

Ma ligne fut d'ailleurs mise à rude épreuve cette année-là : lard et oeufs plongés dans la friture pour le petit déjeuner, pudding couvert de

« custard cream » (crème anglaise achetée en poudre à délayer) à la fin de chaque déjeuner plutôt que des fruits. Chaque dimanche, nous avions droit au fameux « Yorshire pudding », un genre de petite crêpe épaisse salée qui cuisait avec le rôti de bœuf braisé pour bien s'imprégner de son jus, et accompagné de choux de Bruxelles, ce qui n'empêchait pas le pudding du dessert. Cette année-là, je ne grignotais pas de biscuits au gingembre dans ma chambre...

Pas de sortie comme l'année précédente, puisque la famille n'avait pas de voiture. Un samedi après-midi, nous allâmes cependant faire des courses dans le centre-ville, sans les enfants, confiés à la garde du mari, mais avec des amies. Le centre-ville de Leeds n'avait rien de bien agréable : immeubles noircis, tristesse du décor. C'était une ville industrielle. Il se mit à pleuvoir sans que nous eussions pris de parapluie car rien ne le laissait prévoir, mais en Angleterre, il faut savoir que le soleil alterne rapidement avec la pluie. Qu'elle ne fut pas mon étonnement quand nous mîmes une pièce dans un distributeur bien spécial : il ne distribuait pas de friandises mais...des imperméables transparents! Incroyable! Quel esprit pratique et créatif, ces Anglais ! Pour le thé, qui est en fait le dîner du soir, nous achetâmes dans un supermarché un « minced meat pie », une tourte à la viande effilochée en sauce que nous fîmes réchauffer. Je ne la trouvais pas mauvaise du tout.

Même si je ne faisais pas de sorties, être avec cette famille était plaisant : il y régnait une bonne ambiance, et la maman était très drôle. Je la découvris, très étonnée, un jour, assise, jambes relevées, malgré sa robe, en train de mimer une scène qui faisait rire ses enfants aux éclats. Décidément ces Anglais avaient non seulement de l'humour, mais une absence totale de complexe. Je ne voyais pas une seule femme de ma famille dans cette position. Et c'était dommage.

Comme l'année précédente, nous avions des cours tous les matins. Nous fîmes connaissance et je sympathisais surtout avec deux d'entre eux de milieu très différent. L'une venait de Pantin, faubourg du Paris populaire et parlait avec l'accent faubourien. Son père était garagiste. Ses réflexions très parisiennes m'amusaient beaucoup. C'était du Coluche avant l'heure. L'autre était un garçon, bien comme il faut, BCBG, comme on disait et comme je l'étais, parfaitement habillé, avec son pantalon en flanelle au pli impeccable, son blazer bleu marine à double boutonnage parfaitement coupé et son parapluie noir accroché à son avant-bras gauche. Il était très mignon en plus, châtain et yeux verts. Il habitait Reims, capitale de la Champagne, où son père possédait une usine dans laquelle il fabriquait des bouchons pour les viticulteurs. Sa mère, beaucoup plus jeune que son mari, était professeur d'anglais. Nous avions le même âge.

Accompagnés de quelques autres camarades, nous nous retrouvions l'après-midi au bowling, un endroit dont je ne soupçonnais même pas l'existence avant d'y venir. Nous y faisions des parties, pleines de rebondissements, ponctuées de fous rires. Je ne m'étais jamais autant amusée. L'ambiance était favorable aux rapprochements, et, pendant les pauses, Hugues, car c'était son nom, me prit bientôt la main et nous commençâmes à échanger des baisers. Un jour, il vint me chercher dans ma famille, où il fit, bien entendu, excellente impression. A l'école, il fut rapidement entendu que nous formions un couple inséparable.

Je fus invitée dans sa famille pour le thé, accueillie par le maître de maison, un monsieur très sérieux avec ses lunettes d'écaille et qui était, cependant, très convivial. Le quartier était plus cossu que le mien et la famille semblait aussi plus opulente. J'eus droit à un thé servi dans les règles avec l'argenterie d'usage Je fus le centre de la conversation, le but de l'invitation étant de mieux me connaître, ce dont je n'étais pas consciente. Mais ces familles avaient la responsabilité de mineurs et prenaient leur rôle très au sérieux ce qui était et reste louable. Je passais l'examen avec succès car on me reconduisit à la porte avec des au revoir chaleureux en m'assurant que je serais toujours la bienvenue chez eux. Hugues me raccompagna jusqu'au portail et me susurra à l'oreille que je leur plaisais.

Il m'invita un dimanche au restaurant chinois. C'était la première fois qu'un garçon m'invitait au restaurant et je n'aurais pas été plus heureuse s'il s'était agi d'un trois étoiles Michelin. Evidemment, je trouvais tous les mets délicieux ! Comme il faisait beau, nous allâmes nous promener ensuite au parc. Nous n'arrêtions pas de parler et de nous faire des confidences, comme d'habitude. Nous finîmes par nous allonger sur la pelouse, où de nombreuses familles et amoureux se trouvaient déjà. Nous nous bécotâmes, comme tous les amoureux du monde, en nous regardant les yeux dans les yeux, éperdus d'amour. Ce fut un très bel après-midi.

Vers la fin du séjour, je fis des achats : un authentique « tartan » écossais, pour m'y faire confectionner une robe, et, chez Marks and Spencer, grand magasin connu pour ses pulls en cachemire authentiques à bon prix, une jupe turquoise à plis soleil plats, à la taille serrée par une large ceinture, et un petit pull en fil d'Ecosse blanc. L'ensemble plaisait à Hugues. Je l'achetais.

Nous pensions avoir un temps infini devant nous. La date du retour en France nous détrompa. Dans l'avion qui nous ramenait à Paris, je passai la durée du vol sur les genoux d'Hugues, et nous pleurions tous les deux, tout en nous jurant un amour éternel. On se séparait à Paris. Nous nous étions promis de nous écrire très régulièrement. Ce fut cependant un déchirement. A l'aéroport d'Orly, je le vis rejoindre sa mère, une petite dame brune, rondelette, qui avait dû s'étonner des yeux rouges de son fils car je le vis qui me désignait du doigt. Sa mère me regarda. Et ce fut tout. Mon groupe partit pour la gare de Lyon.

Le lendemain, à Nice, ma mère n'eut pas l'occasion de s'étonner de mes yeux rouges. Ils avaient eu le temps de se régénérer pendant la nuit. Je portais ma nouvelle tenue achetée chez Marks and Spencer. Ma mère me regarda pourtant d'un œil bizarre. Evidemment, j'avais encore bien grossi mais ce n'était pas que cela.

Arrivée dans mon domaine, je me regardais dans le miroir de ma chambre. D'abord, je constatai que je devais faire rapidement quelque chose pour retrouver ma sveltesse. Ensuite, ma tenue ou plutôt mon accoutrement ne me ressemblait pas du tout. Peut-être étais-je dans le contexte de Leeds où le chic français n'avait pas pénétré, mais, ici, j'étais décalée. La jupe finit au fond d'un placard où je l'oubliais définitivement. Mais je n'oubliais pas Hugues.

Nous commençâmes à entretenir une correspondance hebdomadaire régulière. Hugues couvrait plusieurs pages d'une petite écriture fine et serrée. Je lui écrivais, moi aussi, de longues missives. Nous utilisions un joli papier de couleur qui portait un petit dessin en haut et à gauche que nous choisissions selon nos humeurs. L'enveloppe était assortie. On achetait généralement ces papiers dans un coffret qui s'ouvrait comme un livre où était rangé, d'un côté, le papier à lettre, et, de l'autre, les enveloppes. C'était toujours un petit cadeau apprécié par mes amies, lors de leur anniversaire. Hugues me téléphona plusieurs fois pour des fêtes personnelles ou la nouvelle année. Nous tenions nos promesses.

III

Cette année-là, j'avais hâte que la rentrée scolaire arrivât pour découvrir une nouvelle matière qui semblait être une promesse de découvertes: la philosophie qui allait occuper huit heures de notre emploi du temps hebdomadaire !

Une surprise de taille nous attendait : notre professeur de philosophie était... un homme ! Dans un lycée de jeunes filles ! Le seul enseignant mâle au milieu d'un aéropage d'éléments féminins! Du jamais vu !

Il se révéla un professeur agréable, proche de nous, tout en gardant la dignité de sa fonction. Sa tenue elle-même, costume cravate, était irréprochable. Un jour, vers la fin de l'année, il nous laissa nous installer et regarda la classe, sans rien dire ; nous nous demandions ce qu'il mijotait. Puis il se tourna vers le tableau et commença à dessiner. Nous vîmes apparaître un œil. Enigmatique. Ce n'était en fait qu'une mise en scène réussie, destinée à capter notre attention. Il nous déclara : « Le jour de l'oral du bac, un conseil : n'en mettez pas trop ici et là » en coloriant les paupières et le dessous des yeux. C'est vrai que certaines se maquillaient exagérément, d'autant que la mode était aux bananes dessinées au crayon sous l'arcade sourcilière. Ne me maquillant pas, je ne me sentis pas du tout visée, à mon grand soulagement.

Nous commençâmes par étudier « Le contrat social » de Rousseau. Révélation faite par cet auteur : le jour où la propriété exista, elle engendra tous les maux de l'humanité. Voilà ce qui était une vraie découverte. Cette affirmation toute neuve pour moi, était, à bien y réfléchir, pas si absurde. Je fis part à mon entourage, c'est-à-dire à ma mère, de cette découverte extraordinaire. Elle me répondit : « Finis ton assiette avant que tout ne soit froid ! ».

Je continuais l'étude de ce contrat social et m'enthousiasmais idéalement pour la société communautaire et égalitaire qu'elle proposait sans tirer les conclusions pratiques qu'elle signifiait et qui m'auraient moins plu. Ce trimestre-là, je fus seconde en philosophie. La suite se montra beaucoup plus ésotérique comme Kant pour qui tout n'est qu'apparence, une théorie à laquelle j'opposais un pragmatisme inattaquable : « Quand je me cogne à l'arête d'une table et que j'ai un bleu, la table n'est pas une apparence. Que répondrait M. Kant à cet argument ? ». Bon, Nietzche, Condillac, me semblaient plus crédibles que les Kant et compagnie auxquels j'associais Sartre. Evidemment, ma place rétrograda au niveau du classement général, mais étrangement, mon professeur continua à me gratifier de bons commentaires sur mes bulletins trimestriels. Une étrangeté philosophique de plus !

Le souci, c'est que nous n'étudions plus que des matières littéraires où la masturbation intellectuelle était de rigueur au détriment de la simple rigueur du bon sens. Même en allemand nous devions commenter des œuvres de grands auteurs dans le texte original et cinq fautes de grammaire dans cette langue écrite nous valaient une note divisée par deux. Le résultat fut que je pouvais parler de Goethe et de toutes les légendes germaniques avec le vocabulaire approprié mais que j'aurais été incapable de demander mon chemin en allemand, ce qui était différent en anglais en raison de mes séjours linguistiques. Les cours d'histoire géographie et ceux de maths, une matière que j'avais choisie de suivre en option car, depuis que nous ne faisions que de l'algèbre j'étais devenue une bonne élève, étaient une bouffée d'oxygène.

Heureusement que j'avais aussi des occupations non ésotériques que les philosophes auraient qualifiées de futiles mais qui étaient bien agréables. J'avais remarqué l'année précédente une élève qui était dans ma classe depuis la seconde. Elle portait toujours des vêtements à la mode et d'un chic remarquable. Je lui demandais où elle se les procurait. Elle m'inscrivit sur un papier les noms des boutiques où elle allait avec sa mère. La mienne avait enfin abandonné les reproductions des modèles Monoprix. La couturière que nous avions dégotée était beaucoup plus qu'une simple petite-main. Elle confectionnait parfaitement les modèles dont lui fournissions les photos. Ses réalisations étaient d'une coupe parfaite et élégantes. Elle avait sans doute travaillé pour de grands noms de la Couture Française. La mode était aux ensembles robes et manteaux. J'avais acheté une robe en épais jersey jaune d'or avec un empiècement arrondi vers le bas au niveau de la poitrine et qui s'évasait ensuite. Elle réalisa un manteau bleu marine dans un léger lainage avec un empiècement où venait s'accrocher un double boutonnage de quatre boutons recouverts de cuir jaune d'or. La doublure était assortie à la couleur de ma robe. Les chaussures se devaient d'être aussi du même ton et on en trouvait de toutes les couleurs. Le petit escarpin jaune tout simple ne fut pas difficile à me procurer. Elle me confectionna aussi un manteau bleu ciel avec une jupe assortie. Tout ceci et une très jolie robe avec le « tartan » que j'avais rapporté d'Angleterre en recopiant à la perfection une photo de magazine que je lui avais apportée.

Ma mère et moi allâmes voir les boutiques recommandées par ma camarade de classe. C'étaient les plus élégantes du centre-ville. Pas étonnant que ma camarade me parut chic ! Nous nous fîmes présenter les vêtements pour notre garde-robe automne hiver 68. On nous montra une multitude de modèles qui nous fît rêver. Je découvris rapidement ce que je convoitais, la robe chasuble, c'est-à-dire sans manches, en cuir rouge fermée par une fermeture éclair sur toute la longueur du devant et qu'on portait avec un pull chaussette en dessous. Son prix était vraiment raisonnable. Les autres modèles n'étaient pas donnés mais ils se situaient seulement dans la gamme supérieure à ce que nous dépensions. Et l'avantage était les tissus et les coupes beaucoup plus recherchées que ce que nous pouvions trouver dans les magazines de mode pour les faire reproduire et que les achats dans d'autres magasins, aux modèles de qualité, mais plus classiques. La décision était prise, non seulement pour cette saison mais pour celles à venir.

En mai, alors que nous étions proches de la date du bac, un événement surprenant se produisit: la révolte des étudiants à Paris. Ce qui commença par une manifestation ordinaire prit peu à peu de l'ampleur et devint très vite une révolte violente. Nous assistâmes à cette explosion à la télévision. Les pavés des rues furent déterrés pour élever des barricades en plus de fragments de meubles pour mieux combattre les gendarmes envoyés pour ramener l'ordre. Je croyais vivre des images de la révolution de 1830. Le slogan devenu célèbre : « Sous les pavés, la plage », qui faisait référence au lit de sable placé sous ces pavés, naquit alors. Les cocktails Molotov fusaient, ajoutant des lueurs d'incendie aux scènes où des étudiants, armés de ce qu'ils avaient pu trouver, affrontaient les gendarmes casqués, protégés par des boucliers contre les projectiles, et munis de gourdins. C'était terrifiant. Un géant roux nommé Cohn-Bendit, très éloquent, semblait être le leader des étudiants. Les affrontements étaient violents. Il y eut de nombreux blessés et même quelques morts. Le Général de Gaulle déclara « c'est la chienlit ! » et quitta l'Elysée sans explication et...revint quelques jours plus tard !

A Nice, les professeurs poursuivaient imperturbablement leurs cours. Pas de politique à l'intérieur du lycée.

Nous ne comprenions pas ce qui se passait. Juste avant de sortir du lycée, un groupe de notre classe dont je faisais partie aperçut le prof de maths. Nous nous précipitâmes vers elle pour lui demander des explications. Voilà à peu près, ce qu'elle nous dit: « Les étudiants se révoltent car ils ne veulent plus de notre société matérialiste qui ne leur offrira, dans leur vie active, aucun idéal de vie. Ils veulent qu'on les écoute, qu'ils puissent exprimer leurs opinions, qu'ils puissent dialoguer et que les professeurs cessent de leur asséner des cours magistraux. » Et elle répondit à nos questions qui fusaient jusqu'à ce que nous fûmes obligées de sortir car le lycée fermait ses portes. Le refus de la société de consommation, l'anticonformisme, était un mouvement né aux Etats-Unis depuis le début des années 60, mais qui nous était largement inconnu.

Je réfléchissais à la conversation que nous avions eue avec notre prof de maths et découvrait, sans l'aide d'un cours de philosophie mais grâce au bon sens de cette dame, que notre société était en effet très déterministe, coercitive même et empêchait l'individu de s'exprimer. Les enfants subissaient l'autorité des parents et des maîtres, sans aucun droit à la parole, plus tard, celle du patron, et tous, celle des lois culturelles bien plus fortes que juridiques.

En tout cas, la direction du lycée avait évolué. Qu'elle ne fut pas notre surprise quand nous découvrîmes qu'un étudiant, chanteur à ses heures, avait été autorisé avec sa guitare et ses deux accompagnateurs, également équipés d'instruments de musique, à pénétrer dans l'enceinte du lycée de jeunes filles pour y interpréter quelques chansons de charme italiennes ! Peut-être aurions-nous eu l'autorisation, nous aussi, d'interpréter notre pièce de théâtre, cette année ?

J'écoutais et regarder, subjuguée, ce chanteur. Je m'arrangeai ensuite pour discuter avec lui : il était italien, étudiant en licence d'italien, et, pour subvenir à ses besoins, il exerçait des fonctions de surveillant dans un cours privé connu, proche du lycée. J'appris aussi une information importante, c'est qu'il se réunissait toutes les fins d'après-midi avec ses amis, dans un certain café du quartier...

Quant à la révolte étudiante, elle se propagea à la province, mais à Nice tout était tranquille. Cette révolte prit bientôt une autre dimension quand les ouvriers s'associèrent dans toute la France aux étudiants. Les usines furent occupées. On y dansait et on y jouait au foot ! Que voulaient ces gens ? Des salaires plus élevés, bien sûr, mais surtout une reconnaissance et plus de considération de la part de leurs supérieurs. A Nice, toujours rien. Il faut bien reconnaître qu'il n'y a pas d'industrie sur la Côte d'Azur! Quant aux lycéens et étudiants, ils se trouvaient bien au soleil et n'avaient aucune envie de protester. S'ils avaient eu un slogan ce n'aurait pas été « sous les pavés, la plage », mais plutôt, « au bout de la rue la plage » ! Les grèves se multipliaient et le pays tout entier fut bientôt paralysé. Le lycée lui-même ne fonctionnait pas normalement en raison des absences des professeurs qui s'associaient au mouvement général. Tout cela semblait prendre l'allure d'une vraie révolution et tous les braves gens, dont ma mère, s'inquiétaient. Son ami, encore plus alarmé, s'écria un jour : « Mais ils veulent tous nous foutre en l'air ! »

Une direction ministérielle décida de fermer tous les établissements scolaires. Notre lycée aussi, donc. Nous allâmes récupérer nos affaires Nous n'étions pourtant qu'à la mi-mai tant le rythme auquel se succédèrent ces événements fut rapide. Nous n'avions pas terminé le programme du bac qui, lui, n'avait pas été annulé. Je décidai d'aller acheter les petits fascicules du bac en histoire et en géographie qui proposaient un bon condensé en complément de mes livres. Quant aux autres matières, pas besoin de révisions : que ce soit en maths, en français ou en langues étrangères, mon opinion était qu'on savait ou qu'on ne savait pas.

Nous reçûmes bientôt une information selon laquelle le bac avait changé de formule. Pas d'épreuve écrite, ce qui ne m'arrangeait pas, car j'étais meilleure à l'écrit qu'à l'oral. Nous allions être interrogées en philo sur un des ouvrages étudiés en cours. Quant à l'épreuve facultative de sport, qui devait rapporter des points supplémentaires quand la note était supérieure à la moyenne, elle était tout bonnement supprimée, ce qui ne m'arrangeait pas du tout non plus car j'étais la meilleure de la classe en gymnastique au sol et que je maîtrisais parfaitement l'enchaînement imposé. Cette formule simplifiée du baccalauréat ne me disait rien qu'y vaille.

En attendant, nous allâmes à la plage, comme il se doit, quand on est niçois. Une copine de classe organisa une surprise-partie dans la villa de ses parents, un soir où ils étaient absents. Elle était beaucoup moins innocente que la première à laquelle j'avais participé. Les invités avaient apporté des bouteilles d'alcool et celle qui invitait, une petite brunette rondelette complètement excitée ce soir-là, n'hésitait pas à en piocher d'autres dans la réserve de ses parents. Tout le monde fumait. On enchaînait de façon endiablée les danses qui se succédaient sur le tourne-disque et nous laissions aller dans les bras de notre partenaire pour les slows. Il y avait des couples dans le jardin, d'autres montaient à l'étage vers les chambres, le polo de ma camarade était dégrafé sur le devant … C'était de la folie, une vraie « surprise-partie » ! Mon maquillage était dans un triste état lorsque je rentrais à la maison. J'avais bu un unique whisky coca, la boisson à la mode. Je devais peut-être sentir l'alcool. Je n'avais pas fumé mais je devais aussi sentir la cigarette. Ma mère était couchée. Je filais moi-même sans bruit dans ma chambre.

Une autre nouvelle de taille me surprit. Une autre camarade de classe s'était mariée ! Elle était très brune, avec même un léger duvet au-dessus de la lèvre, très active et vivante, mais pas jolie. Elle nous invita, nous, les locomotives de la classe dont je faisais partie depuis la pre-mière, à prendre le thé chez elle un après-midi. Une invitation donc bien conventionnelle malgré l'anticonformisme ambiant. C'était un joli petit appartement de deux pièces situé dans le beau quartier de Cimiez et nous discutâmes, autour de notre tasse de thé, comme de vraies petites bourgeoises en herbe.

Que nous arrivait-il ? L'année dernière, une élève était enceinte, mon amie Marie-Antoinette avait un amant. Cette année, une élève se mariait, les surprises-parties devenaient presque des débauches... Serions-nous devenues des adultes, brutalement, sans transition, alors que nous dépendions toujours de nos parents ? Comment était-ce pos-sible, sans un élément brutal déclencheur ? Il est vrai que mes sorties avec mon amie bretonne de Versailles, mes relations avec mes amies de seconde, tout ce que j'avais connu auparavant, me semblait tout-à-coup appartenir au passé, et à un passé terriblement lointain et terne par rapport à la vie trépidante que je menais aujourd'hui. Mon univers avait basculé sans crier gare.

Mais rien ne me détournait de mon objectif : obtenir mon bac avec la meilleure note possible. Je lisais mes livres à la maison, ou à la plage, je rédigeais de courtes fiches récapitulatives dans ma chambre, que je me remémorais d'un jour sur l'autre. Je ne laissais rien au hasard. Je prenais seulement des pauses de quelques minutes au piano pour jouer du Chopin, mon compositeur favori, ce qui me délassait.

Dans l'après-midi, je me préparais soigneusement et disais à ma mère que j'allais faire un tour en ville, pour m'aérer un peu et que j'allais cer-tainement tomber sur quelqu'un de connaissance. En fait, le quelqu'un de connaissance était mon étudiant chanteur italien, Roberto, que je retrouvais dans son café habituel. On échangeait sur tout, ce que nous faisions, nos projets, nos idées... Il ne semblait pas s'apercevoir que je m'intéressais à lui ou était-ce la différence qui le retenait : lui, l'étudiant pauvre, mal habillé, et moi, parée comme une princesse avec mes robes couture et mes sacs à main élégants ? Quant à moi, rien ne me déran-geait ! Il étudiait bien pour avoir une situation, non ? Mais je ne voyais pas si loin. Pour l'instant rien ne comptait que de me retrouver dans les bras de ce fabuleux chanteur ! Peu à peu, il s'habitua à moi à moins que ce ne fussent les réflexions de ses copains qui l'influencèrent : « Tu ne vois donc pas que le petite blonde en pince pour toi ? En tout cas, si elle s'était intéressée à moi, je peux te dire que ça fait longtemps que je me serais occupée d'elle ! Et toi, qu'est-ce que t'attends ? » Roberto finit par quitter le café avec moi. Nous déambulions dans les rues en parlant et nous finissions par nous asseoir sur un banc. Nous échangeâmes notre premier baiser. Nous continuâmes ainsi à flirter, lui, s'excusant de n'avoir aucun endroit plus intime à me proposer. Un jour, il me déclara :

« Je vais bientôt avoir une solution pour nous. Ce sont les vacances. Un copain quitte sa piaule et il est d'accord pour me laisser les clés.

– Génial ! Mais moi, j'ai mon bac dans une semaine. Je dois réviser du matin au soir maintenant. Je reviens te voir juste après. »

Le bac oral ne se passa pas si mal puisque j'eus une note générale de 14, un exploit dans une région peu encline à l'acharnement au travail. Ce qui m'étonna le plus ce fut ma bonne note de quinze en maths et mon douze seulement en philo sur l'ouvrage que je connaissais le mieux, le contrat social. Le coefficient de la philo étant très élevé, ma note générale en avait pâti.

J'avais aussi longuement réfléchi sur la suite de mes études. Pas questions d'études littéraires. Continuer à me triturer l'esprit comme ce fut le cas cette dernière année, non, j'en étais dégoûtée à jamais. De l'histoire ? Avec comme seul horizon devenir prof et un plan de carrière en sachant dès mon premier poste à quel grade et à quel salaire je serai dans trente ou quarante ans ? Non, plutôt mourir que la monotonie et la petite vie planifiée et organisée avec la retraite en récompense. Pouah !

Je me résignai à demander l'avis de l'ami de ma mère, persuadée alors que les hommes d'affaires avaient de la culture... Il se sentit flatté et commença par pontifier sans m'écouter, ce que je détestais. Il me conseilla... secrétaire de direction ! Comment osait-il ? Il n'avait pas cherché bien loin, mais quand je lui dis qu'il était hors de question que je sois une exécutante et que je n'avais pas l'intention d'être la mouche du coche mais le coche lui-même ce que mes études me permettaient d'être, il me proposa...expert-comptable, qui était un métier lucratif en ajoutant que les experts-comptables n'étaient souvent que des fruits secs ! Rien d'étonnant pensais-je! A compulser des chiffres et des ratios toute la journée, comment pouvaient-ils avoir une ouverture sur le monde ? Il semblait aussi oublier, si tant est qu'il le sût, que j'étais fâchée avec les chiffres et les calculs ! Je lui demandais ce qu'il pensait du droit car les plaidoiries faites par les avocats me séduisaient. Il me le déconseilla formellement : la carrière était complétement bouchée. A l'époque où la croissance semblait interminable, sans doute, mais la situation éco-nomique n'allait pas tarder à se retourner, les procès et l'esprit procé-durier à se multiplier, ce qui n'était pas prévu... Il ajouta aussi que les études de droit attiraient par leur apparente facilité et que les étudiants en droit étaient pléthores. Ce dernier argument atteignit sa cible. Si je faisais des études supérieures, c'était pour travailler et progresser dans la connaissance et faire une carrière et pas pour me la couler douce pendant les études sans savoir quoi faire ensuite... Bref, la conversation ne m'avait pas fait avancer d'un pouce. J'aurais dû m'y attendre. Je ne devais compter que sur moi-même.

J'allais au centre d'orientation pédagogique pour consulter tous les documents relatifs à une orientation pouvant me convenir. Je m'aperçus que les études d'histoire pouvaient déboucher sur un poste de conser-vateur de musée après avoir passé le concours de l'Ecole du Louvre, un concours très exigeant. Finalement, non. Je voulais du concret, de l'action dans le monde contemporain. Et soudain, je trouvai : une révé-lation. Sciences Politiques à Paris qui préparait, après trois ans d'étude, au concours de la prestigieuse Ecole Nationale d'Administration, l'ENA d'où sortaient tant de nos ministres. Faire partie de l'élite qui dirigeait la France, voilà de quoi m'enthousiasmer et me motiver. Le concours d'entrée était difficile mais reposait sur des connaissances telles que l'économie, le droit, l'histoire, la géopolitique, la culture générale, qui correspondaient à la connaissance et à la compréhension du monde actuel, tout un programme passionnant. A la lecture des débouchés, je m'aperçus que ceux qui m'intéressaient ne faisaient pas partie des plus convoités du tout. Les premiers reçus à la sortie de l'ENA avaient un poste assuré à l'Inspection des Finances rue de Rivoli. Non, pas pour moi. Le débouché peu reconnu qui m'intéressait était une carrière diplomatique: représenter la France à l'étranger, découvrir d'autres cultures, diffuser la culture française, voilà qui me convenait parfaitement. Il y avait un nombre infime de femmes à choisir cette voie. Je n'en étais pas gênée.

Lorsque j'annonçais, très fière et sûre de moi, ma décision à ma mère, sa réaction ne fut pas celle que j'escomptais :

« Qu'est-ce que c'est que cette histoire ? T'envoyer à Paris, seule, et à 17 ans seulement, et en plus, avec les idées que tu as ! Tu serais capable de te laisser entraîner par n'importe qui et très mal tourner. Je n'ai aucune confiance en toi ! Et pour te débrouiller au quotidien, comment feras-tu ? Tu en es totalement incapable !

– Bah, ce n'est pas sorcier ! Je vais m'y faire très vite. Et Sciences Po, c'est vraiment ce que je veux faire. Alors, je ne changerai pas d'avis !

—Toujours des problèmes avec toi !».

Pour les idées que j'avais, c'est vrai qu'elle pouvait être choquée. Elles n'étaient pas conventionnelles. Je prenais toujours le contre-pied des idées reçues. Voilà ce que c'était que d'avoir fait des études littéraires réussies, qui ouvrent l'esprit et le sens critique! Si je parlais de « critique » à ma mère, elle le prenait dans le sens populaire de « dire du mal », alors que critiquer c'est démêler le vrai du faux, savoir juger. Et c'est ce que j'ai appris pendant mes études secondaires. Les professeurs que je respectais nous disaient que les études servaient à apprendre à juger et non pas à devenir des érudits qui pouvaient être de complets imbéciles par ailleurs. Enfin, ce n'était pas vraiment les mots qu'ils employaient mais c'était ce qu'ils voulaient dire. J'étais aussi sans doute influencée par les nouveaux chanteurs, anti rock et anti yéyé comme Antoine qui fit un tabac en 66 avec « Les élucubrations ». Il portait cheveux longs et chemise à fleurs. Nul doute qu'il connaissait, lui, contrairement à nous, le mouvement américain hippy, qui, si jamais nous en apercevions quelques images sur les écrans de télévision, nous apparaissait non sérieux et folklorique. J'appréciais aussi Jacques Dutronc. Tous deux avaient cependant une formation élevée et avaient appris à juger. Leur succès prouvait, bien que peu de gens l'eussent pressenti, qu'une révolution sociale était dans l'air.

Pour ma part, pas de chanson subversive. Ma révolte était personnelle. A cette époque, j'avais acheté un épais livre sur la vie de Hitler car je ne pouvais pas me contenter de croire qu'il était le monstre que l'Histoire nous dépeignait. Aucun homme n'est bon ou mauvais. Je concluais de ma lecture que la France, par le Traité de Versailles, avait saigné l'Allemagne à blanc et que ce pays avait besoin de retrouver sa dignité. Hitler était un meneur d'hommes et possédait un charisme hors du commun. Il sut redonner espoir au peuple qui lui fit confiance. Et le peuple avait besoin d'un bouc émissaire à rendre responsable de ses malheurs. Le reste, on le connaissait... J'avais fait une nouvelle découverte, qui était loin d'être au goût de tout le monde. Mais sans les politiciens incompétents de 1918, il n'y aurait sans doute pas eu d'Hitler.

Ma deuxième prise de position concernait les prostituées. Il y en avait à Nice, dans une petite rue du centre-ville conduisant à la mer. Elles arpentaient le trottoir, jupes courtes été comme hiver et leur sac se balançant au bout d'une chaînette. Personne ne passait par cette rue. Et nous la traversions à toute vitesse comme si elles étaient des pestiférées. Je me demandais comment on pouvait traiter des êtres humains de cette façon. Que faisaient-elles, après tout ? Pas plus que les bonnes bourgeoises à l'esprit serein qui acceptaient le « devoir conjugal » pour avoir une vie confortable.

Paradoxalement, ma mère regardait avec plaisir les films qui mettaient en scène des prostituées de luxe dirigées par une mère maquerelle prestigieuse, amie des plus grands de ce monde. Quant aux films policiers, elle espérait même une fin heureuse pour les gangsters sympathiques, comme si ça existait, des gangsters sympathiques !

En fait, sans en être consciente, j'avais l'esprit révolutionnaire, comme beaucoup d'autres, sous une apparence qui ne l'était pas du tout. A l'extérieur, je n'étais pas provocatrice. C'était plutôt à la maison que je l'étais, là où je ne craignais pas de dire tout haut ce que je pensais tout bas. Ma mère me traitait d'ailleurs d' « anarchiste ». Aujourd'hui, mon comportement se retournait contre moi !

Comme je continuais à vouloir faire Sciences Po et que son ami n'avait trouvé aucune autre solution de rechange me concernant, ma mère prit rendez-vous avec une conseillère d'orientation scolaire, une démarche que les parents soucieux de l'avenir de leurs enfants en difficulté entreprenaient. Démarche donc ridicule pour une élève de lycée, et, de surcroît, une élève brillante ce dont je ne me rendais pas compte. Je me considérais pas mieux que les autres, plus chanceuse, peut-être. Mais la conseillère ne fit pas d'objection pour nous recevoir. De mon côté, je ne fis pas de difficultés pour me rendre au rendez-vous, persuadée que j'allais trouver une alliée. Elle suivit la démarche habituelle : elle me fit passer une batterie de tests et me ramena auprès de ma mère dans la salle d'attente, le temps de lui permettre de les corriger. Elle demanda ensuite à parler à ma mère, sans moi, la principale intéressée, comme c'était la coutume. Puis, nous nous réunîmes toutes les trois :

J'avais réussi les tests haut la main, ce qui était prévisible, sauf deux points de logique mathématique ce dont je me doutais car c'étaient les deux seuls points sur lesquels j'avais hésité. Mais il était certain que j'avais les capacités nécessaires pour suivre des études supérieures. Pardi ! Quelle voyante extralucide !

Mais je n'avais que dix-sept ans, j'étais bien jeune ! Il lui semblait plus raisonnable de poursuivre mes études à Nice, par exemple, en préparant une licence de sciences économiques, qui permettait d'entrer directement en seconde année de Sciences Politiques. Même après quatre années d'études, je n'aurais alors que vingt et un ans. Qu'en pensais-je? Ce que j'en pensais, c'est que la maline avait bien combiné son coup en ménageant le chou et la chèvre. Je n'étais pas dupe. Mais que faire ?

Ma mère devait être satisfaite. Elle avait réussi à avoir l'aval d'une « professionnelle ». Mais quel type de professionnelle était-ce pour se laisser manœuvrer par les paroles de ma mère sans même avoir parlé avec moi ? Si elle l'avait fait, ce qui aurait été normal, un temps de parole pour les deux parties, comme au tribunal, elle se serait vite aperçue que j'avais la tête sur les épaules, que je n'étais pas la petite oie blanche sans défense que ma mère avait dû dépeindre, que je n'étais pas un « galopin » non plus comme l'avait dit Mme Roméo, qui avait ajouté : « Laissez-la faire ! ». Mais la différence, c'est que, elle, ma prof, me connaissait mieux que ma mère et cette professionnelle qui ne me parla même pas, qui ne me connaissait pas du tout ! On vivait toujours dans la société passéiste de l'avant 68 et ce n'était pas fini.

Cette fameuse révolte s'était malgré tout peu à peu calmée. Des accords avaient été pris vis-à-vis des salariés. Le salaire minimum garanti passait à 1000 F bruts soit plus de 800 F nets ce qui lui faisait faire un bond de plus de 25%. « Tous mes salariés sont déjà à ce tarif » déclara l'ami de ma mère. Mais au-delà de ces considérations financières, de Gaulle reconnaissait que la France avait besoin de profondes mutations, l'université d'être complétement restructurée. L'ordre revint. C'était le souhait de la plupart des Français qui tremblait de peur pour leurs acquis ou qui en avait assez de la « chienlit ».

Quant à moi, je me résignais à la cote mal taillée qu'on me proposait : entrer en Sciences économiques à la fac de droit de Nice avec mon projet toujours en tête !

Je revoyais Roberto. Nous allions maintenant dans la chambre de son copain, une chambre sous les toits impeccablement rangée. Le lit était recouvert d'un dessus en cretonne fleurie. Roberto avait vingt et un ans. Il espérait davantage de moi que les « tripotages » auxquels j'étais habituée. Mais je me refusais obstinément à lui donner ce qu'il souhaitait. Il me demanda cependant de lui faire confiance et de le laisser me pénétrer juste un petit peu. Je lui accordais ma confiance. Elle fut bien placée un certain temps, et un jour, je m'aperçus, en rentrant chez moi, qu'il avait franchi l'obstacle interdit. Je ne m'en étais même pas rendu compte. Je fus furieuse contre lui. Pendant les mois de juillet et août, il allait travailler, comme chaque année, à la tâche passionnante de plongeur, dans l'unique restaurant de l'Ile Ste Marguerite. Je ne le revis pas avant son départ.

Je reçus aussi une lettre de Hugues, mon amoureux d'Angleterre, qui m'annonça une nouvelle à laquelle je ne m'attendais pas et ne souhaitais pas du tout. Il avait une tante à Nice qui habitait dans une avenue parallèle à la mienne, donc à proximité immédiate de notre appartement. Il s'était fait inviter pour quelques semaines et allait donc bientôt débarquer. Il ne m'avait même pas consultée ! Il était vraiment trop sûr de lui ! Son arrivée n'entrait pas du tout dans mes plans. Comment allais-je gérer sa présence ? Je lui répondis poliment en lui disant que j'étais contente, sans manifester de débordement d'enthousiasme. Mais il ne comprenait pas les nuances et resta persuadé que je partageais sa joie,

Quand il fut arrivé, il me téléphona aussitôt. Nous convînmes d'aller à la plage. Je lui donnais rendez-vous à mon arrêt de bus. Quant à lui, il me dit qu'il disposait de la mobylette de sa tante. Il me rejoindrait à l'arrêt de bus et suivrait derrière. Je restais donc debout, à l'arrière, en lui faisant des petits signes de temps en temps. Quant à lui, il me dévorait des yeux. C'était bien tout ce qu'il dévora cette année-là. Il essaya pourtant d'effectuer des rapprochements. Peine perdue. Je finis par lui dire que j'avais un amant, un étudiant qui n'était pas à Nice en ce moment. Cela lui donna sans doute de l'espoir car nous allâmes dîner et finîrent dans une discothèque. Quant à moi, je me sentais soulagée. La situation était devenue claire. J'y dansais sans remords des rocks endiablés avec lui. Bien qu'il soit très grand maintenant, nous nous accordions très bien. Je prétextais être fatiguée lorsque les slows arrivaient, qui, tout le monde le savait, étaient faits pour des corps à corps plus que pacifiques. Il finit enfin par comprendre. Il abandonna la partie et termina ses vacances sans moi. Il dut sans peine trouver une fille disponible ou même plusieurs qui lui firent oublier sa déconvenue.

Depuis que j'avais eu mon bac, ma mère me laissa me maquiller et sortir, le soir compris, sans aucune limite d'horaire. C'était très curieux qu'un simple bac changea mon statut du jour au lendemain,…Mais comment occuper mes vacances ? Je rencontrais bien de temps en temps des camarades de classe mais ce n'était pas suffisant. Roberto travaillait. J'émis le vœu, moi aussi, de travailler. Comment m'y prendre ? Commencer par les relations, par exemple en premier, par le promoteur de l'immeuble qui habitait au dernier étage et qui était aussi la maire d'un village de l'arrière-pays niçois ? C'est ce que je fis :

« Bravo pour ta belle réussite au bac ! Et pour un travail, m'a dit-il, tu m'intéresses. J'allais fermer le bureau pour un mois de vacances. Avec toi, je pourrais laisser ouvert. Ce n'est pas un gros travail : répondre au téléphone, demander l'objet de l'appel, recevoir ceux qui viennent, tenir un cahier relatant avec exactitude ce qui s'est passé au jour le jour. Je ne passerai que temps en temps. Mais tu vas faire sciences économiques ? Comme mon fils Jean-Pierre, qui termine cette année. Il viendra certainement te voir. Est-ce que ma proposition te convient ?

– Oui, tout-à-fait.

– Et pour le salaire ? Combien tu veux?

– Comme vous voulez !

– Une enveloppe en fin de mois, ça t'irait?

– Bien sûr ! »

Voilà comment je fus embauchée du Ier au 31 août 68. Cet entretien se passa dans les locaux du promoteur, un appartement situé au rez-de-chaussée d'une avenue du centre-ville, à deux pas de l'avenue de la Victoire. J'avais déjà pu constater son attachement pour Napoléon Ier dans son appartement privé. Ici, la décoration était tout aussi napoléonienne avec même un papier peint orné d'abeilles dans son immense bureau où il me dit que je pouvais recevoir les visiteurs ! Un rêve à dix-sept ans !

Je revins à la maison totalement enthousiasmée et racontais mon entretien à ma mère qui ne participa guère à ma joie, comme d'habitude. Elle semblait tout prendre avec recul, et sans croire à quoi que ce soit. Même mes succès dans mes études ne furent jamais accueillis par un débordement de joie.

Quant à moi, je fus ravie de mes débuts dans la vie active. Je me sentais déjà investie d'une autorité de chef. Il n'y avait en effet que peu de travail mais chaque coup de fil, chaque visite m'était une certitude d'être un rouage essentiel à la bonne marche de l'entreprise. A chaque appel téléphonique, je demandais à mon interlocuteur la raison de son appel, l'écoutais attentivement, le rassurais, lui promettais une réponse… Une semaine après mon arrivée, le promoteur vint me dire qu'il souhaitait me confier le recrutement de sa prochaine secrétaire. Il avait mis une annonce. Je devais sélectionner les CV, recevoir les postulantes, et faire un choix final. A dix-sept ans, devenir responsable d'un recrutement, c'était plus qu'inespéré, c'était quelque chose d'extraordinaire, un genre de miracle !

Parmi les candidatures reçues, je fis d'abord un choix: soin apporté à la forme de la candidature, à la présentation écrite du CV , de la lettre de motivation et à son argumentation, à la correction du français, le tout me paraissant nécessaire à un poste de secrétaire. J'envoyais une convocation aux candidates élues et une lettre de regret aux autres. Je reçus les quelques candidates retenues. L'une me frappa particulièrement : elle n'était pas très jeune. J'avais l'impression de l'impressionner, moi, la gamine assise derrière le grand bureau directorial. Ses yeux bleus délavées me frappèrent particulièrement. Je lui demandais ses prétentions mensuelles. Elle me répondit 600 francs. Comment pouvait-on vivre avec si peu d'argent ? C'était le prix d'une de nos robes, à ma mère ou à moi ! Et voilà une nouvelle découverte qui n'avait rien d'intellectuelle !

Mais je n'imaginais pas une telle femme qui donnait l'impression d'une vaincue d'avance à un poste de secrétariat commercial. D'autres étaient plutôt revêches et sûres d'elles. Pas non plus le bon profil. Je finis par en découvrir une qui me plaisait : jeune, sans en être à sa première expérience, joyeuse et dynamique. Je la proposais au promoteur qui l'embaucha sans l'avoir vue. Pour moi, une première expérience professionnelle réussie, dont je me sentis fière.

Jean-Pierre, le fils du promoteur, vint effectivement me voir. Il était en DESS de sciences économiques. Il avait besoin de moi pour taper son mémoire. Il savait que j'entrais en sciences économiques et que je n'étais pas secrétaire. Je le prévins quand même que je risquais de ne pas faire un travail très propre en raison des fautes de frappe qui étaient corrigés au blanc sur lequel je retapais. Il me dit que ce n'était pas grave, que tant que c'était écrit à la machine, c'était tout ce qu'on leur demandait. Il était sympathique avec moi, mais je ne pouvais pas le considérer comme un copain. Il ne ressemblait pas à un étudiant. Il était déjà corpulent, portant lunettes à larges montures d'écailles et ressemblait plutôt à un cadre d'entreprise qui avait de la bouteille, y compris dans sa manière de parler et d'agir, qu'à un étudiant. Bref, un vieux avant l'âge ! Taper ce mémoire fut mon premier contact avec les sciences économiques. Je demandais à Jean-Pierre des explications sur tout ce que je ne comprenais pas.

La nouvelle employée fut embauchée une semaine avant mon départ pour que je puisse la mettre au courant. Nous passâmes une semaine de rires. Dès que le téléphone sonnait, elle reprenait cependant son sérieux. J'espérais seulement que son orthographe soit aussi sûre : j'aurais dû lui faire passer un test de dictée ! Pour l'instant, on s'amusait bien. Il y avait peu à faire, d'où séances de maquillage ou de coiffure, quelquefois interrompues par le devoir de notre tâche. Plus le temps passait et plus l'ambiance devenait sympa dans ce bureau !

A la fin de mon stage, le promoteur me donna une enveloppe comme promis. J'attendis de rentrer à la maison pour l'ouvrir : mille francs ! Je n'en espérais pas tant ! Mais la question de savoir si j'avais fait le bon choix pour la secrétaire me tarauda longtemps... Je ne le sus pas. Si je rencontrais le promoteur, il ne m'en parlait pas et je n'osais pas lui poser la question. Quant à mes mille francs je décidais d'ouvrir un livret d'épargne à la Poste, le seul organisme habilité. C'était possible à partir de seize ans, sans doute la date d'entrée de la majorité des jeunes dans la vie active, ce dont je n'étais pas consciente. J'étais très fière de ce premier acte administratif personnel. La postière écrivit d'une belle écriture cursive mes nom, prénoms et adresse à la première page d'un carnet et inscrivit la somme que j'y avais déposée. Chaque retrait se faisait aussi à un guichet et était porté au débit du livret. Les PTT géraient aussi les comptes courants postaux. Les envois d'argent se faisaient aussi par mandat postal. C'était un sacré monopole pour cette administration car ils drainaient ainsi tous les avoirs des petits français moyens.

Entre-temps, nous avions reçu une invitation au mariage de la fille de l'oncle Francis, qui avait maintenant vingt et un ans. Elle était devenue dessinatrice industrielle comme le fut mon père pour son premier emploi. Toute la famille se devait d'être dans le dessin, qu'il soit artistique ou non, comme tous les mâles de la famille se devaient de s'appeler Roger ou Francis ! Je trouvais en tout cas la tante par alliance bien gentille de nous avoir invitées, après ce que ma mère lui avait fait subir trois ans auparavant. Et, en plus, j'étais demoiselle d'honneur, tenue longue obligatoire mais sans modèle imposé... Ce qui nous donna l'occasion d'aller nous habiller dans l'une de nos nouvelles boutiques.

J'essayais quelques modèles de robes longues et ne tardais pas à découvrir la merveille des merveilles : une robe empire en soie sauvage de couleur vert émeraude, sans manche, avec décolleté en V devant et derrière. Ma mère objecta que le mariage se passait en région parisienne et que le temps y était incertain. La vendeuse nous proposa de faire exécuter une petite cape assortie couvrant épaules et avant-bras. Cette solution était parfaite. La chose fut entendue pour un prix total de huit cents francs que je ne pus m'empêcher de comparer avec le salaire des secrétaires.

Ma mère, de son côté, essaya des ensembles robe et veste. Certains étaient superbes mais ne convenaient pas à sa morphologie. La vendeuse nous proposait des retouches :

« Ça fait des plis ici, voyez-vous !

– Facile à arranger ! Si je mets quelques épingles ici, c'est bon maintenant !

– Oui, mais là, il y a toujours un problème !

– Si on repince un peu sous les bras, il n'y paraîtra plus ! »

Et les si qui s'enchaînaient commençaient à m'énerver. Je déclarais :

« Si ma tante en avait, on l'appellerait mon oncle ! ».

Ma mère devint rouge de confusion. Je ne comprenais pas pourquoi. J'avais simplement répété ce que son ami disait très souvent.

Dès que les résultats du bac furent connus, ma mère me demanda ce que je voulais comme cadeau. J'y avais déjà réfléchi. Ce que je voulais était un secrétaire droit ancien assez grand pour pouvoir y ranger mes affaires universitaires et travailler. Elle prévint donc son amie de Versailles dont le frère habitait à proximité de notre ville bourguignonne. Il vendait des antiquités qu'il avait lui-même chinées. Et c'est justement peu avant d'aller à ce mariage en région parisienne qu'il nous avertit avoir trouvé ce que je souhaitais : un joli secrétaire clair, en loupe d'orme, d'époque Charles X, à un prix très raisonnable du fait que l'intérieur avait été légèrement noirci: sans doute une bougie placée trop près d'un petit tiroir ouvert.

Après avoir assisté à ce mariage où je m'étais copieusement ennuyée lors du dîner et de son bal traditionnel, nous revînmes avec ma grand-mère en Bourgogne. Rendez-vous avait été pris avec le frère que nous connaissions bien et qui avait transporté le secrétaire chez ses parents, dans la grande maison que j'aimais bien aussi et où je lisais des livres écrits sous l'ancien régime. Quant à mon futur secrétaire, il était magnifique avec sa jolie colonnade fine aux deux arêtes de sa façade et le plateau réglementaire en marbre gris qui le surmontait. L'affaire fut conclue. Quelques semaines plus tard, il était installé dans ma chambre. Je le contemplais amoureusement et me sentais comblée.

Roberto revint de son exil cannois pour assurer la rentrée des classes de son lycée privé. Pas de retrouvailles démonstratives. Ce n'était pas un jeune homme gai et hâbleur comme la plupart des Italiens. Il était toujours sérieux et grave ce qui me le faisait paraître d'autant plus profond. Il me dit d'abord avoir été sélectionné pour un radio-crochet à la télévision de Monte Carlo, notre télé régionale en me donnant la date et l'heure de l'émission. Et quand je lui demandais comment il avait passé cet été laborieux, voilà ce qu'il m'annonça : « J'ai rencontré une jeune nourrice (comprendre baby-sitter) de Cannes qui venait me retrouver là-bas. Elle avait une superbe paire de lolos ! ». Ces paroles me firent l'effet d'un fluide glacial qui descendait en moi. Il est vrai que mes « lolos » étaient plutôt petits et que depuis mai 68, l'amour était à la mode libre: « Faites l'amour, pas la guerre », le slogan des hippies américains qui formaient des communautés de vie très ouvertes où les enfants à venir appartenaient à personne et à tous, dont les adeptes portaient vêtements indiens et les filles des couronnes fleuries sur la tête, qui grattaient plus volontiers la guitare que des pages de cahiers, qui protestaient contre la violence par des « sittings » pacifiques, était aussi devenu celui des jeunes esprits européens. Il fallait donc que je ne m'offusque pas de la franchise de Roberto, mais plutôt que je m'en félicite.

Le jour dit, ma mère, qui avait deviné mes sentiments pour ce garçon, et moi étions assises devant notre poste de télé pour l'émission qui devait révéler un grand talent de la chanson. Roberto apparut, entouré de ses deux musiciens habituels. Il ne payait vraiment pas de mine, ce que je n'avais jamais voulu voir, mais il y eut pire quand il démarra sa prestation ...il chantait faux ! Dire que je ne m'en étais jamais aperçue ! Les auditeurs si, par contre, car un gong retentit rapidement : il était éliminé du concours ! Sa carrière de chanteur s'arrêta là en même temps que mon amour pour lui. Il ne chantait pas seulement faux, il était banal.

Je ne le revis que quatre ans plus tard. Je rentrais chez moi, un soir, à la nuit tombée. J'entendis tout à coup une voix qui m'appelait par mon prénom : « Elisabeth ! » Je me retournais et contemplais un moment la forme sombre qui m'avait interpellée: un petit bonhomme insignifiant au pantalon dont les jambes jouaient de l'accordéon sur ses chaussures. Je mis un moment pour reconnaître Roberto. De son ton toujours mélodramatique, il m'annonça :

« J'attends depuis des heures que tu rentres pour te parler. Je suis maintenant professeur. Mais je ne t'ai jamais oubliée. Et figure-toi que j'ai une fille de deux ans qui te ressemble comme si tu étais sa mère ! Quand je la regarde, je te vois, à chaque fois.

—Oui, et alors? Pourquoi es-tu ici ?

– Pour te le dire.

– Et que veux-tu que cela me fasse ?

– Bien sûr, rien, mais enfin, j'espérais...

– N'espère rien. Excuse-moi, je suis pressée. »

Chapitre 4 : être étudiant après 68

I

La faculté de droit et de sciences économiques, un second titre que l'on avait accolé au nom de cette vieille dame digne et majestueuse, résistait à toute nouvelle mode ou même tendance Elle régnait sur une colline niçoise de l'ouest de la ville. Le site était magnifique, situé dans un grand parc arboré de plantes et d'arbres méditerranéens, qui descendait, juste après le grand parking réservé aux étudiants et professeurs, jusqu'à une villa patricienne par un petit chemin qui serpentait dans ce décor paradisiaque. C'est là que se trouvait la villa Passiflore qui hébergeait la bibliothèque où nous pouvions consulter et emprunter des ouvrages.

L'édifice de la faculté lui-même était neuf, clair et net avec de grandes baies ouvrant sur ce décor et la mer au-delà. Le mur opposé à cette baie était orné d'une fresque monumentale en mosaïques de Chagall représentant, avec des couleurs éclatantes, Ulysse, qui voyagea autour de la Méditerranée en surmontant, grâce à son courage, toutes les épreuves qui l'attendaient et revint, pétri de connaissances, poursuivre sa pleine destinée humaine chez lui. Une allégorie, en fait, du voyage intellectuel que nous allions faire dans cette faculté. Cette fresque venait d'être achevée et constituait un don à la faculté de la part de cet artiste russe émigré et sans le sou devenu célèbre qui avait fini par élire domicile dans notre région.

Les étudiants qui fréquentaient ces lieux devaient être dignes de la grande dame qui les accueillait dans ses locaux. Le jour de la rentrée universitaire, nous étions nombreux dans cette somptueuse salle des pas perdus. Les garçons étaient en costume cravate, d'autres même en trois pièces si bien que je ne regrettais pas le soin que j'avais apporté à ma mise, à mon maquillage et à ma coiffure ce jour-là : cheveux remontés en chignon sur le dessus de la tête dont la masse était renforcée par un postiche de la même couleur. C'était la mode. Ma mère faisait de même.

Les étudiants inscrits en première année de sciences économiques étaient au nombre de trois cent cinquante cette rentrée d'octobre 68. Une grande majorité de garçons pour un nombre très limité de filles, dont je faisais partie. La filière était une filière noble, réservée aux carrières masculines. Les filles y étaient admises mais plutôt tolérées que reconnues. Evidemment, les professeurs ne pouvaient être eux-mêmes que des hommes puisque les matières enseignées étaient une affaire d'homme.

Les cours avaient lieu dans le grand amphithéâtre. J'étais très impressionnée par la taille, la solennité de cet endroit et le nombre d'étudiants qui y prirent place. Comment réussir ses examens de fin d'année avec une telle concurrence ? Le professeur, très digne et cérémonieux, prenait place au long bureau situé sur une estrade tout en bas des gradins. Il parlait dans un micro. Son débit était lent avec des pauses, ce qui nous permettait de prendre des notes exhaustives. En tout cas, c'est ce que je m'appliquais à faire ! Pas d'autre bruit dans l'amphithéâtre que la voix du « maître ».

Entre les cours, nous allions dans la salle des pas perdus où des appariteurs, car c'est ainsi qu'on désignait les surveillants, en uniforme, garantissaient le bon déroulement de cette pause. Les cours magistraux de la journée se terminaient à 12h 30 Tout le monde se dirigeait alors vers le restaurant universitaire, le « restau U », situé juste à côté où on accédait par une immense terrasse nous permettant de prendre le soleil sur des bancs, en papotant ou en fumant une cigarette. Nous devions donner à l'entrée un ticket, acheté à l'unité ou en carnet. Ce restaurant était une cafétéria où nous pouvions choisir entrée et dessert. Le menu du jour était affiché à l'extérieur. Tous les plats étaient réalisés sur place. Ils étaient très bons. Le couscous était particulièrement réussi. Des carafes de vin étaient à la vente parmi les boissons. Nous pouvions ensuite rentrer chez nous, ou mieux, aller boire un café au bord de la mer ou encore nous promener en ville. A moins d'être studieux et d'aller à la villa Passiflore consulter les livres que les professeurs nous avaient recommandés. J'étais si anxieuse que c'était ce que faisais.

Je pris peu à peu mes repères, ce qui était d'autant plus facile que chacun reprenait la place qu'il avait occupé la veille, alors que nous pouvions nous placer n'importe où... Les habitudes prises au lycée avaient la vie dure ! Les Corses s'étaient groupés au dernier rang de l'amphithéâtre. Ils restaient entre eux, même pendant les intercours. Ils parlaient avec un accent rocailleux non seulement chantant, proche des imitations que les humoristes faisaient.

J'avais remarqué, deux rangs plus bas que ma place, une brunette, de la même taille que la mienne, qui portait un manteau de fourrure en chat sauvage qui ressemblait, en plus volumineux mais en beaucoup moins onéreux à la fourrure des grands félins. J'avais moi-même un manteau en petit gris, ou vair, comme la chaussure de Cendrillon, la fourrure fine et non volumineuse des écureuils nordiques rayés gris et blanc. Ma mère et moi avions dégoté cette merveille dans la vitrine d'un artisan fourreur du centre-ville. Son prix était très raisonnable et la forme superbe : rayures verticales sur les manches et le haut du vêtement et horizontales sur la basque évasée qui partait des hanches. Nous l'achetâmes. Ma mère, quant à elle, acheta un manteau marron en ragondin, un genre de castor.

Cette similitude, fourrure et taille identique nous rapprocha. Nous nous parlâmes dans la salle des pas perdus. Elle s'appelait Nicole, venait d'Oran, en Algérie, jouait comme moi du piano, qu'elle avait appris au conservatoire. Comme moi aussi, elle venait du lycée Albert Calmette, où je ne l'avais pourtant jamais croisée : elle venait d'une section scientifique.

Je remarquais aussi un garçon pas bien grand, blond, comme je les aimais, à la mâchoire carrée, assis à quelques places d'elle au même rang de cet amphithéâtre. C'était un des seuls à porter un blouson et non le traditionnel costume. Nicole le connaissait. Il était, comme elle, d'Oran, et s'appelait Jean-Yves. Il était le fils d'une famille connue d'industriels de là-bas et habitait comme nous à Nice.

A ce petit groupe s'ajouta un garçon, mince et timide, brun, au visage allongé. Comme il était assis juste devant moi, dans la rangée du dessous, et juste derrière Nicole, deux rangs plus bas, il se positionnait juste entre nos échanges verbaux en souriant d'abord pour montrer qu'il n'en était pas fâché, puis en s'y invitant par un mot ici et là car il n'était pas bavard. C'était un Français de métropole, comme moi, sauf qu'il était un authentique méridional : il venait de Draguignan, la petite ville qui était le chef-lieu du Var. Il avait un accent provençal à couper au couteau, que nous imitâmes souvent par la suite ce qui le faisait rire. C'était Roland, le fils d'un inspecteur des Impôts.

Un petit groupe s'était ainsi formé.

Lors d'un inter cours où j'étais restée dans l'amphi, je remarquais avec surprise une fille de ma classe, Danièle, une jolie fille, petite, blonde et mince aux yeux couleur myosotis mais que je ne fréquentais pas. Elle portait une robe de femme enceinte. Une de plus ! Mais quelle mouche les piquait toutes, ces filles si jeunes ! Danièle était assise dans les premiers rangs. Et quelle ne fut pas ma seconde surprise de voir descendre quatre à quatre l'escalier, le beau Serge, le dragueur de la plage ! Et il alla voir Danièle… En remontant, il m'aperçut, lui aussi, et vint me rejoindre. J'eus alors ma troisième surprise :

« Ça alors, c'est incroyable de se retrouver ici ! Tu es donc en sciences éco, comme ma femme ?

– Ta femme c'est donc Danièle ?

– Oui. Tu la connais ?

– Mais bien sûr ! Elle a été plusieurs années de suite dans ma classe à Calmette ! Et toi que fais-tu ?

– Je suis aussi en sciences éco, mais en deuxième année. Au fait, dis-moi comment tu t'appelles ? Moi c'est Serge. Bon, je remonte en vitesse, les cours vont reprendre. Mais on se reverra ! Ciao ! »

Un vrai courant d'air, ce garçon !

Danièle mariée et bientôt mère de famille ! Je n'en revenais pas. Elle, si timide, si réservée ! Comment avait-elle pu se laisser séduire par ce don Juan ? Tout allait trop vite pour moi ! Nous n'étions pas encore des adultes!

Quand son bébé naquit, quelques mois plus tard, j'allais apporter à Danièle un bouquet de fleurs à la maternité en faisant semblant de m'émerveiller devant cette petite forme vagissante et m'éclipsai rapidement pour prendre une grande bouffée d'oxygène.

On ne la revit jamais à la fac.

Moi qui aimais les découvertes intellectuelles, je fus gâtée cette année-là : droit constitutionnel, droit civil, économie politique, histoire des faits économiques, comptabilité nationale et, ce qui me charma moins, mathématiques, statistiques et comptabilité privée.

J'ai de suite adoré le droit constitutionnel, l'étude des lois fondamentales de la France dans le passé et actuellement. Nous dûmes nous procurer la constitution de 1958 pour en étudier les différents articles. Nous poursuivîmes par une étude comparative avec les autres constitutions occidentales et abordâmes même un rapide aperçu de quelques constitutions de pays de l'Est. J'ai adoré cet apprentissage qui me permit de comprendre comment fonctionnait politiquement un Etat. Ça, c'étaient des sciences politiques ! Je me jetais donc avec passion sur tous les livres que le professeur nous recommandait. Je rédigeais des fiches de lecture. J'avais enfin l'impression de faire des études, des vraies, en prise avec le réel. Je commençai à m'intéresser à la politique et à ses leaders.

J'adorais aussi le cours d'histoire des faits économiques depuis la préhistoire où le troc seul existait jusqu'au monde actuel. Le professeur était, de plus, un conteur passionnant qui nous rendait vivant son enseignement. L'histoire m'était une matière facile car je me la représentais dans ma tête comme un dessin animé, où tout bougeait, évoluait, et créait des mouvements comme ceux des montagnes qui s'élevaient ou disparaissaient et laissaient place à d'autres paysages.

L'économie politique m'ouvrit également des horizons inconnus : j'appris les lois de l'offre et de la demande, ce qu'étaient les propensions à consommer ou à épargner, les utilités marginales, les grandes égalités nationales et tout ce qui se mettait en équations et en graphiques, l'aspect le plus rébarbatif de cet enseignement. Toutes les démonstrations se terminaient inévitablement par un « Toutes choses étant égales par ailleurs », signifiant que le résultat dépendait de bien d'autres variables non prises en compte ce qui prouvait bien que les sciences économiques n'étaient pas une science exacte comme les mathématiques qui se terminaient toujours par un CQFD (Ce Qu'il Fallait Démontrer) incontestable.

Quant aux séances de mathématiques elles-mêmes, je recopiais scrupuleusement tout ce que le professeur, aussi ennuyeux qu'une telle matière où l'imagination était totalement absente, pouvait l'être, écrivait et projetait sur le tableau pour que même les derniers rangs puissent lire. Mais je ne comprenais pas grand-chose car il allait trop vite. Il est vrai que si les trois filières du bac général étaient admises pour suivre l'enseignement des sciences économiques, un bac scientifique était fortement recommandé.

J'appris que Roland avait justement un bac C et qu'il avait, en plus, fait une première année de physique qu'il ne réussit pas. Il s'était donc tourné vers les sciences économiques, sans doute sur le conseil de son père. Roland avait une voiture, une « Simca 1000 », rien d'extraordinaire mais ce qui était miraculeux pour des étudiants non motorisés. Il habitait dans mon quartier à un ou deux kilomètres de chez moi. Je lui demandais s'il pouvait venir me donner des cours privés payants. Son coût horaire était plus que correct. L'affaire fut entendue.

Mal m'en prit. C'est sûr qu'il était compétent et qu'il me permit de rattraper mon retard. Mais s'asseoir à côté de lui pour suivre sa leçon était une épreuve redoutable à surmonter : il sentait mauvais à un point où je me concentrais de toute ma force pour comprendre immédiatement sans lui demander plus d'explications et me débarrasser ainsi au plus vite de sa promiscuité, même si l'heure due n'était pas écoulée. Il la finirait en parlant avec ma mère qui appréciait les visites de mes amis, devenues de plus en plus fréquentes. Le pire était qu'il ne se rendait pas compte de sa puanteur. Il est vrai que se laver alors tout le corps chaque jour n'était guère usuel. Ma mère me disait même qu'il ne le fallait pas car on enlevait ainsi une protection de notre peau, ce qui était nuisible à notre santé. Mais on ne sentait pas mauvais pour autant. Roland ne se lavait-il jamais ou qu'une fois tous les mois ou ne faisait-il jamais laver ses vêtements ? En tout cas, c'était le meilleur moyen de ne pas sortir avec une fille ! Déjà qu'il n'était pas franchement joli garçon, ni beau parleur...

Notre groupe s'était aussi étoffé de Pierre-Jean, un ami de Roland qui faisait droit pour devenir avocat. Il est vrai qu'il s'exprimait très bien et ma mère appréciait sa visite quand je n'étais pas là. Il ne demandait pas mieux car, s'il venait, c'est qu'il s'ennuyait et avait l'intention de m'emmener boire un verre en ville pour se distraire. Et si je n'étais pas là ?... Je suppose que ma mère l'invitait même à s'asseoir et lui offrait une boisson. Il habitait lui aussi le quartier, la meilleure relation qualité-prix pour se loger dans un endroit correct même si c'était un peu loin de la fac. On y trouvait facilement des petits logements à louer : pas assez bien pour les plus aisés et trop cher pour ceux qui ne l'étaient pas. Mais il avait, lui aussi, un moyen de locomotion pour se rendre à la fac ou sortir : une petite moto. Un jour, il me proposa d'aller faire un tout à Monaco. Je fus morte de peur lorsque nous empruntâmes la route de la Corniche. Je serrais tellement les jambes que je me brûlai au tuyau d'échappement....

J'allais aussi souvent chez Nicole à l'impromptu quand j'étais en ville. Elle habitait avec ses parents dans un boulevard coté du centre-ville, en étage d'un immeuble des années quarante avec ascenseur à l'ancienne qui se fermait par une grille repliable. Mieux que chez nous : rien pour fermer l'ascenseur, une fois entré, à part la porte extérieure. L'appartement lui-même n'était pas luxueux mais ses habitants cordiaux et non guindés. On y entrait par un couloir qui donnait, juste en face de la porte palière, par une double porte ouverte en permanence sur la salle à manger, lieu de réunion de la famille à toute heure du jour, autour d'une grande table aussi massive que le buffet de style espagnol derrière elle et qui ouvrait sur les chambres à gauche, sur le salon à droite, plus cérémonieux avec ses meubles en bois de rose et les bibelots dans la vitrine de même bois. Je ne l'ai jamais vu occupé. Ce devait être une pièce aussi indispensable que d'avoir une bonne, comme là-bas, en Algérie, qui, ici, n'était qu'une femme de ménage payée à l'heure.

Mais trouver personnes plus cordiales je n'en connaissais pas sauf ma grand-mère. Et mon père, qui accueillait tous les visiteurs autour, lui aussi, de la table de la salle à manger et ne se servait jamais du salon, qui restait même non chauffé l'hiver.

Si j'arrivais à l'heure proche du déjeuner, la mère de Nicole, une dame plutôt corpulente, me disait, avec son fort accent pied noir :

« Babette, car c'est ainsi que Nicole m'avait surnommée, tu as déjeuné ?

– Non, pas encore.

– Alors, assieds-toi. On t'apporte une assiette. Tu manges avec nous. J'ai fait la chorba. »

Et pas question de refuser, ce dont je n'avais pas envie même si la chorba était un plat aux pois chiches pas très délicat.

Comme j'avais été facilement adoptée, sans être ni pied-noir, ni juive, moi, la petite blonde catholique aux yeux bleus, la *goy* ! Cela faisait chaud au cœur !

Nicole n'avait pas de véhicule non plus pour se rendre à la fac. Mais elle habitait en centre-ville, beaucoup moins loin que moi de la fac et la communauté pied-noir était si soudée qu'il y avait souvent quelqu'un pour l'amener.

Quant à moi, sauf quand je rencontrais un étudiant sur le chemin, je galérais toujours, avec mes deux bus et ma longue montée à pied. Ce fut d'ailleurs en sortant du second bus, que je rencontrais l'élève de ma classe de première qui était alors enceinte. Elle descendait au même arrêt que le mien. Je m'aperçus qu'elle avait, de nouveau, un gros ventre.

« Tu attends un second bébé ?

– Oui, répondit-elle. Je suis pour avoir des enfants quand on est jeune. » furent les quelques mots échangés lors de la descente du bus. Sans aucune allusion à un éventuel mari, pas plus que je n'aperçus une alliance à son doigt. Curieuse famille...

Je ne pouvais pas continuer ainsi au niveau des transports. Ma mère fut d'accord pour que je prenne des leçons de conduite et pour que j'aie une voiture. J'étais folle de joie. Avoir une voiture, même la moins chère qui soit, pour me permettre d'être indépendante, était juste un rêve que je pensais irréalisable.

Je suis persuadée que mon intérêt pour mes études et mes succès, encore relatifs, avaient fait beaucoup pour que ma mère parvienne à convaincre son ami de la nécessité de cette dépense.

J'avais en effet fait parler de moi lors de la seule évolution au cours magistral, un type de cours très critiqué par les étudiants en mai 68. Cette évolution vint du professeur de droit constitutionnel. Elle était bien loin du dialogue continu prof étudiants réclamé par les « révolutionnaires », mais c'était déjà un progrès. Ce professeur se contenta de nous demander à la fin d'une première longue partie de son cours et avant d'aborder la seconde, si nous avions des questions à poser. Or, j'avais remarqué des contradictions dans ses conclusions et ce que j'avais pu lire concernant deux articles issus des constitutions américaine et française en contradiction l'un avec l'autre. Le manuel que je consultais en complément ne m'avait apporté aucune explication. Je levais donc le doigt. Le professeur me demanda de venir au bureau poser ma question au micro, ce que je fis. Il me félicita d'abord de la minutie avec laquelle j'avais étudié son cours avant de me répondre en tournant autour du pot, et ne m'apporta finalement aucune réponse précise, comme savent si bien le faire les hommes politiques. Il me demanda si j'étais satisfaite. Je ne pouvais que lui répondre par l'affirmative, même s'il n'avait pas éclairé ma lanterne de quelques lumens de plus ! Mon intervention fit cependant l'effet d'une traînée de poudre dans toute la fac. En plus, j'étais une fille et la plus jeune étudiante par-dessus le marché ! Ce fut ainsi que je commençai à être connue. Ce fut le seul essai de « dialogue » cette année-là et toutes les suivantes...

Je me portais aussi volontaire pour aller visiter le quotidien « Nice-Matin » avec un groupe d'étudiants. C'était la manière dont la fac de Nice interprétait la relation étudiants-entreprises alors que les « révolutionnaires » voulaient parler de stages, de pratiques associées à la connaissance théorique. Mais nous eûmes droit à une photo publiée dans Nice Matin. Ma mère le découpa et le garda précieusement. Ce fut, là aussi, la seule tentative de « rapprochement étudiants-entreprises » de mon cursus...

Le traditionnel bal de droit fut donné aussi pour la dernière fois pendant l'hiver. Il eut lieu dans le somptueux hall ovale entouré de colonnes qui servait de salle de réception au Négresco. Tenue de soirée recommandée. Ce fut l'occasion pour moi d'aller chez le coiffeur pour me faire réaliser un savant chignon, de sortir du placard ma robe longue en soie sauvage vert émeraude, d'enfiler mes longs gants blancs et de chausser mes escarpins argentés. J'y étais accompagnée par Jean-Yves, que j'avais décidé de séduire, lui-même très élégant en costume foncé et nœud papillon. Son père était venu me chercher. Je le connaissais bien ainsi que sa femme car j'allais souvent à la librairie qu'ils avaient montée à Nice où j'étais assurée de trouver Jean-Yves le samedi et où j'achetais mes livres universitaires à prix d'amis. A Oran, ils étaient connus pour leur usine de confitures. A Nice, ils avaient simplement substitué la vente de nourriture spirituelle à celle de nourriture terrestre. L'orchestre jouait des musiques actuelles qui ne convenaient guère aux tenues de soirée mais davantage à une tenue plus sport n'entravant pas les mouvements. Lors de la soirée, je glissais et me retrouvais le derrière par terre. Je me sentis submergée par la honte, surtout vis-à-vis de Jean-Yves, bien que je me sois relevée précipitamment. Ma dignité en avait pris un coup. Je fus toujours muette sur cet incident quand je parlais de cette mémorable soirée.

Je fus étonnée, un peu plus tard, de recevoir une invitation au mariage de Jean-Pierre, le fils du promoteur, qui allait pourtant de soi puisqu'on faisait maintenant partie de la même corporation étudiante. Pas de tenue de soirée exigée, cette fois. Lors du repas, je fus placée entre deux jeunes ingénieurs IBM de l'unité de recherche implantée dans la banlieue de Nice. La soirée fut plaisante. Ma conversation réjouit beaucoup un de mes compagnons de table, au physique plus agréable et au verbe plus séduisant que ceux de son voisin. J'appréciai également ses réparties. Son copain, quant à lui, avait sympathisé avec sa voisine, une fille beaucoup plus âgée que moi, à la tenue et à la coiffure plutôt sévère tout comme semblait l'être son discours. Elle ne me jeta pas un regard. Vers minuit, mon voisin proposa à son copain de quitter, après avoir remercié nos hôtes, le bal ennuyeux qui suit inévitablement tous les mariages pour finir la soirée dans une discothèque. Nous étions tous les quatre d'accord. Nous partîmes avec deux voitures différentes. Celle de mon compagnon était...une Porsche Carrera rouge ! Je n'en croyais pas mes yeux ! C'était la première fois que je montais dans un tel engin. J'étais toutefois inquiète car j'avais peur que le conducteur ne joue les Fangio pour m'impressionner. Je le prévins que j'aimais la douceur dans la conduite, ce qui lui fut une perche facile pour une plaisanterie que je ne relevai pas. Le lieu, bien que connu, n'était pas surpeuplé. Nous alternâmes discussions et danses et bien entendu, un petit flirt pendant les slows. Je jetai un coup d'œil à l'autre couple. La fille continuait dignement sa conversation sérieuse. Quant à moi, je ne me sentais pas à l'aise. Mon compagnon avait trente ans et moi à peine dix-huit. Nous jouions dans deux registres différents. Il était assez intelligent pour le comprendre. Quand il me raccompagna chez moi, Il n'insista pas pour obtenir une promesse de se revoir.

La troisième grande soirée à laquelle j'assistai au cours de cette première année fut le mariage d'un des frères de Nicole au début de l'été. Il venait de finir ses études et allait ouvrir un cabinet d'analyses médicales à Nice. La cérémonie religieuse avait lieu à la synagogue. Ensuite, une réception habillée était prévue au Négresco.

J'avais décidé de mettre ma perruque rousse, aux cheveux courts, qui allait parfaitement avec la couleur de mes yeux et celle de ma robe plutôt que d'aller chez le coiffeur. Les perruques, étaient à la mode, comme les postiches, et permettaient de changer de tête facilement. Depuis que j'avais aussi le droit de me maquiller, j'en profitai : légèrement au départ, pour ne pas choquer ma mère, puis en m'enhardissant de plus en plus, fard aux joues, eyeliner en plus de l'ombre à paupières ou la banane dessinée au-dessus de la paupière, et même faux-cils. La mode était aux poils pour les femmes... sauf pour les membres ! Quant à l'heure de mes rentrées nocturnes, elles s'étiraient de plus en plus en longueur.

Je commençais cependant l'invitation à ce mariage par un impair : j'arrivais devant le temple avec ma robe longue verte, alors que personne n'était encore habillé. Seule, Nicole portait sa robe de soirée, une robe en crêpe bleu ciel drapée à la mode antique, avec un beau décolleté qui mettait en valeur sa poitrine. Elle lui allait très bien. Mais Nicole était la sœur du marié... et moi je n'étais qu'une amie ! On ne me fit, malgré tout, aucune remarque et on m'accueillit chaleureusement. La mariée était très jolie et avait du charme. Elle ne portait pas de voile mais une capeline blanche qui semblait lui avoir été destinée. Le marié n'était pas plus grand que toute la famille, et de corpulence moyenne. Ses cheveux étaient roux et peu fournis. Son autre frère, très réservé, marié depuis un certain temps, et qui travaillait dans le marketing à Paris, était roux, lui aussi, comme le troisième, qui, non seulement était roux, mais avait déjà une petite tonsure. Les trois frères avaient une certaine allure dans leur costume. Le dernier était, en plus, très cordial et arborait un sourire engageant qui inspirait la confiance.

La cérémonie terminée, j'accompagnais Nicole et sa famille à leur appartement, tout près de la synagogue, en attendant l'heure de se rendre au Négresco où avait lieu la réception et le dîner. Je regrettais de ne pas m'être habillée chez eux. Sa mère ressortit de sa chambre, boudinée dans une robe longue turquoise avec un petit bibi ovale marron agrémenté d'une voilette :

« Qu'est-ce que tu penses de mon chapeau, Babette ? N'est-ce pas qu'il est chic ? Je l'ai acheté chez Barclay !

– Il est très joli en effet ! »

Mais, ce que j'en pensais réellement, c'était qu'il n'allait pas du tout avec la robe pas plus qu'avec la saison. Je l'aurais plutôt vu rehausser une tenue hivernale sur une femme fine au visage allongé et non sur une mama méditerranéenne au corps enveloppé surmonté d'une grosse tête. J'avais envie de rire quand elle me déclara être fière de ce petit chapeau. Mais je me retins. On ne peut pas avoir toutes les qualités ! Et elle était tellement persuadée d'être élégante ! Le père de Nicole, était, par contre, un petit homme mince et effacé.

Dans le grand hall de réception, des petites tables rondes de six personnes avaient été dressées. Pas de repas traditionnel mais un buffet qui commençait par un apéritif au champagne. Nicole me présenta le reste de la famille, et les amis avec lesquels je pouvais m'entendre. Je me retrouvais ainsi assise au milieu d'un des groupes les plus jeunes de l'assemblée mais qui tous avaient déjà fini leurs études et dont certains étaient déjà mariés. La soirée fut agréable. Le frère célibataire de Nicole, celui que je trouvais sympathique, m'invita à danser lors du bal qui suivit le repas. Je ne m'étais pas trompée. C'était un bon vivant qui aimait rire et plaisanter.

La salle commençant à se vider, nous décidâmes de finir la soirée dans une discothèque : « Et si nous allions à Monaco ? lança quelqu'un. Le club de la Mer, ça vous dit ? »

Plusieurs voitures prirent donc la route de la Corniche pour Monaco. Je me sentais en forme pour faire la fête et devais être un peu pompette car je ne demandais qu'à rire. Le frère de Nicole était avec moi dans la voiture de tête. Il savait mettre de l'ambiance mais cette fois, je le précédais :

« Et si nous, les deux filles, faisions de l'auto-stop ? Ce serait trop drôle !

– Aah ouuui ! approuva Nicole. »

Le chauffeur s'arrêta donc au prochain emplacement réservé, peu fréquent sur la Moyenne Corniche très accidentée. C'est ainsi que deux nénettes en robe du soir se retrouvèrent sur le bord de la route à faire du stop qui ne pouvait que s'adresser aux voitures qui nous accompagnaient tant la circulation sur cette route était rare après minuit. On fit des grands signes de phares. On nous répondit par des klaxons ou des « Désolés, on n'a plus de place ! » ou des « Impossible, on est déjà accompagnés ! » ou le tout à la fois ! Nous remontâmes dans notre voiture, mortes de rire.

Le Club de la Mer était un établissement élégant situé en bordure de mer de Monte Carlo. Sylvain, le frère de Nicole ne manqua aucun slow avec moi et, bien sûr, nous flirtâmes. Il avait vingt-huit ans, venait juste de terminer ses études dentaires à Lyon et débutait sa carrière chez un confrère de cette ville. Le chauffeur de la voiture, qui était un de ses amis, venait lui-même de s'installer à son compte à Nice. Curiosité de professionnel oblige, Sylvain ne put s'empêcher de lui demander :

« Tu as les clés ?

– Oui, elles sont sur moi, d'autant que pour l'instant, c'est aussi mon domicile personnel !

– Tu nous y emmènes ?

– Si tu veux ! »

Arrivés à Nice, Nicole déclara :

« Vous faites ce que vous voulez, mais moi, je rentre. Je dors debout !

– Et toi, Babette, tu viens, au moins me demanda Sylvain?

– Bien sûr que je viens ! »

Nous finîmes donc la soirée dans un cabinet dentaire, mais un joli cabinet, avec vue sur mer, si bien que nous pûmes assister au lever du soleil, Sylvain et moi placée juste devant lui, entourée de ses bras. C'est à ce moment-là qu'il s'aperçut que j'avais une perruque ! Quant à admirer le fauteuil dentaire ou suivre la conversation technique qu'il eut avec son copain, je fis quelques efforts par pure politesse mais abandonnai vite. Le médical ne m'intéressait guère. En reprenant la voiture, Sylvain alla nous acheter une fournée de croissants, car il avait « une petite faim ». Et il repartit à Lyon dans la journée.

A ce moment-là, Nicole et moi avions déjà passé nos examens et étions en attente des résultats. Nous y avions travaillé sans répit pendant un mois et demi. Dans l'amphithéâtre, les rangs s'étaient peu à peu clairsemés, mais j'étais toujours aussi inquiète au sujet du niveau de ceux qui restaient. Sans compter que l'absence de ceux qui ne venaient pas régulièrement ne signifiait pas qu'ils avaient abandonné. Je ne prenais plus de cours de maths avec Roland depuis bien longtemps car Nicole était une tête dans cette matière et m'expliquait très facilement et très bien ce qui m'échappait. Quant à moi, je lui expliquai l'interprétation économique des résultats mathématiques. Nous formions un tandem parfaitement complémentaire. J'allai chez elle avec mes cours, et, comme nous disions, nous commencions par « débroussailler » : déchiffrer ce que nous avions écrit, comparer nos notes, les comprendre avec exactitude. Ce travail était fait pour toutes les matières écrites. Une fois ce travail achevé, il nous suffisait d'apprendre en faisant des fiches en moins d'une quinzaine de jours.

Mon emploi du temps était minuté : 8 h 30-12 h 30, déjeuner. Reprise 13 h-20 h et dernier round 20 h 30-minuit. Ma mère contribuait en me faisant le matin des infusions de thym qui étaient censées stimuler les fonctions intellectuelles et auxquelles j'ajoutai du lait comme j'en avais l'habitude dans mon thé. Mais pendant cette période, je ne me souciais guère du goût de ce que j'avalais, l'important étant que je sois suffisamment alimentée pour résister. L'après-midi, je renforçais mon énergie par un camembert dont je découpais de fines lamelles au fur et à mesure que l'heure avançait. De temps en temps, je faisais un intermède de cinq minutes au piano pour me détendre. Si Nicole ou moi avions des doutes, nous nous téléphonions. J'avais vraiment l'impression que tout notre avenir se jouait sur ces examens. Bien que je ne misse plus le nez dehors, l'énergie intellectuelle dépensée me faisait perdre plusieurs kilos. Et quand je sortais de ma réclusion, je me sentais comme un prisonnier libéré qui redécouvrait la légèreté de l'air, la beauté du ciel. C'était une véritable renaissance à la vie.

Le jour de l'examen, les appariteurs nous disposaient en quinconce sur les rangs du grand amphi et nous distribuaient les feuilles d'examen et des brouillons de couleur différente à chacun, selon son emplacement, pour qu'on ne puisse nous les échanger, ce qui ne m'empêchait pas de demander à mon voisin du gradin inférieur de mettre sa feuille en décalé pour que je puisse recopier la démonstration d'un exercice mathématique que je ne parvenais pas à résoudre. On s'entraidait ! Ce n'était pas un concours !

Les fiches que j'avais faites en économie se déroulaient devant mes yeux à chaque épreuve. J'y pêchai ce dont j'avais besoin en même temps que j'entendais les paroles du prof commentant le point à traiter. Je notai tout, organisai les éléments selon un plan, et rédigeai directement au propre, sans perdre de temps. La session de l'écrit terminé, il nous restait quinze jours pour affronter l'oral. Les professeurs de droit éditaient le polycopié de leurs cours que la coopérative des étudiants nous distribuait. Fallait-il encore mettre ces polycopiés en fiche en y incluant nos réflexions. Le marathon recommençait.

Lors de l'examen oral, je me souviens avoir été interrogée par mon professeur de droit constitutionnel qui, tout en fin d'entretien, me demanda de lui parler d'une constitution d'un pays de l'Est ce à quoi je répondis que je ne savais pas grand-chose sauf que, en poursuivant avec les quelques éléments que je connaissais.

Le résultat final fut enfin affiché. Moi qui avais eu tellement peur d'échouer, j'avais eu un 19 en droit constitutionnel et un 18 en dissertation sur la monnaie sous l'ancien régime. Malgré mes quelques notes un peu au-dessous de la moyenne en maths, statistiques, et compta, je terminai avec la meilleure note générale des étudiants de première année : 15,5. Nicole me suivait de peu. Nous formions un duo gagnant !

Au milieu de l'année suivante eut lieu la distribution des prix.

Les professeurs, habillés de leur toge solennelle, prenaient place avec dignité au bureau du grand amphi face à l'auditoire qui en occupait les gradins.

Après un court discours du doyen, ce fut mon professeur d'histoire des faits économiques, un monsieur d'un certain âge, dont l'enseignement me captivait et qui m'avait décerné un 18, qui prit la parole. Il nous fit un discours long, au cours duquel j'appris qu'il était né dans le même département que le mien et qu'il n'y avait que trente élèves toutes classes confondues, dans son lycée. Dans sa classe il n'y avait que quatre élèves et il fut premier en latin avec 1/20. Il nous parla de discours ésotériques émanant d'universitaires, dont il n'était pas sûr que ceux qui les prononçaient en comprissent eux-mêmes le sens. Le sien fut tout aussi ténébreux mais il avait le don de captiver l'auditoire, par sa voix, par la mélodie de ses phrases qu'il émaillait de courtes remarques amusantes d'apparence spontanée. En écoutant attentivement ses élucubrations, je compris qu'il ne nous prédisait pas un avenir joyeux, mais un avenir où la nouvelle technique, l'informatique naissante, devenait maître de notre vie, même dans la conception des enfants. Il regrettait de nous voir si sérieux, si austères, nous, à peine sortis de l'adolescence et de ne pas entendre des rires frais, qui auraient été plus en rapport avec notre âge, dans la salle des pas perdus « chagallienne ». Il n'avait pas tort. Nous avions déjà tous une attitude et une tenue vestimentaire de cadres supérieurs ou de professions libérales. Nous en avions aussi les lectures ou nos prétendues lectures car nous ne lisions pas forcément le quotidien « Le Monde » dont beaucoup d'entre nous, dont je faisais partie, ne manquait pas d'acheter chaque jour en glissant l'exemplaire sous leur bras.

Quant à sa vision de l'avenir, si elle ne fut pas aussi catastrophique qu'il nous le prédisait, elle comportait une part de vérité comme toute science-fiction inspirée d'une réalité. Actuellement, la technique s'est infiltrée dans nos vies en détruisant les relations humaines. Il est maintenant normal que chacun s'ignore. Le contraire est une résurgence incongrue du passé. Ma fille ne connait pas ses voisins, ne souhaite pas les connaître et ne rend de services que lorsque ceux-ci sont « comptabilisés » dans un cadre défini. Résoudre un problème quotidien ne passe pour elle que par l'internet. Demander un service ou en rendre un est devenu mal vu, comme une atteinte à la liberté de l'autre.

Pour en revenir à la distribution des prix, une fois les préliminaires passés, on entra dans le vif du sujet, les prix eux-mêmes.

Les étudiants récompensés, lauréats de concours généraux, prix de licence, de thèses, des avocats, des avoués, descendaient jusqu'à l'estrade pour recevoir leur prix et les félicitations du doyen, différenciées pour chacun. Mon tour arriva. J'avais reçu le prix de la municipalité de la ville de St Jean Cap Ferrat matérialisé par un chèque de 500 Francs.

Ce fut la dernière distribution des prix. Première réforme due à mai 68 : récompenser les meilleurs signifiaient rejeter les autres. Il aurait fallu que tout le monde ait gagné, comme dans l'école des fans de Jacques Martin. Mais, si l'ordre établi fut détruit, et l'esprit d'émulation condamné, rien ne fut mis en place pour créer un esprit de solidarité entre étudiants d'une même corporation qui remplacerait ce genre de cérémonie.

Ma distinction de cette année-là me valut une popularité qui ne faiblit pas au cours des années suivantes parmi l'ensemble des étudiants de licence, droit et économie confondus.

A la fin de ma première année universitaire, j'avais tellement habitué mon entourage à réussir que l'obtention de mon permis de conduire au premier examen ne faisait de doute à personne. Ma mère et moi avions visité les concessionnaires de marque de voiture. Pas question d'occasion. Le neuf apportait une garantie de sécurité. La voiture la moins chère que nous trouvâmes fut une Fiat 500, au surnom de pot de yaourt dû à sa forme. Celle qui était en stock avait aune carrosserie bleu pétrole et un intérieur rouge. C'était gai et rigolo. Elle me plaisait. Elle se retrouva rapidement dans le garage qui occupait le rez-de-chaussée de l'immeuble. Il ne me restait qu'à passer la « formalité » du permis pour la conduire.

Malheureusement, contre toute attente, je n'eus pas le permis, en raison de mon incapacité démontrée par deux tentatives, à réussir un créneau. Je convainquis cependant ma mère, alors que la conduite accompagnée n'existait pas encore, de me laisser conduire sur les routes de campagne de la colline de Gairaut, au-dessus de chez nous, où la circulation était réduite et les virages nombreux. Elle m'accompagna à chacune de mes escapades pour pouvoir prendre ma place en cas de pépin. Elle possédait en effet un permis de conduire, passé à Versailles, mais elle n'avait conduit qu'une seule fois, le jour où elle avait loué une « Dauphine », pour aller passer le week-end chez ma grand-mère, que nous avions décidée de surprendre. Un incident se produisit: en traversant la rue principale embouteillée de Sens, ma mère crut pouvoir passer entre un camion qui venait en sens inverse et une camionnette de livraison garée sur le côté de la voie. Elle passa bien mais avec un grand crissement de tôle éraflée. La Dauphine avait une belle rayure sur tout le côté droit. Ma mère perdit l'intégralité de son dépôt de garantie, ce qui la dissuada de renouveler l'expérience de la conduite à l'avenir. Elle se persuada que la gente masculine qui pensait que les femmes au volant étaient un danger avait raison, sans aller toutefois à faire sien leur slogan : « femme au volant, mort au tournant » !

Quant à moi, j'obtins finalement mon permis de conduire à la seconde tentative, en octobre, juste avant la rentrée universitaire.

Avant de quitter la fac pour les vacances, j'avais remarqué une annonce concernant une offre de travail pour les mois de juillet et août proposée à des étudiants de sciences économiques. Mon expérience de l'année précédente m'ayant laissé de bons souvenirs, je décidai de la réitérer. Je pris donc rendez-vous. Le receveur me reçut personnellement et m'expliqua qu'il avait besoin de quelques étudiants en complément du personnel habituel pour enregistrer les rôles des taxes locales. Je lui donnai mon accord et commençai le premier juillet.

Le cadre de travail n'était pas du tout le même que celui du promoteur : une grande salle triste éclairée aux néons où le silence était meublé par le crépitement des machines utilisées par des employés assis à des bureaux gris standard en métal. Il me fallait noter des chiffres dans une longue colonne d'un registre, puis les additionner à l'aide d'une calculatrice enregistreuse puis comparer le total à la somme d'une autre colonne de chiffres. Les sommes devaient être identiques. C'était un travail monotone, sans intérêt. Cependant, je comprenais que le receveur avait besoin d'étudiants plutôt que n'importe quel travailleur saisonnier car c'était un travail de confiance.

Mais ces maudits chiffres me jouaient des tours pendables et la balance n'était jamais exacte. Je passais un temps fou à repérer l'erreur. Lors des pauses café, je discutais avec mes collègues étudiants. Ils semblaient à l'aise, alors que moi, je ne l'étais pas du tout. Je voyais bien d'ailleurs qu'ils avançaient beaucoup plus vite que moi. Malgré mon souci de bien faire, j'étais consciente de mon incompétence avec les chiffres. Ce n'était pas une découverte. Je n'aurais jamais dû accepter ce travail. J'en souffrais de plus en plus. Je ne me voyais pas continuer ainsi pendant deux mois. Mais pas question de mettre une personne qui comptait sur moi en difficulté en donnant ma démission. Je cherchais une solution pour m'en sortir honorablement. Je pensais rapidement à Nicole, qui, elle, maniait les chiffres avec une étonnante virtuosité. Je lui en parlai et elle fut de suite d'accord pour me remplacer. Satisfaite de cette solution, je demandai une entrevue au receveur. Il me reçut. Je lui expliquai la situation et lui dis que ma co-équipière de fac, qui, elle, avait une grande facilité avec les chiffres, était prête à prendre le relais. Il me dévisagea avec hostilité et me répliqua froidement qu'il était très déçu, que j'étais une personne sans fiabilité et que je n'avais pas à être fière de moi. Cette réaction, à laquelle je ne m'attendais pas du tout, me désarçonna. Mais j'avais beau m'interroger, je ne voyais pas en quoi j'avais démérité pour attirer ses foudres. Je lui rétorquai donc que j'avais pourvu au remplacement par une personne beaucoup plus apte que moi à accomplir cette tâche et qu'il aurait dû me remercier plutôt que de me faire des reproches, ce qui ne fut pas apprécié. Ce fut ma première expérience avec l'Administration Française: drôles de gens ces fonctionnaires ! A éviter à tout prix de fréquenter !

Ma mère se mit à avoir des fourmis dans les jambes : elle avait envie de voir de nouveaux horizons. Elle en parla à son ami qui commençait à s'inquiéter financièrement car son programme ne se vendait pas aussi vite que prévu. Elle lui dit qu'il n'était pas utile d'aller loin et longtemps, ni de dépenser une fortune.

C'était la première fois que son ami nous parlait d'argent. Jusque-là, il n'en avait jamais été question. Il nous avait même emmenées déjeuner début mai, pour fêter mes dix-huit ans, à la réserve de Beaulieu, un des meilleurs restaurants de toute la Côte, situé au bord de la mer, au décor fin de siècle, qui avait deux étoiles au guide Michelin.. Ma mère et moi avions apprécié le cadre et la cuisine traditionnelle, abondante et raffinée. Je me souviens notamment d'un gratin aux fruits de mer aux incroyables saveurs ainsi que d'un subtil et délicieux soufflé aux framboises. Son ami ne semblait alors n'avoir aucun souci financier. Il avait même une voiture encore plus prestigieuse que la précédente : une Cadillac grise métallisée, aux sièges intérieurs de cuir beige clair... Que s'était-il passé entre temps ?

La semaine suivante, et contre toute attente, il nous annonça qu'il était d'accord pour une huitaine de jours en septembre à la découverte des châteaux de la Loire, une des destinations que nous lui avions suggérée et qui lui rappelait apparemment de bons souvenirs. Quant à moi, j'étais en manque de châteaux depuis que j'avais quitté la région parisienne. Il nous parla de la célèbre et monumentale tapisserie de l'Apocalypse, abritée dans la forteresse d'Angers, le plus beau joyau du Moyen-Age, de plus de cent mètres de long... Je l'écoutais, pour une fois, avec fascination. Il ajouta qu'on irait à l'aventure pour l'hébergement et la restauration.

Quand il fut parti, ma mère et moi restâmes perplexes sur un tel choix. Son ami n'avait rien d'un aventurier. Pas plus elle que moi ne le voyions chercher un hôtel et se contenter d'un service médiocre. Il n'était pas non plus question pour lui que sa voiture ne passe pas la nuit dans un garage fermé. Aussi, je décidai d'organiser ce voyage, m'arma de notre guide Michelin rouge et du guide vert et me lançai avec passion dans cette entreprise : monuments à visiter, itinéraire, estimation du temps, hébergements. Je tombai sur un palace, le Château d'Artigny, au milieu de forêts, implanté dans un parc classique à la française... une merveille ! Ma mère me conseilla d'être quand même plus raisonnable. Je me rabattais alors sur le « Prieuré », un hôtel de luxe quand même, dont le restaurant surplombait la vallée de l'Indre. J'optais, ensuite, pour compenser, pour des hôtels agréables et confortables mais moins onéreux. Les vieilles pierres, petits châteaux, manoirs, relais de poste et autres, au mobilier ancien de caractère, qui accueillaient les visiteurs, foisonnaient dans ce val de Loire, ce berceau de la douce France. Et c'est vrai que c'était beau et doux à vivre.

Le voyage à l'aller fut joyeux. L'ami de ma mère parlait, plaisantait, sans éviter, comme toujours, ces plaisanteries grivoises et très orientées que je recevais comme une atteinte personnelle, malgré l'habitude que j'en avais. Nous nous arrêtâmes à l'Auberge de Noves, dans le Vaucluse, un mas élégant où il avait l'habitude de faire halte sur la route du nord. Ses ennuis d'argent avaient l'air de s'être envolés ! Je fus étonnée qu'au château d'Angers, il passa au pas de charge dans cette salle d'armes sans fin dans laquelle était exposé ce chef d'œuvre inestimable qu'est la tapisserie de l'Apocalypse, alors qu'il en avait dit tant de bien. Quant à moi, elle me subjugua et je pris mon temps pour m'en imprégner.

Le visage de l'ami de ma mère s'allongea de mécontentement quand il apprit que nous étions relégués dans des bungalows annexes, le reste de l'hôtel de Chênehutte les Tuffeaux étant complet. Il considéra ce logement de second ordre comme une atteinte de lèse-majesté à sa personne. Je me félicitai d'avoir choisi des hébergements de premier ordre, car s'il n'avait pas été traité selon le rang auquel il était persuadé d'avoir droit, les vacances auraient été brèves ! S'il ne parla pas durant le dîner, je restais tout aussi subjuguée par la vue au crépuscule sur l'Indre que par la contemplation de la tapisserie.

L'ami de ma mère semblait heureux de revoir Chenonceaux. Je dois avouer que ce petit château Renaissance construit à moitié sur terre, à moitié dans l'eau, me conquit. Je tombais sous le charme de ses pièces intimistes, de son décor, de son site. Je m'y glissais en pensée, à l'époque de la Renaissance, dans un climat d'art de vivre inspiré de l'Italie, alors que le monumental Château de Versailles ne m'inspirait rien. Mais, la visite terminée, il retourna à l'hôtel et ne voulut plus en ressortir jusqu'au dîner. Ma mère et moi allâmes donc nous perdre dans les petites rues de ce bourg, aux maisons simples mais de pierres avec leurs jardinets fleuris et leurs potagers plantureux.

Par la suite, nous allâmes visiter les châteaux seules, ma mère et moi, pendant que son ami nous attendait dans la voiture. Et nous ne lui fîmes grâce d'aucun.

Cette région bénie des dieux l'est forcément aussi par sa gastronomie : je me souviens avoir goûté pour la première fois, à Angers, à la spécialité locale : l'anguille. A connaître, mais c'est tout. Inoubliable, par contre, l'andouillette divinement fabriquée que nous mangeâmes à Tours. Il s'agissait de deux restaurants réputés que l'ami de ma mère connaissait.

A la fin de ce périple, il nous ramena tambour battant à Nice, sans nous adresser la parole et se retira dans ses terres, où il était considéré comme le seigneur.

La semaine suivante, il nous interrogea : « Savez-vous combien j'ai dépensé ? » Personne ne l'y avait forcé ! Que signifiait cette remarque ?

II

Le jour de la rentrée, je m'aperçus que le nombre d'étudiants avait bien diminué. Beaucoup, dont Jean-Yves, avait été recalé à l'examen. Fini le grand amphi. Celui qui nous fut attribué cette année-là se trouvait sur un côté de la salle des pas perdus et non plus au fond. Les nouvelles matières étaient moins exaltantes que l'année précédente. A côté des maths et des statistiques qui devaient nous accompagner tout au long de notre cursus, nous allions étudier l'économie monétaire et financière, la gestion financière, le droit administratif, le droit commercial et le droit international, cette dernière matière étant celle qui m'inspirait le plus cette année.

La plus rébarbative fut sans conteste le droit administratif avec l'étude des différents plans de développement quinquennaux de la France – curieux dans une économie non collectiviste —, des lois régissant les rapports entre les personnes et l'Administration, d'autant plus que le prof nous débitait son cours d'une voix monocorde, parfaite pour endormir l'auditoire. Mais comment, aussi, rendre une telle matière vivante ?

La gestion financière me sembla logique et facile, contrairement à la comptabilité en partie double et les chiffres qu'il fallait enregistrer dans le bon compte de la nomenclature du plan comptable qui comportait une multitude de catégories, de sous-catégories qui elles-mêmes avaient leurs sous-catégories. De quoi devenir fou ! C'est d'ailleurs ce que me confia un jour le consul de ma région actuelle qui était excédée par la comptabilité annuelle qu'il devait effectuer :

« Ah ça, je vous comprends. Je laissai cette tâche à mon comptable !

– Mais moi, je n'ai pas de comptable, pas même de secrétaire ! Et comment savoir à quelle catégorie du plan comptable affectaient certaines dépenses ? Un exemple, le papier toilette... Qu'est-ce que j'en sais, moi où l'affecter ? Je n'en en peux plus ! »

Je le comprenais parfaitement et compatissais : un représentant de l'Etat français obligé de se confronter à un tel travail administratif de pure exécution ! Mais voilà : son consulat est un tout petit consulat, sans moyen !

La monnaie et ses circuits complexes, sa multiplication presque aussi miraculeuse que celle des petits pains de la bible, la hiérarchie des banques, les euro-dollars qui se promenaient partout hors des frontières et se multipliaient eux aussi, ne m'inspiraient pas non plus : trop technique, trop mathématiques. Je préférais l'économie réelle.

Quant au droit international, à part le prof qui avait une voix de ténor, je fus déçue. C'était du droit pur, ni des relations internationales, ni de la géopolitique. Pourquoi cette dernière matière n'était-elle d'ailleurs pas inscrite au programme de sciences économiques ? Ce fut quand même le droit international que je trouvai le moins ennuyeux.

Bref, cette année ne déclencha pas mon enthousiasme comme cela avait été le cas l'année précédente.

Une chance que le mouvement et la mode hippie avait débarqué en France pour nous sortir de l'ennui. C'était « peace and love », faites l'amour pas la guerre, les fleurs, la liberté, le rejet des tabous comme la nudité et la sexualité, l'égalité des sexes, la fraternité, le retour au naturel et à la nature elle-même en rejet du capitalisme et de la société de consommation. C'était aussi la recherche de soi par la spiritualité, l'attrait du bouddhisme et de l'hindouisme, malheureusement aussi l'usage de la drogue, une institution culturelle dans les sociétés hindoues et bouddhistes dont les hippies ne comprirent ni la signification ni la modération et dont ils firent parfois une surconsommation mortelle.

Comme d'habitude, à Nice, nous étions, comme toujours, loin des excès. Nous retînmes les images diffusées par la télévision concernant les femmes américaines qui avaient, lors d'une manifestation, revendiqué leur droit à un torse libre comme celui des hommes en jetant leur soutien-gorge dans une grande poubelle car il leur avait été interdit de les brûler pour des raisons de sécurité ce qui avait été leur intention première pour mieux marquer les esprits. La dernière entrave à la liberté du corps féminin tombait. Mais c'était compter sans l'esprit des créateurs. Puisque les ventes de sous-vêtements diminuaient, ils eurent l'idée, à l'occasion de la mode des mini-jupes d'inventer le « panty », inspiré de la gaine : une culotte haute et gainante descendant pour certaines sur une partie des cuisses afin de conserver notre pudeur en cas du port de la mini-jupe. Cette mode perdura au long des années soixante-dix ce qui ne facilitait pas la tâche de nos petits amis quand ils voulaient nous câliner à la sauvette. Décidément libérer définitivement le corps féminin relevait d'une longue lutte.

Ma mère fut la première ravie de l'abandon du soutien-gorge car elle avait toujours détesté cet accessoire féminin qui la gênait. Il était d'autant moins nécessaire pour elle qu'elle avait des seins très petits. Elle ne le remit jamais. J'abandonnais également le soutien-gorge. Certaines personnes de la génération précédente me prédirent, qu'en prenant de l'âge, mes seins allaient tomber. Rien ne permettait de le penser... Au contraire, les muscles pectoraux des seins soutenus ne travaillent pas et ne restent pas fermes. Les miens continuent à se comporter assez correctement, bien qu'ils aient pris du volume avec l'âge !

Mais nous adoptâmes toutes deux le panty pour un ventre plus plat. Accepter nos corps n'était pas encore entré dans la culture pas plus de le dénuder.

L'engouement pour l'Inde conduisit à l'émergence d'une mode indienne : tuniques brodées, longues robes colorées, foulards et bijoux fantaisie indiens. Quant au retour à la nature et au rejet des conventions sociales, il se traduisit par le nouvel attrait pour les cheveux longs, lâchés et sans apprêt. Les hommes aussi laissèrent pousser leurs cheveux. La barbe en liberté fut plébiscitée. Les Beatles, qui avaient pourtant choqué la société bien-pensante au début de leur carrière avec leurs cheveux coupés moins courts que la norme, faisaient maintenant l'effet d'enfants sages.

Un élément du vestiaire masculin se démocratisa chez les femmes grâce à Yves St Laurent : le pantalon, porté en ville. L'androgynie devenait la règle. Ma mère et moi nous étions entichées d'une nouvelle boutique dirigée par deux sœurs qui proposaient des tenues originales, du chic décontracté italien, et de superbes pantalons que l'une des sœurs faisait fabriquer dans leur atelier attenant selon les mesures exactes de la cliente et dans le tissu de son choix. Leurs pantalons étaient vraiment bien coupés et les tissus de grande qualité. Le prix était en conséquence.

Quant à moi, je continuais à porter mes robes couture de style Courrèges ou Ungaro, structurées, de ton pastel, qui m'allaient si bien et que je complétais de petites bottes blanches qui moulaient la jambe. Mais je fus tentée d'introduire, dans ma garde-robe, un clin d'œil à cette nouvelle mode hippie. Aussi, je me confectionnais au crochet un poncho, vêtement d'hiver traditionnel des Indiens, non d'Inde, mais du Pérou, bordé non de franges que je ne trouvais pas être une finition soignée, mais d'une frise géométrique inspirée de la Grèce antique, ce que je trouvais quand même plus recherché. Réinterprétation libre du vêtement original !

Par rapport à l'année précédente, j'étais bien plus détendue à la fac. Je m'y rendais en voiture et j'arrivais souvent un peu en retard : embouteillages non prévus, temps pour se garer... Pas grave ! On arrivait et on repartait de l'amphi quand on le voulait. Arriver, soit, mais repartir avant la fin du cours non, pas pour moi : c'eût été une offense au professeur ! Un jour, je décidai de faire un peu de provocation. J'avais mis mon pantalon marron fabriqué par cette boutique de mode que nous avions découverte, assorti à la teinte de mon poncho, ma perruque rousse, et j'avais ceint mon front d'un foulard de soie indienne, dont les pans retombaient sur le côté. Dans cette tenue, peu conforme au style de la fac de droit, j'entrais en retard, et, loin de m'asseoir à l'arrière pour ne pas me faire remarquer, je descendis crânement l'escalier pour m'installer dans les premiers rangs, très satisfaite de mon audace inhabituelle. Le prof de droit administratif continua imperturbablement son cours. Je m'y attendais. Sinon, je ne me serais pas permise cette entrée non discrète. J'étais fière de moi et guettait les réactions. Mais il n'y en eut guère.

Avec Nicole, je me mis vite au parfum des codes de vie de Nice : pas question d'aller en ville sans aller boire un pot avant de rentrer et incontournable coiffeur pour un lavage de cheveux et un brushing tous les samedis matin afin d'être impeccable pour la sacro-sainte soirée du samedi soir. Il va sans dire que je me coulais parfaitement dans ces rites.

Quand je sortais avec ma mère, nous allions prendre le thé avec un scone dans le joli salon de thé de style anglais, toujours plein vers 17h, où la bonne bourgeoisie féminine niçoise avait ses marques : femmes bien portantes, trop maquillées, manteaux de fourrure et bijoux tape à l'œil. Mais c'était animé et plaisant, les scones délicieux et le personnel charmant. Je l'emmenais aussi au piano bar du Négresco, un endroit reposant, dans un décor élégant où nous sirotions un apéritif en écoutant jouer le pianiste, ou bien alors, dans un bar anglais, le Cintra, aux confortables fauteuils club, comme je les aimais. Ma mère était enchantée de ces sorties que j'avais déjà expérimentées avec les copains.

J'allais chez le coiffeur chaque samedi matin et sortait le samedi soir en fonction de ce qu'on me proposait et de qui me le proposait. Je continuais à voir Jean-Yves, qui me serrait de près en dansant et avec qui je flirtais mais, le lendemain, il semblait avoir tout oublié, me gratifiant seulement d'un petit compliment susurré à l'oreille ou d'une caresse quand il me croisait. Il prenait plaisir à jouer avec moi au chat et à la souris. Il me faisait de grands discours sur le fait qu'il était insensible, incapable d'aimer et que la seule chose qui comptait pour lui était les affaires. Plus il paraissait dur et plus il me fascinait. Il m'emmenait quelquefois avec lui en ville et me montrait des appartements qu'il envisageait d'acheter (lui ou pas plutôt ses parents ?) en m'indiquant le rendement possible. Je me demandais ce qu'il voulait dire par là, moi qui venais tout juste de découvrir que tout le monde n'était pas propriétaire de sa résidence et que beaucoup de familles louaient leur logement. Cette découverte inattendue, me déconcerta complètement et me laissa pensive... On peut être une brillante étudiante et ignorer les réalités de la vie...

Je succombais finalement au charme d'un étudiant de droit, très mignon, bien comme il faut, en costume trois pièces. Il m'invita à sortir et m'emmena un jour chez ses parents absents. Son père travaillait dans une banque. L'appartement était vraiment quelconque, tout comme son étreinte, mais il m'invita à passer Noël dans leur résidence secondaire d'Auron. Il y allait avec un copain. Petit, lourdaud et sans allure, le copain ne m'inspirait guère mais l'attrait du ski fut la plus forte et j'acceptais.

Déception : la maison n'était pas à Auron même, mais dans la vallée, à St Etienne de Tinée, un village sans l'attrait ni l'animation d'une station de sports d'hiver et triste car rapidement à l'ombre. Deuxième déception : l'ameublement de la maison elle-même, si on pouvait appeler ça un ameublement car il était constitué des rebuts de la résidence principale, une habitude des Niçois, qui, en plus, n'hésitaient pas à louer en saison. J'aurais été mieux dans le confortable appartement de Nice, avec notre petit sapin tout blanc et la belle table bien garnie que nous aurions eue mais...il n'y avait pas le ski ! Nous allâmes faire des courses : spaghettis, gruyère râpé, boîte de sauce tomates, des œufs et quelques gâteaux et chocolats. Troisième déception : c'était ça le réveillon de Noël ? Et le comble: les garçons comptaient sur moi pour faire la popote! Et la nouvelle liberté des femmes alors ? Ils vivaient sur une autre planète ou quoi ? Je fus quand même obligée de préparer des œufs sur le plat. Je n'en avais jamais fait! Je les servis presque durs. Bien fait ! Pour couronner le tout, ils avaient débité des âneries qui les faisaient rire bêtement toute la journée. J'étais excédée. J'exigeais d'aller à la messe de minuit, moi qui n'y allais jamais. Mais une messe de minuit dans une petite église de montagne, ça devait être sympa, non ? Et surtout, ça me délasserait et me changerait les idées.

Le lendemain, ô miracle, je rencontrais mon sauveur à Auron, un copain de sciences économiques, Marc, qui passait Noël avec ses parents dans le grand chalet qui était le meilleur hôtel de la station. Je lui racontais mes déboires avec ces deux affreux nuls qui m'avaient invitée. Il me dit qu'il repartait le lendemain soir, après le ski et me proposa de me ramener à Nice ce que j'acceptais avec reconnaissance. Nous passâmes à son hôtel. Voilà qui était joli : du rustique, mais du bois, des teintes chaleureuses, des casiers à ski dans un local lambrissé de frisettes. Je l'attendis dans le salon le temps qu'il se changea car nous étions convenus de dîner ensemble. Je ne lui fis pas passer une bonne soirée car je ne parvenais pas à décolérer. Quand Marc me raccompagna, je déclarais triomphalement à mes deux zigotos que je partais le lendemain.

C'est ainsi que je redescendis dans la voiture de Marc. Le retour fut long, comme toujours, car tous les skieurs repartaient à la même heure et provoquaient des embouteillages monstres au moins jusqu'à l'intersection des routes d'Auron et de Valberg. Mais je me sentais bien et, dans le jour baissant et le confort de la voiture bien chauffée, une intimité se créait. Marc était gentil, prévenant, sensible. Il savait se taire quand il le fallait et ne prenait pas la parole à faux. Les silences eux-mêmes respiraient le bien-être. Il habitait à Cagnes s/Mer où il avait un studio juste au-dessus de l'appartement de ses parents. Son père était notaire. Il me proposa d'acheter une pizza car ma mère ne m'attendait certainement pas pour dîner puisqu'elle n'était pas prévenue de mon retour. C'était vrai.

Je découvris le studio de Marc qui ne lui servait en fait que pour dormir et travailler ses cours. Les placards de la petite cuisine étaient vides et le réfrigérateur aussi à l'exception de quelques boissons et gâteaux secs. Nous continuâmes à discuter en mordant dans notre pizza. Il finit par me demander : « Et si tu restais ici ce soir ? ». Marc n'était pas beau. Il était petit, râblé, très brun, avec des cheveux crépus plantés bas sur le front. Il était pied-noir et juif comme Nicole. Il ne me plaisait pas, mais je n'avais pas envie de rentrer. Au fur et à mesure de nos discussions, j'avais découvert, sous son physique ingrat, un garçon intelligent et au cœur d'or. J'acceptais. Il fut tel que je le pressentais, doux, attentif, sensible. Le lendemain, il me dit qu'il organisait un réveillon de Nouvel An avec quelques amis et me demanda si je voulais venir. « Cela me ferait très plaisir car tu es devenu un vrai copain que j'apprécie beaucoup», lui répondis-je, en lui signifiant en même temps et sans ambiguïté la nature de nos relations.

L'après-midi du 31, il me demanda de venir faire les courses avec lui pour l'aider à choisir. Nous achetâmes du foie gras, un chapon farci, des chips, une bûche glacée, des baguettes de pain et deux bouteilles de Champagne. C'est ce que j'appelais un vrai repas de fête, surtout que les cinq autres invités allaient nous apporter des victuailles supplémentaires. On pique-niqua, on raconta des histoires drôles, on entonna des chansons paillardes, sous la houlette de notre conducteur de chorale qui modulait sa voix et mimait les paroles. Il nous encourageait avec de larges et énergiques mouvements des bras à reprendre les refrains. Il gardait son sérieux. Je n'avais jamais tant ri. Ce fut le meilleur réveillon que je n'eus jamais passé. Les invités partaient. Je m'apprêtais moi aussi à quitter Marc quand il me proposa :

« Si nous descendions voir mes parents ? Eux aussi, ils font la fête ! On va les surprendre !

– Mais ils sont peut-être déjà couchés ? objectai-je,

—Alors ça, ça m'étonnerait ! »

Il avait raison. Les invités étaient nombreux. Ils envoyaient des serpentins, soufflaient dans des sifflets qui déroulaient une longue langue de couleur à chaque fois, riaient et s'amusaient comme des fous. Quand nous arrivâmes, les invités formaient une chenille qui avançait au rythme de la musique. On nous fit de grands signes pour que nous nous joignions à eux. Marc s'excusa : « On fait juste que passer. On voulait vous souhaiter la bonne année, c'est tout ! » Quant à moi, j'étais médusée. Chez un notaire, je m'attendais à un réveillon chic et quelque peu guindé. Or, c'était comme chez mon grand-oncle de Choisy, décor compris. C'est vrai que j'étais peut-être chez un notaire, mais un notaire pied-noir et juif de surcroît. Ces gens-là savent s'amuser en toute simplicité et sans retenue.

Marc avait compris que je ne souhaitais pas poursuivre cette ébauche de relation. Il me chuchota cependant un jour qu'il aimerait bien avoir une petite Babette avec lui. Quelques mois plus tard, je le vis sortir du restau U avec une jolie fille brune qui le dépassait d'une tête et qu'il tenait par la main. Quand il me vit, il balança leurs bras en avant en regardant dans ma direction avec un sourire que je lui rendis. Il me signifiait ainsi qu'il avait trouvé l'âme sœur. Encore un, cette fois un garçon, qui voulait se caser, alors que la vie avec ses plaisirs et ses découvertes lui ouvrait les bras. Je ne comprenais pas. Mais j'étais contente pour lui, si c'était ce qu'il voulait.

Je fis part à ma mère de mon intention d'inviter mes amis le samedi soir suivant mes 19 ans. J'étais souvent invitée et je n'invitais personne. Je voulais, moi aussi, faire comme les autres. J'avais découvert la fondue bourguignonne, un plat convivial où chacun plongeait son morceau de bœuf dans l'huile bouillante du caquelon posé au milieu de la table. C'était parfait. Je m'ouvris de ce projet à ma mère qui s'inquiéta:

« Mais que va-t-IL dire ?

– Pour une fois, IL n'a qu'à t'emmener au restaurant ! Jamais, IL ne te le propose ! ».

D'habitude, les parents s'éclipsaient, sans pour autant quitter la maison, pour laisser « les jeunes » seuls. Mais je ne voyais pas du tout son ami s'attabler pour dîner dans la petite cuisine, pas plus que dans une grande. Et je pensais sincèrement que ma mère avait bien le droit, elle aussi, de passer une soirée tranquille et agréable, où elle était servie et non pas au service de son ami. Si nous sortions entre nous, les parents de mes amis sortaient, eux aussi, entre eux, souvent avec leurs connaissances. Ma mère était la seule à n'avoir aucune vie sociale normale. Elle fut finalement contente de la soirée qui l'attendait. Ses craintes s'étaient estompées, amoindries par mes arguments.

Nous n'avions pas de service à fondue. Nous allâmes en choisir un en ville et, tant qu'à faire, j'y ajoutais six petites assiettes en terre cuite qui me semblaient plus appropriées à un dîner à la bonne franquette avec des copains que la fine porcelaine dont le bahut regorgeait. Ma mère était tout aussi excitée que moi à ces préparatifs. Je pense qu'elle aurait bien aimé participer à la fête. Nous achetâmes des petits pots de sauce. Il ne restait plus que la viande, la salade et les boissons à prévoir. Le gâteau devait être apporté par les invités.

Le samedi, son ami arriva. Il n'était au courant de rien et on lui annonça la « bonne nouvelle ». Il fit une moue désapprobatrice mais était bien obligé d'accepter. Lorsque Nicole, Jean-Yves et les autres devaient arriver, IL ne pouvait plus reculer. IL partit donc avec ma mère, son égoïsme sous le bras. Notre soirée fut animée et joyeuse. Quand ma mère et son ami rentrèrent, elle n'était pas finie. Ils vinrent nous souhaiter bonsoir puis nous laissèrent. Je montrais au moins à mes amis que j'avais une vie comme la leur. Lorsque j'en eus l'occasion le lendemain, je demandais à ma mère si elle avait passé une bonne soirée. « Tu parles, me dit-elle, IL ne m'a pas adressé la parole. Et impossible de LE dérider. » Il lui avait fait payer sa conduite. Cet homme était décidément d'un égoïsme peu commun.

Une triste nouvelle, à laquelle nous ne nous attendions pas, nous fut annoncée dans l'amphi à la même période : une étudiante de notre promotion avait trouvé la mort dans sa mini Austin sur la Promenade des Anglais, à proximité de l'aéroport de Nice en revenant de nuit du Festival de Cannes. J'eus un choc. C'était une jolie fille blonde, grande, saine, aux yeux bleus immenses, pleine de vie, comme on s'imagine les Américaines. Elle n'était pas une amie, mais elle n'était pas non plus une étrangère. Je la croisais fréquemment. Comment se pouvait-il qu'un être jeune, ayant la vie devant soi, comme nous tous, pouvait ne plus exister, comme ça, du jour au lendemain ? Les anciens disparaissent, c'est dans la logique de l'existence, mais elle ? C'était la première fois que j'étais confrontée à la fragilité de la vie. Je me souvenais de cette fille, se frayant un chemin dans la rangée de l'amphi, et échangeant des paroles avec ses voisins. La vision de son visage, rayonnant à ce moment-là, s'imprima à jamais dans ma mémoire.

Bien que Nicole et moi avions travaillé d'arrache-pied nos révisions avant les examens, autant que l'année précédente, nous n'eûmes pas les mêmes résultats, surtout moi qui n'obtins qu'un 12 de moyenne, une honte ! Avais-je levé le pied en me rendant compte que j'en avais trop fait l'année précédente ? Où était-ce un manque d'intérêt pour les matières ? Ou un manque de compréhension en profondeur ? C'est vrai que je n'étais pas vraiment à l'aise avec le contenu des apprentissages de cette année-là. Ma médiocre performance était sans doute la résultante de tous ces facteurs.

La seconde année, qui nous avait assuré un DEUG, était en tout cas terminée ainsi que le tronc commun qui donnait le même enseignement de base à tous les étudiants de sciences économiques Nous devions maintenant opter pour une spécialisation : macro-économie ou gestion d'entreprise. Le choix de Nicole était fait depuis bien longtemps, le mien allait aussi de soi, mon intention étant toujours de rallier l'Ecole des Sciences Politiques de Paris. Par ailleurs, je m'étais fait mon opinion sur la gestion d'entreprise : c'était de l'épicerie, ni plus, ni moins, contrairement à la macro-économie, une spécialité noble, avec une vision sur le monde, une spécialité intellectuellement très exigeante. Laissons donc la gestion au petit peuple... D'autant que si je voulais compléter ma formation en gestion, il était toujours possible en quatrième année de m'inscrire à l'Institut d'Administration des Entreprises, dont les locaux étaient installés dans la faculté même. C'était une formation du niveau cycle III universitaire réservée aux diplômés d'un second cycle mais les étudiants de la fac de droit et de sciences économiques bénéficiaient d'une dérogation qui leur permettait de s'inscrire à cet Institut dès la quatrième année de leurs études et de mener ces deux enseignements de front.

Au cours de l'année, des relations suivies s'étaient enfin établies entre Jean-Yves et moi. Il habitait avec ses parents, sa grand-mère et deux de ses frères, à Cagnes sur Mer. Le troisième et aîné était responsable de la librairie et avait son indépendance. La famille vivait dans une résidence récente, composée de plusieurs bâtiments, située au bord de mer, proche de la route, sans en avoir les nuisances sonores puisque leur immeuble était en retrait. Au milieu de cet ensemble, une piscine commune rassemblait tous les jeunes l'après-midi. Les parents de Jean-Yves avaient acheté deux appartements contigus qu'ils avaient fait relier pour n'en former qu'un seul. Ici, tout était net, confortable sans luxe ostentatoire ni décoration superflue. Sa mère avait installé une lingerie dans la seconde cuisine. La planche à repasser y était en permanence installée. Le linge était parfaitement plié et formait des piles impeccables. Je la surpris, plusieurs fois, à repasser elle-même le dimanche alors qu'elle passait toute la semaine à la librairie. Les parents de Jean-Yves étaient des gens d'ordre, de méthode qui s'occupaient de la bonne marche de la maison et de celle de leur affaire. C'étaient sans aucun doute ces qualités qui leur avaient permis de réussir en Algérie et de se reconvertir sur la Côte en faisant fructifier la petite affaire qu'ils avaient rachetée. Sa mère était grande, mince, blonde, non sophistiquée. Son père était grand également avec une chevelure blanche abondante. Ils avaient tous deux de la classe. La grand-mère, habillée de noir était une petite vieille ridée de type méditerranéen qui ne quittait pas son fauteuil. La première fois que je la vis, je fus présentée comme l'amie de Jean-Yves. Quand elle me salua, elle ajouta : « Que vous êtes jolie, mademoiselle ! », ce qui m'alla droit au cœur. S'ils étaient pieds-noirs, ils n'étaient pas juifs mais catholiques, d'origine espagnole, comme leur nom de famille en attestait.

L'après-midi, nous allions à la piscine, quelquefois à la mer, sur la plage publique située juste en face, ce qui me changeait des plages privées confortables dont j'avais pris l'habitude avec Nicole. Jean-Yves ne cessait de me parler de l'Australie, ce pays neuf où tout était à faire, où tout était possible. Il me faisait rêver. Je m'imaginais, pionnière, partant en paquebot vers ce pays de rêve. Je me trompais quelque peu de siècle, mais qu'importe ! Je rêvais d'émigrer. Pour l'instant, après que Jean-Yves et moi avions grignoté et bu dans la cuisine familiale, nous émigrions dans sa chambre qu'il fermait à clé.

Il me suggéra d'aller voir son médecin de famille pour qu'il me prescrive la pilule contraceptive, ce que je fis. Je mettais la plaquette dans un sac à main. Un jour, ma mère vint me la mettre sous le nez en me demandant: « qu'est-ce que c'est que ça ? ». Elle me regardait sévèrement, avec réprobation, et me quitta en soufflant et en me regardant avec dégoût Elle avait l'art de me faire sentir coupable. Mais qu'avais-je fait de répréhensible ?

C'est que la morale héritée du puritanisme du siècle précédent avait la vie dure : on considère toujours que l'homme a des besoins naturels qu'il doit assouvir. La sexualité de la femme continue d'être ignorée malgré l'apparente liberté des mœurs après 68. Une étudiante qui pratique dans une certaine mesure l'amour libre reste pour les hommes une coureuse. Les garçons disent qu'elle a « le feu au cul », quand ils ne disent pas que « même les trains lui sont passés dessus ».

Ma mère m'avait déjà fait la remarque suivante : « Juste un petit dîner et hop ! ». Pour elle, une femme ne doit pas céder, mais faire attendre, le plus longtemps possible…Et que faisait-elle donc si ça la « chatouillait » ? Comment lui faire comprendre que si on accepte un dîner en tête à tête c'est qu'on est attiré par l'homme qui vous invite et que nous avons autant envie l'un que l'autre de faire l'amour ensemble, le dîner ne constituant que la mise en bouche en attendant le festin qui allait suivre. Et souvent, il n'y avait même pas de dîner : il suffisait que le courant passe comme ce fut le cas avec Marc !

Comment faire comprendre à ma mère que le désir était partagé et qu'il n'avait rien de dégoûtant sans qu'elle se fâche et campe sur ses positions ? Je préférais donc me taire que partir dans des discussions stériles qui tourneraient vite au pugilat. Ce fut toujours ma position.

Lorsqu'elle découvrit ma plaquette contraceptive, ma mère aurait dû me féliciter d'être consciente des risques et de les prévenir au lieu de me mépriser ! Et surtout, ne pas faire mes poches et mes sacs. Ce n'étaient pas les miens qu'elle aurait dû faire!

Le samedi soir, nous sortions en petite bande. Nous allions quelquefois à la discothèque des Hauts de Cagnes, d'autres fois au « Club de Valbonne », un très joli lieu ouvert sur la nature, où on entrait par une allée qui longeait la piscine éclairée comme l'étaient aussi les cyprès et une arcade romaine, ou au rez-de-chaussée d'un hôtel de Roquefort les Pins, un endroit peu fréquenté, dont le responsable ou plutôt le fils des propriétaires de l'établissement était un ami de Jean-Yves. Les danses étaient vraiment entraînantes avec Jimmy Hendrix, les Pink Floyds, Johnny Halliday et les slows lascifs tel le « Je t'aime moi non plus » de Gainsbourg qui correspondait assez bien au style de relation que j'avais avec Jean-Yves : pas de mot d'amour, ne jamais se tenir par la main, paraître détaché. Mais Jean-Yves qui m'observait de loin quand j'étais assise avec mes amies sur un fauteuil du hall du restau U n'hésita pas un jour à s'avancer vers moi, à se pencher et à me chuchoter à l'oreille : « Tu as de belles jambes, tu sais ! », presque un remake de « Quai des brumes » ! Il mettait aussi quelquefois un point d'honneur à montrer que je n'en avais pas l'exclusivité. Un jour, je le vis danser le slow de façon très rapprochée avec une fille inconnue. Je les regardais, ruminant ma colère, quand soudain, n'y tenant plus, je bondis, telle une panthère, toutes griffes dehors, et les séparait violemment. Jean-Yves me contempla interloqué : « Mais qu'est-ce qui te prend ? » Quel mufle quand même ! Je le plantai là, repris ma voiture et rentrai en maronnant toute seule.

Ma sortie préférée, était, de loin, « La siesta », sur la plage de Biot, qui ne payait pas de mine de l'extérieur, le jour. Un long bâtiment signalait cependant par un vieux trois mats dont l'avant y disparaissait. Le soir, c'était magique. La discothèque ou plutôt le complexe était complètement ouvert sur la mer. Il disposait d'une quantité de petits coins qui avaient chacun leur originalité et où on pouvait s'installer et discuter, avant de rejoindre la piste de danse ou après avoir dîné. Car l'établissement était également un restaurant. Jusqu'à 23 h, la musique n'était pas forte pour ne pas incommoder les dîneurs, ensuite on augmentait le son sans que les décibels trop élevés agressent les tympans et empêchent tout échange de paroles, ce qui n'existait, quoiqu'il en soit, nulle part alors. La discothèque elle-même comportait un bassin d'eau parsemé de faux nénuphars assez larges où un couple de danseurs pouvait évoluer. On y accédait en sautant d'un nénuphar à l'autre. Je m'y rappelle Nicole dans une robe longue estivale y dansant le rock avec une technique maîtrisée. C'était vraiment joli dans ce décor. La brise marine nous rafraîchissait naturellement. A 4 h du matin, nous allions souvent manger une pizza bien croustillante cuite au feu de bois au « St Pierre » de Cagnes, qui restait ouvert toute la nuit, peut-être pas tous les jours, mais au moins le samedi soir. J'adorais ma vie. Nous passions des soirées idéales, sauf que, un soir....

La Siesta avait depuis cette année une piste de kart, éclairée et en service toute la nuit. Jean-Yves lança l'idée d'une partie. J'étais toujours d'accord pour toutes les initiatives originales. Ce soir-là, je portais mon ensemble rose pâle, pantalon et tunique mi longue dont la taille était marquée sur une dizaine de centimètres par un macramé actuel composé de cercles, très aéré, qui laissait apparaître la peau. Je montais donc dans un kart, pour la première fois de mon existence dans cette tenue peu adaptée à ce genre d'exercice. Je m'amusais comme une folle et m'enhardissait quand soudain, sans avoir le temps d'avoir peur, je me renversais dans un virage. Je n'avais rien de grave sauf des éraflures à un coude et des accrocs au macramé de ma tunique. Ma mère découvrit le désastre le lendemain matin : « Mais qu'est-ce que tu as fait encore ? ». Je lui expliquais ma folle équipée. Faire du kart, au milieu de la nuit, dans une tenue claire et fragile dépassait son entendement. L'ensemble fut nettoyé et le macramé réparé. Les éraflures de mon coude guérirent. Tout finissait bien.

Depuis quelques temps, je pensais que c'était un miracle que les voitures ne se touchent pas tant elles roulaient si près l'une de l'autre sur la Promenade des Anglais. Ce début d'après-midi-là, il faisait chaud. Les boulevards et les rues de mon quartier étaient déserts. Je pris ma voiture et non loin de chez moi, en quittant le boulevard et en commençant à descendre la rue qui le prolongeait, j'entendis et ressentis un choc et sans que je le réalisai la Fiat se retourna sur le toit. J'avais moi-même fait un demi-tour, et me retrouvais les pieds sur le revêtement de la rue ayant le toit ouvrant ouvert. Il fallait que je sorte, mais avant même que j'essaie d'ouvrir une portière, plusieurs hommes s'étaient groupés autour de la voiture et la retournèrent très facilement sur ses roues alors que j'étais dedans, si bien que je piquais une tête sur le plancher ! Je sortis de là, avec, comme seule ecchymose une bosse sur le sommet de la tête due à mes secouristes ! Aussi miraculeusement que moi, la voiture que j'avais heurtée n'avait rien. C'était l'angle du choc qui avait provoqué ce demi-tonneau. Cette fois, ma mère ne m'accueillit pas avec des reproches mais avec des exclamations alarmées : « Mon Dieu, tu n'as rien ? Tu n'as mal nulle part ? Tu es sûre ? ». Mon accident fut mis sur le compte des erreurs de débutants qui tiennent trop bien leur droite. Ma mère elle-même en savait quelque chose !

Le second pépin que j'eus avec la voiture ne put pas m'être imputé. En arrivant à proximité de la librairie de la famille de Jean-Yves, j'appuyais sur le frein et m'aperçus que j'enfonçais la pédale à fond sans qu'elle réponde... Ce fut la panique. Je n'eus même pas la présence d'esprit de me servir du frein à main. Je laissai la voiture finir d'avancer seule et le serrai quand elle se fut arrêtée naturellement. Je me précipitais à la librairie. Je devais être décomposée quand je demandai si le père de Jean-Yves était là. Il avait entendu ma voix affolée car il sortit immédiatement du bureau et me demanda de suite ce qui se passait. Je le lui expliquais. Je le conduisis à ma voiture. Il me demanda les clés pour qu'il puisse mieux la garer. Puis on téléphona à ma mère. Il prit l'appareil pour lui dire de ne pas se faire de souci, qu'il me raccompagnait. Il me reconduisit en se servant du frein à main et monta jusqu'à l'appartement. Il présenta ses hommages à ma mère, et lui expliqua la situation d'un point de vue technique en insistant sur la dangerosité des freins défectueux et de la chance que j'avais eue ce jour-là, une façon élégante de demander s'il n'y avait pas eu négligence. Ma mère lui affirma que la voiture, non seulement était neuve, mais que toutes les révisions étaient faites en temps voulu. Elle ne s'expliquait pas cette défaillance.

Je regardais le père de Jean-Yves pendant qu'il parlait à ma mère. Si seulement elle avait pu rencontrer un homme comme celui-là, qui avait non seulement de la classe mais qui était responsable, solide. Ma mère l'avait aussi apprécié car elle me dit, alors que nous buvions le thé qu'elle avait préparé pour me remettre de mes émotions : « Il est vraiment bien, cet homme-là ! ».

A Pâques de l'année suivante, nous avions décidé de passer quelques jours en Camargue, que nous ne connaissions ni l'une ni l'autre. Nous avions retenu un hôtel sympathique, un mas Camarguais proche d'Arles mais en pleine nature. La voiture nous donnait la liberté de visiter en toute indépendance la région. Elle était petite et peu confortable pour un long voyage mais Nice Arles n'était pas vraiment un long voyage. Nous partîmes, excitées de cette escapade. Sur l'autoroute, dans une montée, alors que nous ne roulions qu'à 80 km/h, la voiture tremblait de toutes ses parties métalliques. Il était vrai que la vitesse maximum était de 90 km/h. Alors, 80 dans une montée, c'était un exploit ! Tout à coup, un énorme choc à l'arrière, qui nous rejeta la tête dans le même sens et projeta la voiture en avant, retentit. Que se passait-il ? La voiture qui nous suivait nous avait tout simplement embouties ! Le conducteur sortit de son véhicule. Il était navré de ce qui était arrivé. Il n'avait pas prévu notre ralentissement dans la montée. Il n'essaya pas de minimiser sa culpabilité. Le moteur était inopinément situé à l'arrière. La voiture ne pouvait plus rouler. Une dépanneuse avait été commandée par la police qui était arrivée sur les lieux et détournait la circulation. Ma mère conclut :

« Eh bien voilà, les vacances sont terminées !

– Comment ça ? lui répondis-je avec véhémence. Nous, on n'a rien. C'est l'essentiel. Et on ne va pas ruiner nos vacances pour du matériel quand même ! On ira, mais en train. Voilà tout.

– Encore faut-il aller à la gare !

– Mais monsieur, qui est tellement désolé, va se faire un plaisir de nous conduire à la gare de Cannes. De toute façon, on aurait dû y aller pour rentrer chez nous !

– Bien sûr ! répondit cet homme. C'est le moindre que je puisse faire !»

La Fiat fut définitivement classée comme voiture dangereuse. Il fallait s'en débarrasser avant qu'il n'arrive un vrai malheur. C'est ainsi que j'eus la chance d'avoir une nouvelle voiture, une mini Austin, la voiture de mes rêves, la coqueluche de toutes les jeunes femmes de l'époque, celle des « Parisiennes » de Kiraz dont les dessins humoristiques en couleur d'une page faisaient un tabac dans le magazine « Jours de France ». Je la choisis orange, la couleur à la mode. Ma mère était tout aussi ravie que moi par cette acquisition qui avait quand même plus d'allure que la Fiat. D'autre part, avoir une voiture n'avait pas seulement changé ma vie. Elle avait bouleversé celle de ma mère. Nous n'allions plus en ville en bus et quand il était tard, nous y restions dîner. Nous allions aussi à Cannes faire les magasins, ainsi qu'au moment du festival. Nous allions nous promener à Villefranche, à Beaulieu, à St Paul de Vence, et un peu partout ailleurs.

A la fac, Nicole et moi avions sympathisé avec une étudiante d'anglais mignonne et agréable qui venait déjeuner à notre restau U le midi plutôt qu'à celui de la fac de lettres. C'est que la qualité de notre restau avait une bonne réputation ! Depuis que j'avais passé le bac, je n'avais plus de cours d'anglais. Je racontais à notre nouvelle copine mes séjours en Angleterre et mon attirance pour la langue et le pays. Elle me souffla une bonne idée : « Pourquoi ne prépares-tu pas une licence d'anglais en parallèle à sciences économiques ? Avec un DEUG tu peux rentrer directement en seconde année, ce qui ne te fait que deux ans d'études pour avoir la licence. » Oui, mais les horaires ? Elle me rassura en me disant que je pouvais choisir ceux en soirée, ce qui était parfait.

Et, en attendant l'entrée en troisième année, si j'allais faire un nouveau petit séjour en Angleterre ? Et si j'emmenais Chantal qui n'en avait jamais fait ? Je savais que sa mère, qui aimait ce qui était culturel, allait de suite être d'accord et que Chantal serait ravie que nous passions des vacances ensemble. J'avais toujours gardé des contacts avec la famille de Leeds où j'avais séjourné à seize ans. Je leur proposai de revenir, contre paiement d'une pension et leur demandais s'ils pouvaient trouver une famille d'accueil dans les parages pour ma cousine Chantal. Je savais que c'était faisable en Angleterre où les quartiers étaient des villages et où chacun se connaissait. La famille avait quitté Leeds pour s'installer dans une petite station balnéaire de la mer du Nord, Bridlington, au-dessous de la plus connue Scarborough. Le mari avait eu une attaque cardiaque sérieuse qui l'avait obligé définitivement de s'arrêter. Je n'en avais été que moitié étonnée car il prenait souvent des colères courtes mais violentes qui rendaient son visage cramoisi...Elles avaient dû maintenant lui être formellement interdites.

Je me rendis d'abord en Bourgogne chez les parents de Chantal. Puis nous partîmes toutes deux le lendemain pour Orly. Là, surprise : l'avion dans lequel nous embarquâmes était...un coucou à hélices ! Original et amusant ! Mais une fois en vol, nous ne tardâmes pas à changer d'avis. Nous subîmes les trous d'air aussi longtemps que nous le pûmes avec stoïcisme mais nous finîmes par avoir le cœur chaviré. On se disait que l'aéroport d'arrivée n'était plus bien loin pour nous donner du courage. Bien qu'elle se soit accrochée autant que moi, Chantal, qui ne disait plus un mot, n'arriva plus à se retenir mais, par chance, elle eût le temps de s'emparer du sac mis à disposition de chaque passager. On atterrit peu après. Nous étions décomposées et titubions quand nous descendîmes l'escalier de l'avion les dernières. Nous nous traînâmes jusqu'à l'aéroport et nous écroulâmes sur la première marche de l'escalier conduisant au hall pour reprendre nos esprit ce qui prit un très long moment au cours duquel personne ne vint nous déranger.

En haut de l'escalier que nous finîmes par gravir, nous rencontrâmes une hôtesse qui nous regarda avec un grand étonnement : « Mais d'où sortez-vous ? Aucun avion n'a atterri! » Je lui expliquais alors toutes nos mésaventures. Je m'inquiétais de ne pas arriver à temps à la gare pour prendre notre train. Elle nous rassura. Nous récupérâmes nos bagages et arrivâmes en effet à temps.

Nos familles d'accueil nous attendaient sur le quai. Pour moi, ce fut des retrouvailles aussi démonstratives que dans un pays méditerranéen, y compris de la part des enfants qui me sautèrent au cou. La dame qui attendait Chantal était jeune, brune, avec des cheveux courts. Sans être vraiment jolie, elle avait un visage ouvert qui la rendait agréable et sympathique. C'est ainsi qu'elle se montra tout au long du séjour. Elle faisait répéter patiemment à Chantal en anglais les phrases qu'elle avait du mal à exprimer. Elle n'habitait qu'à cent mètres de chez moi dans une rue perpendiculaire, ce qui était facile pour se rendre l'une chez l'autre, bien que ce soit toujours Chantal qui venait me rejoindre.

Le Yorkshire du bord de mer ressemblait à la Bretagne quant aux paysages : falaises, étendues herbeuses, grandes plages de sable ventées, marées, petits ports. Les plages étaient bordées à l'arrière de tout petits chalets comme j'en voyais sur les films mettant en scène les plages de Normandie comme Deauville. Ce fut la première fois, ici, dans le Yorkshire, que j'en découvris en vrai. Ma famille en avait loué un. Ils y entreposaient les chaises-longues, les chaises pliantes, le parasol – ou le pare-vent ? – et s'y changeaient pour revêtir leur maillot de bain. « Ils » désignaient plutôt la mère et ses enfants. Son mari ne quittait pas la maison. Je les accompagnais mais ne me déshabillais pas. Bien que le soleil brillât, la température extérieure ne dépassait que rarement les

22°. Quant à la température de l'eau, je ne voulais même pas la connaître. J'avais perdu l'habitude du climat de Bretagne depuis que j'étais passée par la case Côte d'Azur... Je ne mis mon bikini qu'une seule fois, le jour où Chantal me photographia en sirène du nord sur la plage déserte, comme à son habitude. Mon hôtesse m'amusa beaucoup le jour où elle me dit qu'elle avait tellement chaud qu'elle avait besoin de s'acheter une robe légère !

Ce qui m'étonnait, c'est que Chantal ne semblait s'étonner de rien de ce qu'elle voyait et vivait, pas plus qu'elle ne s'était étonnée des voyages en train de luxe ni des restaurants où nous l'emmenions. A moins qu'elle ne sût comment l'exprimer et préférait se taire. C'est ce que je la soupçonne d'avoir fait depuis. Chantal n'est pas quelqu'un qui s'extériorise comme toutes les personnes de ma famille ou que je fréquente habituellement.

Une surprise me tomba littéralement dessus un jour : Hugues, l'amoureux transi de mes seize ans, avec qui je continuais à avoir des relations épistolaires épisodiques téléphona. C'est vrai que je lui avais dit que je retournais passer le mois d'août en Angleterre, mais je n'avais jamais pensé qu'il pouvait retrouver le téléphone de mes hôtes ! Non seulement il l'avait retrouvé, mais il me dit qu'il était actuellement à Londres, dans le cadre de son école et qu'il pouvait venir le week-end suivant. Je lui demandais un instant, le temps de le dire à mes hôtes. Ils étaient ravis : un garçon si bien élevé, si gentil ! Apparemment, ils avaient gardé un très bon souvenir de lui. Bien sûr, qu'il pouvait venir ! En plus il lui proposait de dormir dans le canapé du bas. J'étais un peu dépassée par les événements mais voir une tête connue française ne me déplaisait pas. Quant à mon hôtesse, je pense que tout ce qui changeait sa vie quotidienne monotone la comblait.

Hugues arriva le samedi après-midi. Nous prîmes le thé tous ensemble. Puis nous allâmes faire un tour tous les deux et nous arrêtâmes dans un pub. Nous discutâmes beaucoup. Mais impossible de retrouver la magie que j'avais connue à 16 ans. Lui me dévorait des yeux comme il le faisait alors. Mais moi, je commençais à remarquer que ses yeux verts clairs étaient aussi expressifs que ceux des vaches qui regardaient passer les trains. En rentrant, il m'attira à lui et m'embrassa. Dans la nuit, il monta sans bruit les escaliers, vint me rejoindre dans ma chambre et se coula dans mon lit. A son âge qui était aussi le mien, on ne se contentait plus de quelques baisers et caresses. Je le laissais faire. On ne sait jamais : l'enthousiasme allait peut-être se ranimer ! Mais Hugues fut décevant, sans inventivité et lourd. Le lendemain, mon hôtesse avait prévu de préparer son rosbif Yorkshire pudding, le déjeuner traditionnel dominical et pas question de nous défiler, ce qui m'arrangeait plutôt ! Et Hugues reprit son train dans l'autre sens.

L'hôtesse de Chantal lui montra un prospectus annonçant une soirée au stade organisé par le football club local avec barbecue et orchestre dansant prévu pour le samedi soir en lui conseillant d'y aller avec moi. Pourquoi pas ? Il n'y avait pas tellement d'occasions de s'amuser dans le coin. Et à pied, ce n'était pas loin.

On se retrouva donc sur l'herbe toujours verte anglaise et pour cause, à humer la « délicieuse » odeur des saucisses qu'on faisait griller, et à regarder les jeunes Anglais ingurgiter leur incontournable bière. Ils passaient en groupes bruyants et riants. Ils se connaissaient tous. Mais nous, on ne connaissait personne. Au milieu d'un groupe de garçons, je remarquais un jeune Anglais, mince, portant un gilet non fermé sur sa chemise partiellement ouverte, et un jean marron clair. Il était décontracté, portait les cheveux mi-longs et ressemblait à un Beatle. Il me regarda lui aussi et se dirigea vers moi :

« Mais je vous connais ! Vous habitez dans ma rue !

– C'est possible ! Et voilà ma cousine qui habite aussi le quartier. »

Il nous regarda avec un beau regard franc et bienveillant. Il avait un sourire chaleureux. Je remarquais que son nez était légèrement busqué. Il se proposa d'aller nous chercher une saucisse avec un toast et un verre de bière. Il passa la soirée avec nous. On dansa, on rit. Chantal se trouva un jeune chevalier servant blond comme les blés. Ils nous raccompagnèrent tous les deux chez nous. Tony, mon Anglais, me montra où il habitait avec ses parents et m'embrassa avant de me quitter. Nous convînmes de nous revoir le lendemain vers 18h. Mon cœur se mit à battre très fort. J'étais transportée d'émotions. Je me sentais avoir des ailes!

Il vint me chercher comme prévu le lendemain à l'heure promise. Il attendit dehors : sa venue n'enthousiasmait pas mes hôtes comme celle d'Hugues! Mais rien ne pouvait troubler ma béatitude et mon air rayonnant. Nous partîmes faire la tournée des pubs. D'habitude, j'aurais trouvé ces pubs laids et ringards. Mais aujourd'hui, tout était beau et magnifique. J'étais prête à aimer le monde entier! Tony était connu partout. Il buvait de la bière brune et me demanda si j'en voulais une. Pour les découvertes, j'étais toujours prête. J'acquiesçais. Ce n'était pas mauvais. Aussi, je l'imitais pour la prochaine tournée et ainsi de suite. La tête me tourna vite et je fus bientôt affreusement malade. Je n'avais plus qu'à reprendre mes esprits au grand air avant de rentrer me coucher. Tony se sentit fautif et malheureux. Il me promit de prendre de mes nouvelles le lendemain.

Evidemment, ces sorties n'avaient rien à voir avec ce que je vivais à Nice. Ici, c'était un trou d'Angleterre profonde, avec des gens simples mais bienveillants et des plaisirs simples. Un bonheur exotique pareil à ceux qui visitent pour la première fois des contrées lointaines tropicales. Certains, peu, y trouvent une vérité de vie et ne repartent pas.

Le lendemain, Tony m'emmena prendre le thé chez ses parents, des gens charmants. Sa mère était une femme qui avait dû être belle. Elle avait toujours un beau port de tête et des cheveux platine impeccablement mis en plis. Elle toilettait des chiens chez elle car elle adorait les animaux. Son mari était plus petit, brun, et un peu gauche. Ses mains étaient celles d'un honnête travailleur manuel. Il était encore en activité dans l'usine qui l'employait. Tous les deux étaient d'une gentillesse désarmante. Tony me couvait du regard. Je me sentais fondre de plaisir et de bonté.

Nous continuâmes à sortir, Tony et moi. Il me fit goûter les fameux « fish and chips » que je trouvais délicieux. Ils ne furent pas les derniers que je dégustais. Un jour, à Londres, accompagnée de ma fille de dix-sept ans, je découvris que le pub où nous nous étions arrêtées pour déjeuner, à Carnaby Street, proposait des fish and chips. Je me sentis transportée de joie et... fus déçue. Ces fish and chips servis dans une assiette n'avaient rien à voir avec les délicieux fish and chips de ce petit port du Yorkshire, qu'on nous remettait dans un cornet de papier journal. Etait-ce le souvenir de mes papilles gustatives qui me trahissait ou était-ce la vérité ? Impossible de le savoir, surtout trente ans plus tard quand tout avait changé.

jour, ma relation avec Tony qui était jusque-là bien innocente, se déclara ne pas être du goût de tout le monde. Mes hôtes, mari et femme, vinrent me voir en délégation, me disant qu'ils avaient à me parler. Je me demandais bien pourquoi. Ils n'avaient pas le sourire, ce qui ne laissait rien présager de bon. Ils voulaient me parler de Tony qui n'était pas un garçon recommandable. Il séduisait toutes les filles qu'il rencontrait. Et alors, moi aussi, je séduisais bien tous les garçons ! Je devais me méfier de lui. J'allais me retrouver enceinte...Ils me connaissaient vraiment mal ! Ils me dirent ensuite les pires choses sur lui et sur ses parents. Tant de calomnies envers des gens qui avaient un cœur d'or était plus que je n'en pouvais entendre. J'étais bouleversée. Je voulus m'enfuir. Ils me barrèrent le passage. J'éclatais en sanglots. Je commençais à me débattre pour qu'on me laisse passer. Je réussis à m'enfuir et arrivai chez Tony, dans un état lamentable, les yeux rouges et les joues maculées par mon rimmel qui avait coulé. Ce sont les parents de Tony qui m'accueillirent car leur fils était sous la douche. Ils me firent asseoir, me proposèrent du thé pour me réconforter. Mais que m'arrivait-il ? Etait-ce si grave ? Je leur débitais tout ce que je venais de subir entre deux hoquets. Je leur dis que je ne voulais jamais retourner chez ces gens qui avaient si mauvaise langue Ils me calmèrent et m'assurèrent que je serai la bienvenue chez eux, si je le souhaitais. Tony descendit à ce moment-là et fut mis au courant. Il me prit dans ses bras : « Ne crains rien ma chérie. Je suis là. Je t'aime et mes parents aussi t'aiment. Et je n'ai que des intentions pures envers toi. Veux-tu m'épouser ? »

J'étais abasourdie cette fois. C'était bien la première fois qu'on me demandait en mariage. Et c'était si rapide, si inattendu ! Mais j'étais si bien avec ces gens généreux, compréhensifs, où tout se passait sans heurt que je répondis avec un cri du cœur : « Oh oui, oui ! »

La mère de Tony disparut dans sa chambre et redescendit avec une bague qu'elle lui tendit. Tony me la passa au doigt :

« C'est une bague qui appartient à ma mère que je te donne ». Là-dessus, on s'embrassa, Tony et moi. Et j'allais déposer un gros bisou sur la joue de sa mère, et tant qu'à faire, sur celle de son père

« On va aller chercher tes affaires maintenant, me déclara Tony. Tu t'installes ici, dans la chambre d'amis du premier. C'est décidé avec mes parents »

La mère de Tony, outre le toilettage des petits chiens, arrondissait les fins de mois avec un « bed and breakfast » dans sa maison. C'était la plus grande chambre. Son mari l'avait aménagée, pour plaire aux touristes, comme une parfaite chambre de Princesse Barbie : tout en pastel et dans un style romantique. Tony, quant à lui, se contentait de la petite chambre où seul un lit une place trouvait sa place. C'était celle que j'avais occupée jusqu'à présent chez mes hôtes où nous nous rendîmes :

« Nous sommes fiancés maintenant, leur annonça Tony, en montrant ma main ornée d'une bague. Et elle s'installe chez mes parents. »

Mes hôtes avaient tout gagné avec leur médisance et leurs interdictions que je n'avais pas à supporter. Je n'étais pas dans un pensionnat de jeunes filles. Je m'étais toujours comportée avec une extrême correction. Mon devoir envers eux s'arrêtait là. En plus, ils avaient provoqué des événements qui n'auraient jamais dû avoir lieu. Tony leur avait cloué le bec par son esprit de décision. Ils devaient maintenant se sentir honteux d'avoir eu une attitude aussi absurde. Ils avaient en plus détruit notre relation amicale.

Je m'installais donc dans ma chambre de princesse. L'ambiance de cette maison était calme et reposante. Je n'entendis jamais un mot plus haut que l'autre, ni n'assistai à des signes d'énervement lors de mon séjour.

Ce qui n'était pas arrivé quand nous sortions auparavant Tony et moi, arriva : je le rejoignais dans sa chambre. Encore un événement que mes précédents hôtes avaient provoqué et qui ne serait jamais arrivé sans eux.

Je me dis qu'il fallait que je tienne ma mère au courant de ces fiançailles hâtives. Je lui téléphonais de chez mes nouveaux hôtes, avec leur accord. Ma mère reçut mal la nouvelle :

« Qu'est-ce que c'est encore que cette histoire ?

– Ce n'est pas une histoire ! C'est très sérieux. Et je voudrais que tu viennes me rejoindre pour faire connaissance de mon fiancé et de ma future belle-famille.

– Mais il n'en est pas question ! Je t'attends à Nice comme prévu à la fin du mois. »

Je raccrochais dépitée. J'annonçais à la famille réunie que ma mère ne viendrait pas. Ils ne firent aucun commentaire.

J'avais prévu que Chantal et moi passerions trois jours à Edimbourg en fin de séjour et que nous repartirions directement à Londres prendre notre avion pour Paris. La capitale écossaise me fascinait sans la connaître. Mais j'étais sur mes nuages roses et écourter notre séjour à Bridlington ne me disait plus rien. Je voulais rester avec Tony jusqu'au dernier moment. J'en parlais à Chantal. Elle n'y voyait aucun inconvénient. Edimbourg n'évoquait rien pour elle. Ce n'était même pas un point sur une carte.

Avant que je reparte, ma précédente famille d'accueil demanda à me voir pour me remettre un cadeau. Je me rendis chez eux, frappai à la porte. Quand ils m'ouvrirent, je ne rentrai pas. Je restai sur le seuil par prudence. Ils me dirent qu'ils étaient désolés de devoir nous quitter sur un mauvais souvenir. Ils avaient donc tenu à me faire un cadeau avant mon retour en France. Ils me remirent un petit paquet que je défis. C'était un portefeuille marron en veau glacé. Son mari tint à préciser que c'était un article de grande qualité. Sans doute. Je les remerciais et les quittais. Le lien créé trois ans auparavant était complètement rompu.

Je rentrais à Nice. Ma mère ne fit pas grand cas de ces « fiançailles » : « Tu n'en rates pas une ! ». Tony m'avait dit qu'il allait prendre des vacances pour venir me voir. Je me mis donc en quête d'un petit hôtel pas cher du quartier. Puis sa première lettre vint : elle était bourrée de fautes d'orthographe ! Je tombais des nues. Tony était illettré! J'eus l'impression de recevoir une douche glacée sur la tête. Je ne connaissais aucun illettré dans ma famille ou mes proches, même parmi les gens simples. Cette découverte me remit immédiatement les idées en place. J'aurais appris qu'il était un criminel ne m'aurait pas causé de plus grand traumatisme. Je ne répondis pas à sa lettre. Je ne lui renvoyai même pas sa bague, ma mère m'ayant dit que c'était un objet de pacotille plaqué or ce qui m'avait mis en fureur. Je lui avais répliqué que c'était l'intention qui comptait et qu'elle était peu charitable de juger ainsi.

Et je repris ma vie habituelle : la plage, Nicole, Jean-Yves, les autres, et le sport préféré de ma mère et le mien : les boutiques de mode.

III

Les étudiants avaient été scindés en deux groupes : ceux qui avaient choisi gestion des entreprises, les plus nombreux, plus de soixante-dix et nous, les macro-économistes, moins de cinquante. La plupart des cours se faisaient maintenant pour nous dans une salle de classe plus ou moins grande et non dans un amphi sauf pour les matières communes aux deux sections comme le droit, les maths et les statistiques pendant lesquels nous nous retrouvions ensemble.

Les matières de troisième année me convenaient mieux que celles de l'année précédente : la croissance en économie politique, l'histoire de la pensée économique dispensée par mon cher professeur de première année que je retrouvais enfin. Nous avions des travaux dirigés l'après-midi en petits groupes deux fois par semaine, en maths et en statistiques.

Cette année-là je reconnus que ma mère avait raison. Mes 45 kg pour 1, 52 m, c'était trop. Je n'avais pas la silhouette mannequin de Twiggy qui, il est vrai, était squelettique, mais quand même ! Quand j'essayais un pantalon et que je me voyais de dos, je trouvais mon fessier trop important ce que ma mère m'avait déjà fait remarquer. Je commençais alors un régime drastique. Je ne déjeunais plus le midi au restau U. Le soir, je prétendais ne pas avoir faim et me contentais d'un œuf coque et d'une salade accompagnés de thé. Ma mère n'était pas contre car elle préférait une collation légère devant la télévision à la place d'un dîner A Versailles, elle avait déjà instauré pendant un certain temps le régime demi-ficelle beurrée trempée dans du café au lait. Pour accélérer la perte de poids, j'avais ensuite remplacé mes deux tartines du matin par une pomme. Au lever, je ne manquais jamais de me peser. Je poussai même le bouchon jusqu'à prendre des laxatifs. Ce régime dura des mois. Je ne pesais plus que 39 kilogrammes quelquefois même moins et j'étais très satisfaite d'avoir enfin atteint la silhouette de mes rêves. Dans la boutique où nous achetions nos pantalons, j'avais dorénavant mon propre patron car aucune taille standard ne me correspondait. J'étais devenue inconsciemment anorexique.

Sans que je m'en sois doutée, ma mère commença à s'inquiéter de cet amaigrissement et me soupçonnais de ne plus manger le midi, bien que je ne manquais pas de lui énumérer les plats du menu pour donner le change. Je ne pouvais pas me retenir de manger lors du repas dominical, toujours excellent, ni quand nous allions au restaurant. J'étais affamée. Quand je sortais le soir et rentrais tard, je trouvais de plus en plus souvent, un pot de confiture et des cracks pain au seigle « oubliés » sur la table de la cuisine. A moins que ce ne soit un reste de tarte au flanc ou de tarte au fromage. Je faisais donc une pause casse-croûte avant d'aller me coucher. C'était trop tentant et j'avais trop faim.

Mon régime hypocalorique ne m'empêchait pas de rester aussi active physiquement qu'intellectuellement. Je menais de front mes études en sciences économiques et celles d'anglais à la fac de lettres. Quel choc ce fut, cette fac ! Je débarquais sur une planète bien différente de la fac de droit : étudiants en jean sans forme, garçons aux cheveux longs et barbe hirsute, filles pas mieux habillées et non soignées... Quant à l'état de l'établissement, il n'était pas engageant : papiers à terre, mégots... Je commençais à comprendre pourquoi notre copine qui était dans cette fac préférait venir déjeuner à notre restau U et se relaxer sur notre grande terrasse ! Elle n'avait rien à voir avec cette bande de gauchisants qui se croyait obligée d'adopter une allure qui se voulait anti capitaliste mais qui n'était que du laisser aller.

Mais l'organisation de la fac de lettres s'était adaptée aux nouvelles directives de l'après 68 bien plus facilement que la rigide fac de droit. Je fus étonnée que les étudiants puissent intervenir pendant les cours, et qu'un vrai dialogue ait remplacé le cours magistral. Ce n'était pas la seule innovation. Fini, ici, l'examen de fin d'année où tout se jouait sur un seul sujet et une seule notation. Ici, on avait instauré des examens partiels dont la note moyenne annuelle déterminait le passage en année supérieure, comme au lycée, en somme.

J'appréciais aussi les séances au labo de langues où chacun, isolé dans une cabine de verre, un casque sur les oreilles, effectuait des exercices de prononciation et de compréhension, chacun à son rythme.

De temps en temps, je manquais quelques cours de sciences économiques, mais je les rattrapais à partir de ceux de Nicole qui prenait des notes aussi exhaustives que les miennes. En les recopiant, j'entendais la voix du prof et ses explications. J'avais tout d'abord confié un petit magnétophone à Nicole pour qu'elle enregistre. Mais réécouter était long et fastidieux car il y avait beaucoup de moments de silence ou de répétition. La seconde méthode s'avéra plus efficace et moins contraignante pour chacune.

Le premier partiel eut lieu : il s'agissait de traduire un passage d'un ouvrage de Camus en anglais. La débutante que j'étais, puisque j'avais sauté la première année, fut plus que satisfaite par la note de 12 que j'obtins. Je revins à la maison triomphante. Puis vint un cours de philosophie dispensé par un professeur américain. Il avait lieu en fin de journée. Il était question d'une théorie obscure opposant Dieu et le Diable. Je me retrouvais plongée dans mon année de philosophie de terminale que j'avais fuie. J'essayais quand même de mettre un peu d'ordre dans la théorie, à mon avis confuse, que nous avait exposée ce professeur. Je rédigeais, le jour du partiel, une copie dont j'étais plutôt contente. Le verdict arriva : 1/20 avec le commentaire suivant : « Vous n'avez rien compris ». Décidément, je n'étais pas douée pour dénouer le fil des tourments d'une âme torturée. Il est vrai que j'avais un esprit cartésien renforcé depuis la terminale par le rationalisme imparable du droit et des sciences économiques. Je me souviens que mon professeur de droit constitutionnel posa un jour, en faisant son cours, une question destinée à créer un suspens propice à l'attention des auditeurs, un effet que les avocats utilisent souvent dans leur plaidoirie :

« Savez-vous pourquoi ce type de sujet n'est jamais débattu à l'Assemblée un vendredi après-midi ? » J'attendais une réponse pénétrante, tel un secret d'Etat qu'il aurait partagé avec nous. Sa réponse fut :

« Parce que le vendredi après-midi est la veille du samedi. » J'en restais clouée sur mon banc. Une telle lapalissade ... logique en plus ! Il y a plus d'absents le vendredi après-midi, quand les députés repartent passer le week-end dans leur fief ! Raisonnement simple mais exact... qui me marqua de façon indélébile.

Il devenait clair que le contenu de la licence d'anglais ne correspondait pas à mes attentes. Ce que j'étais venu chercher c'était l'apprentissage plus approfondie d'une langue qui me permettrait de participer à une conversation quel que soit le sujet, de discourir, de lire des journaux et des livres en anglais. Je voulais du concret. Apparemment, ce n'était pas le cas ici, pire, ça n'existait nulle part, au moins à Nice. Ma seconde carrière, celle de linguiste, s'arrêta donc là.

Ce qui s'arrêta là aussi fut ma liaison avec Jean-Yves. Il me l'annonça un jour, alors que nous étions dans ma voiture. Je ne comprenais pas. Je voulais avoir des explications. Je lui posais des questions. J'étais abasourdie par cette nouvelle que rien ne laissait prévoir. Mais il se montra dur et inflexible, comme l'image qu'il entendait donner de lui. Il ne me fit aucun reproche mais ne réussit pas à obtenir une explication. Cette année-là, il n'était pas revenu à la fac. Ses parents avaient compris que les études n'étaient pas faites pour lui. Ils avaient monté une papeterie à côté de la librairie, pour lui créer un emploi. Il lui avait adjointe la secrétaire, une dame de confiance, pour l'assister dans l'administration, ce qui était une précaution judicieuse. La responsabilité de la librairie avait été confiée à son frère aîné. Il était normal à Nice que les parents veillent à l'établissement de leurs enfants. Mais les parents de Jean-Yves ne leur laissaient pas la bride sur le cou : ils continuaient à veiller au grain. Cette rupture me causa un choc et me laissa désorientée et pensive quelque temps sans affecter en rien mes obligations par ailleurs. Le grand amour ne semblait pas fait pour moi.

Un étudiant de quatrième année se rapprocha de moi. Il était grand, pas beau, se tenait un peu courbé, et il semblait toujours parler dans la barbe qu'il n'avait pas. Mais il m'emmenait souvent boire le café, après le déjeuner au restau U, dans un agréable établissement de la Promenade des Anglais. J'aurais eu mauvaise grâce à refuser. J'allais moi-même de temps en temps manger, seule, sur la Promenade des Anglais au soleil qui chauffait agréablement ma peau, une dorade grillée au feu de bois, Ce garçon semblait connaître beaucoup de monde à Nice : normal, c'était le fils d'un parfumeur de Grasse. Sa carrière semblait toute tracée. Mais voilà : son père vendit. Il fallut bien alors que son fils se résigne à réussir son bac après deux années d'échec, et à suivre une formation qui lui assurerait un autre métier que celui de papa. C'est ainsi qu'il se retrouva trois ans plus tard, en quatrième année de sciences économiques option gestion des entreprises. Il me proposa de rejoindre le Rotaract, dont les jeunes membres étaient les poussins du Rotary club. C'était en fait le but de toute son approche de me recruter car il ne chercha jamais à sortir avec moi. J'avoue que je ne l'y encourageais pas non plus. La façon dont je lui parlais et ce dont je lui parlais n'était pas équivoque. Il sut, par contre, me vendre le club dont il était lui-même membre il me proposa d'être mon parrain. Avant de donner une réponse définitive, me dit-il, je pouvais toujours assister aux réunions et décider de mon adhésion ensuite en connaissance de cause.

Je suivis le conseil et allais à une réunion qui avait lieu dans une des salles du grand hôtel où le Rotary se réunissait lui-même. Les membres n'étaient pas nombreux. La plupart étaient des élèves de droit ou de sciences économiques, le restant se contentant d'être des enfants de papas rotariens. Les Rotariens étaient de gros commerçants, des propriétaires de grands hôtels, des membres de professions libérales. Je n'avais pas de père rotarien mais je faisais des études. Je fus accueillie chaleureusement. Je me sentis de suite à l'aise, dans un milieu que je connaissais. J'en devins membre et le restai jusqu'à la fin de mon cursus.

Nous invitions souvent à une conférence suivie d'un débat des personnalités, telles que Pierre Cochereau, l'organiste de Notre-Dame de Paris, le directeur du Nouveau Théâtre de Nice qu'on avait construit, sur le cours du Paillon, qui commençait à être couvert et le fut totalement après la démolition du théâtre municipal ancien de la place Masséna dont je déplorais tant la disparition. La visite de ce directeur me décida à aller voir la pièce qui était actuellement à l'affiche : « La cuisine ». J'y allais avec ma mère. On était mal assis sur des gradins qui se voulaient reproduire un théâtre antique. Mais pire que cela : la cuisine était une vraie cuisine de restaurant où tout était faux car il n'y avait rien dans les casseroles. Quant à l'intrigue, elle était inexistante. Nous avions été déçues par Woyczek, qui était une pièce hermétique, mais sans doute réservée à une certaine catégorie d'intellectuels. Ici, c'était pire, c'était le néant. Nous bûmes pourtant ce calice vide jusqu'à la lie en nous promettant de ne plus jamais nous y laisser prendre. Quel dommage que Paris fut si loin ! Nous aurions pu aller écouter Pierre Cochereau, qui était non seulement un grand organiste, mais un homme intéressant. Et il nous avait invitées à venir l'entendre ! Mais il y avait une autre alternative pour écouter de la musique, au sein du Rotaract : un des membres, un garçon adorable mais défavorisé par la nature et qui claudiquait en plus, travaillait comme technicien à l'Opéra de Nice. Et ce garçon, tellement content d'être accepté dans un groupe, nous proposait des billets gratuits pour l'Opéra. C'est ainsi que j'emmenais ma mère à la première de la Symphonie n° 9 de Beethoven. J'avoue que Beethoven n'est pas mon compositeur favori mais une telle opportunité ne se refuse pas.

Je proposais aussi à ma mère un soir d'été, d'assister à une soirée de ballets aux Arènes de Cimiez Nous étions là aussi assises sur des gradins mais des gradins antiques. Encore moins confortables que les gradins du nouveau théâtre. Nous constatâmes que les Niçois coutumiers de venir apportaient des coussins : sage précaution ! Nous nous promîmes de les imiter par la suite. Nous allâmes aussi assister, au théâtre du Palais de la Méditerranée, à la comédie musicale « Hair » qui faisait scandale car c'était la première fois qu'une mise en scène transgressait le tabou de la nudité dans un spectacle. Julien Clerc qui était la vedette de ce show n'avait d'ailleurs pas accepté de se prêter à cette fantaisie. La musique était entraînante, les danses vivifiantes. On ne pouvait que ressortir de là, dynamisé, et avec la sourire. Mais nous restâmes sur notre faim concernant la courte séquence litigieuse. Les lumières clignotantes empêchaient totalement de savoir si les acteurs étaient ou non dans un simple appareil !

Au Rotaract, je fis connaissance de Danièle, une brune aux yeux bleus de type slave, petite comme moi, un peu ronde et qui surveillait sa ligne. Elle devint vite ma meilleure amie de cœur, Nicole ayant toujours été ma meilleure amie de travail. Elle était vendeuse chez son père. Elle avait un nom connu à Nice car la famille possédait les boutiques de prêt-à-porter homme luxueux de style classique anglais un peu partout sur la Côte. L'ami de ma mère fut impressionné quand je lui dis que j'étais amie avec cette famille. Le grand-père de Danièle avait été le premier à posséder une Rolls-Royce à Nice. La famille ne roulait plus sur l'or maintenant car les héritages avaient morcelé la fortune. Les clients fidèles avaient aussi diminué en raison de l'évolution de la mode masculine que le père déjà âgé de Nicole refusait de suivre. Mais toute la famille avait conservé sa classe. A Nice, la tante de Danièle avait ouvert une boutique de la même enseigne, mais pour dames, où elle vendait du Céline, du Hermès, du Burberry, des marques dont elle avait localement l'exclusivité. Nous y allions de temps en temps avec ma mère. La boutique avait une décoration actuelle où les produits étaient mis en valeur. La boutique pour hommes, par contre, conservait son aspect traditionnel, un peu désuet. Le fils aîné avait, avec sa femme, ouvert une boutique hors de Nice mais peu loin dans le grand centre commercial, une nouveauté alors, où les marques de luxe étaient bien représentées. Il faisait un gros chiffre d'affaires, me confia Danièle car son approche était différente de celle de son père. Son oncle préférait lui aussi poursuivre la tradition de la maison à Cannes dans une boutique qui conservait sa décoration très désuète.

J'allais souvent voir Danièle au magasin, quand j'étais en ville. Nous avions le temps de bavarder car elle n'était pas débordée. Nous nous racontions toutes nos petites histoires et nos impressions comme le faisaient les filles entre elles. Aux réunions du Rotaract, comme aux dîners, car nous avions un dîner comme « les grands » tous les quinze jours, dans un restaurant familial d'une petite rue du centre-ville où nous bénéficiions d'un menu à prix spécial, la première arrivée réservait la place de l'autre. Au début, Danièle sortait avec un fils de propriétaire de grand hôtel. C'était un grand garçon au visage poupin et rose, très imbu de lui-même et parfaitement stupide. Je me demandais ce que mon amie pouvait bien lui trouver. Apparemment, elle ne semblait pas beaucoup y tenir. Je soupçonne son père d'avoir encouragé cette amourette dans l'espoir de caser sa fille à un bon parti. C'était alors l'espoir de tous les parents. Le jeune éphèbe disparut bientôt de la vie de Danièle et du Rotaract sans que personne n'exprimât de regrets.

Le Rotaract s'avéra être aussi une mine de voyages, d'invitations, de nouvelles rencontres tout au long des années que j'y passais.

C'est ainsi que nous allâmes à Aix en Provence, invités par le Rotary d'Aix pour une journée de « réflexion » sur je ne sais quel sujet. Ce qui était intéressant fut que ce colloque se déroula, collation du midi précédée d'une coupe de Champagne de bienvenue ainsi que dîner et soirée dansante inclus, dans le meilleur hôtel de la ville, un hôtel situé dans un bâtiment très ancien, meublé d'antiquités et au service classique irréprochable. Dès que le signal de la danse fut donné, nous nous déchaînâmes sans retenue et n'épargnions pas nos rires. C'était mon professeur d'histoire économique qui aurait été content de nous voir ! Mais les aînés présents participèrent aussi et nous laissèrent nous défouler jusqu'à une heure avancée de la nuit. Certains d'entre nous étaient logés dans les chambres mêmes de l'hôtel Je les enviais. Mais je n'eus pas à me plaindre, au contraire, puisque je fus logée chez le président du Rotary qui habitait un joli mas provençal dans la campagne aixoise. Je passais la nuit, ou plutôt ce qu'il en restait, dans une jolie chambre aux meubles anciens. Sur ma table de nuit un verre et une carafe d'eau également ancienne était à ma disposition. La femme du Président était aux petits soins pour moi. Le lendemain matin, nous repartîmes assurer notre présence à la matinée qui clôturait ce colloque dans un état quelque peu comateux tant la nuit avait été courte. Ce fut un fabuleux week-end dont nous reparlâmes souvent.

Un autre week-end se déroula à Turin. Il commença mal car je partis avec un jeune couple du Rotaract qui avait une mentalité de vieux avant l'âge. Le voyage fut d'autant moins joyeux que nous essuyâmes une forte pluie jusqu'à l'arrivée. La fille notait avec précision tout ce qui était dépensé à chaque plein d'essence et aux péages, pour déterminer la quote-part de chacun au centime près. Je n'avais jamais expérimenté une telle mesquinerie. L'ambiance était on ne plus sérieuse dans la voiture. Ces deux-là, s'ils passaient leur vie ensemble, se préparaient des jours plutôt maussades. C'était leur problème et je m'arrangeai pour revenir avec une autre voiture. Les femmes des Rotariens nous firent visiter l'après-midi le centre de Turin où les galeries bordées par des portiques comme ceux de la Place Masséna étaient nombreuses et pour cause, Nice étant une ville turinoise. Ce qui me frappa fut l'élégance et la classe des femmes qui n'existaient déjà plus guère en France. Par contre, la réception ne nous frappa pas. Elle se déroula dans un décor austère et fut guindée. Elle s'accordait en fait à l'apparence des Turinoises. Ici, on ne s'amusait pas. On travaillait et on gardait son rang.

La soirée du Rotary de Nice, où nous fûmes invités, ce qui constitua pour moi une première car j'étais alors nouvelle au club, me combla d'aise. Je m'achetais, pour l'occasion, deux peignes du soir, pour retenir mes cheveux, en verroterie de bon goût montée à la main. Des années et des années plus tard, je les avais toujours. Le dîner de gala avait lieu dans un hôtel de luxe qui bordait les Jardins Albert Ier. Je l'avais toujours admiré quand je passais devant, et ce soir j'y étais invitée ! Les tables rondes étaient magnifiquement dressées : nappes blanches, bataillons de verres et de couverts autour des assiettes, coupe de fleurs sur chaque table. Une tenue du soir ou de cocktail était souhaitée. J'avais depuis peu une robe « charleston » courte, noire, droite, avec plusieurs rangées de frange en soie successives et un empiècement transparent. Elle m'allait comme un gant et c'est cette robe que je mis. Les places avaient été attribuées, un ou deux jeunes à chaque table de rotariens : il nous fallait chercher la nôtre avant de nous asseoir. Nous eûmes droit aux discours d'usage avant que le dernier orateur nous souhaita un bon appétit suivi des derniers applaudissements. Je goûtais pour la première fois un consommé de tortue, sans remord, car cet animal n'était pas encore protégé et encore loin de l'être. Intéressant mais pas renversant. Je soutenais la conversation avec mes voisins rotariens. Ils me serrèrent chaleureusement la main au moment de nous quitter.

Mais le clou des nombreuses soirées auxquelles je participais fut de loin la soirée déguisée organisée par un club concurrent qui avait invité le Rotaract, une invitation qui nous surprit car c'était bien une première de leur part. Voulaient-ils se rapprocher de nous ? Nous considérions ce club comme une assemblée de snobinards sans intérêt. Mais comme on nous invitait, nous ne pouvions qu'accepter !

J'allais voir les boutiques spécialisées dans les déguisements. Elles n'avaient pas pignon sur rue. Au premier étage d'un immeuble, j'entrais dans une caverne d'Ali Baba où seul le propriétaire des lieux, un vieux monsieur en harmonie avec le décor, pouvait s'y retrouver. Il considéra ma taille fluette et me déclara : « j'ai quelque chose pour vous ». Il farfouilla dans son chaos et revint triomphant : « Voilà ! ». J'écarquillais les yeux tant la surprise fut grande. C'était une authentique robe en velours violet de chanteuse de cabarets populaires du début des années 1900, bien cintrée jusqu'à la taille grâce à un laçage dans le dos. Elle avait un décolleté rond généreux et s'arrêtait à mi mollet. J'étais emballée. Je l'essayais. On l'aurait dite faite pour moi. Le vieux monsieur continua de farfouiller et revint avec une paire de bottines noires en peau souple velouté à talons fins mais peu hauts, des mitaines en dentelle noire et une jarretière. Les bottines étaient aussi à ma taille et parfaitement adaptées à mon pied. C'était miraculeux au moins parce que la tenue complète m'allait comme un gant! L'avoir trouvée ne l'était pas tant que ça en vérité car Nice était le refuge de nombreux artistes âgés qui ne survivaient que par la vente progressive des vestiges de leur passé. Tout comme les réfugiés blancs russes se séparaient, la mort dans l'âme, de pièces d'argenterie de famille, au profit d'antiquaires qui s'en frottaient les mains. Je demandais au vieux monsieur le prix de la location. Il me l'indiqua et, s'étant aperçu de mon enthousiasme, il me précisa que je pouvais aussi acheter la tenue : 100 F. Je n'hésitais pas. Dans l'après-midi du jour de cette soirée, j'allais chez mon coiffeur pour lui demander de réaliser un chignon 1900 en y plaçant une aigrette que je m'étais procurée. Je me fis maquiller par la même occasion.

C'est ainsi que je montais le large escalier du palazzo du vieux Nice où se déroulait la soirée. Un photographe se tenait en embuscade en haut des marches pour prendre un cliché de chaque arrivant comme si nous étions les vedettes du festival de Cannes ! Cet escalier conduisait à une antichambre qui donnait, par les doubles portes grandes ouvertes, sur la somptueuse salle de réception où, sur la gauche, était installé un buffet avec canapés, petits fours et seaux à glace. Des bouteilles y rafraîchissaient. A droite de la porte d'entrée était installé un orchestre de quelques musiciens. Les filles étaient toutes habillées en Scarlett avec robe à crinoline. Un conventionnalisme navrant. Je jetais sans cesse un coup d'œil vers l'escalier pour surveiller l'arrivée de mes amis. Et que vis-je ? Je n'en croyais pas mes yeux : le fils de l'assureur d'Antibes, un garçon très convivial, déguisé en...cardinal ! Quand il me vit, il s'écria : « Génial ! J'ai trouvé ma partenaire !... » Le photographe était ravi aussi. Il nous bombardait de clichés. Je suggérais à mon cavalier : « Mets un genou par terre pour que je m'assieds sur l'autre ! ». La chanteuse de beuglant et le haut dignitaire ecclésiastique réunis : ça, c'était une exclusivité, un scoop, comme on dirait aujourd'hui ! Une aubaine pour un paparazzi ! La soirée commença. Des valses, évidemment pour ces demoiselles ! Alors, tant qu'à scandaliser dans cette bonne société, autant le faire jusqu'au bout. Je demandais aux musiciens un air de French Cancan. Je relevais alors ma robe en révélant ma cuisse droite ceinte de ma jarretière et attaquai la danse. Je n'imitais cependant pas les cris des danseuses de ce temps-là par impossibilité de les reproduire... Le cardinal et moi ne nous quittâmes pas de la soirée. Quand elle se termina, nous décidâmes, accompagnés de quelques autres copains du Rotaract, d'aller nous rafraîchir en ville, et surtout pour commenter entre nous cette mémorable soirée. Nous trouvâmes une brasserie ouverte près de la place Masséna. Nous nous y installâmes. Le serveur qui vint prendre notre commande ne s'étonna pas de notre accoutrement. Effet manqué. A Nice comme à Paris, on ne s'étonne de rien au milieu de la nuit.

Les photos furent exposées au Négresco. Une étudiante m'en parla: « Il y a plein de photos de toi. Tu es superbe !». Je n'allais même pas voir. Par négligence ou par manque d'intérêt ? A cet âge, on est dans l'avenir, pas dans le souvenir !

Le « cardinal » ne manqua pas ensuite de m'inviter à ses propres soirées. C'est ainsi que je fis la connaissance d'une dame d'un certain âge, petite et mince, ridée, mais d'un dynamisme hors du commun, qui dansait comme nous, et s'habillait comme moi : Jacqueline. Le « cardinal » devait se douter que nous nous entendrions comme larrons en foire... Elle était un exemple parfait à imiter par ceux pour qui vieillir était synonyme de perdre son esprit jeune et son dynamisme. Elle faisait partie de différents clubs. Sa vie était trépidante. Je l'admirais. Nous parlions beaucoup ensemble et je lui confiais que ma mère qui était encore jeune, restait chez elle sans rien faire et que je regrettais qu'elle n'eût pas son tempérament. « Mais il faut la sortir de son isolement ! Nous allons l'emmener à un déjeuner du club « Madame Côte d'Azur ». Le prochain se tient au port de Beaulieu dans une semaine ! ». J'eus bien un peu de mal à convaincre ma mère mais nous finîmes par y aller. Jacqueline avait prévu une table pour nous trois. Le déjeuner fut précédé d'un petit discours de la Présidente. Il fut excellent comme toujours dans ce restaurant où nous allions quelquefois pour les poissons grillés et le magnifique environnement. Jacqueline lui demanda son impression. Ma mère lui répondit poliment qu'elle avait passé un excellent moment et apprécié sa gentillesse. « Alors, on vous inscrit ? » lui demanda Jacqueline de sa manière directe. Jacqueline tutoyait tous les étudiants et nous la tutoyions aussi, mais elle vouvoyait ma mère. Nous n'étions pas dans le même contexte. Ma mère s'en tira par une réponse évasive du genre : il faut que j'en parle à mon mari, qu'elle sortait dans les boutiques pour éviter de dire oui. On devait d'ailleurs se demander qui était ce fameux mari que personne n'avait jamais vu et dont le nom qu'on supposait être celui de ma mère ne disait rien à personne....Il y avait fort à parier que personne n'était dupe. Nice, dans un certain milieu, n'est pas bien grand...

Rentrées à la maison, j'interrogeais ma mère sur ses intentions. Elle me répondit : « Mais voyons, tu as vu ces femmes ? Elles ont toutes des maris avec de brillantes situations à Nice. Et moi qui suis-je ? Rien ! Que leur dirais-je ? » Ma mère aurait pu s'inventer une situation d'héritière vivant de ses rentes sans plus de détails. Mais elle n'était pas comédienne... Elle s'était laissée enfermer dans une prison dorée, mais une prison quand même. Que faire ?

J'entrepris alors de la sortir. Je l'emmenais dîner à la Siesta. Vint le moment de danser. J'avisais un garçon non loin de nous où il n'y avait pratiquement aucun danseur qui semblait, seul, très bien s'accorder avec la musique. Je le rejoignis ce qui le stimula et nous partîmes tous deux dans un délire de mouvements assez bien coordonnés entre nous. C'était génial ! Il n'était pas rare de partager des moments divins et hors du temps avec de parfaits inconnus qui le restaient. A la fin de la danse, je rejoignis ma mère. Elle se demanda comment je pouvais parvenir à faire trembler mes jambes comme je le faisais. C'était pourtant simple ! Le lendemain matin, j'entrepris de lui donner une leçon de danse : impossible d'obtenir ce que je demandais. Elle était incapable de basculer son bassin d'avant en arrière ni de basculer les hanches de droite à gauche ou inversement ! Mais que faisait-elle avec un homme dans un lit ? Elle se laissait manipuler ou quoi ? Tout ce que je pus en tirer fut un fléchissement des genoux accompagné d'un fléchissement des avant-bras. Les Thaïes font la même chose. Autant dire rien. C'est exactement ce que je vis faire à un représentant de l'Etat, il n'y a pas si longtemps à la télé, qui accepta de participer à une danse traditionnelle d'une de nos Iles. Rien de plus convaincant pour mettre en doute la compétence d'un haut fonctionnaire à administrer un territoire d'Outre-Mer !

Mais je n'abandonne pas facilement. Aussi, j'emmenais ma mère dans la petite discothèque des Hauts de Cagnes. Je dansais en l'invitant à venir me rejoindre, sans succès. Un moment, je sortis, comme beaucoup le faisait, pour me rafraîchir à l'air libre. Deux garçons étaient juste assis à côté de moi. Ils me demandèrent :

« Et ta copine, elle ne danse pas ?

– C'est pas ma copine ! C'est ma mère ! ».

Preuve que, si elle l'avait voulu, ma mère aurait très bien pu se mêler à nos soirées.

Je continuais alors mes sorties et mes mondanités en solo. Deux d'entre elles me laissèrent des souvenirs.

Le fils d'un important notaire de Nice, étudiant à la fac, que je connaissais mais sans plus, m'invita à un dîner qu'il donnait entre amis. Pourquoi ? Je pense qu'il lui fallait une invitée pour ne pas être le seul garçon avec des couples. J'acceptais. Il m'indiqua l'adresse, le jour et l'heure auxquels il attendait les convives. Je fus éblouie par le magnifique hôtel particulier fin de siècle avec ses colonnades où je pénétrais. Je n'avais encore jamais vu une si belle demeure. Il était seul, ce soir-là, et c'est pourquoi il avait organisé ce dîner en faisant la cuisine lui-même. Ses invités étaient deux jeunes issus du droit, plus âgés que moi, qui avaient déjà une situation si on en croyait l'habillement, la coiffure et les bijoux, même de fantaisie de leurs compagnes ou femmes ainsi que l'aisance à se mouvoir dans cet environnement. C'était loin d'être guindé, mais c'était très jeunesse dorée Côte d'Azur dans laquelle je ne faisais pas tache, je dois bien l'avouer. Nous prîmes d'abord l'apéritif assis sur des canapés imposants au design de décorateur contemporain. Nous passâmes ensuite dans la salle à manger où une table avait été dressée dans la pure tradition française : nappe blanche, service de fine porcelaine, argenterie et cristaux. Notre hôte avait, entre autre, préparé une dorade au four délicieuse. La conversation fut légère et de bon ton, adaptée à la classe de la demeure. J'étais ravie d'être là.

La seconde fut sans doute dictée par le même souci d'avoir un élément féminin pour accompagner les deux garçons qui allaient à une réunion du Club Perspectives et Réalités, le club de Valéry Giscard d'Estaing. Celui qui m'avait invitée était un juriste de la fac, plus avancé que moi dans ses études, un garçon mince et grand, sûr de lui et s'exprimant très bien d'une voix assurée Le second était un assistant de droit connu de la fac, futur professeur, un beau garçon brun, plus charmeur que le premier et qui avait un style très play-boy Côte d'Azur avec ses costumes d'une coupe et d'une couleur qui le flattait, ses lunettes de soleil et ses gestes désinvoltes très étudiés. Il nous emmena dans sa BMW décapotable qui complétait sa panoplie. J'étais très fière de rouler sur la Promenade des Anglais, cheveux au vent, dans cet équipage. C'était une première tout comme assister à une réunion politique. Mais je ne tardais pas à trouver les discours ennuyeux. Une chance que nous fûmes ensuite récompensés par une coupe de Champagne accompagnée de quelques petits fours, qui permettait à chacun de s'exprimer en petits groupes, de manière informelle.

Des mondanités, je n'en manquai pas. Je ne sais comment je me retrouvais toujours dans les cocktails d'inauguration. L'un eut lieu dans un des plus beaux palais bordant la Promenade des Anglais. Je l'admirais à chaque fois que je passais devant... Je fus donc ravie de me rendre à l'intérieur. Les cristaux des lustres, tous éclairés, jetaient leur éclat, ce soir-là, jusqu'à la Promenade des Anglais à l'extérieur. Ce fut une brillante réception.

Contrairement à ce qu'on pourrait croire, j'étais loin de passer toutes mes nuits ni même mes soirées dehors. Une année a trois cent soixante-cinq jours. Mes sorties me laissaient beaucoup de temps libre à passer à la maison, où je pouvais lire, tricoter, broder, le soir, non devant la cheminée comme une sage jeune fille d'autrefois, mais devant la télévision. Je ne manquai jamais un cours non plus quelle que soit l'heure à laquelle je rentrais. Ma mère devait se demander quand, parmi tous ces garçons que je connaissais, j'allais finir par trouver le bon parti avec qui je me caserais. Elle était comme tous les parents qui n'avaient pas assimilé la toute récente émancipation féminine.

Elle dut être contente quand je lui dis être invitée par un garçon de ma fac, faisant partie du club ayant organisé la soirée déguisée, à un de leur dîner. Sérieux, bien sous tous rapports, un père médecin, tout pour plaire aux parents. Mais je trouvais sa conversation inintéressante et ennuyeuse. Il n'avait rien de drôle. Je regrettais d'être venue.

Mais voilà qu'un vrai boute-en-train refit son apparition, par hasard, dans la salle des pas perdus, où il me repéra : Serge, le beau Serge, qui s'était marié avec une fille de ma classe du lycée. Il était maintenant en quatrième année et paraissait toujours aussi affairé, se précipitant vers l'un, vers l'autre, se déplaçant en tous sens. Il vint vers moi :

« Il faut que je te dise. J'ai fondé un club : le club de la « kékette » joyeuse ! » Et il me sortit triomphalement un polycopié où se trouvait dessinée une « kékette » avec deux petites ailes de chaque côté. On pouvait y lire le commentaire suivant : « Allégez votre kékette de ses matières grasses ! » Et au-dessous: « Adhérez au club de la kékette joyeuse ! Renseignements et inscriptions » Suivaient son nom et l'année où on pouvait le trouver. J'étais morte de rire ! Mais il continua : « Ne ris pas. C'est très sérieux. On a rédigé un statut avec un Conseil d'Administration et un Président. C'est moi ! Il y a des membres et des stagiaires qui doivent passer des tests avant d'être acceptés comme membres. Car on a des cours polycopiés ! Ce n'est pas de la rigolade! » Belle application pratique de ses cours de droit de la section gestion des Entreprises qu'il avait choisie. Je devais reconnaître qu'il avait de l'idée et qu'il savait apporter de l'animation! « Tu peux en faire partie quand tu veux » me précisa-t-il.... Nous passâmes le reste de l'année ensemble. Ce fut vraiment joyeux.

Au cours de notre relation, j'élargis mes connaissances de fac. Serge m'emmenait dans un grand appartement où habitait une de ses copines, sans doute la résidence secondaire de ses parents qui habitaient Madagascar. Elle y amenait ses petits copains et y accueillait tous les jeunes couples qui cherchaient un refuge pour s'ébattre. Il n'était pas rare d'y aller et de la trouver toute ébouriffée quand elle venait nous ouvrir. Elle était toujours aussi occupée que les autres mais n'oubliait pas ses devoirs d'hôtesse. Elle passait même demander dans les chambres : « Vous n'avez pas soif ? Bon, en tout cas, vous venez quand vous voulez : on boit un coup dans le séjour ! ». C'était gentil, bon enfant, la sexualité joyeuse, comme le proclamait le club de Serge, débarrassée de tous les préjugés, tabous et vices des générations précédentes et rendue enfin à ce qu'elle aurait toujours dû être : le naturel .

Le naturel, je le rencontrais aussi rapidement chez un de ses copains. Il était assistant d'économie à notre fac et partageait, avec deux étudiants, un appartement dans un immeuble ancien du centre-ville. La première fois qu'il nous ouvrit, il était en tenue d'Adam. Sauf qu'il avait des pantoufles au pied. Je fus plus qu'étonnée. Mais je m'y habituais. Il ouvrait dans cette tenue à chacun qui sonnait à sa porte. Il ne s'habillait pas chez lui. C'était un vrai baba cool qui détonait parmi tous les conservateurs de la fac dont nous étions nous-mêmes, Serge et moi. Un jour que nous étions chez ce copain, Serge nous fit une démonstration époustouflante de ses capacités de conviction. On s'aérait tous les deux sur le minuscule salon du séjour quand on vit sortir deux nénettes d'une voiture, juste quatre étages plus bas. Il les appela :

« Coucou, qu'est-ce que vous faites ? Vous ne rentrez pas, quand même ? Il est bien trop tôt pour ça ! On est ici avec des copains. On fait une petite fête. C'est super sympa ! Et comme on dit, plus on est de fous, plus on rit ! Allez, on vous attend ! Ne craignez rien : on est tous étudiants ici ! ». Il continua à baratiner ainsi. Les deux filles montèrent.

« Elles viennent ! Il faut mettre un peu d'ordre ici ! Toi, va t'habiller pendant que je range et réveille ton copain ! »

Serge donnait ses ordres, très à l'aise et s'occupait de tout. En un tour de main, les lumières des lampes se retrouvèrent tamisées, la table de salon débarrassée et de nouveaux verres disposés, les deux divans qui se faisaient face furent retapés. Les deux garçons arrivèrent et y prirent place, chacun sur un divan. Nous nous installâmes, Serge et moi, dans le fauteuil au moment où la sonnette retentissait. Il alla ouvrir la porte aux deux filles. Il fit les présentations et les mit à l'aise. Une fois assise à côté de chacun des deux garçons, elles se retrouvèrent avec un verre à la main dans lequel Serge n'avait pas dû lésiner l'alcool. Il fit la conversation quelques temps et entreprit alors l'opération séduction pour les deux autres garçons, en leur faisant admirer leur physique, en vantant leur charme et leur gentillesse. Ils se prêtèrent volontiers au jeu. Tout le monde riait à gorge déployée! Serge poussa son rôle jusqu'à favoriser le rapprochement physique des deux couples, leur disant de pencher la tête l'un vers l'autre, toujours un peu plus puis de la tourner si bien que les deux couples finirent par se retrouver bouche à bouche et s'embrassèrent. Apparemment, les filles y prirent goût et se laissèrent renverser sur le divan : « Bon, nous, on s'en va me déclara Serge tout bas, c'est bien parti! »

Je racontais, il y a peu de temps cette anecdote bluffante, à l'ancien étudiant qui m'emmenait boire le café sur la Promenade et qui m'avait retrouvée sur internet. Il me raconta que c'était Serge qui lui fournissait les filles avec qui il sortait à l'époque. Un soir de week-end, il en avait même retrouvé une dans son lit en allant se coucher ! Serge était bien le virtuose de la séduction et de la persuasion. Je me retins de lui dire, ce qui aurait été méchant, qu'en ce qui le concernait, il valait mieux en effet avoir un bon copain qui séduisait par procuration !

Avec Serge et ses amis, nous allions grignoter dans les petits restos bon marché du vieux Nice. J'aimais surtout « La Trappa » un minuscule bistroquet en angle aux murs extérieurs semblant sortir du Moyen-Age. On s'installait sur des bancs et on choisissait une des quelques spécialités niçoises proposées dont les rognons blancs, bien connus des gens du sud de part et d'autre de la Méditerranée, et qui sont des testicules d'agneau. Un soir que nous arrivions sur une place déserte, nous nous mîmes à courir sans raison, comme des enfants ivres de bonheur et de liberté.

Mais je ne tardais pas à être de nouveau très touchée par une triste nouvelle. Un soir où je me rendais au dîner bimensuel du club, le Président nous apprit que l'un d'entre nous était décédé. Silence, stupeur, suivirent cette annonce, bientôt relayés par une immense tristesse et beaucoup d'incompréhension. C'était un beau garçon, blond aux yeux bleus. Il venait de terminer ses études de droit et faisait son service militaire. Un char se renversa et l'écrasa... Pourquoi était-il juste à cette seconde précise à l'endroit où il ne devait pas être? Si jeune, comme l'étudiante qui avait eu un accident mortel sur la Promenade. Pourquoi ces jeunes qui avaient l'avenir devant eux et qui n'avaient encore rien accompli dans leur vie ? Toujours les mêmes questions me revenaient. Quelle injustice ! J'étais révoltée. Et une telle injustice pouvait frapper n'importe lequel d'entre nous à tout moment. Je décidais de ne pas transformer ce constat en idée fixe qui aurait pu provoquer le destin. J'avais déjà expérimenté une de mes idées fixes avec ses conséquences sur ma Fiat. Ce qu'il fallait, c'était vivre intensément chaque jour comme le dernier. C'est de toute façon ce que je faisais. Et préparer l'avenir en ne mettant pas en doute la certitude d'en avoir un.

Quand le moment des révisions arriva, Serge me tint une longue conversation sérieuse dans sa voiture. Notre rapprochement semblait plus lui tenir à coeur que moi. Il m'expliqua qu'il avait des responsabilités envers sa femme, que, lorsqu'il avait appris qu'elle était enceinte, il ne lui était pas venu à l'esprit de ne pas les assumer. Il voulait me faire comprendre que notre histoire n'aurait pas de suite officielle. Mais qui lui avait mis dans la tête l'idée que je pouvais avoir des projets avec lui ? Rien, dans mon comportement, n'avait pu le lui laisser croire. Je le considérais comme un bon copain avec qui je passais des moments délicieux, mais c'était tout. Nous ne nous étions jamais rencontrés pendant les vacances ni pendant les week-ends. Je ne lui avais jamais téléphoné : je ne connaissais même pas son numéro ! Je n'avais jamais rien demandé. Nos rencontres, nos sorties, se faisaient naturellement. Et je n'avais pas du tout envie d'en avoir plus.

Nous commençâmes, Nicole et moi, nos révisions d'examen, interrompues une journée pour l'anniversaire de mes vingt ans qui tombait cette année-là un dimanche. L'ami de ma mère devait nous emmener déjeuner, car vingt ans, comme disait la chanson de ma grand-mère, ça n'arrive qu'une fois seulement, dans le restaurant trois étoiles Michelin de Mougins. Vers 11h 30, on sonna à l'interphone. C'était Nicole ! Je n'en revenais pas, elle qui n'était pas venue depuis la soirée de mes dix-neuf ans ! Elle venait me souhaiter un bon anniversaire avec un bouquet de fleurs ! C'était si gentil et si inattendu ! Je l'embrassais et la remerciais, ne masquant pas combien ce geste inattendu me touchait et j'ajoutais du fond du cœur mais un peu étourdiment :

« Nous allons au restaurant. Tu veux venir avec nous ?

– Ah ben oui, puisque tu m'invites! Il faut juste que je passe un coup de fil à mes parents pour les prévenir !

– Vas-y ! Tu sais où est le téléphone ! »

C'est à ce moment-là que je vis la tête de l'ami de ma mère qui s'allongeait. Je traduisais sa pensée : un invité de plus dans un restaurant qui coûte la peau des fesses, quand mes affaires ne marchent pas si bien, quelle inconscience !

Trop tard ! J'avais proposé. En plus, ne pas emmener Nicole aurait gâché mon plaisir. C'était inconcevable de la ramener chez ses parents alors que nous allions faire un bon repas ! C'était une invitée imprévue, voilà tout !

Le maître d'hôtel nous installa à notre table sur la terrasse complétée d'un couvert et nous présenta les menus. Celui des invités ne comportait pas de prix comme c'était la règle dans les grandes maisons. Nous devions choisir les entrées. Nicole demanda ingénument : « La truffe au jus dans sa cassolette, c'est consistant ? » J'étais morte de honte, ma mère à qui je jetai alors un coup d'oeil aussi. Nicole ne savait pas ce qu'était une truffe ! Mais moi je ne savais pas non plus ce qu'était la chorba avant de connaître Nicole. Alors !

« Non, mademoiselle. C'est très léger, lui répondit avec sérieux le maître d'hôtel.

– Alors, je prends ça.

– Très bien, mademoiselle ! »

L'ami de ma mère accusa ce nouveau coup avec fatalité et philosophie, d'autant qu'il avait déjà commandé des langoustes grillées pour le plat suivant. Il ne fit pas la tête, ce que je craignais ainsi que ma mère.

Les révisions furent difficiles cette année-là. Rien que le polycopié de droit du travail comportait mille cinq cents pages à réviser en deux semaines seulement avant l'examen oral qui suivait celui d'écrit. Et ce n'était pas la seule matière à réviser à l'oral. Chaque minute comptait. L'effort en valut le coup car mes résultats furent bien meilleurs que l'année précédente sans toutefois égaler l'exploit de ma première année. Ceux de Nicole également. Nous continuions à être les meilleures. Redécouvrir la vie et ses bruits après cette longue retraite harassante et nerveusement éprouvante était un bonheur incroyable, une véritable renaissance, comme chaque année. J'avais envie de croquer la vie jusqu'à l'indigestion.

Il ne fut pas difficile de convaincre ma mère de passer deux semaines de vacances dans un pays de rêve, une destination de vacances toute nouvelle, Djerba en l'occurrence, où un second village du Club Méditerranée avait vu le jour : Djerba la Douce par opposition à Djerba la Fidèle un village de huttes rustiques, un genre de camping en quelque sorte. Un journaliste connu de la télé avait été invité pendant une semaine pour l'inauguration du nouveau village. Il en était ravi avait-il déclaré après son séjour. J'allais chercher la brochure. Le forfait tout compris par semaine n'était pas exagéré et les photos très alléchantes. Nous réservâmes pour deux semaines en Août.

Mais nous n'étions qu'en juin. Que faire d'ici là ? Passer mes journées à la plage avec Nicole et ma mère ? Et le soir ? Les étudiants qui n'habitaient pas Nice étaient rentrés chez eux. Mais tous les Niçois restaient là. Je fus donc un soir invitée dans une villa à la périphérie encore préservée de Nice. En vue des soirées de Djerba, je m'étais achetée quelques tissus pour me confectionner des tenues de soirée décontractées. En moins d'une journée je réalisais, avec l'aide de ma mère pour les coutures à la machine, dans un tissu blanc à grands disques noirs de taille différente, un ensemble tout simple : jupe évasée et haut consistant en un trapèze de tissu froncé à la taille et autour du cou avec un ruban coulissant s'attachant derrière et qui laissait le dos nu. La mode du noir et blanc venait du réalisateur Jean-Christophe Averty qui avait remis à l'honneur ces non couleurs à la télé accompagnés de force effets spéciaux pour ses émissions sans présentateur. C'était un réalisateur anti conformiste qui cadrait parfaitement avec la nouvelle mentalité et choquait beaucoup de spectateurs. Avec mon ensemble, je portais un tour de cou plastron aux longues pendeloques dorées ne pesant pas lourd malgré leur apparence. La mode des bijoux était aussi aux bracelets en plastique dans toutes les couleurs dont j'avais une collection, une mode bon marché adaptée au nouveau mode de vie. Je rehaussais le tout d'une large ceinture noire habillée fermée par une énorme boucle ronde, qui appartenait à ma mère. Je relevais mes cheveux, me maquillais soigneusement et appliquais même mes faux-cils ce qui n'était pas une mince affaire, mais ce qui était aussi très à la mode. Je me regardais dans le miroir en pied et fut très satisfaite de mon image. J'étais fin prête pour conquérir.

Je descendis les escaliers jusqu'au jardin éclairé où se déroulait la fête et mon regard tomba instantanément sur un jeune homme en costume blanc, brun et bronzé, au visage mat et lisse et aux grands yeux noirs bordés de longs cils, le type même du beau Basque. Il me regarda au même instant. Tout se passa comme dans « West Side Story ». Nous dansâmes ensemble. Il ne me quitta plus sauf pour aller me chercher des rafraîchissements. Il était parfait. Je découvris vite qu'il était d'autant plus parfait qu'il était étudiant à Sciences Po Paris ce que je voulais être moi-même. Il passait ses vacances à Nice chez sa mère qui était divorcée. Son père était conseiller d'un Président connu d'une République africaine ancienne colonie de la France. J'annonçais cette grande rencontre à ma mère qui n'en fit pas grand cas. Elle se méfiait depuis que je lui avais annoncé mes fiançailles anglaises. Mais Pierre et moi, nous nous revîmes, bien sûr.

J'allais chez sa mère. Elle vivait chichement avec sa fille qui préparait une licence de lettres, au rez-de-chaussée d'un immeuble. C'était un petit appartement d'une rue un peu trop éloignée du centre-ville pour être cotée. Sa mère était une dame simple que je ne voyais pas tenir le rôle d'une mondaine. Elle devait avoir été un poids mort dans l'ascension sociale de son mari ce qui expliquait le divorce. Le père de Pierre investissait maintenant dans l'avenir de son fils sans se soucier du sort de son ex-femme pas plus que de celui de sa fille qu'il devait ne pas juger comme une valeur digne d'investissement de par son sexe. Cette dernière me demanda si je n'avais pas conservé mon Lagarde et Michard XXème siècle. La collection des Lagarde et Michard était la référence des livres de français comme les Mallet et Isaac en histoire et le Spaeth en allemand. Je le lui prêtais. Malheureusement, je ne le revis jamais. Je rends toujours ce que j'emprunte et je déteste ceux qui ne respectent pas cette règle élémentaire. Je m'en voulus de ma gentillesse.

Pierre et moi continuâmes notre amourette. Un soir, il m'emmena danser dans un club d'Antibes qui ouvrait sur la mer. En fin de soirée, nous discutâmes longuement dans la voiture, en contemplant le lever du soleil sur la mer. Il tenta alors de me faire l'amour, ce que personne jusque-là n'avait eu l'indécence d'oser dans une voiture. Je le regardais, sa braguette ouverte, choquée et ahurie. Il n'insista pas et me ramena. Je ne sais pourquoi, il ne me donna plus aucune nouvelle. Avait-il été vexé dans sa fierté de mâle de mon refus? Venant d'un Basque, je n'en aurais pas été étonnée. Notre belle romance n'avait duré que trois semaines... Pierre était non seulement ombrageux mais ambitieux, ce qui est une qualité en soi s'il n'avait pas été prêt à tout pour parvenir à ses fins. La vie difficile des deux femmes de la famille, comparée à la vie confortable que lui procurait son père, ne semblait pas le gêner. Alors rien à regretter puisqu'il n'était, sous une enveloppe charnelle séduisante, qu'un arriviste sans scrupules.

Il fallait que j'aille voir les amis de Serge pour combler ma nouvelle solitude. C'étaient des valeurs plus sûres et des personnages moins compliqués. Jean-François, un étudiant de quatrième année en gestion et qui venait d'obtenir sa licence, était resté dans l'appartement de Nice qu'il avait en colocation. Le jour où j'y allais, je le réveillais. Il m'ouvrit et m'invita dans sa chambre car il avait bien l'intention de rester allongé dans son lit. C'était habituel. Serge et moi étions bien allés porter des croissants à midi au jeune couple de la fac qui venait de se marier la veille. Le marié se leva en slip pour nous ouvrir et alla prendre sa douche. Sa jeune femme resta au lit, un simple matelas posé à terre. C'est donc au lit qu'elle nous reçut et que nous fîmes la causette. Le naturel dans les relations avait remplacé le formalisme de nos parents.

Je demandais à Jean-François ce qu'il faisait. Pas grand-chose apparemment mais il me dit qu'un copain de Marseille devait venir le rejoindre bientôt et qu'avec lui, ce serait la fête en permanence. Bonne nouvelle ! Le copain en question était un brun aux yeux noirs, bien du sud, qui parlait avec l'accent marseillais. Il avait une jolie petite gueule, un sourire et des yeux charmeurs, du bagou, bref, c'était le genre du voyou sympathique. Ses boutades, typiquement marseillaises, me faisaient rire. Il me plaisait bien. Nous constituâmes un vrai trio qu'on ne vit bientôt plus qu'ensemble. Vincent était venu dans la région pour ouvrir un bar à St Paul de Vence, dans le vieux village. Je ne me posais pas la question de savoir avec quels moyens il ouvrait un commerce dans un village aussi côté que St Tropez. Comme le copain ingénieur du fils du promoteur de notre résidence, il avait une Porsche Carrera rouge qui pouvait être signe de richesse mais ses sources de revenus me restèrent inconnus tout comme elles l'étaient pour Jean-François qui savait seulement que c'était un bon copain, ce qui lui suffisait. J'étais bien d'accord avec lui.

Cet été-là, la mode pour le soir était au short noir court porté avec des collants de même couleur et un haut habillé. J'adoptais cette tenue que je portais, sans soutien-gorge, sur un chemisier d'organdi noir dont le flot du volant gansé de satin de même ton permettait de cacher mes seins qu'on pouvait cependant apercevoir facilement lors de certains mouvements, ce qui faisait paraître la tenue un peu coquine. Mais sur les magazines de mode, les mannequins portaient même des hauts transparents qui ne cachaient rien. Ma tenue était donc dans l'air du temps sans être vraiment provocante. La seule note de couleur était une paire de bottes en toile orangée, qui faisait aussi fureur pour la mode d'été. Il était convenu que Jean-François s'habillerait en blanc, une tenue qu'il affectionnait et Vincent en noir. Quant à moi, je me mettais entre eux en leur donnant le bras. Ceux qui nous voyaient devaient penser que nous faisions couple à trois ! En tout cas, je l'espérais bien. J'adorais choquer les bien-pensants.

Un soir, ils m'emmenèrent dans une boîte d'homos, Le Bateau Ivre, à Beaulieu sur Mer. Pourquoi pas ? Je savais que les homos existaient. Les sketches étaient riches de personnages travestis aux gestes et à la parole efféminés. Mais ça, c'était au théâtre. Je ne pensais pas qu'il pouvait y avoir dans la rue des homos qui avaient l'allure de Monsieur et Madame tout le monde. Et d'abord, que pouvaient-ils bien faire entre eux ? Je l'ignorais complètement. J'étais très intriguée par la sortie projetée. Mes deux chevaliers servants vinrent me chercher en Porsche, comme à leur habitude. Au-delà de la porte de la discothèque que nous poussâmes je me demandais bien ce que j'allais découvrir... Je ne découvris rien de plus que dans une discothèque habituelle. Très décevant ! Jusqu'à ce que... Je dansais sur la piste au milieu d'autres personnes quand une fille qui se trouvait juste en face de moi me proposa de danser le slow qui venait de remplacer le jerk. Aucun homme ne s'étant présenté, pas même un de mes chevaliers servants, j'acquiesçais. Deux femmes dansant ensemble n'avait rien d'inhabituel dans les mœurs françaises. C'était fréquent dans les réunions de famille ou les petits bals musette. Mais tout-à-coup, elle m'embrassa. J'étais sidérée. J'avais l'impression qu'un petit chat m'embrassait. Pouah ! Elle me demanda mon numéro de téléphone. Je ne risquais pas de le lui donner. Je cherchais du regard mes deux compagnons. Ils étaient attablés au bar. Je me précipitais vers eux. J'étais enfin en sécurité. Je leur racontais ma mésaventure qui les fit bien rire. Vincent m'invita lors du prochain slow qu'il dansa tendrement avec moi et m'embrassa. Il avait mis les choses au point parmi les clients et surtout les clientes. Quant à moi, je me sentis de nouveau merveilleusement bien. Il recommença souvent à m'embrasser.

Il m'emmena visiter son bar de St Paul de Vence, un bar très pittoresque coincé entre deux autres boutiques dans la ruelle principale pavée du vieux village, un emplacement de premier choix. L'enseigne était en fer forgé dans le style médiéval et représentait un chat noir allongé. Vincent disposait au-dessus d'une chambre très sommairement meublée avec salle d'eau. Il y emménagea. J'allais souvent le rejoindre là-bas. Un soir, j'y rencontrais Michel Audiard, le célèbre scénariste et réalisateur de films que je n'appréciais pas. Je n'allais quand même pas le lui dire. Il était accoudé au comptoir et discutait avec Vincent. Je me joignis à eux et échangeais quelques mots, sans parvenir à trouver un sujet de conversation. C'est ainsi que grâce à Vincent, je passais une tranche d'été agréable en attendant le départ pour Djerba.

Dès que nous sortîmes de l'avion et que nous mîmes le pied sur l'escalier qui nous descendait à terre, un soleil de plomb s'abattit sur nos épaules. Avant l'atterrissage, la cabine de commandement nous avait informés que le temps à Tunis était ensoleillé et la température extérieure de 36°. Ma mère était catastrophée : « Je ne vais jamais supporter une telle chaleur ! ». Elle se plaignait déjà de la chaleur de l'été à Nice, alors forcément ! Quant à moi, j'avais mis pour ce voyage ma saharienne orangée à manches longues et mes bottes en toile. Tout était orangé à l'époque depuis la couleur des voitures jusqu'à la décoration intérieure, la vaisselle et les ustensiles ménagers. Tant pis, s'il faisait chaud, j'étais à la mode.

Djerba n'était pas encore une destination touristique. La correspondance n'était prévue que pour le lendemain. Nous restâmes donc à Tunis ce soir-là, avec hôtel réservé et transport assurés par le Club Méditerranée qui n'était pas encore devenu le club « med » non plus. Je découvris alors qu'au-delà de la Méditerranée, tout était différent de la France : hommes en robes longues que j'appris s'appeler djellabas, femmes habillées en blanc des pieds à la tête, voitures à essence en plus ou moins bon état côtoyant les charrettes à bras sur la même chaussée dans une circulation anarchique dominée par les coups de klaxon, foule qui criait et gesticulait, je découvrais, ravie, un autre monde. Nous allâmes dans les souks : senteurs d'épices, de suint, pénombre des ruelles, foule grouillante, multitude d'échoppes proposant leurs vêtements, leurs bijoux, leur batterie de cuisine, leurs poteries dont les vendeurs s'abattaient sur nous comme des mouches pour nous les proposer quand nous nous attardions à un étalage : j'étais vraiment dans un autre monde en effet, coloré, vivant, vibrant, hors du temps. J'étais émerveillée : « Jolie gazelle, pour toi, 50 dirhams seulement, très rare, vient du sud ». Tout ce monde bigarré s'exprimait en français avec l'accent arabe que je connaissais mais aussi avec des expressions jamais entendues : « Tu as déjà vu le loup ? », bizarre, comme question ! Ma mère m'entraîna aussitôt au loin.

Arrivées à Djerba, ce fut de nouvelles surprises qui nous attendaient. Le club était installé au bord de la Méditerranée, dans le sable, qui ne restait présent que sur la plage. Le reste était dallé. Chaque client avait un bungalow individuel perdu dans un dédale de petits jardins et d'allées fleuries avec des fontaines ici et là. Aucun bungalow n'avait de clé. On n'était pas à l'hôtel mais dans une communauté de gentils membres, les GM, et de gentils organisateurs, les GO. Tout le monde se tutoyait. Cela faisait drôle d'entendre ma mère se faire tutoyer dès notre arrivée par des petits jeunes qui lui demandait comment elle s'appelait, son prénom, bien sûr ! Exactement comme à la fac où nous étions tous du même âge. Mais, malgré le grand ménage de 1968, nous ne tutoyions pas nos professeurs ! On nous proposa de déposer nos valeurs et notre argent dans les coffres de la réception par sécurité. Nous pouvions venir en retirer quand nous le souhaitions mais nos besoins ici étaient presque inexistants. Seules les boissons en dehors de celles offertes aux repas n'étaient pas comprises dans le forfait. Nous achetions un collier fait de boules de différentes couleurs destinées à être égrenées au fur et à mesure de nos achats, chaque couleur ayant une valeur propre : retour au troc ! Ce qui me frappa fut la non distinction d'âge, de sexe, et de situation ! Du jamais vu jusque-là ! La mode hippie était passée par là !

Ma mère fut rassurée quant au climat par rapport à celui de Tunis en Août. La brise marine soufflait, les nuits étaient fraîches, la rosée matinale existait. Ce n'était pas éloigné d'un climat tempéré du sud, et c'était même moins humide que Nice l'été.

Quant à notre garde-robe, je pouvais laisser ma saharienne et mes bottes dans le placard. On passait son temps en maillot et en paréo ici, si bien que nous allâmes à la boutique nous approvisionner en tenues supplémentaires pour ces quinze jours.

Les repas étaient présentés sous forme de buffets somptueux dès le petit déjeuner : pains et viennoiseries de toute nature, confiture et miel en vrac, où on venait plonger sa cuillère pour en faire couler dans son assiette, grosses brioches dont on coupait une tranche, salade de fruits exotiques, entremets... Malgré mon envie de goûter, je me réfrénais en pensant à ma ligne. Je voyais par contre des femmes bien en chair, dont le pouvoir de séduction devait être devenu le dernier de leur souci, remplir leur assiette sans aucun scrupule. Au déjeuner, nouveau buffet chaud : une multitude d'entrées, de légumes, de viandes, tous plein de saveurs. Ce qui était le plus intéressant pour moi, c'étaient les poissons grillés au barbecue dont s'occupait un petit Tunisien juste devant la piscine. Là, pas de remords pour ma ligne !

Nous nous installions n'importe où pour déjeuner, aux tables de la salle à manger, sur des canapés, au bord de la piscine, et même dans la piscine où nous descendions une chaise pour avoir les jambes dans l'eau, ou au bord de la plage. Nous laissions nos assiettes sur place. Des boys venaient récupérer le tout. C'était vraiment la liberté, le paradis sur terre, à condition d'être du bon côté!

On découvrit qu'il y avait aussi un peu plus loin sur la plage un restaurant typique installé dans une hutte ouverte au toit couvert de palmes, où on proposait un menu unique servi sur une table d'hôtes de quinze personnes environ. Il fallait réserver à l'avance. Cela devint mon lieu favori. Je goûtais tous les plats de la cuisine tunisienne, tous plus exquis les uns que les autres. J'aimais aussi ce lieu intimiste où on pouvait tous converser ensemble. Il faut dire, qu'au club, il était facile de faire des rencontres. Les conversations se nouaient naturellement.

Chaque soir, il y avait une soirée bon enfant. Les GO et les GM volontaires concoctaient un spectacle sans prétention et sans cesse renouvelé qui pouvait réserver des surprises, comme ce vieil homme de quatre-vingt ans qui se produisait dans les shows américains, et qui parvenait encore à son âge, à danser, à effectuer quelques pas à la verticale sur un mur, toujours au rythme de la musique et à se rétablir sur le sol après un saut périlleux arrière . Une prouesse inattendue, inoubliable, qui laissait sans voix. La soirée continuait ensuite à la discothèque du club où l'ambiance régnait dans un jeu de lumières psychédéliques.

Nous étions rentrés, dès les premiers jours, dans le cercle de jeunes de vingt-cinq trente ans qui venaient de Paris. C'était avec eux, sur la plage, que j'étais sûre de retrouver ma mère. Je la vis en fait très peu pendant ce séjour, en raison du décalage de nos horaires. Je faisais en effet la fermeture de la discothèque et ne me réveillais que pour déjeuner alors qu'elle-même avait pris son petit déjeuner à 8h du matin car elle allait se coucher dès la fin du court spectacle vers 22 h. Quand je la retrouvais, j'installais alors ma serviette sur la plage à côté d'eux. Eux, le noyau, c'était avant tout Françoise, une belle et grande fille mince, sans être maigre et aux jambes sans fin, son mari Yves et leur ami Jackie. Ils étaient de Paris. Françoise se désespérait d'avoir vu sa copine Nadia repartir pour la capitale tandis qu'elle restait ici. Son mari avait été recruté, avec son accord, lors de leur séjour payant, comme GM pour la voile ce qui avait pour avantage la gratuité du séjour de la famille pour la suite des vacances. Je ne comprenais pas pourquoi la tristesse de Françoise finissait, au long des jours, à se transformer en crises de larmes qui affolaient son mari. Jackie, le solitaire, avec qui j'avais réussi à tisser certains liens pendant les soirées à la discothèque, vint m'éclairer : « Nadia est sa petite copine. Elle en est follement amoureuse, et quand ils sont à Paris tous les trois, Yves profite des deux. » Je tombais des nues. Ma mère ne soupçonnait rien, et redoublait de gentillesse avec Françoise. Comment aurait-elle pu se douter ? Cela dépassait son entendement et je préférais la laisser dans l'ignorance. Mais Jackie, leur ami, me plaisait bien. C'était un garçon blond, bien fait de sa personne, mais toujours triste et seul. A force d'être ensemble aux soirées, je finis par atteindre mon but : faire l'amour avec lui. Je m'en ouvris à Françoise, qui me considéra avec étonnement : « C'est vrai ? Incroyable ! » me dit-elle. Comme j'évoluais dans une faune bizarre, je finis par me demander si je n'avais pas couché avec un pédé. Je n'osais pas demander à Françoise si c'était le cas. J'en avais assez entendu. Heureusement, une fille rousse et voluptueuse de Monaco, tout-à-fait hétéro, vint nous confier : « Devinez ce qui m'est arrivé, les filles ! » commença-t-elle en préambule. Et elle continua : « Figurez-vous que je suis allée au hammam qui semblait désert. Je me retrouvais nue, et en face de qui après quelques minutes ? Je vous le donne en mille ! Richard, lui aussi nu comme un ver, comme moi ! » Richard était un homme aux tempes argentées, seul, qui faisait rêver toutes les femmes d'une trentaine. « On ne savait pas comment se comporter. Alors, vous vous imaginez bien ce qui finit par se passer ! Eh oui, C'est ça ! » Nous étions toutes mortes de rire, ma mère comprise. C'est sûr, c'était différent de sa vie ermitale de Nice ! Peu de temps après, nous vîmes Richard longer la plage, droit et digne, juste devant nous. Nous nous esclaffâmes à nouveau sans avoir convenu d'aucun signal, sans qu'il comprenne qu'il en était la cause. Nous lui lançâmes : « Bonjour, Richard, ça va ? »

Yves profita de sa fonction pour emmener toute notre équipe, un après-midi, en sortie privée à bord de son voilier. Ma mère me filma, droite, appuyée contre le mât. A la maison, nous visionnâmes les films. Je me vis alors, debout, plus blanche que dorée, avec des seins de rien du tout et des côtes si apparentes qu'on pouvait les compter. On aurait dit une rescapée de Buchenwald ! Cette vision fit plus que tous les conseils familiaux ou médicaux pour me faire abandonner mon régime drastique. J'étais hideuse de maigreur ! Squelettique comme les mannequins vedette que j'admirais.

Un soir, nous décidâmes d'aller faire un tour au village du club méditerranée voisin en longeant la plage pour voir comment on s'y amusait. La lune diffusait heureusement son faible éclairage qui nous évitait d'être plongés dans les ténèbres. Nous eûmes la surprise de constater que le village entier était dans l'obscurité et qu'il ne ressemblait en rien au nôtre, qui faisait figure de palace en comparaison. Les huttes rondes couvertes de palmes étaient plantées dans le sable. Pas d'allées, rien. Et pas d'animation... Réservé à ceux qui avaient envie de jouer les Robinsons. Nous étions atterrés. On s'attendait à tout sauf à ça. Il ne nous restait qu'à rebrousser chemin en reprenant notre marche nocturne, pénible dans le sable. Il ne nous était pas venu à l'idée que l'île de Djerba n'était pas électrifiée ! Nous faisions partie des quelques privilégiés qui faisaient en plus une gabegie de la précieuse lumière apportée par la bonne fée. Nous devions scandalisés les locaux, à moins qu'ils ne nous prissent pour des habitants d'une autre planète aux curieuses façons de vivre.

De temps en temps, nous prenions un taxi à plusieurs, un vieux tacot brinquebalant qui nous amenait au village faire une immersion dans la culture locale. Le club Méditerranée était une manne providentielle l'été pour cet endroit qui vivotait de pas grand-chose. J'aimais bien les arcades des maisons et la mosquée, édifice très exotique pour nous, les chrétiens. On farfouillait dans les tenues locales dont les plus jolies avaient des broderies. On repartait avec une nouvelle tenue pour les soirées du club. On marchandait. On achetait des bijoux de pacotille. On buvait du thé à la menthe très sucré. On m'appelait la gazelle. On proposait à ma mère trente chameaux pour m'épouser. Nous aussi, nous étions dans un autre monde !

Ma mère avait réservé sur ma demande une excursion de trois jours à la découverte des oasis du désert en véhicules tout terrain avec bivouac chaque soir. Je m'amusais tellement au village que je demandais à ma mère d'annuler. Comme elle n'avait rien d'une aventurière, je pense qu'elle en fut satisfaite. Peu de temps plus tard, à Nice, nous apprîmes que des touristes du club med avaient disparu dans le désert lors de cette excursion : « Tu vois, je savais bien que c'était dangereux ! » me dit-elle. C'était surtout stupide de ma part, de ne pas être allée à la rencontre d'une nature encore intacte, d'hommes du désert authentiques, d'avoir négligé un périple culturellement enrichissant qui avait encore un goût d'aventure et rien de folklorique, pour des plaisirs superficiels qui se trouvent partout. Mais voilà. A vingt ans, on vit dans l'instant présent, un présent qui paraît devoir durer une éternité comme notre jeunesse.

On repartit, un matin, rejoindre le minuscule aéroport de Djerba pour nous envoler vers Tunis avant de rejoindre Nice, dans un taxi pas loin d'être une véritable épave, aux portières qui se fermaient avec des ficelles. Le vieux monsieur qui avait exécuté son inoubliable performance, nous accompagnait. Apparemment, il habitait Nice, lui aussi. Il était bien différent de ce qu'il était sur scène : taciturne, ne parlant pas, anxieux de la panne possible qui pouvait nous faire manquer l'avion. Il n'essaya même pas de rester avec nous quand nous sortîmes du taxi. Il ne nous avait pas parlé de tout le trajet.

IV

J'entrais en quatrième et dernière année. Les cours étaient devenus une routine. Plus rien ne m'étonnait. Le nouveau cours de sociologie ma marqua cependant, non en raison de notre professeur, qui avait l'art d'endormir son auditoire comme d'autres, mais grâce à la découverte que je fis : l'influence de la culture sur la mode, sur nos réactions ce qui mettait en péril les équations mathématiques. Je prenais encore une fois la mesure de ce que signifiait la non exactitude des sciences économiques qui ne seraient jamais vraiment une science malgré les efforts des chercheurs qui introduisaient des variables sociologiques et psychologiques dans leur modèle. Mais comment quantifier l'inquantifiable ? Efforts aussi vains que ceux de Sisyphe roulant son rocher ! Je lus un livre écrit par un spécialiste sur la mode vestimentaire. Il disséquait ce qu'en étaient les mécanismes qui n'avaient rien d'un engouement spontané comme tout le monde se le figurait. J'eus une discussion à ce sujet avec mon professeur qui était d'accord avec cette nouvelle approche qui renversait toutes mes convictions. Ce fut la découverte de cette année-là.

Une nouvelle annoncée par Nicole vint modifier mon existence qui s'annonçait terne en ce début d'année : son frère Sylvain venait d'ouvrir un cabinet dentaire à Nice sur l'avenue principale. Il espérait bien me revoir. Je ne demandais pas mieux. Il me fit découvrir son installation qui était aussi son domicile... aussi confortable qu'un studio d'étudiant ! Il devait veiller aux finances en début d'activité, m'expliqua-t-il. Ses parents avaient largement participé à son installation comme ils l'avaient fait pour le laboratoire d'analyses médicales de son frère précédemment. Sylvain et moi démarrâmes une histoire. Je l'appréciais beaucoup : intelligent, comprenant au quart de tour comme sa sœur, et ouvert d'esprit, à l'écoute, en outre professionnellement très compétent : il me soigna les dents qui s'étaient abîmées en raison de mon anorexisme. J'eus même droit à une couronne en céramique ! Il me faisait cadeau de son travail mais me facturait ses débours. Logique mais pas grand seigneur. Il m'emmenait dîner au restaurant à peu près chaque semaine. Je me souviens qu'un soir, nous passâmes devant une vitrine qui avait un miroir. Je trouvais que nous formions un beau couple. Il est évident que son séjour prolongé à Lyon, lui avait apporté une certaine classe. Mais dès que nous consultâmes la carte du restaurant, le côté pied-noir reprit le dessus :

« Qu'est-ce que tu prends en entrée ?

– Je n'en prends pas !

– Ah, bon, alors j'en prends une ! »

Quelle délicatesse vraiment ! Il aurait mieux fait de se taire que de montrer qu'il faisait des petits calculs mesquins dans un restaurant plutôt simple ! Ce commentaire gâcha ma soirée. Mais je savais qu'il était spontané, naturel et que je n'y pouvais rien. Je devais me raisonner. Mais là où c'était difficile, c'était pour les rapports sexuels. Je ne les appréciais pas. Une chance qu'il ne s'attardait pas. L'autre point difficile était notre différence d'âge : il avait dix ans de plus que moi et nos centres d'intérêt étaient très différents. Il m'emmenait dîner chez des amis confrères mariés où je m'ennuyais copieusement : les conversations professionnelles ne m'intéressaient pas car elles étaient pour moi du chinois et le dîner était trop conventionnel, sans humour. Je me réfrénais pour ne pas mettre les pieds dans le plat ce qui aurait choqué tout le monde mais qui m'aurait libérée ! Cela commençait à faire pas mal de points négatifs. Mais lorsque, au début de l'année 72, Sylvain me proposa de m'emmener en week-end à Valberg, j'étais trop tentée pour refuser, comme à chaque fois qu'on me parlait de ski.

Je le dis à ma mère qui s'affola : « Mais tu ne te rends pas compte de ce qu'est une nuit d'amour ? Tu ne connais que les rapports à la va vite ! » Elle devait imaginer des orgies qu'elle n'avait jamais connues ou je ne sais quoi d'autre car un homme pouvant assumer une nuit entière d'amour, c'est plutôt rare ! Je ne répondis pas comme je le faisais toujours pour éviter les explications scabreuses qui n'auraient rien apportées. Mais je restais ferme sur mon intention d'accepter ce week-end.

Sylvain vint me chercher à 6 h du matin à la maison. Nous finissions notre petit déjeuner. Ma mère l'invita à se joindre à nous. Il ne se fit pas prier. Il s'assit et accepta ce que ma mère lui apporta en manifestant sa satisfaction par un grand sourire. Quand elle lui demanda s'il voulait des mandarines car elle remarqua qu'il regardait la coupe de fruits qui n'était pas sur la table, il accepta, ravi de cette offre. Il la quitta avec moultes remerciements. Quand je revins, je me rendis compte que ma mère avait été séduite par mon ami : un si bon sourire, une telle spontanéité à accepter et à montrer qu'il est heureux, quel charmant garçon, simple, naturel. C'était vrai. N'empêche que ce week-end fut le chant du cygne de notre histoire.

Tout d'abord, j'avais inventé une histoire à dormir debout pour éviter tout rapport sexuel. Il le prit bien, sans être dupe, et me répondit qu'il ne me forcerait jamais. Ensuite, nous allâmes dans une discothèque avec un couple de jeunes qui était au même hôtel que le nôtre. Nous dansâmes, sans rester ensemble, ce qui était habituel avec les danses individuelles. Je pus danser des slows avec un beau et grand jeune homme blond qui ne tarda pas à m'embrasser. J'étais ravie. Il me donna rendez-vous pour le lundi à midi au tennis club du Parc Impérial, un lieu peu éloigné de la fac de droit.

Les deux journées de ski furent agréables, avec des pistes très faciles, qui me convenaient bien. J'eus, par contre, la mauvaise idée de succomber à la mode du moment qui voulait que toutes les minettes skient en jean ce que la douceur de la température dans les stations au-dessus de Nice permettait Mais il valait mieux ne pas tomber. C'était le risque dont je souffris rapidement. Mes chutes détrempèrent mon jean et je grelottai ce qui me gâcha ma deuxième journée de ski. Plus jamais je ne skiais en jean même en ayant acquis une certaine maîtrise de ce sport. La chute est toujours possible surtout quand on commence à être fatigué.

Le lundi, j'allais au tennis club du Parc Impérial. Mon rendez-vous était accoudé au bar en tenue de tennis. Dans la lumière du jour, je trouvai que mon séducteur était bien jeune. Je pris un jus de fruit pour l'accompagner. Je découvris qu'il était encore au lycée qu'il n'avait que dix-sept ans et qu'il était en première... J'étais morte de honte, moi qui en avais vingt et qui était en année de licence ! Je ne le revis pas.

Cette année, j'étais inscrite, en plus de l'année de licence, à L'Institut d'Administration des Entreprises. J'avais décidé de suivre le cursus sur deux ans et non sur une année, pour ne pas mettre en péril ma dernière année de licence. La majorité des étudiants de l'Institut appartenait à la filière gestion de la fac, quelques autres étaient des ingénieurs extérieurs.

Nous avions des cours d'anglais, une grande nouveauté après le désert en langues étrangères que représentait la licence de droit et de sciences économiques. Je parcourais le livre qu'on nous avait demandé d'acheter. J'y découvris des textes tournés vers le vocabulaire des affaires. Je ne trouvai aucune autre difficulté. J'étais ravie d'assister à ces cours donnés par le proviseur du lycée Masséna. J'en attendais beaucoup et me demandais, comme à mon habitude, si je serais à la hauteur. Si je l'étais ? Non seulement je l'étais mais j'étais bien plus avancée que les autres ! Je m'aperçus qu'ils ânonnaient les textes avec beaucoup de difficultés et un accent de débutant. Ce cours ne m'apportait rien. Il me suffisait de lire les différents textes et de me constituer un mémento des mots que je ne connaissais pas encore. Et une matière de moins ! La grande nouveauté était les cours d'informatique. Personne, ni aucune école ou faculté n'avait d'ordinateur. On ne savait même pas à quoi ça ressemblait. Un ingénieur d'IBM nous initia au langage informatique binaire, un langage étrange qui se traduisait par des petits traits verticaux et des zéros... Curieux et incompréhensible, pour moi en tout cas. Le cursus comprenait aussi les cours de droit que nous avions déjà suivis, avec les mêmes professeurs. Encore des cours auxquels je n'avais pas à assister ! Le programme s'allégeait de jour en jour... J'allais par contre aux cours de gestion commerciale et de gestion financière. Pas bien difficile : des connaissances techniques, telles que les canaux de distribution, l'organisation de l'entreprise , les cash-flow... Quant à la gestion financière, nous avions déjà eu des cours, bien que moins approfondis. Mais là aussi, ce n'était que du bon sens.

Ce qui différenciait l'école de la fac, était l'esprit communautaire qui y régnait, une convivialité réelle, à laquelle participait pour beaucoup la personnalité de bon vivant et de simplicité bonhomme du directeur : le professeur Boisselier, que nous ne pensions pas être une sommité en économie monétaire internationale. Certains professeurs et le directeur lui-même étaient aussi accessibles que s'ils avaient été nos pairs. Aussi, j'avais plaisir à venir à l'école.

Nous faisions des soirées auxquelles se joignaient nos enseignants. Je me souviens de l'une d'entre elles que nous finîmes à « La Camargue » une discothèque prisée de Nice, vers la vieille ville. Le prof de maths, encore bien jeune, dansait de façon déchaînée sur l'estrade. Il est certain que le lendemain nous ne pouvions plus que le considérer comme un copain, tutoiement en moins, respect du prof obligeant ! Nous fîmes une autre soirée avec dîner dansant dans un restaurant rustique de la plaine du Var. Il fut mémorable. On s'amusa vraiment et à une heure avancée, je vis notre directeur fantaisiste, assis avec une étudiante sur chacun de ses genoux confortables compte tenu de sa corpulence qui le faisait paraître plus âgé qu'il n'était. Son visage était réjoui. Il était bien entouré et il avait bien mangé et bien bu, merci petit Jésus. Je rentrais à la maison à point d'heure comme il m'arrivait souvent. Juste le temps d'avaler un thé et de me changer, et j'étais repartie pour une journée d'études. Dès mon arrivée, je croisai ce cher directeur dont nous riions souvent. Il déclara aux quelques étudiants présents : « Vous ne savez pas ce qui m'est arrivé hier, enfin plutôt ce matin ? Impossible de retrouver ma voiture ! Alors, bien sûr, la police est venue. Et vous savez où ils l'ont retrouvée ? A l'endroit où je l'avais garée la veille ! ». Un tél aveu nous laissa pantois. Nous avions quand même un drôle de directeur ! On riait bien avec lui. Nous ne nous permîmes pas de le lui dire, mais nous pensions : « Eh oui, pas étonnant, tu étais complétement bourré ! ». De quoi nous faire réfléchir : les plus brillants sont-ils ceux qui se donnent une apparence de sérieux et de dignité pour inspirer le respect ou plutôt ceux qui ne se la jouent pas ? Beau sujet de dissertation !

Nous avions un autre prof un peu loufoque en quatrième année pour les statistiques : il nous faisait de la philosophie des statistiques, partant dans des considérations personnelles sur la signification des résultats et des critères employés. Il semblait toujours voyager dans des nimbes qui nous resteraient à jamais inaccessibles. Mais ce fut le seul prof qui m'intéressa et qui me permit de comprendre enfin les statistiques ! La preuve : lors de l'examen oral, j'essayai d'imiter ses raisonnements et j'obtins 14 !

Mais tout n'était pas aussi rose avec les enseignants. En travaux pratiques de maths, j'eus un assistant du genre obsédé sexuel. Dès qu'il s'approchait de moi, il me coinçait la main et se frottait. Il me regardait fixement, avec des yeux qui se voulaient hypnotiques et me faisait penser à Landru avec son collier de barbe noir. Un jour, je n'y tins plus et fis ce que j'avais de mieux à faire :

« Vous avez fini ? » Toute la classe me regarda, ne comprenant pas : « Vous voulez que je vous explique ?

– Non, non, ça va » s'empressa de répondre l'assistant devant la classe.

Je fus définitivement débarrassée de ce détraqué.

Notre participation à un séminaire sur la stratégie internationale des entreprises dans le bassin méditerranéen en collaboration avec l'Ecole Supérieure de commerce de Nice, appelée couramment Sup de Co, nous fut proposée. Je m'inscrivis. Je me retrouvai donc dans la superbe école fin de siècle de ces étudiants pour la première séance. On nous distribua quelques polycops avec carte du bassin Méditerranéen, l'implantation des entreprises, des informations sur les ressources et autres pour nous donner matière à démarrer la discussion. Je ne pense pas que je brillai par mes interventions. Je fus plutôt auditrice car c'était un exercice tout nouveau pour moi.

Les séances avaient lieu alternativement dans les locaux de chaque école. Les participants se retrouvaient donc aussi chez nous. Après quelques séances, je commençais à connaître certains étudiants de Sup de Co, particulièrement l'un d'entre eux qui me réservait une place à côté de lui. Il me proposa un jour de m'emmener boire un café. C'était une proposition que je ne refusais jamais. Avant de quitter la brasserie de la Promenade, il me demanda mes coordonnées et me dit qu'il reprendrait contact avec moi lorsqu'il aurait une sortie prévue, pour m'y inviter. Ça aussi, ça ne se refusait jamais. Il tint parole et vint me chercher un soir avec un de ses copains dans une imposante Mercedes noire. J'avais connu la petite moto, la Simca 1000, le petit cabriolet BMW, la porsche Carrera rouge, les deux dernières voitures caractérisant des jeunes fortunés. Mais une grosse Mercedes noire, c'était autre chose. Une Mercedes noire, c'était la voiture d'un homme mûr qui avait une grosse situation ! J'en restais bouche-bée. Mais qui était donc cet étudiant ?

Nous allâmes dîner tous les trois à Monaco. C'est vrai que Patrick n'avait pas le comportement d'un étudiant. Il ouvrait ma portière pour me faire entrer et sortir de la voiture, s'installait en maître au restaurant, commandait avec aisance, tout en conservant jovialité et grand sourire. Je compris très vite pourquoi il ne ressemblait pas aux autres étudiants. Son père venait de décéder. Il avait une grande différence d'âge avec sa mère. Et Patrick, seul héritier, dut reprendre l'entreprise tout en terminant ses études. La vie de la famille, de sa mère, de sa sœur, l'entretien de leur propriété du Mont-Boron, reposaient sur ses épaules. C'est vrai qu'il les avait larges et qu'il avait déjà une certaine corpulence qui en imposait. Mais quand même, à moins de vingt-cinq ans, même s'il en paraissait plus, quelle responsabilité ! Il semblait très bien l'assumer. Mais l'assumait-il vraiment avec sérénité ? Je n'en étais pas sûre !

Patrick m'invita plusieurs fois à déjeuner. Il était intéressant, avait de l'à-propos et des yeux expressifs. Il était très agréable. Je commençais à le considérer avec un œil différent. Je craquai un jour qu'il m'emmena chez lui dans leur propriété Belle Epoque du Mont-Boron. Il m'emmena sur la terrasse d'où on avait une vue panoramique sur Nice et la mer. Tout se décida ce jour-là. Nous fîmes l'amour. Ce fut un moment de bonheur absolu. Il me demanda ce que je faisais pendant le week-end. C'était simple : dès que j'allais le quitter, ma mère et moi partions pour le nouveau village créé par son ami dans le haut-pays varois. La bonne saison pour les ventes avait commencé et son ami préférait que nous le rejoignions pour le week-end plutôt que de venir à Nice afin de ne pas laisser le vendeur seul face à d'éventuels acheteurs qui étaient devenus de plus en plus rares. Il n'y avait pas une heure que nous étions arrivées que le régisseur du domaine nous avertît d'une visite : nous n'attendions pourtant personne. Ce fut Patrick qui débarqua avec une brassée de roses rouges dans les bras. Je n'en croyais pas mes yeux.... Il n'y avait que dans les films et les romans qu'une telle chose arrivait! Patrick se présenta, plaisanta, démontra son sens de la répartie et des compliments. L'ami de ma mère était complétement abasourdi et se taisait : il venait de se faire damer le pion. Ma mère, quant à elle, était conquise. Patrick repartit et les commentaires fusèrent : quelle personnalité ! Mais quel âge a-t-il? Que fait-il ? ... Il fut finalement décidé qu'il pouvait revenir passer le week-end suivant avec nous. Il revint bientôt à chacun de ceux que nous passions là-bas. Ma mère nous donna tout naturellement, dès le premier week-end, la deuxième chambre de la villa.

Fin avril, il m'informa qu'il partait, deux jours plus tard, visiter la petite filiale du Maroc qu'il ne connaissait pas encore. Il serait accompagné de son expert-comptable, un copain et ancien élève récent de Sup de Co. Sa femme venait, elle aussi, car Patrick avait choisi de joindre l'utile à l'agréable : deux jours à Casablanca pour le travail et le week-end à Marrakech. Il me proposa de venir avec eux. Encore une surprise à laquelle je ne m'attendais pas du tout. J'en étais excitée comme une puce. Il me fallait faire rapidement ma valise en veillant à ne rien oublier ni tenue de jour, ni tenue du soir, ni chaussures assorties...

Je fis la connaissance de son copain expert-comptable, Gérard, un petit rondouillard et de sa femme, Catherine, une petite comme moi, mais pas sophistiquée du tout. Elle préparait une licence de lettres. Je les adoptais comme nouveaux amis. Ce fut réciproque. A Casablanca, nous allâmes d'abord à la petite usine que nous fit visiter le directeur français sans n'omettre aucun détail. Aussi passionnant que parler de l'installation d'un cabinet dentaire ! Mais j'essayais de faire bonne figure en honneur au patron dont j'étais la compagne. Nous étions invités à dîner, Patrick et moi, le soir, chez la femme du directeur. Je découvris une marseillaise brune typique, avec l'accent et le bon sens de la Provence et ses réflexions imagées. Elle était sympathique et drôle. Mais voilà : après le dîner, nos deux hommes disparurent pour travailler. Les heures s'écoulaient et ils ne revenaient pas. A partir d'une heure du matin, nous commencions à manquer d'énergie et d'idées pour alimenter la conversation. Nous réprimions aussi des bâillements.

A quatre heures, mon hôtesse retrouve son mari et moi Patrick : « Bravo ! me lança-t-il, dès que nous fûmes seuls ». Cette brève remarque me fit plaisir. Arrivés dans la chambre de l'hôtel, je me couchai à toute vitesse et m'endormit. Trois heures plus tard, le réveil sonnait car la journée de travail commençait à 8 h 30. Je protestais et attendis la dernière minute pour me lever. Ce matin-là, la femme du directeur m'emmena au marché. Elle tutoyait les vendeurs locaux, marchandait avec le même accent et les mêmes arguments qu'eux car elle en avait une longue habitude. C'était intéressant et instructif. Elle avait négocié des soles pour le repas du soir, un poisson que j'adorais.

Mais le soir, c'était encore loin ! Nos hommes travaillaient. Je passais l'après-midi avec Catherine, esseulée comme moi. Il faisait vraiment chaud pour un début mai, autant qu'à Nice en Août. Nous avions des robes légères mais à manches longues, comme nous portions à Nice avant de partir, et nous transpirions tandis que nous visitions la ville. On faisait des haltes dans les jardins publics pour papoter à l'ombre.

Le repas du soir était excellent mais très gras. Je regardais la Marseillaise faire frire les soles… Je n'avais jamais mangé des soles frites… Ce repas lourd, la tension que je m'étais infligée eurent un mauvais effet sur mon estomac. Je fus malade une partie de la nuit. Et le lendemain, nous partions en voiture pour Marrakech… Je fis le parcours avec une grande bouteille d'Hepatoum bien serrée entre mes cuisses afin qu'elle ne se renverse pas sur cette route chaoteuse. J'en buvais une grande lampée de temps en temps. Nous nous arrêtâmes pour déjeuner en pleine campagne dans une auberge très coloniale tenue par un Français, aux larges ouvertures donnant sur une profusion de verdure. Il y avait très étrangement un piano à queue dans cet endroit. Patrick me surprit une nouvelle fois en s'y installant. Il nous joua un air de jazz avec maestria. Je découvris ce jour-là qu'il savait jouer du piano.

Nous aperçûmes les remparts roses de Marrakech lorsque nous étions encore dans la palmeraie. Cette ville surgie du désert était un véritable mirage. Sa visite nous plongea dans un monde médiéval avec ses charmeurs de serpents, ses montreurs de singe, ses acrobates, ses vendeurs d'eau, dans une ambiance haute en couleurs, en odeurs, en musique. Rien à voir avec le monde plus policé de Casablanca. Le coucher de soleil qui embrase tout de couleurs de feu y compris le sable de la palmeraie, m'apparut comme une œuvre d'art de la nature. Je regardais tout ce que voyais, intensément, avec les yeux émerveillés d'un enfant à Noël.

Nous fîmes une balade en calèche à la tombée de la nuit, dans la fraîcheur du soir. Je n'étais plus nulle part sauf dans le carrosse d'un conte de fée des mille et une nuits. Notre hôtel était un palais lui aussi sorti des mille et une nuits : c'était le palace local, la Mamounia. Les chambres, les salons tout était décoré dans le plus pur style mauresque, celui, raffiné, d'un Babylone local. Nous descendîmes dîner au bord de la piscine, au son d'un piano bar et à la lueur des chandelles des tables, J'étais en tenue de soirée. Les convives se retournaient pour me regarder passer ce qui remplissait Patrick de fierté. Le lendemain matin, nous fîmes une courte visite dans la palmeraie privée du palace avant de reprendre la route de Casablanca.

Dans cette ville, nous déjeunâmes dans un restaurant marocain réputé, sur des tables basses où on nous servait du thé en le faisant couler dans les petites tasses, d'une théière tenue de plus en plus haut. Exercice périlleux qui ne manqua pas une seule fois sa cible. Nous passâmes ensuite au lavage individuel des mains sous un filet d'eau versé d'une bouilloire en cuivre et récupéré dans une cuvette de même métal. Des petites serviettes en tissu éponge nous permirent de les essuyer. Nous dégustâmes une pastilla, une spécialité locale faite d'une pâte feuilletée, d'œufs, de pigeon, d'amandes, de miel et de nombreuses épices. Calorique, mais d'une finesse de goût exceptionnelle que j'essaie de retrouver depuis, sans y parvenir. Nous enchaînâmes sur des briks fourrées pour finir par les petits sablés marocains, cornes de gazelle et autres, en dessert. Toujours calorique mais divinement bon.

Le soir, le dernier de cette escapade au Maroc, Patrick avait concocté une surprise à tout le monde : dîner dans un restaurant au bord de l'océan où il avait commandé des langoustes grillées. Nous nous assîmes, au soleil couchant, face à l'océan présent entre les arcades sans vitres bordées de voiles légers s'agitant doucement dans la brise marine. Notre séjour se termina sur cette ultime vision des mille et une nuits.

Le lendemain matin, nous reprîmes l'avion pour Nice. A la sortie, nous eûmes une surprise : une fille petite et quelconque, mais bien bronzée, nous attendait. Je m'aperçus qu'elle ne leur était pas inconnue sauf à moi.

« Chérie, me dit Patrick, un mot démodé depuis 68, excuse-moi un instant. »

Il alla parler rapidement à la fille et revint

« Ce n'est rien ajouta-t-il. »

Ce n'était pas si rien que ça puisque j'appris que c'était son ex, inquiète au sujet du silence de Patrick, qui venait aux renseignements au lieu et à l'heure où elle le trouverait enfin. Elle n'eut pas besoin d'explications en voyant deux couples débarquer... J'appris aussi que c'était une cannoise employée de mairie.

Patrick vint me raccompagner à l'appartement et tendit à ma mère un cadeau qui bougeait furieusement, enveloppé dans du papier journal. Ma mère regarda le paquet avec inquiétude avant de le déballer. C'était une langouste vivante pêchée de la nuit que Patrick avait mis dans sa valise. La langouste était toujours aussi active après son périple en avion et sans passeport. Elle tentait de se dégager en battant furieusement de la queue. Ma mère eut alors une réflexion malheureuse :

« Ça, ce sont les meilleures avec une queue aussi vigoureuse !

La réponse de Patrick fusa instantanément :

« Je ne vous le fais pas dire ! »

Ma mère se sentit affreusement confuse.

En juin, ma mère eut une mauvaise surprise. Lorsque son ami lui remit l'argent du mois, il s'excusa de ne pouvoir lui remettre la somme habituelle : « C'est tout ce que je peux faire, s'excusa-t-il, les affaires vont mal. » Ma mère était catastrophée : « Mais qu'allons-nous faire, me dit-

elle, avec seulement la moitié de ce que nous dépensons d'habitude ? »
Evidemment, c'était embêtant. J'eus alors une idée lumineuse : « Mais
tu as bien acheté des lingots d'or avec le prix de la vente de l'appartement de Versailles ? Eh bien voilà ! Il suffit d'en vendre un en attendant
que la situation s'améliore. Avoir de l'argent de côté, c'est fait pour s'en
servir dans les moments difficiles ! ». Ma mère trouva mon raisonnement et mon conseil judicieux. C'est vrai qu'il ne correspondait pas à
l'égalité macroéconomique qui voulait que l'épargne se transformât en
investissement. Mais là on n'était pas dans la macro mais dans la micro
à l'échelle d'un ménage ! Alors ! Ainsi fut fait pour notre tranquillité
d'esprit et le maintien de notre standing de vie.

Mes examens se passèrent très bien. J'obtins une moyenne générale
de 14 pour mon année de licence, une moyenne facile à calculer puisque
j'avais accompli l'exploit d'avoir eu 14 dans toutes les matières y compris
en maths! De quoi être fière de moi ! Je méritais un cadeau, cela allait
de soi pour tout le monde ! L'ami de ma mère semblait avoir eu une rentrée. Il ne se fit pas prier pour donner à ma mère le budget de ce cadeau.
Nous trouvâmes chez l'artisan fourreur où nous étions déjà allées, une
redingote en astrakan noir avec une ceinture de cuir nouée à la taille.
Forme simple mais d'une élégance folle. Je fus moi-même folle de plaisir.

L'ami de ma mère avait dû, lui aussi, avoir eu de folles espérances,
puisqu'il nous proposa d'aller visiter des appartements qui seraient
plus à notre convenance. Proposition bienvenue depuis le temps que
nous critiquions celui que nous occupions. Il irait visiter ceux qui fe-
raient partie de notre sélection finale. Cette « mission » nous occupa
une bonne partie de l'été. Nous fûmes emballées par un appartement
dans une résidence juste terminée, sur la colline résidentielle de Cimiez :
un grand trois pièces au sol de marbre gris dont les baies ouvraient sur
une terrasse donnant sur un vaste parc. Toujours à Cimiez, j'eus le coup
de foudre pour un grand appartement, dans l'ancien Grand Hôtel: un
édifice Belle Epoque, des plafonds hauts avec corniches, une aile en
rotonde pleine de charme dans le vaste séjour, le parquet Versailles,
une vue à couper le souffle sur Nice et la mer au fond... Mais rien ne

semblait retenir l'attention de l'ami de ma mère. Il arrivait à trouver des inconvénients à tous les appartements dont nous disions du bien. Et nous repartions à la chasse, sans nous lasser. Un autre appartement aux portes intérieures en chêne, où toutes les prestations étaient cossues, piscine, sauna, situé sur la colline du Mont-Boron, avec vue fantastique sur le port et la mer, retint notre attention. En revenant de Cannes par le bord de mer, nous nous arrêtâmes même à un programme situé sur la commune de Golfe Juan, mais encore sur la Corniche de Cannes, face à la mer, dans un parc. Le cadre était enchanteur et nous séduit, le prix correct, mais nous en vînmes vite à la conclusion que c'était davantage un appartement de vacances qu'une résidence principale : les cuisines déjà équipées, toutes sur le même modèle en étaient la preuve, la situation géographique aussi.

Notre recherche finit par s'épuiser. Il était clair que l'ami de ma mère n'avait jamais eu l'intention d'acheter quoi que ce soit. Ma mère me dit qu'il ne s'attendait pas à des prix si élevés. Quant à moi, je n'en croyais rien. Il nous avait occupées, donner du rêve et c'était tout. Et nous, les crédules indécrottables, nous étions tombées dans le panneau ! Ce qui était sûr aussi c'était que ses finances avaient vraiment baissé. Plus de somptueux cadeaux. Il nous faisait des « Bon pour... », toujours quelque chose que nous souhaitions vraiment faire ou avoir. Mais les « Bon pour... «, ne se concrétisaient jamais. Il nous avait donné du rêve : « Il fallait être bien ch'ti pour ne pas promettre ! » était ce qu'il nous démontrait de nouveau

Une chance que j'avais Patrick ! Sa mère m'invita à dîner : vaste séjour aux hauts plafonds, beaux meubles, piano à queue en acajou, tableaux anciens aux murs, table dressée à la française. J'essayais de faire bonne impression et je saisis la perche qu'elle me tendit quand elle parla de la croissance économique miraculeuse que nous avions eue depuis la fin de la guerre, pour placer les théories économiques que je connaissais. Je lui exposai la théorie de Malthus comme quoi la croissance était forcément un phénomène fini en raison de l'épuisement des ressources naturelles qu'elle engendrait, ce à quoi j'ajoutais qu'il avait simplement oublié d'intégrer le progrès technique dans son raisonnement. Quand Patrick me raccompagna, il me dit : « Qu'est-ce que j'avais envie de rire quand tu as parlé de Malthus et de sa théorie à ma mère. Elle ne connait rien aux théories économiques ! Elle n'a même jamais entendu parler de Malthus ! ». Je tombais des nues. Pour moi, la femme d'un chef d'entreprise qui gagnait de l'argent ne pouvait être que cultivée comme son mari devait l'être. Grosse erreur ! Le chef d'entreprise lui-même n'était pas cultivé la plupart du temps, et en plus, il prenait une femme peu intelligente et non instruite à qui il pouvait raconter ses salades ! J'aurais dû m'en douter ! J'en avais la démonstration chez moi sauf que ma mère n'était pas l'épouse officielle et que nous vivions en marge. Je ne pouvais donc pas vraiment juger. Quant à mon univers extérieur, il se limitait aux jeunes diplômés de l'enseignement supérieur ou à ses futurs diplômés qui se mariaient entre eux. Ils étaient sur la même longueur d'ondes comme je l'étais avec Patrick !

Ma mère et moi sortions quelquefois le soir dans les restaurants de Nice bondés de clientèle où régnait de l'ambiance. Notre préféré était « Chez César », le long du Paillon qui conduisait à la vieille ville. César était une personnalité, un spectacle à lui tout seul. Il faisait flamber ses spaghettis au whisky avec de hautes flammes, il plaisantait avec tout le monde. Les clients venaient pour lui. Ma mère riait beaucoup.

Cette année, je proposais à ma mère plus que des sorties nocturnes. Je lui proposais de passer une partie des vacances à la plage, allongées sur un matelas confortable, en faisant une pause le midi pour déjeuner du plat du jour, comme des touristes. Ce seraient nos vacances, puisque nous ne partions nulle part. Ma mère m'objecta le coût car la baisse des revenus de son ami n'était pas résolue. Coût dérisoire par rapport à quinze jours au Club Méditerranée, lui objectais-je. Elle ne put qu'en convenir. Elle n'était pas difficile à convaincre quand il s'agissait de passer de bons moments ou de se vêtir à la dernière mode ! Comme d'habitude, nous prîmes nos quartiers à la même plage que celle que Nicole nous avait fait connaître : la plage fréquentée par le Tout Nice ou plus exactement par le Tout Nice pied noir et encore plus précisément, d'obédience juive. Je m'y trouvais à l'aise. C'était le milieu que je connaissais le mieux et un milieu convivial proche du milieu bourguignon de mon enfance. De la cuisine sortait chaque midi un excellent plat du jour dont le fumet chatouillait nos narines, et aiguisait notre appétit. Je me souviens surtout d'un lapin chasseur délicieux, comme ma grand-mère aurait pu le préparer, et chaque jour, c'était le même genre de cuisine de ménage. Ambiance familiale en sus, apportée par le patron ! Je devais être en manque de Club med ! Je prouvais à ma mère qu'elle faisait même des économies puisque nous ne faisions ensuite que grignoter le soir et que nous n'avions rien à acheter pour le déjeuner. Argument irréfutable ! Le monokini était devenu de rigueur à Nice mais pour déjeuner, nous remettions nos soutiens gorge. Manger avec les seins qui risquaient de tremper dans la sauce ou qui tremblotaient à chaque mouvement, ce n'était pas terrible. Pour être convenables, même si on avait des petits seins comme les nôtres, le minimum était de passer à table avec une culotte et un soutien-gorge !

Nicole venait nous rejoindre quelquefois et comparait les mensurations estimées des parties de nos corps respectifs aux critères de la plastique féminine. Elle en avait conclu que c'était ma mère qui avait les cuisses les plus minces ! Quant à l'eau de la Méditerranée, nous n'allions même pas y tremper les pieds ! Je ne nageais plus jamais depuis que j'étais rentrée à seize ans avec une oreille complétement bouchée, en ayant simplement nagé la tête sous l'eau ! Le liquide quittait rapidement l'oreille habituellement en la penchant mais là rien : la surdité totale persistait. J'étais paniquée. Ma mère me conduisit de toute urgence chez le médecin du quartier, qui diagnostiqua un traumatisme du tympan, et me redonna mon audition normale en farfouillant dans mon oreille avec une longue tige. Finies les baignades depuis ! Plus question d'un tel risque ou d'autres, encore pires ! Nous n'étions pas des poissons ! La preuve !

Patrick venait aussi quelquefois à l'heure du repas et nous invitait, vêtu de son costume, puisqu'il sortait du travail et allait y repartir. Il est vrai que je ne l'ai jamais vu en slip de bain ou se baignant, même plus tard. Je ne m'en étonnais pas. Il semblait faire partie de ceux de l'ancienne génération pour qui la baignade était inconcevable de même que les sports, mentalité dont l'évolution n'avait guère été encouragée pendant nos années de lycée. Nous, les femmes, ce n'était pas non plus pour nous baigner que nous venions à la plage mais pour être bronzées et plus attirantes !

Nous avions sympathisé avec un couple qui était chaque jour installé sur les matelas voisins des nôtres. Lui avait un type méditerranéen. Sa femme, au contraire, semblait plutôt issue de la partie nord de la France : teint clair et yeux bleus. Elle était réservée et avait de la classe tout en ayant une attitude simple. Elle me plaisait beaucoup. Un après-midi, elle rangea ses affaires et nous dit au revoir, en nous disant qu'elle devait repartir momentanément à Paris. Son mari nous expliqua qu'elle devait aller résoudre des problèmes relatifs à leurs affaires. C'était elle qui prenait en charge ce genre de choses et s'en tirait toujours très bien. Mais de quelles affaires s'agissait-il ? Nous ne le sûmes jamais. Le lendemain, Il nous proposa de dîner ensemble le soir. Il nous avait entendu parler de la Siesta et nous demanda si ce choix nous convenait. Nous étions ravies. La soirée fut agréable. Quand il nous raccompagna à notre voiture dans sa belle Mercedes flambant neuve, il nous proposa de nous la faire conduire. Il ne voulut pas nous emmener ensemble mais l'une après l'autre. Bizarre. Ce fut d'abord mon tour. Je n'aurais jamais laissé ma fille, quand j'en eus une, monter dans la voiture d'un parfait inconnu. C'est pourtant ce que ma mère fit. Je conduisis la voiture et revint avec un grand sourire. Fort heureusement, rien n'était arrivé. Elle monta à son tour mais dit qu'elle ne conduisit guère, malgré son permis. Il ne lui arriva rien à elle non plus sauf des propositions. Il essaya de la convaincre et lui fit remarquer, avec une délicatesse infinie que « ça n'enlevait pas la place ». Ma mère me confia ses impressions : elle pensait que cet homme possédait des hôtels de passe, qu'il y avait sans doute eu une descente de police, et qu'il avait envoyé sa femme, dont la présentation et le verbe très correct pouvaient adoucir les policiers, régler cette affaire. Une présomption qui en valait bien une autre. En tout cas, plus question de retourner à la plage tant qu'il y était encore !

Ça tombait bien. Nous allions entrer en septembre et, en septembre, les vacances sont finies pour les Niçois : on prépare la rentrée. On abandonne les vêtements de plein été et il n'est pas rare de voir des Niçoises porter de hautes bottes de cuir par 25° ou plus, alors que les touristes sont encore en sandales et Tshirts, tant elles ont hâte d'étrenner leurs derniers achats. Nous ne faillissions pas à la règle non plus.

Que faire maintenant que j'avais ma licence ? Continuer l'IAE , oui, mais ce n'était pas suffisant pour remplir mon année d'études. Nicole allait préparer un DESS, Diplôme d'Etudes Supérieures Spécialisées en macro-économie. Je décidais de la suivre sur cette voie.

A l'automne, une nouvelle vint bouleverser l'univers bien organisé de ma mère : « Ma femme est morte ! » lui annonça un jour son ami. C'est son mari qui l'a assassinée ! ». Déclaration aux termes contradictoires, impossible à comprendre à moins d'une ellipse volontaire. C'était le cas. Ma mère apprit au même moment que son ami avait divorcé, ce qu'il ne s'était pas empressé de lui dire, que sa femme, devenue son « ex-femme », avait épousé un nouvel homme, un comte, tant son désir était grand de faire partie du « Tout Cannes », où elle avait acquis un appartement, aux frais du même prince qui entretenait ma mère ! Il y avait en effet de quoi ralentir le débit de ses largesses à ma mère pour rétablir l'équilibre ! Et que dire de cet homme qui cachait à sa maîtresse attitrée qu'il était enfin devenu libre ? Le quotidien Nice Matin ne tarda pas à titrer à la une en grosses lettres, avec l'exagération habituelle des journaux : « Une milliardaire de la Côte d'Azur assassinée ! »

L'ami de ma mère devait prouver au plus vite la culpabilité de ce « mari » qui faisait croire à une mort naturelle, lors d'un voyage en Yougoslavie. Il avait donné à ses amis susceptibles de l'aider notre numéro de téléphone de Nice et lui-même passait de nombreux appels sur notre numéro. Il obtint vite l'information comme quoi cette dame aurait succombé suite à son problème cardiaque nécessitant une injection que son « mari » s'était empressé de lui faire. Mais son « ex-mari » pouvait prouver que son « ex-femme » n'avait jamais eu de problème cardiaque ! La justice française s'empara de l'affaire et ne mit pas longtemps à découvrir que le fameux comte n'était qu'un vulgaire roturier qui avait déjà escroqué plusieurs vieilles dames riches de la Côte d'Azur. Ma mère apprit aussi que l' « ex-femme » avait annulé la donation universelle faite à son « ex-mari » et qu'elle l'avait reportée sur le nouveau, si bien que l'ami de ma mère pouvait être dépossédé de tous ses biens y compris de sa résidence principale, qui était au nom de son ex-femme pour des raisons fiscales.

L'escroc et présumé meurtrier fut mis sous les verrous. La suite de l'affaire s'avérait plus complexe car il s'agissait de faire reconnaître par le tribunal civil que le nouveau testament n'avait aucune validité. Et, pour la justice française, seuls comptent les documents écrits. Celui-ci avait été incontestablement écrit par la main de la testamentaire qui n'était ni sous tutelle ni sous curatelle. Il est vrai toutefois que le bénéficiaire du testament n'était pas celui qui était désigné dans le document et qu'il s'agissait donc d'un faux. Longue procédure en vue car un tel cas n'était pas prévu dans le code civil. L'ami de ma mère commença à contacter toutes ses relations dans la justice jusqu'au plus haut niveau national.

Il n'en restait pas moins qu'il était maintenant libre et qu'il pouvait donc faire de ma mère son épouse officielle, ce qui assurerait son avenir, car ni elle ni moi ne mettions en doute l'issue favorable de cette affaire tant nous connaissions la combativité de ce « diable d'homme » sur lequel l'âge ne semblait pas avoir de prise. L'aisance financière, il est vrai, n'était plus si assurée, depuis quelques temps mais n'avait rien de catastrophique. Je n'allais simplement plus acheter mes chaussures chez Charles Jourdan et j'étais à l'affût des petites boutiques capables de proposer des vêtements mode et de classe à des prix moindres que les boutiques de luxe auxquelles nous étions habituées. Et comme Nice est le second foyer de la mode après Paris, j'y parvenais facilement.

Quant à ma mère, je l'encourageais à se marier. Cet homme, qui était loin d'être un saint, était cependant le seul à pouvoir lui assurer une certaine sécurité car je la savais incapable de l'assurer elle-même. Après toutes ces années passées à son service, même si elle ne le voyait pas ainsi, il lui devait bien une telle preuve de sa reconnaissance. Elle lui en parla. Elle obtint son assentiment pour officialiser une union dès que les premiers remous de l'affaire concernant le décès de son ex-femme se seraient calmés.

En DESS, nous n'étions pas nombreux : une vingtaine d'étudiants. Les cours n'étaient pas nombreux non plus car on attendait de nous, non un apprentissage mais des travaux personnels de recherche. Je retrouvais le professeur d'économie monétaire qui cette fois, nous distillait une science faite de nuances et d'interrogations par rapport à ce que nous avions jusque-là appris. En économie, nous retrouvâmes notre professeur de croissance économique. Il était lui aussi dans ses interrogations quant à telle ou telle théorie et à leur véracité universelle. La mode était aux modèles économétriques c'est-à-dire à des équations complexes de variables économiques et de leur signification sur l'économie réelle si la valeur d'une de ces variables se modifiait. Les tableaux noirs se couvraient de signes mathématiques indéchiffrables pour de non-initiés et de résultats déconnectés de la réalité. Et que dire de nos dirigeants qui se fondaient sur de telles théories pour justifier leur politique ?

Il nous fallait en plus choisir un sujet de mémoire que nous devions présenter. Je me souvenais de celle que Jean-Pierre m'avait confiée à dix-sept ans, lors de mon mois de travail chez son père. Nous avions atteint le même niveau aujourd'hui. J'eus une idée que je soumis à Nicole : à l'époque, le chômage était bas car seulement frictionnel, dû au temps nécessaire pour quitter un emploi et en retrouver un autre, et les travailleurs étrangers étaient nécessaires pour assurer la croissance économique. Pourquoi ne pas chercher quelle était la participation de ces travailleurs au taux de croissance actuel, une information qui réjouirait les économistes de gauche qui avaient le vent en poupe et qui accusaient les sociétés développées d'exploiter les économies du sud à leur avantage. Nicole pensa que c'était en effet un beau sujet. Nous le soumîmes à notre professeur directeur de mémoire qui le jugea très intéressant. Ainsi fut prise la décision. Il nous restait à le mettre en œuvre : rechercher des informations précises quel que soit l'endroit où les trouver. Il n'y avait pas d'internet, pas de scan de documents. Les déplacements physiques, longs et onéreux nous permettaient seuls d'aller chercher l'information à la source. Nous nous déplaçâmes un peu partout et jusqu'à Marseille.

Et voilà que j'appris une nouvelle miraculeuse : une section prépa ENA s'ouvrait dans notre faculté ! Je m'inscrivis immédiatement. Voilà qui me permettrait peut-être de rejoindre cette Haute Ecole sans passer par Sciences Po, dont j'avais complétement abandonné l'idée : comment se résoudre à entrer en seconde année sans se sentir régresser après avoir réussi haut la main quatre années de licence?

Les premiers cours m'emballèrent. Nous avions, parmi nos professeurs, le directeur de Cabinet du Préfet, lui-même énarque. Je renouais avec un enseignement général mais de haut niveau. J'étais passionnée et à l'aise comme un poisson dans l'eau avec les dissertations qu'on me demandait. J'avais des notes plus que correctes pour un enseignement de ce niveau. Le professeur commenta l'une d'elle d'un bien, ajoutant cependant : attention à ne pas parler hexagonal. Il avait raison. Mais je pensais très honnêtement que c'était un plus de parler la langue de bois des politiciens et que cet effort serait apprécié. Je m'étais trompée.

Je passais beaucoup de temps personnel à rédiger des fiches sur le monde politique, ses orientations et ses hommes depuis 1945. J'avais commandé, ce qui avait été préconisé, le dossier de préparation au concours. Les différents livrets devaient bien mesurer plus de un mètre de haut. Mais j'étais passionnée.

Je continuai parallèlement à suivre les cours de DESS et plus épisodiquement ceux de l'IAE en me tenant cependant informer de ce qui était traité pour pouvoir choisir ceux qui allaient m'apporter des connaissances qui m'enrichiraient.

Un jour, un cours de DESS fut cependant déterminant : notre professeur, après avoir représenté la courbe de la théorie de Mrs Robinson nous tint ce langage : « Si je pouvais prouver qu'à un moment la courbe ascendante s'infléchit vers le bas, j'aurais prouvé que la théorie de Mrs Robinson est fausse. Si certains étudiants parmi vous pouvaient m'aider dans mes recherches, j'en serais heureux ». J'étais atterrée. Quelle importance que la courbe de Mrs Robinson soit ascendante ou descendante ? Aucune ! Je pris tout-à-coup conscience de la vacuité de la recherche économique contrairement à la recherche scientifique. Ce constat m'amena à arrêter net mon DESS. Et donc le mémoire que je préparais avec Nicole et que je sentais lui aussi de moins en moins : quelle importance de connaître le taux très approximatif, compte tenu du manque d'informations précises, de la participation des travailleurs étrangers à la croissance économique ? A rien, sauf à une pure satisfaction intellectuelle et à une simple information dont se servirait les antiracistes pour leur argumentation si notre mémoire était reconnu. En fait, je me rendais compte que le DESS était utile pour une carrière professorale dans l'enseignement supérieur seulement. Nous n'étions qu'à deux mois du passage du diplôme mais je ne me sentais pas vraiment coupable d'abandonner Nicole. Bâtir un modèle mathématique à partir des informations que nous avions recueillies était de son domaine, pas du mien.

En prépa ENA, le chef de cabinet du Préfet, ancien énarque, que nous avions comme professeur décida de nous poser une question qui pouvait être l'une de celles posées au Grand Oral de l'ENA. Peut-être même lui avait-elle était posée. C'était celle-ci : « Si vous deviez vivre sur une île déserte, quel livre emporteriez-vous ? « Presque sans hésiter je lui répondis : « Le Nouvel Etat industriel » de Galbraith. Après avoir interrogé notre petit groupe, il nous déclara ; « Curieux que personne n'eût pensé à Robinson Crusoë ! » Et c'était tellement évident! Mais comment aurions-nous pu savoir manier l'épée verbale ? Nous n'avions eu aucun entraînement. Je me rendais bien compte que les systèmes d'équivalence étaient un leurre. Chaque formation forme l'esprit différemment. Je l'avais expérimenté en anglais. Je l'expérimentais maintenant aussi.

Je commençais à m'interroger sérieusement sur mon avenir. Je demandais conseil au doyen de la faculté qui me connaissait grâce à mes résultats. Il me répondit : « Soyez professeur. C'est bien pour une femme ! » Cette réponse me révolta par son antiféminisme : *c'est bien pour une femme* car son destin est de se marier et d'élever des enfants, donc c'est bien de rester à la maison le plus souvent possible. Et préparer des cours et corriger des copies avec les cris des enfants et leurs exigences qui viennent la déranger ? Et si la femme en question n'a pas envie de se marier ni d'avoir d'enfants, que diriez-vous, cher Doyen ? On rêve ! J'aurais interrogé Mr tout le monde dans la rue que je n'aurais pas eu une réponse plus intelligente ! Je décidais de ne plus jamais lui parler ni même de le saluer si je le rencontrais. Et je tins parole.

J'avais aussi interrogé mon cher professeur d'histoire économique sur mon intention de faire l'ENA. Lui, au moins, ne m'objecta pas ma condition féminine ni ma capacité à réussir cette Grande Ecole, mais me répondit : « Vous vous voyez sérieusement dans un petit bureau poussiéreux de la rue de Rivoli ? » J'aurais pu lui objecter que la rue de Rivoli, la voie royale des Finances, ne m'intéressait pas mais que j'ambitionnais seulement le Quai d'Orsay. J'aurais eu la même réponse. J'en étais persuadée. Mais n'y avait-il donc personne de constructif dans cette fac ?

Une annonce affichée à l'IAE me redonna de l'espoir : nous pouvions faire un stage de trois semaines dans la prestigieuse Institution du MIT, le Massachussets Institute of Technology de Boston, une référence internationale en matière de management, au lieu du stage obligatoire en entreprise. Je ne réfléchis pas. Je m'inscrivis. Mais voilà : un mois avant le départ, personne ne s'était inscrit... J'aurais dû m'en douter avec le niveau d'anglais des étudiants ! Je ne me sentais pas de partir seule à tout juste vingt-deux ans. L'aventure, soit, mais au moins à deux. J'aurais été prête à partir avec Jean-Yves en Australie et, aux Etats-Unis, avec n'importe quel étudiant ou étudiante de L'IAE mais pas seule. J'annulais donc mon inscription, ce qui attrista M. Boisselier qui comprit très bien mes raisons. Mais ses efforts pour parvenir à décrocher un accord avec le MIT, qui lui en fut reconnaissant ? Qui s'était discrédité par rapport à cette grande Institution ? C'est alors que je compris qu'il n'était pas le farfelu que nous imaginions mais un éminent professeur qui se démenait pour créer un esprit Ecole, pour nous procurer des intervenants compétents, pour dynamiser l'Institut dont il assumait la direction.

Voilà ce qu'était Nice ! J'appris beaucoup plus tard que Sup de Co était appelé Sup de Co plage. Tout un symbole. Sortir de Nice, quels que soient ses résultats, n'avait guère de valeur. Oui, il aurait mieux valu rester à Versailles, à proximité des Ecoles et facultés reconnues, et dont le diplôme avait une valeur. Mon amie, Dominique, qui avait redoublé sa seconde, choisit fortuitement la même voie que la mienne Mais elle étudia rue d'Assas, une fac renommée et n'eut aucun souci de carrière dans le marketing.

Je décidais sans plaisir de ne pas présenter le concours de l'ENA. Quelles chances avions-nous de réussir, nous si peu et si mal entraînés, par rapport à des élèves de Sciences Po Paris dont tout l'enseignement tendait vers cet objectif? Se faire ridiculiser ? Perdre confiance en nous?

Je décidais par contre, en suivant la voix de la sagesse, de terminer l'IAE qui complétait ma formation de macro économie par une formation de micro appliquée à l'entreprise. Ce diplôme supplémentaire ne pouvait être que bénéfique à ma carrière en ne me demandant que peu d'efforts pour réussir.

Mon histoire d'amour avec Patrick se poursuivait sans heurt ni ombre et avec le même enthousiasme. Il me faisait souvent la surprise de venir me chercher le midi pour aller déjeuner, et jamais dans un restaurant proche comme j'aurais pu m'y attendre pour une pause déjeuner dans sa journée de travail. Nous partions tambour battant pour Antibes déguster des fruits de mer ou manger un poisson sur le port de Beaulieu. Il avait en effet troqué la Mercedes noire et sérieuse de son père pour une voiture adaptée à un jeune dirigeant dynamique : une Alfa Roméo rouge. Il pratiquait maintenant la conduite sportive. Chacune de ces initiatives me procurait un réel plaisir, avec de temps en temps quelques bémols. Il m'emmena un soir dans un bon et beau restaurant de l'arrière-pays par une route très accidentée où il joua les conducteurs de rallye. Je gardais, la peur au ventre, les yeux rivés sur la route, pour éviter d'avoir mal au cœur. Il ne servait à rien de lui dire de ralentir. Je savais qu'il aurait, au contraire, accéléré. A l'arrivée, il me dit bravo, un mot auquel je m'étais habituée et dont je me serais bien passé. Heureusement qu'il conduisit plus prudemment au retour. Sinon, je n'aurais pas donné cher du repas qui était dans mon estomac. Quand nous sortions ainsi le soir, nous rentrions ensuite passer la nuit chez lui. Il avait fait maintenant aménagé un studio au rez-de-chaussée de la villa auquel on accédait directement, ce qui lui permettait d'avoir une certaine indépendance. Il n'avait malheureusement aucun goût pour les discothèques et la danse. Il est vrai que je ne l'imaginais vraiment pas se déhancher et se trémousser comme nous le faisions ! Pour ce genre de sortie, il fallait que je m'organise avec Nicole.

Je demandais un jour à Patrick de me donner des cours pour m'apprendre à traiter les cas de gestion commerciale et de gestion financière et, surtout, pour m'apprendre la démarche et le raisonnement qu'il fallait adopter. Je n'eus pas de difficulté à le comprendre. Il me donna deux cas à traiter, un dans chaque matière, qu'il avait eus à Sup de Co. Je les lus, j'appliquais ses recommandations. Le maître fut satisfait de son élève. Quant à moi, je me sentis délivrée d'un souci.

Je ne m'en faisais aucun, par contre, pour l'examen d'oral d'anglais. J'avais passé la nuit dans le studio de Patrick et je n'avais aucune envie de me presser ce matin-là : « Pas la peine d'arriver à l'heure à un oral, il y a tellement de candidats qu'on passe des heures à attendre pour dix minutes d'entretien ! » Le résultat fut que j'arrivai dans une salle vide : le proviseur du lycée Masséna était reparti à son bureau ne voyant plus de candidat. Je fus affolée. Je cherchais de l'aide partout. Finalement l'Ecole me trouva une solution : aller l'y retrouver au lycée d'autant qu'il avait écourté son quota de présence. L'Ecole téléphona. Mon cœur battait. Mais sans se faire prier, le proviseur accepta de me faire passer l'examen. Je poussais un grand soupir de soulagement en même temps qu'un grand sourire se dessinait sur mes lèvres. Je remerciais chaleureusement celle qui m'avait aidée avant de foncer avec mon Austin jusqu'au lycée Masséna. J'arrivai dans le bureau, rouge et échevelée, et m'excusai. Le proviseur me donna un texte que je parcourus. Il me demanda de le lire. Il fut étonné de mon aisance malgré mon accent français dont je n'ai jamais pu me débarrasser. Il me demanda en anglais la raison de cette aisance. Nous commençâmes alors à discuter à bâtons rompus en oubliant le texte initial. Il me posa beaucoup de questions sur mes expériences anglaises et mes impressions. Ce fut un entretien très agréable. Il me dit ma note ce qui était pourtant interdit par le règlement : 15 ! Alors que j'étais persuadée que mon absence à l'IAE allait me pénaliser ! Voilà qui m'arrangeait bien pour compenser les lacunes que je pouvais avoir par ailleurs. Et voilà qui me donna aussi une bonne leçon que je retiendrais pour l'avenir quant à la nécessité de respecter des horaires.

J'avais commencé à m'interroger très sérieusement sur mon avenir : aucune grande entreprise dans la région capable d'engager à un niveau de responsabilité correspondant à celui de mes études et encore moins une femme. Au niveau national, contrairement à ce que pensait Jules César, mieux valait être dernier à Rome que premier dans un village comme Nice, par exemple ! J'avais raison d'avoir voulu faire Sciences Po à Paris, une valeur sûre, celle-là ! Ne restaient plus que les concours administratifs. Ou les carrières assurées par papa et maman dans l'entreprise ou l'activité familiale !

Je n'avais personne qui pouvait m'accueillir mais celui qui me tenait lieu de « père » pouvait très bien financer une petite activité ! J'étais passionnée de mode et non seulement capable de gérer mais aussi de dessiner des modèles exclusifs ce que je faisais depuis que j'avais 12 ans. Ma meilleure amie était vendeuse chez son père à un salaire minimum. Pourquoi ne pas nous associer? Il nous suffisait, moi, d'affiner mes connaissances dans la création et elle, celles de commerciale. J'en parlais à Danièle. Elle fut enthousiaste.

J'exposais alors le projet à celui qui allait devenir mon beau-père. Je savais que je retiendrais son attention non pas parce qu'il croyait en mes compétences mais parce que Danièle faisait partie d'une famille connue de la bourgeoisie de Nice. Je lui exposais le sérieux de notre projet, arguments concrets à l'appui. Il me donna son accord pour financer notre démarrage.

Je recherchai alors des formations susceptibles de nous correspondre. Pour m'aider, Danièle me confia des revues professionnelles adressées au magasin. Je trouvais ce qui nous intéressait : il n'y avait pour elle qu'une seule formation d'un an, à Colmar, ce qui n'avait rien de réjouissant. Les miennes, car il y en avait plusieurs, se trouvaient à Paris. La plus sérieuse me sembla être celle de la Chambre Syndicale de la Haute couture Parisienne qui se déroulait normalement en deux ans. Après négociation, j'obtins d'entrer directement en deuxième année. Le père de Danièle accepta de lui financer son année d'études qui ne pouvait, quoiqu'il en soit, n'être que profitable à ses boutiques. J'avais une bonne influence sur sa fille ! J'admirais Danièle pour avoir accepté de partir dans une région de l'est de la France qui n'avait rien pour plaire quand on était originaire de Nice, simplement parce qu'elle avait foi en mon projet.

Je décidais de rechercher un stage chez un fabricant de prêt à porter de Nice, même modeste, pour remplacer le prestigieux stage au MIT de Boston qui aurait pu me démarquer. Je pris donc mon bâton de pèlerin pour aller frapper aux portes des fabricants dont j'avais fait la liste à partir de l'annuaire téléphonique. Comme je ne demandais pas de salaire, il me fut facile de trouver. Ce fut une petite PME au nord du centre-ville de Nice, installée dans un appartement, qui m'accepta. La patronne, sans doute étonnée qu'une étudiante de ce niveau s'intéresse à sa petite affaire me dit : « Eh bien, venez, observez, tout vous est ouvert ! ». Elle m'invitait en quelque sorte à faire un audit de son entreprise, sauf financier qui restait un domaine confidentiel. L'entreprise était spécialisée dans la production de robes classiques, pas très à la mode, de moyenne gamme. Je me demandais qui pouvait bien encore porter ce genre d'articles. Non, je n'étais pas chez Ungaro, ni chez Paco Rabanne, ça c'était sûr! Je passai mon temps à interroger les employés de l'entreprise, à comprendre les rouages de la fabrication, les canaux de distribution, les achats, à examiner des documents, et aussi, pour des questions de politique commerciale ou générale, la patronne elle-même. Je finis par sortir la trentaine de pages imposée que j'avais fait dactylographier après l'avoir soumise à Patrick pour accord. J'en portai un exemplaire à la patronne, qui n'apprécia pas mes remarques sur la nécessaire rationalisation des achats pour accroître la rentabilité. C'était pourtant la seule remarque que j'avais faite et je savais qu'elle était pertinente. Une vingtaine d'années plus tard, je relus ce rapport qui m'étonna par sa clarté et son professionnalisme pour une fille de vingt-deux ans sans expérience.

Je fus finalement reçue à l'IAE, sans mention, ce qui m'importa peu. Je ne connus jamais les notes que j'obtins dans les autres matières que l'anglais et ne m'en souciai pas. Mon objectif avait été d'obtenir le diplôme, rien de plus.

Le mariage de ma mère avec son ami fut fixé. Une occasion pour ma mère de se choisir une belle alliance. Les temps étaient à l'austérité. Il y avait quelques temps que son ami n'offrait plus de bijoux. Mais pour son mariage, il fallait une belle alliance à ma mère. La mode était alors d'en porter trois au même doigt : l'une en brillants, les deux autres en pierres précieuses de couleur différente. Ma mère était tout excitée à l'idée d'aller les choisir. Et moi de même à l'idée de l'aider à choisir. Nous allâmes chez le plus grand bijoutier de Nice, celui de mon futur beau-père. Notre choix tomba sur une alliance aux gros brillants sur tout le pourtour et deux plus modestes en prix et en taille, l'une sertie de saphirs, l'autre de rubis. L'addition des trois était salée mais la bijoutière dit à ma mère : « Mais madame, ce n'est pas tous les jours qu'on se marie ! ». Nous étions, ma mère et moi, tout-à-fait d'accord pour considérer l'achat sous cet angle ! « J'en parle à mon futur mari et je reviens lundi » lui dit ma mère. Toutes les deux emballées, nous annonçâmes « la bonne » nouvelle à mon futur beau-père. « Mais bien sûr, répondit-il ! Il y a quelques temps que je ne t'ai pas gâtée ! Et faites-vous belles toutes les deux ! ». Ça, il ne fallait pas nous le dire deux fois ! C'est avec joie que nous reprîmes le chemin de nos boutiques préférées. L'époque glorieuse revenait !

Le mariage eut lieu à la mairie de Nice dans la plus stricte intimité et ne fit l'objet d'aucune publicité. J'étais le témoin de ma mère. Le témoin de mon futur beau-père était son notaire. Les formalités furent vite expédiées par un adjoint du maire. En sortant, un photographe fit un cliché de notre petit groupe. Mon beau-père continuait à marcher activement mais ma mère le força à s'arrêter : « Mais arrête-toi, voyons, mon chéri ! C'est un souvenir ! » Ma mère prit le ticket bien décidée à aller chercher la photo. C'est que si c'était une formalité à laquelle son ami n'attachait guère d'importance, c'était beaucoup plus pour ma mère : c'était sa consécration ! Elle était devenue Mme B, la femme du célèbre Mr B, elle était devenue une « dame » ! Elle avait réussi sa vie !

Nous allâmes déjeuner dans un luxueux restaurant étoilé de St Jean Cap Ferrat qui dominait la rade de Villefranche. Le cadre était magique. Au moment du dessert, le serveur nous apporta un gâteau de mariage, un vrai, tout blanc, avec un couple de mariés au sommet ! Mon beau-père regarda ce gâteau interloqué : il n'avait rien commandé de tel ! Le serveur lui remit une enveloppe : « C'est un cadeau, Monsieur ! » Et voilà que Patrick apparut, avec son bon sourire et ses yeux rayonnants de joie. C'était donc son cadeau de mariage! Il avait décidément le don d'apparaître partout où on ne l'attendait pas. Sa faculté d'étonner était sa principale arme de séduction ! Ma mère et moi fondîmes devant cette attention touchante et le regardèrent avec affection et admiration. Mais mon beau-père détestait tout ce qui était marque d'anniversaire et autre fête familiale dans un lieu public. Il considérait ces allusions à la vie privée comme vulgaires et déplacées. Sa tête s'allongea en signe de contrariété. Il ne put cependant que remercier Patrick et l'inviter à s'asseoir avec nous pour partager ce gâteau. Patrick, comme à son habitude, ne saisit pas la réticence. Il accepta et félicita chaleureusement les nouveaux mariés. Le moment de gêne passé, la conversation reprit naturellement.

Quand le repas fut terminé et que tout le monde s'apprêtait à partir, Patrick dit à mon beau-père et sans attendre la réponse : « Si vous le permettez, j'enlève votre belle-fille ! ». Nous disparûmes tous les deux.

Chapitre 5 : à tâtons

I

Il était entendu que j'allais étudier la Haute Couture à Paris à la rentrée. Malgré tout, Patrick voulut m'emmener visiter des villas pour prendre définitivement son indépendance, me dit-il. Si cette villa était pour lui, je ne voyais pas pourquoi je l'accompagnerais. C'était à lui seul de décider. S'il voulait que nous nous mariions, c'était autre chose mais il ne paraissait pas le désirer, ni même souhaiter une promesse d'union qui ne pouvait se concrétiser que l'année suivante lorsque Danièle et moi aurions achevé notre formation et créé notre boutique de mode. S'il voulait simplement vivre avec moi pour que je lui tienne son ménage, alors là, il pouvait rêver. De toute façon, je quittais Nice pour Paris. Ce n'était donc pas réalisable. Je ne l'accompagnerais pas dans ses visites. Louer une villa était sa responsabilité et sa décision. C'est exactement ce que je lui dis.

Je n'étais pas mécontente de mon départ, car secrètement, j'espérais que mon absence pèserait à Patrick et l'amènerait enfin à évoquer un avenir autre qu'immédiat. Si mes amis me posaient la question « Mais qu'est-ce que vous pensez faire ? », je ne pouvais que répondre « Rien de plus que maintenant » tandis qu'un étonnement teinté d'incompréhension se peignait sur leur visage : tous les couples avaient des projets, construisaient.

L'été se passa aussi bien que les précédents entre la plage, les sorties nocturnes, les déjeuners, les diners et nuits avec Patrick. Un jour, il me proposa d'aller passer le week-end dans la villa familiale de St Aygulf, le quartier résidentiel de Fréjus si on faisait abstraction de l'immense camping qui s'étalait à la suite de la plus belle plage de sable fin située à l'entrée. Il y avait bien longtemps que je n'étais revenue dans le Var.

Nous prîmes l'autoroute à travers l'Estérel. A la sortie, je fus saisie par la beauté du paysage. C'était la vraie Provence, avec ses fermes en pierre éparpillées, ses champs, ses cyprès, ses vignes et ses fleurs, ses pinèdes et en toile de fond les collines de l'Estérel. J'étais émerveillée. J'avais complètement oublié qu'une campagne authentique existait à seulement 60 km de Nice. Il y avait bien un arrière-pays dans les Alpes Maritimes mais la nature, revue et corrigée par l'homme y était devenue sophistiquée et luxueuse ou était restée rustique et rude lorsque les montagnes arides constituaient cet arrière-pays ce qui était le cas juste derrière Nice. Le long de la plage de sable qui conduisait au bourg, les baraques qui servaient de restaurants ou les cabanes où on achetait des glaces ou des beignets nommés chichis, symbolisaient les vraies vacances sans contraintes. Ici, on vivait toute la journée en maillot de bain. Les petites villas elles-mêmes étaient simples. C'étaient des bungalows faciles à vivre au milieu d'un jardin où s'épanouissaient des pins maritimes ou parasols. La villa où nous nous rendîmes, entre route principale et bord de mer, le quartier le plus ancien, n'était pas différente. Comme il était d'usage chez les Niçois, il n'y avait pas d'effort de décoration et elle était meublée de rebuts. Mais ce qui pouvait paraître médiocre ailleurs s'accordait ici parfaitement avec le cadre sans chichi. J'avais préparé une terrine de lapin en gelée. Patrick avait apporté d'autres provisions sans oublier de bonnes bouteilles de vin. Nous piqueniquâmes sur la terrasse au sud, face aux pins, au son du chant des cigales. Nous étions les rois !

Le mois suivant, se souvenant de l'émerveillement que j'avais eu pour St Aygulf et qui ne m'avait pas quitté du week-end, Patrick me proposa d'y retourner. Sa tante et son oncle y passaient des vacances. Ils étaient prêts à nous accueillir.

C'étaient des personnes sans histoire, aimables et spontanées. La tante présidait aux fourneaux. Grâce à elle, nous fîmes de somptueux gueuletons dans une ambiance animée et des parties de pétanque pleines de rebondissements et de fous rires. Ce qui m'inquiétait c'était qu'ils demandassent à Patrick, même sur le ton de la plaisanterie, quand nous allions régulariser notre relation. Je ne doutais pas que Patrick s'en serait tiré avec une pirouette, mais une telle remarque aurait laissé des traces entre nous. Apparemment, ils avaient plus de tact que je ne le croyais puisqu'ils se turent. Quant à moi, je me sentais vraiment en famille. Je rentrais à Nice pleine de gaîté.

Entre-temps, Danièle m'avait invitée à passer une quinzaine de jours à St Tropez. Elle y travaillait pendant la saison à la boutique de son père en complément de la vendeuse qui s'occupait du magasin à l'année. Elle logeait dans un studio situé dans l'immeuble même de son lieu de travail. Elle s'ennuyait ferme là-bas : comment était-ce possible dans un village de fêtards? Elle était donc très contente de ma venue. Ce fut une quinzaine de folie et d'émotions fortes.

J'étais bien venue avec l'intention de participer à la fête générale. Je me promenais la journée dans les rues, restais au magasin avec Danièle mais le soir, tout changeait. On prenait du temps pour peaufiner notre maquillage : les yeux devaient être très accentués et les lèvres d'un rouge vif. Moi qui avais des sourcils plutôt épais, je ne me contentais pas de les remodeler en un bel arc comme je le faisais depuis au moins deux ans. La mode était passée aux sourcils qui ne représentaient pas plus d'une ligne comme dans les années 30, ce qui ne m'allait pas du tout comme j'avais une arcade sourcilière prononcée : j'avais l'air d'une martienne ! Les ongles des mains se devaient d'être laqués, comme ceux des pieds. Danièle troquait sa tenue de travail, pantalon de bonne coupe et polo, tous deux vendus au magasin, contre une tenue plus tropézienne : robe longue toute simple en cotonnade de couleur blanche ou pastel, aux courtes manches volantées tombant sur les épaules, ou pantalon fluide et blouse de style indien ou tout droit sortie du trousseau de lingerie de nos grand-mères, ou encore les tenues rapportées des vacances, djellabas et gilets brodés. On garnissait le tout d'une bonne quantité de sautoirs fantaisie et de bracelets en toc, on brossait nos cheveux qui se devaient d'être longs et lâchés, on enfilait nos chaussures à talon haut et patin, et nous étions prêtes pour affronter la nuit tropézienne après avoir jugé de notre aspect final, bronzage et sourire éblouissant de rigueur inclus. Si peu qu'on connut les endroits branchés, qu'on eut un comportement décontracté et qu'on évita les endroits fréquentés par les ploucs qui se massaient surtout sur le port, on était toutes semblables, et bien malin qui pouvait reconnaître la midinette ou la petite aventurière de la star ou de la grande bourgeoise habituellement bon chic bon genre. Partout, les conversations étaient animées, on appelait les garçons par leur prénom et on les tutoyait pour peu d'être des habitués, même bien éphémères. Tout ici me rappelait l'ambiance du club Méditerranée de Djerba. Tout le monde trichait, tout le monde mentait, mais on était tous égaux car on faisait partie d'une même communauté.

Danièle et moi allions nous régaler d'une dorade grillée dans la salle d'un minuscule restaurant tenu par une vieille tropézienne authentique qui préparait les poissons et la bouillabaisse à la perfection, nous allions grignoter une pizza à la « Romana », un restaurant situé dans un jardin légèrement excentré où tout était blanc, les gravillons, les tables, les nappes, les chaises en fer forgé, les parasols ouverts même le soir pour l'atmosphère, ou bien nous allions place des Lices, au « Café des Arts » un café provençal resté le même depuis des décennies où, après avoir longé le bar en bois et son zinc, on pénétrait par un couloir étroit qui conduisait, après avoir dépassé la cuisine, dans la salle de restaurant, une grande salle rustique à ciel ouvert où des bougies brûlaient dans des chandeliers argentés sur des tables recouvertes d'une nappe blanche. Le seul restaurant du port qui était une adresse incontournable était « L'escale ». Il ressemblait à une cantine avec ses rangées de tables bien alignées. Il était toujours bourré car on y dégustait une bourride délicieuse sur une table étroite coincée entre deux autres, dans une ambiance chaleureuse et simple.

St Tropez de cette époque était encore dans son jus de vieux village provençal. Les bars où on devait voir et être vus étaient ordinaires. Le premier et qui le reste est Sénéquier sur le port. Seule entorse à la modernité : les fauteuils « cinéaste » pliants en bois et toile rouge orangé de la terrasse. A l'intérieur, rien que le classique comptoir en zinc. Dans la petite rue juste derrière, Sénéquier se révélait être un excellent pâtissier où les tartes tropéziennes étaient savoureuses. Le comptoir de service antique en marbre était d'époque, comme le sol en carrelage à motifs Belle Epoque. Rien de plus. L'intérêt de ce café et de cette pâtisserie est qu'ils étaient ouverts toute l'année. Séparé de Sénéquier par la petite rue qui descendait au port, un autre café authentique : « Le Gorille ». Les consommateurs y étaient moins bien installés sur la terrasse mais les sans le sou pouvaient y manger un sandwich à prix modéré.

Les jours de congé de Danièle, nous allions passer la journée sur la belle plage de sable de Pampelonne. Une petite route du bout du monde qui serpentait à travers des vignes et des forêts de canisses dont les tiges s'inclinaient souvent au-dessus de la voie, nous y conduisait. Rien d'étonnant que les établissements privés là-bas s'appelaient Tahiti ou Moorea. On garait la voiture dans un champ transformé en parking payant pour les besoins de l'été où les abris étaient recouverts de canisses séchées. Nous passions la journée sur un matelas, payant lui aussi, posé à même le sol mais équipé d'un appui-tête, et sans parasol, puisque nous n'étions là que pour bronzer. Des serveurs en bermudas et pieds nus pouvaient nous abreuver aussi bien d'eau que de cocktails sophistiqués. Le bar lui-même était une hutte. Le midi, nous déjeunions au restaurant de la plage les pieds dans le sable, une cuisine simple mais de qualité. On avait droit gracieusement à un défilé de maillots et paréos vendus à la boutique. A la plage aussi, tout le monde se devait d'être identique et le monokini permettait de laisser les connaisseurs apprécier la taille, la forme et la bonne tenue des seins. C'était un bout du monde de rêve !

Un photographe prenait des clichés sur le vif des estivants et des jeunes enfants, car les parents étaient ses meilleurs acheteurs, et invitait les concernés à venir contempler les épreuves, qui étaient toutes de bonne taille, le soir, sur le port. Tout le monde y ressemblait à des vedettes en goguette. Danièle connaissait bien ce jeune et sympathique photographe qui, toujours avec le sourire malgré la fatigue arpentait la plage sableuse. Il sévissait tout aussi gentiment le soir dans le village. Il nous photographia dans ces deux lieux et nous offrit les épreuves. Pendant l'hiver, il officiait à Megève où étaient installés la mère et le jeune frère de mon amie.

A St Tropez, les contacts étaient faciles. Un soir, alors que nous buvions un verre, deux garçons qui avaient pris l'initiative d'une conversation, nous proposèrent de les accompagner dans une villa qui donnait une fête. Les fêtes de St Tropez dans les villas de vrais ou supposés milliardaires étaient somptueuses. Nous n'hésitâmes pas. La voiture des garçons où nous nous installâmes à l'arrière était une petite voiture pas très neuve. Qu'importe, pourvu de participer à une vraie soirée tropézienne et si la présence de deux jolies filles remplaçait un carton d'invitation ce qui leur assurait de manger et de se rincer le gosier au champagne à l'œil, eh bien tant mieux pour eux ! St Tropez pullulait en effet de jeunes fauchés qui dormaient ou non à l'abri au hasard des rencontres et qui passaient leurs journées à s'informer des lieux de soirée. Nous garâmes la voiture non loin de la villa et finirent la grimpette à pied avant de découvrir la grande piscine illuminée devant la villa elle-même généreusement éclairée. Un grand buffet où circulaient des serveurs était dressé dans un coin. Les invités déambulaient ou discutaient par groupes, une flute de Champagne à la main, autour de la piscine. Nous observâmes les invités, nous profitâmes du décor, nous grignotâmes des petits fours, nous dansâmes mais ne repérâmes aucune tête connue. Quant à nos deux accompagnateurs, ils nous avaient faussé compagnie depuis belle lurette. Quand nous commençâmes à en avoir assez de ce lieu, nous nous dirigeâmes vers le parking improvisé. Trouver une voiture qui nous ramènerait ne serait sans doute pas difficile.

Nous arrêtâmes un couple qui descendait le chemin :

« Mais comment êtes-vous venues?

– Avec des amis, mais apparemment, ils sont partis sans nous !

– Et où habitez-vous ?

– A la résidence du port. Je tiens la boutique de mon père au-dessous de mon studio », déclara Danièle.

Cette nouvelle sembla avoir rassuré le couple que nous suivîmes à leur voiture. A notre grand étonnement, c'était une splendide Jaguar, un cigare, comme on l'appelait en raison de sa forme. Ils nous déposèrent devant l'entrée de notre immeuble.

Nous allâmes également danser aux « Caves du Roy », une discothèque mythique de St Tropez situé à l'intérieur du Byblos, Le Grand Hôtel du village. Nul besoin de monter au sommet de la colline où se trouvait l'entrée de cet hôtel qui ressemblait à un village provençal descendant vers la place des Lices. C'était au bout de cette place que les non-résidents y montaient par un petit chemin romantique entouré d'une tonnelle croulante de verdure. Deux couples d'amis de Danièle, qui étaient passés à la boutique lui rendre visite, nous accompagnaient. On entra. Je regardais tout autour de moi le décor fastueux quand tout-à-coup, je sentis quelqu'un me saisir par la taille avant de m'embrasser, tout cela en quelques secondes. C'était un des deux garçons de notre groupe qui s'était caché derrière un pilier pour me surprendre : « Je n'en pouvais plus, me dit-il. Il fallait que je t'embrasse ! ». Ce n'était pas la première fois qu'un des copains de mes amies me faisait des avances que je refusais toujours car je n'avais aucune envie de semer la zizanie dans mon entourage ce dont j'aurais pâti la première. Mais de façon aussi directe, ça jamais ! J'avoue qu'il était joli garçon et que le baiser n'avait rien de désagréable, mais je ne dérogeai pas à mon principe. Je me tins éloignée de lui toute la soirée et évitai de le regarder en me demandant si le fautif n'était pas mon regard mal interprété, car toujours attiré par les beaux garçons qui passaient sans que je n'ai de vue sur aucun d'eux : les hommes regardaient bien les jolies femmes et elles ne sautaient pas pour autant sur eux !

Un soir, Danièle et moi allâmes danser au « Papagayo », qui donnait sur le port juste après notre immeuble, une des boîtes très à la mode de St Tropez. Nous dansâmes comme des folles en nous reposant de temps en temps à notre table où nous tirions de notre paille quelques gorgées de gin fizz avant de repartir de plus belle sur la piste. Je remarquais tout à coup que Danièle dansait toujours en face du même partenaire, un jeune homme très brun et mat de teint. Je les vis même discuter ensemble.

A un moment de la soirée, elle vint me voir et me dit que c'était un Indien d'Amérique du sud et qu'il était en vacances ici sur son bateau, ancré à côté du Papagayo. Il nous y invitait :

« On y va ? me demanda-elle.

– Pourquoi pas ? » lui répondis-je, curieuse de faire l'expérience d'un yacht tropézien.

Il était bien juste à côté, en effet. Ce n'était pas vraiment un yacht de milliardaire, mais un bateau plus modeste. Nous montâmes à bord par une passerelle déjà en place. Notre hôte nous invita à nous asseoir sur la banquette qui épousait l'arrière de la coque puis disparut dans les escaliers conduisant à la cabine. Il revint avec un copain ensommeillé qu'il nous présenta et que nous ne semblions guère intéresser. Puis il redescendit avec Danièle pour lui faire visiter l'habitacle, et me laissa seule avec son copain qui s'affala sur la banquette sans chercher à me faire la conversation. Je m'en sentis vexée. Danièle ne tarda pas à reparaître en me lançant un rapide et angoissé : « Babette, viens vite on s'en va ! »

Son ton m'affola moi-même. De retour sur la terre ferme, on se hâta de rentrer, en jetant des regards furtifs derrière nous pour nous assurer que nous n'étions pas poursuivies, pendant qu'elle me racontait de façon hachée sa mésaventure :

« On n'était pas sitôt descendus, qu'il se jeta sur moi, m'embrassa, sa main était déjà dans ma culotte ! Une chance que j'ai réussi à me dégager ! Ah, dis donc, ils ont le sang chaud ces Indiens !

– Tu te rends compte ce qui aurait pu se passer si on était partis en mer ?

– On l'a échappé belle !

– Il faut faire gaffe, concluais-je, car on ne s'en tirera pas toujours aussi facilement ! »

La peur nous faisait encore battre le cœur une fois enfermées saines et sauves dans le studio.

Nous y avions deux lits jumeaux mis bout à bout le long du mur, et tête bêche si bien que nous pouvions discuter en nous regardant quand nous étions couchées. Celui de Danièle regardait le fond du studio où se trouvait la porte. Un soir, Danièle m'appela en chuchotant :

« Babette, tu dors ?

– Non.

– Il y a quelqu'un. Je viens de voir le bout rouge d'une cigarette.»
Cette déclaration me glaça d'effroi. Je n'osais plus bouger. Une chance au moins que nous étions deux ! L'attente dura des minutes interminables. Puis Danièle me chuchota de nouveau :

« Je crois l'avoir vu sortir.

– Tu es sûre ?

– Je pense avoir vu une silhouette se faufiler dehors.

– Qu'est-ce qu'on fait ? On allume ?

– Attends encore un peu. »

Finalement, n'entendant aucun bruit, Danièle alluma, sortit de son lit, son oreiller devant elle au cas où il y aurait quelqu'un car nous couchions nues en raison de la chaleur. La porte d'entrée était entr'ouverte. Nous inspectâmes la salle de bain. Rien. Rien nulle part. Nous nous sentîmes rassurées. Qui était-ce ? Un ou une voleuse qui croyait les occupants sortis et qui n'avait même pas eu besoin de crocheter la serrure ? On avait oublié de fermer à clé ! Une étourderie qui aurait encore pu nous coûter cher !

Décidément non, St Tropez n'était pas vraiment le Club med !

Sur la route menant à St Tropez, j'avais remarqué une pancarte : « Ranch. Promenade à cheval ». A chaque fois que je passais devant, elle m'interpellait. J'étais attirée par les chevaux alors que ma mère en avait peur. Je n'avais donc jamais pu essayer l'équitation. A force de passer devant cette pancarte, je n'y tins plus et demandai à Danièle si elle était partante. Elle était d'accord. J'allais alors me renseigner sur les tarifs et la tenue recommandée et pris rendez-vous en fin de journée quand la chaleur était moins forte, pour le prochain jour de congé de Danièle. On nous expliqua ce qu'étaient les étriers, la façon de se tenir à cheval, celle de tenir les rênes. On nous apprit à monter sur le cheval du bon côté. Cinq minutes de cette initiation et nous étions parties ! Nous enfourchâmes notre monture et partîmes au pas découvrir la campagne tropézienne telle que nous ne l'avions encore jamais vue. J'étais ravie. Un sourire lumineux irradiait mon visage, quand tout-à-coup, notre accompagnateur donna une grande tape sur la croupe de mon dextrier qui partit au galop, histoire sans doute de rire d'une minette qui se prenait pour une cavalière et qui allait prendre une gamelle. Il en fut pour ses frais. Je m'adaptai instinctivement au rythme du galop du cheval et ne tombai pas. Ce n'est que lorsque le cheval revint au pas que je me mis à avoir peur et que je maudissais cet accompagnateur inconscient qui faisait prendre des risques à des non cavaliers. Je lui criai ma colère en ne mâchant pas mes mots. Il essaya de minimiser cette plaisanterie. Il ne fit qu'attiser ma colère. La rando se termina dans le silence. Je partis fâchée sans un au-revoir. Je dis à Danièle que ces moniteurs étaient incompétents, qu'il était hors de question de les recommander ou de revenir. Mais cet épisode me confirma mon attirance pour les chevaux. Je recommencerai mais dans d'autres conditions.

Le père de Danièle vint un jour nous voir à la boutique avec son amie. Après son divorce, il avait noué une relation avec la vendeuse du magasin et vivait maintenant avec elle. C'était une petite niçoise un peu ronde, brune de cheveux et d'yeux, vive et très active qui s'occupait à la fois de la boutique et de la tenue de la maison, n'hésitant pas à se lever aux aurores si c'était nécessaire. Le père de Danièle n'étant plus un jeune premier dynamique, il lui fallait déployer de l'énergie pour deux. Elle était très sympathique. A Nice, dans le bel appartement moderne lumineux mais meublé de façon minimaliste qu'ils occupaient, car, ça aussi, c'était très niçois de paraître à l'extérieur en sacrifiant l'intérieur, elle me bluffa totalement en nous servant, alors qu'elle travaillait ce jour-là à la boutique, un repas complet présenté très correctement sur une nappe blanche comprenant, en plat principal, des cailles sur canapé ! Chapeau, madame ! C'est ce jour-là que j'appris qu'elle commençait sa journée à 6 h du matin par le marché. Danièle, qui habitait avec le couple, semblait très bien s'entendre avec sa belle-mère. Il faut dire que mon amie avait un tempérament calme et conciliant. Le jour où le couple vint nous voir à St Tropez, il nous emmena dans un bon restaurant de Ramatuelle, le village résidentiel chic des tropéziens, dont la terrasse découvrait le panorama exceptionnel de la baie. Ce fut un moment très agréable et quand son père lui demanda comment se passait le séjour, Danièle répondit :

« Très bien papa ! On sort le soir dans le village, on va à la plage mes jours de congés. On s'amuse vraiment bien toutes les deux !

– Tant mieux ! Amusez-vous, c'est de votre âge ! »

Et nous passâmes sous silence nos aventures moins glorieuses pour éviter un sermon.

Le mariage de ma mère n'avait rien changé à notre vie. Mon beau-père venait le week-end comme par le passé et ne semblait pas pressé de vivre avec ma mère. Ma mère ne me parla pas non plus de cette situation insolite qui m'arrangeait car elle ne me coupait pas de mes attaches niçoises. Mais une chose qui m'intriguait était que mon beau-père eût accepté de financer mon année à Paris. S'il croyait vraiment à notre projet, j'étais prête à lui pardonner beaucoup de choses et à changer d'attitude.

II

En septembre je partis seule à Paris avec un chèque destiné à l'école et avec pour mission de trouver une chambre chez l'habitant. La directrice de l'école, dont les locaux occupaient un étage entier d'un immeuble bourgeois du quartier Opéra, me reçut avec gentillesse et simplicité. Nous discutâmes de mes études précédentes et de mon projet. Quant à mon logement, elle me remit une liste de courtiers spécialisés dans les logements pour étudiants. Cette liste avait été élaborée grâce aux anciens élèves qui avaient été satisfaits du service. Elle était donc supposée être sérieuse.

Je ne cherchais pas spécialement une chambre près de l'école dont je trouvais le quartier trop urbanisé et bruyant. Je cherchais plutôt un endroit calme et résidentiel comme ce à quoi j'aspirais à Nice. Je ne fis qu'une seule visite qui fut la bonne : une chambre dans un immeuble haussmannien de l'avenue Victor Hugo, une avenue du XVIème arrondissement partant de la place de l'Etoile. C'était une avenue résidentielle, paisible, bien comme il faut, et arborée L'appartement de trois pièces se situait au tout début d'une petite rue perpendiculaire peu fréquentée .Ce fut la propriétaire, une jeune fille bien jeune pour posséder un tel appartement, qui nous ouvrit. Je remarquais de suite le parquet d'époque de toutes les pièces. La chambre qui m'était proposée était assez grande et avait un lit restauration de taille dite bâtarde, à mi-chemin du lit une et deux places. Il était placé contre le mur du fond et complété d'une table de nuit. La pièce disposait aussi d'une armoire et d'une table avec une chaise. Ce n'était pas somptueux mais très vivable. Je partageais la salle de bains avec la propriétaire. Quant à la cuisine, je n'y avais droit que pour le petit déjeuner. Je n'hésitai pas à réserver. Plus tard, en discutant avec la propriétaire, j'appris qu'elle avait hérité de l'appartement et de tout ce qu'il contenait de sa grand-mère. Elle n'était elle-même que secrétaire et n'aurait jamais pu l'acquérir. Je compris alors pourquoi elle portait le soir, pour sortir, un vison démodé !

Danièle était déjà partie à Colmar quand je quittais Nice. Notre au-revoir n'avait pas été triste puisque nous nous quittions pour ne plus jamais nous séparer. Patrick m'accompagna avec ma mère à la gare. Il me
souhaita du succès dans mes nouvelles études, mit mon énorme valise
dans le train avant de me dire : « A bientôt ma chérie ! » Il devait faire
référence aux vacances scolaires. Quant à l'avenir plus lointain, rien,
comme d'habitude.

Le lundi matin, à l'école, les étudiants de seconde année, au nombre
d'une bonne vingtaine, furent rassemblés dans une salle, autour d'une
grande table composée de deux rangées de tables jointes. Ils venaient
des quatre coins du monde comme la couleur de leur peau et la forme
de leurs yeux en attestaient. La grande majorité était des femmes.

Nous avions des cours de dessin où le modèle féminin en chair et en
os qui posait sur une estrade en maillot noir était définitivement une
française moyenne et non une créature de rêve, des cours de création
de figurines de mode que nous dessinions selon l'inspiration que nous
évoquait l' échantillon de tissu qui nous était distribué et que nous pei-
gnions ensuite, des cours de modélisme consistant à reconstituer sur
toile de façon fidèle quant à la forme et aux volumes, le modèle qui
nous était imposé, représenté sur une feuille. Nous devions repasser
les différentes parties de notre patron avant de les assembler puis de
les ajuster sur un mannequin couture sur un piétement en bois que
nous avions chacun à notre disposition avant que le professeur nous
les note. En cours d'année s'ajouta un cours d'histoire du costume qui
suivit la visite du musée de l'histoire du costume à travers les âges, que
je connaissais déjà.

La directrice et les différents professeurs ne parlaient que français
alors que l'audience était internationale. Je m'aperçus vite que le langage
des gestes remplaçait très bien celui de la langue puisque les matières
n'étaient pas intellectuelles.

Nous n'étions que quatre françaises. Deux d'entre elles étaient de gentilles filles sans cervelle qui disaient n'importe quoi et pouffaient de rire
à tout propos. La seconde, qui était en face de moi, alors que l'autre était

à côté, ne cessait pas non plus de nous raconter ses ébats avec son copain, un beau dentiste qui l'adorait et qui lui demandait de faire la cuisine en tablier sans rien d'autre dessous. La fille, il est vrai, était plutôt bien roulée. Une chance que la quatrième était beaucoup plus intéressante. Elle était mariée à un fabricant de prêt à porter d'origine juive pied-noir comme elle, avec qui elle collaborait et s'était enfuie avec son fils âgé de trois ans, ne supportant plus la tyrannie de son mari. Elle s'appelait Fanny. Elle avait financé cette école seule, habitait, avec son fils, dans un hôtel miteux tenu par des amis à elle et ne craignait qu'une chose : que son mari ne les découvre et récupère leur fils. C'était une fille qui avait la tête sur les épaules et savait raisonner. Ce qui nous rapprocha.

Les Américaines devinrent aussi mes amies : une dame du Texas d'une cinquantaine d'années mariée à un ingénieur en pétrole et qui projetait d'ouvrir une boutique de mode à Dallas, une étudiante de New-York dont l'année à Paris faisait partie de son cursus, et une autre, Grace, de son vrai nom Graziella, d'origine italienne, et qui souhaitait devenir une vraie modéliste et non plus la couturière qu'elle était. Ses parents lui finançaient son année, mais elle logeait gratuitement chez une arménienne de Paris, amie de ses parents, qui, elle-même, passait son année à New-York. Il y avait aussi un troisième larron venu des Etats-Unis: un jeune Américain noir, au look d'enfer avec son béret français et son écharpe unie colorée autour du cou sur un ensemble sombre. Il était, à lui seul, une figurine de mode ! Mais, malgré son entrain et ses facéties irrésistibles, nous ne fûmes jamais proches.

Le midi, nous allions déjeuner toutes les quatre au drugstore de l'Opéra : crêpes salées fourrées, croque-monsieur géants, rien de bien diététique il est vrai. Mais c'était bon et nous avions besoin de prendre des forces.

Le soir, j'allais acheter des victuailles chez un traiteur et m'installait sur la table de ma chambre.

Fanny venait quelquefois me voir. Je lui proposais de venir moi aussi la voir. Elle n'accepta jamais. Avait-elle si honte que ça du lieu où elle habitait ? Un jour, le téléphone sonna. Un homme était au bout du fil.

Il me dit : « Vous pouvez me passer Fanny s'il vous plait ? Je sais qu'elle est là. Je l'ai vue entrer. » J'allais avertir mon amie : « Mon Dieu ! C'est mon mari ! Il m'a suivie. Je fais pourtant vraiment attention ! » Elle alla répondre. J'écoutais les réponses : « Non, je ne suis pas chez mon amant. Je suis chez une amie. C'est elle qui t'a répondu...Non, elle ne sait rien....Non...Je n'ai rien à te dire ». Et elle raccrocha. Nous nous demandâmes comment il avait eu le n° de téléphone. Il avait dû repérer le nom sur la porte et chercher un annuaire téléphonique. En tout cas, il était débrouillard. Fanny était pétrifiée de terreur. Elle regarda par la fenêtre, en faisant gaffe à ne pas être aperçue : « Je le vois, me dit-elle, il est en bas. » Elle attendit qu'il se décidât à partir, puis attendit encore et encore. Enfin, elle me dit : « Bon, j'y vais maintenant. Je vais faire plein de détours avant de rentrer. C'est plus sûr ! Et je ne reviendrais pas. Je ne veux pas que tu sois ennuyée. » Gentille Fanny ! Mais pauvre Fanny aussi ! Elle disparut définitivement de l'école. Je n'eus jamais plus de nouvelles. J'en demandai à la directrice : « Elle a des ennuis. Mieux vaut que vous ne sachiez rien ! ».

Le Salon professionnel du Prêt à Porter de Paris ouvrit ses portes en novembre. En tant qu'étudiante styliste je pouvais y aller librement. J'y passais donc mon week-end complet, arpentant les allées, allant visiter les stands qui m'intéressaient, de l'habillement aux accessoires, demandant des informations aux exposants sur les modèles, les conditions de prix et de livraison, leur expliquant que j'ouvrais l'année suivante une boutique à Nice. Je m'excusais de n'avoir pas encore de carte professionnelle à leur remettre, alors qu'ils me remettaient la leur.

Danièle m'avait appris qu'elle venait elle aussi à Paris avec son école à cette occasion juste après le week-end que j'y passais. J'allais la rejoindre à l'hôtel où les étudiants étaient logés. Je la découvris en pleine forme telle que je l'avais quittée et le sourire aux lèvres, ce qui m'étonna :

« Ça va ? Tu ne t'ennuies pas là-bas ?

– Oh non, pas du tout, au contraire ! Colmar est vraiment une jolie ville. Les gens sont gentils et les étudiants de l'école aussi. Je m'y plais beaucoup. »

Voilà qui me surprenait, moi qui avais eu des scrupules à l'envoyer dans une telle région.

« Et toi ? Vous êtes allés au Salon ?

– Non, l'école n'y va pas. Mais j'y ai passé le week-end et j'y ai trouvé une foule de choses intéressantes. J'ai discuté avec beaucoup d'exposants. J'ai un petit paquet de cartes de visite où j'ai noté tout ce qui pouvait nous être utile.

– Toute seule ? me répondit-elle stupéfaite.

– Ben, oui, toute seule.

– Je n'aurais pas pu.

– Ah bon, pourquoi ?

– Je me serais sentie perdue dans cet immense Salon et je n'aurais jamais osé aller sur les stands. J'étais contente de le visiter avec l'école ! »

J'avoue que j'avais du mal à comprendre et restais perplexe. Nous allâmes dîner dans le quartier. Nous avions tellement de choses à nous raconter et avions si peu envie de nous quitter que nous restâmes attablées longtemps. Elle repartait le lendemain. La directrice me demanda si j'étais contente de ma visite au Salon. « C'était très bien, très instructif, lui répondis-je. J'ai bien eu besoin des deux jours du week-end pour réunir toutes les informations que je souhaitais ».

Le téléphone sonna un samedi matin alors que j'étais seule. Je décrochais. C'était Patrick ! J'étais folle de joie. Je lui demandais des nouvelles de Nice, de ce qu'il faisait, enfin de tout et de rien :

« Quel dommage que je ne sois pas avec toi ce week-end !

– Alors ça, ça peut facilement s'arranger

– Qu'est-ce que tu veux dire par là ?

– Je suis en bas de chez toi. J'ai pris l'avion ce matin !

– Comment ? Et tu ne l'as pas dit tout de suite ?

– Evidemment, tu ne m'as pas laissé parler !

– Alors vite ! Monte ! »

Quand j'ouvris la porte, ce que je vis d'abord fut une brassée de roses rouges avant d'apercevoir derrière le visage de Patrick, yeux pétillants et large sourire, comme à son habitude, un visage heureux de m'avoir fait une surprise, ce genre de vraie surprise dont il avait le secret. Je le conduisis immédiatement vers mon domaine, le visage, moi aussi, illuminé de bonheur. Le lit bâtard fut essayé. Je dis à Patrick qu'il pouvait dormir là ce soir, puis nous partîmes dans Paris. Lorsque nous revînmes nous changer pour la soirée, ma propriétaire était là. Je lui présentais, toute fière, Patrick. Il m'emmena dîner dans un bon restaurant de l'Ile de la Cité où le dîner aux chandelles était parfait pour les amoureux. Nous dégustâmes un filet de bœuf en croûte et aux morilles, les yeux dans les yeux. Le lendemain, connaissant mon amour des animaux, il avait prévu d'aller à Thoiry, un château de la grande banlieue parisienne, visiter le récent parc animalier où les animaux sauvages étaient en liberté dans une partie du parc. Lorsque je rentrais le soir, la propriétaire me fit remarquer que je n'avais pas à accueillir qui que ce soit chez elle. Je pense que la situation, quoi qu'il en soit, lit étroit, salle de bain commune, ne convenait pas à Patrick.

Cette venue me laissa songeuse. J'étais partie espérant que mon absence pèserait à Patrick, mais il avait vite trouvé la parade : c'était lui qui venait à moi...toujours dans le même statu quo.

Il prit l'habitude de venir ainsi me voir de temps en temps. Il réservait un hôtel au Hilton vers l'Esplanade des Invalides. Il était certain que là, dans un hôtel de luxe bien que fonctionnel, dans une chambre immense, nous avions nos aises. Il m'emmena dans un restaurant russe, où les violons tziganes faisaient rêver, au Pied de Cochon, aux Halles, un restaurant bien de chez nous celui-là qui servait de délicieuses côtes de bœuf aux girolles dans une ambiance de brasserie. Nous allâmes voir « La Cage aux folles », au théâtre, et assistâmes à un spectacle de chansonniers au célèbre Caveau de la République, où il fut apostrophé par l'un d'entre eux qui le classa dans la catégorie des pêcheurs à la ligne. Je regardais Patrick qui riait vraiment de bon cœur à toutes ces représentations comiques. Il pensa même un jour à inviter au restaurant son oncle et sa tante de St Aygulf. Je fus heureuse de les revoir.

En dehors de ces parenthèses, ma vie à Paris reprenait son cours qui n'avait rien de désagréable. Mes rapports avec ma logeuse restaient sur le plan de la stricte politesse malgré notre âge proche. Je fus étonnée lorsqu'elle me proposa un jour de l'accompagner à une de ses sorties. Un monsieur âgé et très bien me dit-elle l'emmenait parfois dîner à son cercle privé situé en étage d'un immeuble des Champs Elysées. « Il sera ravi d'avoir deux invitées et non seulement une et je suis même sûre qu'il vous invitera à diner par la suite » me dit-elle. Comme j'étais toujours ravie de sortir, j'acceptais. Un vieux monsieur au genre très vieille France vint nous chercher en taxi et ne fit, en effet, aucune objection, bien au contraire, à ma présence. La salle aux dimensions somptueuses où nous pénétrâmes tenait du club anglais pour gentlemen. Certains membres sirotaient un cocktail en discutant, d'autres lisaient un journal, d'autres encore s'attablaient pour le dîner ce que nous fîmes après que deux autres messieurs soient conviés à partager notre repas. Un plat de caviar présenté dans une coupe déposée dans un plat argenté sur lit de glace fut posé par le serveur au milieu de la table. « C'est du caviar fumé d'Iran » annonça notre hôte. Je fus stupéfaite par la quantité. Je fus encore plus stupéfaite par la façon de nous servir : à la louche ! Petite louche certes mais quand même une louche ! L'expression « manger du caviar à la louche » n'était-elle donc pas une invention ? Nul doute que la clientèle de ce club devait être très riche. Mais, à part le caviar dont je découvrais et appréciais cette savoureuse variété, je me sentais mal à l'aise. Ce lieu, ces vieux messieurs accompagnés de jeunes demoiselles me paraissaient malsains. Une chance au moins que nous étions deux. Je comprenais maintenant la raison de l'invitation de ma logeuse. Elle n'avait pas été guidée par la gentillesse, c'était certain. L'expérience s'arrêterait là et j'avais hâte qu'elle se termina dès le retour car ce vieux monsieur si bien avait une fâcheuse tendance à coller sa cuisse contre la mienne dans le taxi de retour.

Une seconde fois, elle me mit dans les pattes un de ses « amis ». Il avait rendez-vous avec Michel Drucker, un de ses copains, à la fin du match de foot que ce dernier avait commenté. Michel Drucker était tel qu'il apparaissait à la télé et qu'il n'a jamais cessé d'être depuis : simple et respirant gentillesse et empathie. Mais il ne vint pas dîner avec nous. Dommage mais le dîner sans lui fut vite expédié : celui qui m'invitait respirait la mollesse et l'avilissement. Il me déplaisait.

Une autre expérience finit de me convaincre de la mauvaise mentalité de cette fille. Un dimanche, alors que je m'acharnais à coudre et à recoudre des manches avec la souplesse nécessaire au mouvement des bras parce que je n'y étais pas parvenue pendant le cours, on sonna à la porte. J'allais ouvrir. Un charmant jeune homme se trouvait sur le palier :

« Bonjour, Martine est là ?

– Non, je suis seule aujourd'hui.

– Ah ! Je suppose alors que vous êtes sa charmante locataire ?

– C'est bien ça !

– Si vous n'avez rien de prévu cet après-midi, vous pouvez peut-être venir ? Nous nous réunissons avec quelques amis dans l'appartement de l'un deux et j'étais venue chercher Martine. Mais comme je vous ai trouvée...Acceptez, ce sera sympa vous verrez !

– Alors, si vous êtes sûr que je ne dérange pas...j'arrive dans quelques minutes. Mais entrez, en attendant. »

J'étais contente de laisser en plan mon ouvrage pour aller me divertir un moment. Je m'arrangeais un peu, coiffure, maquillage, tenue et réapparus vite dans le séjour. Nous discutâmes dans sa voiture. Il était vraiment sympa. A l'appartement où étaient rassemblés quelques autres jeunes, il me présenta ainsi : « Devinez qui je vous amène, la locataire que Martine nous avait si bien cachée ! Comme Martine n'était pas là, je lui ai proposé de venir ! » Tout le monde trouva son initiative bienvenue et chacun se présenta. On était assis en majorité par terre car l'appartement était chichement meublé. Je fus immédiatement acceptée dans le groupe. Je passais une excellente après-midi. Je revins avec le sourire aux lèvres. Mais c'est que la fameuse « Martine », que je trouvais, elle, pas sympathique du tout, le prit très mal : « De quel droit êtes-vous sortie avec mes amis? Je vous interdis de recommencer, vous m'entendez ? » J'essayais de protester mais elle me quitta en claquant de colère la porte de sa chambre. J'en restais abasourdie. Je n'avais rien fait de mal ! La cohabitation devenait de plus en plus difficile.

J e commençais aussi à déplorer les inconvénients de ce quartier qui n'était pas si bien que ça. J'étais loin de tout. Acheter du bon pain, du bon fromage n'était guère possible. Le commerce le plus proche était une petite supérette de dépannage. La station de métro n'était pas à côté non plus. C'était un quartier chic mais mort.

L'Américaine d'un certain âge vint à mon secours. A la rentrée de nouvel an, elle s'installait en colocation dans un appartement qu'elle partagerait avec la jeune Américaine. La chambre qu'elle louait devenait donc disponible aussi. L'appartement était habité par une dame veuve très gentille me dit-elle. Elle me proposa de m'emmener le visiter. Quand nous sortîmes sur une place à la sortie du métro, j'eus l'impression de me trouver dans un village avec ses immeubles bas qui se fédéraient tout autour. Nous marchâmes encore quelques minutes avant de nous arrêter devant une résidence relativement récente. Nous prîmes l'ascenseur jusqu'à un étage élevé. Une dame à l'accent russe prononcé, pas guindée du tout et accueillante nous ouvrit la porte. Elle me plut immédiatement. Son appartement aussi, clair et lumineux, meublé en ancien avec des tapis d'orient au sol et de jolis tableaux et gravures au mur. La chambre qu'elle me montra me plut de même immédiatement. Elle était petite mais agréable : commode Empire d'époque, étagères, petite armoire d'époque incertaine, table de travail devant la fenêtre, joli dessus de lit et tapis. Il était clair qu'elle voulait bien recevoir ses pensionnaires. Elle m'expliqua qu'elle était veuve et qu'elle avait besoin d'un petit revenu d'appoint. « En plus, me dit-elle, je ne suis pas seule, comme ça ! » Elle m'expliqua que les voisins étaient charmants, que le quartier était vivant avec beaucoup de commerces. Cet argument était de taille. Le loyer était de cinq cents francs, le même que celui que je payais jusque-là. L'affaire fut entendue.

Nous avions vite constitué une vraie communauté dans la classe. J'admirais les Japonais qui ne disaient rien et s'activaient. Leur travail était toujours rapide, net et précis. Par contre, ils n'étaient pas intégrés et n'essayaient pas de l'être. C'est vrai qu'ils parlaient très peu et très mal anglais, mais quand même !

J'admirais aussi Eduardo, le Philippin, pour une toute autre raison. Il était beau et charmeur. Il était plutôt du genre dissipé et n'arrivait pas toujours à l'heure. Il était aussi étourdi dans son travail. La vieille dame petite et desséchée aux cheveux gris que nous avions comme professeur retrouvait devant lui ses émois de jeune fille. Elle voulait lui faire des remarques mais il la désarmait. Elle fondait devant sa voix mélodieuse et son débit lent quand il lui assurait : « Oh madam, I beg your pardon ! » expression vieille Angleterre qui signifie littéralement « Je quémande votre pardon », et dont la sonorité est tellement plus jolie que le banal « Excuse me ». Les rares fois où je l'entendis, je fus favorablement impressionnée par celui qui la prononçait car elle démontrait une vraie culture. Eduardo parlait de façon générale un anglais très pur ce qui n'était pas commun et ce qui me plaisait.

Je me mis à regarder Edouardo avec mon sourire le plus charmant et il ne tarda pas à comprendre ma complicité lors des brefs coups d'œil que nous échangions lorsque le professeur lui faisait des remarques. Il m'invita un soir. C'était le seul étudiant à avoir une voiture. Il avait aussi son propre studio dans le bien comme il faut VIIème arrondissement, rive gauche, non loin de l'école, rive droite. Nous y allâmes grignoter avant de sortir en boite. Il me montra la photo de famille, plus de cent personnes rassemblées sur plusieurs niveaux de gradins, comme dans un grand mariage mais au garde à vous sans un sourire. C'était une grande famille de planteurs. Je goûtais les confitures de mangue de sa grand-mère. Nous n'étions pas seuls. Un copain philippin comme lui était là et resta avec nous toute la soirée. Evidemment, nous flirtâmes puis Eduardo me raccompagna chez moi, le copain toujours dans la voiture. Il fut toujours là, lui ou un autre, et quand il me raccompagnait, et que le copain dormait ou faisait semblant de dormir à l'arrière de la voiture, il prenait du temps pour m'embrasser et me caresser. En rester là était frustrant mais rien d'autre ne se passa jamais.

Au retour des vacances de février, je découvris Eduardo la jambe dans le plâtre. Accident de ski. Cette infirmité n'enleva rien à sa grâce et c'est encore avec élégance qu'il descendit, à l'aide de ses béquilles, l'escalier menant à la boite homo de la rue Ste Anne. Une boîte homo ? Voilà de quoi me donner à réfléchir. Ces jeunes gens, chez lui, qu'y faisaient-ils s'il n'était pas lui-même un homo ? A moins qu'ils ne soient des duègnes comme les jeunes espagnoles de bonne famille avaient toujours à leur côté pour veiller à leur vertu ?

Je plaisais à Eduardo. Il aimait se montrer avec moi. Un soir, à l'inauguration d'un restaurant philippin du Quartier Latin où j'étais la seule française sauf un assistant de fac perdu dans cette assemblée, Eduardo me prit par la main et me présenta à ses amis en ces termes : « Admirez ma petite française : n'est-ce pas qu'elle est magnifique ? » en me faisant tourner sur moi-même autour de sa main tenue en hauteur avant de m'embrasser. Le buffet de cette soirée était fastueux : langoustes et autres mets délicats, l'assistant universitaire et moi nous régalâmes.

Je ne sus jamais qui était réellement Eduardo. Mystères de l'Extrême Orient !

J'emmenais Grace chez lui un soir. Eduardo me demanda si je fumais. Oui, je fumais, pour faire comme tout le monde. Je m'étais même fait offrir, quand j'étais à Nice, un briquet Dunhill plaqué or alors que le must était un Dupont mais je n'avais pas osé le réclamer tant il était cher. Je commençai par des cigarettes de même marque et passai aux cigarillos Davidoff que je rangeai dans un porte-cigarettes doré. J'avais même un fume-cigarette. Mais tout cela n'était que pour la frime car je ne fumais guère ce dont je n'avais aucun mérite car je n'appréciais pas. Du coup, je répondis : « Bien sûr » à Eduardo. Il alluma une cigarette, tira une ou deux bouffées puis me la passa. Je fis de même et la cigarette passa au copain, Grace ayant refusé. Je vis qu'elle me regardait d'un drôle d'air. Quand nous fûmes seules, elle me demanda :

« Mais tu fumes ?

– Oui, comme tout le monde, une simple cigarette de temps en temps !

– Mais ce n'est pas une cigarette que tu as fumée ! »

Je compris alors horrifiée que c'était de la drogue. Je n'avais pourtant rien ressenti de spécial après ces deux bouffées ! Ni même un peu plus tard.

La plupart des élèves non francophones de l'école parmi lesquels j'étais intégrée, avait pris l'habitude de tous se recevoir de temps en temps. Les hôtes préparaient une de leur spécialité et nous apportions chacun quelque chose de notre pays.. Chez la mexicaine, je goûtais pour la première fois du Guacamole, authentique en plus ! Je découvris qu'elle réalisait dans son studio, des vêtements pour des clientes privées. Je lui proposai de coudre aussi pour moi et ne tardai pas à lui apporter des pièces de soie avec un croquis de ce que je souhaitais. Chez Grace où j'étais co-invitante, le menu était plus classique. Quant aux deux Américaines colocataires, il valait mieux que nous apportions ce que nous mangions ! Mais lorsque le mari de la Texane vint la voir, ils m'invitèrent à déjeuner d'un plat du jour dans un salon de thé de la rue St Honoré. Nous allions aussi boire des verres ensemble. Lors de l'élection présidentielle de 1974, Grace et les deux américaines eurent droit de ma part à un cours de sciences politiques pour expliquer les raisons de mon choix de candidat : Jean Lecanuet et, à défaut, Giscard d'Estaing. Ce fut ce dernier le Président. Pour fêter cette victoire, je leur offris le Champagne !

Le jour de mon anniversaire, j'allais chez Grace comme souvent. Elle m'ouvrit et me conduisit dans le salon où je découvris une douzaine de personnes, dont je n'avais pas soupçonné la présence tant elles avaient été silencieuse jusque là. Elles entonnèrent le « Happy Birthday » à ma vue. J'en restais interdite. Jamais je n'avais connu une telle surprise, bien américaine, il est vrai, et jamais je n'en connus depuis lors. Eduardo était là, bien sûr, mais il y avait aussi les Japonais qui ne se mêlaient pas habituellement aux autres! Comment Grace avait-elle réussi un tel exploit ?

La cohabitation avec ma nouvelle propriétaire se passait au mieux. Je ne rentrais pas sans que nous discutions un moment ensemble avant que j'aille dans ma chambre où j'écoutais la radio en m'escrimant sur l'assemblage de ma toile. Quelquefois, quand, satisfaite, j'avais terminé, je m'apercevais que j'avais cousu sur l'endroit et non sur l'envers. De quoi avoir envie de tout passer par la fenêtre !

J'eus rapidement droit à des compliments sur l'état impeccable de la salle de bain après que je l'eus utilisée. Ma logeuse me proposa alors de me donner libre accès à la cuisine pour préparer mes repas. J'en fus contente pour les week-ends car je pouvais alors cuisiner. J'aimais beaucoup le quartier. Il regorgeait de bons commerçants, tel Lenôtre et de bons traiteurs, de bons bouchers, de bons crémiers, de bons boulangers. La samedi matin était jour de marché sur la place. Les produits offerts étaient magnifiques, l'ambiance conviviale, et il est vrai que, comme me l'avait dit cette dame russe, les habitants étaient charmants, et non seulement ceux de notre immeuble. Jean-Marc Maniatis, le coiffeur devenu célèbre depuis, y faisait ses débuts à des prix de coiffeur de quartier. J'y allais tous les samedis matins. C'était le maître qui s'occupait de mes brushings, de mes couleurs, de mes coupes. Je ne fus jamais aussi bien coiffée.

Cette vie me plaisait. Ma logeuse me faisait penser à Elvire Popesco qui n'était pas russe pourtant mais elles avaient le même accent et les mêmes excès. Elle m'avait appris qu'elle avait été mariée à un industriel de Troyes, que son mari était mort et que sa belle-famille l'avait chassée de la belle maison où ils avaient un train de vie agréable avec des domestiques. Ils l'avaient aussi spoliée de l'héritage. Elle n'avait réussi qu'à conserver cet appartement qui leur appartenait et les quelques meubles, tableaux, et tapis qu'ils y avaient. Elle aimait peindre et son chevalet était dans sa chambre. Une fois, alors que je rentrais, je ne la vis pas dans le salon mais je l'entendis : « Elisabeth ! Veneez, veneez, je vous en prlis ! Je suis couchée ! J'ai un mal de tête épouuuuvantable ! ». J'allais la voir, lui demandais si elle voulait que je lui apporte une aspirine. Mais elle allait déjà mieux rien que par ma présence.

Quand elle sentait un bon fumet s'échapper de la cuisine, elle venait me voir, me demandait ce que je faisais et comment. Elle me demanda un jour si je pouvais faire une tarte le samedi suivant car elle avait invité un jeune couple pour le thé. J'étais, moi aussi, invitée. C'est donc avec plaisir que je fis une tarte aux pommes que chacun trouva délicieuse et pour laquelle je reçus des compliments après le départ des

invités : « C'était diiiivin ! Jamaiééé, je ne vous remerlcierlai assez ! »
J'étais constamment au théâtre.

Mon loyer déduit, il me restait mille francs par mois sur lesquels je devais épargner mon billet aller-retour sur la Côte quand je rentrais pour les vacances, en première classe bien sûr. Il ne me venait pas à l'esprit de prendre des deuxième classe pour économiser. Dans le métro parisien, je ne voyageais également qu'en première classe, ce qui me valait la plupart du temps une place assise et m'évitait la promiscuité des heures de pointe. Pour compenser ces dépenses, je faisais les soldes des boutiques du quartier St Germain où j'achetai un jour une jupe longue noire en soie plissée à partir des hanches que j'ai mise pendant plus de trente ans, si indémodable et de qualité qu'elle était. Ce fut ma petite prise de poids qui m'empêcha de la porter plus longtemps. Je connaissais aussi parfaitement les boutiques qui vendaient à bas prix les rebuts pour défauts, non repérables pour moi, des grandes marques de couture et les fabricants du « Sentier » qui vendaient aux particuliers.

Quand je revenais avec un paquet, ma logeuse avait hâte que je lui montre ce qu'il contenait. Elle me demandait que j'essaie « imméééédiatement » ma nouvelle tenue. Elle ne pouvait pas « attendrle » ! Comme il me fallait toujours faire un ourlet en raison de ma petite taille, je montais sur une chaise et elle mettait les épingles.

Notre professeur me dit un jour que la directrice voulait que j'aille la voir. Que se passait-il ? C'était une excellente nouvelle : une équipe de télévision devait produire une émission sur le métier de styliste. Le tournage se ferait dans l'école et à l'extérieur chez un fabricant. Ils cherchaient une étudiante pour tenir le rôle de l'apprentie puis de la débutante styliste. Elle avait pensé à moi. Libre d'accepter ou de refuser. C'est avec enthousiasme que j'acceptais. Le tournage dura plusieurs jours. L'équipe était réduite à la productrice et au caméraman qui s'occupait aussi de l'éclairage. Je n'avais pas de rôle à apprendre. Je devais simplement répondre aux questions qui m'étaient posées. Je compris alors le choix de la directrice : je savais m'exprimer et serais une ambassadrice de l'école dont elle n'aurait pas honte. Je passais quelques jours agréables. L'équipe tourna sur les différents lieux de nos cours. Pour le modélisme, on me prêta un mannequin couture sur lequel je feignis d'arranger la toile de la robe. Il valait mieux ! Nous tournâmes aussi dans la rue où, carton à dessins sous le bras, j'étais censée me rendre chez de potentiels acquéreurs professionnels. Je présentais mes créations, les commentait avec le ou la responsable des achats. Voilà qui me changeait de l'ordinaire d'autant que je déjeunais aussi avec l'équipe dans des petits restaurants de quartier. Je ne manquai pas de retourner chez le fabricant où j'avais repéré des modèles qui me plaisaient pour les acquérir au meilleur prix professionnel comme je n'étais plus une inconnue pour eux !

Je ne sus pas quand le film fut diffusé mais j'eus droit aux commentaires de ceux qui avaient regardé l'émission. « Qu'est-ce que tu es photogénique ! », une réflexion que j'ai toujours adorée car elle sous-entend que je suis moins bien en réalité. Plus tard, j'appris que ma grand-mère l'avait vue aussi : « Ma petite-fille passe à la télé ! ». Quel événement et quelle fierté pour elle ! Elle colporta la nouvelle dans tout son entourage!

Quelques temps après que j'eus quitté Nice, ma mère, se sentant sans doute esseulée à Nice, alla s'installer chez son mari. Dès lors, je descendais du train de nuit à St Raphaël. J'étais à chaque fois surprise par le ciel d'un bleu profond et par la luminosité que je redécouvrais. Si, en plus, ma mère m'emmenait au marché à la descente du train, je retrouvais mon émerveillement d'enfant. Comme le marché d'Auteuil me semblait pâle en comparaison ! Je retrouvais ma mini Austin, nous allions nous promener à St Raphaël, à Ste Maxime, à St Tropez redevenu très calme où nous ne manquions pas de faire l'arrêt d'usage chez Sénéquier. Puis, dans la pâtisserie à l'arrière, je l'accompagnais pour choisir quelques gâteaux. Ma mère disposait maintenant d'une employée de maison qu'elle avait du mal à occuper à plein temps, si bien qu'elle l'embauchait pour travailler dans le jardin avec elle, pour repeindre une poutre qui en avait bien besoin avec du brou de noix ou pour ranger les pièces du bas : changer le papier peint etc...Elle continuait à ignorer les produits actuels tels les lasures ou la technique de la pose de papier. Elle égalisait le mur avec du papier journal collé. Son mari ne disait rien : « Ça l'occupait » devait-il penser et il ne manquait pas de s'extasier sur le travail accompli pour lui faire plaisir. Elle se sentait flattée et devenue indispensable.

Je reparlai de notre future boutique de mode à Danièle et à moi, car l'année s'écoulait et toucherait bientôt à sa fin. Mon beau-père fit la moue avant de me répondre : « Ma situation financière ne s'est pas arrangée. Vous trouverez bien une autre idée ! ». Et voilà. J'en étais sûre. Il répéta comme à son habitude: « Faudrait être bien ch'ti pour pas promettre ! », Il n'était pourtant pas « ch'ti ». Il était normand et les Normands sont connus pour une autre expression typique de leur indécision : Ptête ben qu'oui, ptêt ben que non. Aucun engagement comme une promesse ! Il m'avait bien eu une fois de plus. M'envoyer à Paris pour m'éloigner, c'était tout ce qui l'avait motivé à payer mon école et ma pension ! Il n'avait pas changé. Il ne changerait jamais.

Pour les vacances de Pâques je décidais d'inviter Grace sur la Côte. J'éviterais ainsi les conflits qui ne pouvaient qu'éclater et je passerais de bons moments avec mon amie qui serait en plus enchantée de visiter la fameuse Côte d'Azur célèbre dans le monde entier. Ce fut le cas. Je lui montrais toutes les villes de la Côte. Elle trouva la région fabuleuse. Grace habitait New-York à l'époque où la ville était dangereuse et où une femme ne pouvait sortir seule la nuit tombée. Même se déplacer la journée n'était pas sans risque. Elle en parla à table. La France était tellement plus sûre et aussi tellement plus belle, dit-elle. Ce fut un discours qui plut. Grace n'était pas non plus habituée aux belles demeures ni à fréquenter des gens de personnalité aussi imposante que mon beau-père. Il nous emmena bien entendu visiter sa dernière réalisation dans l'arrière-pays en mettant en valeur le génie du diable d'homme qu'il était, toujours ravi, en plus, de recevoir des invitées. Etant le seul re-présentant de la gente mâle, il pouvait parader comme un coq dans sa basse-cour. Grace complimenta ma mère sur sa cuisine. Bref, elle fut une invitée très appréciée. On aima aussi sa politesse. C'est vrai qu'elle n'était pas une Américaine typique, ayant été élevée dans un milieu italien. C'est ce qui nous avait probablement rapprochées.

Au retour, nous n'avions pas le cœur de partir chacune de notre côté. Elle me proposa de venir chez elle ce que j'acceptai avec soulagement. Son quartier n'était pas loin de l'école et pourtant tout changeait : c'était un quartier populaire avec de nombreux commerçants et des étalages à l'extérieur. Tout le monde se connaissait, plaisantait. C'était très animé. Je ne retournais à Auteuil que la veille de la rentrée.

La solitude ne me pesait pourtant pas à Paris. En dehors du lèche-vitrine, les activités ne manquaient pas. J'achetais l'officiel des Spectacles qui m'indiquait les musées et leurs expositions temporaires, le programme des ciné-clubs spécialisés dans les vieux films classiques comme les comédies musicales de Ginger Rogers et Fred Astaire, où je puisais des idées vestimentaires à réintroduire dans mes créations. Quant aux musées, je donnais la préférence à ceux qui avaient trait à tout ce qui était tissus, de tous les pays et de toutes les époques ainsi qu'à des expositions de peintures susceptibles d'inspirer des motifs contemporains. J'aimais spécialement les motifs géométriques de Sonia Delaunay qui avait créé des tissus et des objets de décoration dans les années 25-30, mes années de prédilection. Quand il faisait beau, j'allais au marché aux puces où je dénichais une quantité d'objets et d'accessoires de mode anciens intéressants : boutons, fermoirs, peignes à cheveux, voilettes, vieilles dentelles, fleurs en tissus passés, que je réutilisais à ma façon. J'aimais surtout garnir les chapeaux. J'avais commencé avec un feutre gris que mon beau-père ne mettait plus. Je l'avais féminisé en remplaçant le ruban classique en tissu qui entoure la base de la calotte par un ruban en cuir blanc que je fabriquais à partir de chutes demandées à un fabricant. D'autres fois, j'allais m'asseoir au soleil, avec un livre, à la terrasse des Deux-magots de St Germain où je commandais un café qui me permettait de rester plusieurs heures.

Ce que je regrettais en n'ayant plus Grace avec moi en permanence ce n'était donc pas l'ennui mais plutôt la camaraderie, la complicité, les fous-rire que nous pouvions partager. C'est donc avec joie que j'appris qu'elle avait demandé au fils de la propriétaire qui habitait le quartier et que je connaissais, car il était déjà passé à l'appartement quand j'étais là, s'il pensait que sa mère verrait un inconvénient à ce que je vienne habiter avec elle. « Aucun, lui répondit-il ! Ma mère est loin et elle s'en fiche de savoir s'il y a une ou plusieurs personnes chez elle ! » Ce fut donc mon second déménagement depuis que j'étais arrivée à Paris. L'intendance de notre cohabitation fut vite réglée : je me chargerais des courses et de la cuisine et elle du ménage pour lequel je concédai un coup de main si nécessaire, ce qui ne se produisit jamais, heureusement En fait, pendant le court laps de temps où nous cohabitâmes, le terme de l'apprentissage approchant, nous n'eûmes jamais un accrochage ni même une simple dispute. Grâce allait tous les jours à l'école et moi je prenais le chemin de l'école buissonnière, sachant que mon inaptitude au modélisme me condamnait à ne pas avoir mon diplôme. Si j'avais eu ma boutique, ce diplôme aurait été une bonne carte de visite, mais comme je ne l'aurai pas, à quoi aurait-il pu me servir ?

Je m'étais ouverte à la directrice de la mauvaise nouvelle que j'avais eue lors des vacances : je devais maintenant chercher un poste en entreprise en mettant en avant mes diplômes obtenus précédemment. Tout ce que je demandais était de continuer dans la voie de la mode. Elle comprit fort bien que l'assiduité à l'école n'était plus ma priorité. Elle ne me démentit pas quand je lui dis que je savais que je n'aurais pas le diplôme. Mais je pouvais compter sur elle pour m'avertir et même me recommander pour toute proposition professionnelle. Quelle femme merveilleuse que cette directrice ! Le monde de la mode était soi-disant futile et inconstant ? Elle démontrait le contraire. Je m'aperçus bien plus tard, avec stupéfaction, lors d'une émission de télévision retransmettant en direct la cérémonie des Dés d'Or de la Haute Couture, qu'elle était une personnalité reconnue et hautement estimée de ce milieu car elle y apparaissait en invitée de marque.

Et j'eus raison de lui faire confiance. Elle me demanda un jour de l'accompagner dans son bureau. La chambre syndicale de la Haute Couture Parisienne recherchait pour juillet une assistante des relations publiques pour s'occuper des journalistes étrangers ayant besoin de la carte de presse leur permettant d'assister aux défilés de mode. Il fallait parler couramment anglais. Elle avait pensé à moi : « Ce n'est que pour un mois mais j'ai pensé que ce poste pouvait vous servir de tremplin pour décrocher un poste de longue durée. Etes-vous d'accord ? » Je lui répondis positivement sans hésitation même si le salaire n'était que de mille cinq cent francs. C'était provisoire et je comptais bien profiter de ce mois pour m'introduire dans le milieu et décrocher un poste à la hauteur financière de mes diplômes.

Grace quitta la France comme tous mes amis, Eduardo compris. Grace et moi n'étions pas tristes car nous avions décidé de nous écrire et de nous retrouver bientôt. Quant à Eduardo, qu'importait ! La récréation exotique avait pris fin. Je restais fidèle à Patrick. Le problème de mon logement se posait surtout en juillet, mois des locations saisonnières hors de prix. François, le fils de la propriétaire me rassura. « Tu peux encore rester même si Grace n'est plus là. Ma mère n'a pas encore prévu de revenir ! » Voilà qui m'arrangeait bien.

Les locaux de la Chambre Syndicale n'étaient pas magnifiques, plutôt tristes et poussiéreux comme toutes les administrations françaises, même celles qui avaient une adresse prestigieuse comme c'était le cas. La fille chargée des relations publiques était grande et mince, très « parisienne ». Elle avait son propre bureau. Quant à moi, j'étais installée dans un petit bureau grisâtre avec deux sténos dactylos. Mais je n'avais pas de machine à écrire devant moi, ce qui était déjà appréciable. La chargée des relations publiques me décrivit le poste d'un air détaché et hautain : « Pas compliqué : vous n'avez qu'à vérifier que la personne de la presse qui se présente soit inscrite sur la liste de la Chambre. Vous tamponnez la carte de presse préétablie et vous la lui remettez. C'est tout. » Elle ne chercha même pas à savoir qui j'étais. Je la trouvais aussi puante que la propriétaire chez qui je logeais avenue Victor Hugo. Elle ne s'occupa plus de moi, partant déjeuner avec des copines qui lui ressemblaient avant de me lancer : « Je serai de retour vers 15 h. Faites patienter ceux qui veulent me voir ! »

Je n'eus jamais besoin de l'attendre. Personne ne demanda à lui parler. Je recevais les journalistes avec cordialité. J'échangeais quelques paroles avec eux. Je leur remettais leur carte de presse. J'étais ravie de ce travail qui me mettait en relation directe avec la presse du monde entier. Les secrétaires m'écoutèrent parler puis me considérèrent avec incrédulité : Où avais-je appris à parler si bien anglais ? Je leur racontais donc mes études. J'appris en contrepartie tous les cancans de la maison. La titulaire des relations publiques n'était qu'une ex-secrétaire qui avait réussi à devenir responsable des relations publiques, on ne sait que trop bien comment et qui était loin de parler comme moi anglais. Et que voulais-je faire maintenant ? Mais je n'avais d'autres choix qu'être secrétaire comme elle ! C'est tout ce qui existait pour une femme ! Que voulais-je donc d'autre ? Je les laissais dire.

Un jour, la fille des relations publiques demanda à me parler : « Mais tout se passe bien dit-elle. Et vous parlez très bien anglais. Mais que faites-vous donc ici ? » Je repris alors mon histoire en expliquant que ce que je souhaitais maintenant était de m'intégrer dans une Maison de Haute Couture. « Ah, se radoucissant en voyant que je n'en voulais pas à son poste, dans ce cas, envoyez-leur votre curriculum vitae. Vous pouvez l'écrire sur le papier à en-tête de la Chambre Syndicale. » Je ne m'attendais pas à une telle proposition, moi qui l'avais si mal jugée. Je m'empressais alors de rédiger mon curriculum vitae sur le papier officiel et d'en adresser une copie signée de ma main aux Maisons de Haute Couture.

Dans l'appartement que Grace avait quitté tout se passait aussi pour le mieux. François venait de plus en plus souvent déjeuner apportant avec lui côtelettes d'agneau, faux filets de bœuf et moi fournissant de mes réserves le plat de légumes d'accompagnement. Un jour, il entra alors que je passais péniblement l'aspirateur : « Tu me fais pitié, me dit-il, allez, passe-moi ça ! » et il termina en un rien de temps ma laborieuse entreprise. Etais-je donc si nulle que chacun pouvait le remarquer ? J'étais honteuse mais ne voyais pas comment remédier à cette inaptitude.

François était marié avec une amie d'enfance que j'avais déjà rencontrée à l'appartement et ils avaient deux enfants en bas-âge. Il était artisan joailler et fabriquait des bijoux pour les grandes marques, comme le bracelet mors en argent d'Hermes. Cette maison était réputée pour les vêtements, bottes, carrés en soie inspirés de l'équitation classique. Leur sac à main était aussi Le Sac à avoir le vrai ou une imitation, peu importe. Elle s'était mise à fabriquer des bijoux inspirés du même thème.

François était drôle avec ses expressions typiquement parisiennes et toujours de bonne humeur, mettant de la gaité quand il passait. Il n'était pas beau selon les critères de la beauté classique mais si charmant et si naturel qu'il ne pouvait pas ne pas plaire. Evidemment, nous finîmes par coucher ensemble, non pas comme deux amoureux mais comme deux camarades qui se donnaient du plaisir sans plus de conséquences. Il me dit un jour que j'étais « aussi large que les couloirs du métro ». Cette expression imagée me fit tellement rire que je ne pus l'oublier.

Un après-midi, alors qu'il était au lit avec moi, quelque chose de miraculeux arriva. Alors qu'il m'avait pénétrée et s'activait au-dessus de moi, je sentis avec incrédulité le plaisir monter avant qu'une véritable explosion ne se produisit. C'était la première fois qu'une telle chose m'arrivait sans caresses. Je restais hagarde, complétement sonnée. Pourquoi avec lui que je n'aimais pas d'amour et pas avec celui que j'aimais vraiment ? Quels mystères que notre corps ! « La position du missionnaire, y a que ça de vrai ! » m'affirma-t-il. La remarque était amusante mais elle n'expliquait rien. L'essentiel était que ça me soit enfin arrivé. Avant j'étais une demie femme, maintenant, j'en étais une entière.

Savoir que François fabriquait des bracelets mors si à la mode alors que j'aurais été si heureuse d'en avoir un à mon bras commençait à m'obséder. Je ne pus m'empêcher longtemps de lui demander s'il me serait possible d'en avoir un. Il ne tarda pas à me l'apporter encore plus heureux de me l'offrir que moi de le porter.

La Secrétaire Générale demanda à me parler. J'allais dans son bureau en toute confiance. Ce qu'elle avait à me dire ne fut pas agréable du tout : « Je viens d'apprendre que vous vous servez du papier de notre honorable institution pour vos curriculum vitae que vous envoyez à nos membres. Vous vous conduisez, mademoiselle, de façon inqualifiable vis-à-vis de nous qui vous avons accueillie en toute confiance, et vous trahissez en même temps la confiance de votre directrice qui vous avait si chaudement recommandée ».

Une douche glacée s'abattit sur moi. Je tombais des nues. J'étais boule-versée surtout que ces accusations étaient fausses. Je me mis à trembler. Mes larmes commencèrent à couler sans que je puisse les contrôler :

« Il est un peu tard pour pleurer. Vous auriez dû y penser avant.
– Mais madame, je n'ai rien fait de répréhensible. C'est ma responsable qui m'a proposé d'envoyer mes curriculum vitae sur le papier à lettres de la Chambre syndicale lui répondis-je sans cesser de pleurer en silence.
– Vous auriez dû me demander auparavant.
– Mais madame, comment aurais-je pu le savoir ? C'est elle ma su-périeure hiérarchique. Elle me dit ce que je dois faire et ne pas faire. »

La Secrétaire générale se tut. Elle venait de découvrir comme moi que j'avais été jouée mais ne joua pas le rôle du loup avec l'agneau. Elle reprit la parole, sur un ton radouci, en faisant diversion. Elle parla du temps, me demanda si je me plaisais à Paris qui devait tellement me changer de la Côte d'Azur, s'inquiéta de savoir si mes parents ne me manquaient pas, s'enquit de mes projets. Cette discussion, où elle montra autant de sollicitude envers moi qu'elle avait été dure auparavant fit son effet. Je me calmai peu à peu. Elle me demanda si j'avais apprécié mon travail chez eux. Je lui répondis par l'affirmative et regrettais de ne pas pou-voir assister aux défilés des collections comme les journalistes à qui je remettais leur carte de presse. Elle me répondit de façon inattendue :
« Ça peut facilement s'arranger. Je vais vous donner une invitation.
– Et ma mère pourra venir aussi si elle vient à Paris ?

– Bien sûr !

– Merci, madame. Vous me faites un si grand plaisir !

– Mais j'y pense, reprit-elle. Vous cherchez un poste et notre responsable juridique part incessamment en retraite. Vous seriez intéressée ? »

Je vis à ce moment-là cette dame passer. C'était une petite vieille aux cheveux gris remontés en un chignon rond bien serré au sommet de la tête. Elle trottinait d'un bureau à l'autre sans bruit un dossier sous le bras. Non, je ne me voyais pas du tout, penchée tous les jours sur des dossiers pour y trouver des solutions au milieu d'archives poussiéreuses comme aurait dit mon professeur d'économie. A quoi aurait servi mes langues et mes qualités de communicante ? Je lui répondis avec diplomatie que ma spécialisation n'était pas du tout du domaine juridique mais de celui de l'économie et de la gestion d'entreprise.

Je n'en revenais pas que cet entretien se soit terminé dans une telle cordialité. Mais pourquoi la responsable des relations publiques m'avait-elle joué un si mauvais tour ? Je parlais beaucoup mieux anglais qu'elle, soit, mais ça ne suffisait pas pour tout expliquer. Et tout à coup, je me souvins : un matin, elle arriva au bureau alors que j'étais déjà là depuis quelques temps. Je portais la jupe en soie réalisée par l'étudiante mexicaine et j'avais dissimulé mes cheveux, qui devaient être sales, dans un foulard de soie blanche dont j'avais fait un turban. Elle demanda, avec un étonnement empreint de respect, en me regardant :

« Madame Grés est dans nos murs ?

– Mais non, voyons, lui répliqua une secrétaire, ce n'est pas Madame Grés, c'est Elisabeth ! »

Qu'elle m'ait confondue avec Me Grés, cette grande dame de la Haute Couture, spécialisée dans les drapés et aussi hautement considérée qu'une Madame Chanel était flatteur pour moi. Pour elle, c'était plutôt s'être tournée en ridicule : confondre une stagiaire avec une telle icône !

Et c'est cela qu'elle avait voulu me faire payer en me recevant avec cette fausse gentillesse dans son bureau pour me proposer d'envoyer mes curriculum vitae sur papier à en-tête de la Chambre Syndicale. Elle m'envoyait au casse-pipe et savourait d'avance sa vengeance. Cette fille fausse ne m'avait jamais plu sans que je m'expliquasse pourquoi. Je savais seulement que je n'avais aucun atome crochu avec elle. J'apprenais qu'il fallait se méfier dans une entreprise. Je me promis de ne plus jamais me laisser déstabiliser par un discours désagréable et de ne plus jamais montrer ma faiblesse à quelqu'un en fondant en larmes.

Ma mère vint à Paris avec un budget imprévisiblement conséquent. Mon beau-père devait avoir eu une rentrée d'argent non attendue. Nous séjournâmes au Raphaël à côté de l'Etoile, où, dès l'arrivée j'avais eu l'impression de faire un voyage en arrière au XVIIIème siècle. Les chambres ressemblaient à celles d'un palais, en surface, en ameublement d'époque, en décoration. La salle de bain sortait tout droit d'un ancien film tout en étant aussi confortable qu'une salle de bains actuelle et même encore plus raffinée. J'adorais. Nous allâmes assister aux défilés des collections Haute-Couture. J'emmenais d'abord ma mère chez Maniatis à Auteuil où je continuais à me rendre régulièrement malgré mon déménagement. Il lui coupa les cheveux, lui expliqua comment les entretenir. Ma mère apprécia. Le séjour commençait bien. Nous allâmes chez Mme Grès qui vint elle-même nous recevoir. Elle n'était pas plus grande que moi, en effet, et très mince malgré son âge. Ma mère et moi étions considérées comme des personnalités et nous répondions aux mots d'accueil par quelques mots de remerciements montrant sans emphase notre déférence et notre admiration. Le soir, nous allâmes dîner dans un restaurant russe raffiné et élitiste de la rue Lauriston, autrefois la rue du siège de la Gestapo, me précisa ma mère, où la maîtresse des lieux nous reçut comme si nous étions les invitées du tzar. Il n'y a que le Lido où nous avions pourtant retenu par l'hôtel qui nous causa une grande déception. Nous avions été placées au fond de la salle, loin de la scène et à côté de la sortie... Nous nous assîmes et nous consultâmes. Un tel prix pour dîner et assister au spectacle à un tel endroit équivalant au poulailler d'un théâtre était scandaleux. Nous nous levâmes et partîmes. Ce soir-là, nous dînâmes dans un pub anglais et j'emmenais ma mère « Chez Castel » le club privé en vue du show-biz de St Germain des Prés. Nous avions vécu ces quelques jours dans un conte de fées, qui, même éphémère, vous remontait le moral pour quelques temps.

Nous étions début Août, mon stage était terminé et les premiers rendez-vous des Maisons de Couture suite à l'envoi de ma candidature arrivaient. La première que je rencontrai fut Patou : décor passéiste sans panache, bureau tristounet, rien pour attirer. Mon interlocuteur me dit, pénétré de son importance et en pesant ses mots, qu'ils avaient un poste de secrétaire à me proposer à mille cinq cent francs par mois. Se croyait-il dans une Olympe pour oser me proposer un tel poste comme s'il me faisait l'aumône ? L'entretien fut bref et ne me laissa rien présager de bon pour l'avenir. Chez Lanvin et Dior, par contre, changement de décor et d'ambiance, l'un et l'autre très orientés gestion dynamique d'entreprise malgré la nature de leur activité. Le responsable qui me reçut chez Lanvin était issu d'une grande école de commerce. Bien sûr, ma candidature les intéressait mais ils n'avaient rien pour l'instant correspondant à mon profil. Il était par contre satisfait de notre rencontre et de notre entretien et me déclara que ma candidature n'était pas de celle qu'on mettait au rebut. Je quittai Lanvin, l'optimisme au plus haut de sa forme. Chez Dior, l'ambiance était tout aussi grande entreprise mais moins dynamique. Ils n'avaient non plus rien pour moi dans l'immédiat, mais peut-être que le département des parfums, basé à Orléans, en avait ? Aller à Orléans me conviendrait-il ? C'était le département parfum qui me dérangeait le plus, un domaine pour lequel je n'avais cure et, en second, la ville provinciale d'Orléans.

François, qui était exceptionnellement libre un soir, m'emmena dîner dans une brasserie parisienne de renom. Je ne m'y attendais pas. La cuisine était bonne, en plus ! François me lançait des regards énamourés.

Je fis celle qui ne percevait aucun signal et continuai une conversation primesautière. Pourquoi ne profitait-il pas de cette soirée tout simplement ? Il n'avait jamais été question d'amour entre nous, que je sache !

Je n'avais pas décidé de ma date de retour. J'attendais des nouvelles des Maisons de Couture. Je restais donc dans l'appartement de la mère de François, ce qui ne déplaisait pas à ce dernier. Un jour, cependant, il m'apprit qu'elle revenait. Où allais-je aller ? « Ne t'inquiète pas, dit François. Je connais un petit hôtel pas cher et très correct dans le quartier. Je vais leur demander leur meilleur prix. »

Je déménageais donc une troisième fois. Bien sûr, l'hôtel n'était pas luxueux mais la chambre avait deux hautes fenêtres qui assuraient la clarté, une chambre de taille convenable avec deux lits jumeaux. Ce n'était pas moins bien que le petit appartement que j'occupais, qui n'avait non plus rien de luxueux mais qui était très vivable. La mère de François rentrée, je demandais à François si elle avait apprécié la propreté de l'appartement. Il me répondit : « Elle a dit que tout était dégueulasse ! Mais ne t'en fais pas ! Tu sais comment sont les bonnes femmes : il faut toujours qu'elles critiquent ! » Peut-être, mais je me sentis blessée, moi qui avais mis tellement de temps à nettoyer les lieux pour les rendre impeccables !

François était avec moi au lit un après-midi comme souvent puisque je ne le voyais pas le soir, quand le téléphone sonna. C'était Patrick. Il était là, il venait me chercher. Mes yeux s'illuminèrent et je dis à François : « Vite, vite, vas t'en ! C'est Patrick ! Il arrive ! » François s'éclipsa sans difficulté. Patrick arriva. Je lui sautais au cou avec un enthousiasme non dissimulé. Tout était en ordre. J'avais même commencé à préparer mes affaires avant de disparaître avec lui pour un week-end de rêve.

Mais le temps passait. Rien ne se produisait côté proposition d'embauche. Je déroulais jour après jour dans ma tête la facture de l'hôtel qui s'allongeait et allait sacrément amputer mes petites économies. Il fallait que je me résolve à rentrer et à accepter ma défaite, ce qui me coûtait encore beaucoup plus d'une autre façon.

Je prix un billet de retour simple, mais en première classe, comme d'habitude. François vint me chercher. Au moment d'acquitter la facture de l'hôtel qu'on nous présenta, je dis à François avec un aplomb qui ne m'était pas coutumier: « Tu payes ? ». Il s'exécuta sans broncher comme à son habitude. Il m'accompagna à la gare de Lyon et me mit dans le train. Il resta jusqu'à son départ. Il me regarda jusqu'à ce que je disparaisse avec une tristesse infinie dans les yeux. Je le regardais devenir de plus en plus petit sur le quai qu'il ne quittait pas. Je me sentis tout-à-coup coupable. Peu de temps après mon arrivée, j'envoyais une longue lettre à François. Je n'eus jamais de réponse. C'était finalement mieux ainsi.

III

Je me mis de suite à l'œuvre pour trouver un emploi. Il n'était pas question que je profite de la situation qui m'aurait été reprochée, d'avoir coûté de l'argent pour rien pendant près d'une année et de continuer à vivre aux frais de la princesse, alors que je ne demandais qu'à prouver ma compétence dans le monde du travail. Une chance que j'avais encore assez d'argent, merci François, pour ne rien avoir à réclamer.

J'allais à Nice à l'APEC, la branche de l'ANPE (Agence nationale pour l'emploi) spécialisée dans le recrutement des cadres. Je posais ma candidature. Ils n'avaient rien à me proposer. Je jetais un œil sur les offres affichées, la plupart dans le bâtiment. Effectivement, je ne vis rien pour moi. Je profitais de ce voyage pour aller voir Danièle qui avait repris son poste chez son père mais avec un meilleur salaire, et Nicole, qui donnait des cours de mathématiques dans une école privée en attendant mieux. Elle avait réussi son DESS avec l'aide d'un étudiant qui était venu me remplacer en urgence. Elle continuait parallèlement ses études. Elles étaient toutes deux toujours chez leurs parents. Comme moi, en fait.

Je mis même une demande d'emploi sur un journal national. Cette démarche peut paraître incongrue aujourd'hui mais il faut se rappeler que le chômage qui existait alors, très faible, n'était qu'un chômage frictionnel. Les entreprises recherchaient. Je ne reçus pourtant qu'une réponse : d'une société nationale d'armement de l'ouest de la France. J'avais oublié que la crise pétrolière était passée par là, et que les recruteurs étaient dans l'attentisme de ce qui allait arriver : l'heure n'était pas à l'embauche ! C'était bien ma veine, moi qui, jusque-là, avait eu un parcours brillant !

Mon beau-père lui-même avait cette fois de réelles difficultés financières : il n'avait pas vendu dans son nouveau domaine depuis deux ans.

Il invitait à la maison toutes les personnes qui pouvaient l'aider depuis les élus locaux jusqu'à l'ex-directeur des impôts en retraite auquel il avait vendu une petite villa proche de la nôtre qu'il occupait à l'année avec sa femme depuis la retraite.

J'étais conviée à tous ces repas, où, sur une nappe blanche un couvert de grande classe avec verres de Venise, porcelaine fine et argenterie était dressé, ce qui prouvait aux invités le degré de considération dans lequel ils étaient tenus. Le foie gras qui était d'habitude proposé en entrée fut remplacé par une quiche lorraine préparée par ma mère. Sinon, rien ne changeait : gigot d'agneau rôti accompagné d'un panaché de haricots, suivi d'un plateau de fromages et généralement d'œufs à la neige que ma mère réussissait à la perfection ou d'une tarte aux pommes. Avant ses soucis financiers, mon beau-père avait l'habitude d'inviter dans de bons restaurants, ce qui était coûteux et n'avait pas la même valeur que d'être invité dans l'intimité, et, de surcroît, dans celle d'une villa au décor prestigieux. Et autrefois, il n'avait pas ma mère pour organiser et assurer de sa présence de tels repas. Ma jeune présence décorative et dont la tête bien faite était aussi une tête bien pleine était appréciée lors de ces déjeuners sauf lorsque, guidée par mon honnêteté de pensée et d'action, je demandai un jour à un maire la raison pour laquelle il avait choisi d'être socialiste alors qu'il faisait partie de la bourgeoisie nantie. Question prohibée à quelqu'un qui ne pouvait que répondre que le socialisme allait lui permettre de réaliser ses ambitions politiques et d'accumuler plus d'avantages de toute nature, grâce au cumul des mandats, non encore prohibé. La seule réponse possible était « par opportunité ». Je n'aurais pas dû poser cette question, et mon beau-père s'efforça de faire diversion, mais c'était vraiment la première fois que je déjeunais avec une personne si antipathique qui semblait si fausse. Je ne pouvais pas laisser passer. Je ne regrettais rien.

Mon beau-père menait une seconde lutte, juridique, celle-là, pour être rétabli dans ses droits de propriétaire légitime des biens que son ex-femme avait légués dans leur intégralité à son nouvel escroc de mari. Il avait déjà invité l'ex-Président de la Cour de Cassation qu'il connaissait pour lui avoir vendu une maison, dont la femme, bien qu'âgée, s'habillait à la dernière mode de St Tropez et appréciait les mondanités. Ma mère lui plut énormément. Ils avaient déjà commencé une relation régulière quand je débarquai de Paris. Quand cette dame me vit, elle imagina une possible union avec son fils, de l'âge de ma mère, qui poursuivait la carrière de son père, mais qui n'avait, hélas, pas d'épouse. Le choix de son fils ainé, professeur éminent d'économie, l'avait en effet déçue : une fille insortable et moche, venue d'un pays nordique, doublée d'une intellectuelle imbuvable. Elle espérait autre chose pour son second fils, son préféré. Je les aimais bien. Elle n'avait pas plus de cervelle que ma mère, mais elle ne faisait pas d'histoire et j'appréciais ses tenues extravagantes de jeune femme. Elle n'hésitait pas à porter une chemise indienne ! Tout ce qu'elle mettait lui allait bien, malgré son âge et son embonpoint. Ses origines corses lui valaient des cheveux noirs coiffés en bandeaux de chaque côté de son visage. Je l'imaginais en George Sand, la femme libre qui avait rendu si difficile la vie de Musset, bien qu'elle n'ait en commun, avec cette romancière, que l'habillement libre insolite dans un milieu de la haute bourgeoisie. Et ses répliques étaient si naturelles ! Lui était un homme très simple, qui avait gravi les échelons de la magistrature jusqu'à la distinction suprême en restant l'homme vrai et sans ambition qu'il était, seulement habité par le devoir de faire triompher la justice. Mon beau-père et ma mère finirent par entretenir des relations suivies qui durèrent très longtemps avec cette famille qui rendait toujours les invitations. Ils nous convièrent un soir au café des Arts de St Tropez. Mon beau-père fit l'effort de venir, lui qui ne sortait jamais la nuit tombée. Il sembla vraiment contrarié mais ma mère et moi étions enchantées.

Mon beau-père invita aussi le juge chargé de l'affaire qui pouvait le priver de tous ses biens, mais dans le jardin, avec un service simplifié : chacun selon son rang ! Ce brave homme à l'accent provençal n'en était pas moins flatté. Mon beau-père savait le mettre à l'aise. Et encore un dans la poche !

Je fis aussi la connaissance du journaliste genevois à qui il avait fait appel pour enquêter sur la mort suspecte de son ex-femme. C'était un homme d'âge mûr de belle stature, élégant et plein de charme. La preuve en était sa jeune femme, guère plus âgée que moi, dont le physique était celui d'un mannequin. Elle était habillée à la mode décontractée actuelle, de vêtements cependant coûteux. Nous sympathisâmes immédiatement.

Dès les invités partis, la prestation de mon beau-père était terminée. Le rideau tombait. Il retournait dans son mutisme, assis sur le canapé, un livre ouvert à la main. Il n'aimait pas ces mondanités qui le fatiguaient disait-il. Il avait déjà plus de quatre-vingts ans même si sa prestance et son assurance n'en laissaient rien deviner. Mais la vérité était que, même plus jeune, il n'avait jamais aimé les mondanités qu'il subissait par obligation. Ce n'était pas un communicant, malgré les apparences. Dans l'exercice de son métier qui nécessitait de la communication, il était, par contre, infatigable.

Quant à moi, si elles me divertissaient, ces mondanités ne résolvaient pas mon problème d'emploi qui semblait ne jamais devoir se résoudre. Je me mis à réfléchir sur mes capacités pour m'en sortir sans attendre une offre d'emploi. Financières, elles étaient plutôt réduites. Mes compétences ? A part le professorat que je refusais, je n'en avais guère. Je savais très bien tricoter et le tricot main était justement à la mode. Pourquoi alors ne pas créer ma propre ligne de tricot et essayer de la vendre ? C'est ce que je fis.

Je dessinais une dizaine de modèles. Je décidais que je devais employer des laines de haute qualité comme l'alpaga, qui donnait de la valeur ajoutée à mes réalisations. Je savais où m'en procurer à Nice. J'achetais une pelote qui mentionnait l'adresse du fabricant sur la bande qui l'entourait et commander en direct pour profiter des meilleurs prix. Quant aux tricots plus raffinés et plus colorés car l'alpaga n'existait qu'en écru, beige et marron, il me fallait aussi de la laine fine. Je demandais aux vendeurs combien je devais payer une tricoteuse pour réaliser le modèle que je voulais. J'obtins les renseignements sans difficulté. Le paiement se faisait non à l'heure mais à la pelote. J'avais réuni tous les renseignements qui me permettaient de calculer mes prix de revient. Ma première commande au fabricant de laine s'éleva à mille francs. Je commençais à tricoter mes modèles et mettais au point les explications nécessaires à la réalisation de chacun en fonction de la taille. J'embauchais, pour l'occasion, ma mère et sa femme de ménage quand elle ne savait pas comment l'employer. La maison se transforma en fourmilière tricoteuse. Je mis une annonce locale pour rechercher en parallèle des tricoteuses sur la région à qui je demandais un échantillon de leur travail à partir de mes laines non pas pour contrôler ce qu'elles savaient faire mais pour déterminer si leur travail était plus ou moins serré. J'y adaptais en conséquence la taille des aiguilles. Les échantillons avec le nom de la tricoteuse était mis sur fiche de même que les explications relatives à la réalisation de chaque modèle. Je fus étonnée du nombre de réponses que j'obtins. Certaines candidates habitaient de belles villas d'Agay ou de Valescure. Je m'interrogeai sur les raisons qui les poussaient à poser leur candidature pour quelques sous en plus. Qu'y avait-il comme misère derrière ces belles villas ?

Au cours de ma recherche, je rencontrais une tricoteuse intéressante qui travaillait pour une boutique de St Tropez. Elle me montra ce qu'elle fabriquait : des tricots au crochet à larges mailles, vite fabriqués, sans élégance mais décontractés, comme beaucoup de boutiques qui vendaient des articles qui auraient pu trouver place dans n'importe quel bazar de n'importe quelle ville. Mais cette boutique de St Tropez vendait très bien ! Peut-être, mais je n'aurais jamais porté un de ces modèles. Je n'aurais même jamais pu en concevoir un pour d'autres !

Autre question bien plus importante pour mon projet : comment commercialiser sans boutique ? Je ne voyais pas d'autres solutions que par relations, en espérant que ces relations soient relayées. Je partis donc visiter les « relations » avec ma petite valise contenant mes prototypes, à la manière d'un parfait représentant de commerce. Je ne faisais pas mouche à chaque fois, mais c'était normal. L'infirmière qui venait faire des piqures à mon beau-père qui souffrait d'un zona remarqua le long cardigan en alpaga de ma fabrication que je portais. Elle tomba en admiration devant et me dit que c'est ce qu'elle voulait offrir à sa fille. Le long cardigan côtelé inspiré d'un modèle St Laurent était agrémenté, dans l'original, par un petit col de fourrure. J'avais justement le même, en vison, récupéré du col d'un de mes vieux manteaux. Je lui indiquais le prix de huit cents francs qu'elle accepta sans discussion. Elle me dit par la suite que sa fille avait adoré ce cadeau de Noël qui lui allait parfaitement. Je me souviens aussi parfaitement d'une dame très mince malgré son âge à qui je rendis visite dans sa villa construite dans le Haut Var par mon beau-père. Elle tomba en admiration devant mon gilet court rustique en alpaga écru aux deux petites poches de part et d'autres d'un boutonnage en nacre de belle taille et terminé par un large col qui se rabattait. C'est vrai que je trouvais moi aussi ce modèle parfaitement en accord avec l'engouement pour la vie naturelle de la campagne. Il était de petite taille, ajusté, et lui allait parfaitement Elle me l'acheta elle aussi sans discussion à quatre cents cinquante francs. Je vendais aussi des modèles moins onéreux en pure laine, à cent francs pièce. Je n'étais pas mécontente de ces débuts. J'avais déjà amorti mes dépenses de départ.

Au fur et à mesure que je vendais, il me fallait renouveler mon stock. J'allais donc livrer la matière première et le schéma explicatif à mes tricoteuses. J'allais récupérer le modèle terminé quelques temps plus tard. Un après-midi que je conduisais par une pluie battante et sous le tonnerre sur la route sinueuse de la Corniche en allant à Agay, il me sembla voir un éclair qui ne venait pas du ciel. Je continuais mon chemin. Je fus bientôt rattrapée par une voiture de police qui me donna l'ordre de me ranger sur le bas-côté :

« Bonjour, mademoiselle. Vous ne vous êtes pas arrêtée quand vous avez vu notre girophare ?

– Excusez-moi messieurs, mais je n'ai rien vu du tout. »

Les deux gendarmes se regardèrent, semblant échanger sans un mot, puis l'un deux prit la parole :

« C'est vrai qu'avec ce tonnerre et ces éclairs, ça se comprend ! Mais justement mademoiselle,

on vous a demandé de vous arrêter car vous rouliez beaucoup trop vite avec un tel temps ! Ce n'est pas prudent !

– Mon Dieu, allez-vous me verbaliser ? Je n'ai vraiment pas besoin de ça en ce moment où j'essaie de joindre les deux bouts. Je suis en train de travailler, dis-je en leur montrant ma voiture pleine de marchandises. Je ne peux pas me permettre d'être en retard à mes rendez-vous !

– C'est bon pour cette fois, allez, mais soyez prudente à l'avenir ! Il en va de votre sécurité !

– Merci messieurs, je suivrai votre conseil. »

Je ne parlai pas de cet incident à la maison qui n'était plus la mienne et où on me faisait bien comprendre que j'avais intérêt à me tenir tranquille. La relation avec ma mère elle-même avait changé. Quant à mon beau-père, il ne manquait pas une occasion de trouver des reproches à me faire, souvent mesquins :

« T'as vu ? dit-il un jour à ma mère alors que nous dînions dans l'intimité de la bibliothèque : elle mange son fromage sans pain ! comme si j'avais commis un crime de lèse-majesté !

– Mais elle a toujours mangé son fromage ainsi ! » répondit ma mère.

Cette fois-ci, il avait raté son coup mais je n'attendais rien pour attendre. Je n'étais vraiment tranquille que le soir, quand il était couché et que nous nous retrouvions ma mère et moi, devant la télé, assises sur le divan étroit de l'alcôve du séjour. C'était alors une vraie trêve.

L'atmosphère était pesante. Je me sentais tellement plus sereine quand j'étais loin ! Il me vint alors l'idée de demander à ma mère, dès que j'aurais gagné assez d'argent pour m'assumer seule, si je pouvais m'installer dans l'appartement de Nice. La source de mes ventes commençait à se tarir. L'effet boule de neige n'avait pas fonctionné. Mes clientes avaient-elles même parlé de moi ? Je commençais à en douter. J'avais assez d'argent pour vivre plusieurs mois et trouver d'autres marchés.

A Nice, je me retrouvais chez moi : j'y avais mes repères et mes amis. J'allais voir Danièle, Nicole, je sortais le soir. Nicole me présenta, dans une boite où nous étions allées danser avec quelques connaissances, un garçon que je ne connaissais pas : « Jean-Marc, mon ex, me dit-elle. Il vient de finir Sciences Po. » L'ex se para alors à mes yeux d'une aura particulière comme toujours quand on évoquait Sciences-Po. Nous parlâmes beaucoup. Il me demanda s'il pouvait me revoir et me donna son n° de téléphone.

Tout allait donc bien à Nice, mais une chose m'inquiétait : je n'avais pas de nouvelles de Patrick... Je téléphonai à Catherine, la femme de son expert-comptable : « Je suis obligée de te dire que Patrick vit maintenant avec son ex-copine. Mais ne t'en fais pas, ce n'est pas très sérieux. Il n'arrête pas de parler de toi. Il te regrette : ah ! si j'avais été avec Elisabeth ! revient toujours dans la conversation. » C'était donc une mauvaise nouvelle et une bonne à la fois. J'avais eu tort de le laisser. Il s'était consolé comme il pouvait. J'encaissais la mauvaise nouvelle et me raccrochais à la bonne : il me regrettait ce qui était plutôt bon signe !

Je repris des contacts téléphoniques intermittents avec Patrick. Un samedi soir, il me téléphona. Je lui demandais ce qu'il faisait pour la soirée. Il me répondit qu'il allait à l'inauguration du Casino Ruhl. Seul ? lui demandai-je. Bien sûr que non, me répondit-il. Il allait donc venir me chercher ! C'était bien dans son style de laisser entendre sans affirmer pour créer la surprise. Je me préparais donc, longue jupe en soie, joli haut, maquillage soigné. Puis j'attendis. Le temps passait. Je commençais à me servir de petits verres de vodka pour calmer ma nervosité. Toujours rien. Etait-il possible que Patrick ait eu la cruauté de me narguer à ce point ? Je me sentais désespérée. Je fondis en larmes. Il ne fallait pas que je reste seule. J'eus l'idée de téléphoner à l'ex-copain de Nicole pour lui dire que j'étais libre, s'il voulait me sortir ce soir. « Mais bien sûr, me répondit-il ! Je viens te chercher dans trente minutes maximum. » En attendant, tandis que je rongeais mon frein, je continuais à me servir de la vodka. Il arriva enfin, et, considérant ma tenue, me proposa de suite de m'emmener à Monaco.

Nous commandâmes une boisson alcoolisée, une de plus pour moi. Et tout à coup, je me sentis mal et disparus sous la table. Jean-Marc m'aida à me relever, me demandant ce que j'avais. Je n'étais guère en état de répondre. La barmaid arriva. Je l'entendis dire, l'apercevant, penchée sur moi comme dans un brouillard tant j'avais du mal à garder les yeux ouverts : « Mais qu'est-ce qu'elle a avalé ? Vous coulez que j'appelle les pompiers? » Là je réagis. « Non, rien avalé. Rentrer à la maison ». La barmaid ajouta à l'attention de Jean-Marc : « Surtout ne la laissez pas s'endormir en route ! » Dans la voiture, Jean-Marc me parla sans cesse. Je n'avais pas le courage de répondre. J'opinais seulement de temps en temps. Puis, ce fut le trou noir.

Je me réveillais le lendemain matin, avec étonnement, dans mon lit. Jean-Marc était là, au pied, dans un fauteuil. Il était donc resté là, me veillant toute la nuit après m'avoir déshabillée et couchée ! Dans quelle galère l'avais-je embarquée ? Pauvre garçon ! Et si gentil de ne pas m'avoir quittée !

« Comment vas-tu ce matin ?
– Ça va, seulement un peu vaseuse. Je suis vraiment désolée pour hier soir. Je crois que je tenais une bonne cuite !
– Ça, tu peux le dire ! Tu m'as fait vraiment peur ! J'ai préféré rester avec toi cette nuit. Il y a une raison à cette cuite ?

– Oui, de mauvaises nouvelles, personnelles. Mais il faut que je te remercie pour tout ce que tu as fait. Tout le monde n'en aurait pas fait autant.

– Pas besoin de me remercier. Tout le monde aurait fait ce que j'ai fait. Mais je vais maintenant te laisser te reposer. Tu as besoin de quelque chose ?

– Non, de rien. Merci !

– Bon, alors, j'y vais. Je te téléphone cet après-midi pour prendre de tes nouvelles. »

Nous sortîmes une seconde fois, sans que rien d'anormal ne se passe, et nous rentrâmes ensemble très naturellement et très normalement à la maison. Jean-Marc se révéla un amant extraordinaire et infatigable sans que rien dans son physique ni son sérieux ne permettait de deviner. J'en étais venue à lui proposer de rester plusieurs jours au lit sans même nous lever pour nos repas que nous prendrions aussi au lit : un véritable fantasme quoi ! Dès le premier matin, je compris que c'était irréalisable : il fallait que je bouge, que je sorte, que je me mette à table pour profiter d'un bon déjeuner ou d'un bon dîner.

Jean-Marc m'avait dit qu'il voulait créer une école, un projet que je ne trouvais guère enthousiasmant, surtout pour un ancien de Sciences Po de qui j'attendais plus d'ambition. Le reste de sa personnalité n'avait non plus rien d'enthousiasmant : il était sans fantaisie, sans goût du risque ni de l'aventure et même pas rigolo. Il venait chez moi et ne proposait rien d'autre. Il valait mieux mettre fin à notre relation. Elle commençait d'ailleurs à s'effriter, à tomber dans la routine, dans l'ennui. Nous décidâmes de fêter notre rupture. Ma mère arriva alors que j'étais en pleine préparation du dîner, Jean-Marc s'occupant du Champagne et du dessert. Elle tombait mal. Je lui expliquais la raison de mon effervescence. Alors, là, elle faillit s'étrangler. J'étais décidément d'une loufoquerie qui la dépassait et creusait encore un peu plus le fossé entre nous. Elle repartit en colère et croisa Jean-Marc à qui elle dit quand même bonsoir en nous souhaitant ironiquement une bonne soirée. Jean-Marc la trouva bizarre.

Je revis une fois Patrick qui m'avoua avoir fait une belle bêtise en re-nouant avec son ancienne copine mais ne me proposa rien sinon de me refaire l'amour. Histoire de stimuler sa libido à mon égard, et soulager la mienne, je lui écrivis une longue lettre très érotique. Il me répondit, avec son stylo plume qui était le seul instrument dont il se servait, une lettre encore plus érotique que la mienne de sa belle et grande écriture penchée. De quoi attiser mon désir et me laisser sur ma faim. Mais tout cela ne rimait à rien. Nous étions toujours amoureux. Maintenant, il vivait avec quelqu'un qu'il n'aimait pas parce que ça l'arrangeait. Notre relation, si simple au début s'était muée en adultère avec obligation de se cacher s'il ne voulait pas rompre avec sa compagne actuelle. La situation était digne d'une pièce de théâtre de boulevard. Grotesque ! Je décidais de ne plus le relancer. Ma vie amoureuse s'installa au point mort.

Il n'y avait pas que ma vie amoureuse qui était au point mort, malheu-reusement. Mon activité de tricot ne se développait pas. J'étais même plutôt en rade et mon pécule diminuait. Une seule éclaircie dans ce ciel morne : je constatais que mes cours de modélisme de Paris avaient porté leurs fruits. J'avais été capable de concevoir une robe moi-même, à partir d'un tissu en soie d'un beau bleu roi moucheté de petites taches blanches et noires. Je la faufilais, l'essayais. Non seulement elle m'allait parfaitement mais elle avait de l'allure. J'en confiai les coutures à ma mère lorsque je rentrai un week-end car malheureusement le manie-ment de la machine à coudre restait toujours un mystère alors que ma mère pouvait faire au moins des coutures simples droites sans être une virtuose.

Mais une conclusion s'imposait : seule, je n'arriverais jamais à décol-ler. Il me fallait m'intégrer à une véritable entreprise. Je parlais de mes réflexions à Danièle qui me proposa d'aller voir le fabricant connu de Nice qui fabriquait entre autre les pantalons qu'elle vendait à St Tropez et qui avait ouvert un magasin de sa marque au centre-ville dans une rue prestigieuse. Le siège social de l'établissement n'était pas loin, dans Nice même. Je décidais d'aller y demander un stage au service création.

Les lieux étaient neufs, très aérés, le design actuel. Tout respirait la prospérité et le dynamisme. Je montrais mon curriculum vitae et mes dessins de mode et demandais si quelqu'un pouvait me recevoir. Ce fut le PDG lui-même qui me reçut. Je précisai que je ne demandais qu'un stage d'un mois sans aucune rémunération, mon objectif étant seulement de me faire une expérience. Il parut surpris. Ma démarche dut lui plaire puisqu'il n'hésita pas : « Venez lundi. Vous commencerez au service création ». J'avais réussi ! Je n'y croyais pas ! Il fallut tout de suite que j'aille le dire à Danièle et que je téléphone la bonne nouvelle à ma mère.

Les locaux étaient immenses puisqu'ils abritaient non seulement les bureaux mais les ateliers. La façade extérieure ne le laissait pas deviner car le bâtiment était orienté perpendiculairement à la rue. Le service création donnait directement sur l'atelier modélisme qui ouvrait lui-même sur les ateliers de fabrication. Tout était aussi actuel et lumineux que le vaste hall de réception et la salle d'exposition qui lui faisait face. C'était la sœur du PDG, une petite dame d'un certain âge, peu loquace, qui s'occupait du service création avec une assistante qui servait, en plus, éventuellement, de mannequin. Je regardais tout, les échantillons de tissus sur palette que les fabricants laissaient, les modèles de tricot et de chemisiers rangés dans des casiers. Je demandais des explications sur tout. Nous allâmes toutes les trois dans la salle d'exposition mettre de l'ordre sur les portants. J'appris ainsi que les cintres devaient tous être accrochés du même côté, une découverte pour moi qui ne m'étais jamais occupée du sens dans lequel je les accrochais. Nous eûmes aussi une séance de photographies avec un vrai mannequin à qui nous passions les vêtements, puis rectifions l'arrangement de la tombée des tissus, des cols, des boutonnages en fonction du style que nous voulions obtenir. J'apprenais comment marier les couleurs et les matières des pièces vestimentaires, des accessoires, le choix d'un chapeau quand il en fallait un, la pose selon l'effet recherché, décontracté ou, au contraire, plutôt stricte. Les choix de couleurs pouvait s'avérer surprenant au premier abord, mais oser était finalement plutôt bien réussi. J'observais, j'enregistrais, j'apprenais beaucoup.

Je me retrouvais un temps seule au service, les deux femmes accompagnées du directeur commercial qui n'était autre que le beau-frère du grand patron, étant parties au Salon de Milan. On m'avait dit qu'il faudrait, au retour, créer une collection croisière, histoire de relancer les ventes entre les collections été et hiver. Je n'attendis pas pour penser à une collection en accord avec le style de la maison que les clients venaient chercher en achetant cette marque. Je m'emparai du calepin de feuilles à dessin et me mis à l'œuvre.

Le grand patron m'appela pour me dire qu'il avait besoin de moi pour recevoir et prendre la commande de clients. Avant de descendre à la salle d'exposition, je devais passer à l'administration prendre le bordereau de commande et la liste de prix. Je bondis sur mes pieds et m'y hâtai, tellement j'étais heureuse de cette mission de confiance. Un monsieur et une jeune fille étaient installés sur le canapé. Nous nous présentâmes. Il s'agissait du père et de la fille. Leur boutique était située à Ajaccio. Ils étaient depuis longtemps clients de notre marque. Après leur avoir demandé quelles pièces vestimentaires les intéressaient, je leur présentais les modèles et les différents tissus dans lesquels ils pouvaient être réalisés. Nous discutions ensemble de leur avis. Je n'hésitais pas à leur suggérer et à leur montrer des accessoires à assortir. A chaque modèle retenu, et après leur en avoir indiqué le prix, ils se consultaient pour déterminer le nombre et les différentes tailles qu'ils voulaient acquérir d'un même modèle. Nous établîmes ensemble le bordereau de vente et ils le signèrent. Je les remerciais. Nous continuâmes à discuter un court moment, et juste avant de partir, ils me demandèrent : « Vous serez encore là à la prochaine saison quand nous reviendrons ? »

Je remontai à l'administration et tendis mon bon de commande à belle-sœur du patron qui était responsable de la gestion commerciale. Toute la famille était aux commandes des postes clés ici. Il ne restait pas grand-chose pour les autres ! C'est alors que je remarquais pendant qu'elle l'examinait que, depuis là, il était possible d'avoir une vue plongeante sur la création, alors que j'étais persuadée que la vitre en était opaque de l'extérieur comme celle de l'administration ! Mais non ! L'administration ne pouvait être vue de la création mais pouvait tout voir. Et moi, qui n'hésitais pas à relever ma jupe, pour tirer sur mon chemisier, ou à m'allonger pour une petite sieste sur le canapé situé au-dessous de la vitre ! Si j'avais su que j'étais épiée ! J'étais morte de honte ! Mais personne ne me fit de remarque. C'était plutôt le bordereau qui attira l'attention :

« Mais cette boutique ne nous a jamais acheté que des pantalons ! Et là, il y a bien d'autres choses en plus. Vous êtes sûre de n'avoir pas fait d'erreur ?

– Absolument certaine. Et ils sont partis très satisfaits ! »

Je me sentis très fière de moi. Il fallait que j'appelle ma mère pour lui raconter cette histoire.

A l'atelier de modélisme, je sympathisai avec une modéliste qui semblait être la première d'atelier. Elle était entre deux âges, un peu forte, noire et répondait au nom de Tatiana, ce qui m'avait étonnée pour une Africaine. Elle m'expliqua que ce prénom lui venait de son père, qui était russe. Je la regardais travailler. Elle était très compétente. Elle m'expliquait comment elle transformait en toiles les dessins des nouveaux modèles. Le premier jet était critiqué. Elle apportait les modifications qu'il fallait jusqu'à ce que la toile fût définitivement adoptée et prête à partir à la fabrication. Elle avait une patience d'ange et parlait toujours doucement sans s'énerver. Je l'appréciais beaucoup.

J'aimais bien le style de cette marque. Beaucoup de modèles me plaisaient. Sachant que je partais à la fin du mois, je décidai de faire des achats pour profiter des prix de gros, comme je le faisais à Paris. Je fis donc mon choix. J'essayais les modèles et demandais l'avis de Tatiana. Elle me déconseilla l'un d'entre eux et me réorienta vers un autre. Elle me ferait les ourlets, me dit-elle avec gentillesse. Je choisis même un modèle pour ma mère. Je savais qu'il lui irait et qu'il lui plairait : un pantalon en toile orangée complété par une chemise longue en voile de même couleur avec quelques finitions blanches au col et aux poignets.

Ceux qui étaient partis au Salon de Milan revinrent. J'avais laissé mes dessins de mode dans le calepin. Je n'en entendis pas parler sauf jusqu'au jour où la sœur du patron me dit : « J'ai vu vos dessins » sans autre commentaire. Mais ce n'était pas une communicante.

La famille reçut la visite de leur associé de New-York, installé sur la cinquième Avenue, qui représentait également la marque Jaeger, des vêtements de qualité de style classique très « british ». On me demanda de servir d'interprète de temps en temps, le PDG se débrouillant la plupart du temps avec son anglais approximatif. Je me sentis de nouveau valorisée. Puis le patron vint de nouveau me voir : « Elisabeth, seriez-vous libre ce soir pour nous accompagner chez Tetou manger une bouillabaisse ? » Si j'étais libre pour aller chez Tetou ? Plutôt trois fois qu'une ! Tetou, sur la plage de Golf-Juan, le restaurant le plus connu de la Côte pour sa bouillabaisse! Je me mis en frais de toilette et de maquillage ce soir-là. Je fus placée à gauche de l'associé. Je décidais de briller non seulement par mon apparence mais par ma conversation. Apparemment, je réussis car l'Américain rit souvent, la bonne chère et le vin aidant. A sa mine réjouie, je conclus qu'il passa une excellente soirée ce qui était vrai pour ma part. Le PDG semblait satisfait et aussi de bonne humeur. Quant aux autres convives, ils apprécièrent sans doute le repas mais l'obstacle de la langue faisait barrage à la convivialité.

A la création, nous reçûmes des fabricants venant présenter leurs dernières créations. Je fus autorisée à donner mon avis comme les autres. Ce qui m'étonna, c'est que je ne vis jamais la responsable de la création dessiner quoi que ce soit. J'en conclus que des stylistes extérieurs indépendants fournissaient les modèles et que la responsable était plutôt une coordinatrice qu'une créatrice.

Je fus de nouveau chargée d'une mission en collaboration avec le neveu du PDG, qui venait de terminer Sup de Co Nice, à l'actualisation du stockage. Après avoir brillée en surface, il m'avait fallu descendre dans les sous-sols éclairés artificiellement du bâtiment, effectuer un travail de fourmi. Le neveu était un garçon effacé, peu gâté par la nature et portant lunettes. La conversation avec lui, peu facilitée, il est vrai car nous n'officions pas dans la même rangée s'en tint à quelques échanges de paroles strictement relatives au travail que nous effectuions. Nul besoin de préciser que ce travail qui dura plusieurs jours s'avéra fastidieux, sans intérêt, et pesant.

Juste avant la fin de ce « stage », le patron vint me voir quand j'étais seule pour me parler :

« Je voulais vous embaucher avec mon neveu pour être mes adjoints. Mais le Conseil d'Administration opposa son veto à ma proposition vous concernant et je ne peux pas m'opposer à un véto. Croyez bien que je le regrette.

– Moi aussi, je regrette. J'ai apprécié votre société. Je vous remercie en tout cas d'avoir pensé à m'embaucher. J'aurais aimé moi aussi travailler à vos côtés car j'ai aimé votre rigueur et je vous admire. Je ne vous oublierai pas.

– Merci, Elisabeth. En tout cas, il est hors de question de vous avoir fait travailler sans vous verser de salaire. J'ai prévu mille cinq cent francs.

– J'ai acheté des vêtements. On aurait pu faire une compensation. Mais mes achats s'élèvent au-delà. Ils ne sont pas loin d'atteindre les deux mille francs. Je vous verserai la différence.

– Non, non! Vous ne devez rien de plus. »

Le PDG n'était ni un mesquin ni un borné. Il projetait l'avenir de son entreprise en passant outre aux traditions qui étaient des obstacles à son développement. Je savais déjà qu'il était impossible de faire partie d'une famille juive par alliance quand on était une ou un *goy*. Mais de là à imaginer qu'intégrer une entreprise dont tous les postes à responsabilités étaient occupés par des membres de la famille ou par un autre juif, sans autre prise en compte ne m'était jamais venu à l'esprit. Il ne m'était même pas venu à l'esprit de parler de cette entreprise comme d'une entreprise juive. Pas plus que Danièle. Je plaignais cet homme qui travaillait comme un forcené pour sa société mais qui devait se plier à des vetos absurdes qui risquaient de réduire ses efforts à néant par l'immobilisme qu'on lui imposait.

Je n'avais pas imaginé la possibilité d'être embauchée après le mois de stage que j'avais sollicité. Qu'on m'accorda un vrai salaire alors que je n'avais rien réclamé tenait déjà du miracle. Mais apprendre que j'aurais pu être embauchée à mon niveau d'études, et qu'on avait refusé mon embauche parce que je n'étais pas de la famille, c'était non seulement absurde mais révoltant et ne correspondait à aucune loi de bonne gestion. Je compris alors qu'elle avait été le but du PDG en me confiant des missions toutes différentes. Il ne me les avait pas confiées pour boucher des trous comme je l'avais cru jusqu'ici. Non, il voulait me tester pour avoir des preuves des compétences que je pouvais apporter à opposer à la famille lorsqu'il proposerait mon embauche. Ces preuves m'avaient plutôt desservies qu'aidées, en fait. Mais c'était mon appartenance à la religion non juive qui avait été rédhibitoire.

IV

La page était tournée. Il me fallait passer encore une fois à autre chose pour ne pas être à la charge de ma mère et de son mari.

Danièle partait à St Tropez pour la saison. Je pensais alors que je pouvais moi aussi profiter de la saison pour me trouver un emploi saisonnier dans le tourisme, en attendant de trouver mieux. Je me fis donc de nouveau inviter par Danièle pour me permettre de démarcher. J'allais voir l'office du tourisme et des hôtels. Tous les postes étaient occupés, souvent d'une année sur l'autre par les mêmes personnes. On me suggéra d'aller voir un nouvel hôtel de luxe qui venait de se monter sur la route de Tahiti. Et, Bingo, je décrochais le jack pot, enfin, façon de parler ! Leur équipe n'était pas au complet. Ils cherchaient encore une réceptionniste au moins bilingue. Le salaire était de mille cinq cent francs par mois, logée et nourrie en sus. Les horaires de travail s'étalaient entre sept et vingt-deux heures, en deux équipes qui se relayaient. J'acceptais.

C'était un hôtel restaurant de luxe où le prix des chambres était élevé même pour St Tropez. Il était neuf, résolument contemporain dans son ameublement mais à la mode d'un village provençal, loin du design scandinave. Les chambres étaient toutes de plain-pied, certaines ayant cependant une mezzanine, et orientées autour d'une placette centrale dont l'aménagement n'était pas encore terminé. Il était situé en pleine campagne, vue mer au loin ou non, selon l'exposition. Tout était vaste, blanc, clair, dépouillé et élégant. Il me plut beaucoup.

On me montra le logement du personnel. C'était une petite maison sans confort et en mauvais état, préexistante sur le terrain et sans aucun doute vouée à la destruction. Une ampoule au plafond, deux lits par chambre, une petite armoire en bois blanc, une salle d'eau antique aux éléments pleins de calcaire, des fenêtres et des portes qui fermaient mal. Une honte de proposer un tel logement à des employés. Pas même sûre que ce local fût salubre ! J'étais consternée. Hors de question que je dorme dans un taudis pareil et dans une promiscuité insupportable.

J'imaginais déjà les transistors allumés, les conversations, les éclats de voix, les retours dans la nuit qui garantissaient prise de tête et insomnie Mieux valait rentrer chez ma mère et mon beau-père ou dormir chez Danièle de temps en temps surtout quand je commençais à sept heures.

Mais j'avais juste oublié une petite chose : Hugues, mon amoureux transi d'Angleterre m'avait écrit. Il avait l'intention de descendre à Nice pendant les vacances d'été et souhaitait me revoir. Décidément, malgré la façon cavalière avec laquelle je l'avais traité lorsqu'il était descendu sur la Côte l'année de mon bac, il n'abandonnait pas. Peut-être la relation intime que nous avions eue en Angleterre quand j'avais dix-neuf ans l'encourageait-elle à insister... Quoiqu'il en soit je ressentais des remords envers lui depuis que je l'avais mal traité à Nice. J'avais besoin de les effacer en faisant quelque chose pour lui. Je ne trouvai rien de mieux que de lui proposer de venir passer une semaine dans l'appartement familial niçois où j'étais maintenant seule. Comme il y avait deux chambres, je pourrais toujours mettre les choses au point. Mais c'était aussi oublié que les situations changeaient vite avec moi : lors de son arrivée, je ne serai plus là ! Que faire ? Le décommander ? Oui, mais il avait déjà pris ses billets et annoncé la date et l'heure de son arrivée. Donc impossible. Il ne restait qu'une chose à faire qui me coûtait : demander à ma mère si elle voulait bien l'accueillir. Je la sentis réticente mais elle reconnaissait que la situation ne pouvait pas être résolue autrement. Elle pourrait donc dire à mon beau-père et à sa meilleure amie de Versailles qu'avec moi, il n'y avait que des problèmes et que c'était toujours elle qui réparait mes bêtises. Mon beau-père ne répondrait rien mais lui ferait bien comprendre par une mimique : je ne dis rien mais je n'en pense pas moins... Quoi que je fasse, j'étais toujours coupable dans cette maison ! Le sentiment de culpabilité, qui me faisait sentir mal à l'aise et m'empêchait de me défendre commença à s'infiltrer en moi dès cette époque.

En attendant cette venue, je pris mes fonctions. J'avais une collègue, une Suisse de Berne à la réception qui s'ajoutait à la directrice de l'hôtel. Le matin nous devions prendre les commandes du petit déjeuner, les transmettre à la cuisine, prévenir les femmes de ménage de l'absence des clients pour qu'elles puissent faire la chambre. Nous recevions aussi les nouveaux clients, les conduisions à leur chambre et répondions dans la journée à toutes leurs demandes. Les femmes de ménage nous communiquaient les consommations du mini bar pour qu'elles puissent être facturées. Toutes les dépenses des clients étaient enregistrées sur main courante ce qui permettait de préparer la facture le jour de leur départ. Nous étions occupées mais j'appréciais ce poste qui s'apparentait aux relations publiques.

Le patron était un homme de Genève à l'allure décontractée, pas vilain garçon du tout avec de grands yeux bleu clait et un visage marqué. Il avait plus le genre d'un homme de grand air qu'à un propriétaire de grand hôtel. Il était silencieux et sauvage comme le sont les paysans à qui il ressemblait. Son ex-femme, beaucoup plus dans le coup, qui était venue quelques jours à l'hôtel était sa décoratrice. Le couple assumant la direction était aussi de Genève. Ils étaient professionnels de la gestion d'hôtel. C'étaient eux aussi des gens simples, amis du propriétaire. Elle, avait un visage agréable et était accueillante. Par contre, elle ne savait pas se mettre en valeur : cheveux blond doré coupés courts, maquillage presque inexistant, et habillée sans goût. Il est vrai aussi que ses hanches larges n'arrangeaient pas sa silhouette. Son mari était un grand blond mince à barbe, très réservé, qui passait sa journée dans son bureau à compiler documents administratifs et factures diverses. Il ne s'occupait que de la gestion. Le patron, quant à lui, traînait son désoeuvrement toute la journée dans l'hôtel. Ou peut-être observait-il ?

Le principal attrait de ma collègue, qui avait justifié son embauche était d'être de langue maternelle allemande. Sinon, elle avait un esprit lourd. Elle était longue à la compréhension et à la réaction. J'avais le temps de prendre trois commandes pendant qu'elle n'en prenait qu'une. Elle me tapait sur les nerfs. L'équipe du ménage était composée de trois filles : l'une était une maghrébine active et débrouillarde de l'arrière-pays comme les deux autres filles, de gentilles filles mais qui n'étaient visiblement pas habituées à un travail pénible. Elles montrèrent vite un visage catastrophé, aux traits tirés. Elles étaient visiblement dépassées. La souffrance qu'elles ne parvenaient pas à dissimuler me faisait vraiment de la peine. Elles tinrent cependant le coup. La maghrébine s'imposa vite comme chef de cette petite équipe. C'était à elle que nous nous adressions pour donner les directives.

Le chef cuisinier, quant à lui, était un vrai méridional d'une trentaine d'années, jovial, toujours prêt à plaisanter et jamais de mauvaise humeur. Il faut dire qu'il n'était pas débordé, passé le coup de feu des petits déjeuners. Le midi, les clients déjeunaient à la plage et le soir, ils préféraient se diriger vers les restaurants à ambiance et à la mode plutôt que dîner dans une salle pratiquement déserte même si le chef savait très bien cuisiner. Et ça, je m'en aperçus très vite car il préparait les repas du personnel et mangeait avec nous. Une bonne ambiance régnait autour de la grande tablée que nous formions. Les plats n'étaient certes pas délicats car il avait un budget à respecter, mais tout était bon et malheureusement roboratif. Entraînée par la convivialité, je mangeais beaucoup plus qu'à l'ordinaire en buvant quelques verres du rosé du coin qui coulait à volonté. Je sympathisai très vite avec cet homme. Ce fut réciproque. Je pris la liberté de venir le voir concocter ses plats dans la cuisine ce qui le flattait plutôt que de le déranger. Sous des apparences d'établissement de luxe, l'hôtel était un établissement éminemment familial.

Je m'aperçus vite que, lorsque les clients ressortaient en fin d'après-midi, ils avaient tous une tenue convenant aux nuits tropéziennes. Je me devais d'être au diapason. Je m'achetais sur le port, pour presque rien, une robe longue en cotonnade bleu pastel au décolleté à élastique permettant de le faire tomber sur les épaules. J'y rencontrai Régine, la chanteuse qui était la reine des soirées hivernales de Paris et celle de l'été tropézien et qui, pour l'instant, chinait comme moi-même. J'évitais de troubler son incognito.

Je remarquais que la mode était aux robes taillées dans des tissus d'ameublement démodés au décor floral. Ma mère en avait plein de rebuts dans des placards qui ne servaient jamais. C'étaient des restes de la décoration de villas dont se chargeait l'ex-femme de mon beau-père.

Je ne tardais pas à trouver dans ce bric-à-brac le tissu qui me convenait. Je m'y taillais une robe longue au dos nu dont les bretelles volantées entrecroisées s'attachaient à la taille. Je rapportais aussi les tenues que je portais à Nice lors de mes sorties. Je fus donc vite parée à moindre frais.

Lorsque les nouveaux clients apparaissaient dans l'après-midi, ils me donnaient une poignée de main pour me saluer, pensant que j'étais la patronne. Par souci de franchise, je les détrompais mais la glace rompue subsistait et me garantissait des rapports privilégiés. C'est ainsi que je fis connaissance du PDG d'un supermarché très connu du sud-ouest aux nombreuses succursales. Il venait avec sa famille dans son avion privé pour le week-end. En les accompagnant à leur chambre familiale, j'en profitais pour lui dire que je recherchais un poste en rapport avec mes études qui...etc., etc... Vous avez un curriculum vitae me demanda-t-il ? Je lui promis de le lui apporter le week-end suivant. En attendant, il me glissa dans la main, très discrètement, un pourboire royal qui aurait pu me vexer s'il n'avait pas été remis avec une extrême gentillesse. Lors de leur second séjour, la famille m'invita à déjeuner à la plage avec eux. En lisant le CV que je lui avais remis, il me déclara :

« Ceux que j'emploie et qui ont votre profil, sont des acheteurs. Sachez que ce n'est pas une tâche facile, me dit le patron. La négociation se fait au pied à pied. Le marché s'arrache au centime près.

– C'est vrai que je ne suis pas habituée à cette manière de faire mais je suis sûre que je pourrais m'y habituer, lui assurai-je.

– Je n'ai pas de poste disponible pour l'instant. Mais comptez sur moi, je penserai à vous. »

De nouveau rien de concret mais un entretien passé dans un lieu paradisiaque et un déjeuner avec des gens charmants, aux manières parfaites, qui n'avaient rien de commun avec la faune superficielle tropézienne. Pourquoi venaient-ils donc ici alors ? Paradoxalement pour y être anonyme et tranquille ? Je n'osais pas leur poser la question.

Le seul souci que j'avais actuellement à mon poste était le même que celui que j'avais eu à la perception de Nice : cette maudite balance avec la main courante n'était jamais exacte. Je cherchais et cherchais de nouveau l'erreur jusqu'à minuit parfois : introuvable ! Le directeur venait à mon secours. Il ne lui était pas facile non plus de trouver l'erreur. Un soir, il découvrit que j'avais oublié la bagatelle de trois jours d'hôtel : cadeau, conclut-il ! Ces comptes d'apothicaires restèrent toute ma vie mon cauchemar quand j'y fus confrontée.

Je voyais assez souvent Danièle qui m'accompagnait à la plage de Pampelonne. Nous y rencontrâmes une grande et mince gigue hollandaise, allongée sur le matelas à côté des nôtres. Nous sympathisâmes. Elle fut bientôt notre voisine habituelle. Elle campait dans le coin, nous dit-elle. Sachant que j'étais réceptionniste dans un hôtel de luxe, elle me demanda de m'avertir si son idole, Gilbert Bécaud, y débarquait. Elle n'était là que pour ça, se faire remarquer et si possible passer la nuit avec lui. Elle avait été informée qu'il venait. A chacune de ses vacances, elle le traquait, où qu'il aille. Je trouvais cette passion curieuse. Gilbert Bécaud était de la génération de ma mère, pas de la nôtre ! Je trouvais aussi bizarre de dépenser tant d'énergie et d'argent juste pour un inconnu. Je lui promis quand même de l'avertir. En fait de vedette, je ne vis que Nino Ferrer, flanqué de ses deux filles habituelles, l'une blanche et l'autre noire, toutes deux aux jambes interminables d'autant qu'elles étaient montées sur des chaussures aux talons d'échassiers.

Danièle m'emmena un soir voir le barman du grand hôtel de Port-Grimaud qu'elle connaissait aussi bien que le photographe puisqu'ils faisaient l'un et l'autre les saisons, ici l'été et à Megève l'hiver. C'était un garçon sympathique déjà un peu enrobé. Le bar vaste et magnifique était aussi vide que celui de mon hôtel le soir. Il est vrai que cette jolie cité lacustre de style village provençal, créée pour les propriétaires de bateaux à qui un anneau était vendu juste devant leur appartement, était aussi très calme le soir contrairement à la fin d'après-midi, après la plage ou le retour de la balade en mer, qui accueillait alors beaucoup de vacanciers du coin visitant cet endroit souvent accompagnés de leurs rejetons léchant des glaces en cornet. Mais ce n'était pas le lieu où faire la fête la nuit tombée. Christian, le barman, devait avoir du travail la journée puisque le bar donnait sur la plage privée de l'hôtel. L'heure de l'apéritif, qui s'étale jusqu'à 9h 30, passé, il était, par contre, tranquille. Il parut content de nous accueillir et nous fit la bise. On eut tout le temps de faire la causette tous les trois, nous, assises au bar et sirotant un cocktail de son crû, lui, derrière son bar en tenue professionnelle. Il poursuivit avec une seconde tournée aussi gratuite que la première : « Vous revenez quand vous voulez, nous dit-il avant que nous partions, toutes les deux ou seules ! » C'était la chose à ne pas dire car il me revit souvent !

Avant que Danièle ne me fît connaître ce charmant garçon, je m'accoudais aussi souvent, après la fin de mon service, au bar de mon hôtel, où le propriétaire, Alain, occupait la place du barman. Il me fit connaître la liqueur de mandarine, que j'ai de suite aimée car le goût acidulé du fruit couvrait celui du sucre. Quelquefois, Robert, authentique tropézien et propriétaire de la plage qui accordait des conditions privilégiées à nos clients, nous rejoignait. Alain entretenait avec moi des rapports privilégiés. Tout avait commencé quand il me raccompagnait systématiquement à ma voiture quand je partais. Puis il restait là, bras croisés, à me regarder, appuyé à la carrosserie, sans rien dire, n'étant toujours guère loquace. C'était un peu gênant. Aussi, je meublais le temps par des banalités. Un jour, je trouvai que ce manège avait assez duré : je me rapprochai de sa large poitrine, et levai la tête vers lui. Le résultat fut immédiat : il m'embrassa. Le lendemain, il me dit que je pouvais emprunter ses clés au tableau et venir me reposer chez lui si j'en éprouvais le besoin l'après-midi avant de reprendre mon service. Ce que je fis. La directrice me vit prendre les clés suspendues au tableau mais ne me fit aucune remarque. Le domaine d'Alain était un vaste loft à deux niveaux, avec une terrasse, et une vue superbe sur la mer même depuis l'intérieur. Je m'allongeai sur le lit pour faire une sieste appréciable car les journées étaient longues. Quelquefois, Alain entrait, faisait ce qu'il était venu faire, mais ne s'approchait jamais de moi. Curieux ! Etait-il homosexuel comme mon beau philippin ? Etait-ce pour cela qu'il avait divorcé ? Il continua toujours à avoir des relations privilégiées avec moi, mais il n'y eut jamais rien entre nous, même plus un baiser.

Je retournais à Port-Grimaud, le soir. Un jour, j'y rencontrai un garçon accoudé au bar et discutant avec Christian qui me fit un signe pour que je vienne les rejoindre. Il me présenta Laurent. Il me servit un nouveau cocktail, de couleur bleue, comme je n'en avais encore jamais vu. C'était joli et bon. Laurent était un garçon brun, mince, aux traits fins, vivant, au discours intéressant et souvent amusant. Je m'aperçus qu'il profitait des mêmes largesses que Danièle et moi de la part de Christian. Quand nous quittâmes le bar, il me proposa de venir chez lui. J'acceptai. Ce fut l'aventure de mon été. Laurent était vendeur de bateaux mais il ne risquait pas d'en vendre beaucoup. Il disposait d'un studio très simple mais qui avait l'avantage de donner de plain-pied directement sur la plage. Aussi, il passait là tout son temps, à bronzer ou nager. Quand je venais le rejoindre l'après-midi, c'était là que je le trouvais, allongé sur une serviette juste devant sa porte-fenêtre. Je pris l'habitude de dormir chez lui quand je terminais à 22 h et plus mon service. Il n'y avait qu'un problème quand j'avais une petite faim: dans son placard, je n'ai jamais trouvé autre chose que des spaghettis et des boites de sauce tomates ! Je compris vite qu'il faisait partie de ceux qui se trouvaient une planque gratuite pour passer un été agréable sans bourse déliée.

Une nuit vers 23h, nous sortîmes pour aller dîner avec Christian et sa copine à Cogolin, un village non fréquenté par les touristes fortunés où on trouvait des restaurants aux prix tirés convenant aux campeurs et aux saisonniers. En quittant Port Grimaud par la route principale de l'extérieur, une Rolls-Royce déboucha soudain d'une petite rue du village et vint heurter l'aile avant de ma voiture. Le chauffeur sortit, s'excusant de ne pas m'avoir vue. Comment était-ce possible ? Etait-il occupé à autre chose avec sa passagère, ne s'attendant pas à rencontrer une voiture à cette heure-là ? Il n'y avait heureusement que de la tôle froissée qui n'empêchait pas de rouler. Nous fîmes un constat. Mon Austin serait réparée aux frais de l'assurance. Nous allâmes avec un peu de retard à notre soirée. Laurent m'invita. Je me demandai avec quel argent.

Laurent quitta la région avant la fin de mon contrat. Nous nous quittâmes comme de bons copains, échangeant nos coordonnées, sachant

reprocha de l'avoir laissé là, sans m'occuper de lui. Elle me confia aussi qu'elle le trouvait bizarre, car, en regardant la télé, il s'asseyait à côté d'elle puis se rapprochait peu à peu si bien qu'elle devait se reculer. Curieuse technique de séduction qui m'amusa car s'il croyait la faire succomber, il se trompait fort. Ma mère a toujours été à mille lieux de penser avoir une aventure et encore moins avec un garçon de mon âge. Et elle n'imaginait pas non plus qu'une telle perspective puisse germer dans l'esprit d'un de ces garçons.

Alors que j'étais restée à la villa pour un de mes jours de congé, je décidai d'aller à la plage au petit centre de ce bord de mer, trois kilomètres plus loin, car il était plus animé que les petites criques immédiates. Et là, que vis-je ? Hugues, attablé à une table du restaurant avec une minette, devant une assiette de gambas grillés ! Moi qui croyais comme ma mère qu'il était reparti ! J'allais lui dire bonjour, sans aucune acrimonie : « Tu vois, tout évolue ! » me dit-il. Tant mieux pour lui. Je n'étais pas jalouse, mais seulement étonnée. Je devais quand même reconnaître qu'il savait facilement retomber sur ses pieds.

Le mois de septembre arriva. La clientèle commença à se raréfier. Le nombre d'employés était trop important pour la somme de travail que nous avions. La direction devait se séparer de la plupart. C'est ainsi que la réceptionniste suisse et les deux jeunes femmes de chambre furent remerciées. On garda par contre la maghrébine qui était si efficace et, à ma grande surprise, moi-même ! Je ne m'attendais pas à ce traitement de faveur, moi qui avais certes travaillé de façon sérieuse, mais qui m'étais si peu comportée comme une employée modèle qui se devait, en France, d'être modeste et effacée. J'étais la protégée du propriétaire, je sortais avec les clients, on me prenait pour la directrice... que des points négatifs. Apparemment, les Suisses ne jugeaient pas de la même façon mais seulement sur la compétence. La preuve en est qu'ils n'avaient pas gardé une femme de chambre française mais maghrébine parce qu'elle était efficace, alors que les maghrébins étaient mal considérés. Ce nouvel organigramme me convenait parfaitement. Nous étions maintenant entre gens qui nous comprenions.

Le cuisinier garda sa place mais il n'avait plus d'aides. Les repas pris en commun devenaient intimes et familiaux. Mes horaires avaient aussi changé : plus de service tard le soir ni de matinales, pas même de contrôles de comptabilité. C'était le rêve. Quant au rêve de la direction de rester ouvert toute l'année, comme le faisait Sénéquier, ou les Muscardins, un restaurant étoilé Michelin, tous deux situés sur le port, il s'évanouissait, lui aussi... Maintenant, les Tropéziens se retrouvaient entre eux, comptant les sous qu'ils avaient gagnés grâce à un travail acharné pendant la saison qui leur permettait de vivre aisément jusqu'à l'année suivante ainsi que d'investir dans leur outil de travail. Fin septembre, le village se retrouvait entre lui, avec ses bistrots, ses parties de pétanque, ses épiceries, boucheries, crèmeries et marchands de légumes. Il respirait. Il n'y avait plus sur place que les membres habituels de ce club fermé où les non tropéziens, les non-initiés, n'étaient pas admis.

Je m'ennuyais. Le cuisinier m'invita bien une fois chez lui ce qui me permit de faire connaissance de sa femme qui était aussi agréable que lui-même. Ils habitaient une villa charmante dans la campagne. J'y passais avec eux un moment sympathique qui serait sans lendemain car nous étions bien conscients que nos routes étaient divergentes. Danièle était repartie à Nice. Je lui avais confié les derniers modèles de ma collection de tricots à vendre. Elle en avait même mis en vitrine, ce qui n'aurait pas été possible aujourd'hui car elle aurait eu à fournir une facture en cas de contrôle. Elle n'en vendit aucun ce qui ne m'étonna pas car ils étaient trop classiques pour le coin.

Je rentrais maintenant tous les soirs, à la villa. La cohabitation avec mon beau-père était devenue de plus en plus pénible. Il suffisait que je fasse une remarque pour qu'il me contrarie aussitôt. Il avait déposé le bilan, inévitablement : il n'avait vendu aucune villa depuis deux ans en continuant de garder les mêmes frais généraux puisqu'il avait les mêmes charges de personnel et les mêmes frais d'entretien de tout le domaine. Il avait dû se résoudre à congédier le couple de gardiens. Pour leur annoncer la mauvaise nouvelle il les invita en fin de journée à la maison autour d'un petit buffet. Ma mère ne savait pas quoi préparer qui ne soit pas coûteux. Je lui donnai quelques idées comme une salade composée comprenant tomates, branches de céleri, et grains de maïs en boite. Mon beau-père brilla de nouveau en prononçant un petit discours qui encensait ce couple qu'il ne tenait pourtant pas en grande estime et les remercia de leur service. Déboucher une bouteille de Champagne de marque pour eux qui étaient les serviteurs et ce soir-là les héros de la fête leur permit d'avaler apparemment facilement l'amère pilule d'autant qu'il leur mit dans la main une gratification en liquide qui s'ajoutait aux indemnités légales qu'ils recevraient. Il restait grand seigneur jusqu'à la fin.

Fin octobre, l'hôtel ferma. Il n'y avait plus aucune réservation. Je savais que c'était inévitable mais j'étais revenue à la case départ avec un objectif : ne pas rester chez mon beau-père en attendant d'accepter n'importe quel petit boulot que je trouverais toujours, comme disait ma mère, pour qui mes études n'avaient aucune valeur : j'étais une femme et je ne voulais devenir ni professeur ni inspecteur des impôts comme ce à quoi me prédestinaient mes études...Je me remis à faire fonctionner mon cerveau: que me manquait-il pour me démarquer ? Je me démarquais déjà par l'anglais nais ce n'était pas suffisant. Une idée germa : La France et l'Allemagne étaient les premiers fournisseurs et clients l'une de l'autre. Or, l'allemand n'était pas une langue répandue en France. Et je l'avais apprise mais malheureusement mes connaissances se limitaient à l'allemand littéraire. Je pouvais disserter sur un extrait littéraire, poétique, avec un vocabulaire approprié mais je n'aurais jamais su demander mon chemin en Allemagne ! Donc, si je voulais dynamiser ma recherche d'emploi, il fallait que j'ajoute cette compétence plutôt rare à mon curriculum vitae. Une seule solution était possible : il fallait que je parte là-bas pour apprendre en direct à m'exprimer. Et comment être indépendante ? En acceptant une place comme fille au pair.

Je parlais à table de mon intention. Evidemment, mon beau-père pensa que c'était une excellente idée qui lui permettait avant tout de se débarrasser de moi qui avais refusé ses avances et qui le traitais ouvertement avec mépris. L'homme politique allemand Strauss était un de ses clients qui lui avait offert à titre de remerciement un authentique service à gâteaux de Saxe dont il était très fier. Il venait justement d'être élu député de Bavière. Mon beau-père lui avait envoyé un télégramme de félicitations :

« Je peux lui écrire, dire les raisons de ton souhait et lui demander s'il peut t'aider », me dit-il. Il était décidément prêt à tout pour que je débarrasse le plancher !

« Je n'ai besoin d'aucune aide, lui rétorquai-je et encore moins de celle d'un fasciste. Je me débrouillerai seule. »

C'était sans appel.

Une altercation, qui aurait dû être sans conséquence mais qui mit à jour la haine que nous avions l'un pour l'autre, vint hâter mon départ.

Un soir, que nous rentrions de Nice, ma mère et moi, nous fûmes étonnées de ne pas être accueillies par l'adorable chatte noire, Myrtille, surnommée Kiki, que nous avions recueillie. Inquiètes et sans nous préoccuper du repas du soir, nous partîmes à sa recherche, car nous avions peur d'un malheur, étant en bordure de la route nationale. Nous l'appelions et soudain, nous entendîmes un miaulement que j'aurais reconnu entre mille. Nous continuâmes nos appels. Elle nous répondait mais elle ne venait pas. Etait-elle blessée quelque part dans un coin ? Ses miaulements nous permirent enfin de la localiser : elle était au sommet d'un pin de notre jardin. Nous ne distinguions que ses deux yeux brillants comme deux minuscules phares dans la nuit noire. Malgré ses efforts pour tenter de nous rejoindre et nos encouragements, elle ne le pouvait pas, comme la plupart des chats qui savent monter et non redescendre.

Nous demandâmes à mon beau-père d'appeler les pompiers sachant qu'ils ne pouvaient qu'accourir à l'appel d'une personnalité. Il n'avait pas dû être bien convaincant car il revint nous dire qu'ils lui avaient répondu que nous n'avions qu'à déposer une écuelle de lait au pied de l'arbre et que le chat descendrait bien ! J'éclatais de colère : comme si notre chatte, bien nourrie, feignait de ne pouvoir redescendre, elle qui miaulait de détresse pour que nous venions la sauver ! Mon beau-père repartit, très contrarié, nous disant : « Vous savez l'heure qu'il est, au moins ? » Il n'en avait rien à faire de la chatte ! Tout ce qui lui importait était son dîner !

Mais ni ma mère ni moi n'abandonnâmes. Il y avait une grande échelle dans le garage. Nous allâmes la récupérer. Ma mère, qui continuait à être bien plus agile que moi et qui n'hésitait pas à le démontrer, grimpa à l'échelle tandis que je veillais en bas à son aplomb. Hélas ! Kiki était encore bien plus haute que le sommet de l'échelle ! Elle tenta cependant de rejoindre ma mère mais sans succès. C'est alors que mon beau-père surgit hors de lui. Considérant la scène, il dirigea ses foudres contre moi :

« Tu t'en fiches pas mal que ta mère se rompe le cou en montant sur cette échelle !

– Ma mère sait parfaitement ce qu'elle fait et ne risque rien. Par contre, toi, tout ce qui t'intéresse chez elle est qu'elle te prépare tes repas et soit aux petits soins pour toi. Tout le reste, tu t'en fiches !

– Oh, gémit ma mère, du ton suppliant et mélodramatique qu'elle savait prendre, arrêtez tous les deux, s'il vous plait, je vous en conjure ! »

Nous rentrâmes dîner. Je n'avais pas faim. Mon beau-père, par contre, mangeait sa soupe avec satisfaction. Je ne pus me retenir :

« Tu es content ? Tu te régales ? Tu n'en a rien à faire que Kiki continue à miauler sur son arbre réclamant de l'aide, tant que tu as tout ce qu'il te faut !

– Toi, tu n'as rien à dire. Tu n'as que le droit de te taire. Tu manges mon pain. »

Je préférai quitter la table. Ma mère, une fois le repas terminé, vint me voir dans ma chambre, et toujours sur le ton mélodramatique et sans appel qu'elle savait prendre, elle m'asséna cet avertissement :

« Je préfère te le dire, Elisabeth, entre mon mari et ma fille, je choisirai toujours mon mari. » Sur ce, elle tourna les talons.

Les miaulements de Kiki ne cessèrent pas de la nuit. Je ne pus dormir. Les pompiers finirent par la récupérer dans l'après-midi du lendemain. Elle courut de guingois car elle devait être ankylosée, droit à la maison.

De mon côté, je pris une décision. Je n'attendrais pas plus longtemps pour la quitter, cette maudite maison !

J'étais déjà en contact avec une association de Nice qui s'occupait des placements à l'étranger des étudiants désireux apprendre une langue étrangère ou se perfectionner. Quand j'avais été les voir, ils n'avaient pas grand-chose à me proposer comme fille au pair. Ils n'avaient qu'une seule demande qui n'était pas nouvelle. Un monsieur veuf ayant une fille de onze ans cherchait une étudiante pour l'aider à tenir le ménage et assurer une présence féminine à sa fille. Il proposait cinq cents francs en plus du gite et du couvert ce qui était beaucoup plus que l'argent de poche accordé à une fille au pair. Mais il ne s'agissait pas seulement de garder des enfants. La région n'était pas tentante : c'était la Rhur, une région industrielle très peuplée où les grandes villes se succédaient sans discontinuer. La ville en question, Dortmund, était d'autant moins attractive que son activité était basée sur le charbon. Comme je n'avais pas d'autre option, j'acceptais, malgré une certaine appréhension : n'allait-ce pas être un trop grand choc par rapport à la Côte d'Azur ? Je n'en laissais rien paraître. Le dossier fut rempli. J'indiquais un délai d'une semaine pour le départ, le temps que j'estimais être nécessaire pour être prête. Je reçus toutes les coordonnées de ce monsieur qui allait être prévenu. Quelques jours plus tard j'eus confirmation qu'il avait donné son accord et m'attendait.

J'annonçais la nouvelle à la maison. Personne n'essaya de me retenir. Je vidai mes comptes. Je fis ma valise qui finit par être très lourde. Je ne m'en inquiétai pas. Des porteurs étaient à disposition, contre une modeste somme, pour s'occuper des valises des voyageurs jusqu'à la place de leur compartiment.

J'achetais un billet de train pour Dortmund. Je ne demandais rien à personne et personne ne me proposa quoi que ce soit. Ma mère se contenta de me conduire à la gare, où je prenais le train de nuit jusqu'à Strasbourg, et de me souhaiter bon voyage.

Chapitre 6 : *l'Allemagne*

I

A Strasbourg, terminus de mon train français, changement pour un train allemand. On traversa le Rhin.

Les douaniers passèrent dans les wagons, demandant aux passagers : « Ausweiss, bitte » : vos papiers s'il vous plait ! C'étaient des mots que tous les Français comprenaient grâce aux films sur l'occupation allemande de la dernière guerre ou à leur expérience personnelle pour les plus âgés. Pas de doute : j'étais bien en Allemagne ou plutôt en République Fédérale Allemande depuis que l'Allemagne avait été coupée en deux après la guerre. Je regardais avec curiosité la première gare où nous nous arrêtâmes : Kehl. Je ne vis rien de spécial par rapport aux gares françaises sauf la tenue des cheminots qui était verte comme celle des douaniers, un vert peu seyant, qui remplaçait notre bleu marine.

Puis, nous nous enfonçâmes dans le pays. Ce qui me frappa avant tout ce fut l'impression, d'être entrée dans une cave immense et sans fin, tant le ciel était bas, gris, sans la moindre luminosité. C'était triste et malgré les kilomètres que nous avalions, rien ne changeait.

Le train arriva en gare de Dortmund en fin d'après-midi. Le bâtiment était massif, sans grâce. Je pris un taxi et indiquai la rue et le numéro où j'étais attendue. Des tramways sillonnaient les rues. Je n'en avais encore jamais vu ! Je pensais que c'était un moyen de transport dépassé et qu'il n'avait jamais existé sauf à Paris au début du siècle ! J'appris à l'apprécier par la suite. Passé le centre-ville qui n'avait aucun charme avec ses hauts bâtiments beige sale désespérément carrés, nous abordâmes des rues où les maisons accolées n'excédaient pas trois étages et avaient quand même un peu plus d'allure que ce que j'avais vu auparavant. Dortmund et toute la région, cœur de l'industrie allemande, avaient été presque entièrement détruites par les bombardements. Ces rues devaient faire partie des survivantes.

Mon taxi s'arrêta dans une de ces rues bordées de platanes dénudés, en raison de la saison, devant une maison de plusieurs étages où une fenêtre était à encorbellement. Je sonnai. Un homme d'un certain âge sans séduction, aux cheveux plus très fournis mais qui étaient encore loin d'être blancs, de stature et de corpulence moyenne m'ouvrit. « Je vous attendais » dit-il sans aucun sourire ni aucun signe de bienvenue. Il prit ma valise et me conduisit au second étage qu'il occupait en intégralité car c'était un quatre pièces. J'entrai dans un couloir aux murs verts, au sol revêtu de plastique beige, rien de bien gai ni d'accueillant. Une petite gamine boulotte aux longs cheveux bruns et au visage agréable, fagotée dans une robe démodée, qui ne convenait pas à sa corpulence, me regarda timidement sans oser parler en se levant du fauteuil de ce qui devait être la salle à manger salon : murs jaunasses, mobilier en rotin au capitonnage de velours côtelé orangé, tous posés n'importe où sans souci d'esthétique, et une télé. C'était cette pièce dont la fenêtre était à encorbellement.

« — C'est ma fille Pascale me dit-il. Vous logerez dans sa chambre et elle dormira dans la mienne. Vous prendrez dans le réfrigérateur ce qui vous convient pour dîner. Pascale vous montrera l'appartement et la place de chaque chose. Demain matin, lever à 6 h. Vous préparerez le petit déjeuner. Pascale part pour l'école à 6 h 45. Maintenant, je vous laisse. Je dois aller au restaurant. Pascale, tu montreras tout ce qu'elle doit savoir à Elisabeth » enjoigna-t-il à sa fille sans un mot de gentillesse ni de politesse. Avait-il eu une carrière d'adjudant-chef pour parler de cette sorte ?

Le séjour commençait bien ! Combien de filles avait-il découragé dès le premier contact ?

« Je suis désolée de te chasser de ta chambre, dis-je à Pascale.

– Oh, ce n'est pas grave me répondit-elle d'une petite voix cristalline. Je vous la montre. »

La chambre était grande mais tout aussi triste que le couloir : des murs tapissés de vert, encore du vert, avec des petits motifs qui se voulaient être enfantins, un mobilier entièrement en chêne foncé de l'horrible style néo-Louis XV qu'on trouvait alors en France chez tous les petits bourgeois, une fenêtre qui avait vue sur l'arrière des maisons d'en face, gris et laid.

« Vous pouvez mettre vos affaires dans l'armoire et dans la commode. J'ai tout débarrassé et emporté dans la chambre de mon père, me dit Pascale.

– Je te remercie lui répondis-je, mais tu sais, tu peux me tutoyer ! ».

Je continuai avec elle la visite de l'appartement. La salle d'eau était petite et en longueur avec, de nouveau, l'inévitable vert des carrelages, un WC à l'avant, un lavabo et une douche au fond au-dessus de laquelle s'ouvrait un fenestron. La cuisine était grande, avec des meubles de rangement en pin, tous les appareils ménagers indispensables dont un lave-vaisselle contre l'intégralité du mur de gauche et une table en pin avec des chaises assorties au milieu de la pièce. Elle donnait sur une loggia qui servait de débarras. Et tout-à-coup, je vis l'animal : un chat noir au pelage ras attaché par une ficelle accrochée à son collier au radiateur ! Quelle horreur ! « Ne l'approche pas dit Pascale, il griffe ! » En effet ma tentative de l'approcher se solda par un vif recul, voyant l'animal prêt à sauter sur moi !

« Mais un chat n'est pas fait pour être attaché, dis-je à Pascale. C'est pour ça qu'il devient enrager !

– C'est moi qui ai voulu cette pupuce, me répondit-elle. Mais c'est mon père qui a voulu l'attacher ! Il sautait partout, il n'obéissait pas !

– Mais quand un chat se trouve dans un endroit qui lui est inconnu il faut qu'il visite, qu'il renifle, qu'il se familiarise ! Si on crie, il est terrorisé et fait n'importe quoi! Il faut absolument laisser un chat découvrir, s'habituer, prendre ses repères, lui parlait gentiment pour le rassurer, lui montrer sa gamelle et son eau, sa place où se reposer et dormir. Il n'aurait pas sauté partout s'il n'avait pas eu peur, et n'aurait pas sorti ses griffes. Et quand tout se passe bien et qu'il se sent chez lui, on peut lui faire comprendre avec patience ce qu'il peut faire ou pas. Quand tout est acquis, alors vient le temps de sévir s'il enfreint les interdits. Une tapette sur la patte ou sur le museau, ça suffit !

– T'as l'air de bien connaître les chats, toi ! Mais va donc faire comprendre ça à mon père ! »

Pauvre chat et pauvre fillette qui subissait autant que l'animal! Comme une adulte, Pascale m'ouvrit tous les placards en commentant ce qui s'y trouvait. Elle me dit que le matin, elle prenait un chocolat, une grande assiette de cornflakes avec du lait et deux tranches de pain avec du beurre et de la confiture. Son père, quant à lui, prenait un café au lait et deux tranches de son pain complet avec du beurre et de la confiture. Je constatais que ce n'était pas du vrai pain de boulanger qu'il y avait dans les placards mais du pain industriel tranché qui s'achetait en sachet dans les supermarchés.

Elle me montra ensuite le bureau de son père. Rien de bien enthousiasmant non plus : un meuble mural scandinave, un bureau de même style avec chaise assortie, et deux fauteuils à bras de bois capitonnés de tweed moucheté à dominante beige.

Aucun mur d'aucune pièce ne portait de tableau ni de gravure. Elle était étrange, cette maison !

J'allais ensuite sortir les affaires dont j'avais le plus besoin dans l'immédiat en me demandant ce que je devais faire. Le seul rayon de soleil dans cette maison était Pascale qui semblait d'une grande gentillesse et il fallait qu'elle le soit pour supporter un père tel que le sien.

J'avais très faim après cette journée en train pendant laquelle je n'avais fait que du grignotage. Je me fis des pâtes ce qui ne m'arrivait jamais, avec deux œufs sur le plat et continuai avec du fromage français en terminant par une pomme, un fruit non méditerranéen dont je n'avais pas l'habitude mais qui était le seul fruit que je trouvai. Pascale, quant à elle, me dit qu'elle ne voulait rien d'autre que le paquet de pain de mie et le pot de Nutella qu'elle emmena devant la télé avec une petite cuillère. Drôle de dîner et peu diététique mais si c'était ce qu'elle faisait chaque soir et que son père n'y trouvait à redire...

Le lendemain matin, j'étais dans la cuisine en robe de chambre à préparer le petit déjeuner en râlant intérieurement qu'il aurait bien pu se le faire lui-même son café, sortir son pain, son beurre et sa confiture et mettre du lait chaud sur la poudre cacaotée de Pascale au lieu de m'obliger à me lever à point d'heure, lorsque j'entendis une voix tonitruante et menaçante : « Elisabeth, ça ne va pas du tout ! » J'eus tellement peur que je ne pus me retenir de mouiller ma culotte ! Je me demandais s'il n'allait pas débouler avec un fouet dans la main ! Mais il se contenta d'arriver en robe de chambre et regarda alentour d'un air mauvais, le coin droit de sa lèvre supérieure redressé dans un affreux rictus : « Ah ! Je n'entendais rien alors j'ai cru que rien ne se préparait. » Et pas un mot d'excuses ! Il fit demi-tour. Je remarquai alors son épaisse nuque bovine. Une chance que Pascale arriva, prête à aller à l'école pour 7 h ce qui m'avait paru curieux comme horaire mais elle m'avait expliqué la veille que la journée d'école allemande allait de 7 h à 13 h, l'après-midi étant libre.

Lorsque Pascale revint, elle vint spontanément me faire la bise en me disant bonjour et me demanda si j'avais bien dormi. Elle était vraiment adorable, cette gamine ! C'était uniquement à cause d'elle que j'avais attendu pour boire le thé au lait qu'il était hors de question que je prenne seule avec son vieux bourru de père. En partant, Pascale me chuchota : « Ne fais pas attention, mon père s'est levé du mauvais pied aujourd'hui. Ça n'a pas dû marcher fort au resto hier soir ! » Magique ! Pascale possédait les clés de décryptage des attitudes de son père !

Ce dernier m'emmena faire le tour du quartier pour me faire connaître les commerçants. Il se couvrit de son pardessus de loden vert typiquement allemand. Nous allâmes d'abord au supermarché, où je poussais bien sûr le caddie, puis à la boulangerie où il acheta des « Brötchen » des petits pains individuels ronds qui ressemblaient aux nôtres, puis à la boucherie où il acheta un rôti de porc. Tout le monde semblait très bien le connaître et le gratifiait d'un Herr T... (Monsieur T...) référent car il devait être un bon client. Je remarquais qu'il ne savait pas parler allemand malgré ses dix années dans ce pays. Il ne prononçait que quelques mots indispensables.

Les courses rangées, il me demanda de cirer ses chaussures pendant que lui-même s'occupait des commandes à passer. Il me prenait vraiment pour la Cendrillon de la maison, ce vieux machin ! M'obliger à lui cirer les pompes, ça alors ! Mes ressentiments envers lui commençaient à s'amonceler. Puis il téléphona à ses fournisseurs. Comme je l'avais pressenti chez les commerçants, il connaissait très mal l'allemand et ne savait pas faire de phrases. Les quelques verbes qu'il connaissait, quand il en utilisait, étaient tous usages et à l'infinitif. Il parlait, comme on disait, « petit nègre » et devait probablement s'emporter si ses fournisseurs ne comprenaient pas.

Heureusement, l'heure de préparer le repas arriva. Méfiant, il me demanda comment je faisais cuire un rôti de porc. Ma réponse sembla le satisfaire. Il me demanda de prévoir également une purée de pommes de terre et une salade. Je me sentais enfin à mon affaire, la cuisine étant la seule chose que je savais faire dans une maison et de la cuisine à ce niveau-là ce n'était pas bien sorcier !

En attendant l'arrivée de Pascale, je mis la table tout en surveillant mon rôti dans sa cocotte de fonte d'où une odeur aiguisant la faim se dégageait.

Quand nous nous mîmes à table, le père de Pascale apporta une bouteille de vin en me demandant si j'en buvais. Je lui répondis bien sûr en constatant que l'étiquette portait le nom de Châteauneuf du Pape. Nous commençâmes par la salade verte dont il trouva la sauce vinaigrette excellente, et continuâmes par le rôti accompagné de sa purée de pommes de terre. La bonne chère et le vin aidant, il commença enfin à me parler de façon aimable, s'enquérant de ce que j'étais, de mes études, lui-même me confiant qu'il était de Lyon, qu'il avait été éditeur, qu'il vivait dans une villa de Vence avec Pascale bébé et sa femme qui avait le mal du pays et voulait rentrer chez elle, à Dortmund. Comme il gagnait de moins en moins bien sa vie en jouant à la bourse, il accepta. Dès son arrivée à Dortmund, il avait monté son restaurant alors qu'il ne connaissait rien en cuisine, mais tout en affaires. Quelques années plus tard, sa femme tomba malade : leucémie incurable qui devait être une tare congénitale car sa sœur était déjà décédée, jeune, de la même maladie. Sa femme mourut à trente-cinq ans. Sa fille avait alors huit ans.

Pascale, qui connaissait l'histoire par cœur et n'appréciait pas que les repas s'éternisent, quitta la table au café. Je ne pus m'empêcher de demander à son père s'il n'avait pas été militaire pendant un temps au moins. « Pourquoi me posez-vous cette question, me répondit-il ? »

Lors de cette première semaine, j'eus l'occasion de prendre un tramway pour la première fois pour aller à l'école de langues Berlitz, fondée à l'origine aux Etats-Unis et qui avait essaimé un peu partout dans le monde depuis, pour leur exposer mon souhait de prendre des cours d'allemand parlé courant. En attendant d'être reçue par le directeur, je m'assis et regardai autour de moi. L'école ressemblait plutôt à une entreprise avec le comptoir d'accueil qui bourdonnait d'activités et un tableau métallique rotatif à plusieurs vantaux munis d'encoches où on enfilait des fiches de couleur différente. Des affiches publicitaires placardées sur les murs vantaient les mérites de l'école : on y voyait, sur l'une, une mère de race blanche qui se penchait vers son enfant pour lui parler. Sur une autre, la mère et l'enfant étaient noirs mais le message était le même. Je lus en allemand : « apprenez une langue comme vous l'a apprise votre mère ! ». Et le père alors, il ne faisait rien pour son rejeton ? Mes réflexions furent interrompues par l'arrivée du directeur qui m'introduisit dans son bureau. C'était un jeune italien, mince et de petite taille qui parlait très bien français mais avec un fort accent, comme tous les latins qui parlent une langue étrangère. Je lui expliquais mon parcours et les raisons de mon souhait de parler couramment allemand. Il ne répondit pas à ma demande concernant les cours et leurs prix mais me posa abrupto une question :

« Ça vous intéresserait d'être professeur chez nous ? » Cette question me surprit totalement.

– Mais je ne sais pas parler allemand !

– Avec notre méthode, vous n'avez pas besoin de savoir.

– Ah bon, et comment est-ce possible ?

– Vous avez à votre disposition un livret avec réponses et questions en français. Il vous suffit de suivre la méthode. Il n'y a aucune traduction en allemand. C'est très simple, vous verrez ! Et ce sont de tous petits groupes ou des élèves particuliers, des adultes. Si vous êtes d'accord, je vous fais un contrat à temps partiel.

– Et combien gagnerai-je par mois ?

– Mille deux cents marks sûrs et sans doute plus, me répondit-il. Les cours sont payés à l'heure.

– Et les horaires ?

– Ce sont des modules de trois séances. Chaque séance dure 40 mn. Il y a des cours le matin et des cours l'après-midi et le soir jusqu'à 21h 30. Vous nous dites vos préférences et on s'adapte. Qu'en pensez-vous ?

– Je ne sais pas quoi répondre. Je ne m'attendais pas du tout à ce que vous me proposez. Je dois réfléchir. Mais si j'accepte quand dois-je commencer ?

– Le plus tôt sera le mieux.

– Même si j'accepte, je ne peux faire faux bond à mon hôte actuel du jour au lendemain d'autant qu'il faudra que je me reloge!

– Donc, aussi vite que possible et dès que vous serez sûre d'accepter, apportez-moi vos papiers d'identité et vos diplômes s'il vous plait, pour qu'on puisse établir le contrat. J'en ferai une copie et vous les rendrai. »

Après cette entrevue, je comprenais mieux le sens des affiches et du slogan. Nos parents, notre mère plutôt, nous apprenait sa langue naturellement. La méthode Berlitz s'inspirait de cette forme d'apprentissage.

Le directeur, Mr Troisi, Herr Troisi en allemand, me présenta ensuite, sans attendre ma réponse, aux membres de son administration : Mme Ramsey, Frau Ramsey en allemand, qui était anglaise, la grande organisatrice, et les deux secrétaires allemandes. Quant aux professeurs, je ne pus en voir aucun car ils étaient tous en cours.

Je sortis de l'immeuble de l'école en me sentant flotter sur des nuages. J'avais déjà décidé d'accepter. Trouver un emploi en quelques jours, sans même le chercher, c'était miraculeux ! Je décidais de me promener dans cette ville de Dortmund, pour moi devenue magnifique! Le centre était déjà en grande partie piétonnier. Je regardais les magasins. Je découvrais la ville et ses différentes rues. Mais une chose me frappait : le silence qui régnait: on n'entendait que le bruit des talons qui frappaient le sol à chaque pas. Je décidais d'entrer dans une « Bierstube », un débit de bières, bref, un bistrot en français, au décor extérieur typiquement allemand. Elle avait même son enseigne en fer forgé. Quelques consommateurs étaient installés au comptoir avec leur bock de bière et un petit verre rempli d'un liquide transparent à côté. Je m'installais. « Ein Pils, bitte ! » dis-je au serveur en demandant la fameuse bière brassée à Dortmund même. Et il m'apporta, une bière et ce même petit verre. « Was ist das ? Qu'est-ce que c'est ? demandai-je, Ein Schnaps », me répondit-il. Apparemment, c'était un établissement peu fréquentable par une femme non alcoolique mais très intéressant au niveau des mœurs et coutumes de nos voisins germains : ils buvaient leur bière avec du Schnaps ! Un des consommateurs du comptoir me montra par signe que je devais prendre mon verre et le verser dans la bière ce que je ne fis pas. Je plongeai par contre mes lèvres dans le petit verre pour connaître le goût du Schnaps. C'était fort mais sans rien de commun avec notre eau-de-vie de vieille prune si parfumée. Là, c'était un alcool de grains quelconque, sans goût.

Je réfléchis à ce que je devais faire depuis que je savais que j'allais avoir un emploi. Il me fallait en priorité un logement car l'être colérique qu'était le père de Pascale pouvait très bien me jeter dehors sans préavis en apprenant que j'allais le quitter. J'achetais un journal comportant des petites annonces pour le consulter, le soir-même, en toute tranquillité. Il fallait que je trouve une location bon marché pour être sûre de pouvoir vivre correctement après le paiement de mon loyer. De toute façon, même si ce que je trouvais était loin de ce que j'aimais, ce n'était pas bien grave puisque ce n'était que pour un an, durée que je m'étais fixée pour parler allemand couramment. Puis j'entrai dans une grande librairie pour choisir un ou quelques livres de conversation allemande. J'en feuilletai quelques-uns et me décidai pour « l'allemand facile » qui était divisé en chapitres dont chacun avait trait à une situation du quotidien : la gare, le bus et le métro, le supermarché, etc...C'était clair et présenté de façon attractive avec des photos.

Le lendemain, je retournais à l'école pour confirmer mon accord au directeur, et lui apporter les documents demandés. Mme Ramsey me détailla les petites annonces, leur localisation qui devait être dans le centre ou avec une liaison de bus pas trop longue. Nous fîmes le tri ensemble. Cette dame était vraiment de bon service puisqu'elle téléphona elle-même depuis l'école pour prendre rendez-vous à ma place. Que ce soit une école qui téléphone pour un de ses professeurs donnait aussi certainement confiance aux propriétaires.

J'arrivais à la maison où j'avais sélectionné une chambre à cent cinquante marks. Mme Ramsay m'avait expliquée que c'était une veuve qui arrondissait ainsi ses fins de mois. Je m'y rendis. Une dame très affable m'ouvrit en effet, et me conduisit au premier étage. Elle poussa la porte de la chambre libre qui était simple mais avec ce qu'il fallait pour ranger ses affaires, et un lit très confortable recouvert d'une couette en duvet très dodue, un lit comme seuls les allemands savent en avoir. Il y avait un lavabo contre le mur, car la salle de bains et les WC étaient communs aux trois chambres de l'étage. L'endroit était propre, tranquille et donnait sur le jardin et la verdure. Ce n'était pas luxueux mais je n'allais pas non plus y passer ma vie. Je pris et payai le mois de caution et le loyer d'avance. La propriétaire sembla ravie de ma décision et espéra que j'emménagerais très bientôt.

Je pris mon courage à deux mains pour annoncer au cerbère qui m'hébergeait que j'avais accepté une offre de professeur à l'école Berlitz et que je ne pouvais donc pas rester. Je m'attendais à ce que la foudre me tombe sur la tête. Mais pas du tout. Il me demanda quels seraient mes horaires. Je lui en expliquais le principe. « Pourquoi devriez-vous partir, me dit-il. Il suffit de s'arranger. Je vous demande seulement d'assurer les repas et les courses. Il me suffira de reprendre mon ancienne femme de ménage pour le reste. Et bien sûr, je continue à vous loger et à vous nourrir mais ne vous verserai pas la mensualité prévue. Etes-vous d'accord ? ». Je m'attendais à tout sauf à cette proposition. Beaucoup de pensées envahirent ma tête : bien sûr, c'était mieux ici avec tout le confort malgré le manque de décoration, et il y avait aussi Pascale avec qui je m'entendais si bien, et mon salaire qui serait net si je restais. Je décidais finalement de couper la poire en deux. Je gardais la chambre que j'avais louée, histoire de ne pas me retrouver les pieds dans l'eau si la colocation se détériorait et décidais de rester au moins provisoirement.

Depuis ces derniers jours, j'avais découvert que mon hôte n'était pas que l'homme acerbe que je connaissais. Il était abonné au Monde et était mélomane : quand je rentrais, j'entendais de son bureau, éclairé seulement de la faible lueur de la lumière indirecte du meuble mural, le son d'une œuvre sombre de Wagner qui ajoutait au côté lugubre des lieux pendant qu'il lisait Le Monde. Lors des repas que je préparais et qu'il appréciait, nous pouvions discuter de sujets variés. Il devenait un être charmant et même charmeur, intelligent et à l'esprit vif... En dehors de ces accalmies lors du déjeuner, il redevenait l'homme qui ne savait qu'aboyer. Mais il ne me demanda plus jamais de cirer ses chaussures.

Je profitais de la pause déjeuner pour lui toucher deux mots de ce pauvre chat. Je lui expliquais que, si un chat ne pouvait pas vivre une vie normale de chat, il valait mieux le donner à quelqu'un qui saurait s'en occuper. « Pascale n'acceptera jamais » me répondit-il. Quant à lui, il ne demandait pas mieux de se débarrasser de cette bête qu'il n'avait jamais voulue.

Ce qu'il ne savait pas c'était que j'avais une véritable complicité avec Pascale qui m'avait de suite accordé sa confiance tant elle était en manque d'affection. Je lui avais parlé de sa vie solitaire, avec, en dehors de l'école, son seul père comme relation. N'avait-elle pas de petites copines qui venaient la voir et chez qui elle pouvait aller ? Non, elle n'en avait pas. Son père refusait qu'elle invita qui que ce soit ou qu'elle alla chez qui que ce soit. Il estimait que toutes les fréquentations qu'elle pouvait avoir de l'école n'étaient pas bonnes. Et de la famille ? N'en avait-elle pas ? Si, elle avait sa grand-mère. Elle habitait tout près d'ici. Elle avait une fille anormale mais très gentille qui s'appelait Hilde. Mais son père était fâché avec sa belle-mère et ne voulait pas qu'elle aille la voir. « Mais j'y vais quand même, en cachette, me confia-t-elle. Je t'y emmènerai un jour. Tu verras comme elles sont gentilles ! » Il ne me fut pas difficile de lui faire accepter l'idée de la séparation d'avec son chat si malheureux ici. Elle allait prévenir sa grand-mère qui connaissait beaucoup de monde me dit-elle.

Le dimanche, qui était mon jour de congé, son père me proposa de les accompagner au restaurant, comme c'était leur habitude. Pascale me suppliait des yeux d'accepter. Quant à moi, je n'étais jamais contre un bon repas. J'acceptais. Pascale était lamentablement habillée d'une jupe en velours turquoise avec ruban de satin, et d'un chemisier blanc démodé. J'étais catastrophée pour elle. Il valait mieux, en effet, que ses copines de classe ne la voient pas dans cet accoutrement qui datait de plusieurs décennies ! Et en plus, cette tenue ne lui allait pas du tout. Elle avait davantage un style de sauvageonne que de petite fille modèle.

Nous allâmes au Moevenpick, un restaurant suisse, où le père et la fille étaient connus. La salle, plongée dans la semi-obscurité grâce à des lumières ambiantes était vraiment jolie. Je consultais le menu qui me fit saliver : escargots de Bourgogne, faux filet de bœuf, rien que de bonnes choses ! Tout fut bon en effet, la viande de qualité et saignante comme je l'avais commandée. Les serveurs étaient stylés et efficaces. Le repas fut accompagné d'un bon vin. Et, comble de surprise, le père de Pascale fut aimable avec tout le monde. Je n'y croyais pas ! Personne n'aimait les Lyonnais sur la Côte, des gens réputés peu aimables et près de leurs sous mais ils étaient aussi réputés être amateurs de bons vins et de bonne chère. J'en avais une preuve vivante sous les yeux. Et pour la radinerie aussi puisqu'il avait cherché une fille au pair pour lui éviter les frais d'une employée de maison.

Le premier jour de cours, j'en eus six en fin d'après-midi. J'étais anxieuse et demandai des conseils particulièrement à l'une des professeurs de français qui semblait se comporter par rapport aux autres comme si elle était investie d'une certaine autorité de par son expérience. Elle ne demandait pas mieux que d'écouter religieusement ce qu'on lui disait en opinant du chef et de donner des conseils d'un ton lénifiant et pontifiant comme l'aurait fait un curé à confesse. Elle en recherchait même les occasions. Je pensais alors qu'elle était professeur principal de français. Je me trompais totalement. Elle avait seulement une autorité naturelle qu'elle exerçait même avec l'administration. Elle était mariée à un étudiant allemand en droit qui ambitionnait d'embrasser la carrière d'avocat. Elle était enceinte. Elle s'appelait Solange. La seconde professeur était une française d'origine italienne très brune, qui avait de l'allure, qui était vive et se déplaçait d'un pas conquérant. C'était Elisabeth, comme moi-même. J'ai cru longtemps qu'elles étaient toutes deux bien plus efficaces que je ne l'étais dans leur enseignement. La troisième, par contre, était de Paris. Elle n'était pas plus grande que moi, diplômée en lettres de la Sorbonne, et ne se prenait pas du tout au sérieux, contrairement aux deux autres. Elle était brune avec des cheveux mi-longs frisés dont elle entortillait souvent une mèche autour de son index et portait des petites lunettes d'intellectuelle cerclées de métal. Elle avait toujours envie de rire et tout son visage riait même quand elle ne riait pas. Elle avait une allure de baba cool. Je la trouvais très sympathique. Son nom était Suzanne.

Je fis cours, ce premier jour, à deux petits groupes d'adultes débutants. Je me concentrais sur la méthode questions réponses et suivais scrupuleusement l'ordre du livre. Je terminais à 9 h 20 épuisée et pas très satisfaite de moi. Je trouvais que mon rythme était trop lent. Mon cours manquait de dynamisme. J'en parlais aux autres. « Mais c'est normal au début ! Ne t'en fais pas ! Tu verras, ça devient vite très rigolo ! ». Facile de faire comprendre quand on s'en tenait à des mots tels que professeur, élève, français/e, allemand/e. Mais pour les mots abstraits ou d'autres figuratifs moins évidents ? « Eh bien, tu fais un dessin au tableau ou tu mimes ! ». C'est vrai, c'était évident mais j'étais tellement inquiète que même l'évidence ne s'imposait pas à moi naturellement, sans doute parce qu'elle était curieuse avec des adultes et peu conforme à l'image d'un prof respectable tel que je me le représentais. J'eus beaucoup plus tard un élève en cours individuel et ne trouvai rien de mieux que d'imiter le grognement du cochon pour lui faire comprendre ce mot ce qui eut pour conséquence de le faire éclater de rire ! Il allait au moins s'en souvenir !

Le jour suivant, j'eus de nouveau des débutants et je me sentis déjà beaucoup plus à l'aise. Le nombre de mes cours augmentait ce qui voulait dire qu'on me faisait confiance. A la fin du mois je reçus mon salaire net qui était déjà bien plus important que celui d'un professeur débutant. Je n'en revenais pas. Et j'appris aussi que ce salaire était exonéré d'impôt sur le revenu, en vertu d'un accord franco-allemand concernant les échanges culturels entre ces deux pays ! Et, cerise sur le gâteau, je n'avais pas de cours à préparer ni de copies à corriger. C'était royal !

En plus des cours en petits groupes et des cours individuels, nous pouvions aussi avoir des stages intensifs de trois semaines en immersion totale qui duraient toute la journée, déjeuner compris. J'évitais les petits restos allemands depuis ma première expérience : j'avais un jour repéré dans la rue un resto qui m'attirait : il était coquet, fleuri, accueillant. Un midi, je décidais d'y entrer. La nourriture était abominable. Fin de l'expérience culinaire allemande. Beaucoup d'Allemands déjeunaient rapidement, en général dans la rue, d'une saucisse grillée appelée Bratwurst avec un petit pain tartiné d'une moutarde sucrée car ici la journée continue était pratiquée partout. La journée de bureau se terminait plus tôt qu'en France et le dîner était à 18h. J'ai voulu essayé, moi aussi, la Bratwurst pour en connaître au moins le goût. Je ne recommençais pas. Finalement, j'emmenais déjeuner mes élèves en immersion complète dans une pizzeria qui se rapprochait quand même plus du restaurant français. Je ne leur donnais pas le choix. J'en avais le droit puisque le repas était à la charge de l'école ! On ne me confia pas ces stages dans mes débuts. Je dus auparavant faire mes preuves. Je dois reconnaître que ce type d'apprentissage donnait des résultats étonnants. Les élèves pouvaient se débrouiller partout en France dans toutes les situations après seulement trois semaines.

Je pouvais aussi avoir des cours en entreprise destinés à des cadres ce qui m'arriva peu souvent, heureusement. Ces cours se passaient dans leur établissement, dans une salle de réunion, et chaque participant arrivait, très digne et très sérieux en costume impeccable, un dossier dont il n'avait nul besoin sous le bras. Le cours se déroulait dans une ambiance froide. Je n'ai jamais réussi à les dérider, contrairement aux cours en petits groupes où, au fur et mesure que nous nous connaissions mieux, une connivence se créait et nous prenions même quelquefois de sacrés fous rires. Certains m'invitaient même à prendre le café chez eux avec des petits gâteaux dans l'après-midi. Ils avaient tous de beaux intérieurs car les cours de Berlitz étant onéreux, la clientèle privée ne pouvait être qu'aisée. Combien de fois vis-je, l'hiver, des femmes grandes et magnifiques, parfaitement bottées et enveloppées dans leur volumineuse fourrure de loup, une fourrure à la mode alors, pénétrer à l'école ? Elles me donnaient envie.

Les cours du soir qui se terminaient à 21h 20 étaient par contre pénibles en raison de la fatigue de la journée, surtout quand les élèves étaient peu conviviaux de tempérament ou parce qu'ils n'étaient pas encore habitués aux cours. D'habitude j'avais du dynamisme mais là, je faiblissais et souvent je laissais la main que je posais sur mon front soutenir ma tête et masquer ainsi mes yeux dont les paupières s'alourdissaient de plus en plus. A ce moment je débitais mes questions sans entrain, comme un robot.

Comme dans une école étatique, nous avions aussi droit à une inspection annuelle concernant la qualité de notre enseignement et son adéquation à la méthode Berlitz. Quand mon tour vint, j'allais avoir un groupe qui était à son aise avec moi et avec l'apprentissage. Dès que nous entrâmes dans la salle de classe, je leur fis comprendre que quelqu'un nous écoutait par un jeu de mime et j'écrivais le mot inspecteur au tableau. Ils saisirent le message, car inspecteur se dit de façon presque identique en allemand, et se comportèrent en étudiants modèles. A l'intercours, l'inspecteur demanda à me parler. Il m'indiqua quelques points qui pouvaient être améliorés, pas bien graves, me précisa-t-il. Il était globalement très satisfait de ma prestation, je devrais dire de notre prestation car mes élèves l'avaient bien facilitée. De retour dans la classe pour la seconde partie du cours, je fus assaillie de questions : alors, comment ça s'est passé ? Qu'est-ce qu'il a dit ? Et sur nous ? Quand je leur dis qu'il était très satisfait, ils se sentirent aussi victorieux que moi-même !

Pour la fin de l'année, il y avait toujours une soirée dansante avec repas dans les locaux de l'école qui était fermée pour l'occasion. On installait des plateaux sur tréteaux mis bout à bout dans le hall. C'était très convivial, très sympathique, un vrai repas réunissant la grande famille que nous étions. On s'habillait pour l'occasion ce que j'appréciais. Je dansais de façon débridée, je m'amusais follement et n'aurais jamais voulu manquer cet événement les années suivantes. La soirée se terminait tard.

Dans ma famille d'accueil, le temps passait, avec des hauts et des bas car le père de Pascale ne pouvait pas s'empêcher d'être désagréable et même odieux. Je n'hésitais plus à lui dire ce que j'en pensais sans m'emporter. Il était assez intelligent pour comprendre ce que je lui disais et comprendre aussi que je ne dépendais pas de lui et que je pouvais partir. J'avais même conservé ma chambre par prudence à cet effet. J'allais en payer scrupuleusement le loyer en début de mois, pour que la propriétaire ne soit pas tentée de la relouer. Ce qui me révoltait le plus, c'était qu'il traitât sa fille de onze ans comme une adulte à qui il confiait des responsabilités qui n'étaient pas de son âge et lui adressait des reproches qu'elle ne méritait pas. Elle n'avait pas une vie d'enfant.

Pascale s'était de suite attachée à moi, comme un animal qui cherche un refuge et de la chaleur. Elle m'appela très vite ma pupuce comme elle appelait le chat qui était parti. Pascale en avait parlé à sa grand-mère comme elle l'avait dit. Deux hommes étaient venus le chercher. Ils l'avaient récupéré gentiment, sans brutalité ce que Pascale apprécia. Ces hommes devaient appartenir à un refuge. Mais ce chat, après le traumatisme qu'il avait vécu, allait-il pouvoir retrouver un comportement normal ? Je taisais mes craintes à Pascale. Pour l'instant, elle était vraiment rassurée.

Mais un jour, après un nouvel accès de mauvaise humeur de son père, je me dis qu'il fallait que je parte, rester en dehors des problèmes familiaux qui ne me regardaient pas. J'avais déjà fui la maison familiale, je n'allais pas retomber dans un même enfer quand même ? Je voulais devenir sereine. Aussi, je déclarais que je partais. Je pris quelques affaires et annonçai que je viendrais chercher le reste le lendemain.

Je dormais dans ma chambre pour la première fois. Le lendemain matin, je rencontrais un homme, debout sur le palier attendant que les toilettes soient libres. Nous échangeâmes quelques mots. Ce n'étaient pas du tout des jeunes que ma logeuse hébergeait mais des hommes d'âge mûr qui ne pouvaient s'offrir mieux. Cette découverte me déconcerta.

Le lendemain, quand je vins chercher mes affaires, c'est Pascale qui m'ouvrit. Elle me tomba: dans les bras :

« Ma pupuce ne pars pas s'il te plait ! Je serais si triste ! Et papa a promis de faire des efforts. Attends, je vais l'appeler au restaurant. C'est ce qu'il m'a demandé de faire quand tu reviendras.

– Elisabeth ! Ecoutez, je suis désolé de m'être laissé emporter. J'ai promis à Pascale de faire attention. Pascale vous aime beaucoup et moi je vous apprécie. Alors, revenez, je vous promets que tout ira bien cette fois. »

Que faire ? La chambre que j'avais louée n'était pas vraiment une bonne idée. Il m'aurait fallu un vrai « chez moi ». Pascale me fit de nouveau fléchir. Je revenais. Mais je gardais cependant la chambre « refuge » au cas où.

C'est vrai qu'ensuite tout alla mieux. Un jour, le père de Pascale lui dit qu'il fallait songer à lui acheter de nouveaux vêtements. Aussi démodés que les précédents ? Ce n'était pas possible. Pascale lui proposa donc que je m'en charge. Je répondis à son père que ce serait avec plaisir. Nous partîmes donc ensemble en ville. J'allais de suite dans une jeanerie. Elle essaya un jean bleu avec une blouse indienne blanche. Elle était transformée. Pascale se regardait, ravie. C'est vrai que ce style lui allait bien car elle avait d'assez longues jambes et la blouse cachait l'embonpoint de la taille. Nous choisîmes encore quelques pièces. Quand nous eûmes fini nos courses, il faisait nuit et je demandais à Pascale si ça lui ferait plaisir d'aller manger une pizza. Si ça lui plaisait, oh que oui ! Nous passâmes une excellente soirée et rentrâmes un peu tard. Je craignais d'avoir provoqué le courroux du maître. Je dis bien maître car il avait très simplement appelé son restaurant : « Chez Maître Pierre » ! Mais non, il n'était pas en colère: il ne se faisait aucun souci puisque nous étions ensemble ! Le lendemain, il ne fit non plus aucun reproche concernant les nouvelles tenues décontractées de sa fille. Incroyable !

Quand j'étais arrivée, le père de Pascal m'avait fait visiter le restaurant car il me précisa que je pouvais aussi être amenée à remplacer une serveuse en cas d'urgence. Mais oui, pourquoi pas ? Puisque c'était le même prix ridicule, autant charger le baudet ! Mon statut de professeur changea la donne. Il ne me sollicita jamais.

Mais passées les premières semaines de ma présence, il tint à ma présenter au personnel et à me montrer le restaurant, le soir, quand il était ouvert. Il était à la caisse, évidemment ! Il avait une cuisinière derrière le comptoir pour griller les viandes, préparer les frites. Elle était aussi son bras droit. Il lui faisait suffisamment confiance pour lui confier la caisse s'il avait besoin de s'absenter. C'était Mme Seiffert, une authentique allemande grande, bien en chair et en force. Un plateau de fromages était posé sur le comptoir devant le patron. Sur chaque fromage il avait planté un petit drapeau français. Edith Piaf passait en boucle dans ce petit restaurant de style quartier latin aux nappes à carreaux rouges et blanches et aux bougies dégoulinant de cire sur les bouteilles de vin vides qui leur servaient de chandeliers. Les bonnes bouteilles de vin français se débouchaient souvent et se renouvelaient. On venait s'encanailler dans une ambiance conviviale et bruyante pour un coût bien moindre que dans un restaurant traditionnel français mais allemand où rire un peu haut attirait de suite une attention réprobatrice. Les clients étaient répartis sur deux petites salles dont l'une avait une mezzanine à laquelle on accédait par quelques marches. Sur les murs, des affiches de fromages et plats français publicitaires éditées par la Sopexa, une société de promotion de produits alimentaires français à l'étranger et qui les proposait à ses fournisseurs y compris du vin français. Quatre étudiantes allemandes en deux équipes sur la semaine assuraient le service. Ce système était efficace car, si l'une manquai,t il était toujours possible d'appeler l'une ou l'autre pour la remplacer. Quant aux deux aides cuisinières, elles étaient reléguées à la cave, où elles lavaient la vaisselle à la main, ouvraient les boites de conserve, en réchauffaient le contenu, préparaient les salades vertes ou mixtes avant de monter les plats dans la salle, juste à côté du comptoir, déjà présentés sur une assiette, prêts à servir. Le rythme de travail était effréné et sans aucune pause.

C'était une mécanique parfaitement organisée et huilée faite pour la rentabilité maximum. Mais je n'en étais pas très consciente alors. Je découvrais seulement avec horreur ce qui aurait pu être mon destin dans d'autres circonstances. Mais ces conditions de travail étaient-elles normales ou non, je n'en avais aucune idée. La seule connaissance du monde ouvrier que j'avais était grâce à Patrick qui m'avait un jour emmené dans son usine de St Roch de Nice. Je n'avais jamais soupçonné un tel quartier populaire avec ses hautes tours hideuses, le linge qui y pendait à chaque étage, les rues sans charme et sans âme et mal entretenues. Quelle horreur ! J'avais hâte de partir. Mais Patrick arrêta sa voiture devant un long hangar métallique à l'intérieur duquel des hommes en bleu de travail s'affairaient mais dans le calme, sans précipitation excessive. Je n'avais jamais vu d'ouvriers à l'œuvre et je me dis déjà alors que je n'aurais pas aimé être une ouvrière. J'étais contente quand Patrick revint me disant qu'il avait fini et que nous pouvions aller déjeuner, dans un monde où je retrouvais mes repères.

Mais que dire ici de ce que je voyais dans cette région industrielle allemande ? La femme de ménage qui venait maintenant chaque semaine à l'appartement devait aussi effectuer son lot de travail de force. Elle venait d'Allemagne de l'Est comme les deux femmes qui travaillaient dans la cave du restaurant. Sous la houlette de l'adjudant-chef qu'était son patron, elle déplaçait seule les appareils ménagers de la cuisine pour nettoyer au-dessous. Je n'avais jamais vu la femme de ménage de ma mère faire une telle chose. Et je ne vois pas la mère de Nicole exiger ce travail de sa femme de ménage non plus. Les Allemands étaient réputés être propres contrairement à nous. Ici, tout semblait normal. Il n'y avait ni absentéisme ni récrimination. Tout le monde était à son poste à l'heure. Où était la vérité ? Je ne savais plus.

Mais il y avait bien pire. Des années plus tard, je lus le témoignage d'un journaliste allemand qui avait décidé de vivre la vie d'un Turc dans les années quatre-vingt pour en témoigner. Les Turcs remplaçaient les grues pour monter, à deux seulement, les poutrelles en ferraille au sommet d'un chantier. On les envoyait même faire des réparations au cœur d'un réacteur nucléaire, ce que personne d'autre n'aurait accepté de faire compte tenu de l'irradiation importante que ce travail comportait ! Pour un salaire très inférieur à celui d'un salaire allemand et des heures de travail qui ne tenaient pas compte des besoins physiologiques humains en sommeil mais de la simple contrainte de leur pourvoyeur de travail pour honorer en temps sa commande. C'était de l'esclavagisme.

Une secrétaire française venait à l'appartement quelques heures presque chaque semaine taper à la machine le courrier du « maître ». Elle était mariée à un cadre allemand et était devenue femme au foyer depuis qu'elle avait eu un enfant. C'était Marie-Claire Volmer. Nous sympathisâmes et discutions dès que le « maître » disparaissait au restaurant. On s'appela rapidement par nos prénoms et on se tutoya. Elle me donna ses coordonnées, notamment pour que je puisse l'appeler si j'en avais besoin.

J'allais un jour chez un coiffeur du centre-ville car j'avais besoin de refaire ma couleur. Comprenant que j'étais française, la jeune fille qui m'avait accueillie me demanda d'attendre et disparut. Elle revint avec une coiffeuse...française ! J'étais ravie, elle aussi. Elle s'appelait Elisabeth comme moi-même et comme ma collègue de Berlitz. Ce n'était pourtant pas un prénom courant. Je n'en connaissais pas une seule à Nice, pas plus que je n'en avais connu à Versailles. A croire que toutes les Elisabeth de France se donnaient rendez-vous ici, dans ce coin d'Allemagne ! C'était une gentille fille blonde aux yeux bleus d'origine bretonne. J'appris qu'elle avait un ami allemand avec qui elle vivait. C'était une coiffeuse parfaite et nous n'arrêtions pas de papoter pendant toute la séance. Non seulement j'étais bien coiffée mais je rendais en même temps visite à une amie que j'aimais bien. Elle resta ma coiffeuse attitrée jusqu'à ce que je quitte l'Allemagne.

Mais ce fut l'autre Elisabeth, celle de Berlitz, qui m'invita un soir chez elle.

Appartement au troisième étage sans ascenseur d'une ancienne maison. Petite bougie sur la table du canapé comme partout dans les intérieurs allemands, ce qui est toujours accueillant. Sinon appartement minuscule. Cuisine en longueur qui servait aussi de salle de bain avec une douche fermée dans un coin. Petit séjour et petite chambre. Elisabeth sortit la bouteille de Martini blanc avec deux verres et des cacahuètes. Elle me raconta qu'elle était l'aînée d'une famille nombreuse italienne qui avait émigré en Lorraine à proximité d'une aciérie où son père put trouver du travail. Elle avait obtenu un baccalauréat ce qui suffisait à Berlitz pour l'embaucher comme prof. Elle vivait avec un chauffeur routier allemand. Au fur et à mesure de ses confidences, la bouteille de Martini se vidait. Puis vint l'appel téléphonique. C'était son ami, Jürgen. Il était ivre mort à quelques dizaines de kilomètres de Dortmund. Il ne savait pas comment rentrer. Elle resta une éternité au téléphone pour qu'il ne raccroche pas, ne sachant pas ce qui aurait pu se passer alors, et essayant de trouver des solutions pour le rapatrier. Quand elle raccrocha, nous finîmes ce qui restait de Martini. L'ambiance était à la détresse. Je me sentais mal, avec une envie de vomir. Elisabeth me commanda un taxi pour rentrer. Je m'accrochai à la rampe d'escalier pour ne pas tomber. Je m'affalai dans la voiture. Tout tournait autour de moi. Je me couchai sitôt arrivée et m'endormis d'un sommeil de plomb. Je me jurai de ne plus jamais boire de Martini blanc, ce que je fis. La seule vue d'une bouteille me donne encore la nausée.

Ce fut le seul et bref épisode de notre nouvelle amitié. Elle ne m'invita plus. Je ne cherchais pas non plus les rapprochements. Par contre, Suzanne et moi étions de plus en plus proches.

J'avais découvert qu'il existait à Dortmund un marché de plein air comme il y en avait partout en France ce qui me ravit. Il avait lieu le samedi matin, jour où j'étais libre. Je revins parfois avec des produits surprenants. J'avais fait des progrès à l'oral en allemand mais pas au point de tout saisir.

Chez le poissonnier, on trouvait des produits de la Baltique qui m'étaient inconnus pour la plupart sauf les harengs et les maquereaux qui ne faisaient pas partie de mes habitudes alimentaires à l'état frais. J'avisais un jour, un poisson à la chair blanche qui se débitait par tranches. Le nom marquait sur l'ardoise du camion ambulant m'était totalement inconnu.

Mais il m'inspirait assez. Pourquoi ne pas essayer d'autant que la vendeuse m'assura que c'était délicieux ? Je le poêlai et l'arrosai de beurre fondu et de jus de citron. C'était bon mais aucun de nous trois ne pouvait dire de quel poisson il s'agissait. J'en avais par chance mémorisé le nom allemand : « Ah, c'est du phoque ! nous informa Pascale ». Horreur ! J'avais donc mangé la chair de ce gentil mammifère marin !

Un autre jour, chez des fermiers qui vendaient leurs légumes, je découvris... un gigot d'agneau ! Miracle ! Nous qui nous contentions d'un gigot d'agneau surgelé de Nouvelle Zélande à la chair sans intérêt, loin de la saveur de celui de Sisteron ! Je revins triomphante à la maison et commençai à préparer mon gigot piqué de gros sel, d'ail et de thym comme il se doit ! Nous goûtâmes. C'était plutôt bon, mais différent de l'agneau. Qu'est-ce que j'avais donc acheté ? Ce fut le père de Pascal cette fois qui éclaira notre chandelle : « C'est du chevreau ! » Là, je ne fus pas horrifiée. C'était une viande qui ne faisait pas partie de mes habitudes alimentaires mais qui se mangeait. Je me demandais même si je n'en avais pas consommé chez ma grand-mère sans le savoir, car nous eûmes quelques temps un chevreau qui disparut aussi mystérieusement que les poules et les lapins...

Je fus contente quand je vis le printemps arriver, annoncé d'abord par les bourgeons des arbres qui commençaient à se transformer en petites feuilles vert tendre et un air qui sentait le renouveau. Je ne peux pas dire que j'eus vraiment froid pendant l'hiver, beaucoup moins que ce que je m'attendais à avoir, l'Allemagne, depuis la Côte d'Azur, étant assimilée à la Sibérie. Mais sentir le renouveau, l'air toujours frais mais plus léger, le soleil faire des apparitions après la grisaille, était merveilleux. Et tout s'accéléra : le mercure grimpa. Il faisait un temps magnifique pour le tourisme.

Ma coiffeuse me dit qu'il y avait une belle campagne à proximité de Dortmund. Elle allait le dimanche à un lac où son ami faisait de la planche à voile. C'était, me dit-elle, un superbe endroit. Elle m'en indiqua le nom. J'en parlais immédiatement à Pascale : « Ah oui, me dit-elle ! C'est vraiment joli ! »

Pascale voulait que ce soit moi qui parla de cette excursion à son père. Elle savait qu'il ne me disait jamais non. Je décidai donc de le convaincre. Son père n'avait pas de voiture. Mais quand il partait en vacances dans le sud de la France chaque année avec sa fille, il en louait une pour un mois. Il pouvait bien en louer une pour une journée ! Pourquoi ne faire que des allers-retours dans le centre-ville, et aller chaque dimanche au Moevenpick ? Il faisait beau ! Et si nous allions respirer l'air pur de la campagne ? Il donna son accord. Je découvris alors une Allemagne que je n'imaginais pas : petits villages aux maisons à colombages, campagne riante...J'en restais bouché-bée ! Nous nous arrêtâmes pour déjeuner dans un restaurant qui était recommandé par un guide français avant de continuer. Le but de notre voyage, le lac, m'impressionna autant que l'avait fait le lac des Sétons quand j'avais huit ans : des prés d'un vert tendre, des forêts vertes et sombres, un lac aussi bleu que le ciel, des promeneurs, des baigneurs, des voiliers... Je fis la course avec Pascale, nous jouâmes à cache-cache, dommage que nous n'ayons pas eu de ballon ! Ce fut un bel intermède dans la vie de chacun...

Car la vie au quotidien restait pesante, comme les pas lents du maître qui rentrait du restaurant la nuit. Entendre ces pas m'angoissait. Il tournait la clé dans la serrure et dès qu'il entrait, une odeur de graillon se répandait autour de lui. Il enlevait ses chaussures et les laissait lourdement tomber sur le sol. Puis, il allait se coucher sans même prendre une douche. Quand je rentrais le soir où il ne travaillait pas, l'ambiance que je trouvais était sinistre : la puissante musique wagnérienne résonnait dans une semi-obscurité menaçante. Pas un bruit montrant que la maison était habitée, pas un mot d'accueil, rien.

Quand il appelait Pascale, son ton était celui d'un homme aigri qui ordonne à un entourage qu'il ne peut plus supporter. A table, il ne lui parlait jamais sauf pour lui faire une remontrance si elle se tenait mal ou si elle se tachait. Je ne l'entendis jamais lui dire une parole gentille. Pascale me disait : « Ne t'en fais pas, ma pupuce, ça a toujours été comme ça. J'ai l'habitude ! ». Le seul point positif était dans le respect de ses obligations paternelles financières. Pascale ne manquait matériellement de rien. Il n'allait pas aux rencontres parents professeur, bien sûr, comme il ne parlait pas allemand. Il ne pouvait pas aider sa fille dans ses devoirs pour la même raison et n'en avait pas envie non plus, mais il payait une étudiante pour l'aider. L'étudiante d'alors s'appelait Heidi. Elle habitait avec sa mère deux maisons plus loin. C'était une grande fille mince et au sourire chaleureux.

Pascale dut faire des éloges sur moi car Heidi me dit un jour : « Venez donc un après-midi prendre le café avec ma mère. Vous lui plairez beaucoup, j'en suis sûre. » C'est ce que je fis. Sa mère était une dame très gentille, en effet, petite et ordinaire. Mais elle me reçut très bien avec café et gâteau de sa fabrication, bien consistant, à la manière allemande. L'appartement était meublé très simplement, mais il était clair et accueillant. Elle était seule avec ses deux enfants. Le second était un adolescent plus jeune que sa sœur. Elle travaillait à mi-temps pour assurer à tous les trois une vie décente, la pension de son ex-mari ne suffisant pas.

Pascale m'emmena aussi faire la connaissance de sa grand-mère et de sa troisième fille Hilde qui était handicapée mentale. Cette dame était elle aussi une femme charmante, brune, comme sa petite fille. Elle n'avait pas de chance : deux filles décédées de la leucémie et la troisième trisomique. Elle ne roulait pas sur l'or non plus : l'appartement était petit et sombre de par sa position. Je fus chaleureusement accueillie. Elle m'offrit traditionnellement le café et me remercia de ce que je faisais pour sa petite-fille qui m'aimait beaucoup m'assura-t-elle. J'ai vu Pascale se sentir gênée à ces mots. Ce qui est sûr, c'est que Pascale me faisait partout une sacrée réputation. Je remarquais aussi la gentillesse et l'attention qu'elle portait à Hilde en la traitant comme quelqu'un de normal.

Depuis, quand je rencontrais l'une ou l'autre de ces dames, la grand-mère toujours accompagnée de sa fille qu'elle ne pouvait laisser seule, nous faisions la causette, en bonne voisine.

Mon allemand s'était amélioré grâce aux livres que j'avais achetés et que j'étudiais, à Pascale et aux contacts inévitables de la vie quotidienne. Mon milieu professionnel ou privé, bien francophone, était, par contre, peu favorable à cet apprentissage.

Dans l'entrée de l'appartement, qui était en fait un corridor sur lequel chaque pièce ouvrait, j'avais remarqué une photo posée sur le meuble bibliothèque proche du bureau. On y voyait une jeune femme sur une place : mince, les cheveux bruns et courts, chaussée d'escarpins et vêtue d'une robe d'été de style « New look » lancé par Dior, très ajustée sur le buste et dont la jupe s'élargissait dans une débauche de tissu à partir de la taille J'en déduisais qu'elle avait été prise au début des années cinquante. Je me demandais bien qui cette jolie femme pouvait être, et comme je n'aime pas que mes interrogations restent sans réponse, je posais la question au père de Pascale. Il me dit qu'il s'agissait de Dagmar, son grand amour, qui était la sœur de la mère de Pascale. La photo avait été prise sur une place de Rome. Ils s'entendaient parfaitement. Mais voilà que la maladie s'en mêla: la leucémie. Il ne fut pas possible de la sauver. C'est à la suite de ce deuil qu'il finit par épouser sa jeune sœur.

Ces confidences alliées à tout ce que j'avais observé me permirent de reconstituer le puzzle qui expliquait la situation actuelle de cet homme, avec assez d'exactitude, je pense.

Le père de Pascale fut longtemps inconsolable, proche de la dépression. Une âme charitable vint à son secours: la jeune sœur de Dagmar qui était physiquement l'antithèse de cette dernière par son physique et son caractère. Je reconnaissais chez Pascale l'héritage de sa mère, dans cette volonté d'aider les malheureux. Il finit par l'épouser, sans amour, mais par reconnaissance et pour ne pas rester seul. Il devait cependant espérer retrouver en elle, grâce aux gènes familiaux, un peu de Dagmar. Mais il n'en fut rien. Puis une fille vint au monde. Il n'avait aucune fibre paternelle. Mais cette fille allait-elle enfin ressembler à sa tante ? Non, elle était le portrait physique et moral de sa mère ! La seule chose que sa femme eût jamais en elle, comme Dagmar, fut le fléau de la leucémie qui l'emporta à son tour. Les maladies génétiques sautent souvent une génération. Pascale aurait peut-être cette chance. Mais ce qui est sûr, c'est qu'il ne pouvait pas plus éprouver de véritable affection pour la fille que pour la mère. Et qu'être père n'avait jamais été ce qu'il désirait. Quant à sa vie à Lyon, à son enfance, il n'en parla jamais vraiment mais je crois avoir compris qu'il avait perdu ses parents jeunes sans savoir comment ni pourquoi et qu'il avait dû se débrouiller très tôt par lui-même.

En juin 76, le printemps était bien installé. La sève avait eu le temps de monter dans les plantes pour qu'elles soient fortes pendant l'été. Mais au printemps, il n'y a pas que la sève qui monte dans les arbres et les plantes. Les humains se sentent aussi différents. On se sent revivre avec le soleil dont les rayons pénètrent jusqu'à l'intérieur des maisons, donnent aux pièces de la gaité, réchauffent notre peau, caressent notre visage. On est aussi beaucoup plus réceptifs aux autres et à leur regard. On a envie de plaire et on sourit beaucoup plus facilement. Le sang bouillonne. J'avais, quant à moi, des moments d'euphorie que rien ne justifiait sauf le fait de me sentir vivante et bien vivante. Des envies étouffées jusque-là surgissaient comme l'envie de faire l'amour, sans que cette envie se porte sur une personne en particulier.

Un après-midi, je rentrais plus tôt que d'habitude. Pas de musique violente et tourmentée. Pas de Pascale non plus. Mais son père était assis inhabituellement sur le canapé ensoleillé qui tournait le dos à la fenêtre. Le bureau avait alors pris un aspect accueillant. Le père de Pascale avait lui aussi un visage accueillant. Il m'invita à venir le rejoindre sur le canapé. Il abandonna son journal, prit des nouvelles de ma journée, ce qui n'était pas habituel, puis enchaîna sur une conversation plus confidentielle. Il se sentait vraiment seul en Allemagne. Ses manques affectifs expliquaient son agressivité, son mauvais caractère. Je lui objectais qu'il n'était pas seul puisqu'il avait une fille, d'une grande gentillesse en plus. Bien sûr, et il était content que nous nous entendions si bien. Mais n'avoir personne à qui se confier, avec qui partager était très dur. Mais n'avait-il pas pu retrouver quelqu'un, ici, en Allemagne ? Mais voyons, avais-je bien observé ce qu'étaient les femmes de cinquante ans ici ? Des mémères avant l'âge, bien sous tous rapports et surtout ennuyeuses au possible avec leur petite vie bien rangée et ordonnée. Et l'obstacle de la langue alors ? J'en convenais mais alors que faire ? Il me confia qu'il avait mis des offres de mariage dans le « Chasseur français », une publication sérieuse. Les candidates devaient obligatoirement joindre à la lettre une photo. Alors, quels résultats ? Un désastre, me dit-il. Des femmes bien comme il faut, coiffées d'un chignon impeccable, comme il faut certes, selon les critères bourgeois, mais si éloignées de son idéal... Et leurs lettres, d'une banalité navrante ! Sans doute, mais il n'était lui-même pas non plus un jeune premier et pas particulièrement décontracté ni ouvert. « Mais je peux offrir une belle vie à une femme Elisabeth, croyez-moi ! Avez-vous au moins une idée de mes revenus ? » Il me confia qu'il avait trente mille francs nets par moi ! J'en restais ébahie. Le restaurant ne pouvait pas rapporter autant. C'était vrai mais il avait aussi des placements... Et il se mit à m'énumérer tous ses avoirs. Pourquoi me disait-il cela ? Pour que je trouve une raison de le trouver intéressant ? Ce n'est pas ce qui me vint de suite à l'esprit, mais pourquoi vivait-il si mal en étant assis sur une telle fortune ? Louant un appartement dans une maison pour petits employés, où tout ce qu'il possédait, à commencer par sa chaîne stéréo de marque Bang et Olufsen était certes de qualité mais en vivant dans un cadre si peu accueillant ? Pourquoi se montrait-il si mesquin sur les questions d'argent quotidiennes ? Pourquoi n'avait-il pas de voiture ? Pourquoi vivait-il en vase clos entre le restaurant et son appartement ? Pourquoi ne profitait-il pas de la vie, tout simplement ? Je trouvais finalement qu'il était à plaindre.

Il vit que j'étais perplexe. Il en profita pour se rapprocher et me prendre par les épaules d'un geste que je pensais affectueux. Mais il avança rapidement ses lèvres vers moi, et m'embrassa. Je ne m'attendais pas du tout à un baiser si agréable qu'il commença à éveiller mes sens endormis depuis tant de mois. Me sentant réceptive, il promena ses mains sur moi ce qui, instinctivement, fit tendre mon corps vers cette promesse de sexe qui me manquait tellement. Je fermais les yeux. Peu importait qui me caressait maintenant. Il comprit vite le message et me débarrassa prestement des vêtements gênants, promenant ses mains et ses lèvres sur tout mon corps, me caressant en expert. Je m'arcboutais vers lui comme une chatte en chaleur que j'étais. Il me fit jouir rapidement. Puis il me pénétra. J'accompagnai furieusement de mes hanches ses mouvements et un second plaisir ne tarda pas de nouveau à m'inonder de ses ondes. Je restais un moment pantelante, avant d'ouvrir de nouveau les yeux, ce qui me fit revenir immédiatement sur terre. Mon partenaire me couvait du regard sans être davantage attrayant. Comment un tel homme pouvait-il être un amant si doux et si doué ? Ce qui était sûr, c'est que cet homme à femmes n'était pas fait pour une vie de famille. Je compris alors qu'il était plus que dangereux de cohabiter avec une personne de sexe opposé, même si elle semblait repoussante au départ car personne n'a que des points négatifs dans sa personnalité. Une intimité finissait par s'installer et quand les besoins sexuels s'en mêlaient... C'était l'histoire de la Belle et la Bête, rien de plus sans que la bête se transforma en prince charmant, ne serait-ce qu'à mes yeux.

Je ne tardais pas à penser : « Mais qu'ai-je fait ? Que va-t-il s'imaginer ? » Je m'étais fourrée dans une sacrée galère à cause de mes instincts !

« Tu viens t'installer dans ma chambre ? » me dit-il. C'était tentant pour renouveler l'expérience que j'avais vécue. D'autant que la chambre comportait deux lits jumeaux même pas disposés l'un à côté de l'autre ce que la largeur de la pièce ne permettait pas. J'aurais ainsi mon propre lit, celui que Pascale occupait actuellement et elle pourrait récupérer sa chambre. Mais pas question que son père se fasse des idées : Je venais d'avoir vingt-cinq ans, j'avais ma vie professionnelle et privée à faire et ce n'était certes pas avec un homme de cinquante-sept ans. Je n'étais pas une pauvre fille qui ne pouvait qu'espérer une vie médiocre. J'étais seulement venue en Allemagne pour apprendre à parler allemand, je repartirai bientôt et, entre-temps, j'avais bien l'intention d'être aussi libre que je l'étais jusqu'ici. Il fallait que je sois honnête et que je le lui dise. Je lui mis donc le marché en main. Il me dit ne pas y voir d'objection. Mais je suis sûre qu'il avait cependant des espérances. Il pouvait toujours en avoir... tant qu'il respectait le marché. Et je me sentais en règle avec ma conscience.

II

Le lendemain, à déjeuner, Pascale trouva curieux que son père et moi nous tutoyions. Son père lui dit :

« Tu ne crois pas que depuis des mois qu'Elisabeth est là, il serait temps de nous tutoyer ? Nous ne sommes plus des étrangers l'un pour l'autre, maintenant.

– Non, mais enfin, ça fait drôle, lui répondit Pascale. »

L'après-midi du lendemain, je lui parlais. Je lui ai dit que je lui rendais sa chambre et que j'allais m'installer dans celle de son père. Je ne lui cachais pas qu'il s'était passé certaines choses entre nous, la veille, quand elle était absente.

Elle resta sans voix. Puis elle déclara comme à chaque fois qu'elle éprouvait une émotion forte : « Ich muss... » littéralement, « je dois... ». Ce qui signifiait en finissant la phrase : aller aux toilettes. C'était son habitude quand elle devait quitter la table en raison d'un besoin pressant. Son père lui répondait, muss se prononçant mouss en allemand : « Tu mousses ? Alors va vite mousser ! »,

« Oh ma pupuce comme je suis contente !». Pascale voulut procéder immédiatement à la permutation des chambres. Je lui précisai que c'était l'arrangement pris pendant mon séjour seulement car j'allais repartir. Il n'y avait aucun engagement entre son père et son moi, ce qui ne la perturba pas. Le jour où... ce n'était pas prévu pour demain ! Alors, tout allait bien !

Une période agréable commença.

Les autres comprirent vite que les relations entre le père de Pascale et moi avaient changé et leur attitude se modifia. Les commerçants se firent plus aimables et plus attentionnés. Nous allions maintenant assez souvent chez Koehler en centre-ville, une épicerie fine, qu'on appelle « Delicatessen » en allemand, pour y choisir de bons produits. Pascale nous accompagnait C'était un endroit qui me plaisait. Et nous terminions souvent la soirée tous les trois dans un restaurant italien agréable où on servait un excellent jambon de Parme.

Mais je ne me considérais pas du tout comme la « femme » du père de Pascale. J'étais plutôt devenue la fille aînée de la famille et agissais comme tel.

Je fis remarquer à cet homme que sa fille n'avait pas été la seule mal habillée de la famille. Lui-même aurait bien besoin de refaire sa garde-robe. Il m'objecta que ses costumes étaient confectionnés sur mesure par un tailleur du quartier. C'était bien ce que j'avais remarqué. Ils étaient à la mode allemande et pas à la dernière mode non plus ! Ah bon ! Lui, les trouvait très bien ! Mais que savait-il de l'élégance masculine depuis le temps qu'il habitait l'Allemagne et, en plus, une ville ouvrière ? Mais c'était vrai, l'élégance n'avait jamais été une de ses préoccupations prioritaires, reconnut-il !

Un soir, Suzanne, ma collègue et amie, m'invita à dîner. Elle habitait avec son copain anglais, qu'elle avait rencontré à Berlitz où il était lui aussi professeur. C'était un garçon blond, toujours habillé d'un jean bleu, et les cheveux toujours en pétard. Il faisait très « beatnik » alors que Suzanne, sans être une reine de beauté ni d'élégance, était plutôt le type de l'intellectuelle pas bohème du tout. C'était bizarre de les voir ensemble. Toujours est-il que je demandais au « patron » s'il pouvait me donner une bouteille d'un de ses bons vins pour le dîner auquel j'étais invitée. Il me remit un Beaujolais Village.

Suzanne fut ravie de ma bouteille. Je l'ouvris. Son copain n'en voulut pas. Il préférait boire de la bière. Suzanne et moi échangeâmes un coup d'œil complice : tant mieux! Il mangea rapidement et nous quitta pour aller écouter sa musique anglaise dans la pièce principale. Nous restâmes attablées toutes les deux poursuivant l'occupation favorite des Français : discuter et siroter notre vin. Quand la bouteille fut finie, nous regrettâmes qu'elle eût été si courte ! Ça aussi, c'était une réflexion bien française ! J'imitais alors mon père qui faisait mine de la tordre comme s'il pouvait en rester encore quelques gouttes. Suzanne et moi avons bien ri ce soir-là. Ce fut le début d'une grande amitié.

Un an plus tard, quand je sentis que mon influence sur le père de Pascal était bien établie, je me permis d'inviter mes amis à son restaurant, ce qui ne le gêna jamais d'autant qu'il devait préférer me voir là plutôt qu'ailleurs à faire je ne sais quoi. Il y avait de l'ambiance dans ce restaurant à défaut de vraie gastronomie et je savais que mes amis apprécieraient la soirée. La première que j'invitai fut Suzanne évidemment. Je goûtais enfin cette soupe à l'oignon en boîte qui se révéla meilleure que je ne le croyais et Suzanne et moi primes des steaks accompagnés de frites. En fait, rien ne fut franchement mauvais. Et ce soir-là, nous descendîmes deux bouteilles de Côtes du Rhône, une chacune. Nous finîmes franchement gaies et c'est tout juste si nous ne trouvâmes pas le père de Pascale, à la lumière des bougies, presque beau d'autant qu'il nous gratifia de son plus charmant sourire.

La seconde invitation fut pour ma collègue allemande qui parlait si bien français. Elle aussi apprécia, et quand elle me fit part des virées arrosées qu'elle faisait avec ses amis français à Châlon au sud de la Bourgogne, elle me déclara : « On rentrait beurrés comme des P'tis Lus ! ». Je pouffais de rire. Mais que faisait-elle en Allemagne ? Elle était digne de faire partie de la confrérie des bons vivants français ! Le père de Pascale resta lui-même pétrifié devant le français et la pétulance de cette fille, très inhabituelle en Allemagne ! Il me félicita de l'avoir amenée.

L'autre personne que j'invitai au restaurant fut un élève en immersion totale à qui je proposai, en fin de stage, de faire une immersion vraiment totale en français en dînant le soir avec moi au restaurant du maître dans une ambiance typiquement française. Il était gentil et timide. J'aurais regretté de le voir terminer ses cours sans quelque chose de convivial. Il accepta. Ce soir-là, cependant, nous ne bûmes pas deux bouteilles et quand il demanda l'addition, on la lui apporta. Je fus un peu choquée de cette mesquinerie de la part du père du Pascale d'autant que j'amenais des clients susceptibles de revenir. Mais voilà : mon invité était un homme. Il se devait de payer ! Je décidais de ne pas polémiquer car cela n'aurait servi à rien.

Suzanne me proposa un jour d'aller au sauna. Il y en avait un à côté de l'école, avec des journées pour les femmes, d'autres pour les hommes et d'autres encore mixtes. Nous choisîmes les jours pour les femmes. Si nous y allions, en tout cas, ce n'était pas pour perdre du poids. Suzanne devait penser que la sudation était bonne pour la santé. A l'arrivée, nous nous déshabillions entièrement. On nous remettait un petit sac pour nos affaires personnelles que nous laissions au vestiaire et une serviette éponge que nous emportions.

J'entrais d'abord, sûre de moi, dans le sauna sec à 90° en ayant ceint mes hanches de la serviette, avant de m'asseoir sur le banc de bois. Une des occupantes mettait de temps en temps de l'eau sur les pierres du poêle. J'avais gardé mes bijoux sur moi sans que Suzanne ni aucune occupante des lieux ne m'eût prévenu que je devais les enlever ce qui, pourtant, tombait sous le sens mais qui ne m'était pas non plus venu à l'esprit, moi, la néophyte. Au bout d'un petit moment, je sentis le métal brûler ma peau en même temps que je commençai à me sentir défaillir. Je sortis précipitamment. Quand je retrouvais Suzanne, je lui racontais ma mésaventure. Elle me dit que j'étais folle d'avoir gardé mes bijoux et me conseilla d'essayer plutôt le sauna humide à 60°, ce que je fis après m'être dépouillée de ma dernière parure. Je me sentis alors réellement nue comme un ver. Ce sauna ne me causa en effet aucun désagrément. Le local abritait aussi une petite piscine et un trou d'eau que Suzanne me dit être à ...0°! Quelle horreur! Il y avait aussi une terrasse où les clientes pouvaient sortir par un froid glacial. Elles y effectuaient quelques mouvements destinés à les réchauffer. Ce qui me frappa fut l'obésité des clientes. On les aurait crues sorties d'un film de Fellini : énormes seins tombant sur leur gros ventre qui tombait lui-même sur le pubis qui avait presque disparu comme sa toison. Comment de telles monstres pouvaient-elles oser se produire nues en public ?

L'intérêt du sauna ne m'apparut pas évident sauf la partie de rigolade qu'il occasionnait. Suzanne avait trouvé une amie pour l'accompagner et moi une amie pour m'amuser. Aussi, nous revînmes assez souvent. Je restais dix minutes dans le sauna humide, histoire de, puis attendais Suzanne Je la vis un jour, à ma grande stupéfaction, s'immerger dans le bain à 0° et en ressortir presque instantanément, la peau marbrée de rouge. « C'est très bon pour la circulation du sang » me déclara-t-elle. Si c'est ce qu'elle croyait, pourquoi pas ? En tout cas, pas question pour moi de tenter une telle expérience, bonne ou non pour la circulation du sang. La mienne allait très bien sans. Ensuite venaient les bons moments : nous allions nous laver, nous et nos cheveux, sous la douche. Nous les séchions ensuite méticuleusement, et pour nous récompenser de tous ces efforts, nous finissions allongées sur des transats dans la salle de relaxation déserte que j'avais dénichée. Nous regardions les revues tenues à la disposition des clients, nous bavardions et prenions de grandes bouffées d'oxygène quand nous éclations de rire. C'était quand même mieux que d'aller se geler sur la terrasse extérieure ! Il ne nous manquait en fait que quelques rayons UV pour bronzer !

L'été vint et les vacances. Le père de Pascale et sa fille partait toujours quatre semaines sur la Côte d'Azur avec une voiture confortable de location. Le restaurant était fermé. En plein été, alors qu'il faisait chaud, il y avait peu de clients pour venir s'enfermer dans un local tel que ce restaurant, sans terrasse, sans même de fenêtre sur l'extérieur. Il valait mieux fermer et revenir après le quinze août, quand l'activité, dont l'école publique, reprenait. Ils me proposèrent de venir avec eux, ce que je refusais. Je continuais à vivre ma vie libre d'étudiante. Je rentrais à Nice depuis Düsseldorf par avion. Mes gains me permettaient de m'offrir ce luxe encore non accessible à tous. Ma mère vint me chercher avec mon Austin qu'elle avait pris l'habitude de conduire.

Ma réaction fut la même que lorsque je revenais de Paris. Je fus éblouie par la luminosité et le ciel d'un bleu profond, moi qui trouvais le ciel bleu de Dortmund si joli, autant que celui de Paris. Mais ils ne l'étaient ni l'un ni l'autre en comparaison de celui de la Côte d'Azur.

La vie avait changé. Mon beau-père n'avait plus de voiture américaine. A la Buick et à la Cadillac avait succédé une Fire Bird, plus modeste mais dont il vantait la ligne sportive. Maintenant, il allait rejoindre son bureau de l'arrière-pays tous les matins dans une vieille Austin break rouge au tableau de bord en bois, garnie à l'extérieur de baguettes également en bois, une de ces Austin devenues depuis voiture de collection. Il l'avait récupérée dans la villa de la Nièvre, la villa qui avait été rénovée à partir de plusieurs maisons de village et aménagée par son ex-femme.

J'allais à la plage des calanques à cent mètres de la villa pour nager quelques brasses et bronzer. Ma mère qui venait quelquefois avec moi et à qui je racontais des anecdotes avec mes élèves, me fit cette agréable remarque : « En fait, tu n'es bonne qu'à être prof ! ». Sinon, j'allais faire les courses avec elle pour m'occuper. Nous allâmes aussi en pèlerinage à Saint-Tropez où nous allâmes faire la bise à Danièle. Mais, au final, je m'étais ennuyée ferme. Je repris l'avion sans déplaisir.

Au retour je retrouvais ma vie organisée avec l'école, les collègues, ma grande copine Suzanne et la maison où l'immobilisme commençait à perdre du terrain face à l'innovation. J'eus à cette époque un élève de français qui était chirurgien dans un hôpital. J'allais lui donner des cours privés dans son bureau. Il était génial, pas du tout allemand. C'était un petit homme entre deux âges, toujours en mouvement et expressif. Il avait la voix de Piéplu. C'était un plaisir d'aller lui donner un cours. Il lui donnait immédiatement le ton de la convivialité: il sortait deux verres, des glaçons et la bouteille de whisky. Ce cours était aussi pour lui un moment de détente. Quand il se trompait, il se renversait sur le canapé où nous étions assis en se tapant le front de sa main et en maudissant sa bêtise ! Jamais je n'aurais cru qu'un Allemand pouvait être aussi décontracté et démonstratif. Et, comble de gentillesse, il me ramenait chez moi dans sa Mercedes coupé de collection. Je n'avais qu'une crainte : que le père de Pascale m'aperçut et qu'il me fit une scène épouvantable d'autant que je rentrais toujours de ce cours avec la mine réjouie, ce qui ouvrait la porte à toutes les interprétations. Je pris donc les devants et le lui disait ce qui coupa court à toute remarque ultérieure.

Nous allâmes découvrir Düsseldorf, cette ville élégante aussi opposée à Dortmund que Tourcoing ou Maubeuge à Nice. J'étais ravie de ces magasins luxueux, dont les vitrines me faisaient baver : magnifiques bijoux, vêtements raffinés et à la mode comme dans les meilleurs quartiers de

Paris. Il y avait d'ailleurs ici les mêmes marques que dans la capitale française. Mais l'ambiance était très différente : beaucoup plus guindée, beaucoup plus classique sans ce décontracté chic de là-bas. On était dans le XVIème strict, pas à St Germain des Près, le quartier affectionné de ma mère et de moi-même. Quant aux femmes, elles étaient bien plus grandes et plus dignes que nos petites Françaises. C'était assez impressionnant mais si agréable de se retrouver dans un milieu civilisé. Ici, il y avait beaucoup d'établissements raffinés où s'asseoir à l'intérieur ou à l'extérieur, sur la terrasse, en étant parfaitement servi. Je n'y voyais aucune Bierstube comme à Dortmund. Au niveau restaurant, pas non plus de gargotes allemandes où on mangeait si mal dans un décor et un service rustiques. Les restaurants servaient une vraie cuisine dans un cadre plaisant et avec un service parfait. Ce fut une agréable surprise de découvrir cette ville à proximité immédiate de Dortmund.

J'avais un large sourire et un visage lumineux quand nous rentrâmes de cette escapade. Pascale aussi était ravie. Aussi, son père commença à s'intéresser aux bons restaurants où nous pouvions aller le dimanche à une distance raisonnable de Dortmund. Ceci nous changea de l'éternel Moewenpick. Mais ces escapades étaient loin d'être habituelles et le reste du temps le père de Pascale redevenait l' « alter Knacker », le vieux grincheux comme l'appelait sa fille en allemand depuis bien longtemps, sans qu'il comprit. Et retrouver l'appartement triste et sans vie suffisait à enlever rapidement toute trace de notre bonne humeur. Il aurait pourtant fallu si peu pour rendre l'appartement vivant : des plantes, un bouquet de fleurs, un peu de désordre dans les pièces, mais avec le maitre de lieux ce n'était pas possible : il fallait que tout soit rangé au cordeau ! J'ai toujours eu l'habitude d'entasser les vêtements que je quittais sur le dossier d'une chaise. Evidemment, plus le temps passe et plus il y en a mais cela ne crée aucun désordre. Je retrouvais un jour tous mes vêtements sur mon lit. Le père de Pascale me dit : « Elisabeth, tu ranges tes affaires ou la prochaine fois qu'elles s'empilent ainsi, je passe tout par la fenêtre ! » Lè résultat fut que la maison semblait inhabitée, donc sans vie. Quant à sa menace, je le croyais vraiment capable de la mettre à exécution. Je m'obligeais donc ensuite à ranger, comme l'aurait fait Pascale, par crainte. Il est certain que cette attitude ne favorisait pas la tendresse. Il n'eut non plus jamais aucune parole de tendresse envers moi, ce qui tombait bien. Je n'avais non plus aucune tendresse pour lui si bien que des manifestations de sa part m'auraient plutôt gênée.

Je repartis sur la Côte pour la semaine des fêtes. Je voulais surtout m'équiper plus sérieusement pour les hivers allemands et la neige. A Nice, chez le fourreur que nous connaissions, je tombais en admiration devant une pelisse de couleur fauve très « couture » avec ses surlignages en cuir et si fine qu'elle ne semblait même pas doublée de fourrure à l'intérieur. Elle était ceinturée à la taille d'un lien en cuir. Ma mère et moi rentrâmes. J'essayais le modèle exposé qui était de petite taille. Il m'allait parfaitement. Je trouvais aussi chez Charles Jourdan des mi-bottes beiges doublées de mouton avec un talon compensé en crêpe. Elles étaient aussi parfaites. Le soir, devant la télé, je crochetai un béret en laine écrue utile dans un climat froid.

Cet hiver-là, je reçus par contre une bien triste nouvelle. Ma mère me téléphona pour m'annoncer que je ne reverrai plus Danièle : elle était partie accompagnée de quelques amis rejoindre sa mère à Megève dans un petit avion de tourisme piloté par un de leurs amis. L'avion s'était écrasé contre un flanc de montagne rocheux peu de temps après avoir décollé de l'aérodrome de Cannes. L'accident était dû au brouillard. Il n'y avait pas de survivants. Je me mis à pleurer toutes les larmes de mon corps. Avant que je ne raccroche car je ne pouvais plus parler, ma mère me dit qu'elle m'envoyait l'article de Nice-Matin. J'envoyais une lettre de condoléances mouillée de mes larmes à la mère de Danièle où j'écrivais avec mon cœur l'immense tristesse et l'immense vide que je ressentais. Je ne sais pas exactement ce que j'écrivis tant elle fut sponta-née. Je ne la relus même pas. Qu'importait ce que j'avais écrit ! Sa mère comprendrait que je n'avais aucune envie de faire de la littérature dans ces circonstances. L'article de Nice-Matin mentionnait deux noms du Rotaract parmi les victimes. Mais pourquoi fallait-il que tant de jeunes de notre génération perdent la vie ? La disparition de Danièle me marqua profondément. J'en garde encore les traces en moi.

Je décidais ma mère à venir me voir au printemps. Je lui avais vanté cette saison si douce et si jolie ici. Il fallait vraiment qu'elle vienne le constater par elle-même. Et elle se lança dans l'aventure au volant de la petite Austin break rouge. Je lui avais indiqué avec exactitude le parcours en lui assurant qu'une fois en Allemagne, elle n'avait plus qu'à suivre l'autoroute et ses embranchements parfaitement indiqués. En fin d'après-midi du premier jour, elle me téléphona : elle était déjà arrivée à Metz ! Elle avait fait plus de la moitié du voyage ! Quel exploit ! Je la félicitai. Elle eut le triomphe modeste et me dit que cette première partie du voyage avait été très facile ! Je lui assurais que la seconde, plus courte, le serait encore plus. Je ne trompais pas ma mère. La signalétique est très bien faite en Allemagne au point où il semble impossible de se tromper. Et, bonne nouvelle, il n'y a pas de péage! Le lendemain, elle me téléphona vers 13 heures. Elle était déjà plus loin que Düsseldorf sur une aire de station essence avec cafétéria où elle avait rapidement déjeuné. Elle serait donc arrivée à la gare de Dortmund, notre point de rencontre, dans moins d'une heure.

J'allais la chercher. Les retrouvailles furent sincères. Elle avait un grand sourire et m'embrassa chaleureusement.

« Je suis si contente que tu sois venue, lui dis-je. Tout s'est bien passé ?

– Parfaitement. J'ai suivi tes indications !

– Je me faisais quand même du souci.

– Mais pourquoi ? Il n'y avait pas de raison !

– Ben si ! Tu n'as jamais fait un si long voyage !

– Offff ! Tu me prends pour qui ? Une incapable ?

– Ah non, alors ! Je suis même en admiration devant ce que tu as fait ! »

Et je le pensais vraiment. Elle, qui ne voulait pas conduire, il y a si peu de temps encore et qui n'avait jamais fait de longs parcours ! Elle s'en était tirée comme un chef ! Ma mère était toute excitée, en ébullition. Je ne me faisais pas de souci pour ce séjour. Je savais qu'il se passerait bien. Elle n'était pas dans le fief de mon beau-père. Elle était dans le mien. Elle ne connaissait pas un mot d'allemand pas plus que d'une autre langue étrangère. Elle dépendait donc entièrement de moi. Il faisait beau en plus, comme je le lui avais promis. La météo ne m'avait pas trahie !

Nous allâmes d'abord à ma chambre dans la villa pour qu'elle y posât ses affaires. Je lui précisai:

« C'est très simple, tu sais et pas très grand !

– Ne t'en fais pas, dit-elle. Tu crois que je n'y suis pas habituée ? Quand on allait chez ta grand-mère, est-ce que ce n'était pas simple ?

– Si, c'était vraiment simple. »

Comme je l'avais prévenue, elle ne fut pas surprise de ce qu'elle trouva et comme moi la première fois que j'étais venue, elle tomba en admiration devant le lit:

« Un vrai lit de grand-mère ! Je suis sûre qu'on y dort bien !

– Tu peux l'essayer de suite, si tu veux !

– Et pourquoi ? Je ne suis vraiment pas fatiguée ! Décidément, tu me prends vraiment pour une grand-mère moi-même !

– D'accord. Alors, dans ce cas, puisque tu n'es pas fatiguée, je vais te montrer la ville. Mais ce n'est pas terrible tu sais ! »

Ma mère était vraiment sur les nerfs. Ce n'était pas la peine de la contrarier. Demain, après une bonne nuit de sommeil, elle aurait retrouvé son calme. Je lui fis découvrir le centre-ville. Sous le soleil, les immeubles paraissaient moins gris, moins laids. Je l'emmenais voir la boutique où j'avais acheté un kilt bleu marine et un chemisier en cotonnade à rayures horizontales, très à la mode. Je tenais à lui montrer que je n'étais pas au fin fond de la brousse, bien que je le pensasse! Nous allâmes à l'école pour lui montrer les lieux où je travaillais et lui présenter les personnes avec qui je travaillais. A chaque fois que je la présentais, elle faisait son plus charmant sourire, et se redressait, très fière d'être la maman d'Elisabeth et d'être si bien accueillie. Nous allâmes faire un tour chez Kohler, l'épicerie fine. Elle y acheta quelques viennoiseries pour notre petit déjeuner du lendemain. Nous prîmes un thé à une terrasse au soleil. Le soir, mous allâmes manger une pizza au restaurant italien où nous allions souvent avec Pascale et son père.

Je savais qu'elle ne pouvait être que bonne. Le cadre était de surcroît agréable et le service parfait.

J'emmenais ma mère visiter l'élégante ville de Düsseldorf. Elle me dit tout-à-coup que l'Allemagne était un pays réputé pour ses gâteaux et qu'elle voudrait bien en goûter un. Nous entrâmes dans une boutique qui vendait les bons gros gâteaux de ménage à la part. On nous proposa plusieurs gâteaux. Je connaissais le Käsekuchen, gâteau au fromage. Nous en prîmes deux parts et commençâmes à manger en continuant de nous promener. Après quelques bouchées, ma mère déclara : « Ce n'est pas bon : un vrai étouffe-chrétien ! ». Elle avait raison. Les gâteaux finirent dans le caniveau.

« On devrait pouvoir manger une bonne choucroute ici ! C'est le pays !

– Je ne pense pas. Ce n'est pas la région.

– Ah ! »

Ma mère semblait déçue. Elle devait s'imaginer depuis le départ que la choucroute était le plat national des Allemands et se réjouir d'avance. Mais non, la choucroute est alsacienne et des régions allemandes voisines où elle est toutefois différente.

Le lendemain, on était dimanche. Nous avions rendez-vous avec Pascale et son père qui nous emmenaient déjeuner dans un château hôtel à une centaine de kilomètres de là. Il avait loué une voiture pour la journée. C'était un vrai château auquel on accédait par un pont qui passait au-dessus des anciens fossés. La salle de restaurant était grandiose, ouverte du côté opposé à l'entrée, par d'immenses baies donnant sur le parc. Le père de Pascale n'avait pas lésiné pour séduire la belle-mère qui ignorait l'être ! Le repas français fût parfait et se déroula dans une bonne ambiance. Ma mère était installée à côté de notre hôte et nous, supposées être les filles de la famille, en face. Elle jouait les femmes du monde qui ne disent rien de ce qu'elles pensent et vont dans le sens de ce qu'on leur dit. Quant à moi, j'évitais d'adresser la parole à notre hôte pour que ma mère ne s'aperçoive pas que je le tutoyais.

Après le repas, je proposais d'aller visiter le parc. Par un si beau temps, il fallait profiter de la nature !

Deux groupes se formèrent aussitôt : ma mère et le père de Pascale devant, moi et Pascale à l'arrière. Pascale s'apercevant comme moi que les « parents » ne cessaient pas de discuter, me confia : « Tu ne trouves pas qu'ils ont l'air de bien s'entendre ? » Je compris son espoir, mais elle semblait oublier que ma mère était mariée et que c'était moi qui était l'amie de son père, à moins qu'elle n'ait compris très vite que je l'étais sans l'être et que j'étais plus sa copine que sa belle-mère, un lien de parenté qui l'aurait bien fait rire si quelqu'un lui avait parlé de moi en employant ce terme.

Je demandais le soir à ma mère ce qu'elle pensait de ce monsieur avec qui nous avions passé la journée. J'avais été étonnée comme Pascale qu'elle discuta si bien avec lui sans m'envoyer un signal de détresse et finissais par croire, bien que difficilement, qu'elle l'avait trouvé intéressant. Elle me détrompa vite : conversation sans intérêt jugea-t-elle de façon catégorique. Elle se demandait même quand il allait lui lâcher les basques. Réaction encore bien mondaine. On passe de la pommade par devant mais on critique par derrière. Elle ajouta qu'elle aurait préféré être avec moi et Pascale seulement.

Avant qu'elle ne repartît, je lui fis aussi visiter quelques villages typiques de Westphalie et nous allâmes déjeuner au bord du lac. Elle préférait manger un bout de poulet grillé et des frites avec moi dans la modeste petite auberge où nous étions qu'être avec ce vieux barbon me dit-elle. Mais enfin, il l'avait bien reçue quand même ! C'était vrai et elle l'avait remercié.

Après le départ de ma mère, je décidais enfin de résilier le bail de cette chambre. Je savais que je n'y habiterais jamais et, si besoin était, compte tenu de mon salaire, je pourrais toujours louer un vrai studio de bonne taille et où j'aurais une vraie cuisine et une vraie salle de bains et où je pourrais recevoir mes amis.

Pour mon anniversaire, le père de Pascale me fit une sacrée surprise : une voiture ! Je me plaignais en effet souvent de ne pouvoir rien faire sans moyen de locomotion. Mais aucune de mes réflexions n'a jamais prétendu être un appel du pied. C'est pourquoi je fus ahurie et comblée de bonheur par cette nouvelle. Nous allâmes à la concession Austin car, évidemment, je ne voulais qu'une mini. Il y en avait justement une, noire aux vitres teintées. La mode des voitures bleu canard ou orange était passée d'actualité. Le père de Pascale signa après négociation du prix avec le vendeur car il s'agissait d'un modèle d'exposition. Il n'en avait pas terminé de ces négociations : « Je paie la voiture, me dit-il, mais hors de question que je paie l'assurance, l'essence, les révisions ou les réparations. C'est bien entendu ? ». Il avait vraiment l'art de rapetisser ses largesses. Je n'avais pas besoin de cette remarque si peu élégante pour ne pas prendre en charge ces frais moi-même. Il fallait vraiment que je tienne à ce moyen de locomotion pour ne pas lui demander d'annuler immédiatement son achat tant il m'avait vexée par son manque de délicatesse.

Mais ce que je n'avais pas prévu, c'est que pour conduire une voiture en Allemagne, il fallait que j'eusse un permis de conduire allemand. Une simple formalité puisqu'on me le délivrait sur présentation de mon permis français. Sauf que... Les autorités étaient plus exigeantes qu'en France. Il fallait que je prouve une bonne vue, ce qui n'était pas mon cas. Je le savais mais je m'étais toujours refusé à porter des lunettes, ne serait-ce que pour lire ou pour conduire. Je jugeais cet accessoire non esthétique et pas de mon âge. Je m'en passais très bien. L'opticien que j'allais voir me trouva la solution : des lentilles de contact, souples, pour qu'elles ne blessent pas mes yeux. Leur prix était conséquent mais devant quel sacrifice n'aurais-je pas reculé pour éviter des lunettes ? Mais je dus quand même les compléter par une paire de que je choisis la plus discrète possible : les verres n'étaient retenus que par les branches d'un côté et une griffe dorée de l'autre.

Quand je les mis pour la première fois, je vis tout différemment : mon acuité visuelle était devenue performante. Mais trop bien voir avait un gros inconvénient : flétrir la beauté qui était autour de moi. L'élève que je trouvais si jolie avait un grain de peau grossier qui gâchait tout, la moquette de l'école était râpée, les meubles avaient des écorchures... Ne valait-il pas mieux voir le monde dans un léger flou artistique que dans toute sa déprimante laideur ? Je m'aperçus aussi à l'usage que ces lentilles n'avaient pas que cet inconvénient. Leur mise en place dans l'œil n'était pas aisée. J'étais loin d'y parvenir au premier essai car mes paupières avaient un fort réflexe à se fermer devant la menace d'intrusion d'un corps étranger. Que j'y parvienne enfin tenait de l'exploit et nécessitait du temps alors que le matin, quand je partais à l'école, je n'étais jamais en avance. J'arrivais donc maintenant toujours avec quelques minutes de retard, alors qu'avec le tramway j'étais toujours à l'heure ! Je devais aussi les enlever pour dormir et les remettre à nager dans leur alvéole aqueuse pour la nuit. Il suffisait donc que je sorte le soir pour que je me réveille en panique pendant la nuit tâtant mes yeux tant j'avais peur de les avoir oubliées et qu'elles aient disparu derrière mes orbites.

Cette deuxième année de mon séjour en Allemagne, je commençais à bien me débrouiller à l'oral en allemand. J'avais aussi appris beaucoup sur le fonctionnement du pays. J'avais notamment découvert le système scolaire qui était très cloisonné : à partir de ce que nous appelons la sixième, les élèves avaient été dirigés vers l'une des trois filières possibles : le « Gymnasium » notre lycée, la voie royale vers le baccalauréat appelé ici Abitur et les études supérieures, la « Realschule », qui conduisaient aux professions intermédiaires, et la Hauptschule, pour les moins bons élèves où on n'enseignait même pas une langue étrangère. Je découvris avec consternation que Pascale se trouvait en Hauptschule, donc sur une voie de garage. Quand j'annonçais la nouvelle à son père, il fut catastrophé. Mais le fait qu'elle n'apprenne pas une langue étrangère, en l'occurrence le français qui aurait été facile pour elle, ne l'avait pas alerté. Bien sûr, il y avait des passerelles pour passer d'un type d'établissement à un autre, mais il fallait en vouloir et montrer des dispositions assez convaincantes pour que la direction proposa une réorientation. Pascale était d'un tempérament plutôt lymphatique. Alors que faire ? Trouver une Realschule privée qui l'accepte était la seule solution. Je me mis aussitôt en chasse. J'en parlais à la voisine, dont la fille qui avait été la répétitrice de Pascale était partie faire ses études supérieures loin de là, à Heidelberg, une ville universitaire réputée. Elle doit connaître, dit sa mère qui me promit de m'appeler dès que sa fille revenait pour les vacances. En effet, elle connaissait. Il y avait une Realschule qui avait une excellente réputation à moins de cent kilomètres de là dans la campagne et dans un parc qui plus est. Les élèves y étaient pensionnaires, évidemment. Sinon, à Dortmund même, elle ne voyait pas.

Nous voilà donc partis tous trois dans ma petite mini pour rencontrer la directrice de cette école si bien. L'école était en effet bien située dans un parc où on accédait par un superbe portail. La directrice parla avec Pascale, regarda son livret scolaire, et nous dit qu'il n'y avait pas d'obstacle à son entrée dans l'école à la rentrée prochaine dans le niveau de classe de son âge. Elle nous expliqua l'organisation de l'école, des temps d'apprentissage et des temps de loisirs et de sport, nous fit visiter les locaux. Tout était clair, lumineux. Il n'y avait pas de dortoir mais des chambres pour trois élèves. Pascale était conquise. Elle avait maintenant 13 ans. Il était certain que vivre avec des filles de son âge était mieux que vivre confinée dans un appartement où elle ne voyait personne, n'avait aucune activité extra-scolaire et passait son temps devant la télé en seule compagnie de son pot de Nutella et où elle devait supporter les remarques acariâtres de son père.

A la rentrée, nous allâmes conduire Pascale à sa nouvelle école. Il y avait beaucoup de voitures, en majorité de grosses cylindrées : Mercedes, BMW, Audi. Ma mini ne ressemblait à rien sur ce parking. Je vis le regard du père de Pascale. Il était peut-être le *king* dans sa rue, dans son restaurant, dans les transports en commun, mais ici, il faisait figure de parent pauvre par rapport aux autres. En Allemagne, dans une région industrielle, c'est comme dans n'importe quelle région industrielle d'un autre pays. Les codes de vie sont très différenciés selon la classe sociale. Il venait d'en prendre conscience et se sentir inférieur n'était pas de son goût du tout.

J'allais chercher Pascale pour le week-end avec ma voiture. Pascale était ravie de sa nouvelle vie et m'en était reconnaissante. J'allais même aux rencontres parents-élèves puisque je parlais allemand. On me fit toujours des compliments sur la conduite de Pascale qui ne posait aucun problème et dont les résultats étaient satisfaisants.

Deux mois après la rentrée des classes, son père m'annonça qu'il avait décidé d'acheter une voiture et me demanda de l'accompagner. Lui qui louait pour l'été des Volskwagen Passat, ce ne fut pas du tout dans une concession Volkswagen qu'il m'entraîna mais... à BMW ! Je n'en revenais pas. Et il se décida pour une BMW 525 quatre portes gris métallisé pour laquelle il prit un leasing. Je n'y croyais pas ! Je décidais, dès que la voiture fut livrée, d'aller chercher Pascale avec la BMW pour lui faire une surprise. Elle fut ahurie quand elle vit que je me dirigeais vers une BMW dont j'ouvrais la portière.

« Mais qu'est-ce que c'est que cette voiture ? Tu n'es pas venue avec la mini ? Elle est en panne ?

– Non, je te présente la voiture que ton père vient d'acheter.

– Nooon, me répondit-elle. Pas possiiible !.. C'est vraiment notre voiture ?

– Oui, je voulais te faire une surprise !

– Ça, pour une surprise, c'en est une ! Mais comment as-tu fait ?

– Rien ! C'est lui qui m'en a fait la surprise.

– Ah, ma pupuce, si ma mère avait été comme toi ! Non seulement, tu lui tiens tête, mais il accepte tout de toi et même ce que tu ne demandes pas. Ma mère, elle, était obligée de travailler tout le temps, au restaurant, à la maison, et il lui parlait toujours mal. Elle était vraiment malheureuse. »

Que répondre ? Rien. Tout cela je m'en doutais même si elle ne me l'avait pas encore dit. Mais savoir dire non, affronter les tempêtes en restant stoïque nécessite un caractère bien trempé et être capable d'assumer ses échecs. Sa mère préférait se taire et courber l'échine, acceptant ce qui devait être sa destinée et se consolant sans doute en se disant que certains avaient encore un sort moins enviable. Et d'ailleurs, avait-elle le choix ? Comme elle, Pascale subissait sans jamais rien dire. Elle n'avait pas non plus le choix. Ma présence avait toutefois amélioré son existence. Mais je n'allais pas rester. Elle le savait parfaitement et ne m'en voulait pas. Mais ce qu'elle ne savait pas, c'était qu'il y avait encore de sacrés orages avec son père quand elle n'était pas là.

Son père savait dire les choses qui blessaient au plus profond de soi-même et se conduire avec une certaine perversité comme un homme froid et sans cœur, ce qui glaçait la personne qui était en face de lui. Un soir, j'étais en larmes, désespérée. J'espérais ne plus le voir, jamais, j'espérais qu'il disparaîtrait pour toujours. Il ne fallait pas que je reste seule. Je ne savais pas vers qui me tourner. Suzanne ne le connaissait pas. Elle ne pouvait pas comprendre. La seule qui pouvait me comprendre était Marie-Claire, sa secrétaire. Nous avions assez parlé ensemble pour que je sache qu'elle le connaissait très bien. Elle n'était pas la seule. C'était sans doute pourquoi les gens étaient si gentils avec moi et ne me considérait pas comme une aventurière qui profitait de la situation. Je décidais d'appeler au secours cette dame qui m'avait déjà invitée à dîner dans sa famille.

Je ne pus m'empêcher de continuer à pleurer tandis que je lui parlais au téléphone. Elle me répondit aussitôt : « Viens ! ».

Elle ne me laissa pas partir. Je passais la nuit là-bas, dans un lieu où tout était simple, où tout allait de soi. Le lendemain, elle me dit qu'elle avait téléphoné au père de Pascale, que je pouvais repartir sans crainte. Je lui répondis que de toute façon, j'allais me chercher un studio et elle me donna raison.

Je finis par en trouver un, un peu trop austère à mon goût, un peu trop allemand, avec son drapé de double-rideaux démodé à la large porte-fenêtre qui donnait sur un balcon, mais il était spacieux à défaut de lumineux, et élégant. Il appartenait à un notaire. Je donnais une réponse positive. Et là, me revint une réponse à laquelle je ne m'attendais pas du tout : « Je ne loue pas à une Française ». J'étais professeur, je gagnais bien ma vie, que demander de plus ? Mais quels racistes ces Allemands ! Etait-ce possible ? Pour eux, nous ne valions guère mieux que les Turcs, les Maghrébins des Teutons ! Eh oui, quelle que soit sa nationalité, on est toujours les Maghrébins de quelqu'un...

Cette découverte m'ébranla énormément. Mais plus jamais je ne me laisserais traiter aussi mal par qui que ce soit, père de Pascale inclus.

Ce dernier ne me présenta pas ses excuses à mon retour. Les rapports furent froids les jours suivants. Je ne fis rien pour rompre la glace jusqu'à la venue de Pascale dont je ne me sentais pas de gâcher le week-end.

Son père m'emmena ensuite à Düsseldorf, cette ville luxueuse où tout vêtement élégant des boutiques me semblait ne jamais pouvoir convenir à ma petite taille. « Qu'en sais-tu avant d'avoir demandé ? » me dit-il. Nous entrâmes donc dans une boutique qui proposait aussi bien des vêtements d'hommes que de femmes. Le miracle eut lieu. Le vendeur me dégotèrent un pantalon marron clair légèrement chiné, un chemisier uni du même ton plus clair avec col Claudine et lien qui se nouait, un parfait trait d'union entre époque actuelle et ancienne. L'ensemble pouvait être complété par une ceinture du même ton que le pantalon. Le vendeur nous proposa un cardigan court fin en laine marron et ajusté pour compléter l'ensemble que je ne trouvais pas assez chaud pour les jours d'hiver. Je me contemplais dans le miroir avec satisfaction : un vrai mannequin en miniature ! Le père de Pascale demanda à voir les costumes pour hommes. Tiens, tiens ! Il en essaya un à fines rayures allant de l'orangé au marron, très chic, facile à porter et qui lui allait parfaitement. Dommage que le costume ne pouvait pas changer le bonhomme !

Ces achats ravivèrent mes envies sexuelles qui s'étaient bien estompées depuis longtemps. Le soir, quand il rentrait du restaurant, je faisais celle qui était profondément endormie pour qu'il ne s'approchât pas de mon lit. Aussi, quand il me vit d'en de si bonnes dispositions après ces achats à Dusseldorf, il ne s'arrêta pas en si bon chemin et me proposa un voyage de quelques jours à Paris. Rien ne pouvait m'enchanter davantage.

Voyage en train première classe, superbe hôtel, succulents repas, soirée au Paradis Latin que Jean-Marie Rivière venait d'ouvrir dans un ancien théâtre en gardant la patine et l'atmosphère d'autrefois : spectacle sur la scène, dans la salle, et même au-dessus avec des trapézistes. C'était un rêve. Halte au Crazy Horse dont je tenais absolument à assister au spectacle artistique de nues habillées par la lumière. Tout aussi magnifique, bien que dans un autre registre qui n'avait rien de vulgaire. Les filles étaient superbes, formaient un ensemble d'une synchronisation parfaite, sans aucun décalage même d'un quart de seconde dans leur chorégraphie. Et bien que rien n'eût été sulfureux, le spectacle restait néanmoins excitant. Et ce que je remarquai c'était que leur toison pubienne formait un charmant petit triangle parfait. La mienne était en broussaille et je m'en sentis honteuse. Je n'avais jamais imaginé que cette partie du corps pouvait être aussi soignée qu'une belle coupe de cheveux. Tant à être raffinée, autant l'être jusqu'au bout. Je n'oubliai pas cette leçon.

Faire les boutiques allait aussi de soi à Paris. Rue du Faubourg St Honoré, je tombai en extase devant un magasin de fourrure qui exposait des manteaux aux poils volumineux comme c'était la mode mais dont la proportion était adaptée aux petites Françaises. « Rentrons ! me dit le père de Pascale ! Ça n'engage à rien ! » Ils me montrèrent des manteaux, mais celui pour lequel j'avais eu un coup de cœur restait celui de la vitrine, un manteau gris beige un peu chiné qu'on m'annonça être de la marmotte. J'appris plus tard qu'on appelait ainsi du raton laveur. Le manteau que la vendeuse m'apporta était trop grand pour moi. Mais ils avaient le manteau de la collection en vitrine. Je l'essayais. Il m'allait parfaitement. Je me regardais dans le miroir avec un grand sourire. Le père de Pascal entreprit de le marchander, ce qui signifiait qu'il avait l'intention de l'acheter. Je n'avais pas imaginé cela un instant ! Je partis avec le manteau sur les épaules ! Un miracle qui ne devait rien à la puissance divine !

Comme il me fallut quelques temps pour atterrir de mon rêve parisien, mon « amant » retrouva, au retour, une femme chaude et passionnée quelques temps. Mais il avait l'art de rompre le charme et tout retomba bientôt dans la monotonie et mon retranchement.

Quand le froid commença à s'installer, la neige à tomber, et qu'il faisait froid, le moteur de mon Austin refusa de répondre si bien qu'en attendant le dégel, je n'utilisais plus que la BMW y compris pour me rendre à l'école ce qui me convenait très bien et convenait mieux aussi au standing de mon manteau de fourrure.

Le petit lac du parc de Dortmund gela. J'y passais quelques bons moments avec Pascale. Depuis la butte le dominant, nous faisions des descentes en luge de location en riant aux éclats tandis que des patineurs s'entraînaient sur un miroir d'eau figée. Lorsque nous étions assez fatiguées et trempées, nous allions au café surmontant ce lac. Une quantité d'Allemandes d'un certain âge , aussi dignes et bien chapeautées que des Anglaises de la bonne société, venaient y siroter leur café accompagné d'un gâteau bien crémeux devant un spectacle d'image d'Epinal. Nous nous y réchauffions avec un chocolat chaud que Pascale accompagnait d'un gâteau bien que son état de pensionnaire ne l'avait en rien amincie. Sa ligne restait la dernière de ses préoccupations.

Je repartis, comme chaque année, retrouver le soleil sur la Côte pour Noël. Mon beau-père n'avait plus d'obligations professionnelles et n'avait plus besoin de voiture. Ma mère avait donc vendu mon Austin et ils se contentaient de l'Austin de la Nièvre pour eux deux. La société du Haut Var avait trouvé un repreneur savoyard ce qui semblait indifférent à mon beau-père. Un avocat d'une grande famille de juristes de là-bas s'occupait de la transaction. C'est à ce moment qu'une incroyable offre de travail me fut faite. L'avocat et le comptable de l'affaire venaient déjeuner à la maison. Ils arrivèrent avec une gerbe de fleurs, si énorme que ma mère en resta sans voix. D'habitude, personne n'apportait rien ou presque rien. La conversation fut très agréable. Après s'être enquis de mes diplômes et de ma situation actuelle, l'avocat me dit :

« Vous seriez d'accord pour devenir notre nouveau directeur ? Si vous l'êtes, on vous engage de suite !

– C'est tellement inattendu répondis-je. Je ne sais pas quoi vous répondre.»

En partant, il me tendit sa carte. « Quoi que vous décidiez ou quel que soit ce dont vous avez besoin, n'hésitez pas à me contacter ! »

Les invités partis, mon beau-père éclata :

« Je t'interdis, tu m'entends, je t'interdis d'accepter une telle proposition. Je ne veux pas leur laisser mon nom, et tu n'iras pas non plus faire leur agent de liaison là-haut. »

La réaction de mon beau-père montrait au moins qu'il prenait cette proposition au sérieux. Mais je n'avais aucune expérience en entreprise. Comment pourrais-je assumer cette fonction sans avoir fait mes armes d'abord ? Ensuite, même si cela pouvait être possible, avais-je vraiment envie de commencer ma carrière en succédant à mon beau-père ? Je ne le croyais pas du tout. Je voulais partir sur du neuf. Je ne donnais donc pas suite. Par contre, j'avais eu un excellent contact avec cet homme et je décidais de garder précieusement sa carte. Et j'étais satisfaite : on m'avait prise au sérieux et ça, c'était important et rassurant pour l'avenir.

Avant de repartir pour l'Allemagne, je m'achetais, dans les belles boutiques de Nice, quelques vêtements que j'avais hâte de porter à mon retour.

Le père de Pascale, avec les achats qu'il avait fait récemment, paraissait être devenu tellement favorable à une amélioration de la qualité de vie de la famille que je n'hésitais pas à pousser mes pions un peu plus loin : pourquoi ne pas le motiver à l'achat d'une maison ? J'en parlais à Pascale qui fut emballée par cette idée. Je commençais donc à regarder les vitrines des annonces immobilières. Les prix étaient plutôt élevés. Mais je découvris un jour, une jolie petite maison de plain-pied, de style cottage, située dans un quartier peu éloigné du centre-ville, à un prix intéressant. Je demandais l'adresse qu'on me donna et le samedi suivant, nous allâmes, Pascale et moi, voir cette maison. Elle était conforme à la photo et nous plut de suite. Nous commençâmes à rêver et à échafauder des plans sur la comète. Le week-end suivant nous allâmes visiter l'intérieur avec l'agent immobilier. Et là, tous nos rêves s'effondrèrent : elle était petite avec des pièces exiguës. Pire : le tout était vieux, abîmé. Ce n'était pas quelques travaux qu'il fallait envisager comme on me l'avait dit, mais de gros travaux, voire même une extension pour retrouver de la surface. Non, cette maison n'était pas présentable au père de Pascale. Et inutile de penser à lui proposer des maisons plus chères. Il aurait refusé. Je connaissais intuitivement les limites à ne pas dépasser. Adieu, nos rêves !

Mais comme je n'abandonnais pas facilement une idée, je proposais une solution de rechange à Pascale :

« Puisque nous ne pouvons pas acheter, que penserais-tu de proposer à ton père de revoir la décoration de l'appartement ?

– Oh oui ! Et ma chambre aussi ?

– Bien sûr !

– T'as toujours de bonnes idées ma pupuce ! Et papa fait tout ce que tu veux. Tu as de la chance ! »

Oui, c'était vrai. Alors autant améliorer la qualité de vie de cette famille tant que j'étais là.

L'idée m'était venue de cette rénovation en considérant la plaque du couple d'un certain âge qui annonçait, en plus de leur nom, celui de leur profession : décorateur. Ils étaient seuls, travaillaient chez eux, leurs prix ne pouvaient donc n'être que raisonnables...J'amenais alors la conversation sur cette possibilité avec le père de Pascale. Je proposais de demander un devis au couple. Il réfléchit un instant et me répondit : « Pourquoi pas ? On verra bien ! ».

Il était hors de question de changer les meubles mais seulement de leur donner un autre cadre, plus esthétique et en accord avec leur style.

Je commençais par la chambre de Pascale qui devint une jolie chambre romantique avec un dais de tissu rose au-dessus de son lit maintenant placé plus au centre de la pièce, le bureau ayant pris sa place devant la fenêtre. Les murs étaient tapissés d'un papier à fleurettes roses. Quand elle rentra dans sa chambre, elle poussa un « Wouaah ! » d'admiration et me sauta au cou en me disant « Merci, ma pupuce ! ».

Ce résultat prometteur, d'un prix très correct, donna confiance au père de Pascale qui me donna carte blanche pour la suite des opérations.

Je continuai par la salle à manger qui rendait vraiment neurasthénique et décidai de lui donner un côté asiatique tout en lui apportant de la lumière : d'où peinture blanche sur les murs, et double-rideaux

aux motifs chinois orange et bleu sur fond blanc avec table disposée dans l'encorbellement, un lustre fait d'écailles de nacre tombant en cascade au-dessus. L'espace salon fut alors bien délimité. L'effet de luminosité et de gaité était saisissant. Quant à la chambre, dont les meubles étaient rouges, je remplaçais la moquette moutarde chinée par une moquette blanche et tapissais les murs de papier japonais noir : elle avait maintenant un style très design. Dans le bureau, je me contentais de mettre du papier japonais saumon et dans la cuisine un revêtement de sol imitant les tomettes rouges ce qui réchauffa la pièce. Pas de gros travaux donc, mais l'appartement avait pris de l'allure, beaucoup d'allure même. Le père de Pascale était si content qu'il invita à dîner un couple d'Allemands, de longue date clients du restaurant avec qui il avait sympathisé, histoire de leur en mettre plein la vue avec sa nouvelle salle à manger salon. Le repas que j'avais préparé leur en mit aussi plein la vue.

Juste au début de l'été, je fus appelé par le directeur dans son bureau : pour la première fois, une cliente s'était plainte de moi et il voulait avoir mes explications Il paraîtrait que je m'énervais avec elle...J'expliquais qu'il y avait de quoi. Cette jeune femme ne faisait aucun effort pour répondre aux questions correctement. Même si je lui faisais répéter quatre mots, quatre fois de suite, elle était incapable de les redire correctement. Elle regardait tout autour d'elle, l'air de dire: parle toujours tu m'intéresses ! Je n'abandonnais pas et je la faisais recommencer dix fois s'il le fallait sans avoir mon air aimable ! Je savais qu'une séance avait un coût très élevé d'autant plus qu'elle était en cours individuel. Mais le français ne l'intéressait pas. C'était évident. Je n'avais encore jamais eu l'expérience d'une telle attitude. Le directeur me remercia de mes explications. Il parlerait à la cliente.

A la prochaine séance, son comportement avait changé du tout au tout : elle était devenue sérieuse et attentive. Je n'y croyais pas. Et bientôt, elle fit même plus : elle m'invita à une soirée chez elle le samedi soir suivant ! Que me valait ce revirement de comportement ? J'en informais le directeur en le remerciant chaleureusement. « Ce n'est rien, me répondit-il. Je connais mes professeurs. Il ne pouvait que s'agir d'un malentendu. »

Ulrike, car c'était son prénom, vint me chercher. J'avais mis une de mes robes longues tropéziennes. Elle m'expliqua que son mari était ingénieur et travaillait la semaine aux Pays-Bas. Il rentrait pour le weekend et ils en profitaient pour voir les amis. Nous nous arrêtâmes dans un quartier verdoyant au pied d'un immeuble aux étages élevés, comme je n'en avais encore jamais vu à Dortmund. Nous prîmes l'ascenseur qui s'arrêta au douzième. Et quand elle ouvrit la porte de chez elle, je n'en revins pas de ce que je vis : un magnifique loft à l'ameublement contemporain et aux larges ouvertures donnant sur un panorama étendu. La chambre était intégrée à ce loft mais en retrait et avait un immense lit circulaire ! Je n'imaginais même pas qu'un tel lit puisse exister ! Elle me présenta son mari. Ce fut un nouveau choc. Il était beau, blond aux yeux bleus, grand et viril, un véritable Apollon comme je n'en avais encore jamais vu en Allemagne. C'était décidément la soirée des découvertes. Il était très différent d'Ulrike qui était plutôt petite, avec des yeux marron, des cheveux châtains qui tombaient un peu plus bas que ses épaules, des traits pas très réguliers et une petite voix plaintive Ce n'était pas une Vénus. Comment avait-elle fait pour épouser un si beau garçon ?

Les invités commencèrent à arriver, apportant des grignotages qui nous serviraient de dîner et, bien entendu, des caisses de bières. Tout le monde s'installa où il pouvait car nous ne tardâmes pas à être plus d'une vingtaine. On grignota ce qui avait été placé sur des petites tables et sur le comptoir de la cuisine. La bière commença à couler.

Il y avait un Français dans l'assemblée, pas mal de sa personne car il avait des traits fins et était souriant. Il habitait en Australie avec sa femme qui n'était autre que la sœur du mari d'Ulrike. Elle était grande et magnifique comme son frère. En Allemagne, elle avait été mannequin, ce qui n'avait rien d'étonnant. Je pense même que c'était un mannequin vedette. Elle discutait avec un Allemand barbu de haute taille pas mal non plus. C'était son ami d'enfance, mais trop « Viking » à mon goût. Nous allâmes nous asseoir tous les quatre par terre, en emportant assiettes en carton et verres, le long du mur du fond car tous les sièges étaient pris.

Il faut savoir que les Allemands ont une attitude très rigide. Mais quand ils ont absorbé plusieurs bières, l'attitude se relâche et après absorption d'une certaine quantité, il n'y a plus de rigidité du tout. Les barrières s'écroulent. C'est à ce phénomène que j'assistais ce soir-là et auquel je pris part avec grand plaisir.

Le son de la musique mis en sourdine jusque-là s'amplifia. C'était le moment de danser. Le Français m'invita tandis que sa femme acceptait l'invitation de son ami d'enfance. Je m'aperçus vite qu'aucune femme ne dansait avec l'homme avec lequel elles étaient venues. Le moment des slows arriva. Je m'aperçus aussi vite que tout le monde flirtait mais jamais avec son partenaire habituel. Je fis de même avec mon compatriote et sa femme avec son meilleur ami. Revenus à notre place, le long du mur, nous continuâmes à flirter accompagnant bientôt ce flirt de mains baladeuses le long des corps, Et qui vis-je s'asseoir à ma droite qui était restée libre ? Hans, le mari d'Ulrike qui me regarda avec des yeux ne laissant aucun doute sur ses intentions. Il m'embrassa aussitôt. Je continuai, avec l'un, avec l'autre, puisqu' il me suffisait de tourner la tête, et me laissais caresser par les deux. Je retrouvais ma vie d'étudiante et trouvais la situation actuelle très drôle. Hans sans doute moins car il se leva, m'entraînant à sa suite jusqu'au lit où un couple était déjà enlacé. Mais il y avait encore beaucoup de place sur ce lit ! Nous continuâmes nos embrassades dans un corps à corps plus étroit mais ce fut tout. Il m'entraîna ensuite dans une petite pièce qui devait être un dressing mais qui avait une chaise. Il m'y assit sur ses genoux.

Ulrike ouvrit la porte, quand Hans avait la main entre mes cuisses, et la referma aussitôt en s'excusant. Mais là non plus rien ne se passa bien que je pouvais voir et sentir qu'il était excité. Nous sortîmes.

Tout était calme. Il était tard. Chacun s'était installé où il pouvait pour finir la nuit. Ce que je fis car mes paupières, à moi aussi, se fermaient. Tout le monde se réveilla après un somme qui ne dura guère plus de deux heures. Il était habituel en Allemagne de passer la nuit chez celui qui invitait quand on prévoyait une soirée arrosée. La consommation d'alcool au volant était très sévèrement réprimée et les contrôles la nuit, très fréquents, surtout le samedi soir. Personne ne voulait prendre ce risque ni se passer d'alcool. Tout le monde restait donc sur place.

Quand je rentrai à l'appartement à près de 6h du matin, je m'attendais à un cataclysme. Mais c'était le calme absolu. Seule la petite lumière éclairant le bureau trahissait une présence. Le père de Pascale m'y attendait, c'était sûr car il n'était pas homme à se coucher en oubliant d'éteindre une lumière. Je m'y dirigeais très détendue et sûre de moi car c'était la meilleure tactique :

« Tu n'es pas couché ?

– Comme tu vois ! D'où viens-tu à une heure pareille ?

– Ben, de ma soirée pardi !

– Elle a duré si longtemps cette «soirée » ?

– Non, elle s'est terminée plus tôt mais tout le monde est resté sur place et a dormi où c'était possible sur un fauteuil, sur un canapé, et même par terre, avec un coussin ! Ils avaient tous trop bu ! Tu sais comment sont les Allemands ! Il est habituel de rester sur place dans ce cas-là. Il n'y avait que moi qui n'étais pas au courant ! Sinon, j'aurais pris ma voiture ! Je préfère me trouver dans un lit que sur un siège quand même ! Et il était trop tard pour te prévenir ! Mais là, je suis fatiguée. Je vais me coucher, excuse-moi ! »

Il est certain qu'il était mécontent. Mais mon explication était imparable et c'était aussi la vérité. Que pouvait-il dire ?

Lorsque je revis Ulrike à l'école, elle me posa, après le cours, une curieuse question : « Est-ce que Hans t'a fait l'amour l'autre jour ? » Je ne savais que répondre. Mais dire la vérité aurait été peu flatteur pour moi. Alors, je répondis par l'affirmative. Elle fut songeuse. Pourquoi ? La liberté sexuelle semblait être de règle en Allemagne. Alors où était le problème ? Hans était-il impuissant ? Elle me dit aussi que son beau-frère français cherchait à me téléphoner. « Il peut m'appeler à l'école! » répondis-je à Ulrike en me demandant ce qu'il pouvait bien avoir à me dire. Je ne tardai pas à le savoir : sans doute frustré de n'avoir pu aller jusqu'au bout avec moi – il était au moins normal celui-là – il me proposa une partie de jambes en l'air, dans l'appartement du meilleur ami de sa femme qui, elle, serait occupée avec son ami. C'était un vieux rêve qu'elle avait de coucher avec lui. Je lui donnais mon accord et nous convînmes de nous rencontrer le surlendemain à 20 h à un endroit que nous connaissions l'un et l'autre. Puis, je le suivrais avec ma voiture.

Voilà qui devenait intéressant. S'exciter comme des gamins et en rester là, comme le samedi précédent, c'était vraiment frustrant!

L'appartement était sympathique. C'était un loft en dernier étage avec poutres apparentes. Chaque couple disparut dans une des chambres. La fête pouvait commencer. Tout se passa bien, au moins au début. Mais je voyais bien que mon partenaire était ailleurs. Lorsqu'il me pénétra, ce fut pénible car quelle que soit la position adoptée, il ne parvenait pas à aller jusqu'au bout. Il finit par abandonner :

« Excuse-moi, me dit-il. Je n'arrive pas à me concentrer. Je ne peux pas m'empêcher de penser à ce que ma femme fait dans la chambre d'à côté.
– Ce n'est pas grave. Je m'en suis bien douté. »

Les Français n'étaient pas aussi libérés que les Allemands, apparemment ! Il était mignon, avec ses excuses !
Nous entendîmes bouger dans la pièce principale. Alors, nous nous levâmes sans nous habiller et allâmes voir ce qui se passait. L'autre couple

était déjà assis, aussi nu que nous-mêmes et venait de se servir deux bières. Nous nous assîmes avec eux et prîmes également chacun une bière en discutant, aussi à l'aise que si nous avions été dans un salon mondain. Il y avait eu progrès par rapport à l'expérience précédente mais ce n'était pas encore ça.

Une troisième expérience me fut offerte. Ulrike me présenta à son frère qui était venu l'attendre à l'école à la fin de son cours. Nous allâmes boire une bière ensemble. Le frère me demanda si j'étais libre un certain soir pour dîner. Bien sûr, que je l'étais ! Encore une fois je prévins Suzanne pour l'informer que j'étais chez elle, au cas où... Mais le père de Pascale ne s'abaissa jamais à vérifier l'exactitude de mon emploi du temps. Le dîner ne fut pas mémorable, pas plus que la conversation. Puis nous allâmes chez lui, un petit appartement sans grand intérêt non plus. Sa prestation n'était pas plus concluante que sa conversation, très au-dessous de son physique. J'en eus rapidement assez et fis ce que j'avais déjà fait une fois à Nice quand l'exaspération avait grandi en moi : je lui dis que je partais. Bien sûr, comme cela avait été le cas à Nice, je n'entendis plus parler de ce garçon.

Dur pays à vivre que l'Allemagne !

Les vacances d'été arrivaient. Il y avait eu à l'école de nouveaux professeurs cette année. Un Français, bien comme il faut, avec ses chemises bien repassées, ses pulls à encolure en V par-dessus et sa raie de côté toujours bien faite.

Il était gentil et ennuyeux. Il y avait aussi une Allemande du nom de Beate, aux cheveux longs auburn, aux jeans impeccables. Tout était impeccable de toute façon chez elle comme chez le Français du nord de la France, mais elle avait une voix plus affirmée et elle était plus démonstrative surtout quand on riait à une plaisanterie. Nous discutions souvent ensemble. L'idée me vint de l'inviter une dizaine de jours sur la Côte pour me tenir compagnie et sortir. Je décidais donc de descendre cet été-là en voiture pour nous permettre de naviguer à notre guise. J'irais la chercher à la gare. Quant à moi, j'avais décidé de faire une escale d'abord chez mon père.

J'arrivais tard vers les 23h. La maison était éclairée Je sortis de ma voiture : mon père se tenait déjà en haut des marches sur le seuil de l'entrée, silhouette noire se découpant sur le rectangle clair.

« Dépêche-toi me cria-t-il ! On nous attend dans un village pour le bal du 14 juillet. Elles sont là-bas depuis deux heures déjà. Je me demandais quand tu allais arriver ! » Le bal du 14 juillet a toujours lieu le 13 au soir, ce qui va de soi pour un Français ! Mais pour les autres ?

Mon père prit quand même le temps de m'embrasser et de me dire bonjour avant de me fourrer dans sa voiture sans avoir même sorti les bagages de la mienne :
« Ça ne risque rien ici !
– Peut-être, mais j'aurais bien aimé boire quelque chose avant de repartir !
– Tu boiras quand on sera arrivé ! »

C'est que je croyais être arrivée, moi ! Je m'attendais surtout à me reposer, à manger un morceau et à discuter gentiment dans le calme après un si long voyage. Mais le programme avait été organisé autrement et hors de question de le modifier pour moi qui étais déjà arrivée en retard par rapport à ce qui était prévu.

En allant dans ce village perdu, je remarquai combien les petites routes de la région étaient étroites et me demandais comment deux véhicules pouvaient se croiser. Je comprenais aussi combien elles étaient dangereuses quand le conducteur avait un coup dans le nez, ce qui était fréquent en Bourgogne. Pendant que j'agitais ces pensées, mon père me fit une remarque en rapport avec elles mais avec une conclusion différente : qu'il était sage, dans cette région d'avoir une petite voiture maniable, le contraire d'ailleurs de ce qu'il avait fait :

« Que penses-tu de ma nouvelle voiture ? C'est une Audi. On s'y sent bien installé, hein ? Elle est bien plus spacieuse qu'une Renault ! Moi qui n'ai jamais eu que des Renault, je ne pourrais maintenant plus m'y faire ! »

Ce qui m'inquiétait c'était qu'il ne faillit pas, lui non plus, à la coutume locale acceptée par tous comme allant de soi, de prendre le volant après avoir bu. C'est vrai qu'il n'avait jamais eu d'accident, mais avec le nouvel empâtement de sa voiture, il rajoutait un handicap de plus à son exploit. Je ne sus que lui répondre d'autant que je n'avais même pas remarqué le changement de marque et que je me serais bien passée de cette excursion tardive qui m'inquiétait.

Le bal se tenait dans la salle des fêtes de la mairie, une grande salle rectangulaire quelconque mais avec un vrai parquet comme il est nécessaire pour danser et qui était alors aussi la norme dans les habitations. Il n'y avait pas grand monde. Un accordéoniste tentait de mettre de l'ambiance sur l'estrade, accompagné de deux musiciens. En tout cas, ma belle-mère et sa seconde fille semblaient s'en donner à cœur joie. Je m'aperçus vite que l'accordéoniste n'était pas inconnu de la famille, ce qui expliquait notre présence ici. Donc, puisque j'étais là, dans une ambiance villageoise que j'avais connue dans mon enfance, je décidais de ne pas faire la bégueule et de participer.

J'emmenais la fillette tourbillonner sur la piste de danse ce qui l'amusa beaucoup. J'allais aussi chercher mon père pour une valse. Il servait de cavalier à ma grand-mère quand il avait une vingtaine d'années car sa mère adorait danser et pouvait y passer la nuit. C'est elle que nous aurions dû emmener avec nous car cette passion ne l'avait jamais quittée. Mon père, par contre s'était embourgeoisé et, sans être devenu raide, il ne se mouvait plus aussi facilement bien qu'il n'eût juste que dépassé la cinquantaine, un âge que je considérais alors comme déjà canonique moi qui n'en avais que vingt-six. Puis je demandais à l'accordéoniste s'il connaissait des airs de rock. Je voulais en apprendre les premiers pas à Brigitte. C'est ainsi que la soirée se déroula jusqu'à 4 heures du matin avec de fréquents arrêts buvette.

Je dormis dans la chambre des filles à l'étage, dans ce qui avait été le grenier et que mon père avait transformé en un loft qui avait beaucoup de charme avec son imposante poutraison de chêne, ses deux fenêtres mansardées, et contre le mur du fond, des portes d'armoire ancienne magnifiquement travaillées encastrées dans le mur. Je les avais toujours vues là, dès la première visite de la maison, abandonnées, pitoyables. Mon père leur avait redonné leur lustre et leur fonction d'antan, être des portes de placard. Dominique avait commencé à travailler comme secrétaire et avait quitté la maison. Ce domaine appartenait maintenant exclusivement à sa petite sœur.

Le lendemain, je dormis tard, mais ma première visite fut pour ma grand-mère, étonnée de me voir là et qui se demandait bien à qui pouvait appartenir cette Austin noire garée au bord du trottoir, devant la maison. Je restais un bon moment avec elle. Compte tenu de l'heure, elle m'offrit un apéritif. Toute occasion est bonne, en Bourgogne, pour offrir un « petit coup », déboucher une bonne bouteille, ou proposer un « petit remontant » si l'heure du repas est passée, dans une ambiance toujours réjouie et conviviale. Lorsqu'elle passait à côté de moi, ma grand-mère déposa, à plusieurs reprises, un baiser sonore sur ma joue car il n'y avait pour elle que les baisers sonores qui pouvaient exprimer le degré d'affection porté à une personne. Elle ne changeait pas. Elle avait soixante-quinze ans mais était toujours aussi alerte et dynamique. Nul doute qu'elle aurait été heureuse de danser la veille au soir et qu'elle aurait entraîné les plus âgés. Mais mon père ne lui adressait toujours pas la parole. Je lui promis de venir déjeuner avec elle le lendemain.

Quelques jours après être arrivée sur la Côte, j'allais chercher Beate à la gare. Dès le lendemain matin mais très tardivement pour éviter le rush des touristes, je l'emmenais à Moorea à la plage de Pampelonne de St Tropez. Nous y déjeunâmes. Cela faisait bien longtemps que je n'y étais allée. Nous nous installâmes sur nos matelas et allâmes déjeuner car il était déjà plus de 14 h. Beate adora l'ambiance et moi, j'étais aux anges de me retrouver là. Nous restâmes jusque tard dans l'après-midi allongées au soleil puis je fis visiter le village à mon invitée en attendant que le flot de touristes qui quittait St Tropez se fût tari. Le taux de remplissage du parking aérien du port en était l'indicateur. Quand il était assez bas, nous pouvions partir en étant sûres de rouler à une vitesse correcte jusqu'à la villa. Au lieu des trente minutes habituelles, il fallait une heure trente à deux heures depuis ou jusqu'à la maison en période d'affluence, la pire des portions étant celle située entre le carrefour de la Foux et St Tropez : dix kilomètres parechoc contre parechoc en constatant que les voitures circulaient de façon fluide en sens inverse, ce qui faisait encore plus rager. Aucune autre route possible. Mais quand je demandais à Beate ce qu'elle souhaitait faire le lendemain, elle répondait invariablement : comme aujourd'hui ce qui se comprenait quand on habitait Dortmund. Je n'étais pas contre, moi non plus. A la fin de son séjour, elle avait pris de sacrés couleurs. Elle pouvait repartir en Allemagne, preuve à l'appui qu'elle avait bien passé un séjour sur la Côte d'Azur.

Beate avait apporté quelques cadeaux à ma mère à son arrivée, et s'était toujours montrée d'une extrême correction mais elle n'avait pas laissé une grosse impression. Quant à moi, je ne m'en fis non plus jamais une véritable amie. Elle était, en effet, froide, ne se confiait jamais, ne créait aucune forme d'intimité ou de connivence avec les autres, ne s'opposait à rien, au point où on pouvait se demander si elle avait des idées propres ou des sentiments propres. Bref, elle n'était pas attachante.

III

La troisième année à l'école Berlitz me réserva une surprise de taille qui allait décider de ma destinée: une nouvelle classe dont je prendrai la charge en raison de mes diplômes fut créée : elle devait préparer des étudiants adolescents à l'examen de la chambre de Commerce franco-allemande qui leur permettraient de prétendre occuper un emploi à l'export en entreprise. Pour s'inscrire, une condition était requise : avoir déjà étudié le français pendant leur scolarité. Les cours auraient lieu chaque matin du lundi au vendredi pour un total quotidien de six cours de quarante minutes chacun comprenant une pause de quinze minutes après le troisième cours, ce qui ne se différenciait en rien des horaires habituels. Ce qui restait aussi identique, c'est que la classe dont j'aurai la charge n'aurait aucune note ni aucun classement. Ce n'était pas autorisé car nous n'étions pas un établissement scolaire. Ça, c'était une bonne nouvelle. La dernière bonne nouvelle était que mon salaire horaire était bien plus élevé que pour un cours Berlitz classique.

On me dit de fouiller parmi les livres existants pour voir ceux que je pouvais employer et d'acheter dans une librairie ce dont j'avais besoin et qu'on me rembourserait. J'avais découvert, pendant mes recherches, que l'école possédait des livres d'exercices Berlitz écrits. Il y avait aussi d'autres livres pas très récents et rébarbatifs mais qui étaient une mine sur des points précis de grammaire. Pour compléter cette bibliographie, J'acquis un livre qui s'appelait « Wirtschaftsaktuell », économie contemporaine, où les textes allemands comportaient la traduction des mots difficiles en français. Un autre volet comportait des exemples de lettres commerciales. C'était tout ce dont j'avais besoin pour l'enseignement spécifique.

Le premier jour de ce nouvel enseignement je découvris ma classe : une quinzaine de jeunes de dix-sept ou dix-huit ans, en grande majorité des filles, dont les bureaux étaient disposés en rectangle autour de la pièce, le mien ne différant en rien de celui des autres sauf que j'étais dos au tableau. Les cours se révélèrent très vite être conviviaux avec une complicité certaine entre nous. Je ne pouvais m'empêcher d'être spontanée et expressive, des qualités ou des défauts selon qui juge, mais qui apparaissaient ici très françaises et appréciées, si contraires à l'enseignement rigide germanique.

Une évidence s'imposa vite à mon esprit : pourquoi ne pas présenter de mon côté l'examen de la Chambre de Commerce franco-allemande française ? C'était un plus, par rapport aux diplômes d'études supérieures, très apprécié par les entreprises, assez fréquent en anglais mais rare en allemand. Si j'étais venue en Allemagne, c'était bien pour mettre en avant cet atout de la langue allemande dans ma recherche d'emploi et un diplôme appliqué à l'entreprise ne pouvait que donner de la crédibilité à ma compétence. Mais il me fallait, à moi aussi, un guide et un professeur. Je cherchais donc partout des informations concernant cette spécialité. Je tombais sur « Langues et affaires », une société domiciliée à Paris avec des cours et des devoirs par correspondance qui préparaient à cet examen. Ils avaient un livre et une méthode propres. A ma demande de renseignements, ils m'envoyèrent une documentation complète avec leur tarif et les prestations assurées. Je m'inscrivis aussitôt. Si je voulais être prête dès la prochaine session, je n'avais pas de temps à perdre.

Je prévenais l'école Berlitz que je ne souhaitais plus avoir de cours le soir. J'avais besoin de temps pour travailler. Sitôt le livre et les feuillets destinés à la rédaction de mes devoirs reçus, je me lançai avec enthousiasme dans la première leçon et ses exercices. Ce premier devoir me revint consciencieusement corrigé au stylo à l'encre rouge, avec les commentaires me permettant de m'améliorer. J'avais peu de fautes ce qui m'encouragea. Mes devoirs se succédèrent régulièrement à un bon rythme. Ils me revenaient toujours aussi consciencieusement corrigés et je ne tardais pas à demander des explications sur certaines corrections de la copie précédente auxquelles j'avais toujours une réponse. Je ne me sentais pas du tout seule dans ce travail. J'avais trouvé un vrai partenaire qui devait être déjà âgé compte tenu de son écriture et du stylo à encre qu'il utilisait. Les mois passèrent en même temps que la qualité de mes devoirs s'améliorait. Je fus inscrite à l'examen de Paris. Mon correcteur m'écrivit, en retournant mon dernier envoi, être confiant dans mon succès.

Je partis à Paris où j'avais réservé une chambre dans un charmant hôtel d'une petite rue de St Germain des Prés où j'arrivais la veille de l'examen pour pouvoir me reposer et me préparer psychologiquement.

L'examen écrit ne me posa pas de problème de vocabulaire. Mais je ne criais pas victoire pour autant.

Quant à l'examen oral, je fus vite rassuré quand j'entendis les quelques candidats qui passaient avant moi : ils ânonnaient leur allemand comme le faisaient, les étudiants de l'Institut d'Administration des Entreprises, l'anglais. La dernière épreuve était terminée. Je pouvais profiter des deux journées entières supplémentaires que je m'étais octroyée.

A Paris, c'était le printemps : feuilles nouvelles nées, d'un vert tendre qui redonnaient vie aux squelettes d'arbres, gazouillis des oiseaux, ciel d'un bleu limpide, air frais et léger, tout me donnait envie de danser en tourbillonnant au renouveau. Au déjeuner, je décidai d'aller fêter le printemps en même temps que la fin de mon examen en m'attablant chez Lipp, ma brasserie gastronomique préférée avec son ameublement et ses miroirs Belle époque ainsi que ses serveurs en tenue d'époque. Je ne fus pas reléguée au premier étage comme les clients de passage. Je devais tellement rayonner de bonheur que le serveur n'osa pas. Je décidais de commander toutes leurs spécialités : escargots, choucroute et mille-feuille arrosés d'une demi-bouteille de Chablis. Je discutais avec mes charmants voisins de table, une famille de quatre personnes dont le père était médecin. La vie était belle ! J'allais voir les magasins et les chausseurs du coin que je connaissais bien Ma valise pesa plus lourd au retour qu'à l'aller.

Ma mère m'annonça enfin la grande nouvelle tant attendue : son mari avait gagné à la Cour de Cassation. Il rentrait donc en possession de tous ses biens. Elle allait avoir une nouvelle voiture : un coupé Opel automatique métallisé or. C'est sûr que ce n'était pas la Firebird mais elles avaient au moins ces trois caractéristiques en commun : la couleur, le coupé deux portes et la ligne sportive !

« Et la vieille mini, lui demandai-je ? Qu'allez-vous en faire ?
– Nous allons la vendre.
– Oh alors, ne te précipite pas ! J'ai des acheteurs allemands!
– Ah bon ?
– Oui, c'est leur rêve ! Tu en auras bien plus cher avec eux que sur place ! Ils ont de l'argent ! »

Ce que je disais était vrai. J'étais toujours en relation avec mon élève dont le mari était avocat. Au cours d'une conversation j'avais parlé de cette voiture. Mon élève m'avait demandé des détails. C'était exactement ce qu'elle cherchait et qui était rare de trouver en Allemagne. « Surtout, s'ils vendent, préviens-moi de suite » m'avait-elle dit. Ce que je fis. Elle me demanda leur téléphone pour pouvoir leur exprimer en direct leur désir d'achat. Ma mère n'en revint pas ! Ils venaient sur la Côte le mois suivant. Comme moi, donc !

Le résultat de mon examen arriva. Je regardais l'enveloppe, le cœur battant, sans oser l'ouvrir. Je la retournais dans tous les sens. Puis, je pris une grande aspiration et la déchirai.i Retenant mon souffle, je dépliais le papier qu'elle contenait et lus : reçue ! Trois années d'Allemagne récompensées ! Il fallait que je l'annonce partout ! Je téléphonais à ma mère. « Oh moi, j'en étais sûre ! ». Pour elle, j'étais une bête à examen, mais sinon, je n'étais bonne à rien ! C'était affligeant. Ne pouvait-elle pas au moins me féliciter ? Mais non, rien. J'écrivis un mot de remerciement à mon correcteur mais je ne reçus pas de réponse. Il ne devait pas être autorisé à avoir des relations privées avec ses élèves.

Par contre, le père de Pascale me félicita et décida de nous emmener visiter Amsterdam pendant le week-end. C'est vrai qu'il y avait d'autres intérêts que ma mère ! Depuis que nous sortions pour plusieurs jours, il avait pris l'habitude de confier le restaurant et... la caisse, ce qui semblait incroyable, à Mme Seiffert, la cuisinière et s'en trouvait fort bien. J'avais de bons souvenirs d'Amsterdam où j'étais allée petite fille avec ma mère et j'étais ravie d'y retourner. Mais cette fois-ci, ce que je voulais d'abord contempler, bien avant les canaux, était la 'Ronde de nuit » de Rembrandt. Je restais médusée un certain temps devant ce tableau, la perfection des traits des personnages, la personnalisation des couleurs, le clair-obscur... Pourquoi n'avait-on pas encore inventé la machine à remonter le temps qui m'aurait permise d'assister à sa naissance ? Mon enthousiasme assura au père de Pascale plusieurs jours de grâce.

Je devais maintenant commencer à prospecter le marché du travail qui me permettrait de rentrer en France. Je décidais de remettre cette prospection à la rentrée, la période d'été n'ayant jamais été favorable à l'embauche. Pascale et son père avaient élu domicile cet été-là pendant une quinzaine de jours dans un hôtel très confortable de Grimaud, proche de St Tropez, avec vue panoramique sur la campagne alentour, alors que je résidais, pendant la même période à une vingtaine de kilomètres de là... Etrange coïncidence !

Dès mon arrivée, je reçus un appel téléphonique. C'était le père de Pascale qui me proposait de passer la journée ensemble. Je proposais, de mon côté, ce qui fut immédiatement accepté, de les emmener, non pas à la plage de Moorea, où j'étais trop connue pour ne pas me discréditer en y venant avec un vieux, mais à Tahiti Plage où j'étais anonyme sauf pour le photographe de Danièle qui me reconnut aussitôt. Nous

nous fîmes la bise, discutâmes un moment. Il me prit en photo seule, portrait cadré respectueusement au-dessus des seins que j'avais nus, le buste habillé seulement par une plaque en or portée en tour de cou avec, gravée, les jours du mois de mai et un brillant marquant celui de ma naissance, cadeau reçu du père de Pascale pour mon anniversaire. J'avais découvert cette merveille dans une vitrine de Düsseldorf, comme d'habitude. Cette ville était décidément une mine de splendeurs !

J'appris aussi que le père de Pascale avait réservé à l'achat, un studio dans un immeuble en construction de Vence. Nous y allâmes un jour. L'immeuble, dont l'agencement était en terrasse car il était situé au sommet d'une colline ce qui lui conférait une vue panoramique dont la mer au loin, était déjà avancé en gros œuvre car nous pûmes aller dans les étages jusqu'à ce fameux studio. La surface de la terrasse était immense contrairement à celle de l'habitation. Lorsqu'il me dit le prix qu'il l'avait payé, je le regardais ahurie tellement c'était cher. Il était déçu car il avait cru m'éblouir. Mais je lui expliquais que Vence n'était pas Cannes, ni St Paul de Vence où on ne pouvait pas construire d'immeubles quoiqu'il en soit et qui n'avait pas la vue mer. J'expliquais que ce n'était pas tant la vue qui justifiait le prix mais le prestige du lieu. Et Vence était un bourg provençal ordinaire... et dans l'arrière-pays ! Il me regarda penaud. J'en rajoutais encore une couche en lui disant qu'un studio était peut-être approprié pour un couple mais pas avec une jeune fille qui avait besoin de quelque intimité. Il comprit bien que je pensais que cet achat était une bêtise, pire, pour lui, un investissement à fonds perdu. Et le chapitre fut clos.

Nous allâmes aussi à un dîner au bord de la piscine du Byblos, assister à un défilé de mode où les mannequins se produisaient sur des îlots créés spécialement pour l'événement, après avoir effectué le tour de la piscine, me frôlant à leur passage. J'étais cette fois au septième ciel, les yeux brillants d'excitation. Peu importa ce qui se trouva ce soir-là dans mon assiette.

Nous fîmes également les vitrines et je tombai en admiration, dans une boutique du passage du port, devant une combinaison en soie rose pâle fluide qui s'enfilaient depuis les pieds et où les seules fermetures étaient celles d'un élastique assurant la tenue au-dessus du buste, à la taille et autour des chevilles au niveau desquelles se nouaient des rubans. Elle était complétée par une tunique en tulle de même couleur mais qui se fermait au ras du cou par un ruban et dont les manches longues se resserraient elles aussi par un élastique au niveau des poignets. Vêtue ainsi, je ressemblais à une dragée rose recouverte de son emballage de tulle, une dragée qu'on avait envie de croquer ! C'était ravissant et tout-à-fait original. C'est dans cette tenue que je me rendis au Byblos le soir où le père de Pascale avait donné rendez-vous à ses amis lyonnais, un couple de petits bourgeois complètement coincés. Il fut ravi de les choquer en me présentant. Ses amis ne s'attendaient ni à ma jeunesse, ni à ma tenue si peu orthodoxe à leurs habitudes, ni au prix de l'expresso qu'ils voulaient offrir. Le père de Pascale était heureux de sa petite mise en scène. Mais, sans moi, à quoi aurait-il ressemblé, lui aussi ? Où et comment les aurait-il reçus ? Etait-il vraiment utile de les choquer aujourd'hui au risque de mettre leur amitié en péril alors qu'il n'avait pas vraiment changé ?

Pour moi en tout cas, ces vacances m'allaient très bien. Chaque soir, je rentrais à la maison, sans avoir à payer le tribut de la journée, que je n'aurais d'ailleurs pas acquitté. Et là, me retrouver seule dans un grand lit, était délicieux.

Mes amis allemands arrivèrent. Ma mère les reçut autour d'un rafraîchissement. C'était curieux de les voir assis loin de leur environnement habituel sur le canapé dont la forme épousait celle arrondie des fenêtres situées juste au-dessus du dossier. Nous allâmes voir la mini, qui correspondait en tout point à ce qu'il recherchait depuis longtemps. L'affaire fut rondement menée. Tous les papiers furent signés. Ils purent repartir au volant de leur acquisition, un grand sourire aux lèvres tandis que ma mère se frottait les mains de la bonne affaire qu'elle avait faite. La seule offre qu'elle avait eue était de l'antiquaire du coin, ou plutôt de la brocanteuse qui lui en proposait une bouchée de pain compte tenu de l'ancienneté de la voiture et de la possibilité limitée de son porte-monnaie. Et pour mon beau-père, pas question de mettre une annonce pour que des inconnus viennent à la villa au risque d'avoir un cambriolage par la suite. Ma mère n'en parlait donc qu'autour d'elle, ce qui restreignait grandement l'offre.

De retour à Dortmund, j'avertis l'école que j'allais probablement retourner en France en cours d'année et qu'il ne valait mieux pas me redonner la responsabilité d'un groupe à préparer à un examen officiel nécessitant un suivi d'enseignement que je ne pourrais assumer jusqu'au bout, laissant école et élèves dans l'embarras.

Je remarquais alors un nouveau prof, très mignon, blond aux yeux bleus et grand. Il me tapa dans l'œil. Je me présentais et il me dit, avec un sourire charmeur, s'appeler David et être Australien. Pascale et son père ne rentraient que dans une petite semaine. J'étais seule pour le moment. Je décidais alors d'organiser une petite soirée avec tous les collègues que j'appréciais, ce que je ne pouvais faire habituellement. Cette soirée fut très conviviale. Tout le monde partit mais David resta ce que j'avais bien espéré, lui envoyant des signaux qu'il ne fut pas le seul à décrypter : ses amis anglophones partirent en lui souhaitant avec des clins d'œil complices « une bonne fin de soirée », et, bien entendu, nous passâmes la nuit ensemble. Le matin, il me dit qu'il souhaitait que nous nous revoyions. C'était aussi ce que je souhaitais.

La vie reprit son cours à la rentrée sauf que David et moi nous revoyions régulièrement. Suzanne me servait toujours d'alibi quand nous nous rencontrions le soir pour aller faire des galipettes à l'étroit et dans l'obscurité d'un endroit discret dans mon Austin car nous n'avions ni l'un ni l'autre aucun lieu plus adéquat. Il m'emmena aussi dîner dans un restaurant agréable de la banlieue déjà campagnarde de Dortmund. Il était situé dans une maison traditionnelle où une grande salle abritait sur son pourtour des petites alcôves intimistes correspondant à l'emplacement de la mezzanine qui les surmontait. C'était un restaurant d'une certaine classe, dont la cuisine était très honorable et l'ambiance très bourgeoise allemande: rigidité de maintien des convives et aucun bruit sauf celui du cliquetis des couverts. Le dîner fut bon. David me confia son intention de se présenter à un poste de direction à l'école Berlitz. J'y avais bien pensé moi-même mais j'en avais vite abandonné l'idée, quand je me rendis compte que la tâche d'un directeur n'était que de gérer son unité productive en augmentant son chiffre d'affaires et sa productivité. C'était un poste de gestionnaire local à qui la politique commerciale et générale échappait complétement. Je m'étonnais que David n'ait pas d'ambitions de carrière plus élevées. Peu m'importait quoiqu'il en soit. Je n'avais d'autre ambition en ce qui concernait nos relations que de passer de bons moments avec lui.

Et quand l'hiver arriva, je me débrouillais pour obtenir la BMW, qui nous offrait un espace plus vaste et plus confortable sur la banquette arrière.

Mais quand je reparlais de mon retour définitif en France, le père de Pascale devint cramoisi de colère.
« Tu sais quoi, me dit-t-il, à force de faire la fine bouche tu finiras par te contenter d'un colimaçon, espèce de diablesse ! Tu as d'ailleurs des oreilles de diable ! ». Ce n'est pas la première fois qu'il me comparait à un diable. Si nous avions été au Moyen-Age, nul doute qu'il m'aurait fait brûler en tant que sorcière, sur un bûcher de la place publique, pour ensuite le regretter et faire mon apologie à qui aurait bien voulu l'écouter. Mais ce qui fut nouveau, c'est qu'il me cria : « Puisque tu veux t'en aller, autant partir de suite » en me mettant à la porte. Il jeta ensuite mes affaires personnelles dans l'escalier. Je m'enfuis de cet enfer. Dans de tels cas, ma machine à penser fonctionne à plein régime.

Il me fallait trouver de nouveau et vite une solution pour me loger. Pas le temps de trouver un studio. Ma dernière expérience m'avait en plus refroidie. Je pensais alors à ma voisine, la mère de Heidi, une dame seule et peu argentée qui avait maintenant une chambre, celle de sa fille. Elle vivait dorénavant seule avec son adolescent de fils. Si je lui proposais une pension, je suis sûre que cela arrangerait son budget d'accueillir une étrangère qu'elle connaissait et appréciait. J'allais immédiatement sonner chez elle. Elle comprit aussitôt, en voyant ma mine défaite, que j'étais en panique. Elle ne s'en étonna pas : le père de Pascale avait très mauvaise réputation dans le quartier. « Tu peux venir quand tu veux, me dit-elle et même dès ce soir ». J'acceptais.

J'allais chercher mes affaires. Et là, Ô miracle, elles n'étaient plus dans l'escalier ! Elles avaient repris leur place dans l'appartement, ce qui ne changea en rien ma détermination. Je fis donc à la hâte une première valise et avertissais le père de Pascale qui était déjà au restaurant que je partais. Je reviendrais chercher le reste de mes affaires le lendemain. Il ne fit pas de commentaire. Il savait bien qu'il avait dépassé les limites.

De retour chez cette dame qui me dit de l'appeler Ute, son prénom, je l'aidais à faire le lit et plus particulièrement à enfiler le gros duvet dans le drap housse. J'adorais dormir sous un duvet et je me régalais déjà de la nuit que j'allais passer.

A 18 heures, on prenait l' « Abendsbrot » (pain du soir). Nous nous mettions tous les trois à table près de la fenêtre en encorbellement du séjour, en profitant des derniers rayons du soleil : Ute apportait la planche sur laquelle le pain noir et le couteau à pain était posé, un assortiment de charcuterie et de fromages et quelques crudités. Nous nous servions selon nos goûts et nos appétits. Si j'étais encore à l'école, je grignotais seule en rentrant.

A midi, le repas commençait par une soupe que je trouvais bien meilleure que la soupe française car des morceaux de bœuf flottaient dans le bouillon en plus des légumes et apportaient à l'ensemble un bon goût de viande. En général du porc ou du poulet suivait à moins que ce ne soit des pâtes. Le repas se terminait par un fruit et l'inévitable café, aussi incontournable que le thé en Angleterre. Par contre, contrairement aux habitudes allemandes, nous ne prenions pas grand-chose au petit déjeuner car nous étions pressés. Nous le prenions chacun à notre heure dans la cuisine en fonction de l'horaire de nos occupations respectives.

Je me retrouvais un jour seule avec Peter, le fils, pour déjeuner. Ute m'avait prévenue que ce jour-là, elle travaillait à temps complet et non à mi-temps comme d'habitude. Elle avait préparé une salade de pommes de terre. Elle me laissait le soin de faire griller les deux côtes de porc entreposées dans le réfrigérateur mais j'avoue que je ne les réussis pas très bien car je n'en avais pas l'habitude. « C'est drôle, me dit Peter, les Français ne font pas les côtes de porc aussi grillées que les Allemands ! » Pardi !

De temps en temps j'apportais un petit extra : un fromage français, des croissants, ou même une bonne bouteille. Ici, j'étais au régime sec et il fallait que je le rompe de temps en temps !

Finalement, je me fis très bien à ce régime d'autant mieux qu'il n'était que provisoire. C'était simple, goûteux et n'avait rien à voir avec ce qui se mangeait dans les gargotes. Je me sentais bien dans cet endroit. Je me détendis peu à peu. Tout le monde remarquait ce changement.

Pascale venait me voir. Un samedi après-midi, je l'emmenais voir le film « Grease ». En sortant, nous avions du disco plein la tête et une furieuse envie de danser comme Olivia Newton John et John Travolta. Nous partîmes pour la pizzeria en chantonnant et en esquissant des pas de danse, ce qui plut beaucoup à Pascale. Elle riait sans arrêt : « Qu'est-ce qu'on s'amuse avec toi, ma pupuce ! » Oui, mais c'étaient nos dernières escapades. Elle avait toujours su que j'allais partir. Ce jour allait bientôt arriver : « Mais on restera toujours amies ? » me demandait-elle. Sur ce point je la rassurais complétement.

Un jour, elle m'annonça que son père allait me téléphoner : que se passait-il encore ? Il fut très aimable, me demandant comment j'allais et le discours que j'entendis fut à peu près le suivant : « J'ai eu beaucoup de temps pour réfléchir depuis que tu es partie. J'ai surtout eu le temps d'accepter l'idée de ton départ définitif. Tu m'avais bien dit, quand tu es arrivée que tu étais venue pour apprendre l'allemand et tu n'as jamais dévié de ton objectif depuis. C'est moi qui me suis fait des illusions parce que je suis tombée amoureux et que je voulais croire que tout ce que tu faisais pour Pascale et moi était une preuve que tu pensais maintenant rester ici. Pascale n'a pas été aussi naïve que moi : elle a toujours su que tu repartirais. En tout cas, tu m'as sorti de mon repli sur moi-même, de la routine et de l'étroitesse d'esprit dans lesquelles je me complaisais. Tu m'as montré une Allemagne que je ne voulais pas voir, un art de vivre que je n'avais pas, tu as mis du soleil partout, ta jeunesse a été une bénédiction pour le vieux croûton que je suis et pour Pascale. Alors, voilà : je souhaiterais ne pas gâcher les derniers temps en les passant chacun de notre côté mais les passer ensemble pour nous laisser de bons souvenirs. Qu'en penses-tu ? »

Ce discours me dérouta totalement. Jamais je ne l'aurais cru capable d'analyser la situation avec une telle lucidité. Je pensais bien qu'il était intelligent mais pas à ce point, pas pour faire une telle introspection personnelle et une telle analyse de nos relations et surtout de l'avouer. Il m'avait touché.

Je ne réfléchis pas bien longtemps. Mon mois chez Ute m'avait reposé, et j'en avais bien besoin. Mais je menais chez elle une vie d'étudiante sans responsabilité alors que j'étais maintenant habituée à gérer une maison à ma guise. Aussi je décidais de revenir jusqu'à mon départ.

Je fus bien accueillie, sans aucun reproche. Je repris le cours de la vie à laquelle j'étais habituée. Pour la Toussaint, le père de Pascale proposa de nous emmener en Forêt noire et y réserva un relais château hôtel. C'était un immense chalet à flanc de montagne, construit sur un alpage et entouré de forêts de sapins sombres. Une image sortie tout droit d'un conte. J'étais éblouie : mes yeux brillaient, tout mon visage rayonnait. Rien n'aurait pu faire davantage plaisir au père de Pascale. L'intérieur était feutré et luxueux, les repas excellents. Les sentiers de randonnée partaient au pied du chalet. Ils étaient très praticables sans équipement particulier et faciles. D'autres randonneurs équipés de bâtons de marche nous croisaient souvent sans manquer de nous saluer. Je reniflais l'odeur des sous-bois avec délice, j'humais le parfum de la sève des sapins, j'écoutais la musique du vent dans les rameaux. J'étais au paradis. Je retournais à mes vacances d'enfant que j'avais adorées. Nous allâmes aussi visiter les villages qui semblaient eux aussi des images tout droit sorties d'un livre de contes avec leurs maisons aux pignons pointus, au toit recourbé à la base, les petits volets peints, la verdure sur leur façade. Quant aux petites villes elles étaient tout aussi romantiques et animées, conviviales. Quelle différence avec la Ruhr et tout ce qui était plus au nord ! Cette escapade semblait aussi beaucoup plaire à Pascale et son père faisait souvent des photos de nous deux.

Au retour, il était temps cette fois de m'atteler à ma recherche d'emploi. De façon très ouverte, je mis une annonce sur le « Progrès », le journal de Lyon et de sa région. J'avais choisi Lyon que je ne connaissais pourtant pas parce que c'était une grande région productive qui offrait un bassin d'emploi intéressant et qu'il m'était facile de partir de là en train pour un week-end sur la Côte d'Azur contrairement à Paris qui aurait été, sinon, mon premier choix. Je n'avais plus ensuite qu'à attendre les réponses.

Je pensais équitable de proposer au père de Pascale de rédiger une annonce matrimoniale plus attrayante que celles qu'il avait pu mettre dans le passé. Ce qu'il accepta. J'avais déjà réécrit sa carte des vins en ajoutant une description lyrique des caractéristiques de chaque vin, telles que pour le Côte du Rhône : vin de caractère, puissant comme le Rhône rocailleux sur les coteaux desquels il a vu le jour, etc... Je fis de même pour cette nouvelle publicité: « Monsieur perdu dans les brumes du nord, etc... » L'intéressé fut particulièrement conquis. Il n'avait plus, lui aussi, qu'à attendre les réponses.

Ses réponses arrivèrent plus vite que les miennes. Il n'en avait jamais reçu autant ! Nous les triâmes, ce qui m'amusa follement, en se basant à la fois sur la photo et sur la lettre de motivation. Il fallait des femmes entre deux âges avec un visage ouvert, qui ne fussent, dans leur lettre, ni trop fleur bleue, ni trop austère et qui ait un certain sens de l'humour. Après avoir écarté toutes les trop jeunes, celles semblant avoir un petit pois dans la tête, celles qui étaient trop idéalistes, celles qui étaient rigides avec un air de douairière, celles qui n'avaient aucun sens de l'humour, il n'en resta plus que trois. C'était à lui de jouer maintenant !

Quant à moi, je ne reçus que trois réponses en tout, ce qui me sembla déjà pas mal du tout par rapport aux résultats antérieurs. J'avais bien fait d'ajouter l'allemand à mes compétences. Deux offres émanaient de Lyon, la troisième de Haute-Savoie. J'étais décidée à accepter l'une des trois car il était grand temps de donner un départ à ma carrière professionnelle. Je décidais d'appeler ces trois entreprises pour obtenir plus de précision sur les postes proposés. J'appris ainsi que l'une des entreprises de Lyon cherchait pour son directeur une secrétaire personnelle pour l'accompagner dans ses voyages à l'étranger certains lointains comme le Japon. J'écartais immédiatement cette offre, la perspective de voyages à l'étranger même aussi lointains que le Japon ne présentant aucun intérêt pour moi dès lors que l'emploi serait celui de secrétaire, la seule voie qui s'ouvrait aux femmes dans l'entreprise même avec un diplôme d'un troisième cycle universitaire en économie et gestion d'entreprise ! Scandaleux !

La seconde offre de Lyon portait sur la prise en charge du développement à l'export, particulièrement en RFA, d'un nouveau produit. La troisième, de Haute Savoie, émanait d'une entreprise appartenant à un groupe industriel d'importance. Il s'agissait d'être une collaboratrice du directeur commercial pour la coordination de l'action commerciale en France comme à l'étranger, la RFA représentant à elle seule le tiers des exportations. Elle devait être aussi le chef de service du secrétariat. On y revenait encore, à ce foutu secrétariat, moi qui n'étais en aucun cas une administrative, en plus. Mais je retins quand même cette proposition. J'écrivis aux deux sociétés en leur envoyant mon curriculum vitae. Je les informais en outre de mes dates de disponibilités pour un entretien proche des fêtes de fin d'année. Les deux entreprises me répondirent, me confirmant leur intérêt pour ma candidature. Elles me laissaient le choix de la date qui me convenait à condition de leur en faire part à l'avance. J'écrivis aussitôt à l'avocat de Haute-Savoie que j'avais rencontré lors d'un déjeuner sur la Côte pour lui faire part de l'offre que j'avais reçue d'une entreprise haut-savoyarde installée dans la ville où il habitait et lui demander ce qu'il en pensait. Il me répondit rapidement pour me dire qu'il s'agissait de gens très sérieux et fiables qui avaient une longue existence derrière eux. Son avis était donc très favorable.

Je devais descendre comme chaque année sur la Côte pour les fêtes. Le mieux était de coupler ces deux entretiens le même jour. J'irais d'abord à Lyon et de là prendrais le train pour la petite ville de Haute-Savoie.

A Lyon, je pris un taxi pour me rendre à l'adresse de l'entreprise avec laquelle j'avais rendez-vous. Ce que je vis ne m'enthousiasma pas : un petit établissement de zone industrielle. J'entrais et fus reçue par le patron dans un bureau aussi triste que l'extérieur, qui devait rendre neurasthénique celui qui l'occupait. Mon questionnement concernant le poste : nature, assistance pour les aspects techniques et pour les méthodes de commercialisation, type de rémunération, reçurent des réponses lapidaires. Tout ce que je retins est que j'aurais un bureau et que je n'avais ensuite qu'à me débrouiller... très rassurant ! Je portais lors de cet entretien mon manteau de marmotte que recouvrait mon petit ensemble pantalon marron chiné cardigan en laine car nous étions début janvier et qu'il faisait froid. Ma tenue n'avait pas dû plaire à Lyon où l'aisance devait être cachée.

Le train qui me conduisait en Haute-Savoie emprunta des vallées tristes bientôt enneigées. Pas de chalets en bois mais des maisons carrées sans architecture et sans charme. J'avoue que l'environnement n'avait rien d'engageant. La société m'avait avertie que le chauffeur du groupe viendrait me chercher à la gare. Voilà qui était, par contre, un bon accueil. Il était là en effet et je fus conduite dans la voiture noire, non loin de la gare, comme une cliente importante, au siège de la société. Je vis deux bâtiments peu élevés construits perpendiculairement, d'une architecture industrielle plutôt légère qui avait l'avantage d'avoir de larges ouvertures sur l'extérieur laissant passer la lumière. Le chauffeur m'arrêta devant l'entrée des bureaux situés au premier étage, le seul éclairé auquel donnait accès un escalier métallique. Je poussais la porte et entrais dans un hall fonctionnel avec sièges et le bureau vide, compte tenu de l'heure, de la préposée à l'accueil. J'entendis des pas et un homme dont je ne distinguais que la silhouette car il venait du demi-étage éclairé alors que j'étais dans la pénombre. Il se présenta par son nom et sa fonction de directeur commercial en me donnant une grande poignée de main. Il me précisa qu'il n'y avait plus personne dans l'entreprise comme il était près de 19 heures et me fit visiter l'aile du service commercial en me citant l'affectation des différents bureaux. Les noms n'évoquèrent rien pour moi mais je remarquais que les cloisons à moitié vitrées étaient modulables et que l'éclairage était assuré par des néons camouflés dans le faux-plafond. Il m'introduisit ensuite dans le sien qui n'était pas différent des autres sauf qu'il aurait pu accueillir trois personnes et que la cloison le séparant du couloir était pleine et non vitrée.

Il aborda ensuite l'histoire du groupe puis celle de cette société, de sa vocation, de ce qu'elle était et de ce qu'il ambitionnait ce qui prit un bon moment mais nécessaire à la connaissance de celle pour laquelle j'allais peut-être travailler. Nous en vînmes ensuite à la définition du poste proprement dit.

Il m'avoua finalement qu'il s'agissait d'un poste de secrétariat de direction car c'est tout ce qu'il avait pu obtenir de la direction. Immédiatement sur la défensive je lui répliquais que je ne tapais pas à la machine, que je n'avais aucunement l'intention d'apprendre et que je ne servais pas les cafés. Il me répondit, amusé, que ce n'était justement pas ce qu'il recherchait. Ce qu'il voulait était un véritable adjoint pour assurer la coordination du service commercial. De nombreux projets émanaient en effet des mêmes clients mais aboutissaient dans des bureaux différents où ils étaient traités indépendamment l'un de l'autre. Il estimait qu'il s'agissait d'une aberration qui conduisait à des distorsions de politique commerciale, préjudiciables à l'image de la société. Il fallait donc mettre de l'ordre dans cet état de choses. Je dirigerais aussi le secrétariat, bien sûr, par lequel transitaient toutes les communications avec les clients ce qui me permettrait d'avoir une vue d'ensemble de l'action commerciale. Il était aussi conscient que le salaire qu'il avait obtenu pour ce poste auquel il tenait n'était pas mirobolant: trois mille cinq cents francs brut. Ce n'était évidemment pas un poste de cadre sans être le salaire d'un exécutant non plus.. Mais il pouvait me promettre de faire évoluer ce salaire rapidement si je prouvais ma compétence et m'obtenir un poste de cadre.

A la fin de notre entretien, il me dit que j'avais toutes les cartes en main. Il était prêt à m'envoyer ma lettre d'embauche et me demanda quand je pouvais commencer. Je lui répondis que le temps que je règle mes affaires en RFA, que je m'organise pour venir habiter ici, je ne pensais pas que ce soit possible avant début février. Il me répondit que ce délai lui semblait en effet raisonnable. Je lui donnais mon accord et lui dit que j'attendais sa lettre d'embauche.

Finalement, quand je lui demandais où je pouvais me loger, il me précisa que tout était arrangé.

Une chambre m'avait été réservée à l'hôtel Ibis de la commune proche. Je pouvais aussi y dîner, les frais étaient pris en charge par la société. Il m'y accompagnait maintenant. Le chauffeur viendrait me chercher le lendemain matin pour me conduire à la gare à l'heure de mon train. Et il me conduisit ce soir-là lui-même à mon hôtel en me donnant une grande poignée de main et me gratifiant d'un à bientôt qui voulait tout dire.

J'étais finalement ravie bien que ce n'était pas le poste que je souhaitais mais tout devenait possible. J'avais eu un excellent contact avec cet homme et je lui faisais confiance. Pourquoi ? Sans doute parce qu'il m'avait parlé franchement. Et quel accueil ! Ce n'était pas celui qu'on réservait à une secrétaire fut-elle de direction ! Je dormis donc très bien, pleine d'espoir en mon avenir.

Je revins en Allemagne. Pascale, son père et moi allâmes à Düsseldorf un week-end. Nous fîmes comme d'habitude les boutiques et nous retrouvâmes devant la boutique Chopard où je ne vis plus la montre bijou dont j'étais tombée amoureuse. « Eh bien, nous allons entrer ! » me dit le père de Pascale.

Il demanda au vendeur de lui apporter la montre qu'il avait réservée. Je crus mal entendre mais le vendeur l'apporta et le père de Pascale me dit : « Voilà, elle est à toi ! ». Je la regardais bouche bée, n'en croyant pas mes yeux avant qu'un large sourire ne vienne illuminer mon visage. C'était une montre bijou au luxe non ostentatoire composé d'un bracelet design et dont le cadran était agrémenté de part et d'autre d'un brillant. C'était une montre en fait simple mais qui avait la beauté des œuvres d'art épurées. Je n'en croyais pas mes yeux. Je lui sautai au cou en le remerciant. Et c'est, je crois, ce qui remplissait de bonheur cet homme à qui je ne pouvais pas rendre le quart en affection qu'il me portait mais qu'il exprimait si mal.

Dès que je reçus ma lettre d'embauche, j'écrivis à l'avocat de Haute-Savoie pour lui annoncer que j'avais accepté l'emploi qu'on me proposait dans sa ville et lui demandais s'il pouvait me trouver un petit studio meublé à un prix raisonnable à partir de février en attendant que je me loge de façon plus définitive. Il me félicita et m'assura que j'aurai un logement dès mon arrivée.

De mon côté, je donnai ma démission au directeur de Berlitz qui savait déjà que j'allais probablement partir vers d'autres horizons. Tous ses jeunes professeurs étrangers finissaient par quitter Dortmund qui n'était qu'une étape provisoire dans leurs projets. On me remit, avec le solde de mon salaire, un certificat de travail élogieux sur mes compétences, ma rigueur et ma fiabilité après la lecture duquel je me confondis en remerciements auprès de toute l'équipe de direction. Contrairement au droit français qui n'admettait aucun commentaire sur un tel document au nom du principe de non-discrimination, il était admis et même recommandé en RFA. Un certificat de travail sans commentaire aurait éveillé la suspicion des employeurs et était donc le plus sûr moyen de créer la discrimination.

Je réservais une chambre d'hôtel dans le seul hôtel simple indiqué sur le guide Michelin pour la veille de mon premier jour de travail. Il fallait maintenant que je commence à préparer mes affaires en commençant par un tri et par la liste de ce que je devais emporter pour ne rien oublier. Le père de Pascale m'avait demandé d'effectuer ce travail hors de sa présence ce que je comprenais et respectais. Il était aussi convenu que je conserverais mes week-ends libres quand Pascale serait là. La vie devait continuer comme par le passé jusqu'au jour de la date de mon départ, connu de tous, mais dont je ne devais non plus jamais parler.

Mes affaires se rangeaient peu à peu. Je disposais d'une seconde valise, une Samsonite bleu « spécial avion » que j'avais achetée pour mes déplacements sur la Côte. Mais cela ne suffisait pas ; je rajoutai alors quelques sacs bon marché. Comme si mon Austin avait été extensible, je décidais d'acheter une petite chaîne haute fidélité car les prix étaient très avantageux en Allemagne par rapport à ceux de la France. J'allais la choisir avec Pascale qui semblait bien être la seule à accepter l'idée de mon départ sereinement. Mais sinon tout se passait bien jusqu'au jour où nous allâmes à Düsseldorf tous les trois et que nous allâmes dîner au Hilton.

La soirée était agréable, la cuisine très bonne et servie à l'ancienne. Nous avions commandé la pièce du bœuf du jour que nous vîmes arriver sous une cloche argentée qui coulissait pour laisser apparaître la viande : un énorme roastbeef déjà entamé par les précédents clients et qui laissait apparaître une viande saignante et juteuse qui excita aussitôt mes papilles gustatives. On nous en coupa deux tranches chacun servies avec des légumes divers tout aussi bien préparés. Mais voilà que le père prit sa fille à partie pour une remarque anodine qu'elle fit dans la conversation sur sa vie future quand elle serait adulte et indépendante :

« Alors comme ça tu t'en iras et tu me laisseras seul après que je me sois dévoué pour t'élever correctement. Eh bien, bravo ! Belle mentalité !

– Mais papa, argua Pascale, c'est normal ! Regarde la nature : les oisillons quittent le nid quand ils sont assez grands pour voler de leurs propres ailes. Et c'est ainsi pour tous les animaux. Pour nous aussi les humains, c'est pareil !

– Ah bon, alors tu t'en iras et tu laisseras ton père crevé tout seul dans son coin. Tu n'es qu'une ingrate ! Tu ne mérites pas les sacrifices que je fais pour toi. Et tu sais quoi ? Je préfèrerais ne pas avoir de fille. Je souhaiterais que tu ne sois jamais née ! »

Pascale se mit à pleurer. C'était la première fois qu'elle réagissait ainsi mais l'attaque n'avait non plus jamais été si agressive et d'une telle cruauté morale. J'étais bouleversée d'autant plus que c'était moi qu'il visait et non pas elle, une victime qui ne pouvait pas se défendre. C'était d'une lâcheté écoeurante ! Mon sang ne fit qu'un tour. Je me levais :

« Tu viens, Pascale, on rentre ! ».

Mais Pascale ne me suivit pas.

Elle savait qu'elle dépendait de son père et avait trop peur des représailles pour me suivre. Je fonçai alors hors du restaurant, folle de rage, pour rejoindre mon Austin. Je m'y installais et mis le contact quand je vis Pascale et son père accourir. Ils arrivèrent avant que je ne démarre et s'installèrent. Le retour se fit dans le silence absolu.

Le lendemain matin, l'ambiance était toujours sinistre. Elle se détendit quelque peu au déjeuner. Aucune allusion, pas plus ce jour-là qu'un autre jour ne fut faite à l'accrochage de la veille. Il ne restait que très peu de temps jusqu'au départ, heureusement. L'atmosphère était devenue irrespirable.

Avec l'aide de Pascale, je chargeais la voiture. Elle était bondée. Seule restait vacante la place du chauffeur. Le lendemain, je partis. On ne m'accompagna pas plus loin que la porte de l'appartement. Le père de Pascale me regarda descendre les marches et me dit : « Toi, tu t'en sortiras à ton âge, mais moi, je vais rester sur le carreau » s'apitoyant sur son sort en essuyant les larmes qui débordaient.

Quel vieil égoïste ! Je respirai en me retrouvant dans la rue et pris le volant. J'étais soulagée : j'étais enfin libre et prête à affronter le monde.

Le père de Pascale ne s'avoua pas encore vaincu. Il me téléphona à l'occasion de prétexte comme me dire que quelqu'un avait téléphoné pour me joindre : c'était une voix jeune masculine avec un accent anglais. Je compris aussitôt : j'étais sûre que c'était David que je n'avais pas prévenu de mon départ pour éviter un aveu pénible. Je répondis, sans mentir, que c'était sans doute un collègue étonné de ne plus me voir. Qu'il y croit ou non n'avait plus aucune importance.

Mais il tint parole : il m'envoya Pascale pour les vacances de Pâques. Travaillant la semaine, je l'inscrivis à un stage de ski pour débutant qui ne sembla pas l'emballer. Le soir, elle se sentait si bien avec moi qu'elle bêtifiait et riait comme une petite fille.

Puis je n'eus plus aucune nouvelle et n'en donnai pas non plus. C'était mieux ainsi.

Table des matières